ANA VELOSO

La fragancia de la flor del café

punto de lectura

Título: La fragancia de la flor del café
Título original: *Der Duft der Kaffeeblüte*
© 2005, Ana Veloso
© De la traducción: Carmen Bas Álvarez
© Santillana Ediciones Generales, S.L.
© De esta edición: octubre 2006, Punto de Lectura, S.L.
Torrelaguna, 60. 28043 Madrid (España) www.puntodelectura.com

ISBN: 84-663-6826-4
Depósito legal: B-37.671-2006
Impreso en España – Printed in Spain

Diseño de cubierta: Beatriz Rodríguez
Ilustración superior de cubierta: Leonilla Fürstin zu Sayn – Wittgenstein-Sayn (1843)
          por Xaver Franz Winterhalter (1805-73). Colección privada / Artothek
Fotografía inferior de cubierta: © Getty Images
Diseño de colección: Punto de Lectura

Impreso por Litografía Rosés, S.A.

ANA VELOSO

La fragancia de la flor del café

Una intensa historia de amor
en el Brasil colonial

LA FRAGANCIA DE LA FLOR
DEL CAFÉ

LIBRO

Uno

1884-1886

I

El café, pensó Vitória da Silva, es la planta más maravillosa del mundo. Ante la ventana abierta de su dormitorio contemplaba los campos. Las colinas de la *fazenda* se extendían hasta el horizonte y todas ellas estaban cubiertas por las ondulantes hileras del "oro verde" que durante la noche había cambiado de color: los capullos se habían abierto apenas finalizadas las lluvias de la semana anterior. Los arbustos estaban ahora cubiertos de delicadas flores blancas y, a lo lejos, parecía como si hubieran espolvoreado el paisaje con una fina capa de azúcar en polvo.

"¿Será así cuando nieva?", se preguntó Vitória como muchas otras veces. Nunca había visto la nieve. "Pero seguro que no huele tan bien", pensó. Inspiró con fuerza el aire cargado con el aroma de las flores del café, tan parecido al perfume del jazmín. Vitória pensaba salir después del desayuno a cortar algunas ramas, una costumbre que nadie de su familia entendía. "¿Por qué no pones unas flores bonitas en el florero?", solía preguntarle su padre. Para él, el café era sólo una planta útil, no un adorno.

Pero Vitória no pensaba igual. Le gustaban las plantas cuando estaban como ahora, a mediados de septiembre, cargadas de flores y su delicado aroma impregnaba toda la casa. También le gustaban cuando aparecían los primeros frutos y relucían todavía verdes bajo las flores blancas. Admiraba cuando estaban maduros y colgaban tersos, rojos y pesados entre las hojas verdes. Pero lo que más le fascinaba eran las ramas, cubiertas con flores y frutos en distinto grado de madurez y que parecían reflejar una mezcla de todas las estaciones del año.

¿Existía alguna otra planta tan cambiante? ¿Que fuera caprichosa como una rosa y productiva como ninguna otra planta y cuya esencia, el grano de café, tuviera a la vez un aspecto tan modesto y un sabor tan exquisito?

Vitória recordó de pronto que la esperaban para desayunar. Cerró la ventana. Le habría gustado seguir embriagada por el aroma y la vista de los cafetales. A pesar de que era muy temprano, el calor caía ya a plomo sobre el paisaje. Dentro de poco cualquier movimiento se convertiría en un suplicio. Cuanto más tiempo dejara Vitória la ventana y las cortinas abiertas, menos tardaría el sol abrasador en eliminar el frescor cuidadosamente preservado de la habitación.

—¡*Sinhá* Vitória, dese prisa! La están esperando. —La criada asomó de pronto por la puerta dándose, como siempre, aires de importancia.

Vitória se sobresaltó.

—Miranda, ¿por qué te mueves siempre tan sigilosamente? ¿No puedes comportarte como una persona civilizada? ¡Tienes que llamar a la puerta y esperar a que te responda antes de entrar, te lo he explicado mil veces!

¿Pero qué podía esperar? Miranda llevaba poco tiempo a su servicio, era un ser tosco y sin modales que su padre había comprado al *fazendeiro* Sobral por compasión, de forma extraoficial, naturalmente, puesto que la importación de esclavos estaba prohibida desde 1850 y el comercio interior estaba estrictamente reglamentado. Hacía ya más de treinta años que no se celebraban subastas públicas de africanos recién llegados. El que necesitara más trabajadores debía confiar en la fertilidad de los esclavos existentes o recurrir al mercado negro. Y cuantos menos esclavos nuevos llegaban, mejor había que cuidar a los que se tenían. Un *fazendeiro*, un terrateniente, antes de dar latigazos a un esclavo rebelde, se lo pensaba hoy mucho más que hacía treinta años. Nadie podía permitirse tener braceros enfermos o hambrientos. Y menos el padre de Vitória, Eduardo da Silva, propietario de una de las mayores *fazendas* del valle del Paraíba y con más de 300 esclavos. Tenía demasiados enemigos como para poder permitirse infringir la ley o atentar contra la moral dominante maltratando a los negros. Además estaba casado con una mujer que llevaba a rajatabla el amor cristiano al prójimo. Y allí estaban los dos en el comedor, esperando a su hija, que excepcionalmente se retrasaba porque se había dejado llevar por sus ensoñaciones con las flores del café.

—¡Di a mis padres que ya voy!

—Muy bien, *sinhá* Vitória —Miranda hizo una torpe reverencia, se dio la vuelta y cerró la puerta tras de sí.

"¡Cielos!", murmuró Vitória; se ajustó la falda de brocado con un gesto de disgusto, se puso sobre los hombros su bata de auténtico encaje de Bruselas y se miró al espejo que había sobre el tocador. Con gran habilidad se hizo una trenza que le llegaba casi hasta la cintura y la recogió en un pudoroso moño. Luego se calzó unas chinelas y se dirigió hacia el comedor.

Alma y Eduardo da Silva la recibieron con miradas de reproche.

—Vitória, hija mía. —*Dona* Alma saludó con voz ronca a su hija. Vitória fue hacia ella y le dio un beso en la frente.

—*Mamãe*, ¿cómo se encuentra esta mañana?

—Como siempre, querida. Pero vamos a rezar para que tu padre pueda empezar a almorzar. Tiene prisa, como ya sabes.

—*Papai*, lo siento…

11

—¡Sshh! Después.

Dona Alma ya había juntado las manos y murmuraba una breve oración. Con las oscuras sombras bajo los ojos, los arrugados dedos reumáticos y el cabello recogido y tirante, salpicado de numerosas mechas grises, tenía el aspecto de una anciana. Pero Alma da Silva tenía tan sólo cuarenta y dos años, una edad a la que muchas otras damas de la sociedad todavía acudían a bailes y miraban a los maridos de sus amigas. Y por muy ridículas que resultaran, a veces Vitória deseaba que su madre fuera también más alegre y un poco menos mártir.

—Amén —Eduardo da Silva finalizó impacientemente la oración apenas hubo recitado su mujer el último verso.

—Bien, querida Vita, ahora puedes disculparte, si es eso lo que pretendías hacer antes. —Su padre mordió con fuerza su *torrada*, en la que había untado una gran cantidad de queso fresco y mermelada de guayaba. Pero tanto su mujer como su hija le disculpaban. Eduardo da Silva se levantaba todos los días a las cuatro, trabajaba durante dos horas en su escritorio para, después, al amanecer, dedicarse a sus otras tareas como *fazendeiro*. Inspeccionaba los establos y las *senzalas*, los barracones de los esclavos, recorría los campos a caballo y revisaba los cafetales, le daba al capataz las instrucciones diarias y todavía le quedaba siempre una palabra amable para el herrero o la mujer que ordeñaba el ganado. Alrededor de las ocho volvía a la mansión para desayunar con su mujer y su hija, un ritual que para él era sagrado. No era de extrañar que para entonces estuviera muerto de hambre y prescindiera en ocasiones de los buenos modales a la mesa.

En aquel momento se limpiaba las migas de la barba, que tenía el mismo impresionante aspecto que la del emperador.

—*Papai*, lo siento. Había olvidado por completo que hoy tiene que ir a Vassouras. Pero ¿es que no lo ha visto? ¡El cafetal está en flor! ¡Es maravilloso!

12

—Sí, sí, parece que va a ser una cosecha realmente buena. Espero que el *senhor* Afonso no haya pensado hoy lo mismo y se eche atrás.

—Seguro que no. Ni siquiera una cosecha tan buena como ésta puede salvarle ya. Esta vez venderá.

—¡Que Dios te escuche, Vita! Pero con Afonso nunca se sabe. Está loco y es imprevisible. ¿Me pasas, por favor, los brioches?

La cesta con los bollos estaba justo delante de *dona* Alma, que intentó adelantarse a su hija. Pero aquel movimiento la obligó a detenerse de pronto haciendo un gesto de dolor.

—*Mamãe*, ¿se encuentra mal?

—Los dolores son sencillamente espantosos. Pero no os preocupéis por mí, mandaré buscar al *doutor* Vieira. Su medicina hizo milagros en el último ataque. ¿Podrás prescindir hoy de Félix? —le preguntó a su marido.

Félix era el chico para todo en Boavista. Tenía catorce años, era alto y fuerte. Pero ya no podía trabajar en la recolección. Era mudo, y en el cafetal sólo podía hacer frente a las burlas de los esclavos con sus propios puños. Tras un par de semanas en los campos, de los que Félix regresaba todas las tardes con graves heridas, el padre de Vitória decidió que el chico se quedara en la casa. Siempre se necesitaba a alguien que hiciera los recados o ayudara en las tareas. Sacos de arroz, piezas de carne de cerdo, barriles de vino: siempre había algo que cargar. Entretanto el chico había aprendido a imitar los modales de su amo, y ya se le podían encargar también tareas menos toscas.

—¡Tenía que ser precisamente hoy! —se lamentó *dona* Alma—. ¡Tenéis tantas otras cosas que hacer!

Vitória miró a su madre sin comprender. ¿Muchas otras cosas? Naturalmente, ella tenía todavía mucho que hacer. Desde que su madre estaba tan débil a causa de su enfermedad,

Vitória se ocupaba de gobernar la casa. Pero ¿qué estaba previsto para hoy que iba más allá de sus obligaciones habituales?

—Ah, querida, ¿no te había dicho nada? Pedro vendrá esta tarde, y lo hará acompañado de un par de amigos. Uno de ellos es sobrino del emperador. Así que, por favor, ocúpate de que no les falte nada a nuestros ilustres invitados.

Vitória frunció el ceño. ¿Acaso su madre le anunciaba tan tarde la visita intencionadamente? No, *dona* Alma podría estar débil y quejumbrosa, pero seguía siendo una madre sacrificada que nunca haría daño a su hija de forma deliberada. Además, en los últimos tiempos era frecuente que Vitória fuera la última en enterarse cuando ocurría algo extraordinario, aunque luego el trabajo recayera sobre ella.

Y seguro que no iba a ser fácil atender a esta visita. ¡Ilustres invitados, qué risa! Conociendo a su hermano Pedro, se presentaría con un grupo de amigos escandalosos y mal educados. Se comerían los exquisitos manjares en un santiamén, sin decir una sola palabra de elogio. Se beberían los caros vinos de Borgoña como si fueran agua, y tras su partida, el salón seguiría apestando a tabaco durante días.

Sería mejor que les preparara a aquellos jóvenes, fuese cual fuese su origen, un sencillo puchero de *carne seca*, plato de carne de vaca secada al sol que devorarían con mayor apetito que las más finas exquisiteces. Vitória estaba segura de ello. No importaba que tuviera la obligación de atender a su familia y a sus invitados conforme a su posición social. En cualquier caso, Boavista se convertiría aquella tarde en la *fazenda* más grande de la zona, si todo iba bien y el *senhor* Afonso no cambiaba de opinión en el último segundo.

Esta vez parecía que el negocio iba a funcionar bien. Tres años antes una cosecha récord había salvado a Afonso Soares de la ruina en la que había caído su *fazenda* a causa de su pasión desmedida por el juego. Pero ahora no podría salvarle ni siquiera la más generosa cosecha de café. Según se comentaba, esta vez Afonso había perdido casi toda su fortuna en una partida jugada en la capital. Si quería conservar al menos su mansión y asegurar a su familia un mínimo de confort, tendría que desprenderse de los campos que limitaban con Boavista.

—¡Tengo que irme, Vita! Cuando regrese Félix, podrías ir con él a la bodega y explicarle dónde están las cosas y lo que debe hacer con las botellas. Creo que ya puede asumir esa responsabilidad. Y de paso podríais subir el Lafite de 1874. Seguro que esta noche tendremos un buen motivo para brindar.

Eduardo da Silva le guiñó el ojo a su hija, se despidió cariñosamente de su mujer y abandonó la habitación con paso enérgico.

Durante unos instantes reinó un incómodo silencio en la mesa, como solía ocurrir cuando madre e hija se quedaban de pronto solas. Aquello no era frecuente, ya que en Boavista había normalmente un constante ir y venir de gente. El médico visitaba regularmente a su paciente más lucrativa; el sacerdote aparecía un par de veces por semana para regalarse con los vinos del *senhor* Eduardo; algún que otro vecino entraba ocasionalmente en la *fazenda* cuando iba de viaje de negocios a la capital, Río de Janeiro, o a Vassouras, la ciudad más cercana; Lourenço, el decorador, y mademoiselle Madeleine, la sombrerera, acudían a ofrecer sus servicios con más frecuencia de lo necesario; y, naturalmente, Pedro les visitaba a menudo. Por tanto, siempre había alguien alrededor, y no era fácil que se produjera aquel incómodo silencio entre madre e hija.

—*Mamãe* —dijo finalmente Vitória a su madre—. ¿Desde cuándo sabe que iba a venir Pedro de visita?

—Ay, querida, ¡ha sido imperdonable por mi parte no habértelo dicho hasta hoy! Cuando me llegó la carta, hace unos tres días, tenía tantas cosas en la cabeza que olvidé por completo informarte.

—Está bien. ¿Cuántas personas vendrán con él?

—Probablemente tres. Imagínate, uno de ellos es João Henrique de Barros, y si no me equivoco, así se llama el yerno de la prima de la princesa Isabel.

—*Mamãe*, mi más profundo respeto por su gran conocimiento del árbol genealógico de la familia imperial, pero ¿eso qué significa? En primer lugar, João Henrique de Barros no es un nombre tan poco común. En segundo lugar, aunque se trate realmente del yerno de la prima de *dona* Isabel, ese hombre podría ser un auténtico canalla.

—¡Hija!

Ya habían mantenido esa misma discusión otras veces, y nunca se ponían de acuerdo. *Dona* Alma estaba convencida de que un linaje apropiado valía más que todas las virtudes y fortunas del mundo. Vitória no entendía por qué se había convertido en la mujer de Eduardo da Silva. Cuando se casaron, Eduardo da Silva no era más que un campesino, aunque tuvo la suficiente inteligencia y visión para emigrar a Brasil y especializarse allí en el cultivo del café.

Su laboriosidad y la creciente demanda de "oro verde" a escala mundial convirtieron en poco tiempo a Eduardo da Silva en un hombre rico, pero fue una casualidad la que le llevó a formar parte de la nobleza. *Dom* Pedro II le otorgó el título de barón en agradecimiento por haber asistido y salvado la vida a un miembro poco importante de la familia imperial cuando éste sufrió un accidente mientras montaba a caballo. Así, Eduardo da Silva, un inmigrante portugués que a fuerza de trabajar había ascendido a señor de Boavista desde el escalafón más bajo, se convirtió en el barón de Itapuca. Y *dona* Alma, la única hija de un empobrecido noble portugués de provincias, se liberó por fin de la ignominia de haberse casado con alguien de clase inferior.

—¿Ha elegido el menú? Creo que si los caballeros son tan importantes debemos impresionarles, aunque no va a resultar fácil. Ya no quedan ni terrina trufada ni jamón italiano.

—Bueno… ya se os ocurrirá algo a Luiza y a ti —contestó *dona* Alma eludiendo la pregunta. Luiza, la cocinera, trabajaba desde siempre con la familia y la experiencia le permitía mantener la calma en todo momento.

—Acompáñame a mi habitación, quiero descansar un poco.

"¡Típico!", pensó Vitória. Le ofreció el brazo a su madre y la acompañó hasta las escaleras. Siempre que se daban circunstancias excepcionales, siempre que había que poner más imaginación y trabajo, *dona* Alma se sentía indispuesta. ¡Qué injusto! Ella, Vitória, tenía que asumir a sus diecisiete años la responsabilidad para que la casa funcionara bien todos los días, y ¿cómo se lo agradecía su madre? Con un gesto de dolor que hacía que ella se tuviera que callar cualquier crítica.

Vitória decidió que aquella vez no iba a cumplir el deseo de su madre de acompañarla al piso superior. Tenía demasiado trabajo como para realizar aquel lento ritual. Su madre tenía que apoyarse en alguien hasta llegar a su habitación y, una vez sentada en su butaca, pedía una manta, su libro de oraciones, su bordado… O, algo que Vitória debía evitar a cualquier precio, iniciaba una conversación sobre la enfermedad que, en su opinión, Dios le había enviado para enseñarla a ser humilde.

—¡Miranda! Ven y ayuda a *dona* Alma a ir a su habitación.

—Muy bien, *sinhá* Vitória.

La joven, que estaba esperando en la puerta del comedor a que la familia se levantara de la mesa para recogerla, se acercó corriendo.

—¡Despacio, Miranda! En casa no se corre. Es un lugar de paz y bienestar, y así debe permanecer —dijo Vitória clavando sus ojos en la muchacha—. Y en cuanto *dona* Alma tenga todo lo que necesita, vuelves aquí. Lo antes posible, pero sin correr, ¿entendido?

—Sí, *sinhá*.

Dona Alma guardó silencio y le lanzó una mirada escéptica a su hija. Parecía sospechar que aquella pequeña reprimenda pretendía ser una demostración de su capacidad como ama de casa. Con un callado suspiro se agarró al brazo de Miranda, levantó con la otra mano la falda de tafetán negro y subió penosamente la escalera.

—*Mamãe*, que descanse. Luego iré a verla —dijo Vitória. De nuevo volvía a tener mala conciencia.

Se acercó a la ventana para echar otro vistazo al blanco esplendor que brillaba bajo el sol de la mañana. ¡Menudo espectáculo! Sólo por aquello merecía la pena vivir tan lejos de la Corte y ser considerado en Río de Janeiro como un campesino.

A pesar de todo el trabajo que le esperaba, hoy se daría un pequeño paseo por los cafetales. Un par de espléndidas ramas serían lo más adecuado para adornar la mesa, las flores blancas combinarían a la perfección con los manteles adamascados y la fina porcelana de Limoges. Sí, y dispondría las ramas en el jarrón de cristal veneciano de una forma tan hermosa que todos creerían que se trataba de una extraña variedad botánica sumamente costosa. Pero primero tendría que dedicarse a las tareas menos agradables. Tenía que hablar cuanto antes con la cocinera y revisar con ella las provisiones. Luiza tenía desde hacía muchos años el control sobre la cocina y sabría lo que se podría hacer y lo que no para la cena.

Vitória cerró las cortinas del comedor para evitar la entrada de aire cálido. No usarían aquella estancia hasta la hora de cenar. A mediodía los Silva casi nunca comían juntos. Eduardo da Silva solía estar fuera todo el día y tomaba algo en una taberna o comía con los capataces, que habían instalado una rudimentaria cocina junto a los campos. Alma da Silva tenía una falta de apetito crónica y renunciaba a la comida del mediodía. Y Vitória comía tanto en el desayuno que nunca sentía hambre hasta la tarde; y si no, se hacía servir un ligero tentempié o algo de fruta en la veranda.

Camino de la cocina la mirada de Vitória se detuvo en la vitrina, en cuyos cristales se vio reflejada. ¡Cielos, todavía estaba en bata! Subió enseguida a su habitación y se puso un ligero pero tosco vestido de algodón y unos zapatos. Cuando hacía tanto calor no se ponía corsé, y mientras se encontrara solamente con la servidumbre, nadie podía escandalizarse por ello.

Vitória cerró con cuidado la puerta. No quería que su madre la llamara. Desde su habitación, que estaba al otro lado del pasillo, llegaba un apagado murmullo. Al parecer *dona* Alma estaba entreteniendo a Miranda más de lo necesario. Vitória casi se compadecía de la sirvienta, que probablemente estuviera soportando una charla interminable sobre las miserias de este mundo en general y el horror de aquel rincón apartado del mundo en particular. Aunque hacía ya más de sesenta años que Brasil era independiente, *dona* Alma lo seguía considerando una colonia portuguesa. Se quejaba continuamente de las inhumanas condiciones de vida, del clima demasiado húmedo y cálido, de la población salvaje, que carecía a todas luces de educación moral. ¿Cuál podría ser si no la explicación a aquella mezcla de razas entre blancos, negros e indios y que hubiera incluso individuos con tipos de piel de colores indefinibles? ¡Y cada vez más!

Vitória bajó las escaleras de puntillas. Cuando llegó abajo, llamó a Miranda. Cualquier otro día habría dejado a su madre seguir lamentándose, pero hoy hacían falta todas las manos.

Miranda cerró la puerta de la habitación de *dona* Alma y bajó las escaleras.

—¡Venga, inútil! Basta ya de charla. Cuando hayas recogido la mesa, limpias la plata y quitas bien el polvo de todo el salón. ¡Pero sin romper nada!

Luego se fue taconeando hacia la cocina.

—*Sinhazinha*, ¿pero qué aspecto traes hoy? —La cocinera levantó la vista del cuenco en que estaba preparando masa de pan, y observó a Vitória con mirada crítica. Al ser la única esclava en la casa, tuteaba a la hija de la familia y era también la única que la llamaba *sinhazinha*. A Vitória le gustaba aquel diminutivo de *sinhá*, que era la variante simplificada de los negros para *senhora* o *senhorita*. Como única esclava, Luiza se tomaba además la libertad de expresar abiertamente su opinión. Los demás esclavos la adoraban como a una santa. Estaban convencidos de que Luiza tenía poderes mágicos. Algunas veces incluso Vitória lo pensaba, a pesar de que consideraba que las supersticiones y, sobre todo, los fetichismos de los esclavos no tenían ningún sentido. Luiza era una mujer enjuta de edad indefinida. Vitória calculaba que tendría unos cincuenta años, pero las anécdotas que Luiza narraba en sus escasos momentos de locuacidad hacían pensar que tenía bastantes más. Las razones de Luiza para ocultar su edad eran un enigma. ¿Quizás pensaba que con ello aumentaba su atractivo? Ridículo. La cocinera era flaca, vieja y muy negra, y precisamente por eso pensaba Vitória que no tenía derecho a criticar el aspecto de su *sinhazinha*.

—Luiza, ¿qué le pasa a mi aspecto?

—Niña, pareces una campesina, con esos horribles zapatos y ese viejo vestido. Y encima sin corsé. Si te viera *senhor* Eduardo…

—Pero papá no me ve. Punto. Y esta noche, cuando vengan los invitados, no me vas reconocer.

—¿Qué invitados?

—Viene Pedro, con tres amigos.

—Ya era hora de que se dejara ver por su casa —gruñó Luiza. Su tono no engañó a Vitória. Sabía que Luiza adoraba a Pedro y que se alegraba de su llegada.

—Cualquiera sabe lo que ha preparado. ¿Qué le traerá a casa a mediados de semana? —Luiza volvió a hundir sus delgados pero fuertes brazos en la masa.

—Yo me pregunto lo mismo. Pero como viene con amigos, caballeros distinguidos, el motivo podría ser excepcionalmente agradable. En cualquier caso, tenemos que pensar algo, *papai* también tendrá esta noche un motivo de celebración.

La cocinera puso un gesto pensativo, pero siguió amasando con fuerza.

—*Assado de porco* —dijo Luiza de pronto. Su tono no permitía discusión alguna—. A Pedro le encanta mi asado de cerdo. Y a los demás caballeros también les gustará: los hombres jóvenes tienen que comer bien. Podemos acompañarlo con patatas, aunque en mi opinión pega más la mandioca cocida. Pero seguro que a *dona* Alma no le gustará.

—¡Pamplinas! La mandioca es lo más apropiado. —Vitória adoraba las doradas rodajas asadas de aquella raíz, crujientes por fuera y harinosas y dulces por dentro. Pero lo que más valoraba de la mandioca era que se trataba de un alimento no europeo. La alta sociedad brasileña trataba de imitar en todo al viejo continente, sin alcanzar nunca el mismo grado de refinamiento, y Vitória ya estaba harta de aquella horrible costumbre.

Luiza levantó un párpado.

—Niña, niña… —Parecía adivinar siempre las ideas de Vitória—. Tú sólo prefieres la mandioca porque a *dona* Alma no le gusta.

—Bueno, ¿y qué? Tú misma has dicho que la mandioca le va mejor al asado de cerdo. Y como *mamãe* prefiere mantenerse al margen de los preparativos, pues decido yo. Habrá mandioca.

Luiza no pudo evitar una sonrisa. La niña había salido a su padre, al menos en el temperamento y el carácter. En su aspecto físico se semejaba más a su madre, con su esbelta figura, su fina piel blanca y el cabello negro rizado. Pero, a diferencia de *dona* Alma, Vitória tenía los ojos azules. Enmarcados en unas largas pestañas negras, los ojos de Vitória brillaban con un color que recordaba al del cielo en una clara mañana de junio, limpio de nubes y niebla. Era toda una belleza, su *sinhazinha*, con aquellos increíbles ojos claros cuyo único defecto era el reflejo de más inteligencia de lo que podría considerarse apropiado para una joven.

—¿Por qué me miras tan fijamente?

Luiza desvió la mirada y pareció concentrarse de nuevo en la masa.

—Bueno, ya veo que hoy tienes uno de tus días silenciosos. Por favor, excelencia, guárdese sus inexpresables pensamientos para sí. —Vitória se dirigió hacia la puerta. Al llegar a ella, se giró hacia Luiza—. Si quieres algo, estaré en el cuarto de la ropa.

Lo siguiente que tenía que hacer Vitória era supervisar la ropa de cama y las mantelerías. Todo se lavaba y almidonaba regularmente, pero a causa del calor tropical y la elevada humedad ambiental a veces se formaban manchas de moho tan deprisa que la ropa no siempre estaba tan limpia y fresca como cabría esperar en una casa como la suya. Era bastante probable que los amigos de su hermano pasaran la noche en Boavista, pues el hotel más próximo se encontraba en Vassouras, y no se podía obligar a un invitado a cabalgar durante dos horas de noche, por no hablar de un viaje en carruaje.

Tras las lluvias los caminos estaban llenos de barro y no resultaba fácil transitar por ellos, a lo que había que sumar numerosos peligros como las arañas venenosas o salteadores sin ley. Además, la hospitalidad exigía ofrecer a los caballeros una habitación para pasar la noche. Y en la casa había sitio suficiente.

Con seis dormitorios y dos baños en la planta superior, la mansión resultaba demasiado grande para la familia da Silva. Cuando su padre construyó la casa, la familia tenía unas perspectivas que luego no se cumplieron. *Dona* Alma dio a luz siete hijos, pero tres de ellos fallecieron al poco de nacer. Otro murió a los once años a causa del cólera que asoló el país en 1873, y su hermano mayor sucumbió al tétanos tras haberse herido con una valla oxidada. Sólo quedaban ella y Pedro, y éste sólo iba a casa esporádicamente.

Vitória sacó del armario el mantel más grande y lo desdobló. Olía suavemente a lavanda. Si iban a ser siete comensales tendrían que utilizar la mesa grande. Le pareció que el mantel estaba bien. ¿Y las servilletas con delicadas puntillas a juego con el mantel? Vitória miró a ver si tenían manchas, si estaban amarillentas o con agujeros, pero no vio nada. Mejor. Volvió a doblar con mucho cuidado el mantel y las servilletas, las dejó a un lado y cerró las puertas del viejo armario de madera de cerezo que, al igual que toda la ropa, formaba parte del ajuar de su madre.

Justo cuando iba a salir de la habitación su mirada se posó sobre el vestido de baile que estaba colgado en una percha junto a la puerta. Tras la fiesta en casa de los Gonzaga habían llevado el vestido a la costurera para que le hiciera algunos arreglos. Vitória había bailado tanto que no sólo se había descosido por debajo, sino que además se habían soltado los volantes de las mangas. Gracias a Dios sólo lo había notado ella —y su madre, naturalmente—, pues el resto de invitados tampoco pararon de bailar.

¡Menuda fiesta! Rogério, su más ferviente admirador, había bailado tan emocionado a su alrededor que ella se sintió mareada. Y para no faltar a la verdad: el champán también había sido responsable de que Edmundo, aquel joven tan aburrido, la abordara después de cada baile. "Vita", le había dicho, llamándola por el nombre que sólo utilizaban sus mejores amigos, "Vita, pareces agotada. Toma otra copa, el champán te sentará bien." Si pensaba que iba a sentarse a hablar con él es que era más tonto de lo que parecía. ¿Quién querría hablar con Edmundo cuando la orquesta llegada expresamente desde Río tocaba valses, polcas y mazurcas tan encantadoras? Edmundo debería haberla sacado a bailar en lugar de perseguirla siempre con aquellos ojos de perro. Pero si no le gustaba bailar…

El precioso vestido estaba ahora allí colgado, parecía nuevo, recién lavado y planchado. La mujer encargada de lavarlo lo debía de haber traído hacía poco. A Vitória le enojaba que no se lo hubieran dicho. ¿Y si no lo hubiera visto? Un vestido como aquél no se podía dejar así colgado en un rincón, sin más. Descolgó la percha y observó el elegante vestido. ¡Qué sueño de traje! La seda azul claro armonizaba a la perfección con el color de sus ojos y hacía aún más elegante su piel blanca como la nieve. Las diminutas rosas blancas que decoraban la larga falda resultaban casi inocentes en un fascinante contraste con el generoso escote.

Vitória se acercó el traje a la cintura y miró hacia abajo. Los rústicos zapatos que asomaban bajo el vestido la hicieron reír, pero no impidieron que se marcara unos pasos de vals y girara sobre sí misma. Susurró en voz baja la melodía del vals vienés con el que se había deslizado por el salón de baile y que, si Rogério no la hubiera sujetado —¿quizás con demasiada fuerza?— la habría hecho desmayarse.

¿Cómo aguantaría hasta la próxima fiesta? ¡Faltaban tres interminables semanas! Pero, al menos, la boda de Rubem

Araujo e Isabel Souza prometía ser un gran acontecimiento. Habría más de doscientos invitados, y los Souza no iban a escatimar en gastos, pues estaban muy contentos de haber encontrado un buen partido para su pálida hija. ¡Por fin otra ocasión para engalanarse! Aunque, evidentemente, Vitória no podría ponerse ese mismo vestido ya que los invitados serían los mismos de la fiesta de los Gonzaga. ¿Qué tal el rojo cereza? Era un traje extraordinariamente llamativo pero de exquisita elegancia, y le sentaba muy bien a su piel blanca y su cabello negro.

Los pensamientos de Vitória fueron bruscamente interrumpidos. Miranda entró apresuradamente en la habitación.

—*Sinhá* Vitória, tiene visita. No me he atrevido a hacerle entrar.

¡Ay, ojalá no fuera nadie importante! Miranda tenía instrucciones muy precisas de no dejar entrar en casa a nadie que no conociera, aunque podría tratarse de alguien a quien la muchacha no hubiera visto todavía en los tres meses que llevaba en Boavista. El banquero Veloso, por ejemplo, o la viuda Almeida.

Pero en la puerta había un hombre al que Vitória no había visto nunca. Sus botas estaban cubiertas de barro y su traje, que delataba su origen humilde, estaba igualmente sucio. Parecía haber cabalgado durante mucho tiempo. Se había quitado el sombrero de piel y la marca sobre la frente revelaba que lo había tenido puesto durante muchas horas. Llevaba el pelo largo, recogido en la nuca, aunque se habían soltado algunos mechones, que caían sobre su cara dándole un aspecto temerario. En las caderas llevaba un cinturón del que colgaba un gran revólver.

Una aparición sumamente sorprendente. Por su vestimenta podría tratarse de un gaucho, un campesino del sur del país. Por su pelo negro azulado y sus ojos ligeramente rasgados podría ser un *caboclo*, un mestizo de indio como los que en esos días vagaban por la región en busca de trabajo. Sin embargo, su actitud no era ni la de un sencillo campesino ni la de un *caboclo*. Con la cabeza erguida, dirigió a Vitória una mirada que era todo menos humilde, haciéndole sentir un escalofrío en la espalda. ¿Acaso sería un bandolero? ¿Quién iba por ahí, a plena luz del día, con un revólver? La respiración de Vitória se aceleró imperceptiblemente. Estaba sola, no podía esperar ayuda ni de su madre postrada en la cama ni de la torpe Miranda. Luiza estaba en la cocina, en la parte posterior de la casa, donde no se enteraría si se producía un asalto, y Félix debía de haber salido hacia Vassouras hacía tiempo.

—Buen hombre, se ha confundido de puerta. La entrada de servicio para los suministros se encuentra en la parte trasera de la casa, como en todas las haciendas del país. Y si quiere vendernos algo, no necesitamos nada.

Antes de que el hombre pudiera decir una palabra, Vitória le cerró la puerta en las narices. En aquel mismo instante se arrepintió de su exagerada reacción. ¡Realmente estaba empezando a ver fantasmas! Un ladrón: tenía demasiada fantasía. Seguro que se trataba de un comerciante que quería venderles tijeras, herramientas o semillas para la nueva cosecha de maíz. Por una ventana lateral observó cómo se subía al caballo con elegancia y se marchaba.

El caballo parecía tan cansado como su dueño, pero era de raza más noble que él. "Curioso", pensó Vitória, "un animal tan espléndido en manos de un sujeto así." La gran cantidad de alforjas, bolsas y sacos que el animal llevaba encima hacían pensar que el hombre era realmente un comerciante. Vitória pensó que si era así quizás su reacción había sido correcta. ¿Adónde iríamos a parar si cualquiera se atreviera a llamar a la puerta principal? ¡Querrían incluso sentarse en los mullidos sillones del vestíbulo y que les sirvieran un café!

En Boavista no se rechazaba a nadie. Cualquier comerciante podía ofrecer su mercancía, cualquier indigente recibía un plato de sopa, cualquier soldado de paso podía calmar su sed y la de su caballo. Pero todos debían llamar a la puerta de atrás, donde les recibían Miranda o Félix o algún otro esclavo encargado de las tareas de la casa. Sólo los que querían visitar a la familia da Silva por motivos privados o profesionales podían llamar a la puerta principal.

Vitória sacudió la cabeza. Todavía un tanto desconcertada ante el atrevimiento del hombre, entró en el comedor. Miranda frotaba un cuchillo de plata; era el segundo que limpiaba, ya que sobre la mesa se veía brillar un solo cuchillo, mientras que el resto de los cubiertos formaban un desordenado montón gris y sin brillo.

—Vete a la puerta de atrás y entérate de qué es lo que quiere de nosotros ese extraño tipo. En cualquier caso, échale de aquí. Me parece que no tiene muy buenas intenciones.

—Muy bien, *sinhá*. —Miranda dejó caer el cuchillo que estaba limpiando sobre la mesa de palisandro y salió a toda prisa.

Regresó enseguida.

—No había nadie, *sinhá*.

¡Qué misterioso! Bueno, en cualquier caso, Vitória no iba a seguir rompiéndose la cabeza por aquel hombre.

Miranda estaba ante su ama esperando su reacción.

—¿Qué haces ahí con la boca abierta? Siéntate y sigue limpiando la plata. Y hazme el favor de no estropear la preciosa mesa de la abuela de *dona* Alma.

Miranda se sentó. Inmersa en sus pensamientos Vitória empujó también una silla y se sentó junto a la mesa. Por una rendija entre las cortinas entraba un único rayo de sol en el que flotaban diminutas partículas de polvo y que iluminaba la alfombra persa colocada ante el aparador. La mirada perdida de Vitória se alzó, deteniéndose en el cuadro colgado sobre el mueble. Alma y Eduardo da Silva en el salón de su *fazenda* recién construida, Boavista, *anno* 1862. Su madre con un vestido rosa con adornos de crinolina, de moda en aquel entonces; le parecía increíble que *dona* Alma hubiera sido alguna vez tan bella. Y su padre le dirigía desde el cuadro una dura mirada, posiblemente acorde a los gustos de la época y del pintor. En cualquier caso, Eduardo había sido un hombre realmente atractivo, y su rostro reflejaba orgullo e inteligencia a partes iguales.

Un fuerte tintineo sacó a Vitória de su breve letargo. A Miranda se le había caído un cuchillo y la miraba angustiada.

Esta vez Vitória no la regañó. Ya tenía bastante por hoy. Alguna vez se comportaría como se esperaba de ella. Sin decir una palabra, Vitória se puso de pie y salió de la habitación. ¡Ya estaba bien de holgazanear! No podía perder el tiempo si quería hacer todo lo que tenía previsto. Uno de los esclavos estaba muy enfermo. Cuando Félix llegara de Vassouras con el médico, iría con él a ver al joven negro. Podría ser, como ocurría a veces, que estuviera simulando estar enfermo para no tener que trabajar o para ser aislado del resto de los esclavos, lo que le facilitaría la huida. Además, Vitória debía investigar la queja del capataz, que acusaba al vigilante de robar los alimentos que se repartían entre los esclavos. Era una dura acusación. Si Vitória averiguaba que había algo de cierto en aquella historia, tendría que intervenir su padre. En el peor de los casos, habría que despedir a Seu Franco, cosa que no disgustaría demasiado a Vitória. Era insoportable. A continuación iría a ver a su yegua, encerrada en el establo a causa de una herida en la pezuña y que parecía echar de menos tanto como Vitória los paseos.

Tras su descanso de mediodía —al que no renunciaría en ningún caso, pues la velada prometía ser larga— tenía que resolver algunas cuestiones en su escritorio. Debía examinar diversas cuentas y listas de suministros, una tarea que su padre le había confiado cuando descubrió su notable capacidad para el cálculo. Además, tenía que encontrar un hueco para leer el periódico, en el que seguía con interés la evolución del café, que desde hacía poco tiempo cotizaba en la Bolsa de Río de Janeiro.

Pero lo primero de todo, antes de que el calor fuera insoportable, era salir a los campos de café. Vitória se puso un tosco delantal y un viejo sombrero de paja, tomó su cesta, un cuchillo y abandonó la casa. Atravesó un pequeño huerto de hierbas aromáticas que había plantado junto a la casa. Tras la valla de madera, descolorida y agrietada por el sol y la lluvia, tomó un estrecho camino que llevaba hasta los campos. El café ocupaba casi toda la superficie cultivada, pero había también trigo, maíz, verduras y frutales. Había que alimentar a casi trescientos esclavos, además de cincuenta vacas, veinte caballos, cien cerdos y casi doscientas gallinas.

Tras un breve paseo, Vitória llegó al primer campo de café. Unas gotas de sudor asomaban ya sobre su labio superior. El sol caía implacable desde un cielo sin nubes, aunque no serían más de las diez de la mañana. No corría ni un soplo de aire. A lo largo del día, estimó Vitória, el termómetro subiría hasta los treinta y cinco grados. ¡Y eso antes de primavera! Debía darse prisa si no quería volver a casa bañada en sudor. Se acercó a un arbusto y cortó con cuidado un par de ramas especialmente hermosas. Lo mismo hizo en otros tres arbustos, hasta que llenó la cesta. Luego se colocó bien el sombrero de paja y emprendió el camino de regreso. ¡Qué refrescante resultaría ahora un baño en el Paraíba! Pero Vitória descartó inmediatamente aquella idea. Hoy no podía pasarse el día chapoteando en el agua. Además, después de las lluvias el río llevaba mucha más agua de lo normal y, aunque habitualmente serpenteaba perezoso por el paisaje, se había convertido en una corriente impetuosa y traicionera en la que sería mejor no bañarse. Aun así, de lejos parecía inofensivo, brillando al sol y deslizándose como una cinta de seda entre las verdes colinas. Estaba a unos quinientos metros de donde se encontraba ella. Veía el brillo del agua. Vitória no tenía muy buena vista, pero tampoco se acostumbraba del todo a las gafas que su padre le había traído de un viaje a Francia. Conocía de sobra los grandes árboles que bordeaban el río y el camino de arena que llevaba hasta Vassouras por lo que no necesitaba ayuda. Pero algo alteraba la perspectiva habitual. ¿Se había escapado una vaca? Vitória entornó los ojos y se centró en la mancha oscura. Se movía. ¿Un jinete? ¿Sería el hombre que había llamado a la puerta? Vitória se recogió la falda y corrió hacia la casa. Cuando llegó a la valla de su pequeño huerto, se volvió a mirar. La mancha había desaparecido.

II

Para los *comissionistas*, los intermediarios del café, septiembre era una época en la que no había demasiado trabajo. Los grandes suministros de las *fazendas* al sur de Río de Janeiro no llegarían hasta unos meses más tarde. En realidad, los *cafeeiros*, los arbustos del café, podían dar fruto todo el año, pero era en otoño cuando más producían. Así, la recolección principal se realizaba habitualmente en mayo, que además era el mes más seco en la provincia. Si no lo era y a pesar de las esperanzas y las probabilidades climáticas llovía, podía perderse la cosecha entera.

Los frutos recién recolectados se extendían en largas hileras en los patios de las *fazendas* para que se secaran y los esclavos los movían regularmente con grandes rastrillos para que todos recibieran los rayos del sol. Esta fase de la recolección del café era la más delicada. Si los frutos se secaban demasiado, los granos de café de su interior perdían su aroma. Si no recibían suficiente sol o la lluvia mojaba las cuidadosamente dispuestas hileras de frutos casi secos, los granos se pudrían en su interior.

Pero también tras el secado, cuando a los frutos se les retiraba la *pulpa*, la cáscara roja, y se liberaban los dos granos que contenía cada uno, se podían producir daños irreparables. Un solo "grano maldito" podía dejar todo un saco de café inservible. Por ello, la selección de los granos la realizaban exclusivamente aquellos esclavos con suficiente experiencia para detectar los granos en mal estado. Se trataba, en general, de frutos que habían madurado demasiado, estaban arrugados y tenían un color negruzco.

Pedro da Silva conocía todo esto perfectamente y era capaz de valorar la calidad de un suministro de café con una simple mirada. Para el *comissionista* Fernando Ferreira había sido una suerte conocer a Pedro. Al principio, la propuesta de Eduardo da Silva para que aceptara a su hijo Pedro como aprendiz le había parecido una broma pesada. ¿Qué iba a hacer con el hijo malcriado de un rico *fazendeiro?* Sus modales delicados y su elegante vestimenta sólo despertarían la envidia de los demás empleados. Además ¿se mostraría todavía dispuesto a aprender un joven que ya había cumplido veintitrés años? Pero los reparos del *comissionista* se desvanecieron cuando Eduardo da Silva se mostró conforme con que su hijo recibiera el salario habitual y no fuera objeto de ningún trato especial. Cuando Pedro da Silva ocupó su puesto bajo la mirada desconfiada de Fernando Ferreira y sus cinco empleados, sabía que en una semana se habría ganado la simpatía de todos ellos. Era inteligente, trabajador, discreto y no se comportaba como los demás hijos de hacendados ricos. Siempre se mostraba amable, y ni siquiera perdía la serenidad ni la alegría con el sofocante calor que en los meses de verano convertía el despacho en un infierno y destrozaba los nervios de todos. Para Pedro da Silva trabajar con Fernando Ferreira era una buena oportunidad para escapar de la agobiante rutina de la provincia. ¡Río de Janeiro! Aceptaría cualquier trabajo con tal de vivir en una metrópoli con todo tipo de diversiones. ¿Y qué podía hacer? Para la medicina no había mostrado ningún talento y al cabo de un semestre había abandonado ya los estudios. El derecho le pareció demasiado teórico después de dos semestres. No estaba hecho para estar todo el día sobre los libros. Así pues, se decidió por lo que mejor conocía gracias a la educación de Eduardo da Silva: el café.

Si Pedro había pensado alguna vez que podría escapar a su destino como sucesor de su padre, sus esperanzas se desvanecían por momentos. Su aprendizaje con Ferreira, que debería culminar con un año de formación con un gran exportador, no le desagradaba tanto como había temido en un principio. La inspección de los suministros y el regateo con *fazendeiros* y exportadores se le daban bien. Además, de todos los colaboradores de Ferreira, Pedro era el más hábil reclutando trabajadores para descargar vagones. Sólo una minoría de los negros libres que se podían contratar como descargadores en cualquier esquina valía realmente para este trabajo, y Pedro tenía largos años de experiencia con los esclavos de Boavista. Los hombres viejos, débiles o mutilados no servían. Un saco que se cayera al suelo podía reventar o ir a parar a un charco de agua sucia.

Las oficinas estaban en la Rua do Rosario, una calle ocupada casi exclusivamente por *comissionistas*. El edificio era de la época colonial y estaba decorado con azulejos de dibujos blancos y azules. En la ventana ponía "Fernando Ferreira & Cia." con elegantes letras doradas con borde negro. El aroma del café recién tostado invadía la calle durante todo el año, ya que a los exportadores les gustaba que se les tostara y preparara un café para poder calibrar correctamente la calidad de la mercancía. Fue él quien propuso que se moliera, tostara y preparara el café a los clientes importantes; al fin y al cabo el sabor del café dependía del buen desarrollo de cada uno de los pasos del proceso. Fue él también quien cambió las viejas tazas en que Ferreira servía el café a los exportadores por delicadas tazas de porcelana con el borde dorado. Al principio esta medida contó con la desaprobación de Ferreira, que veía así confirmados sus prejuicios sobre el extravagante modo de vida del barón. Pero al final el éxito le dio la razón a Pedro: el café sabía mejor en las elegantes tazas, y aquella distinguida forma de presentación contribuía en parte a conseguir un mejor precio.

También influía el aspecto de Pedro. Sus grandes ojos castaños le hacían parecer más inocente de lo que en realidad era. Con él los clientes no se sentían agobiados ni engañados, como ocurría con otros *comissionistas*. Al contrario: tras firmar un contrato con Pedro todos quedaban convencidos de que habían hecho un fantástico negocio. La suave voz de Pedro, su amabilidad y su carácter aparentemente ingenuo hacían olvidar a casi todos que el joven da Silva era un agudo calculador.

Fernando Ferreira reconoció enseguida el talento negociador de su empleado. Tras diez meses de duro trabajo Pedro había convencido a su jefe de que, en contra de su costumbre, le concediera unas pequeñas vacaciones. A las personas como Pedro da Silva, pensaba Ferreira, no importaba hacerles concesiones. Al fin y al cabo, el comportamiento del joven no dejaba traslucir que se sintiera diferente a los demás, aunque esto tampoco hacía olvidar a Ferreira que era el único hijo varón de Eduardo da Silva. Algún día Pedro sería el señor de Boavista.

Pedro se alegraba de disponer de unos días libres. Había invitado a unos amigos a Boavista y a continuación viajarían a la provincia de São Paulo para visitar a la familia de su amigo Aaron Nogueira. Aaron era un antiguo compañero de estudios que, a diferencia de Pedro, mostraba una capacidad excepcional para la jurisprudencia y había superado con éxito los exámenes. Al ser judío, Aaron no era precisamente la clase de amistad que *dona* Alma querría para su hijo en Río, pero Pedro no podría haber encontrado un amigo más inteligente y con más sentido del humor que Aaron. João Henrique de Barros, en cambio, le encantaría a su madre. En su carta había mencionado expresamente el nombre de su amigo, igualmente antiguo compañero de estudios, y estaba seguro de que *dona* Alma sabría quién era. Eso suavizaría un poco la situación, pues el tercer invitado no agradaría ni a su madre ni a su padre: León Castro era un periodista conocido fuera de Río por su vehemente defensa de la abolición de la esclavitud. Pedro y Aaron habían conocido al hombre, algo mayor que ellos, en una reunión en São Cristóvão y lo admiraban por sus modernas ideas, su destreza retórica y su absoluta carencia de respeto ante cualquier autoridad. León era para ellos un héroe, aunque no todos compartieran sus ideas.

Pedro estaba sumamente sorprendido de que León hubiera aceptado su invitación a viajar con él a Boavista. Todo había surgido por casualidad durante un encendido debate sobre las condiciones de vida de los esclavos. "Al parecer nunca has estado en una *fazenda* donde viven negros bien alimentados y satisfechos. En serio, León, ven con nosotros a Boavista, cambiarás de opinión. Nuestros esclavos viven bastante mejor que todos esos hombres libres que arrastran su existencia miserable por las calles de Río."

Pedro sentía ahora cierto temor. Su madre le recriminaba que era un liberal incorregible, pero si encima le acompañaban un judío y un defensor de la abolición de la esclavitud, probablemente le llamaría anarquista y convencería a su padre para que le hiciera regresar a Boavista. ¡Qué idea tan horrible! Pedro odiaba la rutinaria vida en la provincia, aunque echaba de menos a su familia, la hacienda, los paseos a caballo en plena naturaleza, los baños en el Paraíba y la vida al aire libre. Pero ¿qué era eso comparado con la excitante, ruidosa, turbulenta y salvaje vida en la ciudad? En el valle del Paraíba la sociedad estaba estrictamente dividida en dos clases: *fazendeiros* y esclavos. Sólo en las pequeñas ciudades de la provincia, en Valença, Vassouras o Conservatória, había ciudadanos normales cuyas profesiones, eso sí, se orientaban a satisfacer las necesidades de los *fazendeiros*. Había maestros, músicos, médicos, tenderos, artesanos, sastres, abogados, banqueros, farmacéuticos, libreros y, naturalmente, soldados y gente al servicio del emperador. La vida transcurría sosegadamente, sin grandes altibajos. Estaba delimitada por las fiestas católicas y por las estaciones del año y, al igual que éstas, se repetía con desmoralizante regularidad. ¡Era todo tan previsible! En abril, la fiesta en casa de los Teixeira; en mayo, la recolección; en octubre, el funeral por su abuelo, al que no había conocido; en enero, el viaje en busca del frescor de las montañas de Petrópolis.

Río, en cambio, bullía. Nunca se sabía lo que iba a pasar al día siguiente. En cualquier momento podías encontrar a personas capaces de narrar aventuras fascinantes. Casi todos los días llegaba un barco de Norteamérica o Europa lleno no sólo de marineros agotados, sino también de jugadores, prostitutas y valiosas mercancías. En Río encontrabas misioneros dispuestos a adentrarse en las selvas del norte, aristócratas ingleses que trataban de ponerse a salvo de sus acreedores en el Nuevo Mundo, intelectuales franceses que veían allí un buen terreno para sus ideas progresistas. Cada vez llegaban más barcos repletos de tristes figuras, judíos rusos que huían del pogromo y campesinos alemanes e italianos que, con sus grandes familias y el gran valor de los desesperados, buscaban empezar una nueva vida en las tierras poco pobladas del sur del país.

Aunque Pedro se compadecía de los forasteros, había algo que envidiaba de ellos: su primera mirada sobre Río de Janeiro. El escenario, que no podía ser más espectacular, ya había sido descrito con eufóricas palabras por viajeros de tiempos anteriores. Las innumerables calas, ribeteadas de blancas playas, dibujaban arriesgadas curvas. Sus extremos parecían tocarse en el horizonte, de forma que a simple vista daban el aspecto de un intrincado laberinto, un delta gigante con cientos de islas. De hecho, cuando los portugueses, en la expedición dirigida por Gaspar de Lemos, llegaron a la bahía casi circular de Guanabara, pensaron que se trataba de la desembocadura de un río, y como esto ocurrió el 1 de enero de 1502, llamaron al lugar donde desembarcaron "Río de Janeiro", Río de Enero.

Los peñascos de granito, de caprichosas formas, que surgían poderosos en el mar estaban rodeados de espesos bosques, cuyo extraordinario verdor se extendía entre la costa y las montañas. Un paisaje tan incomparable hacía olvidar las penalidades del viaje. Pero en cuanto se conocía Río de cerca, se perdía la visión de la grandiosidad del paisaje, que dejaba paso a otras impresiones. El ruido, el calor sofocante, los mosquitos, la basura, el hedor y el gentío en las calles impedían tener una visión clara de las montañas o el mar.

Pedro estaba contento de escapar durante un tiempo de aquel laberinto en el que a duras penas se orientaba. Estaba en la estación, esperando a sus amigos que llegarían de un momento a otro. Observaba fascinado el ajetreo a su alrededor. El tren que unía a diario Río de Janeiro con Vassouras estaba siendo cargado con artículos de lujo que necesitaban los ricos *fazendeiros* y sus familias. Se trataba, sobre todo, de productos importados: cosméticos, perfumes, barras de labios, porcelanas, cristal, muebles, libros y revistas, encajes, plumas para sombreros, instrumentos musicales, vinos, licores. Pero también se cargaban grandes cantidades de harina de trigo, puesto que en Brasil, donde no se cultivaba el trigo, el pan blanco era una auténtica exquisitez.

—¡Aquí estás! Llevo más de media hora buscándote. Pero en este barullo infernal no hay quien se oriente. —Aaron Nogueira, bañado en sudor, se acercó a su amigo—. Esta estación es un horror. Los descargadores no miran por dónde van, ¡qué falta de respeto! Y no hay quien encuentre un mozo que te lleve las maletas. —Agotado, Aaron dejó su equipaje en el suelo. Miró enojado un desgarro que se había hecho en la manga de la chaqueta. Sus rizos rojizos estaban despeinados.

Pedro no tuvo más remedio que sonreír.

—¡Pareces un loco!

—Sí, pues estoy a punto de perder la razón.

En aquel momento llegó João Henrique de Barros, con un aspecto impecable y un gesto arrogante. Aaron se quedó asombrado.

—¿Cómo consigues moverte entre este gentío sin que te afecte?

João Henrique se golpeó con un gesto expresivo la palma de la mano con su pequeña fusta.

—La actitud adecuada, amigo mío.

Pedro miró su reloj de bolsillo e hizo un gesto para que se pusieran en marcha.

Poco después de que los jóvenes encontraran su compartimento y se instalaran en él, la locomotora de vapor lanzó un estridente silbido. Aaron, que estaba asomado a la ventanilla observando extasiado, desde una distancia segura, el colorido ajetreo de la estación, perdió el equilibrio y casi se cae. João Henrique le miró por el rabillo del ojo con gesto de censura, mientras Pedro se echaba a reír.

Cuando el tren dejó atrás la ciudad, João Henrique sacó de su cartera de piel una botella de coñac y dos copas.

—¡Vamos a pasar este rato lo mejor posible. ¿De acuerdo?

—Por favor, João Henrique, ¿no crees que es demasiado pronto para empezar a beber?

—Aaron, no seas aguafiestas. —João Henrique sirvió dos copas, le ofreció una a Pedro y levantó la otra—. ¡A la salud de nuestro querido Aaron!

Pedro pensó para sus adentros que Aaron tenía razón: era demasiado pronto para beber. Pero asumió el papel del vividor que no rechaza ningún placer y se entrega sin problemas a la ociosidad. Y además: ¿acaso no eran jóvenes?

—¡Por Boavista! —exclamó Pedro. No pensaba seguir las indirectas de João Henrique.

—¡Por Boavista! —Aaron brindó con una cantimplora que sacó de su gastada cartera.

João Henrique levantó las cejas con fingido reconocimiento.

—Tu rabino estaría orgulloso de ti.

—Lo estaría. Al contrario que tu confesor, que se pone enfermo en cuanto te acercas al confesionario.

—¿Acaso crees que voy a deleitar al viejo Padre Matías con un relato detallado de mis excesos? No, tendrá que esperar mucho…

—João Henrique, Aaron, ¿podéis dejar las peleas para otro momento? Estoy harto. Ni siquiera sé cómo he podido invitaros a los dos a la vez.

De hecho, en Río Pedro evitaba reunirse con demasiada frecuencia con los dos al mismo tiempo. Eran como el perro y el gato, como el fuego y el agua. Siempre se estaban peleando, y el más mínimo detalle les servía para intercambiar frases mordaces. En cierta ocasión habían discutido tan agriamente sobre un libro que casi llegan a las manos. Pedro les echó de su casa. Si querían pegarse, sería en otro sitio. En su casa, mejor dicho, en la residencia de su padre que él ocupaba durante su estancia en Río, debían comportarse adecuadamente.

Pero a veces no podía evitar que los dos coincidieran. Eran sus dos mejores amigos. Cada uno tenía cualidades que Pedro valoraba. Aaron tenía una cabeza brillante. Era muy ingenioso, pero a la vez podía ser tan serio, formal y disciplinado que los demás jóvenes le consideraban un empollón. Su torpeza le hacía parecer un sabio distraído, lo que en modo alguno era. Sabio sí, distraído no. A ello se unía su incapacidad para vestirse bien. Aaron no tenía dinero para ello, pero tampoco veía necesario disponer de un vestuario impecable. Pedro había intentado explicarle que un abogado debía vestir mejor, aunque sólo fuera para convencer a sus clientes de sus aptitudes. La gente se dejaba deslumbrar por los detalles externos, y Aaron debía tenerlo en cuenta. Aunque pudiera parecer muy competente, con una indumentaria adecuada conseguiría mucho más.

Los desaliñados trajes de Aaron le daban a João Henrique continuos motivos de burla. João Henrique estaba siempre impecable. Pedro no le había visto nunca con el más mínimo detalle inadecuado. En las reuniones oficiales daba una impresión sumamente seria; en el teatro era de una elegancia despreocupada; en la iglesia conseguía, a pesar de sus ricos trajes, dar una imagen de modestia y humildad. Ni siquiera en sus juergas nocturnas tenía mal aspecto. Pedro no había visto nunca a João Henrique ejerciendo su profesión, pero podía imaginarse perfectamente que sus pacientes, ante su impecable aspecto, le considerarían un portento de la medicina, lo que en cierto modo incluso aceleraría el proceso de curación. Sin embargo, no era el estilo de João Henrique lo que más admiraba Pedro. Valoraba ante todo su firme seguridad en sí mismo. Ni las personalidades más importantes, ni los mejores profesores o los más famosos cantantes de ópera, ni jugando a las cartas, ni en los exámenes: nadie ni nada hacía perder a João Henrique el dominio de sí mismo. Únicamente Aaron podía hacer que le hirviera la sangre con una simple observación.

Cuando estaba con João Henrique, Pedro se contagiaba de aquel aplomo. A su lado se sentía fuerte e intocable. No es que Pedro fuera una persona débil. Pero el bochorno que sentía en ciertos establecimientos de dudosa reputación o la inseguridad que le invadía ante los altos dignatarios desaparecían si estaba junto a João Henrique. Le hacía sentirse como un adulto. Éste era precisamente el motivo por el que le había invitado a Boavista. Con João Henrique sería más fácil que su padre le viera como un hombre, no como un niño. Además, sus apellidos harían desaparecer los reparos que *dona* Alma pondría a sus otros invitados. Por todo ello merecería la pena soportar durante unos días las disputas entre sus amigos.

El paisaje se deslizaba lentamente ante los tres jóvenes. João Henrique había encendido un cigarro y leía el periódico cómodamente reclinado en el asiento de terciopelo rojo. Pedro iba sentado en el sentido de la marcha junto a la ventana, frente a él estaba Aaron. Ambos miraban por la ventanilla, pensativo y retraído uno, animado y lleno de expectativas el otro.

Niños de piel oscura casi desnudos corrían junto al tren saludando. En las afueras de Río el panorama estaba constituido por perros que ladraban, cabañas en ruinas, cerdos en sus pocilgas, mujeres tristes con sus bebés a la espalda. Pero este deprimente escenario fue sustituido paulatinamente por la naturaleza salvaje del interior del país. Cuanto más se acercaba el tren a las montañas, más exuberante e impenetrable se hacía la vegetación. Entre las piedras de la vía del tren crecían delicadas hierbas, en el borde florecían orquídeas salvajes. Aquí y allá descubría Pedro un tucán en la selva. Vio inquietos colibríes y brillantes mariposas azules gigantes, vio monos encaramados a los plataneros, e incluso tuvo una rápida visión de una *urutu* que se había enroscado en el grueso tronco de una caoba. ¿O era su imaginación que le había jugado una mala pasada? A pesar de los informes de los investigadores que a diario anunciaban fascinantes descubrimientos de nuevos animales, plantas y enfermedades en Brasil, Pedro apenas había visto serpientes. Pero, al fin y al cabo, aquello era la selva y no tenía mucho en común con los apacibles campos de cultivo del valle del Paraíba.

João Henrique rompió el silencio con una breve y ruidosa carcajada.

—¿Sabéis lo que escribe León en el *Jornal do Commércio*? ¡Es inconcebible! Escuchad: *Con una inusitada pretensión se presentó ayer, miércoles 21 de septiembre de 1884, un tal Carlos Azevedo en la prefeitura de São Paulo: él, hijo ilegítimo y único del recientemente fallecido fazendeiro Luiz Inácio Azevedo, quería regalar la libertad a una esclava que había heredado de su padre y que constara en los registros de la ciudad. El nombre de la esclava era Maria das Dores. Era su madre.*

¿Se sorprenden, estimados lectores? ¿No quieren creer que en una época tan avanzada como la nuestra, en un país tan floreciente como el nuestro, un hombre puede recibir en herencia a su madre? Pues créanlo. Y avergüéncense de nuestra indigna legislación. Mientras los negreros sin escrúpulos puedan abusar impunemente de las mujeres de color y mientras las personas sean tratadas como objetos que pasan de padres a hijos, Brasil no podrá ser considerado un "país civilizado".

En este caso la esclava tuvo la suerte de que su amo reconociera al hijo ilegítimo y éste le regalara la libertad. Pero igualmente podría haberla vendido, y lo habría hecho amparado por nuestras leyes. Yo les pregunto: ¿Qué clase de país es éste, donde un hombre puede vender a su madre? En mi opinión sólo existe una solución: ¡hay que abolir la esclavitud!

Aaron y Pedro rieron.

—¡Ja! —se regocijó Aaron—. Ya se ha desbordado su imaginación otra vez.

—¿De dónde sacará esas historias? —se preguntó Pedro asombrado—. Algo así es imposible de imaginar. Y cita incluso nombres, todo ese drama debe de ser demostrable.

—Pronto le veremos —objetó João Henrique—, entonces nos explicará los detalles.

Luego siguió enfrascado en la lectura de su periódico. Pedro y Aaron empezaron a charlar. El tiempo, la política, la salud de la princesa Isabel, los precios del café, la calidad de los cigarros de la marca "Brasil Imperial", la situación de los negros en Río, la nueva moda de bañarse en el mar y la expresión del rostro del revisor desviaron su atención del paisaje. Cuando se dieron cuenta de dónde estaban, Aaron se sorprendió.

—¡Cielo santo! ¿Todo eso son cafetales?

—Sí. —El propio Pedro estaba tan emocionado con la vista que sólo pudo responder con un monosílabo.

—¡Es maravilloso!

Ambos admiraron en silencio el paisaje que se deslizaba ante ellos.

De vez en cuando veían a lo lejos una *fazenda*, constituida generalmente por blancos y sólidos edificios brillando al sol que no dejaban entrever la elegancia que se desplegaba en su interior.

—Aquélla es la *fazenda* de los Sobral —dijo Pedro, señalando con el dedo hacia el sur—. No sé si lo podrás apreciar desde aquí, pero la casa grande, la mansión, tiene un pórtico con columnas. Imagínate, ¡columnas! ¡Como en Norteamérica!

—¿Qué hay de malo en ello? —preguntó Aaron.

—De verdad, Aaron, a veces parece que llegaste emigrado ayer y no hace once años. No hay nada malo en ello. Pero en Brasil se mantiene el estilo de construcción tradicional portugués, y en él no tienen cabida las columnas en una casa de campo. Sobran, ¿sabes? Nos gusta más lo austero, sin adornos. Una casa como la de los Sobral resulta demasiado arrogante. No es humilde.

Aaron sonrió.

—Naturalmente —prosiguió Pedro—, todos sienten envidia de ese grandioso pórtico, aunque nadie lo reconoce.

—¿Y cómo es vuestra casa? —quiso saber Aaron.

—Hazte una idea tú mismo, en unas dos horas habremos llegado. Pero bueno, te adelantaré algo: tiene aspecto de que en ella vive gente honrada y muy católica. Por fuera al menos. Aparte de un par de pequeños detalles que revelan la vanidad y el orgullo de nuestra familia: el paseo de palmeras, la fuente delante de la casa, los adornos de porcelana en la escalera, las tallas en las contraventanas...

—¡Está bien, está bien! No me desveles todo. Aguantaré.

Cuando el tren pasó junto a las primeras casas de Vassouras, João Henrique dejó el periódico a un lado y miró por la ventanilla. Pasaron junto a modestas casas de madera con pequeños huertos, talleres de carpinteros, cerrajeros y herreros; luego junto a casas de piedra de dos pisos en cuyos patios traseros había ropa tendida. En conjunto, Vassouras daba la impresión de ser una pequeña ciudad limpia y agradable. Pero la estación tenía otro aspecto. No se diferenciaba mucho de la estación de Río. Por el andén se movían descargadores y mozos, vendedores de periódicos, limpiabotas y numerosas personas bien vestidas que acudían a recoger a alguien.

El corazón de Pedro empezó a latir con fuerza. Se asomó por la ventanilla esperando descubrir algún rostro conocido. Por fin vio a José, el cochero de Boavista.

—¡José! ¡Aquí!

El viejo negro saludó con la mano. Se abrió paso, junto a un mozo, entre el gentío del andén y corrió junto al tren hasta llegar a la altura de Pedro.

—¡*Nhonhô!* —gritó, y su arrugado rostro esbozó una sonrisa que dejó ver unos dientes perfectamente blancos.

João Henrique miró a Pedro con incredulidad.

—¿*Nhonhô?* Dios mío, ¿cuántos años cree que tienes?

—¿Qué significa *"nhonhô"?* —quiso saber Aaron.

—Es una deformación de *senhor* y *sinhó* —explicó Pedro—. Los esclavos llaman así a los amos jóvenes.

—¡A los amos menores de cinco años! —añadió João Henrique.

—¡Bueno, déjalo! José siempre me ha llamado *nhonhô,* y creo que ya no le podré quitar la costumbre.

Dieron a José parte de sus cosas por la ventanilla. Las maletas más grandes las llevaron ellos mismos por el estrecho pasillo del tren.

Una vez fuera, Pedro dio unos golpes joviales al viejo esclavo en la espalda.

—¡Bien, mi viejo, tienes buen aspecto! ¿Cómo va tu gota?

—No muy mal, *nhonhô.* Si Dios quiere, podré seguir guiando los caballos durante muchos años. Vamos, el coche está en la entrada de la estación.

Y allí estaba. El esmalte verde oscuro brillaba con el sol de la tarde, la capota de piel estaba plegada. En la puerta se veía el escudo del barón de Itapuca, que representaba una planta de café bajo un arco de piedra. En lengua indígena arco de piedra se decía *itapuca,* y aunque sólo se trataba de una sencilla formación geológica en el límite de la finca marcado por el río, aquel arco de piedra había constituido para el emperador una buena ocasión para recuperar un nombre del tupí-guaraní para el joven barón.

José le dio un *vintém* al muchacho que había cuidado el coche durante su ausencia. Luego cargó las cosas en el coche con la ayuda de Pedro y Aaron. João Henrique se quedó a un lado y no movió ni un dedo. Por fin estuvo todo cargado. Los tres amigos se sentaron en el carruaje, José se subió al pescante e inició la marcha.

Sólo entonces, cuando el esclavo se sentó y se le subió un poco el pantalón, pudo verse que no llevaba zapatos. A nadie le sorprendía el aspecto del negro de pelo blanco con su librea, bajo cuyo pantalón con adornos dorados asomaban unos pies grandes y callosos. Incluso Aaron conocía el motivo: los esclavos no podían llevar zapatos. Era uno de los rasgos característicos de los esclavos que los distinguía de los negros libres. La venta de zapatos estaba estrictamente reglamentada. Los esclavos que escapaban y conseguían de algún modo hacerse con unos zapatos, estaban a salvo de sus perseguidores.

No había nada de extraño en que los esclavos que trabajaban en el campo y llevaban una sencilla vestimenta de tela gruesa no llevaran zapatos. Pero aquellos que trabajaban en las casas, que a veces iban vestidos con los trajes viejos de sus amos, que les conferían un porte más distinguido, presentaban una extraña apariencia con los pies desnudos.

El carruaje traqueteaba por las calles empedradas de Vassouras. João Henrique y Aaron estaban sorprendidos ante el cuidado aspecto de la ciudad. Las casas estaban pintadas de blanco, rosa, azul cielo o verde claro. En el extremo sur de la plaza principal, la Praça Barão de Campo Belo, se alzaba la iglesia de Nossa Senhora da Conceição, a la que se accedía por unos escalones de mármol. En el extremo occidental de la plaza estaba el majestuoso ayuntamiento, frente al que se encontraban la biblioteca y el cuartel de policía. La plaza estaba rodeada de palmeras y almendros, a la sombra de los cuales unos bancos de madera invitaban a descansar. Se veía a *amas* negras con niños blancos, grupos de viudas vestidas de negro que miraban con severidad a los jóvenes que pasaban, y *senhores* con gesto ocupado que parecían tener prisa.

—¡Qué bonito! —exclamó Aaron.

—Sí, es cierto. —Los ojos de Pedro adquirieron un brillo de melancolía. ¿Cómo podía olvidar lo agradable y tranquila que era la ciudad? ¿Por qué había cambiado realmente aquella vida idílica por el laberinto de Río? Cuando en aquel momento un hombre que pasaba por la calle se tocó el sombrero y le saludó con una leve inclinación, recordó el porqué. Rubem Leite, el notario, le había reconocido al momento. Y todos los que se querían dar importancia le reconocerían también. Le adularían, le importunarían, le pedirían un préstamo o intentarían convencerle de absurdas transacciones económicas. A él, el joven señor de Boavista, que allí todavía era *nhonhô*. A él, cuyos primeros pasos vivieron todos, cuyos alaridos cuando perdió una vez a su *ama* no olvidaban y cuyas primeras andanzas juveniles seguían siendo objeto de burla.

Creían conocer a Pedro da Silva, pero ahora era otro. En el anonimato de la gran ciudad no podía impresionar a nadie con su nombre, allí se valoraban otras cualidades. Aquí, en la provincia, nadie valoraría sus capacidades. Para los habitantes del valle sería siempre el hijo de Eduardo da Silva, un niño malcriado. ¡Cómo le molestaba esa memoria colectiva! Probablemente la viuda Fonseca seguiría el resto de su vida mirándole sorprendida por lo mucho que había crecido. Y seguro que su viejo maestro todavía se asombraría de que su pequeño Pedro, que cuando era un niño mostraba una aversión extrema a las asignaturas de letras, fuera hoy voluntariamente al teatro o tomara un libro entre sus manos.

El carruaje dejó atrás la ciudad. La calle empedrada pasó a ser un camino de tierra, y el coche rodaba ahora algo más silencioso tras los dos caballos. El sol brillaba en el cielo. En los campos se oía un leve zumbido, pero el viento de la marcha libraba a Pedro, João Henrique y Aaron de mosquitos, *maribondos* y otros insectos. Olía suavemente a la flor del café. El coche pasó junto a un grupo de esclavos que volvía de los campos. Llevaban cestas sobre la cabeza e iban cantando.

—¡No llevan cadenas en los pies! —se sorprendió Aaron.

—¡Pues claro que no! Con heridas en los tobillos no podrían trabajar.

—Pues yo pensaba…

—Sí —le interrumpió Pedro—, tú has leído muchos artículos de León. Aquí se trata bien a los esclavos. Muy pocos escaparían. Al fin y al cabo, no conocen la libertad y no sabrían qué hacer.

—¿Entonces por qué están los periódicos llenos de anuncios en los que se busca a esclavos fugitivos?

—Sólo en la provincia de Río de Janeiro viven cientos de miles de esclavos. Que se escapen diez al día es una insignificancia. El sábado a lo mejor aparecen cincuenta anuncios en el periódico; parecen muchos, pero no lo son.

Aaron no parecía estar de acuerdo con el cálculo, pero dejó el tema.

—¿Sabes cuántos de los negros que escapan son encontrados? —preguntó João Henrique.

—No —respondió Pedro—. Supongo que no muchos. Las características de muchos de ellos coinciden. Si en un anuncio pone "de mediana estatura, unos treinta años, responde al nombre de José", no habrá muchas posibilidades de encontrarle. Otra cosa es cuando el huido tiene algún rasgo especial, alguna cicatriz, una deformidad o algo similar.

—A mí me dan pena —dijo Aaron—. Cuando alguien arriesga tanto, pasa tantas privaciones y cambia conscientemente un presente medio soportable por un futuro no precisamente de color rosa, es que valora mucho su libertad. Y si son suficientemente valientes y listos para escapar, entonces ya cuentan con las principales cualidades que necesita un hombre libre… y se han ganado su libertad.

—¡Otra vez! —João Henrique miró a Aaron como a un niño que no entiende algo muy sencillo después de explicárselo mil veces—. Los negros no son como nosotros. Tú los has visto en Río. En cuanto son libres aprovechan esa libertad para beber, pelearse, mentir. Tienen las cabañas sucias, sus numerosos hijos corren por ahí desnudos, sus mujeres trabajan como prostitutas. Realmente, no son mejores que los animales.

Pedro confió en que el viejo cochero no hubiera oído su conversación. João tenía razón en parte, pero él sabía que muchos esclavos eran personas formales y fieles a las que no se podía comparar con la chusma de la ciudad y que se ofenderían si les metieran a todos en el mismo saco, como había hecho João Henrique.

Por fin llegaron a la entrada de Boavista. La puerta de hierro forjado con el escudo de la familia estaba abierta en espera de su llegada. Tras ella se extendía una larga avenida flanqueada por altas y elegantes *palmeiras imperiais*, palmeras reales, que llevaba a la mansión. Desde esa perspectiva se veía sólo la fachada de la casa grande, una amplia casa de dos pisos. Era blanca, con un tejado de tejas rojas y las contraventanas pintadas de azul. Cinco escalones conducían a la gran puerta principal. A derecha e izquierda había siete grandes ventanas y, también a ambos lados de la puerta, dos grandes bancos de madera pintados en el mismo azul que las contraventanas. Totalmente simétrico y a primera vista sencillo y austero, el edificio recordaba a un monasterio. Pero esa impresión se desvanecía cuando se contemplaba la casa más de cerca. Una alegre fuente chapoteaba ante ella. Los adornos de cerámica azul a ambos lados de la escalera y las glicinias que trepaban junto a la puerta principal le hacían perder su aspecto severo. Tras las ventanas se veían acogedoras cortinas y bajo el tejado una delicada moldura de madera propia de una casa de muñecas que parecía no encajar demasiado con aquella severa arquitectura.

Pedro habría podido describir de memoria cada detalle de la casa grande y del resto de las construcciones de Boavista. Allí había crecido, lo conocía todo perfectamente. Pero ahora, después de casi un año de ausencia y con invitados que nunca habían estado allí, veía la casa con otros ojos. Con los ojos de sus amigos. Notó de pronto lo femenina que resultaba la moldura del tejado en un edificio por lo demás tan masculino. Vio que el felpudo con el escudo del *visconde* resultaba un tanto ostentoso. Pero también pudo apreciar que la casa, veinticinco años después de su construcción, estaba en perfecto estado e irradiaba dignidad. Pedro se movía entre el orgullo del propietario y la sensación de ser responsable de todo, incluso de aquello que quedaba fuera de su alcance.

Mientras João Henrique y Aaron se desperezaban y estiraban tras el fatigoso viaje, a Pedro le entró una extraña prisa. Descargó el equipaje, con el cochero, sin dejar de hablar.

—Este calor no es normal en esta época del año, pero esperad a que entremos, dentro se está muy fresco. Lamento que el viaje haya sido tan largo, pero no se puede evitar. Cuando se lleva el ganado por los caminos tras las lluvias se forma mucho barro. Y, claro, siempre salpica algo, pero no os preocupéis, aquí en el campo es normal. La sirvienta limpiará enseguida vuestras maletas y vuestros trajes. Bien, ¿y? ¿Qué opináis de la casa? Os vais a quedar boquiabiertos cuando veáis el resto, esto es sólo una cuarta parte del complejo.

En ese momento se abrió la puerta principal. Tras ella apareció Vitória. Pedro pensó que se había arreglado demasiado, pero cuando iba a esbozar una disculpa se fijó en el rostro de Aaron. Su amigo estaba petrificado. Acababa de ver a la muchacha más hermosa del mundo.

III

¡Pedro! —Vitória voló hasta los brazos de su hermano—. ¡Deja que te vea, *Pedrinho*, hermano del alma! ¡Cielos, cómo has cambiado!

—¡Y tú, Vita! ¡Estás cada día más guapa! —Miró con admiración a su hermana, que, en un inusual alarde de coquetería, dio una vuelta ante él. Quizás se debió a la excitación del momento.

—¿Te gusta mi vestido? No quería que te avergonzaras de mí ante tus amigos.

—¡Qué tonterías dices, Vita! Incluso con harapos parecerías una reina. Pero, bueno, te voy a presentar a nuestros invitados. Éste es mi compañero de estudios João Henrique de Barros, el médico más prometedor bajo nuestro sol tropical.

El hombre tomó la mano que Vitória le tendió y la besó con una elegante reverencia.

—Mis respetos, *senhorita* Vitória. Su hermano nos ha hablado mucho de usted. Pero olvidó mencionar su arrebatadora belleza.

Vitória calculó que tendría unos veinticinco años, sería algo mayor que su hermano. João Henrique de Barros llevaba barba inglesa y vestía a la moda. Adulador y presumido. A Vitória no le resultó simpático. Su voz tenía un cierto tono pedante y, aunque no se le pudiera considerar feo, a Vitória no le gustó su aspecto. Tenía la frente algo echada hacia atrás y sus pequeños ojos se hundían en unas profundas y arrugadas órbitas. A lo mejor ese horrible inglés, Charles Darwin, tenía razón con su novedosa teoría. João Henrique de Barros descendía realmente del mono.

—Y éste —continuó Pedro, empujando hacia delante a un pequeño pelirrojo—, éste es Aaron Nogueira, que acaba de terminar la carrera de Derecho. ¡Un abogadillo, pero de los listos!

—¡*Senhorita!* —Aaron Nogueira besó la mano a Vitória. La agitación le impidió decir una palabra más. Le habría gustado decir mil cosas, innumerables cumplidos y piropos se agolparon en su cabeza, pero en el momento decisivo no se le ocurrió nada mejor que callar.

—¿Qué te ocurre, Aaron? ¿Te has quedado mudo? —Y dirigiéndose a Vitória explicó—: Ante el juez no es tan tímido. Al revés, allí habla hasta marear a cualquiera.

El rostro de Aaron Nogueira se iluminó con una leve sonrisa que acentuó sus hoyuelos y le dio un aspecto malicioso. Enseguida recuperó el control:

—¡Precisamente! ¡No querréis que una dama tan encantadora se maree!

A Vitória le gustó aquel hombre.

—Puede estar tranquilo. No suelo desconcertar a los hombres con desmayos, sino con mi presencia de ánimo.

—¡Qué gusto da ver a una *sinhazinha* capaz de pensar! —observó João Henrique.

—Casi tanto como encontrar a un médico sincero —respondió Vitória sin inmutarse—. O a un abogado tímido —añadió sonriendo amablemente a Aaron. Éste estaba maravillado.

Pedro parecía estar al margen de esta conversación. Siguió hablando alegremente:

—A nuestro héroe de los oprimidos y los esclavos lo has debido de conocer ya. Se iba a reunir aquí con nosotros. ¿Dónde se esconde?

—¿Quién? —Vitória miró a su hermano sorprendida.

—León Castro.

—Aquí no ha venido ningún León Castro.

—No puede ser. Salió un día antes que nosotros. ¿Se habrá perdido?

—Antes de que aclaremos esta cuestión, entrad en casa y tomad algo fresco. Vamos. —Vitória se dirigió a Aaron Nogueira y João Henrique de Barros—. Luego les enseñaré sus habitaciones. Félix subirá su equipaje. Tómense todo el tiempo que quieran para cambiarse, no cenaremos hasta que estén listos.

Los tres hombres dejaron sus carteras en el vestíbulo y siguieron a Vitória hasta la veranda. Pedro se sentó en el balancín, João Henrique de Barros y Aaron Nogueira compartieron el banco de madera, sobre el que Vitória había dispuesto unos cojines bordados del salón. Ella se acercó un sillón de mimbre. Apenas se hubieron sentado llegó Miranda con una gran bandeja con café, limonada, galletas saladas y bombones. Vitória la ayudó a disponer las tazas, los platos y las fuentes sobre la mesa. El sol brillaba todavía e inundaba todo de una cálida luz. Aaron no podía quitar los ojos de Vitória. Su cabello, cuidadosamente recogido para la ocasión, desprendía brillos dorados y su piel reflejaba la luz del sol en un suave tono melocotón. ¡Qué ser tan maravilloso!

Mientras servía café con una cafetera de plata a los amigos de su hermano, se disculpó por la ausencia de sus padres.

—Nuestra madre nos acompañará en la cena, no se encuentra muy bien. Y a nuestro padre le reclamaron en los establos poco antes de su llegada. Tienen problemas con una yegua a punto de parir.

—¡Ah, sí, los placeres de la vida en el campo! —comentó João Henrique con un cierto gesto de fastidio.

—¿Lo dice por experiencia? —preguntó Vitória.

—¡Cielo santo, no! Yo nací y crecí en Río de Janeiro, soy un auténtico carioca. La ciudad carece de la cultura que he podido apreciar en mis estancias en Lisboa y París, pero es mucho más civilizada que la provincia.

¡Menudo fanfarrón! Considerar la ciudad como civilizada era un sarcasmo. Por muchos palacios, teatros, universidades, bibliotecas, hospitales, cafés y grandes tiendas que hubiera, Vitória nunca consideraría que una ciudad en la que el propio emperador vivía prácticamente al lado de una cloaca y cuyo hedor respiraba, era mejor que un pantano maloliente. Aunque las calles estuvieran iluminadas con lámparas de gas, aunque hubiera una conexión por tren directa con Vassouras, en Río de Janeiro sólo había alcantarillado en los barrios altos de la ciudad. En muchos barrios se recogían las aguas residuales en grandes recipientes que luego se vaciaban en el mar. O simplemente se esperaba a las grandes lluvias que inundaban las calles estrechas y arrastraban consigo toda la inmundicia. Aquí en Boavista tendrían menos estímulos culturales e intelectuales, pero al menos disponían de un sistema de desagüe.

—Pues yo pienso —objetó Aaron Nogueira—, que Boavista y el maravilloso recibimiento que nos ha preparado la *senhorita* Vitória demuestran lo contrario. En cualquier caso, considero que todo esto —e hizo un gesto con los brazos señalando a su alrededor— es grandioso. Y mucho más civilizado de lo que esperaba. Nuestro querido Pedro se comporta en ocasiones como si viniera de la selva.

—¿No tenéis otra cosa que hacer que burlaros de mí? Pensad mejor en León. No quiero ni imaginar lo que puede haberle pasado.

—A ése no le pasa nada malo. Probablemente haya bebido en algún sitio más vino de lo debido y ahora esté durmiendo la mona. A ser posible con una belleza de piel tostada a su lado —opinó João Henrique con una sonrisa mordaz.

—¡João Henrique! ¡Modérate! No digas esas cosas delante de mi hermana.

Vitória controló su indignación. Sabía que muchos hombres blancos, incluidos algunos de buena familia, perseguían a las esclavas, y conocía también las consecuencias. En Boavista había algunos mulatos sobre cuyo padre se especulaba a escondidas. Su padre y su hermano se habían librado de cualquier sospecha, que siempre había recaído sobre el vigilante de los esclavos, Pereira, o el encargado del ganado, Viana.

En aquel momento apareció Miranda.

—*Sinhá*, en la puerta trasera hay alguien que desea hablar con usted.

—¡Caramba! —se sorprendió Vitória.

A esa hora no era habitual. El sol se estaba poniendo, en media hora sería de noche. Todos sabían lo deprisa que se echaba la noche encima y todos, desde el más ilustre viajero hasta el más humilde vagabundo, habrían buscado cobijo mucho antes. Debía tratarse de una emergencia.

Vitória avanzó deprisa por el largo pasillo que llevaba a la zona de servicio y a la puerta trasera. Sus botines de seda blanca, que asomaban indiscretos bajo el vestido de *moiré* verde manzana, resonaban sobre el suelo de mosaico. ¡Conque en casa no se corría! Cuando llegaba gente de la ciudad, lo que suponía un agradable cambio en la rutinaria vida de la *fazenda*, no quería perderse ni un segundo de conversación. Y ni *dona* Alma ni Miranda veían lo deprisa que iba por el pasillo.

Enojada, abrió la puerta, que sólo estaba ligeramente entornada. Se quedó sin palabras. Ante ella estaba el mismo hombre que había llamado por la mañana. Pero tampoco era el mismo. El caballero que la miraba fijamente, con una ceja levantada en un gesto de fingida sorpresa, llevaba traje de etiqueta. Iba tan elegante como los figurines que Vitória veía en las ilustraciones de las revistas europeas. Pero no parecía un disfraz, al contrario. Llevaba con perfecta naturalidad una levita gris oscuro de paño fino. En el bolsillo superior asomaba un pañuelo de seda roja con sus iniciales. Los zapatos de charol negro no tenían ni una mota de polvo y ni un solo pelo se escapaba de su arreglada cabellera, que, más allá de cualquier moda, era larga y estaba recogida con una cinta de terciopelo negro.

Con exagerada cortesía se quitó el sombrero de copa e hizo una profunda reverencia ante Vitória.

—*Senhorita* Vitória, ya sé que no compra nada. Pero ¿aceptaría un regalo de un amigo de su hermano? —dijo entregándole un pequeño paquete con un lazo azul claro.

¡León Castro! Vitória estaba muy avergonzada. Tomó el regalo confiando en que no se notara el temblor de sus manos. Fue inútil.

—Pero *sinhazinha*, querida señorita. Perdone mi impertinencia. Me llamo León Castro, y no tenía ninguna intención de importunarla.

Vitória intentó contenerse, pero a pesar de aquellas palabras de cortesía no pudo callarse.

—No me importuna, me ofende.

Aquel hombre había tenido la desfachatez de llamar a la puerta de atrás vestido de etiqueta… ¡sólo para humillarla! ¿No había sido ya bastante desagradable que le echara por la mañana? ¿Tenía que ridiculizarla ahora con aquella indigna comedia?

—¡Sígame! —Le dejó entrar y cerró la puerta con fuerza. Quería ir delante de él y para eso tenía que pasarle. Pero León estaba en el centro del pasillo y no parecía tener intención de apartarse. Cuando ella se deslizó por un lado, él la miró con una sonrisa burlona. ¡Qué atrevido y desvergonzado! No obstante, en el breve momento de proximidad corporal no pudo por menos que apreciar su perfume de hierbas.

Una vez conseguido, Vitória atravesó el vestíbulo con paso apresurado. Dejó el regalo en la consola al pasar junto a ella. No se volvió ni una sola vez hacia Castro, pero por sus pasos sintió que la seguía de cerca. Vitória se sentía observada. Por fin llegaron a la veranda.

—¡Dios mío, León! ¿Te ha mandado el periódico en busca de una buena historia? —Pedro se puso de pie y dio unos golpecitos joviales a su amigo en la espalda.

—Pues sí. Y tu encantadora hermana ha sido muy amable ayudándome en la investigación.

Pedro miró a Vitória sin comprender.

—¿Qué quiere decir?

Vitória no contestó. Estaba colorada de furia y vergüenza. ¡Lo que faltaba, el tipo era un escritorzuelo! Ahora convertiría el pequeño incidente en un artículo en el que todas las *sinhazinhas* de los alrededores de Río aparecerían como unas provincianas engreídas y maleducadas.

João Henrique se levantó para saludar a su amigo. Cuando también Aaron se puso en pie, lo hizo con tal desatino que tiró una copa. La limonada le cayó encima y, mientras los demás se reían de su torpeza, él dirigió a Vitória una mirada que ella comprendió al momento.

—¡Venga conmigo, tenemos que lavar enseguida la mancha con agua y jabón!

Se detuvieron en el vestíbulo.

—¿La ha molestado León? —dijo Aaron sonriendo—. Le gusta hacerlo. Todos hemos pasado por ello.

Vitória estaba asombrada por su capacidad de observación. Creía que su gesto no dejaba entrever su estado de ánimo.

—Esta mañana estuvo aquí. Como iba muy sucio y parecía peligroso, ni siquiera le di la oportunidad de presentarse. Le eché bruscamente. ¡Cielos, qué vergüenza!

Aaron se rió.

—¡Bah! Es su truco más viejo, y João Henrique también ha caído. Tranquilícese. Y en cuanto a mi pantalón, no se preocupe. Le vendrá bien una buena limpieza. Será mejor que vaya a mi habitación y me cambie.

Vitória llamó a Félix y le indicó que mostrara a Aaron su habitación y le llevara el equipaje. Luego irguió la espalda, se armó de valor para volver a ver al escritorzuelo y le dio a Aaron un leve beso en la mejilla.

—¡Gracias!

No imaginaba las consecuencias de lo que acababa de hacer. En cuanto Félix deshizo las maletas y se llevó el pantalón para lavar y la chaqueta para coser, Aaron se dejó caer sobre la cama como en trance. Con la mirada fija en el techo, se abandonó a la ensoñación que Vitória había provocado en él. Él quería una mujer así, completamente igual. Con su inmaculada piel blanca, su pelo negro y su delicada figura, parecía sacada de un cuento. Sus ojos eran de un azul turbador y su perfil, con la frente alta y la nariz recta, era el más aristocrático que había visto nunca. Y esta belleza concordaba con su carácter, que parecía ser abierto, despierto y libre.

¡No! No podía dejarse llevar por un sueño así, debía sacárselo de la cabeza cuanto antes. Ella era católica, sus padres nunca la entregarían a un judío. Y él estaba prometido con Ruth, una agradable joven a la que conocía desde hacía tiempo. Era la hija del abogado Schwarcz, un vecino de sus padres en São Paulo, y algún día él trabajaría en su bufete. ¡Pero Ruth era tan sencilla! No dudaba de que sería una esposa perfecta, pero nunca provocaría en él la misma turbación que Vitória había desencadenado con una simple mirada.

¡Se acabó! Al fin y al cabo, Vitória también tendría algo que decir al respecto, y era más que improbable que se interesara por él. Él, un hombre casi sin recursos que no tenía nada más que inteligencia y grandes ambiciones. Sabía que en Brasil podría llegar a algo. Sus padres habían pasado muchas privaciones para pagarle los estudios en la mejor Facultad de Derecho del país. Les estaba muy agradecido por ello, tanto que haría siempre lo que ellos quisieran. Si insistían en que se casara con Ruth, tenía que aceptarlo, por muy duro que le resultara. Pero ello no iba a privarle de disfrutar de la estimulante presencia de Vitória.

Aaron se aseó, peinó sus rizos rebeldes, se puso su mejor traje y se encaminó a la veranda. En la escalera se detuvo a contemplar los cuadros colgados en la pared. Había bodegones holandeses, paisajes invernales franceses y alemanes, batallas navales portuguesas y numerosos retratos de la familia da Silva. A Pedro lo reconoció enseguida, un joven muchacho sentado en un sillón demasiado grande. Vitória también se parecía mucho: en el cuadro, en el que aparecía con unos doce años, estaba casi tan guapa como ahora. Luego se detuvo en otros retratos. Por las placas de latón supo que se trataba de los padres. Eduardo da Silva imponía un cierto respeto con su uniforme ricamente adornado con galones, bandas y condecoraciones. El cuadro mostraba un hombre con una buena apariencia, y Aaron se preguntó si sería así en realidad. Justo a su lado estaba el retrato de *dona* Alma. Era de una belleza etérea, pero su mirada parecía de acero y sus labios eran demasiado finos para darle la expresión de dulzura que tanto gustaba en los retratos de la época. Aaron se preguntó por qué no había retratos de los abuelos, lo que era habitual en las familias de renombre. Ya se lo preguntaría a Pedro cuando no hubiera nadie delante.

Cuando llegó a la veranda, João Henrique y Pedro se marchaban para cambiarse. León había tomado asiento en el banco y disfrutaba de una copa de champán.

—Ya hemos pasado al aperitivo. ¿Tomará una copa? —dijo Vitória, ofreciéndole una.

—Sólo si brinda conmigo.

—¡Por supuesto!

Aaron y Vitória sonrieron y alzaron las copas. Parecían no tener en cuenta a León, hasta que éste levantó su copa medio vacía y dijo:

—¡Por la *sinhazinha* más bella del país!

—Sí —admitió Aaron—, por la *sinhazinha* más bella del país.

—Y por los invitados más... notables que Pedro ha traído nunca.

Vitória inclinó la cabeza mirando a León y a Aaron. Aunque se sentía halagada, no podía dejar de notar un cierto tono de ironía en la voz de León. Todavía no se le había pasado la irritación. Mientras Aaron estaba en su habitación había tenido que explicar cómo se había producido el malentendido con León Castro. Pedro y João Henrique se habían partido de risa mientras ella se había sentido totalmente ridícula. Se bebió su copa de un trago.

—¿Ha aprendido eso de los esclavos? —preguntó León, visiblemente divertido por el nerviosismo de Vitória.

—No, lo he aprendido de los amigos de mi hermano. —Y muy solemnemente añadió—: A los esclavos de Boavista no les está permitido el consumo de alcohol, excepto los días festivos.

—Por supuesto que no —respondió León con el énfasis de un estricto funcionario.

Vitória decidió ignorar las impertinencias de Castro. Se dirigió a Aaron.

—Cuénteme cómo ha ido el viaje, Aaron. Puedo llamarle Aaron, ¿verdad?

—Claro que sí, Vitória.

—Vita. Mis mejores amigos me llaman Vita.

—Bien, Vita. —Aaron le contó lo que habían visto durante el viaje y sobre lo que habían hablado. De pronto se acordó del artículo que les había leído João Henrique—. João Henrique ha compartido con nosotros la lectura del *Jornal do Commércio* y nos ha leído una interesante colaboración, cuyo autor está sentado ante nosotros. ¿Habéis hablado ya sobre ello? —añadió mirando a León.

—No, y tampoco deberíamos hacerlo en este momento.

—Tienes razón. Debemos esperar a que vengan Pedro y João Henrique. Les interesará saber de dónde has sacado esa historia.

Vitória no sabía de qué hablaban, pero no tenía intención de preguntar. Sólo le daría a Castro una oportunidad para ridiculizarla. Inició una conversación sin importancia y Aaron y Castro la siguieron complacidos. También ellos querían aliviar la tensa atmósfera y no sacar ningún tema espinoso.

Acompañando a Pedro y João Henrique llegó también Eduardo da Silva a la veranda. Se hicieron las presentaciones y se intercambiaron palabras de cortesía. Luego se trasladaron todos al comedor. La mesa estaba preparada para un banquete y los caballeros colmaron a Vitória de elogios por ello.

—¡Qué flores más maravillosas! Parece mentira que en la provincia tengan algo así…

—Sí, querido *senhor* de Barros. Además, no las encontrará en Río.

—¿Cómo se llaman esas plantas tan magníficas? —quiso saber João Henrique.

Los demás se miraron entre sí, pero dejaron que Vitória respondiera a João Henrique.

—Café.

—¿Café?

—Exactamente. Ha tenido que ver muchas desde el tren.

João Henrique soltó una sonora carcajada.

—¡Ésa sí que es buena! Realmente buena. No sabía que el café se utilizara también como adorno.

—Y no se utiliza —intervino Eduardo da Silva—. Cada rama que se corta hace disminuir la cosecha.

—Pero *papai*, con las doce mil arrobas que produce al año eso no se nota.

—Dentro de poco casi dieciséis mil.

—Eso significa… *Pai*, ¡ha salido bien! —Vitória se arrojó al cuello de su padre. Pedro los miraba sin comprender.

—Hoy he cerrado el acuerdo con el *senhor* Afonso. Ahora somos propietarios de sus tierras y, con ello, de la *fazenda* más grande del Valle del Paraíba.

—¡Es fantástico, padre! ¡Enhorabuena! ¡Brindemos por ello!

Pedro llamó a Félix para que trajera otra botella de champán de la bodega. No fue necesario poner en antecedentes a los amigos de Pedro. Ya se habían dado cuenta de que se trataba de la compra de unas tierras que la familia da Silva tenía gran empeño en adquirir.

Vitória mandó a Miranda a buscar a *dona* Alma. Poco después su madre bajó la escalera como si nunca hubiera tenido el más mínimo dolor. Llevaba un vestido de seda gris y debajo, un cuello de encaje rosa, algo poco habitual en ella. Le sentaba bien, resaltaba aún más la palidez de su piel y su esbelta figura. Todos estaban de pie en el comedor, pero una vez que hubo llegado *dona* Alma y brindaron por el buen negocio del padre y por los invitados, tomaron asiento. En la cabecera de la mesa se sentaron los padres de Vitória, a un lado estaba Vita sentada entre Aaron y João Henrique y a otro Pedro junto a León. Miranda y Félix esperaban en la puerta. Vitória les hizo una señal. Podían empezar a servir.

Dona Alma rezó una breve oración mientras el primer plato humeaba ya ante ellos, una cremosa sopa de espárragos y cangrejos de río. ¡Realmente Luiza podía hacer milagros! ¿De dónde había sacado aquellos espárragos, de los que no habían hablado por la mañana? ¿Los habría traído Pedro de Río sin decirle nada? Miró a su hermano y supo que había acertado. Su significativa sonrisa le delataba.

Durante la cena *dona* Alma conversó animadamente con João Henrique, que se sentaba a su izquierda, y Eduardo da Silva respondía con paciencia a las preguntas que le planteaba León sobre la *fazenda*, la producción de café y los esclavos. Sólo Vitória observó con qué poco apetito se tomaba Aaron la sopa y cómo dejaba los cangrejos en el fondo del plato. No hizo ningún comentario, pero cuando llegó el segundo plato Aaron la miró confuso.

—El asado tiene muy buen aspecto. Pero discúlpeme si no tomo.

Vitória seguía sin entender. ¿Qué había de malo en él? Luiza había rellenado la carne con ciruelas pasas y castañas, una exquisitez importada, y tanto su aspecto como su olor eran insuperables.

Pedro carraspeó.

—Su religión le prohíbe comer carne de cerdo. Ha sido un error por mi parte, debía habértelo dicho antes.

Vitória comprendió al momento. ¡Cielo santo, qué situación tan inadmisible! Al oír el nombre de Aaron tenía que haberse dado cuenta y tomar las medidas oportunas.

—No se preocupe por mí, querida Vita. Tengo bastante con la guarnición.

—¡Oh, no! Veré qué le pueden preparar en un momento. ¿Come usted carne de vaca y·pollo?

Aaron asintió y Vitória se levantó de un salto para ir a la cocina. Aaron intentó impedirlo, pero ella salió enseguida. Se sentía incómodo siendo el centro de atención a causa de sus hábitos alimentarios. *Dona* Alma empezó a bombardearle con preguntas sobre su origen y su religión, y cuánto más contaba, más se le fruncía el ceño, o al menos eso le parecía a él.

Pedro tuvo la misma impresión. En aquel momento se avergonzó de su madre, que con sus anticuadas ideas no encajaba ni en esa época de finales de siglo ni en ese abierto país.

—¿No es maravilloso vivir en un país en el que tantas nacionalidades, religiones, culturas y razas se mezclan en un único pueblo? ¡Esta variedad sólo se da en Brasil!

Dona Alma no pareció compartir aquella opinión, pero se abstuvo de hacer cualquier comentario.

—En los Estados Unidos de América ocurre lo mismo —le contradijo León.

—¿Ha estado allí alguna vez? —preguntó Eduardo.

—¡Oh, sí, muchas veces! —Luego León habló detalladamente sobre sus visitas a Washington, sus encuentros con políticos y la situación de los negros, que hacía ya veinte años que no vivían como esclavos. Hizo un rápido esbozo de las leyes y medidas que habían permitido la integración de los negros en la sociedad.

Vitória regresó y le pidió en voz baja a Aaron que tuviera unos minutos de paciencia. No quería interrumpir el discurso de León, por el que mostraban un interés evidente el resto de los comensales. Ella misma se sintió enseguida atraída por el tema. León era un buen orador. Lo que contaba sonaba razonable, sin moralina; era interesante, pero no prescindía de un tono melodramático; era ameno, sin tocar temas espinosos. Su sonora voz mantenía la intensidad adecuada y el ritmo perfecto. Con las manos gesticulaba poco, pero con efectividad. Habló sobre las todavía malas relaciones entre los Estados del Norte y del Sur, sobre los desatinados deslices de algunos diplomáticos que había conocido en

Washington, y sobre su breve encuentro con el presidente Chester Arthur, quien, al igual que la mayoría de los americanos, tenía la extraña costumbre de tomar el café con leche por la tarde y por la noche. Habló de las grandes industrias que habían llevado el bienestar al Noreste, aunque dejando tristes paisajes, y del atraso del Sur, que seguía viviendo de la agricultura y, por tanto, le resultaba difícil salir adelante sin esclavos. Habló de los negros que llevaban una existencia modesta trabajando en libertad como artesanos o agricultores, pero también de los ataques de blancos racistas a las poblaciones de negros.

En las pausas que León hacía entre frase y frase sólo se oía el ruido de los cubiertos. Todos disfrutaban de la comida, incluso Aaron, al que habían servido entretanto un plato de pollo asado, comía con gran apetito. León era el único que apenas había tocado el plato.

—Pero, por favor, *senhor* Castro, coma antes de que se le enfríe el asado —le invitó *dona* Alma.

—Lo siento, disculpen, me he abandonado a mis recuerdos y me he saltado todas las normas de urbanidad. Deben de haberse aburrido bastante. —Probó un bocado—. ¡Exquisito, absolutamente exquisito! —Hizo un gesto de reconocimiento a *dona* Alma, que recibió el elogio con benevolencia.

—Yo encuentro su relato sumamente interesante —dejó caer Vitória. Era verdad, pero nunca lo habría dicho si no estuviera furiosa con su madre.

León la miró con una provocadora sonrisa, pero no dijo nada.

—Sí, ha sido muy interesante —dijo también Aaron—. Luego tienes que contarnos más detalles de tus experiencias en los Estados Unidos. Y también si allí se han dado casos de personas que hayan vendido a su propia madre...

Pedro y João Henrique casi se atragantaron. *Dona* Alma y su marido se miraron ofendidos. Vitória se sorprendió.

—¿Qué...? —comenzó una frase, pero João Henrique ya había mordido el anzuelo y lo explicó.

—En un artículo que sale hoy en el periódico León cuenta el caso de un hombre, hijo bastardo de un *fazendeiro* y una negra, que heredó las propiedades de su padre y, con éstas, a su madre. Le regaló la libertad a la mujer, pero nuestro buen León no se conformó con este desagradable proceso. Se planteaba que el hombre habría podido vender a su madre.

—¿Dónde sale eso? ¿En el *Jornal do Commércio?*

Pedro asintió. De tanto aguantarse la risa tenía los ojos llenos de lágrimas.

Vitória lamentaba haber leído con atención únicamente las páginas de economía, el resto del periódico sólo lo había ojeado. Aquel artículo no lo había visto.

—Es la realidad, la triste realidad —dijo León—. ¿No lo sabía, *senhorita* Vitória? En Brasil la ley autoriza la venta de un familiar. El caso que expongo en el artículo mencionado ha ocurrido en realidad. Naturalmente, he cambiado los nombres para proteger a las personas implicadas.

—¡Es increíble, León, de verdad! ¿Te permite el redactor jefe del periódico inventarte cualquier cuento de terror y decir luego que todo es verdad, que sólo has cambiado los nombres? —objetó João Henrique.

—Claro que lo permite. Y es más: valora cualquier historia real fuera de lo común, y en los casos más escandalosos lo normal es cambiar los nombres.

—Admite que tu fantasía aporta una gran parte de esas historias "verídicas" —dijo Pedro.

—En absoluto. Pensad un poco. Seguro que en vuestro vecindario hay algún bastardo, descendiente del amo. No se habla de ello, pero todos conocen al menos un caso. Si un día el hijo hereda la *fazenda* y vende los esclavos, puede ocurrir que venda a sus propios hermanos.

—¡Un bastardo no puede ser considerado un hermano! —dijo *dona* Alma furiosa.

—¿No?

Vitória miró a León pensativa. Nunca se había parado a pensar seriamente en esas cosas, ya que en Boavista seguro que no había "hermanos" suyos andando por ahí. Pero cuanto más pensaba en ello, más de acuerdo estaba con León. La mitad de la sangre que corría por las venas de esos bastardos era del padre.

—No —respondió Eduardo en lugar de su mujer—. Pero no deberíamos seguir tratando en la mesa un tema tan desagradable.

Nadie se atrevió a contradecirle. Para reconducir la conversación, *dona* Alma le preguntó a João Henrique por las últimas novedades en la Corte. João Henrique impresionó a Pedro con su detallada exposición, totalmente imaginaria, puesto que, como él, no había tenido ningún contacto con la familia imperial. *Dona* Alma contó, como siempre, su encuentro con el emperador, que si bien había tenido lugar quince años antes, era sin duda el acontecimiento más importante de su vida. Vitória y Pedro se lanzaron una mirada elocuente: habían escuchado aquella historia mil veces y su madre añadía cada vez un detalle nuevo para que quien la escuchaba pensara que tenía una gran confianza con el monarca. Y João Henrique, que para este tipo de historias era un público muy agradecido, simuló estar muy interesado y profundamente impresionado. *Dona* Alma estaba feliz.

Transcurridos unos minutos y aburrida con aquella conversación, Vitória se dirigió a Aaron para preguntarle por su profesión. Mientras, León charlaba con Eduardo sobre las riquezas del subsuelo de Brasil. Cuando hubieron tomado los postres, todos se alegraron de que Eduardo y *dona* Alma se despidieran.

—Nosotros no tomaremos café. Pero los jóvenes podéis seguir charlando un rato en el salón. Seguro que tenéis mucho que contaros. ¡Ah, Pedro! En el escritorio tengo una caja de unos excelentes cigarros: ofrece uno a tus invitados.

Ya en el salón Vitória sirvió el mejor coñac que tenían en cinco copas, mientras su hermano, João Henrique y Aaron se concentraban en el ritual de encender un cigarro. León se preparó una pipa.

—¿Y eso lo ha aprendido usted de los esclavos? —le preguntó Vitória burlona mientras le ofrecía una copa.

—No, aprendí a apreciar la pipa en Inglaterra.

—León —se inmiscuyó João Henrique—, hagas lo que hagas, siempre metes la pata. ¿No sabías que sólo fuman en pipa los esclavos? Los caballeros no lo hacen, resulta vulgar.

—Será vulgar, pero es un gran placer. ¿Has fumado en pipa alguna vez?

—Por supuesto que no. Como tampoco he fregado nunca el suelo, ni he lavado una camisa o comido cresta de gallo hervida. Son cosas que no forman parte de nuestro mundo.

—Del tuyo quizás no. En mi mundo yo mismo decido lo que es bueno para mí y lo que no. Quizás debería probar alguna vez las crestas de gallo hervidas.

El humo de la pipa olía bien, mucho mejor que el de los cigarros. El aire del salón casi se podía cortar, y Vitória sintió que le temblaban un poco las piernas a causa de la inusual cantidad de alcohol que había bebido en la cena. Se dejó caer en un sillón y pidió a Aaron que abriera la ventana. Éste se levantó de un salto para cumplir enseguida su deseo. El humo se mezcló con el húmedo aire fresco que olía a tierra y en el que flotaba el suave aroma de las flores del café. León miraba a Vitória continuamente, y aunque ella no sabía muy bien por qué, en aquel momento se sintió irresistible.

Pero João Henrique, Aaron y Pedro acabaron con la magia del momento hablando otra vez de los esclavos. ¡Cielos, qué aburridos podían llegar a ser los hombres!

Aaron creyó complacerla formulándole una pregunta de la que suponía ella tendría ciertos conocimientos.

—¿Quién va a trabajar las nuevas tierras? ¿Tienen ustedes suficientes braceros?

Vitória se alegró de que la tomaran en serio. Aunque precisamente en aquel momento preferiría hablar sobre otros temas más espirituales. La música, la literatura, el teatro, las joyas o las flores: cualquier cosa menos las cuestiones económicas. Pero en cuanto se incorporó y se dispuso a dar una breve respuesta, cambió de actitud.

—Si nuestros trescientos esclavos incrementan su productividad en un veinticinco por ciento, lo que es bastante realista, sólo necesitaríamos sesenta hombres más.

Vita miró a León de reojo. Éste escuchaba atentamente. Ella prosiguió:

—A largo plazo resulta inevitable la adquisición de nuevos esclavos. Pero hoy en día no resulta fácil conseguir buenos braceros, por lo que me parece que este año vamos a tener que recurrir a trabajadores libres. Para nosotros es mucho menos lucrativo, pero bastante mejor que dejar parte de nuestras tierras sin recolectar.

—¿Cuánto...? —le interrumpió João Henrique. Pero ella ya había previsto la pregunta y, a su vez, le interrumpió a él:

—Con cuatro arrobas o, lo que es lo mismo, un saco de café, conseguimos unos veinte mil *réis*. El trabajador recibe por cada cesto que recolecta unos diez *vintéms*, es decir, doscientos *réis*. Entre diez y quince cestos suponen, tras desgranar los frutos y lavar y secar los granos, un saco de café, siempre que no se hayan recogido granos verdes o negros. Luego hay que descontar los costes por almacenamiento, transporte y demás. Así pues, por cada saco que recolecta un trabajador asalariado nosotros ganamos unos cinco mil *réis*. Si nuestros esclavos hacen la recolección nos queda, después de descontar todos los costes de alojamiento y manutención, el doble. A ello hay que añadir que los esclavos no roban tanto como los trabajadores libres. Nos supone unas pérdidas de casi el cinco por ciento. A pesar de nuestra vigilancia, esos bribones siempre consiguen quitarnos una parte de la cosecha y venderla de forma ilegal.

—Eso supone unas pérdidas de…

—Sí, querido *senhor* Castro, de dos *contos de réis*. Por esa suma se podría comprar un par de bonitos caballos o varios instrumentos musicales.

—A propósito de música —dijo Pedro—. Vita puede haceros mañana una demostración de sus habilidades al piano.

—Pero que no nos amedrente tanto como con la demostración de su capacidad de cálculo —bromeó João Henrique. Sólo a él le hizo gracia la broma.

No obstante, Vita se dio cuenta de la indirecta y enseguida se despidió de su hermano y sus amigos.

Era ya más de medianoche, y Vitória cayó rendida en la cama. Su cuerpo estaba agotado, pero su mente seguía bien despierta. Se le pasaron mil cosas por la cabeza, un caótico caleidoscopio de pequeñas impresiones que durante el día no había percibido con tanta claridad. El desgarro en la manga de Aaron, los silencios de su hermano Pedro, la pérfida mirada del capataz Franco Pereira, Luiza con su pipa sentada en las escaleras de la entrada trasera después de realizar el trabajo diario, el arañazo en el piano, el regalo de León que ni siquiera había abierto. Aunque su último pensamiento antes de dormirse fue que no se habían bebido el Lafite.

IV

Florença, la *fazenda* de la familia Soares, estaba como a una hora a caballo desde Boavista. Hacía mucho tiempo que Vitória quería visitar a su amiga Eufrásia. Pero ahora, cuatro semanas después de que Eduardo da Silva comprara las tierras a su vecino, lo que le convirtió a él en el mayor *fazendeiro* del valle y a Afonso Soares en el hazmerreír del pueblo, tenía que ver a Eufrásia. ¿Con quién iba a hablar si no de la carta que había recibido unos días antes? ¿Con su madre? ¿Con el servicio? No, para hablar sobre temas románticos hacía falta una amiga de la misma edad.

Vitória cabalgó por la avenida de palmeras que daba acceso a la mansión de Florença. Su pensamiento no se apartaba de la carta, y por eso no se percató de los pequeños indicios de decadencia que ya podían verse. Las *palmeiras imperiais* estaban descuidadas, grandes hojas marchitas que debían haber sido cortadas hacía tiempo colgaban tristes de los troncos. Ni el desvaído color de la puerta ni el fantasmal silencio que inundaba todo la hicieron tomar conciencia. Tocó la oxidada campana que había junto a la puerta. Nada. Tocó de nuevo, y por fin notó un movimiento en el interior de la casa. Vitória vio cómo alguien apartaba una cortina en la planta superior.

—¡Soy Vita! —gritó.

Unos minutos después Eufrásia abrió la puerta. Iba todavía en bata, en sus ojos se notaba que había llorado. Llevaba el pelo sin peinar.

—¡Cielo santo, Eufrásia! ¿Qué ha ocurrido? ¿Se ha muerto alguien?

—Casi se podría decir que sí —dijo Eufrásia con amargura—. Entra.

—¿Por qué abres tú la puerta? ¿Dónde está Maria da Conceição?

Maria da Conceição era la sirvienta de los Soares, una mulata de mediana edad que llevaba tanto tiempo en Florença que Vitória la recordaba siempre allí y prácticamente formaba parte de la familia.

—Maria ha sido vendida. Igual que el resto de los esclavos. Y nuestras tierras, el ganado, la casa de verano en Petrópolis, la plata y el cuadro de Delacroix. Sólo nos queda la casa, y los muebles más necesarios. ¡Ay, Vita, es horrible!

Eufrásia se echó a llorar. Vitória abrazó a su amiga.

—¿Por qué no has venido a verme? Os podríamos haber ayudado.

Eufrásia se soltó de sus brazos.

—¿Vosotros? ¡Vosotros sois los culpables de nuestra miseria!

Vitória se dio cuenta demasiado tarde de que había metido la pata. Eufrásia pensaba que la familia da Silva era la causante de su desgracia. Aquello era un disparate. Sin la pasión por el juego de su padre no habrían llegado nunca a aquella situación. Pero se consolaba diciendo lo contrario. Más tarde, cuando Eufrásia se hubiera calmado un poco, tendrían tiempo para hablar de ello. Miró a su amiga seriamente.

—Eufrásia, creo que si te arreglas un poco verás las cosas de otro modo. Lo mejor será que subas a tu habitación, te vistas bien, te peines y te laves la cara. Mientras tanto prepararé café. Luego seguiremos hablando. ¿Entendido?

Eufrásia asintió y se marchó. En la escalera se detuvo, se giró hacia Vitória y le lanzó una forzada sonrisa.

En la cocina Vitória encontró enseguida lo que buscaba. En el fogón había todavía ascuas, con lo que el café se hizo al momento. Alguien parecía haberse ocupado de la cocina. Estaba todo bastante recogido, y Vitória no podía imaginar que Eufrásia, sus padres o sus dos hermanos pequeños estuvieran en condiciones de mantener todo ordenado, avivar el fuego o calentar agua para lavar.

En el salón Vitória encontró unas tazas. Preparó una mesa pequeña y se sentó. En el papel pintado a rayas rosa y blanco se veía que donde habían estado colgados los cuadros quedaban unas marcas más claras con el borde gris oscuro. En toda la pared sólo había una fotografía en un marco de madera de cerezo. La familia Soares en tiempos mejores: el padre de pie detrás de *dona* Isabel, sentada en un sillón de orejas; los niños, de entre siete y once años, con sus vestidos de fiesta, apoyados en los brazos del sillón. ¡Qué niña tan encantadora había sido Eufrásia! Vitória retiró la vista del cuadro y echó un vistazo al salón. En los sitios en que había estado tapado por las alfombras de Aubusson, el suelo de madera estaba más oscuro y menos gastado que en las zonas donde la madera había estado expuesta al sol y al roce de los zapatos. La vitrina seguía en su sitio, pero faltaban las piezas finas, las porcelanas de Sajonia, las tazas de Charpentier, la tabaquera de Sèvres, la copa de Bohemia o la jarra de Doccia, que en su momento había sido el orgullo de *dona* Isabel. La fina capa de polvo que se había posado alrededor de las piezas que ya no estaban expuestas delataba la cantidad de copas, botellas, jarrones, tacitas y figuras que faltaban.

Arriba se oyeron voces, y poco después Eufrásia bajó la escalera.

—Mi madre se niega a saludarte.

En el fondo Vitória se alegraba, pues no soportaba a *dona* Isabel. Pero al mismo tiempo estaba indignada. ¿Qué culpa tenía ella de que Afonso Soares fuera un fracasado? Si su padre no hubiera comprado las tierras lo habría hecho otro.

—No te enfades —le dijo Eufrásia—. No es sólo por ti sino porque tiene un aspecto horrible. En los últimos meses ha envejecido diez años.

—¿Dónde está el resto de la familia?

—Mi padre está en Río, donde seguramente se entregará a su vicio con más desenfreno que nunca. Jorge y Lucas están en el *colégio*. Gracias a Dios está pagado de antemano, así que podrán quedarse al menos hasta Navidad. Jorge tiene muy buenas notas, es posible que consiga una beca. Y Lucas tendrá que marcharse. Quizás vaya a la academia militar, ya tiene dieciséis años.

—¿Y qué va a ser de ti? No puedes quedarte aquí encerrada esperando tiempos mejores.

—¿No? —dijo Eufrásia soltando una seca carcajada—. En tu opinión, ¿qué debo hacer? ¿Ir a los bailes y hechizar a mis múltiples admiradores con mis trajes viejos? ¿Atraer todas las miradas con mi peinado imposible porque no tengo una doncella que me arregle el pelo? ¿Exponerme a preguntas impertinentes sobre mi familia?

—¿Por qué no?

Aunque se conocían de toda la vida, Vitória todavía se sorprendía de que Eufrásia diera tanta importancia al aspecto externo y a la opinión de los demás. Un vestido le gustaba no tanto por su hechura o por su costoso material sino por el efecto que causaba en su entorno. Se aprendía hermosos versos no cuando le gustaban, sino sólo cuando eran adecuados para recitarlos en público y causar impresión. Cuando Eufrásia tenía nueve años un joven esclavo que se había enamorado locamente de ella le regaló una preciosa figura tallada en madera, un par de palomas sobre una rama. El trabajo era de gran precisión y singular delicadeza. El joven era todo un artista. Pero Eufrásia tiró el regalo sin apreciarlo. ¿Qué iba a hacer ella con un trozo de madera?

Ahora, después de tanto tiempo sin ver a Eufrásia, aquella superficialidad le resultó a Vitória más desagradable que nunca. Las circunstancias contribuían a destacar ese rasgo de su amiga. ¿Por qué no se preocupaba más por el estado anímico de su padre, las necesidades de sus hermanos, el miedo de su madre o el abandono de sus esclavos? No parecían importarle mucho los sentimientos de los que la rodeaban, sólo le impresionaba lo que hacían: la madre parecía una vieja, el padre bebía y jugaba, los hermanos no podrían seguir en una escuela de prestigio, los esclavos se habían ido... ¿Qué dirían sus amigos y conocidos de todo esto? A Eufrásia le daba igual que Maria da Conceição, que había servido sacrificadamente a los Soares y se sentía muy unida a ellos, pudiera superar o no la pérdida de su hogar y la humillación de ser vendida.

Por otro lado, aquella forma de ser tenía una ventaja: era muy fácil animar a Eufrásia. Bastaba enseñarle un bonito accesorio nuevo para sacarla del pozo de autocompasión en el que ella misma se hundía. O pensar en un marido. Al fin y al cabo, la educación que Eufrásia había recibido estaba dirigida hacia eso: convertirla en una bonita esposa. Eufrásia carecía de talentos especiales, pero tenía buen gusto, bailaba bien y, cuando tenía invitados más importantes que Vitória, sabía ser una anfitriona perfecta. Y aunque Vitória sabía que demasiados cumplidos se le subían a su amiga a la cabeza, en esta ocasión consideró excepcionalmente adecuado decirle un par de cosas agradables.

—Míralo de este modo: eres muy guapa, tu familia tiene un origen intachable, y tú reúnes todas las condiciones para ser una esposa maravillosa.

—Pero no tengo dote.

—Estoy segura de que Arnaldo se casaría contigo incluso sin dote. Está loco por ti.

—Antes a lo mejor. Y además… ¡es tan terriblemente aburrido!

—¡Cielos, Eufrásia! No puede ser más aburrido que la vida que llevas ahora. Imagina qué vestidos tan maravillosos podrías llevar, qué grandiosas fiestas podrías organizar. Gracias al dinero de Arnaldo, Lucas podría seguir yendo a la escuela y tú tendrías medios para hacer de Florença lo que siempre fue.

Eufrásia sonrió titubeante. Parecía gustarle la idea. ¿Cómo no se le había ocurrido antes?

—¿Pero seguirá queriéndome Arnaldo cuando me vea con mis vestidos viejos?

—Ni lo notará. Tienes el armario lleno de trajes que sólo te has puesto una vez y están perfectos. A no ser que hayáis vendido también todo vuestro vestuario, pero lo dudo.

—No, conservamos nuestros trajes. Pero, Vitória, por favor, no me puedo poner los vestidos del año pasado. Y si Florinda me ve con el traje amarillo, que es el que llevé en tu fiesta de cumpleaños y el único que no está pasado de moda, se va a partir de risa.

—Bueno, ¿y qué? Déjala. Lo hace porque tiene envidia de tu pelo dorado y de tu naricilla pecosa. Con una narizota como la suya no sirven de nada ni los más extravagantes vestidos del mundo. Lo importante es que tú le gustas a Arnaldo, y le vas a seguir gustando. Si antes de la próxima fiesta te pasas por casa, nos arreglaremos juntas. Miranda te ayudará con el peinado.

—¡Oh, Vita! Tienes razón. Siempre tienes razón. Me gustaría tener tu sentido común y tu confianza en ti misma. ¡Qué tonta he sido! ¿Por qué no habré hablado antes contigo?

—Yo me pregunto lo mismo.

—Por otro lado, podías haber venido antes.

A Vitória no se le escapó el tono de reproche.

—Hum, he tenido mucho que hacer.

"Desde que tenemos las nuevas tierras", iba a añadir, pero se contuvo en el último segundo. Vitória no podía imaginar que la familia estuviera tan mal, pero ya había temido que las nuevas circunstancias influirían en su amistad con Eufrásia. Sus temores resultaron infundados. Habían bastado unas palabras optimistas para animar a Eufrásia. Apenas hizo pensar a su amiga en otras cosas, ésta volvió a ser la de siempre: una muchacha de diecisiete años preocupada por sus vestidos, peinados, admiradores y fiestas.

—¿Por qué no ha venido Arnaldo? —se percató de pronto Vitória—. Antes se pasaba el día aquí.

—Ha venido. Pero he hecho como si no estuviera en casa. Me da mucha vergüenza lo que le ha pasado a mi familia. Ha venido tres veces, pero desde hace un par de semanas no se le ha vuelto a ver por aquí.

—¿No te ha dejado ninguna nota?

—Sí, me pedía que le diera noticias, pero no le he contestado. Probablemente no quiera saber ya nada de mí.

—¡Pamplinas! Probablemente esté ahora más enamorado de ti. Pensará que le rechazas; y cuanto menos te vea, más ganas tendrá de verte.

Eufrásia sonrió con disimulo, como si en realidad hubiera actuado siempre con esa intención.

Entretanto se habían bebido el café. Vitória se ofreció a preparar otra cafetera.

—Pero ¿por qué? Lo puede preparar Sílvia.

—Ah, ¿seguís teniendo a Sílvia?

—Sí, con su joroba no nos habrían dado nada por ella, así que mejor la conservamos. Se ocupa de todo lo indispensable.

77

Cocina, lava, limpia. No hace nada bien, pero al menos lo hace mejor que nosotras. Ahora está arriba con *mamãe*. La llamaré.

—No, déjalo. Quería decirte algo que quede entre nosotras, y Sílvia, si no recuerdo mal, es bastante chismosa. Yo puedo preparar el café.

Eufrásia también podría hacerlo, pensó Vitória. No era tan difícil poner agua en un cazo a cocer. Pero su amiga era demasiado fina para realizar las tareas domésticas más básicas.

Cuando Vitória regresó de la cocina, Eufrásia se incorporó en su sillón.

—Vita, no me tengas en ascuas. Cuéntame. ¿Te ha hecho por fin Rogério una proposición?

¡Rogério! Vitória casi se había olvidado de él.

—No, pero ahora que lo dices: hace mucho que tenía que habérmela hecho. Y yo la habría rechazado, naturalmente. —Las dos se echaron a reír. Vitória prosiguió—. Porque he conocido a otra persona.

En breves palabras le contó a su amiga la visita de Pedro, de sus invitados, de León. Su voz era tranquila, y ni su actitud ni sus gestos desvelaban nada de la agitación que reinaba en su corazón. En su resumen omitió los detalles más reveladores. No dijo ni una sola palabra de los cumplidos que León le había susurrado, ni que estuvieron unos minutos a solas; de las ansiosas miradas que le había dirigido cuando estaba a caballo con su ceñido traje de montar; de cómo perdía el aliento cada vez que León entraba en la habitación; o del rubor que cubrió sus mejillas cuando León rozó casualmente su brazo. Su desvergonzada sonrisa, sus dientes inmaculados, sus ojos negros, rasgados, con grandes pestañas… de eso no le dijo nada a Eufrásia. Cuando su amiga quiso saber cómo era aquel odioso desconocido, se limitó a contar los hechos con disimulado distanciamiento. ¿Cómo podía describir la magia que desprendía su risa? ¿Cómo explicar la fascinación de su mirada, que era fogosa y melancólica a la vez y en la que Vitória querría perderse para siempre? ¿Cómo hablar del encanto de su marcada barbilla, con su brillo azulado? Jamás podría expresar con palabras lo que sentía cuando gesticulaba con sus manos fuertes y bien formadas y cuando sus músculos se marcaban bajo la fina camisa de batista. ¿Y cómo contar lo que sentía cuando miraba de reojo su atlético cuerpo, con los hombros anchos y las caderas estrechas? No había en él un solo gramo de grasa. Se movía con la elegancia y la suave dejadez de un gato, pero cuando al marcharse subió la pesada maleta de João al carruaje, se desveló toda la fuerza que se escondía bajo su piel bronceada.

Lo describió como un hombre "de mediana estatura, cabello oscuro, sin barba". Y también era así.

—Pero, Vita, ¿qué ves en ese hombre? Tiene una profesión mal remunerada, no tiene un aspecto especialmente bueno y, para colmo, tiene unas ideas políticas absolutamente reprobables.

—Yo tampoco lo sé. Tiene… ese algo especial.

—¡Santo cielo, Vita! Puedes tener a cualquiera. No te tires en los brazos del primero que pasa sólo porque tiene un aura un tanto misteriosa. Después de lo que me has contado me parece que es un estafador.

—No tengo intención de tirarme en los brazos de nadie. No tengo prisa por casarme. ¿Crees que dejaría de depender de mi padre para depender de un marido? No, cuando cumpla veintiún años quiero decidir yo misma lo que hago con mi vida y, sobre todo, con mi dinero. Pero eso no quita que pueda coquetear un poco, ¿no?

—¡Vita, esto se pone cada vez peor! No puedes tontear con alguien que no sea un firme candidato a casarse contigo.

—Claro que puedo. Entiéndelo, Eufrásia, es sólo un juego. Lo hago por diversión.

Eso no era del todo cierto. En los ojos de Vitória se escondía algo más, pero jamás admitiría que se estaba enamorando de alguien a quien no conocía.

—Me ha escrito. Mira.

Vitória sacó la carta de su bolso bordado y se la dio a Eufrásia. No quería leerla ella, era como si su voz la deshonrara, como si le hiciera perder todo su efecto hipnotizador. Eufrásia cogió la carta y empezó a leerla.

—*Mi querida Vita.*

—¡No, Eufrásia! —exclamó Vitória—. No la leas en voz alta.

Su amiga frunció el ceño y empezó a leer.

Mi querida Vita, estimada sinhazinha:

Los días que pasamos los amigos de su hermano y yo en Boavista serán inolvidables. Permítame corresponder a su hospitalidad invitándola a la ciudad: el día 25 de octubre se estrena una obra de teatro en la que la divina Marquez interpreta el papel principal y de la que ya habla toda la ciudad. He conseguido dos localidades de palco y no puedo imaginar una compañía más encantadora que la suya. ¿Podrá venir?

En ansiosa espera de su aceptación y con gozosa sumisión,
Su esclavo León.

Eufrásia arrugó los labios en un gesto de desprecio.

—¿Qué es esto? Si este ridículo papelucho, que además rebosa insolencia, forma parte de vuestro "divertido" juego, es que te has vuelto loca. ¿Y cómo es que te llama *sinhazinha* y dice que es tu esclavo? Ninguna persona normal se situaría al mismo nivel que los negros.

Vitória le contó a su amiga el malentendido del principio, cómo León se lo recordaba continuamente y cómo ella, para que no pareciera que carecía de sentido del humor, le había seguido el juego sin encontrarlo realmente divertido. Ante Eufrásia admitió que resultaba un tanto impertinente. Pero no le dijo lo excitante que le parecía su forma de tratarla, tan diferente a los amanerados modales de los jóvenes *fazendeiros*. León conseguía decirle las mayores insolencias con tal amabilidad que ella siempre se daba cuenta demasiado tarde de lo que había dicho en realidad y, por ello, no reaccionaba adecuadamente. Se había pasado la mitad del tiempo pensando las contestaciones que le podría haber dado. ¡Y todo lo que se le había ocurrido! Habría sido tan fácil sacarle de sus casillas. Pero por mucho que se había propuesto darle en su siguiente encuentro una contestación brusca, nunca lo había conseguido. Él siempre iba un paso por delante. En las discusiones con Léon ella siempre se sentía en una situación de inferioridad. ¡Ella, que no temía ningún debate y que con su retórica podía convencer a todos los que tenía a su alrededor! En presencia de Léon le fallaba su aguda inteligencia, derrotada por el sonido de su bella voz de barítono y por sus ardientes miradas. ¿Cómo conseguía dejarla fuera de combate tan fácilmente? ¿Por qué se sentía como una niña tonta cuando hablaba con él, pero como una seductora mujer cuando él la miraba?

—Sabes, Eufrásia, es difícil describir su encanto. Tendrías que verle, entonces sabrías enseguida a qué me refiero. Y quizás tengas pronto esa oportunidad.

—¿Qué quieres decir? ¿Va a volver?

—No, quiero decir que voy a aceptar su invitación. Pero tengo que buscar un buen pretexto para salir de Boavista. Sola, quiero decir. Me temo que un estreno teatral no le va a parecer suficiente motivo a mi padre.

—Y has pensado en mí. —Vitória tenía que admitir que cuando se trataba de embaucar a los padres la capacidad de comprensión de Eufrásia era imbatible.

—Podría decirle a *papai* que tienes que ir urgentemente a Río por motivos familiares y que me has pedido que te acompañe. Me dejaría inmediatamente. También podría decirle que nos acompañarán Maria da Conceição y Luiz: él no sabe que ya no están con vosotros. Y nosotras tendríamos la posibilidad de pasar unos días en Río. Tendríamos que avisar a Pedro, al fin y al cabo tendremos que alojarnos en algún sitio, pero creo que mi hermano no nos delatará. Para este tipo de cosas se puede contar con él. A tu madre le contaremos la versión contraria, que yo tengo que ir urgentemente a Río y que quiero que me acompañes.

Eufrásia se lo pensó durante unos segundos, luego asintió.

—Está bien. Pero con una condición: León tiene que conseguirme una entrada para el teatro.

—Ésa será una de sus misiones más fáciles, de eso estoy segura.

—Y algo más: me gustaría ponerme tu vestido rojo para el estreno. Sílvia puede arreglarlo un poco para que no resulte tan provinciano.

Vitória tragó saliva. Bueno, si ése era el precio que tenía que pagar para volver a ver a León, lo pagaría encantada. No obstante, le irritó la exigencia de Eufrásia. ¿Con qué derecho se permitía poner condiciones cuando era ella, Vitória, la que le proporcionaba una agradable diversión? Tampoco le hizo gracia la indirecta. ¡Su vestido de baile rojo no era provinciano! Y, además, a Eufrásia no le sentaría tan bien como a ella.

—Por mí, de acuerdo. Pero luego hay que deshacer los arreglos para que mi madre no se dé cuenta.

Las muchachas pasaron las siguientes horas imaginando lo bien que iban a pasarlo en el viaje. En la conocida *sorveteria* "da Francesco" se tomarían un helado, en la *confeitaria* "Hernandez" probarían tartas de chocolate y otras delicias dulces, y en las elegantes tiendas de la Rua do Ouvidor verían los escaparates, adquiriendo ideas nuevas para su vestuario. Sombrillas, sombreros, guantes, pañuelos, carteras, cuellos de encaje y medias. ¿Qué estaba de moda? ¿Qué llevaban las damas de la gran ciudad?

Los planes las aproximaron de nuevo. Vitória se acordó de los viejos tiempos, cuando eran inseparables. No había ningún secreto que no confiara a su amiga. Podían pasarse horas cuchicheando y riéndose de la estúpida cara de un muchacho al que habían tomado el pelo o de cómo habían engañado a sus padres. No se cansaban nunca de quejarse de sus hermanos, de criticar los defectos de sus profesores o de idear bromas para gastárselas a los esclavos en casa. Cuando pasaban la noche una en casa de otra, lo que era sumamente frecuente, se contaban bajo las sábanas cosas que ya sabían de sobra, y no les importaba repetirlas una y otra vez. Habían sido como hermanas, hasta… Sí, ¿hasta cuándo? Vitória no sabía cuándo se acabó la confianza entre Eufrásia y ella. No hubo una causa concreta. Poco a poco se había formado entre ellas una barrera que no podían superar. De pronto dejaron de compartir secretos, y los pensamientos más íntimos los confiaron sólo a su diario, no a su amiga. No obstante, siguieron siendo cómplices, hasta que la rivalidad entre sus padres asestó un duro golpe a su amistad.

Pero en aquel momento les parecía que volvían a tener trece años y que no les habían afectado los avatares de la vida. Disfrutaban planeando su viaje. Querían ver el Palacio Imperial con sus nuevas construcciones, así como el Jardín Botánico y su ampliación, donde crecían singulares y valiosas plantas. Y el Jóquei Clube, pues no podían dejar de asistir a las carreras de caballos. Incluso echarían un vistazo a los muelles del puerto y a barrios que en compañía de sus padres no habrían podido ni pisar. Sus hermanos les habían advertido con ambiguas observaciones, pero ahora verían por sí mismas qué ocurría en la Rua da Candelaria. Y también harían una excursión a la playa de Copacabana. En los últimos tiempos la gente se bañaba allí en el mar, lo que decían que era bueno para la salud. Hombres y mujeres juntos… ¡y en traje de baño, que enseñaba más que escondía!

—Eufrásia, me temo que no vamos a poder hacer todo. No me puedo ausentar más de tres días.

—Tienes razón. Pero ¿no es maravilloso imaginárselo?

Vitória estaba de acuerdo. Pero había que arreglar otros asuntos más prácticos. Debía informar a Pedro de su inminente visita, y tenía que enviar una respuesta a León. Tenían que comprar los billetes de tren y, sobre todo, convencer a sus padres de la absoluta necesidad de realizar ese viaje.

Era ya mediodía cuando Vitória y Eufrásia se sentaron a escribir un modelo de carta para León.

"*León*", escribió Vitória, que se sentía muy expresiva por la alegría que le producía el viaje, "*a pesar de tu desfachatez, voy a acceder a tu ruego.*"

—¿Os tuteáis?

—No, pero tengo que respetar las reglas del juego, ¿no? Y en el juego yo soy la *sinhazinha*, él es el subordinado.

—Sí, pero me parece que el "tú" va demasiado lejos.

Discutieron con detenimiento aquella cuestión, hasta que se impuso el criterio de Vitória. Mantuvo el tuteo, que le permitía un tono de confianza que en otras circunstancias sería impensable.

Debes agradecer esta generosidad por mi parte a la intervención de mi querida amiga Eufrásia, que me ha convencido de la necesidad de asistir a ese estreno. Ella desearía asistir también a la premier, así que, por favor, consíguele una entrada.

—¡Vita, no puede ser! ¿No querrás escribirle en serio en ese tono?

Iniciaron un nuevo debate, pero Vitória tenía otra vez mejores argumentos.

—¿Sabes, Eufrásia? En el fondo la carta es todavía muy suave. ¿Acaso le dirías "por favor" a un esclavo cuando le ordenas algo?

—Bueno, sí, en sentido estricto tú tampoco mantendrías nunca correspondencia con un esclavo. ¿O conoces a alguno que sepa leer y escribir?

Eso, pensó Vitória, también era cierto. ¿Quizás no debía seguir ese juego con León en la carta? ¡Ay, no, era demasiado excitante! Siguió escribiendo:

Ocúpate también de mandarnos un coche a la estación. Nos encontraremos la tarde del xx de octubre en Río.

En casa, cuando tuviera la autorización de sus padres y los datos exactos del viaje, escribiría la carta en limpio y pondría la fecha.

Saludos a nhonhô *y a los* senhores *João Henrique de Barros y Aaron Nogueira. ¡Y no los molestes con tus descaradas observaciones!*

Al pie de la hoja llena de manchones de tinta, palabras tachadas y garabatos ilegibles Vitória escribió con energía su pomposo nombre completo:

Vitória Catarina Elisabete da Silva e Moraes.

¡Sí, no estaba mal! Firmaría así, y con la ayuda de una buena pluma su firma impondría más.

—No creo que llegues a enviar esa carta. En casa te entrarán las dudas y al final escribirás un par de líneas banales.

—¡Claro que la voy a enviar, al fin y al cabo fue idea mía escribirla así y no de otro modo! Pero venga, si no me crees: vamos a escribirla ahora mismo en limpio y la mandamos.

Eufrásia corrió a su habitación y de su escritorio Luis XV, que había conseguido poner a salvo de los acreedores, tomó un pliego de papel de tina, un sobre, una pluma y tinta.

Encontró incluso un sello. Tenía que darse prisa antes de que Vita cambiara de opinión. ¡Eso sí que era una aventura de las que le gustaban! ¡Dios mío, como escribiera y mandara realmente esa carta…!

De vuelta en el salón observó a Vitória. Se mordía el labio inferior mientras intentaba dar a su escritura un aire más adulto. El primer intento fracasó. Rompió el papel y lo tiró al suelo furiosa.

—¡Eufrásia, no puedo! Mi letra es la de una niña buena haciendo caligrafía. ¿Tienes más papel de cartas?

—Sí, pero será mejor que practiques en una hoja normal antes de que los agotes todos.

Vitória siguió practicando. Tras cuatro intentos pareció estar algo más satisfecha.

—¿Qué te parece? Ésta podría ser de una dama, pero sin adornos. Sencilla, pero cuidada.

Una vez terminada la carta con una fecha aleatoria, Vitória la metió en un sobre en el que escribió las señas con la misma letra recién aprendida. Eufrásia calentó lacre, dejó caer una gota en la parte posterior del sobre y estampó encima el sello de Vitória con el escudo del barón de Itapuca. Luego pegó el sello de correos y puso la carta en el aparador.

—La voy a enviar. Además, ya va siendo hora de que yo salga de aquí. Mañana iré con Sílvia a Valença, allí la echaré al correo.

—Sí, y de camino puedes pasar por Boavista para contarle a *dona* Alma la triste historia que te obliga a viajar a Río.

—Pero antes tienes que hablar tú con mi madre. Mejor hoy, ya que estás aquí.

A Vitória le horrorizó la idea de tener que ver a *dona* Isabel. Ya era insoportable cuando todo iba bien. ¿Cómo sería ahora, que se encontraba fatal? Pero era inevitable si no quería perder la oportunidad de salir con León.

—¿Puedes ir preparándola?

—Claro. Espera un momento. Hablaré con ella, y luego te llamo.

Eufrásia subió al piso de arriba. Poco después bajó Sílvia. Era evidente que Eufrásia había mandado a la esclava. En el brazo llevaba un vestido que Vitória conocía. Probablemente se lo hubiera regalado *dona* Isabel a su esclava.

—¡*Sinhá* Vitória, qué alegría que vuelva a visitarnos!

—Sí, Sílvia, yo también me alegro. Aun cuando las circunstancias no den mucho motivo de alegría…

—¡Jesús, a quién se lo dice! *Sinhá dona* Isabel está enferma de tanta preocupación, a *sinhá* Eufrásia no hay quien la reconozca con tantos disgustos, y a los chicos apenas los vemos por aquí. ¡Qué horrible desgracia!

La maliciosa expresión del rostro de Sílvia desmentía sus palabras. Por su aspecto no parecía preocuparse mucho por la situación. Tenía mucho más trabajo que antes, al fin y al cabo ella era todo el personal que les quedaba a los Soares. Pero parecía agradarle aquel aumento de responsabilidad… y de importancia. Precisamente ella, la jorobada, no había sido vendida. ¡Incluso había ascendido a doncella de *dona* Isabel! Una doncella que también tenía que cocinar, coser y limpiar, pero una auténtica doncella que tenía acceso a la habitación de la señora y a todos los asuntos personales de la familia.

A Vitória no le gustó la pantomima de Sílvia.

—¡Y qué mal aspecto tiene todo esto! Deberías preocuparte más de la casa y menos del vestuario de *dona* Isabel, que seguro que ahora no lo utiliza mucho.

Sílvia se estremeció.

—¡Pero *sinhá*, si no sé ni dónde tengo la cabeza de tanto trabajo! Y *dona* Isabel me tiene ocupada todo el día: creo que su estado anímico es más importante que los muebles.

—Sí, por supuesto, pero de eso sabe más el Padre Paulo que tú. Mañana le veré, y le diré que venga por aquí. Y seguro que tú tienes algún que otro pecado que confesar, ¿no?

Sílvia tragó saliva, pero se abstuvo de responder. Con una leve reverencia escapó lo más deprisa que pudo del estricto examen al que le estaba sometiendo Vitória. Ésta se quedó asombrada. Eufrásia no le había dicho nada. Y eso que siempre había tenido una cierta vena autoritaria. ¿Por qué dejaba ahora que una esclava hiciera lo que quisiera? Tenía que hablar con Eufrásia sobre ello antes de regresar a Boavista.

—¡Vita, sube! —dijo la voz de su amiga.

Cuando Vitória subió la escalera, Eufrásia, inclinada sobre la barandilla, le susurró:

—Sé breve. No está de muy buen humor.

Pero la conversación con *dona* Isabel se desarrolló mejor de lo esperado. Vitória mostró su lado más amable, sin dejar que se notara ni su compasión ni su asombro por los cambios que se habían producido en el rostro de *dona* Isabel. Ésta creyó su historia y dio permiso a Eufrásia para viajar a Río. El primer obstáculo estaba salvado.

Antes de despedirse Vitória le dio a Eufrásia todo tipo de consejos sobre cómo debía tratar a Sílvia y lo que debían hacer tanto ella como su madre para cambiar de actitud. "Arrancad las malas hierbas de vuestro jardín. Os volveréis a sentir vivas." Eufrásia la miró sin comprender. El asombro permaneció en su mirada mientras Vitória subía a su caballo, de un modo no muy femenino, y desaparecía de su vista al galope.

Tras ella se levantó una nube de polvo. Hacía semanas que no llovía. Vitória tomó un camino que cruzaba un pequeño bosque y por el que podría cabalgar un trecho a lo largo del río. Necesitaba aire libre y ejercicio para olvidar el sofocante ambiente de Florença, que amenazaba con afectarle también a ella. Y necesitaba tiempo para poder pensar en la carta de León. ¿Había exagerado? ¿Pensaría él que era una boba estúpida? ¿Anhelaba el encuentro tanto como ella? ¿O sería tan sólo una más de sus muchas acompañantes? ¿Cómo podía saberlo si no viajaba a Río? A su hermano no podía preguntárselo. Pedro se reiría de sus sentimientos y, además, probablemente no le gustara que su hermana pequeña saliera con un hombre como León.

Y suponiendo que el viaje transcurriera según los planes previstos, ¿qué harían después del teatro? ¿Las llevaría León a casa con toda formalidad? ¿O le propondría a ella ir a cenar? ¿Debía aceptar? ¿Cómo podría deshacerse de Eufrásia? Vitória estaba acostumbrada a tratar con los hijos de los *fazendeiros*, con los Rogérios y Arnaldos y Edmundos del valle, y con ellos nunca se había puesto tan nerviosa. Pero sólo pensar en el encuentro con León la hacía temblar de la cabeza a los pies. ¡Qué deliciosa sensación! Ojalá pudiera disfrutarla durante más tiempo.

Vitória se detuvo en un recodo del río. Tenía calor. Desmontó del caballo y extendió una manta en un prado que el río rodeaba como si fuera una península. Quería descansar unos minutos y entregarse tranquilamente a sus pensamientos. Llegaría a Boavista con tiempo suficiente para realizar las tareas que le esperaban. Se tumbó sobre la manta, cruzó los brazos detrás de la cabeza y contempló el cielo. El viento arrastraba las nubes. La brisa le empujaba mechones de pelo sobre la cara, pero Vitória estaba tan ensimismada que no notaba el leve cosquilleo sobre su piel. Un insecto zumbó a su alrededor, pero no le molestó. No le molestaba nada. El mundo era maravilloso. Iba a encontrarse con León.

Dos horas más tarde Vitória se despertó. Tenía frío. Estaba oscureciendo. ¡Cielos! ¿Cómo podía haberse dormido?

Sus padres estarían preocupados. Y con razón. Ya era bastante inapropiado dar sola paseos a caballo tan largos como para exponerse encima a la vista de todos tumbada en una manta de lana. Por suerte no la había visto nadie. Recogió deprisa sus cosas y montó en el caballo. Si lo espoleaba bien llegaría todavía con luz.

Cuando llegó a casa estaba sudando, de su trenza se habían soltado varios mechones y su vestido tenía el mismo aspecto que si no se lo hubiera quitado en toda la semana. Le dejó el caballo al mozo de cuadra, aguantó con resignación su mirada y la del resto de los esclavos que a aquella hora estaban todavía por el patio y se dirigió a la casa, en donde la esperaban intranquilos.

Su padre se estaba poniendo el abrigo de cuero.

—¡Vita! Iba a salir a buscarte. ¿Por qué llegas tan tarde?

—*Papaizinho*, no se enfade conmigo. He estado con Eufrásia y nos hemos puesto a hablar. ¡Teníamos tantas cosas que contarnos! Y no nos hemos dado cuenta de lo tarde que se hacía.

—¡Dios mío, Vita! Ya no eres una niña. ¿Acaso piensas sólo en ti misma? ¿Cómo crees que se encuentra tu madre? Lleva una hora metida en la cama llorando. Y será mejor que no te vea así. Antes de ir a disculparte deberías asearte un poco.

—Claro, *papai*.

Vitória miraba confusa al suelo.

—¿Y en casa de ese miserable no hay nadie que avise a un invitado de que se hace tarde? ¿O es que no hay relojes en Florença?

—No, *papai*. Quiero decir, sí.

—¿En qué quedamos?

—No, ya no hay relojes en la casa. En Florença no van bien las cosas, han tenido que vender todo lo de valor. Pero por supuesto que me han dicho que tenía que salir pronto. Aunque yo no he hecho caso, hasta que he visto que se ponía el sol. Entonces he corrido como si me persiguiera el diablo.

—Deberías de dejar de hablar de ese modo. De verdad, Vita, creo que aquí te estás volviendo un poco salvaje.

—Lo siento. Bien, iré enseguida a ver a *mamãe*.

Prefería marcharse antes de que su padre siguiera haciéndole preguntas y ella pudiera meter la pata al responderlas.

Pero la conversación con su madre fue aún más difícil. Miró a Vitória como si ésta hubiera cometido todos los pecados mortales a la vez. *Dona* Alma parecía pensar que la virtud de Vitória había sufrido esa tarde daños irreparables. Con una franqueza inusual le habló a su hija, de la que cada vez estaba más distanciada y sobre cuyos sentimientos lo ignoraba todo, apelando a su conciencia. Por el aspecto que tenía, la joven sólo podía venir de un encuentro con un admirador.

—Créeme, Vitória, la mayoría de los hombres son como animales. Se aprovechan de tus ideas románticas para… hacer cosas innombrables. Debes mostrar tu lado frío a tus admiradores. No debes hacerles creer nunca que con sus intentos de acercamiento van a tener la más mínima posibilidad. Y si quieren tocarte… entonces…

—Pero *mamãe*, ¿qué está pensando? Sólo he estado con Eufrásia. Hace semanas que no veo a ningún admirador. Más bien parece que son ellos los que me muestran su lado frío.

—Debes estar contenta por ello.

Miró pensativa a su hija. Vitória tenía diecisiete años, una edad difícil. Ante sus ojos se había convertido en una bella jovencita, pero sólo en aquel momento fue *dona* Alma consciente de que Vitória ya no era una niña. ¿Cómo podía prevenirla de un destino que ella misma había vivido, como tantas otras mujeres inconscientes? Pero no podía ser más clara, y en ningún caso mencionaría su propio caso como ejemplo a evitar. Al fin y al cabo había tenido suerte dentro de la desgracia. Cuando tuvo que casarse con Eduardo le había parecido el final de su vida. Entonces tenía la misma edad que su hija en ese momento. Ahora le parecía que le había ido muy bien con su marido. Eduardo le había dado un porvenir en Brasil. La había tratado con mucho cariño, había hecho fortuna e incluso le habían concedido el título de barón.

—Bien, *mamãe*. Tengo que ocuparme de algunas cosas. ¿Cenará con *papai* y conmigo?

—Sí, bajaré dentro de media hora.

—Bien. Hasta luego. Y… no se preocupe sin necesidad. Mi inocencia no está en peligro.

Salió de la habitación contenta de escapar de la mirada de su madre.

V

Llovía. Desde hacía unos días caían de un cielo grisáceo finas gotas que apenas se apreciaban a simple vista, pero que con su insistente tenacidad habían empapado todo. La humedad se colaba por cada grieta y cada poro. Además, hacía demasiado frío para aquella época del año. Era un castigo. Sin el calor del sol no se secaba nada. La ropa, las alfombras e incluso las camas estaban siempre húmedas, pues en los dormitorios no había ni estufas ni chimeneas.

Para calentarse un poco, Vitória se pasaba horas en la cocina, el único sitio de Boavista que estaba realmente caliente y seco. Luiza se alegraba de su compañía, pero el resto de los esclavos que trabajaba en la cocina se sentían incómodos en presencia de la *sinhazinha*. Descargó todo su mal humor sobre ellos, aunque estaba segura de que no eran la causa de su estado de ánimo.

Vitória sabía que era injusta con ellos, pero no le importaba. Al fin y al cabo, a ella tampoco la trataban con justicia. ¿Por qué iban a recibir los esclavos mejor trato que ella? Era una prisionera, condenada a arresto domiciliario por su padre y mortificada por su madre. Encima aquella horrible lluvia, que la deprimía aún más. Con ese tiempo no se podía pensar en salir a pasear o a montar a caballo, en el caso de que la dejaran abandonar Boavista. Pero después de que Eduardo da Silva conociera sus planes y la prohibiera viajar a Río, tenía que quedarse en casa. ¡Cuatro semanas sin excursiones, sin fiestas, sin visitas a los vecinos! Vitória sólo podía alejarse de la casa hasta donde alcanzaba la vista, por ejemplo, para ir al huerto de hierbas aromáticas o a las *senzalas*. Ya había cumplido dos semanas de castigo, pero los catorce días que le quedaban le parecían una eternidad. El tiempo pasaba cada día más despacio, y la lluvia no contribuía a mejorar su estado de ánimo.

Mantenía el contacto con el exterior a través del periódico. Cada vez que descubría un artículo de León su corazón empezaba a latir más deprisa. Y cuando leyó la crítica de la obra a la que le había invitado León, habría querido gritar de rabia. Se había producido un gran escándalo cuando la divina Marquez se paró en medio de la representación para expulsar de la sala a un insistente admirador que le molestaba con sus voces. ¡Vaya alboroto debió formarse! ¡Y ella, Vitória, se lo había perdido!

Tampoco le gustaba quedar al margen de los cotilleos locales. Aunque Vitória no era muy dada a chismorrear, a veces disfrutaba criticando los torpes intentos de acercamiento de algunos jóvenes o el vestuario de ciertas mujeres. Le habría encantado ver cómo Isabel Souza se exhibía como nueva mujer de Rubem Araújo, conocido por ser el mayor rompecorazones de toda la región. ¡Y cómo lamentaba no poder bailar con Rogério! Echaba de menos incluso el tartamudeo de Edmundo, las envenenadas miradas de la viuda Almeida, los secretitos de las muchachas más jóvenes, el fingimiento de Eufrásia, quien, según le habían contado sus padres, se dejaba cortejar por Arnaldo. Pero eso era todo lo que *dona* Alma y el *senhor* Eduardo estaban dispuestos a contar.

—¿Cómo han excusado mi ausencia? ¿No habrán dicho una mentira? —preguntó Vitória a sus padres con cierta ironía. Su padre supo reaccionar:

—No, querida Vita, hemos sido muy honestos y hemos dicho que estabas enferma. Y lo estás, ¿no? Sufres una grave carencia de respeto y amor a la verdad, así como un fatal afán de protagonismo. Y como todo eso es muy contagioso, hemos recomendado a tus amigos y conocidos que no te visiten.

—¡Oh, qué amable por su parte! ¿Y qué medicina cree más apropiada para mi curación?

—Dado que la prohibición de salir y el trabajo no han servido de mucho, podría ayudarte la confesión. Padre Paulo nos ha dicho que hace mucho que no limpias tu conciencia con él.

—*Pai*, me confieso todos los domingos. Me pregunto qué querrá oír ese hombre. Aquí encerrada no puedo cometer muchos pecados. Y además: ¿cómo es que os habla de mis pecados? ¡Es inaudito!

Eduardo da Silva pensó para sus adentros que su hija tenía razón. Pero por otro lado, le gustaba que el Padre Paulo le informara sobre las faltas más o menos graves de la gente de Boavista. El sacerdote iba todos los domingos a decir misa en la capilla para la familia, los empleados blancos y los esclavos que trabajaban en la casa. Los trabajadores del campo se reunían fuera de la capilla a rezar. Antes de la misa el padre Paulo confesaba a los que querían hacerlo y a todos los que iban a comulgar. Vitória le decía siempre faltas leves que se le ocurrían para satisfacer al sacerdote, como pequeñas descortesías o breves alardes de vanidad y orgullo. Pero quizás había llegado el momento de contarle todo, aun a riesgo de que saliera corriendo a decírselo a sus padres. Sí, incluso sería el mejor camino para que sus padres se enteraran de todo lo que jamás podría decirles cara a cara. El domingo le confesaría al Padre Paulo lo que pasaba. Y sin miramientos. Vitória se imaginaba ya la cara de preocupación del Padre Paulo. La llenaba de satisfacción. La idea de que con ello la hicieran culpable de otro pecado desapareció tan deprisa como había aparecido.

A diferencia de la mayoría de las *fazendas* de la región, en Boavista la capilla estaba en un edificio junto a la casa grande. Por fuera parecía otra de las muchas pequeñas construcciones que se habían ido levantando en la *fazenda* sin un orden definido, alterando su forma original de herradura. Con el paso del tiempo se había intentado adecuar el crecimiento de la *fazenda* y su personal, pero a pesar de la construcción de dependencias anexas siempre faltaba espacio. A simple vista la capilla no se diferenciaba en nada del resto de casas de aquel conglomerado que había crecido desordenadamente. Estaba pintada de blanco, y las puertas y las ventanas, que estaban colocadas en perfecta simetría como en una casa de dos plantas, eran de color azul. No tenía más de cincuenta metros cuadrados, pero en cuanto se entraba en ella se tenía la impresión de estar en una iglesia de verdad. Se componía de un solo espacio, con una altura de dos pisos. Cuando se visitaba la capilla por primera vez, uno se quedaba sin habla ante el lujo que se desplegaba en su interior y que sorprendía en una edificación tan modesta. El altar estaba decorado con tallas barrocas que, al igual que los adornos de las paredes, estaban bañadas en oro. Suntuosos candelabros, valiosas figuras de santos en los nichos, una araña de cristal que daría prestigio al mismísimo salón de baile imperial y artísticas pinturas murales… la decoración de la capilla era propia de una catedral.

A los lados, delante de las ventanas superiores, había un balcón cuya barandilla blanca también tenía adornos dorados. Debajo de él se encontraba el confesionario, cuyo interior carecía de adornos al suponer que esto ayudaría a recordar los pecados.

—Padre, he pecado.

Vitória se arrodilló en el duro banco de madera y apoyó los codos en el reborde bajo la ventanita tras la que se encontraba el sacerdote. Tenía las manos instintivamente cruzadas delante de la cara, aunque sabía que para ella en aquel lugar no existía el anonimato. Realmente, Vitória y el Padre Paulo habrían podido reunirse en el salón a plena luz y hablar a solas sobre los pecados de la joven. Pero había que mantener las apariencias. Y a lo mejor tampoco estaba mal hacerlo. Vitória dudaba que hubiera tenido el valor de hacer una verdadera confesión mirando al sacerdote directamente a los ojos. En la penumbra del austero confesonario resultaba más fácil concentrarse en lo esencial. No obstante, Vitória dudó. El principio era siempre lo más difícil.

El confesor carraspeó para recordar a Vitória a qué había ido. Ella tragó saliva, y luego dijo en una voz que ni ella misma reconocía:

—Cada vez me resulta más difícil respetar a mi padre y a mi madre.

—No cumplir el cuarto mandamiento es grave.

A pesar de que susurraba, Vitória pudo notar la decepción en la voz del sacerdote.

—Lo sé. Pero ¿por qué no existe un mandamiento que obligue a los padres a respetar a los hijos?

Una vez que hubo empezado le resultaba más fácil hablar.

—¿Cómo voy a querer a una madre que me engaña? Se apropió de un regalo que sabía que era para mí. Cuando se lo pedí, lo quemó y me dijo que sólo me habría hecho daño. Era un pequeño libro de poemas que me había traído un amigo.

—*Dona* Alma sabe lo que es bueno para ti. Probablemente haya hecho bien destruyendo el libro.

Vitória se estremeció. Que el sacerdote pronunciara el nombre de su madre le pareció un incumplimiento de las leyes no escritas del confesionario que ella misma había puesto en duda unos minutos antes. ¿No podía actuar el Padre Paulo como si fuera una confesión anónima? Pero bueno. Hizo un esfuerzo y continuó.

—Sí, y mi padre sabe mejor lo que es bueno para mí. —La voz de Vitória encerraba un mordaz sarcasmo—. Y sobre todo, lo que es bueno para él. Me ha prohibido hacer un breve viaje a Río, que me hacía mucha ilusión, sólo porque piensa que soy indispensable en casa. Es cierto, mi madre está enferma y yo me ocupo de la casa y de las cuentas de mi padre. Pero que yo me ausentara un par de días no habría supuesto un gran problema. Bueno, todo eso ya lo sabe usted.

—Tienes que asumir con alegría las obligaciones que te imponen tus padres.

Vitória suspiró para sus adentros. ¿Cómo podía tener tan poca comprensión un sacerdote que debía conocer también los problemas de los jóvenes? Empezó a sudar a pesar de que en la capilla hacía fresco. El confesionario le pareció de pronto una cárcel. Olía ligeramente a madera e incienso. También le pareció que el aliento del Padre Paulo olía a alcohol.

—¿Acaso no tiene mi padre también la obligación de buscarme un marido? No puede tenerme siempre en casa sólo porque soy muy trabajadora.

—Cuidado, niña. Estás demostrando tu orgullo.

—Perdón, Padre.

—Sigue contándome. ¿Qué tiene que ver la búsqueda de un marido con ese viaje que no te han dejado hacer?

Por suerte, el Padre Paulo no pudo ver el rubor que cubrió las mejillas de Vitória. Pero estaba bien, debía ser sincera, pues la confesión sólo tenía sentido si desvelaba todos sus secretos.

—¡Padre Paulo, por favor! ¡Como si no lo supiera! Probablemente sepa ya todo el valle que he sido castigada a este humillante encierro porque iba a encontrarme con un hombre en Río. Me había invitado a un estreno teatral.

—¿Sabía el *senhor* Eduardo por qué querías ir a Río?

—No, yo… le he mentido. Mis padres no debían saber nada de ese admirador. Es, bueno, para ellos no es un pretendiente apropiado.

—¿Entonces no ha pedido tu mano?

—Claro que no. Nos acabamos de conocer.

—A pesar de eso querías verle en secreto.

—Sí.

—¿Entonces no os habéis… acercado?

—No. Por desgracia. Pero sueño con ello.

Vitória oyó cómo el Padre tomaba aire.

—Tener pensamientos impuros es tan grave como llevarlos a la práctica.

—Bien, Padre, si hubiera ido a Río probablemente no hubiera ocurrido nada que usted considere grave. Pero precisamente porque me prohibieron hacer ese viaje mis pensamientos "impuros" giran ahora en torno a ese hombre.

—Vita, tienes que quitártelo de la cabeza. Es León Castro, ¿no? Le conozco. En una conferencia que dio hace un par de semanas en Conservatória pude ver su verdadero rostro. Defiende ideas que tú no puedes compartir, va con malas mujeres, trata con los negros. Tus padres sólo quieren lo mejor para ti.

—No creo que mis padres o usted sepan lo que es mejor para mí. Además, pienso que a mi padre León Castro le resulta muy simpático. Su castigo se debe únicamente a las mentiras que le conté, de lo que se enteró un día después de esa conferencia en Conservatória. Yo también estuve allí. Y por si le tranquiliza: León quería presentarme sus respetos a continuación, pero yo no acepté.

—Eso estuvo bien por tu parte, mi niña.

—No, fue la mayor estupidez de mi vida. Tenía tantas ganas de verle. Y cuando por fin aparece me dejo llevar por los celos y le rechazo.

Vitória recordaba vivamente aquel día. Sólo una semana antes del encuentro planeado en Río, León Castro fue a dar una conferencia a Conservatória, una pequeña ciudad al noroeste de Vassouras. En la plaza principal se había instalado una tribuna en la que los diferentes políticos exponían sus ideas sobre la abolición de la esclavitud. Cuando León subió a la tribuna se formó un pequeño tumulto entre el público: sus seguidores le vitorearon y aplaudieron, sus detractores le abuchearon. Se produjo una pelea en la que —Vitória lo vio claramente— el siempre correcto *senhor* Leite agarró del cuello y gritó con furia a todo el que tenía a su alrededor. La policía tuvo que poner orden para que León, que desde la publicación de su artículo en el *Jornal do Commércio* se había convertido en el más famoso abolicionista del país, pudiera tener asegurada la atención del público. Vitória tuvo la sensación de que León miraba continuamente hacia donde ella estaba, aunque no podía reconocerla. Estaba a la sombra, en un extremo de la plaza y llevaba un sombrero con velo y, excepcionalmente, sus gafas. Eufrásia había ido con ella; no quería dejar escapar la oportunidad de conocer al hombre soñado de su amiga. Cuando León terminó su conferencia, Eufrásia le tiró a Vitória de la manga de su chaqueta de terciopelo:

—Vamos, Vita, vamos a acercarnos. Tienes que presentármelo. ¡Dios mío, es increíble que alguien con tan buen aspecto pueda defender esas horribles ideas!

Pero Vitória se quedó donde estaba. Una bellísima mulata, apenas algo mayor que ella, se había acercado corriendo a León para darle un vaso de agua. Iba bien vestida y llevaba zapatos. Él tomó el vaso, agarró la mano de la joven y le levantó el brazo en señal de triunfo. De nuevo estallaron los aplausos, sólo se oyó algún silbido aislado. León y la mulata estuvieron un rato en la misma pose antes de abandonar la tribuna. León cedió el paso a la joven poniéndole una mano en la espalda y empujándola suavemente hacia delante, como haría un caballero con una dama. Al verlo, Vitória sintió que se le revolvía el estómago. Mucho más tarde comprendería que se trataba sólo de un gesto político para demostrar su reconocimiento de los derechos de los negros. Pero en la plaza de Conservatória sólo pensó una cosa: él prefería a esa mulata… y tenía la desvergüenza de presentar a su querida en público.

Cuando por la tarde León llegó a Boavista, como había anunciado por carta, se encontró solo. Vitória le observaba desde la ventana de su dormitorio. Había encargado a Miranda que le dijera que la *sinhazinha* no estaba en casa debido a un trágico incidente ocurrido en la vecindad. Cuando León le preguntó que dónde se había producido el accidente, la joven se enredó en sus explicaciones. León dejó una nota, montó a caballo y a modo de saludo se tocó el sombrero sin siquiera volverse. Sabía que le estaban observando.

Vitória bajó lo más deprisa que pudo y leyó la nota:

Vita, ¿no me va a liberar ya de la esclavitud? León.

Rompió el papel y tiró los trozos con furia al suelo del vestíbulo. ¡Qué juego tan estúpido! ¡Se acabó de una vez por todas! Vitória no tenía ganas de que León siguiera irritándola con su humor especial.

Al día siguiente se arrepintió profundamente de su reacción. Su padre había oído en las diezmadas tierras de los

Soares a una res que bramaba al borde de la muerte y se acercó a caballo a la *fazenda* Florença, lo que en otras circunstancias no habría hecho jamás. Conversando con *dona* Isabel se enteró de que el viaje a Río planeado por las jóvenes tenía un objetivo·muy distinto al que habían expuesto a sus padres. De vuelta en Boavista descargó toda su furia y castigó a Vitória como nunca antes lo había hecho.

El Padre Paulo hizo volver a Vitória a la realidad.

—Tengo la impresión de que ves tú más en ese hombre que él en ti. Sólo es un sueño de juventud, le olvidarás enseguida. Me preocupan más tu orgullo, tu vanidad y tu escaso respeto a tus padres. Tampoco se te da muy bien decir la verdad.

Vitória le interrumpió.

—Padre Paulo, nunca he sido tan franca con usted como hoy. Doy por supuesto que puedo confiar en su discreción.

—¡Vita! ¡Qué horribles palabras! Sabes que el secreto de confesión es sagrado.

—Naturalmente, Padre, naturalmente. Discúlpeme.

—En penitencia por tus pecados acudirás todos los días que te quedan de castigo a la capilla a rezar a Nuestro Señor. Dos docenas de Padrenuestros y dos docenas de Avemarías. Y concéntrate en lo que rezas, no te pierdas en pequeñas ensoñaciones. El próximo domingo me cuentas qué nuevos esfuerzos has hecho para olvidar a ese hombre.

El Padre dijo la bendición final y despidió a Vitória. Ésta apartó la pesada cortina de terciopelo del confesionario. La luz del sol que entraba por las ventanas superiores de la capilla la cegó. Cuando sus ojos se acostumbraron a la claridad vio a *dona* Alma sentada en un banco muy cerca del confesionario. Vitória supuso que en la última media hora su madre sólo habría oído susurros entre el Padre y ella, pero no podía asegurarlo. ¿Lo habría oído todo? Pues que lo oyera. Lanzó a su madre una enojada mirada y murmuró:

—El que busca, encuentra.

Dona Alma la miró sin comprender. Por tanto, Vitória tradujo su sentencia mientras se marchaba:

—El que escucha, oye.

Se recogió la falda y salió corriendo.

Se detuvo ante la tumba de su antigua *ama*. El cementerio estaba junto a la capilla. Sólo se enterraba allí a los miembros de la familia y a los esclavos que casi formaban parte de ella. No había muchas tumbas. Los antepasados de Vitória habían muerto en Portugal y estaban enterrados allá. En la tumba familiar, un mausoleo de mármol, se leían los nombres de sus cinco hermanos muertos. Un poco más apartadas estaban las sepulturas de unos diez esclavos. Vitoria sólo había conocido a dos de ellos lo suficiente para lamentar su pérdida: el vaquero João, que había salvado a su padre de la muerte muchos años antes, y su *ama* Alzira, que había sido su nodriza, su niñera y su compañera de juegos… y más madre de lo que *dona* Alma lo había sido nunca. Alzira había muerto un año antes, y Vitória dudaba que alguna vez pudiera tener una esclava tan lista, tan cariñosa y a la vez tan estricta como ella. A Alzira la respetaban todos en Boavista, incluidos sus padres. Ningún secreto escapaba a su aguda mirada, pero ninguno estaba tan bien guardado como con ella. Alzira la habría comprendido, le habría dado consuelo y consejos. Sin su conciliador temperamento, sin sus sabias decisiones, el pequeño mundo de Boavista estaba algo revuelto.

Aquel día Vitória puso una disculpa para no asistir a la cena: le dolía la cabeza y no tenía apetito. En realidad no le pasaba nada aparte de que tenía miedo a que su padre la sermoneara de nuevo. Seguro que su madre le había contado su atrevimiento, del que luego se arrepintió de corazón. Había ido demasiado lejos acusándola de escuchar a escondidas. Además temía que el Padre Paulo les hubiera contado cada sílaba de su conversación, con lo que su padre tendría motivos suficientes para reprenderla.

Vitória se sentó en su escritorio. Ante ella estaban las dos cartas que había recibido de León. La primera, la que había enseñado a Eufrásia, estaba ya sucia de tanto doblarla y desdoblarla, y en los pliegues el papel estaba tan blando que Vitória temía que se rompiera. En la segunda carta, muy breve, León le anunciaba que tenía previsto ir a Boavista después de la conferencia de Conservatória. ¡Qué correspondencia más escasa! Pero Vitória la leía una y otra vez, interpretando de nuevo cada palabra, adivinando siempre nuevas intenciones. Estaba furiosa consigo misma porque ya no tenía la nota que él había dejado cuando Miranda mintió por ella. ¡Quién sabe qué mensajes secretos podría haber encontrado en ella!

Pero a Vitória le preocupaba más el correo que no había recibido. No había vuelto a saber nada de León desde que le había escrito diciéndole que no iría a Río. ¿Habría sido su carta quizás demasiado fría? ¿o se debería a que no había mencionado su humillante castigo y no había explicado el motivo de su ausencia? ¿habría llegado su respuesta a otras manos? Si sus padres le prohibían recibir visitas, podían también retener su correo.

Vitória oyó de pronto que la llamaban. Escondió rápidamente las dos cartas en un cajón del escritorio, fue hacia la puerta y pegó el oído para escuchar lo que ocurría en la casa. *Dona* Alma no consentiría jamás que se llamara a alguien a voces a no ser en circunstancias especiales.

—¡Vita! —Su padre abrió la puerta, sobresaltándose al ver a Vitória tan cerca de él—. ¡Cielo santo, niña! ¿Qué haces aquí? ¿Por qué no contestas?

—No me encuentro bien. No puedo comer nada.

—¿Quién habla de comer? Félix ha desaparecido. ¿Tienes idea de dónde puede estar?

—En mi habitación seguro que no.

—Ahórrate tus descaradas observaciones. Ven al salón y escucha lo que dice José. Quizás a ti se te ocurra dónde puede estar el muchacho.

El cochero estaba en el centro de la habitación con la cabeza gacha y a punto de echarse a llorar.

—Le dejé en la farmacia. Debía recoger las medicinas para *dona* Alma y comprar luego los cuadernos de la *sinhazinha* en la tienda de música. Mientras tanto yo fui a la estación a recoger el paquete de las telas y cintas que usted encargó en Río. El muchacho debía ir a la estación, donde yo le esperaba con el coche. Pero no llegó. Esperé durante dos horas, luego recorrí toda la ciudad preguntando por Félix, pero nadie lo había visto. ¡Oh, cielos…!

—No te preocupes —dijo Vitória intentando calmar al viejo—, probablemente aparecerá en cualquier momento con una sonrisa malvada y una explicación plausible para su retraso. A lo mejor no te ha encontrado en la estación porque llegó cuando tú ya te habías ido. Puede que haya tenido que venir andando, y se lo tendría merecido.

Vitória no era tan optimista como parecía. A ella también le resultaba preocupante la desaparición de Félix. Nunca había ocurrido nada parecido, el muchacho siempre se había caracterizado por su formalidad. Y si realmente se encontraba en apuros, si había sido víctima de un robo o un accidente, tendría graves problemas para comunicarse. A la mañana siguiente tenía que ir alguien con José a la ciudad para seguir buscándole. A ser posible ella misma: se trataba de una situación excepcional en la que su padre no podía seguir manteniendo su castigo.

Mientras Vitória se iba sintiendo más animada a la vista de esta nueva perspectiva, José se desmoronaba cada vez más.

—Vita, piensa un poco. ¿Tenía que hacer quizás algún otro encargo tuyo? —preguntó Eduardo.

—¡Hum! Aparte de los cuadernos de música y las telas no había ningún otro encargo. A lo mejor ha pasado por la pastelería. *Dona* Evelina le ha cogido cariño al muchacho y siempre le regala bombones y otros dulces. Pero eso no explicaría su desaparición.

—*Sinhá* Vitória, ya le he preguntado a *dona* Evelina. Por allí no le han visto —explicó José.

—Debe de haber escapado —dijo *dona* Alma, que hasta entonces había permanecido en silencio sentada en el sofá escuchando.

—No me lo puedo creer, *mãe*. ¿Qué posibilidades tendría? Es muy listo, pero mudo. Enseguida le descubrirían.

—Ahora no podemos hacer nada más. Propongo que esperemos a mañana. Si Félix no ha aparecido a primera hora emprenderemos una búsqueda en toda regla. Tú, José, ven a la casa a las siete.

Eduardo despidió al cochero con una inclinación de cabeza.

José salió como si estuviera doblegado por el peso de la culpa que se atribuía sólo a sí mismo. En el fondo compartía la sospecha de *dona* Alma de que el joven habría intentado escapar, pero no hablaría de ello con nadie hasta no estar completamente seguro. En la habitación en la que vivía con Félix encontraría la prueba. Había una cosa que el muchacho guardaba como oro en paño. Si aquel objeto no estaba allí, sabría que Félix había escapado.

La puerta de la habitación crujió cuando Félix la abrió vacilante. Dejó la lámpara de aceite sobre una pequeña mesa desvencijada, corrió el cerrojo de la puerta y cerró las contraventanas. Luego se sentó sobre su cama, una sencilla estructura de hierro con un colchón de paja encima. No le gustaba rebuscar en el escondrijo de Félix. El joven guardaba aquel escondite en secreto, pero el viejo, que con los años dormía cada vez menos, había observado muchas veces cómo ocultaba sus tesoros en un hueco entre las maderas. Era reducido, pero suficiente para los pequeños objetos que tanto valoraba Félix. Había un par de monedas que había conseguido reunir de algunos recados, una piedra de extraña forma que se había encontrado, el diente de un puma que ganó una vez en una apuesta. Y también escondía allí una pequeña bolsa de cuero con un medallón de oro. Esta joya era el único recuerdo que le quedaba de su madre, que murió de parto cuando él nació. Se lo había entregado su padre, cuya identidad no pudo aclarar nunca Félix. Pero el medallón era de tal valor que debía de tratarse de un caballero de la alta sociedad. Luiza se lo había guardado hasta que cumplió los doce años. "Toma, jovencito, esto era de tu madre. Ya eres bastante mayor para guardarlo tú mismo."

De vez en cuando Félix miraba el medallón con gran respeto. José le había enseñado cómo se abría. Cuando se levantó la tapa, Félix se sobresaltó. Pasado el primer susto, examinó la joya con detenimiento. En su interior, a ambos lados, había una pequeña fotografía ovalada. Pero con el tiempo las fotos se habían llenado de manchas. Casi no se podía apreciar nada, excepto que se trataba de un hombre con uniforme de gala y un sable poco común y de una mujer de piel oscura. Sus padres.

José se levantó de la cama suspirando. Tenía que mirar, si no la desaparición de Félix no le iba a dejar tranquilo. Se puso de pie sobre la cama del joven para llegar al escondite. Enseguida tocó una caja. La cogió y se sentó para mirar en su interior. La piedra estaba allí, pero el diente, las monedas y el medallón habían desaparecido. A José, que apenas recordaba cuándo había llorado por última vez, se le inundaron los ojos de lágrimas.

VI

El suelo estaba seco y duro. Las piedras que sobresalían del barro reseco se clavaban en los pies a cada paso. Después de llevar dos días andando, Félix tenía tales heridas que, para poder continuar, tuvo que romper su camisa y utilizar las tiras de tela como improvisado vendaje. Casi echaba de menos el pantano que habían atravesado. Allí los pies casi no habían sufrido. Pero no: el pantano tenía otros tormentos que no quería volver a pasar. ¡Qué rápido se olvida todo cuando surgen nuevas calamidades! Llevaban ya cinco días de camino. A Félix le dolían todos los huesos y, como su piel ya no estaba acostumbrada al sol intenso, se le estaba pelando la nariz. Los labios se le habían agrietado, y había un suplicio añadido: las picaduras de los insectos, ya que los cuerpos sudorosos suponían un festín para ellos.

Sin embargo, peor que a Félix les iba a las mujeres que tenían que cargar con sus hijos, algunos de ellos todavía bebés, y a los ancianos, que ya no tenían buenas piernas. Pero no eran muchos. La mayor parte de las treinta personas que componían el grupo eran jóvenes y fuertes. Fueran jóvenes o mayores, hombres o mujeres, todos tenían algo en común: querían escapar de la esclavitud. A cualquier precio. Aunque para ello tuvieran que caminar durante días por terrenos impracticables y sufrir penalidades, aunque tuvieran que vivir el resto de su vida con el temor de ser descubiertos: querían conseguirlo.

Cuando Félix pidió al famoso abolicionista León Castro que le ayudara a huir, estaba convencido de que podría afrontar cualquier cosa con tal de alcanzar la libertad. Ahora, después de la agotadora marcha por el interior de la provincia de Río de Janeiro y de las cuatro insoportables noches que habían pasado durmiendo sobre el polvoriento suelo de algún granero o incluso a cielo abierto, no estaba tan seguro. ¿Por qué había abandonado el confort del pequeño cuarto que compartía con José, el cochero? ¿Cómo podía haber renunciado a los privilegios de que disfrutaba en Boavista por aquel viaje hacia la incertidumbre? Ya empezaba a echar de menos a su amigo Betinho, que tan bien tocaba la flauta, así como los cuidados maternales de Mariana. Añoraba los sonidos de la *fazenda* en la que había nacido, los gritos de Pereira en el patio, los relinchos de los caballos, el regreso de los esclavos de los campos, siempre acompañado de cánticos, las groseras rabietas de la vieja Zélia, que resonaban incluso en la casa grande. Ahora, tanto de día como de noche, estuvieran andando o descansando, sólo se oían apagados murmullos, nada de música, ninguna palabra más fuerte que otra. El silencio del miedo.

Incluso el llanto de los bebés era más tenue, como si también fueran perdiendo fuerzas. Las fatigas de la marcha y la escasa dieta estaban debilitando a todos. Desde que había escapado, Félix sólo había comido las tortas secas de maíz que las mujeres cocinaban cuando se detenían. Del armadillo que tres muchachos habían cazado en el bosque casi no había tocado nada, y no conocían los frutos de los árboles por lo que nadie se atrevía a probarlos. Con gran tristeza, Félix se dio cuenta de que los restos de la comida de los amos que Luiza le calentaba en la cocina eran mejor que todo lo que pudiera comer en un futuro. Se le hacía la boca agua sólo con pensar en pasteles de carne, sopas y asados.

Ninguno de los compañeros de viaje de Félix había comido en su vida otra cosa que lo que se cultivaba en las *fazendas*. Ninguno de ellos había vivido en libertad, ninguno había tenido que tomar decisión alguna ni había tenido que luchar por su supervivencia en un entorno hostil. El único que podría hacer frente a circunstancias adversas era Zé, el guía. Aquel negro enorme, con la cara marcada por la viruela, era el intermediario de León Castro y tenía que conducir a aquella penosa caravana desde Vassouras hasta Caxambú. Allí, otro guía les llevaría hasta Três Corações, su destino final. Zé tampoco se fiaba de las plantas del bosque. "Según el *dono* podéis comer ése de ahí", decía señalando un fruto redondo de corteza espinosa, "pero si queréis mi opinión, mejor no lo comáis, ya que os dejaréis las tripas por el camino", finalizaba echándose a reír estruendosamente.

Nadie comió de aquel fruto. En todo lo demás también seguían los consejos de Zé, aunque Félix pensaba que éstos no eran consecuencia de su experiencia como hombre libre, sino de su escasa inteligencia. Al fin y al cabo, seguía siendo un antiguo esclavo al que se le notaba cierta inseguridad, a pesar de su aspecto imponente y gigantesco. Zé no les dejaba lavarse, ya que consideraba la limpieza como un signo de afeminamiento, una característica propia de los blancos. Con frecuencia, su camino discurría a lo largo de algún río, pero Zé también les prohibió pescar, ya que según él en todos los ríos existían corrientes traicioneras. Además, como no tenían gallinas para ofrecer en sacrificio, todas las noches les obligaba a enterrar por lo menos una pluma de ave delante de él pronunciando misteriosos conjuros. Era una de las pocas ocasiones en las que a Félix no le importaba ser mudo.

Félix no conocía los rituales de Zé. Las reuniones secretas para adorar a divinidades africanas que se celebraban en Boavista y a las que a él, por ser mudo, le permitían asistir, seguían normas muy distintas. Sin embargo, nada le sorprendía. Los esclavos habían sido llevados a Brasil desde diversos países de África, y los diferentes cultos habían ido evolucionando de mil formas con el paso de los años. Quién sabe, quizá Zé había enriquecido su ceremonia con ritos de los indios. Después de todo, Esperança, el final de su viaje, estaba situada en el centro del territorio guaraní.

La mayoría de sus compañeros estaban contentos con los ritos realizados por Zé. Toda ayuda era bienvenida, aunque procediera de divinidades indias. ¿Y dónde iban a vivir los dioses si no era aquí, en las empinadas laderas de la Sierra de Mantiqueira, cubiertas de verde y en las que parecía percibirse la presencia de inquietantes criaturas? Incluso el pragmático Félix creía sentir el aliento de una presencia sobrenatural, pero él pedía ayuda al dios de los blancos. Mentalmente rezó tantos Padrenuestros y Avemarías como no lo había hecho jamás en su vida. Y con éxito: cuando un día les detuvo una patrulla del emperador y les preguntó por el objetivo de su viaje, sus silenciosos rezos debieron contribuir a convencer a los soldados de la legalidad de su viaje:

—Todos son esclavos del *senhor* Azevedo —les explicó Zé, y sacó del bolsillo un escrito aparentemente oficial. En él se decía que el *senhor* Azevedo, dueño de la *fazenda* Santa Maria, era un famoso veterano de la guerra de Paraguay y, por tanto, un buen amigo del emperador, y enviaba aquellos esclavos, a los que conocía por su nombre, a su hija y su yerno, que necesitaban con urgencia más braceros en su *fazenda* de Minas Gerais.

Los soldados se mostraron escépticos, revisaron el documento y preguntaron algunos detalles a Zé. Llegaron a hablar incluso con algunos esclavos, confiando en que éstos revelarían los verdaderos motivos del viaje. Existían muchos esclavos fugitivos y la recompensa por su captura era considerable.

Pero después de un interrogatorio de media hora los soldados no pudieron encontrar ningún detalle que contradijera la versión de Zé y se despidieron. Félix se santiguó.

Al undécimo día llegaron a Esperança. A primera vista, la *fazenda* no hacía honor a su nombre. La casa grande era más pequeña de lo que Félix estaba acostumbrado a ver en el Valle de Paraíba. No había un paseo con palmeras reales ni se veía signo alguno de riqueza. ¿Tendrían que quedarse en una finca tan pobre? Las *senzalas* parecían miserables, y por todas partes abundaban las malas hierbas. Ante la puerta de la casa había un desvencijado carruaje de caballos que acentuaba la impresión de pobreza. La única persona que se alegró de llegar allí fue Lulu, su guía durante la última parte del trayecto. Abrazó con cariño a un viejo mulato que no parecía pertenecer al lugar.

—Éste —dijo Lulu—, es Gregório. Él os enseñará todo y os explicará lo que haga falta. Es algo así como un capataz. Pues aunque dejéis de ser esclavos tenéis que seguir una serie de reglas precisas. Mejor haced lo que él os diga.

Gregório se volvió hacia los recién llegados.

—Bienvenidos a Esperança. Veo el desencanto en vuestras caras, pero creedme: en cuanto hayáis comido y dormido veréis esto mucho mejor. Y cuando hayáis recibido vuestro primer salario desaparecerá toda nostalgia rápidamente. Aquí vivimos unas ciento cincuenta personas, todos antiguos esclavos. Cada uno de nosotros sabe cómo os sentís ahora. Pero ninguno de nosotros lamenta la decisión tomada.

El hombre de pelo blanco contempló despacio las caras de los recién llegados. Su mirada se clavó en Félix, que a su vez observaba fijamente al anciano. ¡Qué figura tan cómica la que contemplaba, con aquel raído gabán rojo y los gastados zapatos que alguna vez fueron de charol!

—Eh, tú, ¿qué miras embobado?

Félix se sintió atrapado. Encogió los hombros y mediante gestos dio a entender que no podía hablar.

—Tú debes ser el muchacho de Boavista, ¿no?

Félix asintió.

—¿Pero aparte de la voz no te falta nada más, no?

Félix negó con la cabeza. Primero se palpó la frente y luego señaló sus bíceps.

—¡Ajá, te consideras astuto y fuerte! Eso está bien, necesitamos gente así. ¿Cuántos años tienes?

Si ahora Félix era sincero y contestaba catorce, iba a perder dinero. Había oído que el trabajo no era el único requisito para recibir un salario, también contaba la edad. Le enseñó al anciano primero diez dedos y luego seis. Aquello lo podrían aceptar.

—Aquí no necesitamos mentirosos.

Gregório dirigió una penetrante mirada a Félix y se volvió hacia los demás.

—Para llegar hasta aquí habéis tenido que mentir. Tendréis que seguir mintiendo para no poner en peligro vuestra libertad. Pero no os atreváis a decir mentiras en Esperança. Y sobre todo tenéis que ser sinceros conmigo. Sé más sobre vosotros de lo que os creéis. Os conozco mejor de lo que os conocéis vosotros mismos. Quien se atreva a decir una mentira, lo va a tener aquí muy difícil. ¿Lo habéis entendido?

Todos asintieron.

—Ahora podéis descansar. Margarida enseñará a las mujeres sus alojamientos, los hombres seguirán a Carlos.

Mientras seguían al hombre, un muchacho se acercó a Félix y, en voz baja, le preguntó su verdadera edad. Félix le mostró catorce dedos.

—¿Tienes catorce? ¡Jesús! Te he estado observando durante todo el camino. Estás realmente crecido. Y eres valiente.

Félix miró con tristeza al chico. Su valor le había abandonado en el momento en que Gregório le había pillado mintiendo. Iba a ganar menos que muchos otros, aun cuando trabajara igual de bien, y también iba a estar más expuesto a las burlas, pues los hombres preferían fastidiar a los más jóvenes antes que a los de su misma edad. Con catorce años todavía te consideraban un niño, con dieciséis un hombre.

El alojamiento era sumamente rudimentario. Un gran barracón de una planta había sido dividido, mediante sencillos paneles de madera, en dos docenas de habitaciones. En cada una de ellas se instalaban tres o cuatro hombres. El suelo estaba cubierto de paja, y como colchón utilizaban sacos de café llenos también de paja. Carlos asignó a Félix y al otro muchacho, Lauro, el cuarto más pequeño.

—Aquí viviréis vosotros, junto con Guga y Matias. Los dos son de vuestra edad. Dentro de unas dos horas volverán de los campos y os explicarán cómo funcionan aquí las cosas.

Después, Carlos le entregó a ambos una bolsa con comida.

—Con esto tenéis suficiente para hoy.

Félix abrió la bolsa. Dentro había pan, un trozo de queso, una naranja y un plátano, además de arroz, alubias y una loncha de tocino. Pero sin utensilios de cocina no los podrían cocinar. Se comió con fruición el pan y el queso. Lauro hizo lo mismo.

—Esto me gusta. ¡Tocino! Y un cuarto para cuatro. En Santa Clara no teníamos esto.

Félix le envidiaba. Él encontraba insuficiente tanto la ración de comida como el alojamiento. Pero tendría que acostumbrarse. De todo el grupo con el que había llegado hasta aquí, él era el único que había trabajado dentro de la casa. Pero no tenía intención de contárselo a nadie, ya que se le echarían encima como fieras. La rivalidad entre los esclavos que trabajaban en la casa y los del campo era enorme, y Félix suponía que la libertad no iba a cambiar nada al respecto.

En cuanto terminó la frugal comida le entró un gran cansancio. Juntó tres sacos para poder tumbarse cómodamente en ellos y se quedó dormido. Dos horas después le despertaron sin ningún miramiento.

—¡Eh, tú, estás en mi cama! —le recriminó un corpulento mulato al que Félix calculó pocos años más que él. Félix le miró entornando los ojos, bostezó y no se movió de su sitio. Estaba tan agotado que tenía la sensación de que nunca más iba a poder levantarse. Pero cuando el chico le empujó hacia un lado, Félix se incorporó.

—No lo vuelvas a hacer, ¿entendido? Ése de ahí —dijo, señalando a una esquina en la que había algo de paja—, es tu sitio.

A Lauro también le habían despertado y echado de su cama.

—¿Queréis todos los sacos para vosotros y que nosotros nos tumbemos sobre estos restos de paja sucia? Ni hablar. —Diciendo esto, Lauro tomó un saco de café llevándolo a la esquina que le habían señalado.

—Aquí es lo que se suele hacer. Nosotros tenemos derechos de antigüedad —respondió el gordo, al que se había unido otro chico, musculoso y más negro que el azabache, con un aspecto algo salvaje que no invitaba a bromas. Félix se sentó en la esquina asignada, pero Lauro todavía no estaba conforme con aquella injusticia. Les gritó e insultó a los dos, hasta que el gordo le dio un empujón y le quitó los sacos. Félix sabía que la situación iba a empeorar, y permaneció quieto en su rincón. No sería buen presagio empezar el primer día con una trifulca. Pero Lauro continuaba gritando cada vez más alto, hasta que finalmente le dio un empujón al gordo y los dos muchachos cayeron encima de él. El gordo sujetaba fuerte a Lauro mientras el musculoso le golpeaba de forma brutal en el estómago, en la cara y entre las piernas. Lauro gemía de dolor. Aquello era demasiado para Félix. De buena gana habría gritado pidiendo ayuda o chillado a los dos chicos, pero ambas cosas habrían sido inútiles. A los hombres del barracón no parecía importarles lo que pasara en las demás habitaciones, aunque se oyera cualquier murmullo a través de los delgados paneles. Así que el propio Félix tuvo que intervenir. Saltó como un rayo, y antes de que el gordo pudiera prevenir a su compinche, había metido sus dedos en los ojos del flaco. La situación cambió rápidamente a favor de Félix y Lauro. El flaco estaba fuera de combate; se retorcía y se tapaba los ojos. Al gordo le habían dado una buena tanda de golpes. Lauro miró a Félix. Su ojo izquierdo estaba tan hinchado que apenas podía ver, pero no pareció importarle ni disminuyó su alegría.

—Ven, tomaremos lo que nos corresponde.

Durante los días y semanas siguientes, la situación con respecto a la posesión de los sacos de café parecía haber quedado clara, pero se notaba tensión en el ambiente. Guga, el gordo, y Matias, el flaco, provocaban a los nuevos inquilinos en cuanto tenían ocasión. Les robaban sus raciones de comida, boicoteaban su trabajo y difundían horribles mentiras sobre ellos. Félix y Lauro no podían esperar que nadie les ayudara. Era como había dicho Carlos: ya no eran esclavos, pero tampoco eran señores. En Esperança aprenderían a pensar y actuar por sí mismos, para estar preparados para cuando salieran de allí. Ningún negro se quedaba más de un año. Después de ese tiempo y provisto de documentación falsa, zapatos, alguna formación y algo de dinero, pasaba a vivir en verdadera libertad. Cuando llegaron allí, Gregório les había dejado muy claro que sólo uno entre mil tenía la capacidad necesaria para ganarse la vida honradamente en el mundo exterior.

117

—Creéis que en cuanto hayáis ganado algo de dinero ya os podréis ir a Río de Janeiro y llevar una vida tranquila. Pero necesitáis algo más. La mayoría de vosotros termina en las cloacas. Empezáis trabajando en el nivel más bajo, os esforzáis mucho más que en las *fazendas*, que es de donde venís, y los pocos *vintéms* que ganáis al día os los gastáis en burdeles y aguardiente. Ésta es la triste realidad. Pero todos tenéis la oportunidad de hacerlo mejor. Aquí os enseñamos a aprovecharla. Quien entienda bien lo que aquí queremos inculcaros, podrá montar su propio taller o llevar un comercio con cierto éxito.

Félix sabía que ni Guga ni Matias lo lograrían, y también estaba convencido de que Lauro tenía en contra su propio temperamento. ¿Y qué pasaba con él mismo? Su mudez hacía que no estuviera en las mejores condiciones para enfrentarse a todas las adversidades que pudiera encontrar en la vida. Aunque, por otra parte, quizá debía a esta deficiencia su extraordinaria capacidad de percepción. Había superado con rapidez a todos los que habían comenzado con él a recibir clases en Esperança. Ninguno de ellos estaba tan ansioso como él por aprender a leer y escribir. ¡Por fin podría expresarse con algo más que mímica! También le resultaba muy fácil la aritmética, y en seguida se convirtió en el preferido de *dona* Doralice, la profesora.

Rondaba los cincuenta años y todavía era hermosa. Hacía muchos años había sido una esclava, pero callaba celosamente las circunstancias exactas de su liberación. Hablaba con un ligero acento español y tenía evidentes rasgos indios. Se rumoreaba que provenía de una región fronteriza próxima a Uruguay, Paraguay o Argentina. Félix adoraba a *dona* Doralice y, a diferencia de la mayoría de la gente, esperaba las clases con verdadera impaciencia. Mientras que Mauro se quejaba de la falta de tiempo libre, ya que todos los días, antes y después de las ocho horas de trabajo, tenían dos horas de clase, Félix hubiera preferido estar más tiempo aprendiendo.

Había una muchacha de unos dieciséis años, Fernanda, que se disputaba con él el cariño de la profesora. Félix no soportaba a Fernanda. Era orgullosa y resabiada, y no se relacionaba con ninguno de los hombres de Esperança, aunque tenía muchos admiradores. Félix no entendía lo que veían en ella. Aunque tenía una cara bonita, para su gusto era demasiado baja y rechoncha. Tenía un pecho enorme que siempre escondía bajo amplias blusas y que Félix veía como algo amenazante. Pero muchas noches, cuando se reunían en grupos para cenar, aquel pecho se convertía en objeto de los más obscenos comentarios. Cuando Félix se aburría o se apartaba hastiado de estas conversaciones, los hombres hacían burlas más groseras, esta vez a su costa.

—No te lo tomes así, jovencito —le consolaba a veces el viejo Ronaldo—, pronto le encontrarás también el gusto a estos temas.

Ronaldo decidió, con otro hombre mayor, introducir a Félix en los secretos del amor entre hombre y mujer. Acordaron negociar con Lili un precio especial. Aquella muchacha era pícara y buena negocianta, y su bonito cuerpo le ayudaba a ganarse algún dinero. El *dono* y Gregório hacían como si no supieran lo que Lili hacía, pero sabían perfectamente, como todo el mundo, en qué pensaba emplear el dinero ahorrado, ya que ella no lo ocultaba.

—Algún día seré la dueña del burdel más grande y bueno de todo Brasil.

Todos la creían.

De hecho, por prestar sus servicios a Félix pidió una cantidad bastante pequeña. Lo consideraba una buena inversión. Cuando el chico se hubiera aficionado al asunto, querría volver más veces. Y entonces tendría que pagar el precio completo. Además le gustaba. Félix tenía ya el cuerpo de un adulto, aunque todavía era un poco torpe. La amargura, la miseria y la desesperación no habían marcado todavía su cara. Su expresión era una mezcla de optimismo juvenil y terquedad infantil. A ello había que sumar una piel morena clara muy suave, ojos verdosos, una nariz recta y unos labios finos, que parecían de una persona blanca. Todo esto le gustaba a Lili mucho más que los rudos tipos que la solían visitar.

Félix se mostró poco entusiasmado con este plan, pero no tenía escapatoria. Mientras tanto se había extendido ya el rumor de que Lili le iba a convertir en un hombre, y le molestaban haciéndole gestos obscenos o dirigiéndole expresiones con doble sentido. Cuantos más consejos bienintencionados le daban, cuantos más detalles iba conociendo sobre el cuerpo femenino, más temía el inminente encuentro con Lili. Su evidente timidez provocaba todavía más groserías por parte de los hombres. Félix no tenía elección: tenía que ir a ver a Lili.

Cuando por fin llegó el día, Félix intentó llegar de manera discreta a la cabaña donde Lili ejercía su oficio. Pero el griterío de los hombres le fue acompañando, de forma que incluso las mujeres se enteraron de todo. Fernanda, que se encontraba en el patio delante del barracón de las mujeres intentando escribir en una pizarra, le dirigió una mirada cargada tanto de repugnancia como de compasión. ¡Precisamente hoy tenía que estar allí sentada! Su aventura le resultaba a Félix mucho más penosa delante de ella que de cualquier otra persona, con excepción quizá de *dona* Doralice. Pero mantuvo la cabeza alta y no dejó que se notara su angustia interior.

—Félix el afortunado —le dijo Lili cuando le vio—. Eres realmente un tipo con suerte, jovencito. ¿Lo sabías?

Félix negó con la cabeza.

—¿No te alegras? Seguro que ya has sentido deseos carnales, ¿o no? ¿Y no te has procurado alivio tú mismo? Pero créeme, una mujer te puede proporcionar mucha más alegría que tu propia mano.

Félix se giró avergonzado. ¿Qué le importaba a ella lo que él hacía por la noche bajo la manta? Lili se acercó más a él. El chico percibió su aliento y vio los grandes poros de su nariz. Le pareció repulsiva. Pero lo que después ella hizo con él le llevo a olvidar todo lo que había a su alrededor. La cara socarrona de Lili, los útiles que había en el almacén, el enorme taburete de madera sobre el que estaba sentado... todo eso se esfumó cuando Lili empezó a darle placer con sus manos, su boca y su cuerpo. Tampoco se dio cuenta de que unos cuantos chavales se turnaban a mirar por un pequeño agujero, divirtiéndose con lo que veían. Cuando Lili se colocó sobre él y empezó a moverse cada vez más deprisa, de su garganta surgió una especie de graznido que a él mismo le asustó.

Los días siguientes fueron para él un verdadero suplicio. Todos en la *fazenda* parecían saber que había visitado a Lili. Las chicas jóvenes sonreían con disimulo cuando pasaba junto a ellas, y los chicos que todavía no tenían edad suficiente para recibir las lecciones de Lili le miraban asombrados. Los hombres adultos le hacían comentarios que, si bien eran elogiosos, a Félix le resultaban desagradables.

—El chico tiene en los pantalones lo que le falta en la garganta —decía uno, y Félix se preguntaba cómo sabría eso. ¿Habría contado Lili todos los detalles de su encuentro? Lauro quería saber todos los pormenores, pero mediante gestos era imposible dar una descripción completa.

—¡Ay! —dijo Lauro—. Será mejor que vaya yo mismo a visitar a Lili. Así conoceré los detalles. ¡Pero pide 500 *réis!* ¡A ver quién tiene ese dinero! Los viejos no me lo prestarán.

Félix no soportaba la falta de privacidad. En Boavista siempre encontraba la manera de echarse una siesta a la orilla del río sin que le vieran o de sustraer algunas provisiones en la cocina. Aquí, en cambio, se sabía lo que hacía en cada momento. Nunca estaba solo, ni en las clases, ni en los campos, ni en su cuarto. Además, sólo se podía mover libremente dentro de la *fazenda;* las salidas más largas, como por ejemplo al cercano pueblo de Três Corações, estaban estrictamente prohibidas. Para muchos, la tentación de sentarse allí en una taberna y emborracharse era muy fuerte, y con ello también era grande el peligro de presumir de haber conseguido fugarse. Sólo quienes llevaban tiempo allí podían acompañar a *dona* Doralice o a Gregório cuando tenían que ir al pueblo a realizar algún encargo. Y cuanto más limitado y observado se sentía, más se aislaba de los demás. Empezó a tener nostalgia.

Se encontraba inmerso en ese estado de ánimo cuando llegó León Castro a Esperança. ¡Un amigo de sus señores! Le podría contar qué tal iban las cosas por Boavista, cómo había reaccionado la familia da Silva ante su huida, qué hacían los demás esclavos. Pero en un primer momento León no reconoció al chico que le miraba y que le saludó alegremente. Se bajó del caballo de un salto y parecía tener prisa por entrar en la casa. Subió las escaleras de dos en dos y cuando estaba delante de la puerta de la casa grande tocó impaciente la campana. Le abrió *dona* Doralice, y los dos se fundieron en un abrazo. Félix estaba admirado. ¿Qué blanco abrazaría a una mujer de color con tanto cariño delante de todo el mundo?

Hasta el día siguiente no tuvo Félix ocasión de oír las novedades que traía León. Éste le hizo llamar. Estaba sentado ante el escritorio del *dono*, a quien Félix nunca había visto pero que estaba presente por todas partes. Oswaldo Drummond, yerno del poderoso *senhor* Azevedo, y su mujer Beatrice eran los dueños de esa *fazenda*, pero vivían en otra propiedad situada a muchas millas hacia el interior. Pero eso no le daba derecho a León a sentarse ante el escritorio del *senhor* Oswaldo. Félix se asombró por esta falta de respeto, pero no dejó que se notara.

—Siéntate —le dijo León—. He oído que te has adaptado bien.

Félix asintió.

—¿Cuánto tiempo llevas aquí? ¿Dos, tres meses?

Félix le dio a entender que llevaba casi cuatro.

—¿Cuánto son trece por cuarenta y cinco?

Félix pensó un momento y después le enseñó primero cinco dedos, luego ocho y después otra vez cinco.

—Muy bien. ¿Y cómo se escribe tu nombre?

León le acercó una hoja de papel y un lápiz. "Félix Silva", escribió el chico con letras torpes en el papel. Luego añadió: "¿Cómo van las cosas por Boavista?"

León estaba admirado:

—Esto es fantástico. Hasta ahora nadie ha aprendido tan rápido a escribir. Sí, contestando a tu pregunta: hace tiempo que no paso por allí, pero he oído a Pedro decir que les va bien a todos. ¿Sientes nostalgia?

Félix apretó los labios. No quería que pensaran que era un sentimental. Pero finalmente asintió.

—Es normal. Aunque eso pasará. Una vez que hayas disfrutado de la verdadera libertad, nunca querrás renunciar a ella. —Se quedó un momento mirando a Félix—. Eres lo suficientemente joven como para aprender a vivir en libertad. Verás, muchas de las personas mayores no lo consiguen. Han vivido muchos años siendo unos esclavos y sin asumir sus propias responsabilidades. No resulta fácil, pero tú puedes hacerlo.

Félix estaba orgulloso de que una persona como León Castro confiara tanto en él.

—¿Has pensado ya a qué profesión te gustaría dedicarte? —le preguntó León.

Sí, lo había hecho. Pero no había llegado a ningún resultado satisfactorio. Podía aprender un oficio, convertirse en herrero o carpintero. Era fuerte y tenía manos hábiles. Sin embargo, le atraía más una profesión en la que poder aplicar sus conocimientos recién adquiridos. Las clases para aprender a leer, escribir y calcular le habían abierto un nuevo abanico de posibilidades. Aunque, ¿no sería muy atrevido por su parte expresar lo que sentía?

El joven se encogió de hombros.

—Chico, tendrías que pensar ya en ello. Sólo entonces te podremos preparar. ¿Te imaginas trabajando en una oficina?

Félix asintió encantado.

—Tengo un amigo en Río que dirige un gran negocio y que podría necesitar a alguien como tú. Alguien que sepa hacer cuentas, sea discreto y digno de confianza.

Félix arqueó las cejas. Comparar mudez con discreción, ¡por favor! Encontraba absurda aquella idea. Él podía ser igual de indiscreto que cualquiera.

—No me mires con tanto escepticismo, Félix. No me refiero de ninguna manera a tu mudez. Cuando digo discreción, quiero decir discreción. Yo sé que tú eres capaz de guardar un secreto.

León dirigió a Félix una mirada que le atemorizó.

—Si quieres trabajar con este amigo mío, todavía tienes mucho que aprender. Yo sólo recomiendo trabajadores de toda confianza a mis amigos y que respondan a lo que se espera de ellos. Si eres capaz de imaginarte el resto de tu vida trabajando con filas de números en un pequeño cuarto, en los próximos meses te prepararemos aquí, en Esperanza, de manera intensiva. Tú decides.

Félix se rascó vacilante la cabeza. La idea de pasar toda su vida tal como había descrito León no era precisamente muy atractiva. Aunque, por otra parte, si se decidía por ello, dedicaría menos horas al duro trabajo en el campo y más tiempo a las clases con *dona* Doralice. Aquello fue decisivo. Extendió el pulgar en señal de aprobación y sonrió.

—Una cosa más, Félix. Mi amigo no quiere gente que se gasta en prostitutas el dinero ganado duramente.

El chico quiso que se lo tragara la tierra. ¡Incluso León conocía todo el asunto! Por encima de la mesa cogió lápiz y papel y escribió: "Tuve que hacerlo."

León se rió:

—Sí, ya lo sé. Los viejos incluso reunieron dinero para ti. Puedes estar realmente orgulloso. No lo habrían hecho por nadie más. Parece como si te consideraran su mascota. Pero no lo vuelvas a hacer. Pero no porque yo lo considere reprobable, sino porque con las prostitutas puedes coger enfermedades terribles.

Félix asintió con gesto serio. En cualquier caso, no tenía intención de volver a visitar a Lili.

—Entonces, ya está todo aclarado. Me ocuparé de que *dona* Doralice te dé todos los días cinco horas de clase. No la defraudes. Esfuérzate. Tienes que aprender en poco tiempo lo que otras personas han aprendido durante años en la escuela. Pero yo sé que tú tienes talento para conseguirlo.

León se puso de pie y le dio la mano a Félix. La conversación había terminado.

Los siguientes meses fueron un infierno para Félix. Ya no era la mascota de los demás, sino que había pasado a ser el objetivo preferido de sus maldades. Le tachaban de vago porque él no tenía que matarse trabajando como ellos. En realidad trabajaba más que ellos, se pasaba noches enteras estudiando con su pizarra y los libros que le había prestado *dona* Doralice. Le acusaban de arrogante porque, según ellos, presumía de ser más inteligente. Siempre que tenían ocasión se burlaban de él y le humillaban. Si no hubiera sido por Lauro, le habrían robado los libros y le habrían humillado más todavía. Lauro no daba importancia al trato especial que recibía su amigo, aunque en su fuero interno estaba convencido de que Félix se lo merecía. Él dudaba entre la envidia y la admiración, pero nunca lo habría admitido ante los demás hombres.

En las clases no le iba mucho mejor. Mientras Félix había compartido las lecciones con los demás, todo era muy fácil. Pero ahora *dona* Doralice había aumentado tanto el ritmo y el nivel, que Félix casi se desesperaba. También habían elegido a Fernanda para recibir aquellas clases especiales, y a ella no le iba mejor que a él. Pero en lugar de ponerse de acuerdo, estudiar juntos y hacer más llevadero el sufrimiento, Fernanda y Félix se habían convertido en encarnizados rivales. En escritura ella era mejor y le aventajaba en las lecciones de gramática. Félix apenas podía seguirlas. En las cuentas él iba por delante y Fernanda tenía que trabajar duro por las noches para ir al mismo paso que él. La clase que más les gustaba a los dos era la de conocimientos generales. Lo que allí aprendían sobre países lejanos, plantas y animales de su país, grandes descubridores y navegantes, batallas históricas y acontecimientos políticos contemporáneos, les abría horizontes nuevos... y les hacía conscientes de su propia ignorancia.

—El conocimiento es poder —les dijo *dona* Doralice—, por eso los blancos os niegan la educación. Quien sepa leer y esté al día con las lecturas de libros y periódicos, puede tener ideas que no gustan a los blancos.

"Pero a ellos también les beneficiaría", escribió Félix en su pizarra. "Pueden emplear esclavos en la administración."

Fernanda le miró como si no estuviera en su sano juicio.

—¿Por qué tendrían que colocar a alguien como tú en la administración? ¿Para que puedas ver sus libros y enterarte de cuánto ganan?

"¿Por qué no? No es ningún secreto que son ricos."

—Ellos temen —contestó Fernanda— que alguno de nosotros sea lo suficientemente astuto para engañarles.

Le guiñó un ojo a Félix con complicidad. Él contestó con una sonrisa. Era la primera vez que entre ellos había algo parecido a un entendimiento amistoso. Ellos dos, y así lo reconocían incluso en su mutua rivalidad, eran lo suficientemente listos como para vencer a los blancos con sus propias armas. Que lo lograran era otra cosa.

Dona Doralice estaba orgullosa de sus alumnos. En un primer momento había fomentado la competencia entre ellos, porque así avanzaban más deprisa. ¿Cómo podía hacerles ver ahora que los negros tenían que permanecer unidos ante cualquier circunstancia, fuera cual fuera su sexo o su edad, y que unidos serían más fuertes que separados? Félix parecía no tomar en serio a Fernanda porque era una chica, y Fernanda consideraba a Félix un tonto mucho más inmaduro que ella.

—Vosotros sois más listos que los demás —les dijo un día *dona* Doralice con semblante serio—, pero sois tan tontos que os hacéis la vida imposible el uno al otro. Como si no fuera ya bastante difícil, especialmente para vosotros. Yo sé que los demás se meten con vosotros, que apenas tenéis amigos aquí. La única persona que os podría liberar de esta soledad la tenéis sentada enfrente todos los días.

Félix y Fernanda miraron confusos el pupitre que tenía cada uno frente a sí e hicieron como si las iniciales y los símbolos allí grabados fuera lo único digno de su atención. Finalmente Fernanda hizo un esfuerzo. Miró hacia arriba y subió los hombros.

—Dona Doralice, con todos mis respetos, pero ¿qué cree usted que dirían los demás si fuéramos buenos amigos? Nos considerarían una pareja y nos darían la lata con ello. Y, sinceramente: no quiero que me atribuyan tan mal gusto como para salir con este *niño*.

—Este *niño*, como tú le llamas, querida Fernanda, es hoy por hoy la única persona en esta *fazenda* que te puede echar una mano. Yo sé que añoras a tu amiga Lidia, y yo sé que ningún hombre, joven o mayor, puede sustituir la amistad con otra muchacha. Pero Lidia ya no está aquí, y una cosa al menos tendrías que haber aprendido: si no puedes cambiar las circunstancias, al menos saca lo mejor de ellas.

—Lo mejor sería no tener que soportar todos los días a este estúpido chico.

Dona Doralice miró enojada a Fernanda.

—¡Si eso es lo que quieres! Estás dispensada de venir a clase durante las dos próximas semanas. En el lavadero tendrás oportunidad de pensar sobre tu impertinencia.

Fernanda se disponía a contestar, pero se lo pensó mejor. Recogió sus cosas y levantándose con tanta brusquedad que tiró la silla, salió de la habitación. Detrás quedó un incómodo silencio en el que Félix y *dona* Doralice se miraron sintiéndose culpables.

Félix sintió compasión por Fernanda. La veía con las demás mujeres delante del lavadero, donde retorcían la colada y la colgaban para que se secase. Veía las enormes manos de Fernanda, que no estaban acostumbradas a aquel trabajo ni al jabón de sosa. Sabía cómo sufría, no sólo porque se burlaban de ella, sino porque estaba perdiendo clases y él iba a avanzar tanto que luego ella no iba a poder alcanzarle. A veces la veía sentada delante del barracón de las mujeres leyendo con empeño y bostezando con disimulo. Pasada una semana Félix tuvo que reconocer que la echaba de menos. Las clases no tenían la misma gracia sin su rival. Además, consideraba demasiado duro aquel castigo. Al fin y al cabo lo único que había hecho Fernanda era decir la verdad. Él, sin embargo, no había tenido valor para manifestar su opinión, que no difería mucho de la de Fernanda.

Reunió todo el valor que pudo y se dirigió al lavadero.

—¡Quita de mi camino, sapo! —le gritó Fernanda cuando se acercó.

Félix le dio a entender que quería ayudarla. Retorcer la colada sería más fácil si él colaboraba.

—¡Te diviertes mucho con mi situación! —Ella le empujó a un lado de muy mal humor.

Pero Félix insistió tanto y con tal mirada de perro, que Fernanda finalmente se echó a reír.

—Está bien, si quieres que se burlen de ti por hacer un trabajo de mujeres… Mira, puedes llevar esto detrás de la casa.

Y le señaló una enorme cuba llena de ropa ya lavada. El lado sur del barracón era menos polvoriento, por lo que era allí donde se tendía la colada. También en esto le ayudó Félix, ya que al ser más alto le resultaba más fácil prender las piezas grandes en las cuerdas altas.

A partir de ese día Félix y Fernanda se volvieron inseparables. Siguieron peleando con frecuencia, y en las clases seguían rivalizando entre sí, pero estudiaban juntos y compartían todo el tiempo libre que pudieran tener. Aunque les habían inculcado que a ser posible no pensaran en sus tiempos de esclavitud, y mucho menos hablaran de ello, Félix y Fernanda se solían sentar a la sombra de un *jambeiro* y se entregaban a sus recuerdos. La nostalgia se hizo más llevadera al poder compartirla con alguien que había vivido experiencias similares. No se les pasaba por la cabeza que algún día añorarían con la misma fuerza su vida de entonces en Esperança.

VII

Dona Alma miró melancólica por la ventana. Era el primer viaje que hacía en cinco años. Se había alegrado más de lo que aparentaba ante su marido o su hija, pero ahora, a medida que se acercaban inexorablemente a su destino, le había invadido una extraña tristeza. Mientras se encontraba en Boavista, donde todo seguía su curso habitual, las monótonas ocupaciones de cada día evitaban que pensara en su propia vida. Se había conformado con su destino, que era mucho menos esplendoroso de lo que parecía visto desde fuera. Ser la señora de una gran *fazenda* de café significaba, sobre todo, mucho trabajo y preocupaciones. Aunque Vitória hubiera asumido muchas de sus responsabilidades, *dona* Alma se ocupaba de ciertos problemas de la vida diaria más de lo que era habitual en cualquier otra *senhora*. La calidad del suelo, los esclavos rebeldes o los animales enfermos… estos eran los temas que predominaban en las conversaciones y los pensamientos de la familia. Sobre poesía, arte o música, sobre vestidos carísimos o detalles picantes de las intrigas palaciegas apenas se hablaba entre los da Silva. Sólo en contadas ocasiones, cuando había una visita notable o se daba una gran fiesta, asumía *dona* Alma el papel de la dama mundana con la que hacía mucho tiempo que ya no se identificaba.

En algún momento de aquellos últimos veinticinco años se había transformado de aristócrata en campesina. Había perdido su juventud, su viveza, su despreocupado convencimiento

131

de que estaba destinada a algo mejor. Y había ocurrido sin que se diera cuenta. Aquel viaje le hacía ver a *dona* Alma lo mucho que había cambiado. En circunstancias similares antes se habría sentido como una reina que se digna a dejar el aislamiento libremente elegido de su palacio para ser aclamada por su pueblo. Ahora se sentía como la reina madre destronada que ha estado demasiado tiempo encerrada en una torre y que ya no sabe estar en público. *Dona* Alma tenía miedo.

A Vitória le sorprendió el triste semblante de su madre, pero no se atrevió a preguntar por la causa. Además, no quería que le fastidiaran aquel momento. Durante semanas había interpretado el papel de hija modelo, se había volcado en su trabajo, había mejorado en sus estudios de piano y había confesado pequeñas faltas al Padre Paulo... hasta que sus padres tuvieron compasión: antes de Navidad podría ir unos días a Río para comprar los regalos. Había tenido que utilizar toda su fuerza de persuasión para que su madre la acompañara. No es que Vitória valorara tanto la compañía de *dona* Alma; es que sin ella no la habrían dejado hacer el viaje.

Entre la muchedumbre del andén casi no vieron a Pedro.

—¡*Mãe*, Vita! ¡Estoy aquí!

Pedro saltaba y movía su sombrero. Ellas le perdieron de vista, pero él siguió saltando y diciendo sus nombres. *Dona* Alma pensó que le iban a tomar por loco, y se alegró cuando por fin pudieron saludarse.

—¡Qué buen aspecto tiene, *mãe!* ¡Y tú, Vita, estás todavía más guapa!

—Sí, sí, sí —dijo *dona* Alma enojada—, pero ahora sácanos cuanto antes de este horrible lugar.

Vitória no tenía tanta prisa en abandonar la estación. Le gustaba el gentío, el ajetreo y las miradas de admiración de los hombres. ¡Era la ciudad!

Delante de la estación tomaron un coche de alquiler. El cochero era muy descortés, y Vitória sospechó que se metía a propósito en todos los baches. Pero incluso eso le gustaba. Los habitantes de la ciudad eran más descarados que los del campo, eso era así. Fueron dando tumbos hacia São Cristóvão, adelantaron numerosos omnibuses —coches tirados por dos caballos en los que había sitio para unas quince personas—, pasaron ante imponentes edificios públicos y personas elegantemente vestidas que parecían tener mucha prisa. Vitória devoraba cada detalle que veía desde la ventanilla. Se contagió de la agitada actividad. Se sintió despierta, viva y con ganas de hacer muchas cosas.

La casa de São Cristóvão estaba en una estrecha calle sin salida. Al igual que las casas de alrededor, era relativamente estrecha y de tres pisos de altura. Estaba pintada de amarillo claro, y en la planta superior había unos balcones de hierro forjado con amplias puertas de dos hojas. La casa tenía un aspecto cuidado y podría pertenecer a un barrio elegante de Florencia, Niza o Lisboa. Lo único que indicaba que no estaban en Europa eran las dos negras con sus delantales recién almidonados que esperaban a la familia en la puerta.

—Maria do Céu, ¿eres tú? ¡Cielos, cómo has cambiado!

Maria do Céu hizo una educada reverencia.

—Sí, *sinhazinha*, usted tampoco está como la recordaba.

Ambas se echaron a reír. *Dona* Alma no entendía qué les hacía tanta gracia, y la madre de Maria do Céu se avergonzó de la insolente conducta de su hija. Dos años antes habían sido enviadas madre e hija a São Cristóvão para que cuidaran de la casa de la familia da Silva en la ciudad. Maria do Céu tenía entonces 13 años, y la niña de entonces de piernas y brazos larguiruchos, se había convertido en una linda jovencita. Y en alguien que no se mostraba demasiado servil ante sus señores. La mayor parte del tiempo estaban solas en la casa, y el joven señor no se ocupaba realmente de la educación de su personal mientras éste hiciera su trabajo correctamente.

—Sea bienvenida, *sinhá dona* Alma —dijo Maura haciendo una reverencia—. Entre cuanto antes, dentro se está más fresco.

Dona Alma entró en primer lugar, seguida de Vitória, Pedro y las dos esclavas.

—¡Dios mío, Pedro! ¿Qué ha ocurrido aquí? —exclamó *dona* Alma cuando entraron en el salón. Vitória no entendía muy bien a qué se refería su madre. Hacía mucho tiempo que no iba a la casa, pero le parecía que la habitación estaba como siempre. Tenía claramente el sello de sus padres, con el papel pintado de rayas verde claro y beige, las pesadas cortinas de terciopelo, los ostentosos muebles estilo 1850 y las mullidas alfombras orientales. Vitória siguió la mirada de su madre y enseguida descubrió el cambio. Tres nuevos cuadros colgaban en la pared.

—El pintor se llama Van Gogh, es holandés —explicó Pedro, señalando un oscuro cuadro que mostraba a un hombre en un telar—. Éste otro —añadió refiriéndose a un cuadro con dos mujeres planchando—, se llama Edgar Degas. Y ese precioso cuadro del puente es de Paul Cézanne. Descubrí los tres cuadros en una pequeña galería de París durante el viaje que hice a Europa hace dos años. Estaban bien de precio. Me parecen maravillosos.

—Cada *vintém* que gastas en estos pintarrajos es dinero desperdiciado —dijo *dona* Alma enfadada—. Hazme un favor y quita esos cuadros de ahí mientras nosotras estemos en Río. No creo que al tejedor ni a las planchadoras se les haya perdido nada en nuestro salón.

Vitória tuvo que dar la razón a su madre, aunque le fascinaron los cuadros. Se propuso verlos con más detalle en otro momento.

Tras tomar un pequeño refrigerio subieron a sus habitaciones a descansar un poco después del agotador viaje. Pero Vitória no podía descansar. Estaba muy nerviosa. Tenía tantos planes para esos dos días que no podía perder el tiempo durmiendo. Eso podía hacerlo en Boavista. Se lavó, se cambió de ropa y bajó de nuevo al salón. Quería aprovechar para hablar con su hermano a solas.

Pedro estaba descolgando los cuadros.

—¡Ay, Vita! No te envidio en absoluto. Creo que no podría soportar a *mamãe* todos los días.

—Sí, tienes razón. Pero en este caso comprendo su reacción. Esos cuadros no pegan nada en una habitación como ésta.

—Si pudiera, cambiaría todo. Estos muebles viejos me deprimen. Luego te enseñaré mi cuarto, la única habitación de la casa que he decorado a mi gusto. Creo que te gustará.

—Sí, pero antes tienes que contarme todo lo que ha ocurrido desde que nos vimos la última vez. ¡Cielos, han pasado ya más de tres meses! ¿Qué hacen tus amigos Aaron, João Henrique y León? ¿Conoceré por fin a la famosa Joana de la que tanto hablabas en tu carta —la única, debería darte vergüenza—?

Vitória esperaba que mencionándolo de pasada no se hubiera notado demasiado su interés por León. Pero no era fácil engañar a Pedro.

—Vita, sé perfectamente lo que quieres saber. ¿No creerás que no me he enterado de tu castigo? El resto lo he deducido. A ver, ¿qué hay entre Aaron y tú?

Vitória se sorprendió. Luego se echó a reír hasta que se le saltaron las lágrimas.

—Nada, *Pedrinho*, nada en absoluto. ¿Cómo has podido pensar eso?

—Desde nuestra visita a Boavista, Aaron no ha parado de preguntarme por ti. Nada le parece banal, quiere saberlo todo. Creo que ya conoce cada detalle de tu vida.

—Pero aquello de la rana no se lo habrás contado, ¿no?

—Claro que no. Sabe que fuiste una niña muy mala, y también sabe que ahora eres una *sinhazinha* insoportable.

—¡Pedro, cómo eres!

—Por favor, Vita, no tenía elección. Aaron está tan enamorado de ti que me persigue a todas horas y no me deja tranquilo hasta que le cuento alguna anécdota.

—¡Pobrecillo!

—¡Sí, el pobre! Puedo imaginar que tú no correspondes a su amor. A ti te gustan más los hombres del tipo de Edmundo Leite Corrêia o Rogério Vieira de Souto. Ricos *fazendeiros* con una buena genealogía católica.

—¿Ah, sí? ¿Quién? —Vitória prefirió dejarle con esa idea. Se sintió aliviada de que Pedro no imaginara nada de sus verdaderos sentimientos—. Pero, mejor cuéntame algo de tu Joana. ¿Vamos a conocerla?

—Sí, he sacado entradas para ir mañana al teatro. Joana nos acompañará, así la podrás observar detenidamente. ¡Ah, ahora que me acuerdo! Tengo una fotografía suya. —Pedro se fue al despacho, que estaba junto al salón, y volvió con un pequeño marco—. Mira, ésta es.

Vitória se asombró. Se había imaginado a una mujer más elegante, y más guapa. No se esperaba que su hermano se buscara una novia tan aburrida.

—Parece muy… inteligente.

—¡Ay, Vita, eres deliciosa! Ya sé lo que piensas. Pero espera a conocerla. Creo que te gustará. Es realmente inteligente, e ingeniosa. Además, está preciosa cuando sonríe. En esta foto ha salido muy mal.

La siguiente hora pasó volando. Vitória y Pedro intercambiaron novedades sobre amigos y conocidos comunes, hasta que llegó *dona* Alma y entre los tres planearon lo que harían al día siguiente.

Vitória y su madre empezaron dando una vuelta por la Rua do Ouvidor. Pedro tenía que trabajar y se reuniría con ellas para comer en el Hotel de France. Pero no le echaron de menos: cuando se va de compras la compañía masculina suele suponer un estorbo. *Dona* Alma estaba inusualmente alegre, y en las elegantes tiendas que visitaron disfrutó tanto como Vitória.

—¡*Mamãe*, mire! ¿No es maravilloso este sombrero? ¡Qué bien quedaría con mi vestido rojo! ¿Qué opina usted?

Vitória se puso el sombrero y se giró ante el espejo.

—Te queda estupendamente —dijo *dona* Alma volviéndose hacia la vendedora—. Nos lo llevamos.

Ella se compró dos extravagantes horquillas decoradas con mariposas de brillantes perlas de cristal. Vitória trató de disimular su asombro. ¿Qué le ocurría a su madre?

Siguieron deambulando, desde la Rua do Ouvidor hasta el Largo do Paço, la Rua da Misericordia, el Largo da Carioca; por avenidas con tiendas escandalosamente caras y sucios callejones; por plazas inesperadamente silenciosas y calles comerciales donde reinaba el atronador griterío de los comerciantes negros. Compraron cigarros, gemelos y un paraguas con puño de plata para el *senhor* Eduardo, una botella de cristal con sus correspondientes copas de coñac para Pedro, una bolsa de tabaco y una pipa para Luiza, un cuello de encaje para Miranda y un almohadón para José.

Vitória habría seguido durante horas dando vueltas, pero *dona* Alma necesitaba un descanso. Se sentaron en la

137

confeitaria Francisco, pidieron té y un bollo y charlaron sobre lo que habían visto como si fueran dos buenas amigas. *Dona* Alma estaba de tan buen humor que no sólo se reía de cualquier ridícula observación, sino que incluso pidió un licor. Eran las once y media.

—*Mamãe*, ¿qué ocurre? La encuentro muy cambiada.

—¿Qué va a pasar, niña? ¡Me estoy divirtiendo!

Se tomaron el licor y abandonaron el café un poco achispadas. En el exterior les cegó el sol.

—Creo que no tengo ni fuerzas ni apetito para comer con Pedro y contigo. Tomaré un coche hasta casa. Vete a buscar a Pedro y te vas sola con él. Luego vienes a casa. Tendrás que echarte la siesta para que esta tarde estés descansada y despierta.

—Sí, *mãe*, la voy a echar de menos. Me ha gustado mucho nuestro paseo.

—Podemos repetirlo mañana, en otro barrio. A lo mejor podemos ir por Glória.

—Sería estupendo.

Vitória lo pensaba realmente. Pocas veces se había sentido tan a gusto con su madre como esa mañana, y quería disfrutar de ello.

Vitória bajó del coche de un salto delante de la oficina del *comissionista* Ferreira. Saludó a su madre con la mano mientras desaparecía por la esquina. Luego miró por la ventana de la oficina de Ferreira. Se protegió los ojos con la mano para poder apreciar algo en la penumbra del interior. Estaba vacía, no había nadie ni siquiera en el mostrador de la entrada. Faltaba una hora hasta la cita con Pedro, y quería aprovechar ese tiempo mejor que esperando a su hermano o charlando con uno de sus colegas. En cuanto entrara en la oficina y sonara la campanilla de la puerta saldría irremediablemente alguien a ocuparse de ella. No se veían muy a menudo auténticas *sinhazinhas* por allí, y la hija de Eduardo da Silva merecía una atención especial. Tendría suerte si no era el mismísimo *senhor* Fernando el que se sintiera obligado a atenderla. Vitória no podía soportar su servil actitud, y su cara gorda le deprimía.

Miró a su alrededor. No, nadie había notado su presencia. Siguió andando hasta el siguiente cruce, donde giró a la izquierda. Recorrió la calle sin rumbo fijo, algo mareada por el calor y el licor, pero con una agradable sensación que hacía tiempo que no sentía. Nadie la conocía, nadie se interesaba por ella. La gente pasaba a su lado como si fuera una de ellos. ¡Consideraban a Vitória Catarina Elisabete da Silva e Moraes como una carioca! Naturalmente, sólo las muchachas de la provincia iban por la ciudad acompañadas por su madre o sus viejas *amas* negras. Las mujeres modernas ya no causaban sensación si iban solas por la calle.

Vitória no tenía mucho dinero. En el valle del Paraíba era muy conocida y no tenía que pagar en ninguna tienda. Y en la ciudad siempre pagaban su madre o su hermano por ella. Así pues, no podía pensar en comprar mucho. Pero no importaba. Se conformaba con ver escaparates. En una zapatería se probó unas botas que en sus delicados pies quedaban muy bien, pero que no podía pagar. En una perfumería francesa vio con admiración una selección de delicados jabones. Probó diversas colonias y al final le dijo al vendedor que era incapaz de decidirse por un perfume concreto. En un puesto callejero estuvo a punto de comprarse un bollo frito en aceite, pero se acordó de la inminente comida con Pedro y desistió.

Finalmente entró en una librería cuyo surtido la dejó asombrada. ¡La tienda era más grande que la *Livraria Universal* de Vassouras y el negocio de las hermanas Lobos de

Valença juntos! Tenían todo tipo de libros de fotografías, literatura especializada en todos los ámbitos académicos, poesía italiana, novelas alemanas, libros de historia portugueses, libros de política ingleses, cuentos americanos... casi todo lo que un bibliófilo pudiera desear. Vitória no era una gran lectora, pues en Boavista no tenía muchas ocasiones para leer. Pero la gran variedad, el olor del papel, la gran cantidad de conocimientos recogidos en los libros, la impresionaban. Hojeaba algunos volúmenes que estaban sobre una mesa en el centro de la tienda, cuando un dependiente se le acercó.

—¿Busca algo concreto?

—¡Oh, yo... no, nada concreto! —Como el vendedor no se marchaba, añadió—: Quizás una novela actual.

—¿Una obra del naturalismo francés o quizás algo del romanticismo?

Vitória no sabía qué significaba lo del naturalismo francés, pero dicho por el vendedor sonaba casi obsceno. Por otro lado: qué importaba si aquí, donde no la conocía nadie, preguntaba por un libro indecoroso.

—Me gusta más el naturalismo.

El dependiente le rogó que le siguiera hasta una estantería que estaba justo a la entrada. "El naturalismo no puede ser tan malo", pensó Vitória, "las obras poco aconsejables suelen estar más escondidas."

El hombre le dio un libro titulado *Germinal*, de Émile Zola.

—Esta obra acaba de salir. Se considera la obra maestra de Zola y en Europa está causando furor.

Como a Vitória le sonaba el nombre del autor, decidió comprar el libro. Una obra como aquella, que "en Europa está causando furor", tardaría al menos dos años en llegar al valle. Vitória echó un vistazo a los demás libros de la estantería. El vendedor la observó y por fin dijo:

—Aquí tenemos los autores que hacen crítica social. Marx, Mill, Castro y demás.

A Vitória le dio un vuelco el corazón.

—¿Castro?

—Sí, las teorías abolicionistas de León Castro. Sus libros de poemas los tenemos en otro departamento.

—Ah, no sabía que Castro fuera también poeta. ¿Dónde decía usted que puedo encontrar su obra lírica?

En el suelo de madera de la librería los tacones de Vitória resonaron con demasiada fuerza para el silencio de la tienda. El vendedor se detuvo ante una estantería que ocupaba los cuatro metros de altura que había hasta el techo. Pensativo, se tocó la barbilla y entornando los ojos miró hacia arriba, hasta encontrar el estante en el que estaban los libros de Castro. Luego acercó una escalera con ruedas y se subió a ella. Un par de segundos después bajó con dos finos volúmenes bajo el brazo.

—*Tus ojos son mi cielo* es su última obra —explicó el vendedor—. Aunque es más conocido *Sobre la luna*.

A Vitória le habría gustado llevarse los dos. Pero después de calcular mentalmente de cuánto dinero disponía, se dio cuenta de que aparte del libro de Zola sólo podía comprar uno de los volúmenes de poesía.

Cuando abandonó la tienda, el sol de mediodía y el aire sofocante casi la dejan sin respiración. Con su paquete cuidadosamente envuelto bajo el brazo se dirigió al Hotel de France, que no estaba muy lejos.

Pedro ya estaba sentado en una mesa y le hizo un gesto con la mano en cuanto entró.

—¿Dónde has dejado a *mamãe?*

—Oh, estaba agotada de tanto callejear y se ha ido a São Cristóvão.

—¿Y te ha dejado así, sola por la ciudad?

—Pedro, no te comportes como un *senhor* anticuado. —Vitória le contó lo que había hecho—. ¿Sabes? Ha sido estupendo. Poder caminar por las calles a mi antojo, sin tener en cuenta el ritmo o las preferencias de los demás ha sido sencillamente grandioso. Creo que voy a continuar mi pequeña exploración después de comer.

—Olvídalo. Las tiendas cierran ahora y no vuelven a abrir hasta las cuatro. Ninguna persona razonable vagaría voluntariamente por la calle a estas horas.

—Está bien, entonces me mezclaré con los poco razonables. Nadie lo notará —contestó Vitória riendo cuando vio la cara de sorpresa de su hermano—. No, Pedrinho, no temas. Me iré muy formalita a casa y me echaré una siesta reparadora. De hecho, estoy bastante cansada.

En realidad, lo que quería era leer cuanto antes el libro de poemas que había comprado, pero no se lo diría a nadie, ni siquiera a su querido hermano.

—¿Qué es eso tan bonito que te has comprado? —preguntó Pedro, señalando el paquete que estaba sobre la mesa junto a Vitória.

—Ah, sólo dos novelas. Historias de amor, nada especial. Libros para mujeres, ya sabes.

Pedro la observó con curiosidad, pero no dijo nada más. No sabía que a su hermana le gustaran las lecturas frívolas.

Durante la comida hablaron sobre el trabajo de Pedro y las novedades de Boavista. A los dos les resultaba extraño que todavía no hubieran encontrado a Félix.

—No sé, Pedro, no puedo entender que un joven mudo de catorce años, y que encima ha recibido siempre un trato exquisito, escape así, sin más. Y tampoco me explico cómo es que todavía no lo han atrapado.

—Sí, es muy extraño. Incluso los hombres más listos son apresados, ¿y este joven tan inexperto lo va a conseguir?

—¿No crees que se esconde algo detrás? Temo que esté muerto. Quizás se cayó al río, a lo mejor su cadáver ha quedado enterrado, yo que sé. Pero alguien como él no puede desaparecer así como así. Y la probabilidad de encontrarle disminuye cada día que pasa.

—Si está vivo, si realmente ha conseguido huir, tendrá cuidado para no caer en nuestras manos. Sabe lo que les pasa a los fugitivos que son encontrados.

—¡Qué horrible! Vamos a hablar de otra cosa.

Pero la imagen de un joven atemorizado recibiendo latigazos casi hasta morir quedó grabada en su cabeza. Durante la comida, durante el camino de regreso a São Cristóvão e incluso mientras leía *Tus ojos son mi cielo*, seguía allí, como un velo que nublaba su buen ánimo. Únicamente cuando Vitória se quedó dormida, la imagen quedó borrada por los alegres colores de sus sueños.

Se despertó cuando el sol ya estaba bajo. Debían de ser más de las cinco. ¿Por qué no la había despertado nadie? Vitória se puso una bata y tiró del cordón que había junto a su cama, haciendo sonar una campanilla en la cocina. Poco después apareció Maria do Céu. Vitória le pidió que le llevara un café.

—¿Qué ha sido de mi vestido? ¿Está ya planchado? Y el sombrero nuevo lo tenía *dona* Alma: tráemelo, por favor.

—El vestido está planchado en el armario, *sinhá* Vitória, y el sombrero lo he puesto también ahí.

—Eres un tesoro, Maria. ¿Me puedes ayudar luego con el peinado, o es mejor confiarlo a las manos expertas de tu madre?

—Yo le ayudaré con gusto a peinarse. *Mamãe* le está arreglando el pelo a *dona* Alma y no le va a dar tiempo a peinarla a usted.

Cuando Maria do Céu volvió con el café, Vitoria ya estaba sentada ante su tocador peinándose su larga cabellera. Maria cogió el cepillo y continuó con la tarea.

—Cuéntame, ¿con quién se reúne mi hermano cuando tiene visitas?

—Ah, casi siempre los mismos. Suele estar Joana da Torre, algunas veces acompañada de su hermano, Carlos da Torre. Ya sabe, ese loco que quiere volar. También suelen venir João Henrique de Barros, Aaron Nogueira, por supuesto, y algunas veces Floriano de Melo, un colega de su hermano. De vez en cuando vienen también León Castro y su *Viúva-Negra*.

—¿La "Viuda Negra"? ¿Quién es ésa?

—¿No ha oído nunca hablar de ella? Es la, ejem, acompañante del *senhor* Castro. Todos la llaman *Viúva-Negra* no sólo por el color de su piel, que para una mulata es bastante clara, sino porque siempre viste de negro. No sé si realmente es viuda.

—Pero tiene algo de araña venenosa, ¿no?

A Vitória se le escapó la malvada observación, pero enseguida se habría abofeteado por ello. Maria do Céu dejó de peinarla por un instante y la miró en el espejo con gesto interrogante.

—¿La conoce?

—¡Oh, no! ¿De qué?

—Realmente tiene algo de araña venenosa. Pero sólo se aprecia cuando se la conoce más de cerca. A primera vista es cautivadora, sumamente encantadora, y parece tener mucha fuerza.

—¡Ajá! Pero, bueno, todo eso es intrascendente. Cuéntame algo de Joana.

—Es una auténtica dama. Es lista, cariñosa, justa y de gran corazón. Es la mejor mujer que su hermano podía encontrar.

—¿Cómo es? Sólo he visto una fotografía suya, y al parecer no sale muy favorecida.

—No, la fotografía que está abajo sobre el escritorio no le hace justicia. No es tan bella como usted, naturalmente, pero tiene rasgos proporcionados, piel de alabastro y ojos cálidos. Creo que le gustará.

Mientras tanto, el pelo de Vitória había quedado ya suave y brillante. Maria do Céu pasó los dedos entre los mechones.

—¿Cómo quiere llevar hoy el pelo?

—Si te atreves, hazme un moño muy extravagante. Quiero llevar el peinado más llamativo de Río, con diferencia. Tiene que adaptarse al sombrero, claro.

La muchacha pensó un momento, luego dividió el cabello de Vitória en mechones por debajo de la nuca y trenzó la mitad de ellos. Maria do Céu no dijo absolutamente nada sobre lo que iba a hacer. Después cogió un rizador y convirtió el resto de mechones en enormes tirabuzones. Vitória se miró en el espejo y pensó que estaba horrible. Pero decidió esperar hasta ver qué tenía pensado Maria do Céu: la chica era mañosa y conocía las modas de Río. Vitória cerró los ojos y dejó a la esclava hacer su trabajo. Su pensamiento se centró en todo lo que le había contado Maria do Céu, en especial en torno a la *Viúva-Negra*, la "Viuda Negra". Debía tratarse de la misma mujer que Vitória había visto con León en Conservatória. Por tanto, la primera impresión de Vitória no había estado tan equivocada: parecía ser algo más que una compañera de lucha contra la esclavitud. ¿Sería la amante de León? ¿O quizás incluso su novia? ¿Cómo podía tener entonces la desfachatez de cortejar a Vitória? ¿O tan sólo se lo había imaginado ella?

—¡Ya está! —exclamó Maria do Céu sacándola de sus pensamientos.

Vitória abrió los ojos y se quedó sorprendida. Maria do Céu sujetaba otro espejo de forma que Vitória se podía ver por todos lados. El resultado era asombroso. La muchacha había recogido las trenzas en un gigantesco moño en la nuca del que salían algunos mechones rizados. El peinado era divertido, pero sin parecer infantil. Era clásico y elegante, pero no serio. Los mechones rizados que enmarcaban el rostro de Vitória le daban una expresión dulce.

—¡Haces magia, Maria do Céu! Corre, trae el sombrero para que veamos cómo queda con esta obra de arte.

Quedaba sensacional. Lo inclinó indecisa a la derecha, luego a la izquierda, hasta que se lo quitó.

—Bueno, vayamos a lo más desagradable. Tira lo más fuerte que puedas. Quiero tener la cintura más delgada de todo Río, también con diferencia.

Maria do Céu apretó tanto el corsé que Vitória apenas podía respirar. Luego le ayudó a ponerse las enaguas y, por fin, el vestido de seda rojo cereza.

—¡Está irresistible, *sinhá!* Todos los hombres se enamorarán de usted al momento.

—¡Cielos, no! Me bastaría con que lo hiciera uno.

—Ah…

—Nada de "ah…", lo he dicho por decir.

Vitória se puso unos polvos en la cara. Renunció al resto de los cosméticos: el vestido ya tenía suficiente color. Si se ponía además carmín en los labios existía el peligro de resultar demasiado ordinaria. Finalmente se puso el sombrero, lo sujetó con dos horquillas y se miró en el espejo por última vez. Estaba muy satisfecha con el resultado.

Vitória bajó la escalera a toda prisa y se alegró pensando en la cara que pondrían su madre y su hermano cuando la vieran. Pero cuando llegó abajo fue ella la que se quedó boquiabierta. *Dona* Alma estaba irreconocible. Tenía el pelo recogido en un delicado moño con las dos horquillas nuevas. Las perlas azules y doradas de las horquillas combinaban perfectamente con su vestido azul con adornos dorados. *Dona* Alma se había puesto incluso un poco de colorete y se había pintado los labios. Llevaba una discreta cadena de oro en el cuello. La transformación era asombrosa. La *senhora* de aspecto envejecido y algo amargado se había convertido en una mujer tan atractiva que habría podido pasar por una alegre, aunque decente, parisina.

—¡*Mãe*, está fantástica!

—¡Y tú más, Vita! Pero creo que te falta algo. Maura —dijo la madre dirigiéndose a la esclava, que estaba algo apartada—, baja mis rubíes.

Cuando Maura volvió con el encargo madre e hija seguían mirándose maravilladas. Maura le dio el collar a *dona* Alma, que se lo puso a Vitória.

—¡Qué suerte que me traje los rubíes! Combinan perfectamente con tu vestido. Toma, ponte tú misma los pendientes.

Vitória estaba más sorprendida por la transformación de su madre que por su propia imagen reflejada en el espejo que había sobre el aparador, en la que se veía más adulta. Hasta entonces *dona* Alma no le había dejado nunca sus joyas. Y hacía mucho tiempo que no la llamaba Vita. Si todo se debía a la influencia del aire de la ciudad, entonces tendría que viajar más a menudo con ella a Río.

El traqueteo de las ruedas del coche que se acercaba por la calle consiguió que Vitória y *dona* Alma dejaran de examinarse mutuamente. Pedro había ido a buscar a Joana, que no vivía muy lejos, para que las mujeres se conocieran en casa y no durante el trayecto o en el teatro.

Pedro y Joana podrían haber sido hermanos. Los dos tenían la piel clara algo aceitunada de la clase alta portuguesa, los dos tenían una buena estatura, pero por eso también la nariz algo grande: en Pedro este rasgo resultaba masculino, a Joana le daba un aspecto más duro. Los dos tenían los ojos marrones, rodeados de espesas y oscuras pestañas y con una mirada algo tímida que no correspondía en modo alguno con su forma de ser. Pues, apenas hubo cruzado la puerta, Joana ofreció su mano con decisión a su futura suegra.

—*Dona* Alma, me alegro muchísimo de conocerla. Soy la pobre joven que ha sido víctima de su hijo.

La voz de Joana era más profunda de lo que esperaban.

—Joana. Pedro nos ha escrito mucho sobre usted. Estoy encantada.

—Lo mismo digo. Y usted es Vita, ¿no?

Estrechó la mano a Vitória con tanta fuerza como un hombre.

—Joana, encantada de conocerla.

Pedro observaba la ceremonia de las presentaciones sin decir una sola palabra.

—¿Qué pasa, hijo? Ofrece a tu prometida algo de beber. Todavía tenemos unos minutos antes de marcharnos.

—Pedro sabe lo que tomo, ¿no, querido?

—Claro, Joana, mi amor. Sólo champán. —Se volvió hacia su madre y su hermana—. Vosotras también, supongo.

Maura trajo una botella que Pedro abrió con habilidad. Vitória miró furtivamente a Joana. A pesar de sus modales campechanos, su voz profunda y su nariz no precisamente fina, resultaba muy femenina. Tenía una boca bonita, sensual, formas muy delicadas y se movía con gracia. La pedida de mano oficial se celebraría en marzo, pero Vitória ya veía a Joana como su cuñada. Pedro y ella estaban muy enamorados, eso lo veía hasta un niño, y Vitória estaba contenta con la elección de su hermano. Se había temido lo peor cuando se enteró de que Joana era la hija de un burócrata del Ayuntamiento, un portugués de origen noble. La nobleza empobrecida siempre estaba muy orgullosa de su origen y su título. Pero Joana no era la típica hija de un funcionario que lo primero que menciona es su nombre como otros hablan de sus condecoraciones o sus joyas. Parecía muy sensata.

—Pedro, ¿qué ha pasado con tus preciosas pinturas? ¿Por qué están colgadas de nuevo estas horribles antiguallas? —preguntó Joana.

—¡Oh, no le han gustado a mi madre! Ahora están en mi habitación. —Enseguida cambió de tema—. En el teatro nos encontraremos con João Henrique de Barros y su padre. João Henrique se tiene que ocupar un poco del pobre hombre: tiene el corazón destrozado desde la muerte de su mujer.

—¡Qué horror! —dijo Joana—. João Henrique es insoportable. Además ese viejo gruñón, ¡vaya dúo que nos espera esta noche!

Vitória se rió, pero *dona* Alma no le vio la gracia a la observación.

—Pues yo encuentro al joven *senhor* de Barros sumamente agradable.

Joana se mordió los labios y miró al suelo con fingida perplejidad. Prefirió no seguir hablando.

—Bien —dijo Vitória salvando la situación—, entonces usted podrá ocuparse de los dos caballeros solitarios, *mamãe*.

—Con mucho gusto —contestó *dona* Alma, y realmente pensaba así.

En el vestíbulo del teatro había gran animación. Vitória se preguntó cómo conseguían los camareros llevar sus bandejas llenas de copas de champán entre la multitud sin derramar ni una sola gota. Le picaban los ojos a causa del denso humo de los cigarros. Los De Barros no habían aparecido todavía, y en pocos minutos sonaría el gong que les invitaría a ocupar sus asientos. Había tanto ruido que Vitória y Joana debían juntar sus cabezas para poder entenderse. Cualquiera que les viera pensaría que eran dos viejas amigas confiándose sus secretos. Pedro conversaba mientras tanto con su madre, que estaba muy colorada a causa del calor, el champán o la excitación. A Vitória le sorprendió, ya que la cara de su madre nunca, ni siquiera en pleno verano o tras realizar un gran esfuerzo, había tenido otro color que su enfermiza palidez. *Dona* Alma tenía la vista fija en un punto situado en algún lugar detrás de un pequeño grupo. Vitória se volvió y vio hacia donde miraba su madre. Era un hombre mayor situado al lado de João Henrique y que también miraba a *dona* Alma con los ojos muy abiertos.

Los dos hombres se abrieron paso entre la multitud.

—*Dona* Alma, querida, está fabulosa. ¡Dios mío, cuántos años han pasado! ¿Veinte? No ha cambiado nada. —La abrazó y le dio un par de besos en la cara.

—Casi veinticinco, *senhor* Manuel. ¿No es increíble? Tiene usted el mismo aspecto que entonces.

—¡Vaya, parece que no vamos a tener que hacer las presentaciones! —dijo João Henrique a Pedro. Saludó a Joana con una leve inclinación de cabeza, luego se volvió hacia Vitória.

—Sea bienvenida, bella *senhorita*. ¡Qué honor en nuestra humilde ciudad! Está magnífica y, si me permite la observación, la sorpresa le sienta muy bien. ¿No sabía usted que nuestros padres se conocían tanto?

—No, es nuevo para mí. En cualquier caso, yo no conozco a su honorable padre. ¿Haría el favor de presentarnos?

Manuel de Barros, un hombre alto, muy atractivo, en torno a los cincuenta años, besó la mano a Vitória.

—Tan guapa como la madre —dijo con tono cordial. Afortunadamente no dijo nada más, pues en aquel momento sonó el gong. Fueron arrastrados por la marea de gente que se dirigía hacia la sala. Sólo al llegar a la escalera que conducía a su palco se sintieron algo más desahogados. Tomaron asiento y observaron el movimiento del patio de butacas. Con una copa de champán en la mano, a Vitória no le resultaba fácil ocuparse también del programa, los impertinentes de teatro y el bolso. Al menos no tenía que levantarse, como los espectadores del patio de butacas, para dejar pasar a los que tenían su localidad en el centro de la fila.

—Mira, ahí abajo está Júlio —susurró Pedro a su amigo.

—¡Dios mío, como siempre con un vestuario imposible! ¡Qué ropa tan gastada! Aunque, quizás no tenga nada mejor que ponerse —dijo João Henrique.

Vitória, que por coquetería había renunciado esa noche a sus gafas, no pudo reconocer claramente al hombre a que se referían. Tomó los impertinentes y le observó con más detalle. Sí, realmente su traje estaba casi en el límite de lo permisible. Pero no era el único. Vitória vio a más gente que no se había tomado la molestia de arreglarse para la ocasión y que habían acudido en traje de calle.

—¿Es ahora habitual en Río ir al teatro de cualquier forma?

—Algunos lo hacen por puro esnobismo —contestó João Henrique—. Con ello quieren demostrar que la asistencia a eventos culturales es algo habitual para ellos. Para otros, como Júlio, se trata de una manifestación política bajo el lema: el teatro debe estar al alcance de todos, también de aquellos que no se pueden permitir vestidos caros.

—Dudo que sea la necesidad de ir bien vestido lo que impida a los pobres ir al teatro —dijo Vitória mientras seguía estudiando al público con sus impertinentes. Luego se bajó la luz en las lámparas de gas. Enseguida se hizo el silencio en la sala, excepto alguna que otra tos. En el momento en que se levantaba el pesado telón de terciopelo azul Vitória vio dos sombras que se deslizaban por el pasillo a la izquierda del patio de butacas. Dos que llegaban tarde. Se sentaron en las dos localidades del extremo de la sala y provocaron algún enojado "¡Shhh!" entre el público.

A Vitória le decepcionó la obra. Había leído a Molière y le había gustado mucho más que la representación. Los actores estaban desganados, y el Argan que hacía el actor principal, el famoso Orlando Alentar, parecía como si llevara tanto tiempo con la enfermedad imaginaria que casi presentaba ya la rigidez de un cadáver. Vitória estuvo a punto de dormirse.

Cuando por fin acabó el segundo acto y se encendieron las lámparas de la sala, le bastaron dos segundos para librarse del sopor. Pedro saludaba a alguien que estaba en el patio de butacas. Vitória miró con indiferencia hacia abajo… y se despertó de golpe. Incluso sin gafas podía ver que se trataba de León Castro. La mujer que estaba a su lado, toda vestida de negro y la única persona de piel oscura en toda la sala, no dejaba ninguna duda al respecto.

—Vita, los métodos con los que maltrata a sus esclavos son, dentro de su crueldad, cada vez más sutiles. Ataque al corazón causado por una sorpresa. ¡Qué forma tan pérfida de tortura!

Por suerte, ni *dona* Alma, que coqueteaba con Manuel de Barros, ni Pedro, que vagaba por el vestíbulo en busca de un camarero, habían oído aquel peculiar saludo. El resto de los jóvenes que estaban a su alrededor, Joana, João Henrique y la Viuda Negra, les miraban en silencio y con gesto de perplejidad.

—Bien, mi querido León, en ese aspecto no va usted a la zaga. Ataque al corazón causado por un saludo inconveniente. ¡Qué forma tan pérfida de acabar con los amos!

León se rió.

—¡Es usted encantadora, Vita! ¿Había esperado que yo, como probablemente harían todos los demás caballeros aquí presentes, iba a elogiar su aspecto con palabras necias que nunca podrían hacer justicia a su belleza? No, no habrá pensado que soy tan aburrido, ¿no?

—No. Pero tampoco he pensado que fuera tan descortés como para no presentarme a su acompañante.

—*Dona* Cordélia dos Santos, *senhorita* Vitória da Silva.

Las dos mujeres se hicieron un gesto de reconocimiento con la cabeza. Vitória no se decidió a dar la mano a la mulata. ¡*Dona* Cordélia! ¡Qué presuntuosa había que ser para hacerse llamar *dona* con aquel color de piel y siendo además tan joven!

—Disculpe mi curiosidad, Cordélia —dijo Vitória, dirigiéndose a ella—, ¿cómo es posible que estando de luto acuda usted al teatro?

—Sepa usted —respondió la mulata, renunciando a añadir un cortés *"sinhá"* o *"senhorita"* ante el nombre de Vitória—, que no estoy de luto por nadie en concreto. Visto de negro para expresar el dolor que se ha causado a mi pueblo, a mi raza, en este país.

Vitória casi se atraganta con el champán que Pedro le había traído.

—¡Ah, sí! ¿Y su marido guarda luto solo en casa?

Vitória sabía que así se anotaba un punto. Cordélia no tenía marido y, con ello, tampoco el derecho a ser considerada *"dona"*.

—De ningún modo. Mi hombre —y miró cariñosamente a León— está muy ocupado intentando calmar ese dolor.

Touché. Aquella mujer, aquella mulata, era realmente un bicho; y, evidentemente, más hábil contestando de lo que Vitória podía suponer. Para colmo, era también muy bella.

Era alta y delgada, tenía una piel aterciopelada de un suave tono marrón y un rostro que, aparte del color, podría haber sido el de un blanco. La nariz era estrecha y recta, los labios tan finos que no parecían negroides, aunque lo suficientemente llenos para resultar sensuales. Las pestañas de Cordélia no eran rizadas, como ocurría en la mayoría de los negros, sino largas y suaves. El pelo, que no era el típico rizado, lo llevaba corto, como si con ello quisiera mostrar su solidaridad con las esclavas que trabajaban en el campo.

La tensión que había en el ambiente parecía divertir a León, que mostraba una leve sonrisa.

—Vita, ¿cómo es que no sabíamos nada de su visita? ¿Y dónde ha dejado a su admirador Aaron Nogueira?

—Aaron —dijo Pedro, que se había unido a ellos—, no está en la ciudad. Lamenta profundamente no coincidir con mi hermana. Además, es lo suficientemente listo como para saber que un nuevo encuentro no le sentaría bien, pues acaba de volver a tomar el control de sí mismo.

Al parecer, todos se habían enterado del entusiasmo que Aaron sentía por Vitória, lo cual a ella no le gustó nada.

—Y dado que no te he visto desde hace un par de semanas —continuó Pedro dirigiéndose a León—, no te he podido anunciar la visita de mi familia. ¿Acaso debía haberte escrito para contártelo?

León dirigió a Vitória una mirada penetrante. No, no su hermano, ella misma debía haberle escrito. Y lo habría hecho si hubiera tenido la posibilidad de echar una carta al correo sin que la vieran. Pero eso no se lo podía decir a él sin mencionar al mismo tiempo su humillante castigo. Y eso no lo haría jamás mientras estuviera presente aquella impertinente Cordélia.

—¿Cuánto tiempo estará en Río? —preguntó León a Vitória.

—Sólo tres días. Mi madre y yo estamos haciendo las compras de Navidad. Nos vamos pasado mañana.

La mirada de León pareció poner de manifiesto la pregunta no pronunciada de si podrían verse en algún momento. Así al menos interpretó Vitória un brillo fugaz en sus ojos que sin duda iba dirigido a ella y que hizo que sus rodillas temblaran.

—¿Han probado alguna vez los canapés de caviar que dan aquí? Bueno, pues va siendo hora, son exquisitos.

León se dirigió al mostrador donde se ofrecían los refrigerios. Vitória se preguntó qué significaba aquel brusco cambio de conversación. Miró a León, que se movía con agilidad entre la multitud.

No oyó lo que Joana le decía a Cordélia, ni prestó atención a la conversación entre Pedro y João Henrique. *Dona* Alma y el *senhor* Manuel seguían charlando animadamente, y el brillo en los ojos de su madre habría dado qué pensar a Vitória si lo hubiera percibido. Pero no lo vio. Estaba callada, mirando todavía hacia el bar. Sólo salió de su ensimismamiento cuando volvió León. Vitória notó que Cordélia la miraba fijamente.

—Se va a quemar como siga mirándole así —le susurró la mulata. Y dirigió una brillante sonrisa a León cuando éste se acercó a ellas.

—Enseguida vendrá el camarero con nuestros canapés —dijo él—. Por desgracia, no voy a poder disfrutar de ellos. Tengo que saludar a unas personas. Entre otros al caballero que está ahí enfrente. Es el diputado Fabiano Almeida Roza. ¿Vienes, Cordélia?

Vitória se sintió ofendida. ¿Qué significaba todo aquello?

—Vita, no sabe lo que lamento que nuestro encuentro casual haya sido tan breve.

León se inclinó y le tomó la mano para besársela. Al hacerlo dejó caer un pequeño papel en su mano.

Durante el tercer acto y el resto de la velada Vitória estuvo como aturdida. Aunque se había propuesto aprovechar cada segundo de su estancia en Río y no pasar en su habitación más tiempo del imprescindiblemente necesario, ahora esperaba ansiosa que llegara el momento de quedarse a solas. Cuando dijo que se retiraba temprano, *dona* Alma, Joana y Pedro mostraron por ella una seria preocupación.

VIII

Mañana, 14 horas, ante el Palacete da Graça.

En el papel sólo ponía eso. León había garabateado la frase con un lápiz en el reverso de un recibo, pero Vitória se sentía como si aquella fuera la más hermosa carta jamás recibida. Estaba tumbada en la cama, leyendo la nota una y otra vez. No se cansaba nunca. Eran ya las diez de la mañana, pero Vitória no tenía ganas de salir de su habitación. Era el único sitio en el que se podía dejar llevar tranquilamente por sus pensamientos, imaginándose el próximo encuentro y repasando lo acontecido la noche anterior.

De ahí la prisa por traer los canapés de caviar, que al final no pudieron degustar porque en cuanto llegó el camarero con ellos sonó el gong. De ahí la prisa por saludar a aquel diputado aparentemente tan importante, pues de ese modo León había tenido la oportunidad de darle la mano a Vitória y entregarle el papel. Vitória veía ahora de otro modo las miradas de León, cada una de sus palabras, cada uno de sus movimientos.

—Vita, tesoro, ¿estás completamente segura de que no quieres acompañarme al Jóquei Clube? —preguntó *dona* Alma entrando de pronto en la habitación después de llamar ligeramente a la puerta.

Vitória escondió rápidamente la mano con el papel bajo de la colcha. Esperaba que su madre no hubiera visto nada.

—No, *mãe*, no podría aunque quisiera. Tengo la sensación de que me va a estallar la cabeza. Creo que ayer bebí algo de más.

Dona Alma miró a Vitória con detenimiento. Su hija no tenía aspecto de encontrarse mal. Al contrario. Su piel tenía un tono sonrosado, sus ojos brillaban de entusiasmo. Con la luz del sol que entraba por la ventana parecían más azules de lo habitual. Pero *dona* Alma no dijo nada. Tampoco le importaba mucho ir a las carreras de caballos sola con el *senhor* Manuel. Tenían muchas cosas que decirse.

—Bueno, pues que te mejores, mi niña. —*Dona* Alma dio un beso a Vitória y se marchó.

Mañana, 14 horas, ante el Palacete da Graça.

León había elegido sagazmente la hora y el lugar del encuentro, y eso a pesar del barullo del teatro y de que no había tenido mucho tiempo para pensar. Otra característica que le gustó a Vitória: pensaba deprisa. Las dos del mediodía, eso lo sabía León, era la hora a la que las damas de la alta sociedad se retiran a descansar, de forma que Vitória tendría la oportunidad de escapar de la vigilancia de su madre, aunque fuera por poco tiempo. Y el "Palacete da Graça", que había sido el palacio de una familia italiana y ahora albergaba una biblioteca, estaba a tan sólo cinco minutos a pie de su casa en la Rua Nova da Bela Vista, al lado del que fuera palacio de la marquesa de Santos. Sería suficiente con que Vitória expresara el deseo de salir a caminar al aire libre. Nadie sospecharía. Y si alguien la veía con León, podría decir que se habían encontrado casualmente delante de la biblioteca.

¡Todavía faltaban cuatro horas! Era demasiado tiempo para pasarlo arreglándose. Vitória tomó el libro de poesía, del que sólo había leído un par de páginas. Pero los versos no le causaban ninguna emoción, ya fuese por falta de concentración o por la mala calidad de los poemas. No le extrañaba que el vendedor tuviera que buscar el libro en el último rincón de la tienda. León sería un buen periodista, un gran orador y un carismático luchador por la abolición, pero seguro que no era un poeta. Vitória hojeó el libro con desgana, hasta que llegó al poema que la tarde anterior le había provocado escalofríos por la espalda.

Tus ojos son mi cielo,
tan azules y limpios,
espolean mi caballo,
para estar a tu lado.

¿Me engaña el luminoso color,
que tanto me prometió?
Tú reías. Yo muero,
Como un loco en su dolor.

Yo perdí mi visión:
Todo te regalé.
Solo me dejaste.

Mi camino es largo.
Yo sólo soy tu esclavo
Y estate segura: todo llegará.

Naturalmente, León había escrito este poema mucho antes de que ellos se conocieran. Pero a Vitória le parecía que estaba pensado sólo para ella. Le encantaba. A lo mejor incluso le gustaba tanto por ser precisamente tan malo. El hecho de que tras la fría fachada de León se escondiera un hombre capaz de expresar sus sentimientos de ese modo, conmovió a Vitória. Y que fracasara como poeta cuando gozaba de gran éxito en todo lo demás, le hacía más humano.

—*Sinhá* Vitória, le traigo el desayuno —dijo Maria do Céu desde la puerta.

—Sí, entra. Pon la bandeja sobre la mesa, luego intentaré comer algo.

—¿Puedo hacer algo más por usted?

—No, muchas gracias. Voy a dormir un poco más, seguro que después me encontraré mejor.

Vitória olió el aroma del café, las *torradas* y el mango recién cortado. ¡Cielos, se moría de hambre! Pero si se lanzaba con voracidad sobre el desayuno, nadie creería luego que se sentía realmente mal, pues uno de sus síntomas debía ser la falta de apetito. Pero, ¿qué importaba? Aparte del personal de servicio, nadie se enteraría de que desayunaba con gran apetito. Vitória se levantó, apartó un poco la lámpara y el libro que estaban sobre la mesilla y puso en ella la bandeja. Luego se sentó de nuevo en la cama y disfrutó del desayuno. Se comió hasta la última miga, e incluso estuvo a punto de llamar a Maria do Céu para que le trajera algo más. Se contuvo haciendo uso de toda su fuerza de voluntad.

La siguiente media hora la pasó hojeando el libro de poesía y preguntándose cómo había sido posible que León llegara a publicar un libro tan mediocre. Era evidente que no era muy consciente de sus propias limitaciones. En eso, por lo menos, era igual que los demás hombres que Vitória conocía. Siempre se sorprendía de que todos se vanagloriaran incluso de la más ridícula de sus habilidades, mientras que las mujeres infravaloraban sus capacidades.

Vitória se cansó finalmente de holgazanear en la cama. Tenía demasiada energía para permanecer inactiva. Impaciente, cruzó la habitación y abrió las cortinas y la ventana. En el exterior hacía un calor y una humedad sofocantes. El aire pegajoso formaba una película sobre la piel, y Vitória empezó a sudar bajo su fino camisón. Para su encuentro con León debería ponerse su vestido más ligero, que por desgracia no era el más bonito. Y debería recogerse el pelo lo más estirado posible para que la humedad no se lo rizara y la hiciera aparecer como una esclava sin peinar.

Cuando vio acercarse al *senhor* Manuel en coche de caballos, Vitória cerró enseguida la ventana y las cortinas. Observó cómo *dona* Alma salía animada de la casa, subía al coche y se alejaba. Cuando se perdió de vista, Vitória tocó impaciente la campanilla. Seguía hambrienta. Y le daba igual lo que Maria do Céu o Maura pensaran de ella.

Hacia la una Vitória empezó a ponerse muy nerviosa. Se echó polvos de talco de la cabeza a los pies para no deshacerse en sudor con el calor del mediodía. ¿Quizás no hubiera sido tan afortunada la idea de León de encontrarse a esa hora? Luego se vistió. Lamentó que Maria do Céu no pudiera ayudarla a vestirse, pues después de todo el proceso ya le corrían pequeños chorros de sudor por el costado. ¡Qué clima tan inhumano!

Poco antes de las dos Vitória salió de su habitación. En el vestíbulo se encontró a Maria do Céu.

—*Sinhá*, ¡qué bien que se encuentre mejor!

A Vitória no se le escapó la suave ironía en su voz.

—¡Oh, sí!, en cuanto *dona* Alma ha abandonado la casa se ha producido una mejoría milagrosa. Y ahora tengo la necesidad imperiosa de mover las piernas. Dentro de una hora, como mucho, estaré de vuelta. Pero que esto quede entre nosotras, ¿de acuerdo?

—Naturalmente. Tome —dijo la muchacha cuando Vitória se disponía a salir—, se olvida la sombrilla.

Por la calle no se veía un alma. Sólo en la pequeña plaza que había delante del palacete volvió a haber signos de vida.

Una vieja bahiana con un miriñaque blanco y un turbante igualmente blanco ofrecía su dulce mercancía a la sombra de un árbol, a pesar de que a esa hora nadie iba a comprar nada. Dos niños negros corrían detrás de un perro jadeante que llevaba la lengua fuera y un collar que valía más que la ropa de sus dos perseguidores. Probablemente los dos jóvenes esclavos hubieran aprovechado la siesta de su amo para escapar con el perro y jugar con él. Un hombre cruzaba la plaza con el pelo empapado de sudor y aspecto de desmayarse de un momento a otro. Quizás se tratara de un hombre de negocios al que un asunto urgente había obligado a exponerse al sofocante calor.

No se veía a León por ninguna parte. Vitória se dirigió al Palacete da Graça, se detuvo en la entrada y estudió detenidamente un cartel que estaba colgado. En aquel momento no había nada que le interesara menos que aquel llamamiento a la caridad navideña. Pero ¿qué debía hacer para que su espera pareciera obedecer a un motivo concreto? Cuando ya se sabía el texto de memoria, empezó a enfurecerse. ¿Cómo podía citarla León en un sitio para luego no aparecer? ¡Qué frescura! Le esperaría dos minutos más, luego se marcharía. Como no llevaba reloj, no sabía cuánto tiempo llevaba esperando. Pero el tiempo se le hacía eterno.

Cuando le parecía que ya habían pasado los dos minutos, Vitória volvió por el mismo camino por el que había llegado hasta allí. La bahiana dormitaba en su puesto y no vio a Vitória, pero los dos niños la miraron con curiosidad. Una *sinhazinha* que salía a pasear con cuarenta grados a la sombra no era algo que se viera todos los días. Pero todavía se sorprendieron más cuando Vitória aceleró el paso. De pronto le entró mucha prisa. Había perdido medio día de su estancia en Río para que la dejaran plantada. Quería seguir aprovechando su visita a la ciudad, no podía perder más tiempo.

En la Rua Bonita se le acercó un coche descubierto a toda velocidad. El cochero conducía con tan poco cuidado que casi roza a Vitória, que iba por la acera. Ésta casi suelta una maldición. Pero cuando vio quién iba en el carruaje, se quedó muda. León también la vio. Le gritó algo al cochero y éste detuvo el coche con gran estruendo en el centro de la calle. Vitória se acercó un poco. Llevaba la sombrilla bien pegada a la cabeza. Con un poco de suerte no la reconocería nadie.

—Vita, suba. —León le ofreció su mano y la ayudó a subir al coche—. Disculpe mi retraso.

Estaba deslumbrante. Llevaba un pantalón negro y una camisa blanca con los botones de arriba desabrochados, con lo que se veía el comienzo de su musculoso pecho. Su piel bronceada mostraba un brillo mate. Probablemente fuera la única persona en Río de Janeiro que a esa hora no estaba bañada en sudor. Sin corbata, sombrero ni chaqueta, parecía un *senhor* que hubiera estado hasta entonces sentado en la veranda de su casa y no un hombre que había interrumpido su trabajo en la redacción del periódico o dondequiera que fuera.

—Le propongo que demos un paseo en coche por el borde del agua. El aire de la marcha y la brisa del mar la refrescarán.

—¿Saluda siempre a sus conocidos con una observación tan poco cortés sobre su aspecto? ¡Si hubiera estado puntual en el palacete no tendría que soportar ahora la visión de una mujer totalmente derretida!

—Confiaba en que sería yo quien le hiciera derretirse.

—Mientras yo le dejo frío, a la vista está.

León echó la cabeza para atrás y se rió.

—Eso no le gustaría, ¿no? Está acostumbrada a que todos los hombres pierdan la cabeza. Pero no tema, Vita. Conmigo también lo ha conseguido.

Ella no dijo nada. Estaba sentada junto a León y disfrutaba del aire de la marcha, que aunque era caliente, había secado enseguida su vestido, su piel y su pelo. Pasaron por el puerto, y también aquí estaba todo muy tranquilo a aquella hora. Algunos trabajadores y estibadores estaban sentados en el suelo a la sombra de la mercancía que debían cargar en los *paquetes*, los barcos de vapor que tardaban tan sólo veintiocho días en cruzar el Atlántico. El aire olía a podrido, a agua salobre y pescado en mal estado.

Cuando llegaron a la playa de Flamingo volvió a oler de nuevo a sal, arena y verano. Tras la bahía de Botafogo vieron asomar las dos elevaciones del Pan de Azúcar. Vitória contempló la vista embelesada. León la miraba de reojo.

—Una vista magnífica, ¿no?

—Sí. —Vitória se volvió hacia él—. Dígame, León, ¿por qué ha organizado este encuentro con tanto misterio?

—Pensé que usted lo preferiría así.

—Este secretismo le da a todo ello un tono de cita amorosa.

—¿Y no lo es?

Vitória oía latir su corazón. Pero intentó mantener la calma.

—Podría haber seguido el camino habitual y pedirle a *dona* Alma que le dejara visitarme o realizar una excursión conjunta.

—¿Para que se negara y volviera a encerrarla?

¡Lo sabía! ¡Sabía que la habían sometido al ridículo castigo de no salir de casa!

—¡Oh, yo…!

—No necesita explicarme nada. Sé lo que ha pasado y me imagino cómo ha sido. Supongo que por eso no ha podido avisarme de su visita.

Vitória asintió.

—Pero yo me enteré. No por Pedro, sino por Aaron, que no ha parado de lamentarse porque no podría verla.

—¿Así que nuestro encuentro en el teatro no fue casual?

—En absoluto. —León sonrió dejando ver sus inmaculados dientes—. Pero conseguí sorprenderla, ¿verdad?

—En efecto. Lo más logrado fue la elección de su acompañante. Hizo que su representación pareciera más creíble.

—¿Cordélia? Es sólo una especie de ayudante. Ella…

—Disculpe —le interrumpió Vitória—. No me interesan los detalles de su "colaboración".

—*Sinhazinha*, ¿noto un cierto tono de celos en sus palabras?

—En modo alguno. Creo que usted confunde celos con decencia.

León resopló.

—¡Ja, ésta sí que es buena! Vita, me gustaría que fuese tan amable de no representar ahora el papel de educada y estricta mojigata del campo. La conozco.

—¿En serio? No puedo imaginar que alguien que tiene tan poco sentido poético tenga más intuición en su trato con las personas.

Estuvo mal por parte de Vitória, y lo sabía. Él no le había dado ningún motivo serio para hablar así, sólo estaba bromeando con ella. Y ella le contestaba así. Se avergonzó de sí misma.

—¡Ah, lo ha leído! Nada más lejos de mi intención que aburrirla con mis poemas de aficionado, se lo aseguro. Los paralelismos entre uno de los poemas y nuestro encuentro son tan notables que era inevitable que lo viera en el libro.

—*Tus ojos son mi cielo.*

—Exacto. Es un poema muy triste. Sería una lástima que viera nuestra amistad de esa forma.

—¿Cree que somos amigos?

—Por supuesto. Pedro es mi amigo y, por tanto, usted también.

—¿Por qué no consigo liberarme de la sensación de que está continuamente burlándose de mí?

—Yo creo lo contrario. Es evidente que usted disfruta molestándome.

León sacó un pequeño reloj del bolsillo del pantalón.

—Le propongo una cosa. Llevamos media hora de paseo y deberíamos volver pronto para que su ausencia no llame la atención. ¿Qué le parece si aprovechamos por lo menos la vuelta para hablar razonablemente?

Vitória frunció la boca enojada.

—Lo intento desde hace tiempo. Es usted el que no sabe cómo se deletrea la palabra razón.

Le miró con gesto testarudo, él le devolvió la mirada con gesto arrogante. De pronto, una de las ruedas del carruaje se metió en un bache del empedrado de la calle. El coche dio un salto que hizo que Vitória y León casi se levantaran de sus sitios.

—¡Cuidado! —se le escapó a Vitória. Miró a León, luego los dos soltaron una liberadora carcajada.

Pasaron el resto del paseo contándose todo tipo de cosas el uno del otro. Vitória le habló a León de su vida diaria en Boavista, de Luiza y de su padre, de la "resurrección" de Eufrásia y del aburrido y largo castigo sin salir de casa. Le confesó que había ido a escondidas a la conferencia que él había dado en Conservatória y le transmitió su preocupación por Félix.

—¿Recuerda al joven? Era el mudo.

—Sí, era casi un niño.

—Cierto. —A Vitória no le gustaba hablar de ello. Se propuso no profundizar más en el tema—. Hablemos mejor de otra cosa. Hábleme de usted, de su trabajo, sus amigos.

—¿Le cuento lo peor que me ha pasado en estos meses? —Vitória asintió y él continuó—: Fui a visitar a una encantadora muchacha que vivía en una casa muy lejana en un valle muy lejano. La bella joven había aceptado mi visita, pero cuando estuve ante su puerta, me rechazó.

Vitória le miró compungida.

—Yo estaba… indispuesta. Lamento que hiciera ese largo viaje para nada. Pero dejémoslo ya. Cuénteme lo mejor que le ha ocurrido en todo el año.

—Fue un día de septiembre. Cuando iba a visitar a un amigo y una descarada mozuela de indescriptible belleza me dio con la puerta en las narices. En aquel momento me enamoré perdidamente de esa criatura divina.

Vitória tragó saliva. ¿Era una declaración de amor? ¿O le estaba tomando el pelo de nuevo?

—¿Y esa "criatura divina" corresponde a sus sentimientos?

—¡Si yo lo supiera! La preciosa joven es un poco arisca, y aunque se muriera de amor por mí, lo que nunca me atrevería a esperar, me lo demostraría antes despreciando mi persona que con palabras de aprecio.

—Quizás se deba a que la muchacha no está segura de la sinceridad de sus sentimientos y no quiere albergar falsas esperanzas.

—Es posible. Pero bastaría que me mirara a los ojos para que supiera que estoy loco por ella.

Vitória miró a León, pero enseguida retiró la mirada. No le gustaba el giro que estaba tomando la conversación. No podía desprenderse de la sensación de que León sólo se reía de ella.

Hicieron en silencio el camino de vuelta. Esta vez el mar quedaba a su derecha. A su izquierda pudieron ver la iglesia de Nossa Senhora da Glória, algo después pasaron por el imponente complejo del Arsenal da Guerra. El tráfico era cada vez más intenso, y gracias a la disminución de la velocidad Vitória pudo mantener su sombrilla más derecha. La llevaba tan baja que ningún peatón podía verle la cara. En realidad, no conocía a mucha gente en Río y la posibilidad de que alguno de sus conocidos estuviera a esa hora en la calle era muy reducida. Cruzaron por el centro de la ciudad. A la izquierda vieron el Paço Imperial, la residencia del emperador en la ciudad; una manzana más allá estaba la bella iglesia Nossa Senhora da Lapa dos Mercadores. En la bahía de Guanabara, ante la Ilha Fiscal había numerosos veleros, *paquetes* y barcos pesqueros que anunciaban que el puerto estaba algo más al norte.

Una vez que cruzaron el centro de la ciudad les volvió a inundar el olor del puerto. Si no fuera por la pestilencia quizás habrían disfrutado de la belleza del paisaje. La bahía de Guanabara, el gigantesco puerto natural que está prácticamente rodeado de tierra, estaba salpicada de barcos anclados en ella que eran la prueba de la inmensa importancia de la ciudad. Río de Janeiro era el puerto más importante de Sudamérica y la mayor metrópoli del continente.

Ya estaban cerca de São Cristóvão. León sacó su reloj.

—Las tres. Seguro que ya la echan de menos.

Vitória encogió los hombros.

—Da igual. Diré que he estado en la biblioteca.

—¿Cuándo la veré de nuevo? —preguntó León.

—El año que viene mi cumpleaños cae en el sábado de carnaval. Y como Pedro y Joana darán a conocer su compromiso entonces, tendremos tres motivos de celebración. Daremos una gran fiesta de disfraces en Boavista. Me gustaría mucho que viniera.

—¿De verdad?

—Sí, de verdad.

—¿Seguro que me invita?

—No, eso no. La invitación oficial se la hará llegar Pedro. Lo entiende, ¿no?

León no contestó. Sólo sonrió a Vitória con una mirada extrañamente triste. Luego se inclinó sobre ella como si quisiera susurrarle algo al oído. Ella acercó también su cabeza para oírle mejor.

—Mi bella, cobarde, orgullosa, lista Vita. Iré como su esclavo. Tenga la seguridad.

Sus labios rozaron su cuello como por casualidad.

Horas más tarde, cuando Vita estaba ya de vuelta en su casa, le ardía tanto el beso de León en la piel que creía que todos iban a percibir la señal de su cuello. Pero aquello no era nada comparado con el ardiente fuego que había en su corazón.

IX

¡Cómo pasaba el tiempo! Si Vitória pensó en un primer momento que los tres meses que faltaban hasta la gran fiesta sería un periodo insoportablemente largo, ahora se daba cuenta de lo rápido que había transcurrido. La familia pasó los días de Navidad en armonía; en Nochevieja fueron juntos a Valença para contemplar los fuegos artificiales y asistir al baile del Hotel Lisboa, donde pasaron la noche. En enero renunciaron a su habitual viaje a Petrópolis para dedicarse a preparar la gran fiesta. Vitória disfrutó mucho de aquellos días. En el valle apenas quedaban algunos de sus amigos o conocidos, casi todos estaban de vacaciones en las montañas. Como en esa época también ella tenía menos trabajo, le quedaba mucho tiempo libre para montar a caballo o ir a nadar. *Dona* Alma y Luiza se aliaron para disuadirla de pasar tantas horas al aire libre —"te vas a poner tan morena como una mulata"—, pero a Vitória no le importaban ni sus recomendaciones ni su delicada piel. Lo único que aceptó fue llevar sombreros de ala ancha que protegían su rostro y vestidos de manga larga. Además, siempre que podía se mantenía a la sombra y para sus paseos elegía las primeras horas de la mañana o las últimas de la tarde. Así, a comienzos de febrero, después de haber disfrutado ya de cuatro largas semanas de buen tiempo de verano, sólo tenía un ligero color. Suficiente para tener un aspecto fresco y sano sin perder delicadeza.

Y llegó al fin el gran momento. Dos días más tarde llegarían los más de ciento cincuenta invitados, la mayor parte vecinos y conocidos del valle del Paraíba, pero también amigos de Pedro de Río y clientes de su padre de otras partes del país. Algunos de ellos dormirían en Boavista, a otros los alojarían en *fazendas* vecinas y hoteles de Valença o Vassouras. Vitória compartiría su habitación con Joana. En otras circunstancias le habría resultado un fastidio, pero ahora contribuía a aumentar la emoción y el buen humor que se había apoderado de ella. Le gustaba la idea de arreglarse junto a su futura cuñada e intercambiar cosas con ella.

Boavista estaba irreconocible. En toda la planta baja se habían puesto los muebles junto a la pared para dar cabida a todos los invitados. Las puertas de dos hojas entre el salón y el comedor se dejaron abiertas, lo mismo que las puertas que daban al despacho, que había quedado casi completamente vacío. En total disponían de una superficie de casi cien metros cuadrados. Además, detras de la veranda se había dispuesto una carpa a la que se accedía por un pasillo cubierto con un toldo. Aunque lloviera, los invitados que quisieran charlar fuera de la pista de baile o sin ser molestados por la música de la orquesta, que sin duda serían la mayoría, podrían llegar con los pies secos a la carpa, en la que se había dispuesto un bar y una amplia mesa con comida. Lo único que no aguantaría la carpa sería una tormenta violenta.

Pensando en un disfraz, Vitória había tenido una idea que no era fácil llevar a la práctica, pero que si lo conseguía, causaría furor. Quería vestirse de arbusto de café.

—¡Qué idea más loca! —le dijo *dona* Alma alarmada—. ¿No te puedes vestir de Madame Pompadour como otras jóvenes?

—Aquí habrá muchas Madame Pompadour, pero sólo un arbusto de café.

Luego le explicó a su madre cómo imaginaba su disfraz, y finalmente *dona* Alma dio su aprobación.

—Por mí está bien. Parece que no te vas transformar demasiado.

Nada más lejos de la intención de Vitória. El día de su cumpleaños no sólo quería estar guapa, sino que además quería hacer una entrada espectacular. Y con su disfraz lo conseguiría. El vestido era de seda verde y en realidad era muy fácil de confeccionar. Aunque era todo menos sencillo. En la falda llevaba numerosas hojas de satén entre las que asomaban pequeña flores blancas y frutos rojo fuerte. La costurera había tardado una semana en realizar las flores, y para hacer los frutos, que estaban formados por pequeños pompones de seda, había necesitado una semana más. Estas aplicaciones daban a la falda un volumen que destacaba aún más la delgada cintura de Vitória. En el corpiño del vestido no había ni hojas, ni flores, ni frutos pegados, pues habría sido muy recargado y le habría molestado para bailar. En lugar de eso estaba todo él bordado. El extraordinariamente delicado trabajo lo había realizado una mujer de Valença que era conocida por sus bordados de filigrana. También los guantes, que le llegaban a Vitória hasta el codo, llevaban flores y frutos bordados. *Dona* Alma aceptó prestarle a Vitória de nuevo los rubíes, que combinaban perfectamente con el disfraz. En la cabeza llevaría una complicada estructura hecha con auténticas ramas de café, y en la cara un antifaz verde con los bordes bordados en rojo y blanco y del que salían pequeñas ramitas a los lados.

Todo estaba preparado, menos el adorno de la cabeza, que le llegaría el mismo día de la fiesta. Vitória se probó un día el disfraz con los accesorios para ver el efecto del conjunto. Llegó bailoteando al salón, donde pensaba que estaban sus padres. Pero además de *dona* Alma y el *senhor* Eduardo estaba también el abogado, el *doutor* Nunes. Los tres se quedaron mirando a Vitória como si fuera una aparición extraterrestre, hasta que *dona* Alma rompió el silencio:

—No parece que vayas a cumplir realmente dieciocho años.

Pero su padre tenía otra opinión:

—¡Vita, el disfraz es magnífico!

Y el *doutor* Nunes añadió:

—Es increíble, qué plantas tan maravillosas crecen en esta *fazenda*.

Joana y Pedro llegarían en cualquier momento. Vitória les esperaba con impaciencia y se movía nerviosa por toda la casa. En realidad, ya no había mucho que hacer. Todo lo que había que preparar de antemano estaba ya terminado. A lo largo del día llegaría el hielo, un bloque procedente de Norteamérica tan enorme que ni el largo transporte en barco hasta Brasil ni el viaje por las ardientes colinas de la provincia reducirían notablemente su tamaño. En el sótano habían preparado un rincón con un hule para almacenar allí el hielo. Y si no se consumía todo en la fiesta, podría aguantar de este modo un par de semanas más. ¡Cómo disfrutaba de las bebidas heladas, del sonido del hielo en los vasos y de los exquisitos alimentos presentados sobre hielo picado! ¡Y qué gusto poder tratar al día siguiente los pies maltratados y el dolor de cabeza —había que contar con esos efectos secundarios de la fiesta— con pequeños trozos de hielo que se fundían al contacto con la piel! Vitória quería disfrutar de ese lujo con todos sus sentidos, pues no podían contar con nuevos suministros de hielo hasta julio, cuando llegaba el invierno a Chile.

En su última revisión de la casa, Vitória pudo ver que entre todos los posibles asientos que se habían llevado al salón estaba también la desvencijada silla de la habitación de su madre. ¿Y si se sentaba en ella el pesado *senhor* Alves? ¡Seguro que la silla se rompería bajo su enorme peso!

—¡Miranda!

La joven vino desde la habitación contigua.

—¿Sí, *sinhá* Vitória?

—Ocúpate de que esta vieja silla desaparezca de aquí. Mira.

Vitória se dejó caer con fuerza sobre el cojín de terciopelo rojo oscuro y se removió en la silla, que comenzó a crujir y chirriar de forma preocupante.

—Está totalmente desvencijada. Apenas soporta mi peso. Imagina lo que ocurriría si se sentara en ella el *senhor* Alves.

Miranda se rió.

—Le estaría bien merecido.

—¡Por favor! —Pero Vitória no pudo evitar la risa. Sí, le estaría bien merecido—. Aunque probablemente no esté mucho tiempo sentado. Pasará la mayor parte del tiempo en el buffet. No obstante, hay que retirar esta silla. Dile a Humberto que se la lleve al carpintero. A lo mejor la tiene reparada para pasado mañana.

Miranda asintió y se marchó. En ese momento se oyó un coche de caballos. Vitória se recogió la falda y fue a la puerta lo más deprisa que pudo.

Joana parecía algo cansada del viaje, pero su cara se iluminó en cuanto vio a Vitória. También Pedro se alegraba de estar de nuevo en Boavista.

—¡Joana, Pedro, por fin! No os asustéis de cómo está todo. Hemos puesto la casa patas arriba para estar preparados para el gran asalto —explicó Vitória mientras los tres entraban.

Cuando llegaron al salón, Joana se sentó en una de las sillas que estaban alineadas junto a la pared y miró a su alrededor con los ojos muy abiertos.

—¡Esto es... increíble! Por fuera Boavista es impresionante, pero no puedes imaginar lo que te espera aquí dentro. Creía que todo sería más rústico.

Su mirada se deslizó por las paredes elegantemente empapeladas, las escayolas trabajadas en forma de filigrana y el magnífico rosetón en cuyo centro colgaba una gigantesca araña de cristal. Luego se inclinó hacia delante para ver la habitación de al lado a través de la puerta abierta.

—¡Fantástico!

Joana se puso de pie, fue hasta el comedor y también allí se quedó asombrada. En las paredes no había pinturas enmarcadas, como en el salón, sino que estaban decoradas con pinturas murales que mostraban idílicas escenas campestres y de caza en tonos pastel. Esto le confería a la habitación un aire de ensueño, de cuento.

—Normalmente esto tiene otro aspecto —dijo Vitória—. Espera a conocer el comedor como es en realidad. Ahora, sin las alfombras y con las sillas amontonadas y las mesas sin cubrir no resulta muy acogedor.

—No, no. —A Joana se le había olvidado ya el cansancio del viaje, pues no paraba de dar vueltas loca de alegría haciendo volar su falda—. ¡Ay, Vita! No puedo creer que algún día seré la señora de una casa tan noble.

¿Qué? ¿Había oído bien? Vitória miró a Joana boquiabierta. Nunca se lo había planteado: algún día Pedro sería el señor de Boavista, y su esposa tendría la última palabra. Ella, Vitória, que había crecido en la *fazenda*, que se había ocupado de todo durante años, que amaba Boavista de corazón, sería degradada y pasaría a ser una figura marginal. Como mujer casada sería bienvenida como visita; como hermana y cuñada soltera en el mejor de los casos sería aceptada si se hacía cargo del cuidado de los padres ancianos.

—Vita, lo siento. Se me ha escapado. Yo...

—Está bien, Joana. Tienes razón. Yo no había pensado nunca en ello, y la idea ha sido para mí tan nueva e increíble como para ti. Pero en Boavista hay cabida para todos.

¿Era verdad eso? Sí, había sitio suficiente. Y también había trabajo suficiente para que cada uno encontrara su hueco. ¿Pero quería realmente? ¿Quería dejar el mando en manos de Pedro y su mujer, por muy agradables que le resultaran? ¿Quería someterse a ellos igual que ahora debía cumplir la voluntad de sus padres?

—¡*Voilà*, un vaso de limonada! —dijo Pedro, sacándola de sus tristes pensamientos—. Como tú no nos ofrecías nada, he asumido yo esa obligación. ¡Por nosotros!

—¡Por nosotros! —repitieron Joana y Vitória al unísono. Se miraron sonriendo.

—Estoy segura de que esto no será lo único en que vamos a coincidir —dijo Joana, y le guiñó un ojo a Vitória.

Pedro tuvo la impresión de que las dos jóvenes habían hablado sobre algo que no le incumbía a él, pero a pesar de todo respondió a su prometida:

—Seguro. Os parecéis mucho más de lo que imagináis.

¿Sería cierto? ¿Y eso sería bueno? Pero antes de que Vitória pudiera seguir profundizando en estos pensamientos entró Miranda corriendo en la habitación.

—¡Deprisa, *sinhá!* ¡Llega el hielo!

Tras la cena, en la que la familia discutió algunos detalles de la fiesta, Joana y Vitória se retiraron juntas a su habitación. Querían examinar los disfraces para ver si se podía mejorar algo. Joana sacó de su maleta una interminable tira de seda dorada y se la enrolló alrededor del cuerpo.

—No irás vestida de mujer de un harén, ¿no? —preguntó Vitória—. No creo que le causaras muy buena impresión a *dona* Alma.

—No. Espera. —Joana se puso la tela alrededor de la cabeza y se dirigió hacia el tocador—. ¿Tienes carmín?

—Sí, en la bandeja de plata que hay a la derecha del espejo.

Cuando Joana se volvió de nuevo, Vitória reconoció el disfraz. Joana se había pintado un punto rojo en la frente, justo encima de la nariz.

—¡Vais a ir de maharajá y maharaní!

—Lo has adivinado. Cuando además del sari me ponga las sandalias y las joyas de oro y me pinte los ojos de negro me confundirás con una india de verdad. Y con el turbante y su sable Pedro parece un auténtico maharajá.

—¡Maravilloso! ¿Cómo se os ha ocurrido?

—¿No sabías que mi familia vivía antes en la colonia de Goa? En casa tenemos cajas llenas de ropa, adornos, joyas, instrumentos musicales y figuritas de la India. Mis padres se visten con trajes indios.

Vitória sintió curiosidad por los padres de Joana, los futuros suegros de Pedro. Llegarían al día siguiente y se quedarían a dormir en Boavista. Aunque esperaba más ansiosa la llegada de otros invitados. Mejor dicho, de otro invitado.

—¿A quién más habéis invitado Pedro y tú? ¿Conozco a alguien?

—Vendrán los amigos de Pedro, ya los conoces. Yo, aparte de mi familia, he invitado sólo a dos buenos amigos. Mi vieja amiga Gabriela y mi vecino Conrado, con el que prácticamente he crecido. Estoy segura de que te gustarán.

—¿Habéis invitado a León?

—Sí, ¿por qué?

—¡Oh, por nada! He leído muchas cosas sobre él en el periódico, defiende ideas bastante revolucionarias.

Joana sonrió.

—Me ocultas algo, ¿verdad?

Vitória dio la espalda a Joana e hizo como si algo del armario acaparara toda su atención.

—No.

—Déjalo. Realmente no tengo derecho a meterme en tus cosas. Pero si alguna vez necesitas a alguien que te escuche y sea discreto, puedes contar conmigo.

Vitória se volvió de golpe y miró a Joana a los ojos.

—¿Va a traer a la Viuda Negra?

—Bueno, no sería extraño en él. Pero no, no creo que lo haga. Estoy segura de que quiere centrar en ti toda su atención.

—¿Cómo…?

—¿Cómo he llegado a esa conclusión, querida Vita? Os observé en el teatro. Era difícil no ver que ese hombre está totalmente enamorado de ti.

¡Cielos! ¿Habrían notado algo los demás? ¿Todos menos ella? ¿Y era cierto? ¿Se había desbordado la fantasía de Joana, era una de esas mujeres que creen ver enredos románticos en todas partes, incluso allí donde no existe nada de nada?

Joana pareció leerle los pensamientos.

—No, no me lo he imaginado. Y no te preocupes, los demás estaban muy ocupados en sus cosas como para poder notar nada.

—¡Si fuera verdad! —susurró Vitória, y ni Joana ni ella tuvieron la más mínima duda de que no necesitaban la complicidad de nadie más.

El grueso *senhor* Alves y su no menos corpulenta mujer fueron los primeros en llegar. Se habían disfrazado de Hänsel y Gretel, y con sus mejillas pintadas de rojo y sus gorritos estaban aún más ridículos que con su vestimenta normal. Pero

Vitória tuvo al menos que admitir que tenían valor y no carecían de sentido del humor. Probablemente se hubieran partido de risa en su casa y durante el camino cada vez que se miraban el uno al otro.

—¡Hänsel, Gretel, bienvenidos! ¡Ya no tendréis que pasar hambre, habéis encontrado la casita de chocolate, y no está la bruja! —exclamó Vitória, recibiendo a sus invitados.

—¿Hay también alguna taza de café, o está todo en el arbusto todavía? —preguntó el *senhor* Alves, mirando la falda de Vitória.

—Entrad —les exhortó *dona* Alma, que también estaba en el vestíbulo recibiendo a los invitados. Se había disfrazado de zarina, y el armiño, bajo el que corría el peligro de derretirse con el fuerte calor del verano, le daba la elegante prestancia de una reina rusa. No entendía el humor que demostraba tener el matrimonio Alves. Si por ella hubiera sido, la fiesta habría tenido un tema que obligara a todos los invitados a vestirse de forma regia.

Un negro, que al igual el resto de los esclavos iba vestido de moro —todos llevaban turbante rojo y verde, babuchas rojas, bombachos verdes y una camisa a rayas rojas y verdes—, llegó con una bandeja llena de copas con champán, vino, agua y zumos de frutas. Los Alves cogieron una copa de champán cada uno y brindaron por sus anfitriones. Luego descubrieron la comida y se centraron inmediatamente en ella.

—¡Son terribles! —se lamentó *dona* Alma—. Los conozco desde hace casi treinta años y cada vez parecen más infantiles.

—*Mãe*, es carnaval. Déjelos.

Por suerte, en ese momento llamaron la atención de *dona* Alma los personajes de Esmeralda y su jorobado, cuya verdadera identidad no pudo descubrir Vitória a primera vista. Y de pronto, como obedeciendo a una señal acordada en secreto, llegaron todos los demás. Eufrásia, vestida de Madame Pompadour con su Rey Sol, Arnaldo; Rogério, que quedaba muy bien como Cristóbal Colón; la viuda Almeida, como la Cenicienta más vieja y fea que se podría imaginar; Edmundo, que ocultaba bajo un hábito de monje lo único hermoso que tenía, su esbelto cuerpo; João Henrique de Barros junto a su padre, los dos como capitanes de fragata portugueses; Florinda, una conocida de los tiempos del colegio, que se había disfrazado de Juana de Orleáns; el notario Rubem Leite con su mujer, él con armadura de caballero, ella como princesa del castillo; los Sobral, que se habían vestido con sus cuatro hijos como una familia de la Virginia norteamericana de los años treinta, a juego con su villa llena de columnas; el patrón de Pedro, el *comissionista* Fernando Ferreira, como mosquetero algo mofletudo; Rubem Araújo y su esposa Isabel, embarazada, ambos transformados en jeques árabes, quizás para disimular su estado; el *doutor* Vieira con el ocurrente disfraz de médico… aunque de la Edad Media; Aaron Nogueirira, que resultaba muy convincente como chino; y el colega de Pedro, Floriano de Melo con su esposa Leonor en una versión más modesta, aunque históricamente más correcta, de Madame Pompadour y Luis XV.

Había un gran barullo, pero todos estaban de muy buen humor, y la incoherente mezcla de disfraces hacía que todos gastaran bromas al respecto. El disfraz de Vitória era el más elaborado e imaginativo, y recibió todo tipo de halagos. En medio de todo aquel jaleo nadie se dio cuenta de que cada vez estaba más nerviosa.

¡Cielos, era realmente tonta! La fiesta empezaba a las ocho, y eran las nueve. Todavía faltaban algunos invitados, no había motivo para estar tan intranquila. Sólo sería tarde cuando ya hubieran comido y consumido bastante alcohol, cuando los mayores empezaran a retirarse y los jóvenes pudieran bailar y coquetear sin inhibiciones.

—¡Vita, eres un arbusto de café maravilloso! Pero admite que yo tampoco estoy mal, y bastante más elegante que la *senhora* de Melo.

—¡Estás encantadora, Eufrásia! Y Arnaldo está increíblemente vivo.

—¿Cómo que vivo?

—¿No sabías que el Rey Sol, Luis XIV, ya estaba muerto mucho antes de que Madame Pompadour se convirtiera en la amante del rey? De su hijo…

—¿Qué importa eso? Lo principal es que estamos muy bien, ¿no? A propósito, ¿quién es ese tipo del ridículo disfraz de las alas?

—Es Carlos, el hermano de mi futura cuñada. Es ingeniero y hace experimentos de vuelo. Imagínate: es un hombre muy instruido, pero no obstante piensa que el hombre podrá volar alguna vez, ¡y en máquinas voladoras!

—¡Qué loco! Bien, si lo pienso mejor, no lo encuentro tan atractivo. —Eufrásia dio un sorbo de su copa y dirigió a Vitória una penetrante mirada—. No sé por qué, pero hoy te noto distinta. ¿No será hoy el día en que Colón va a descubrir América?

—No conozco los planes de Colón. Pero las exóticas plantas no tienen la más mínima intención de dejarse descubrir hoy.

—¡Ah, entonces no! Pero yo que tú cedería un poco ante Rogério. Sois prácticamente marido y mujer, todo el valle sabe que estáis hechos el uno para el otro y que os casaréis. Basta con veros cuando bailáis.

—¡No digas tonterías, Eufrásia! Me gusta bailar con él, es cierto, pero no por eso me voy a casar con él.

—¿Conoces a alguien mejor? ¿Un hombre más guapo, más listo y más rico, que además esté tan perdidamente enamorado de ti?

—A lo mejor sí.

—¡Oh, Vita! ¡No puedo creer que seas tan tonta!

—Piensa lo que quieras.

—¿Qué estáis cuchicheando? Venid a la carpa, hay mucho ambiente.

Florinda se acercó por detrás, y Vitória confió en que no hubiera escuchado nada de lo que decían. Florinda era la peor cotilla de los alrededores.

—¡Venid pronto, no os perdáis lo mejor! —dijo a sus antiguas compañeras de colegio—. Ha aparecido un esclavo descalzo y muy sucio que está bebiendo champán. Rogério y Arnaldo han intentado echarle, pero él afirma con rotundidad que ha sido invitado a la fiesta. Igual hay una pelea —se regocijó Florinda.

Vitória se imaginó quién era el causante de todo el alboroto. Sólo León sería capaz de aparecer vestido de esclavo en una fiesta llena de *fazendeiros*. ¿Pero cómo había llegado hasta la carpa? ¿No podía entrar por la puerta y saludar primero a los anfitriones, como el resto de los invitados?

Cuando Eufrásia, Florinda y Vitória llegaron a la carpa ya se había aclarado la situación. Pedro había identificado al "esclavo" como León Castro, y Arnaldo, Rogério, Pedro y León hablaban amistosamente y brindaban por el malentendido. A Rogério le pareció el episodio sumamente cómico, reía a voces y felicitaba a León por el impacto conseguido. En cambio Arnaldo, el prometido de Eufrásia, parecía consternado.

—¿Cómo se puede tener la estúpida idea de disfrazarse de esclavo? —dijo con agitación.

—Rey Sol, ¿acaso no somos todos esclavos ante Vuestro esplendor? —dijo Pedro, intentando poner fin a la discusión—.

¡Ah, por ahí viene la amante de Vuestro hijo, ella sabrá cómo tranquilizaros.

Arnaldo no entendió la broma, pero se dio cuenta de que hablaba de Eufrásia y le cambió la cara.

Los demás hombres miraron a las tres jóvenes que se acercaban. Rogério estiró la espalda, Pedro les hizo un gesto amistoso. León no cambió un ápice ni su actitud ni su gesto. Sólo cuando Vitória se acercó a él y le tendió la mano, esbozó una leve sonrisa.

—*Senhor* Castro, tiene usted peores modales que un esclavo del campo. ¿O también forma parte de su disfraz?

—*Sinhazinha*, reconozco que ha sido una descortesía reunirme con los hombres sin haberla saludado a usted antes. Pero no he podido evitar esta pequeña broma. ¿Me disculpa?

Vitória tardó unos segundos en contestar.

—Claro que le disculpa. Vita, ¿no nos vas a presentar a este magnífico esclavo? ¿Dónde lo has comprado? —dijo Eufrásia interponiéndose entre los dos. León se rió y le dio la mano a Eufrásia. Vitória los presentó, luego hizo lo mismo con Florinda, que presenciaba toda la escena en silencio. ¡Qué demonio de hombre! ¡Y sus dos amigas hablaban con él con toda frivolidad!

—Necesitaremos reponernos de este susto. Vamos a comer algo, si es que el *senhor* Alves no ha acabado con todo —dijo Pedro animando a todo el grupo.

Para llegar a la larga mesa donde se presentaban las más selectas exquisiteces tuvieron que serpentear entre la multitud, con lo que el grupo se disolvió. Rogério y Pedro iban delante, algo más atrás les seguían Arnaldo y Florinda, observados con recelo por Eufrásia, a la que no gustaba dejar a su prometido solo en compañía de otras mujeres. Pero esta vez no tenía elección si no quería perderse lo que ocurría entre Vita y León. Avanzaba justo detrás de éstos, aunque no pudo entender lo que León le dijo a Vitória cuando se inclinó sobre ella.

Vitória había perdido el apetito. Llevaba días imaginando cómo iban a disfrutar del faisán, las terrinas de carne, los guisos de ternera, las gelatinas de pescado y el solomillo fileteado; del aroma de las sopas de setas, los risottos de verduras, las tortas de maíz y los purés de mandioca; de los suflés de frambuesa, las tartas de chocolate, las crepes de canela y las cremas de vainilla. Pero al ver la mesa llena de ricas viandas, sintió un sudor frío. No podría tragar nada mientras León estuviera cerca de ella y su pulso hiciera semejantes cabriolas.

—Vita, vayámonos de aquí —le había susurrado él.

¡Nada le gustaría más! Pero ¿cómo conseguirlo? Eufrásia estaba pegada a ellos como una lapa, y al ser la anfitriona, Vitória no podía desaparecer sin más. Pero entonces apareció Joana y les dio a Vitória y León un pretexto para abandonar la carpa.

—Tu madre te está buscando por todas partes.

—¡Oh, la bella *dona* Alma! Vitória, ¿puedo acompañarla para saludar por fin a su señora madre? —preguntó León con hipocresía.

Y se marcharon mientras Eufrásia, a la que Joana había involucrado en una conversación sobre la última moda en peinados, los miraba con estupor.

En el pasillo entoldado que llevaba hasta la mansión, León cogió a Vitória de la mano y se salieron del camino marcado por antorchas. De la mano, se deslizaron por el patio, que en ese momento estaba desierto. A Vitória le parecía que sus pasos resonaban sobre el suelo de arena tanto que podrían oírse desde la casa. El corazón le latía con fuerza. Cuando llegaron al huerto de las hierbas aromáticas a su alrededor sólo había oscuridad. La luz de las antorchas no llegaba hasta allí, y la luna estaba cubierta por negras nubes de lluvia. El aire era bochornoso y olía a lluvia inminente y a naturaleza verde.

—Espero que no empiece a llover —dijo Vitória, y enseguida se sintió como una tonta.

—¿De verdad quiere hablar conmigo del tiempo? Yo tenía una idea mejor. —Entonces soltó la mano de Vitória y se acercó a unas jardineras—. ¡Ah, justo a tiempo! —León sacó una botella de champán de detrás de una maceta—. No está muy frío, pero se puede beber.

Vitória le miró asombrada. ¡Había pensado en todo! Sacó dos copas como por arte de magia, descorchó la botella y le ofreció una copa.

—¡Por la planta más fascinante del mundo!

—¡Por el esclavo más asombroso del mundo!

Brindaron y se miraron fijamente a los ojos. Ninguno de los dos se atrevió a romper con palabras la magia de ese momento. Vitória fue la primera en retirar la mirada. Contempló la copa, luego se là bebió de un trago. León sonrió indulgente, pero no dijo nada. Ella le acercó la copa para que se la llenara. Él cumplió su deseo en silencio, sin perder su sonrisa de satisfacción.

—León…

Él sacudió la cabeza como si se sorprendiera del travieso comportamiento de un niño que interrumpe una conversación entre adultos, aunque sin provocar ningún tipo de enfado gracias a su actitud inocente. Dejó su copa en el suelo, cogió con ambas manos el antifaz de Vitória y se lo quitó cuidadosamente. Durante unos segundos pareció quedar hipnotizado por los ojos que se fijaron en él medio temerosos, medio provocadores.

—León…

—¡Shsh!

Esta vez se puso el dedo delante de los labios para evitar que ella hablara. Luego se acercó y la besó.

¡Y de qué modo! Vitória sintió escalofríos cuando sus labios se juntaron. Cerró los ojos y se abandonó a su abrazo, a la fuerte presión de sus manos en su cintura y su espalda. Se abrazó a él como un náufrago y deseó que aquel momento fuera eterno. Ningún hombre la había besado jamás así, con ninguno había sentido la necesidad de abandonarse y dejarse llevar. A Vitória le temblaban las piernas. Nunca se había sentido tan débil y fuerte a la vez.

Sintió cómo la mano de León subía por su cuello para acariciar su pelo. Iba a destrozarle el peinado, pero daba igual. Sintió un hormigueo en el cuero cabelludo.

Vitória se soltó de pronto del abrazo. Había oído pasos.

—¿Qué…?

Esta vez fue ella la que hizo un gesto para que no hablara. Escuchó atentamente, pero no se oía nada.

—Me pareció que venía alguien a hacernos compañía —le dijo a León en voz baja—. Será mejor que volvamos.

—¡Qué cruel! Precisamente ahora quería probar sus deliciosos frutos.

—¡Oh, todavía no es el momento de la recolección!

—A mí me ha parecido que ya estaban maduros.

Por suerte, en la oscuridad León no pudo ver cómo se sonrojaba Vitória.

—Pero le permito bailar luego conmigo. ¡Vamos!

—¡Espere! —León agarró de la mano a Vitória, que quería irse—. Tengo un regalo para usted. —Metió la mano bajo su burda camisa y sacó una cadena de la que desprendió un colgante. Se lo dio a Vitória. Ella lo cogió sin decir nada e intentó reconocer en la oscuridad de qué se trataba.

—¿Qué es esto?

—Mírelo luego a la luz. Quiero ver su cara cuando lo reconozca.

—Entonces démonos prisa. Me muero de curiosidad.

Vitória volvió corriendo, tan sigilosamente como habían ido antes. León la siguió en silencio. Cuando se acercaban a la casa oyeron los aplausos. ¡Oh, no, se habían perdido el anuncio oficial del compromiso de Pedro!

De vuelta en la fiesta, a Vitória le costaba todavía comprender lo que había vivido unos minutos antes. La inesperada intimidad entre León y ella le parecía un sueño. No le había visto durante meses, y de pronto aparecía y la besaba como si fuera la cosa más natural del mundo. Y quizás lo fuera. ¿Acaso no eran una pareja de enamorados desde hacía tiempo? ¿Cuántas veces había imaginado que él la cogía en sus musculosos brazos, que sus fuertes manos recorrían suavemente su piel, que su mirada la acariciaba de la cabeza a los pies? Aunque en sus fantasías, sus encuentros eran más tímidos. Se necesitaban muchas caricias robadas y alusiones sutiles antes de pensar realmente en otras intimidades, y muchas pequeñas señales de enamoramiento antes del primer beso.

Pero todo había sido distinto. Aunque a Vitória no le importaba. Si se hubiera comportado con ella de la manera habitual en otras circunstancias, hoy no habrían ido más allá de una leve caricia en la mano. Se veían tan poco, y tenían tan pocas oportunidades de estar solos, que León había hecho bien asaltándola por sorpresa.

La música, las innumerables personas con sus vistosos disfraces y la claridad de la luz devolvieron a Vitória a la realidad. Pedro y Joana habían abierto el baile, y otras parejas se iban animando poco a poco. Eduardo y *dona* Alma daban muy buena imagen como pareja de zares, y *dona* Alma parecía

187

haberse curado milagrosamente de todos sus males en los brazos de su marido. Bailaba como una jovencita y se movía con gran soltura. El zar miraba a su zarina con tal arrebato que Vitória casi sintió vergüenza. ¿Cómo podían mostrar sus padres que estaban tan enamorados? No era propio de gente de su edad.

Se acercó a un grupo de gente en el que estaba Aaron. ¡El pobre, le había tenido imperdonablemente abandonado, mientras él la seguía toda la noche con su mirada!

—Aaron, por fin puedo dedicarme a usted. ¿Qué novedades hay en el Imperio del Centro?

—Pero, Vita, ¿no sabe que yo soy un chino de California? Jamás he visto el país natal de mis antepasados.

—¡Qué tragedia!

—Pues sí. ¿Le gustaría bailar conmigo para hacerme olvidar mi triste desarraigo?

—Encantada.

Aaron no podía creerse su buena suerte. ¡Vitória le regalaba el favor del primer baile! La tomó de la mano y la llevó hasta la pista de baile. Hacían una pareja muy cómica, el chino con su larga trenza negra y el brillante arbusto de café, pero quedaban muy bien juntos. Aaron no era un bailarín nato, aunque seguía el ritmo y se mostraba seguro.

Vitória miraba continuamente a sus padres, que, por el contrario, no notaron su presencia. ¡Dios mío, si incluso parecía que iban a besarse!

Cuando la orquesta empezó a tocar una nueva pieza, Rogério se acercó a ellos.

—¿Me permite? —le dijo a Aaron, y ocupó su lugar.

¡Oh, qué diferencia! En los brazos de Rogério se sintió ligera como una pluma, y él se movía a su alrededor con tanto ímpetu que no veía otra cosa que una interminable estela de colores entremezclados que giraba en torno a ella.

—¿No hacen una pareja maravillosa? —le preguntó Eufrásia a Arnaldo, esperando que él la deslizara también a ella con tanto ímpetu por la pista de baile. Pero El Rey Sol había bebido demasiado y apenas le sostenían las piernas.

—Sí, como hechos el uno para el otro —contestó Florinda en su lugar. Estaba justo detrás de ellos y se escondía de los caballeros que podrían tener la idea de sacarla a bailar. No, no es que fueran muchos, como pudo comprobar con pesar.

Tras ese baile Vitória hizo una pausa. Tenía mucho calor y estaba sedienta. Como cumpliendo sus órdenes apareció Edmundo con una copa de champán.

—Vita, toma un trago. Pareces muy cansada.

Vitória sonrió sin ganas. ¿No había dicho lo mismo en la última fiesta? ¿Y en la anterior también? Tomó la copa y bebió con tanta avidez que casi se atraganta. ¡Cielos, debería controlarse un poco! Tenía que disfrutar todavía mucho más de la fiesta, al fin y al cabo era su cumpleaños.

—¡Vamos! —oyó de pronto decir a León. ¿Cómo se había acercado otra vez sin que ella se diera cuenta? Aquel hombre tenía realmente algo de gato. Le retiró la copa de la mano, la dejó en la mesa más próxima y le sonrió—. Quiero bailar con usted mientras se encuentre todavía en condiciones.

Edmundo los miró dolido. Pero lo que vio le hizo olvidar en cierto modo la reciente humillación. El hombre bailaba con Vitória tan divinamente que a su lado incluso Rogério habría parecido un mamarracho. León acercaba el cuerpo de Vitória al suyo más de lo que se consideraba decente, tanto que se movían como uno solo al ritmo de la música. Ni siquiera la imagen que daban les importaba. León, en harapos y descalzo, agarraba a Vitória, vestida suntuosamente de los pies a la cabeza, con tanta pasión que no sólo le robó el aliento a ella, sino también a todos los testigos de aquel provocador baile.

Las personas mayores estaban escandalizadas: con su pantalón andrajoso, que apenas le tapaba la pantorrilla, y la camisa hecha jirones, que dejaba casi todo su pecho al descubierto, el hombre estaba prácticamente desnudo. Eufrásia, en cambio, miraba excitada a la pareja: nunca antes había visto un baile que irradiara tanta vitalidad animal, tanto deseo. Joana estaba maravillada: por fin reconocían los dos abiertamente lo que sentían el uno por el otro, aunque hubieran elegido un modo algo desconsiderado de hacerlo. Y Aaron estaba aturdido por la fuerza con que había reconocido la cruda realidad: Vitória y León estaban hechos el uno para el otro.

La fiesta fue todo un éxito, al menos para los invitados. Incluso en el valle, donde reinaban el lujo y la opulencia, se recordaría la celebración durante mucho tiempo. Si la comida y las bebidas, la música, el ambiente, la decoración y los disfraces habían sido de lo más exquisito, el tema de conversación a que había dado pie era el más excitante desde hacía tiempo. ¿Cuándo se había visto que una *sinhazinha* se mostrara así ante todos, y además en los brazos de un hombre a quien ningún barón del café dejaría voluntariamente entrar en su casa? ¿Cuántas veces se era testigo de una rivalidad tan apasionada entre dos hombres por el favor de una bella mujer? Rogério Vieira de Souto casi se pega con León Castro si éste hubiera querido y sus amigos no hubieran intervenido. ¡Grandioso!

Pero también otros dieron bastante que hablar: la prometida de Pedro da Silva, ¡qué criatura tan pálida! La hija de los Pleitiers Soares: había abandonado la fiesta en compañía de su prometido sin esperar al matrimonio Pereira, con el que habían venido. ¡Aquel comportamiento era absolutamente impensable en una chica decente! Incluso la propia anfitriona, *dona* Alma había coqueteado tan descaradamente con el *senhor* de Barros como con su marido. Claro, ¡de alguien tenía que haberlo heredado la hija!

—¡Cielos, nunca me había dolido tanto la cabeza!

Vitória estaba tumbada en la cama y observaba cómo se peinaba Joana. Sus miradas se cruzaron en el espejo. Joana estaba sonrosada y despierta, mientras que Vitória tenía los ojos hinchados y luchaba contra el mareo.

—Le diré a Miranda que te traiga una bolsa con hielo —dijo Joana, poniéndose de pie para abrir las cortinas.

—¡Oh, no, ciérralas!

La intensa luz del sol le hizo daño en los ojos a Vitória. Y le hizo recordar la noche anterior. No, mejor se quedaría en la cama, escondiéndose en la penumbra protectora de lo que inexorablemente le esperaba en cuanto se levantara. ¡¿Qué había hecho?!

—No te servirá de nada decir que estás enferma. No puedes deshacer los acontecimientos, así que mejor enfréntate a las consecuencias cuanto antes y así ya las habrás superado.

—Sé buena y déjame dormir un poco más ¿vale? —Vitória se giró y se tapó la cabeza con la sábana. No estaba de humor para escuchar los consejos de Joana. Sólo cuando oyó la puerta, asomó la cabeza. Estaba sudando, y no sabía si era sólo a causa del calor. Se moría de vergüenza. Precisamente ahora, cuando la casa estaba llena de gente ante la que había que mostrar la mejor cara, se comportaba como la más frívola de las muchachas. ¿Qué pensarían los padres de Joana? ¿Y los Esteve, que también habían dormido en Boavista?

Por otro lado: ¡qué baile! Habría bailado así toda la eternidad, y si no hubiera habido gente presente, se habría arrancado la ropa y se habría entregado a León allí mismo. Su cara había estado tan cerca de la de él que los demás debían de haber pensado que se besaban. ¿O se habían besado realmente?

Miranda entró con la bolsa con hielo. Le sonrió a Vitória con picardía. Pero Vitória no estaba tan enferma como para no darse cuenta del gesto.

—¿De qué te ríes, estúpida? ¿Y por qué me traes tan poco hielo? Corre, quiero un cubo entero.

Cuando llegó el hielo picado, Vitória fue poniéndose los trozos en el cuello, se frotó con ellos los brazos, dejó que se derritieran en sus piernas. No le importaba que se mojara la cama, al fin y al cabo las sábanas estaban empapadas de sudor y había que cambiarlas. ¡Ah, qué sensación tan refrescante! Poco a poco Vitória fue recuperando el ánimo. Llamó de nuevo a Miranda.

—¡Tráeme café y limonada!

¡Iba a demostrar a aquella joven hasta dónde podía llegar! ¡Y a los demás también!

Dos horas más tarde Vitória ya estaba preparada para enfrentarse a todos. Su cabeza seguía pareciendo una olla de grillos, pero por lo demás se sentía de nuevo como una persona. Llevaba un vestido especialmente bonito, tenía el pelo recogido y se había puesto un poco de colorete en sus pálidas mejillas. Pensó incluso en ponerse las gafas, que le daban un aspecto de sensatez, pero rechazó la idea. ¡Qué más daba! ¡Que vieran todos por qué los hombres perdían la cabeza por ella!

Puso en una cadena el colgante que le había regalado León. Era una pequeña rama de café de oro con flores de perlas blancas y frutos de diminutos rubíes. Una pieza muy selecta que coincidía plenamente con sus gustos. ¡Qué bien la conocía a pesar de haber pasado tan poco tiempo juntos! Vitória estaba encantada con el regalo, le emocionaba que León, que como periodista no era especialmente rico, se hubiera gastado tanto dinero en ella. Él no había visto la cara de Vitória cuando abrió el regalo a la luz; ella había llegado antes a la casa, había admirado la joya, la había guardado en un pequeño bolsillo de su vestido y enseguida se había mezclado con el resto de invitados.

La planta baja estaba en silencio. En el salón sólo se oía el tic-tac del reloj. Abrió la puerta y vio asombrada que casi todo el desorden había desaparecido ya. Había que colocar de nuevo los muebles en su sitio, pero no quedaba huella alguna de la fiesta. Parecía increíble que apenas doce horas antes se hubiera desarrollado allí la escena que *dona* Alma probablemente no le perdonaría nunca. Vitória siguió hasta el comedor. La misma imagen. Aunque la mesa estaba ya en su sitio de siempre. Seguro que sus invitados habían desayunado allí. ¿Pero dónde estaban todos?

En la cocina Luiza estaba ocupada cortando jamón con un gigantesco cuchillo.

—Luiza, ¿qué ocurre? En la casa hay un silencio fantasmal, cualquiera pensaría que no hay vida humana.

—Se han ido todos. El *senhor* Eduardo quería enseñarles las tierras.

—¿Todos? ¿También *dona* Alma?

—Sí, ella también. Hoy tenía muy buen aspecto, parecía más sana que nunca. No se puede decir lo mismo de ti.

—Bien, déjame decirte que me encuentro perfectamente, sean cuales sean los horribles chismorreos que hayas oído sobre mí.

—Chismorreos, ¿hum?

—Sí. Dime, ¿qué te han contado los esclavos?

—Oh, nada, lo vi todo con mis propios ojos. Cuando empezaste a bailar de ese modo con el *senhor* León, Miranda vino a buscarme para que lo viera personalmente. ¿Y sabes lo que dijo? Que la *sinhazinha* parecía tener relaciones con ese hombre. Sí. ¿Y sabes lo que yo pensé cuando os vi? Que ya habías tenido relaciones con él.

—¡Dios santo, Luiza, eres demasiado vieja para entenderlo! Hoy se baila así, otros también bailaron igualmente juntos, no pasa nada.

—¡Nada, ts, ts!

—¡Basta! ¿Te han dicho cuándo vuelven?

—A la hora de la cena como muy tarde. Todavía tienes un par de horas antes de ponerte colorada ante ellos.

—No tengo esa intención. Me voy a nadar. Ponme algo para comer, estoy segura de que ayer sobró mucha comida.

Con la cesta que Luiza le había preparado, Vitória se dirigió a su zona de baño preferida. Estaba como a un cuarto de hora de la casa. El Paraíba do Sul hacía allí una pequeña curva, formando una especie de lago. No había corrientes fuertes, el agua tenía el fondo suficiente para poder nadar, pero también para estar de pie. El fondo estaba cubierto de un fango resbaladizo y unas extrañas plantas que prefería no pisar. La zona estaba rodeada de árboles y arbustos que protegían a Vitória de las miradas de los curiosos. Aunque era muy improbable que alguien llegara hasta allí, ella se sentía más segura si no se la veía desde lejos.

A su hermano y a ella les había enseñado a nadar un indio. Después de que Pedro estuviera a punto de ahogarse cuando era pequeño, su padre había encargado al único hombre de Boavista que sabía nadar que instruyera a sus hijos en ese arte. Eduardo no estaba dispuesto a perder un hijo en una zona casi desierta donde había tantas aguas peligrosas. Y tampoco quería dejar a sus hijos bajo la custodia exclusiva de su *ama:* sabía que les gustaba escaparse de ella. Tras agrias discusiones con su mujer, ésta accedió por fin a que recibieran las clases de natación, aunque siempre había pensado que a una persona educada no se le había perdido nada en el líquido elemento.

Vitória se desvistió hasta quedarse en ropa interior. Luego miró a su alrededor, pero aparte de un par de caballos que estaban pastando, no vio a nadie que la observara. Luego se quitó rápidamente la camisa interior y los pantalones con volantes que le llegaban hasta la rodilla y saltó al agua. Bañarse desnuda era mucho más cómodo que hacerlo con la ropa interior, que en el agua le impedía nadar porque se formaban burbujas de aire y luego al salir se le pegaba al cuerpo y le picaba. Vitória dio un par de enérgicas brazadas y sintió como si se quitara un gran peso de encima. ¡Para acabar la resaca no había nada mejor que darse un baño en agua fría! Se soltó la trenza y metió la cabeza debajo del agua. Le gustaba cuando al salir del agua el pelo se le pegaba pesado y liso a la espalda.

Pasados unos minutos Vitória salió del agua. El sol calentaba con demasiada fuerza, y las dolorosas quemaduras del sol en la nariz y la espalda ya habían enseñado a Vitória anteriormente que a esa hora del día no debía permanecer mucho tiempo en el río. Se secó con una toalla y se la enrolló alrededor del cuerpo. Se vestiría cuando se le hubiera secado el pelo. Luego extendió una manta sobre la hierba, se sentó y miró a ver qué había en la cesta. ¡Se moría de hambre! La noche anterior apenas había comido, y al levantarse tampoco tenía mucho apetito. Por eso tenía ahora un hambre canina. Luiza le había puesto en la cesta pan, asado frío, un poco de paté, un trozo de queso, fruta e incluso zumo de cerezas, y Vitória dio cuenta de ello como si fuera la última comida de su vida. Luego se sintió cansada. Se tumbó sobre la manta con las piernas encogidas, disfrutó de los juegos de luces y sombras que el sol hacía en su cara al pasar a través de las copas de los árboles, se le perdió la mirada entre las hojas que había sobre su cabeza, hasta que se adormeció. Medio dormida tuvo sueños extraños, como que tenía una cita con León esa misma tarde.

Un poco más tarde se despertó bruscamente por la picadura de una avispa que trató de apartarse de la cara. Vitória se puso de pie de un salto, dejó caer la toalla que tapaba su desnudez y corrió hasta el agua. Cuando salió de nuevo, miró a su alrededor. Debido al susto había olvidado tener cuidado. ¿Y si la había visto alguien? Pero no parecía ser el caso. El entorno estaba tan silencioso y tranquilo como siempre. Sólo se oía el rumor del río y el zumbido de los insectos. Vitória se tocó la picadura. Se estaba hinchando. ¡La avispa la había picado justo en medio de la cara, dos dedos más abajo del ojo derecho! Y eso cuando tenía que presentarse luego ante sus padres y sus invitados y tenía una cita con León.

Un momento. ¿Lo había soñado? Vitória no estaba en condiciones de distinguir si había mezclado un recuerdo auténtico con su extraño sueño o si el sueño había sido muy realista. ¿Y si realmente tenía una cita con León? En breve tendría peor aspecto que el día que a Luiza le dolía una muela y se la tuvo que sacar el veterinario porque el dentista no pudo llegar a tiempo. Se le hincharía tanto la cara que a León se le quitarían las ganas de mirarla y besarla.

Vitória se vistió, recogió sus cosas y volvió a casa. A pesar de la dolorosa picadura se sentía fresca y preparada para hacer frente a las sucias acusaciones y las miradas llenas de reproches. Quizás la avispa la hubiera picado en el momento oportuno, pues su cara hinchada y enrojecida distraería la atención de todo lo demás.

—Yo diría que ese insecto ha dado en el blanco —dijo Pedro burlándose de su hermana.

—Sí, y no sólo el bicho... —continuó *dona* Alma con tono incisivo.

Los padres de Joana bajaron la vista y miraron sus platos abochornados. Eran gente amable, tranquila, y no querían ser testigos de una disputa familiar. Pronto formarían parte de aquella familia, pero tardarían aún un tiempo en sentirlo de corazón.

Una vez que hubo expuesto una versión apropiada para sus padres sobre su encuentro con la avispa, Vitória no dijo una sola palabra más. Observó a sus nuevos parientes y creyó apreciar que a su padre le gustaban, mientras que *dona* Alma les hacía ver su inferior categoría. Joana y Pedro ignoraban aquella tensión subliminal y cuchicheaban entre sí. Vitória les envidió. ¿Por qué ella no podía sentarse también allí con su amado e intercambiar miradas cariñosas o acariciar su mano bajo la mesa? ¿Por qué se veía obligada a mantener encuentros secretos, y por qué no podía León cortejarla de forma oficial? Nadie habría considerado obsceno su baile si hubieran estado prometidos. Sí, él debería hablar con sus padres y pedirles su mano. Pero tendría que salir de él, era imposible que ella se lo propusiera. ¡No iba a ir tan lejos como para pedirle a un hombre que se casara con ella!

Después de cenar Vitória se retiró con el pretexto de que quería echarse un poco. Aquello provocó una mirada furiosa de *dona* Alma, pero se le concedió permiso. Una vez que se habían ido el resto de los invitados, Joana había sido trasladada a una habitación independiente, con lo que nadie notaría la ausencia de Vitória. Había decidido acudir al punto de encuentro, aunque todavía no estaba segura si todo había sido un sueño. Pero ¿qué tenía que perder? Si él no acudía habría dado un bonito paseo nocturno a caballo, y eso era mejor que mantener una forzada conversación con su familia.

Se puso un vestido de color oscuro y unas botas fuertes y esperó hasta que el reloj del salón marcó las ocho. Luego abrió la puerta con cuidado, miró a derecha e izquierda por el pasillo y, cuando estuvo segura de que no había nadie en el piso superior, se dirigió a la escalera de servicio. Bajó de puntillas y despareció sigilosamente por la puerta posterior. En el establo ensilló el caballo ella misma y cruzó despacio el patio. Aquel era el momento más difícil: todavía solía haber esclavos deambulando por allí, aunque a esa hora debían estar ya en la *senzala*. Y bastaba con que en la casa grande hubiera alguien mirando por la ventana para que se frustrara su excursión. Pero no fue así. Nadie vio a Vitória y su dócil yegua Vitesse, que seguía a su dueña complaciente y tranquila a pesar de las inusuales circunstancias. En cualquier caso, nadie la habría oído: un viento fuerte y cálido sacudía puertas y ventanas, y apagaba cualquier ruido que hubiera podido delatar a Vitória.

Al salir del patio Vitória se montó en el caballo. Miró el cielo con preocupación. La amenazante tormenta de verano que había respetado su fiesta el día anterior era casi seguro que estallaría aquella noche. Ojalá tuviera la amabilidad de empezar cuando ella ya estuviera de vuelta y a resguardo en Boavista. Avanzó hacia el noroeste y aguzó la vista para reconocer el camino a la luz de la luna y no pasarse del desvío hacia Florença, donde habían quedado… siempre que la cita no fuera fruto de su imaginación.

Vitória ató el caballo a un almendro. A pesar de que la luna empezaba a salir, la noche era muy oscura. Grandes nubes cruzaban el cielo. El fuerte viento hizo que a Vitória le lloraran los ojos y se le pegara la falda a las piernas. El árbol se movía con el vendaval y la hierba se doblaba hasta rozar el suelo. El aire olía a tormenta. ¿Dónde estaba León? Con aquel estruendo no se oía nada, ni siquiera el incansable cantar de los grillos. Vitória creía ver la silueta de León por todas partes, hasta que se dio cuenta de que sólo eran los arbustos de café moviéndose al viento.

—Vita.

¿Acaso oía voces por efecto del viento? Se volvió, y se encontró de nuevo en los brazos de León.

—¡León! El corazón de Vitória dio un brinco, pero intentó que no se notara que la había asustado.

Él no dijo nada. La miró con ojos vidriosos, la abrazó con fuerza y la besó. Con suavidad al principio, luego con más intensidad. Sus labios sabían a sal y alcohol. La respiración de Vitória se aceleró. El modo en que él jugaba con su lengua, mordisqueaba sus labios y besaba su cuello estaba lleno de deseo, casi de desesperación. Nunca había visto así a León. Cuando le mordisqueó la oreja mientras le susurraba promesas de amor con voz áspera, la barba incipiente le arañó en el cuello. El cuerpo de Vitória se vio inundado por una ola de excitación. A pesar de todo consiguió apartarle.

—León, empieza la tormenta. Debemos buscar refugio. Inmediatamente.

Corrió hacia Vitesse y la soltó del árbol. Notó que el animal estaba nervioso. Cuando iba a montar, León se acercó y puso las manos juntas a modo de estribo para ayudarla a subir.

—No te preocupes, *sinhazinha*. Tu esclavo está aquí para todo...

En aquel momento Vitória no estaba para bromas. La tormenta se aproximaba cada vez más y ella empezaba a tener miedo. Un rayo la hizo estremecerse. Durante unas décimas de segundo todo quedó iluminado por una fantasmal luz blanca, y el rostro de León le pareció el de un espíritu. No podían perder tiempo en discusiones. Puso el pie en sus manos.

Cuando estuvo sentada en la silla, León se limpió en el pantalón las manos manchadas de polvo y subió a su caballo. Tomaron la dirección de donde habían venido antes. Boavista estaba a unos veinte minutos a caballo. Hubo un relámpago, a los pocos segundos sonó un trueno que pareció cortar el aire. El caballo de Vitória se encabritó, apenas podía controlarlo. León se adelantó y le hizo con la mano una señal para que le siguiera. Se metió por una pequeña senda que llevaba hasta una cabaña en ruinas. A Vitória le sorprendió que León conociera esa cabaña. Ella jugaba allí con Pedro cuando eran pequeños y conocía cada metro de sus tierras, pero no entendía por qué León se orientaba tan bien.

Llegaron a la cabaña poco después de que empezara a llover. Hacía mucho tiempo que Vitória no estaba allí, y recordaba el lugar más grande y más bonito. En realidad se trataba de un refugio, una rudimentaria construcción con sus cuatro paredes formadas por grandes tablones de madera y un tejado de hojas de palmera que apenas soportarían la tormenta. No tenía ventanas, y en el hueco de la entrada sólo dos bisagras oxidadas recordaban que alguna vez hubo una puerta.

Los caballos se movían como locos y no se dejaban atar, con lo que León decidió llevarlos consigo. Entretanto, la lluvia se había convertido en un auténtico diluvio. León intentó tranquilizar a los caballos mientras sacaba una manta de sus alforjas y se la lanzaba a Vitória. Ella la cogió y la miró con perplejidad. ¿Para qué quería una manta? Hacía un calor insoportable, aunque el vestido empapado la refrescaba un poco.

—Pónla en el suelo —dijo León—. ¿O vas a esperar de pie a que amaine la tormenta?

A pesar del miedo que tenía —conocía la increíble violencia de las tormentas tropicales—, Vitória recuperó su energía habitual. Con los pies retiró las pajas que había en el suelo de tierra, y extendió encima la manta. Se sentó con la espalda apoyada en la pared y las piernas encogidas, y observó cómo León se quitaba la camisa para secar los caballos.

—Yo creía que eras un esclavo doméstico. Pero al parecer eres sólo un mozo de caballerizas que se preocupa más del bienestar de los animales que del de una dama.

201

León rió.

—Tendrías que verte, *sinhazinha*. Pareces un picaruelo atemorizado y con la cara hinchada porque acaba de recibir una paliza. No pareces precisamente una dama. Aunque mientras sigas hablando como una señorita no tendré que preocuparme por ti.

Sacó una botella de sus alforjas y se acercó a Vitória. Con una voz algo más suave le dijo:

—Tengo algo que te quitará el miedo.

Se sentó en la manta junto a ella, se retiró de la cara el pelo mojado, dejó caer la cabeza hacia atrás, miró el techo de hojas de palmera y respiró profundamente. Luego volvió la cara hacia Vitória. También ella volvió la cara hacia él. León abrió la botella y se la ofreció a Vitória. Ésta la cogió, la olió y frunció el ceño.

—¡Whisky!

—Sí, da un buen trago.

Ella dudó un momento, luego inclinó la botella y dio unos cuantos tragos. Tomó aire de golpe.

—¡Cielos, cómo abrasa!

Le devolvió la botella, de la que él tomó también un par de sorbos. Luego se miraron y se echaron a reír. La situación era demasiado ridícula. Estaban allí, sucios y empapados, sentados en una vieja cabaña en medio de una fuerte tormenta y bebiendo whisky directamente de una botella. Vitória no podía dejar de reír, descargando toda la tensión, el miedo y el nerviosismo que había acumulado, hasta que las lágrimas empezaron a rodarle por la cara.

—Vita.

El tono de León detuvo su ataque de risa.

—¿Sí?

En la oscuridad no veía bien su cara, pero pudo distinguir su gesto serio.

Él se inclinó sobre ella, le puso la mano en la nuca y acercó su cabeza. Ella cerró los ojos. Los labios de León rozaron suavemente sus mejillas, con la punta de la lengua fue limpiando las lágrimas que le quedaban alrededor de los ojos. Cubrió toda su cara de besos, y cuando sus bocas se encontraron por fin, Vitória respiraba con la misma fuerza que él. Su alegre estado de ánimo fue como un chaparrón chispeante que invadió todo su cuerpo. Abrió los labios y se entregó al beso de León. Él lamió sus labios, cruzó su lengua con la de ella, y ella le siguió, respondió con el mismo juego de sus labios y su lengua.

A través de los ojos entornados Vitória vio que un relámpago iluminaba la cabaña. Le siguió un trueno tan fuerte que se estremeció y miró a León.

—La tormenta está justo encima. Nos va eaer un rayo.

—¿Acaso no nos ha caído ya?

León la miró con sus profundos ojos oscuros. Sus párpados estaban entreabiertos, su respiración era pesada. Mechones de pelo mojado se le pegaban a la cara, y con el torso desnudo parecía un pirata que acababa de salir victorioso de una cruenta batalla naval. La visión de su angulosa barbilla a medio afeitar, cubierta por una sombra oscura, inundó a Vitória de una ternura que no había sentido nunca. Acarició su cara. El sonido de los pelos de su barba bajo sus dedos le pareció más bello que cualquier música. Su mano se deslizó por su cuello y sus anchos hombros hasta su pecho. Su piel estaba caliente y húmeda, bajo ella notó latir su corazón. Sus pezones se endurecieron bajo la suave presión de sus dedos, y oyó que León lanzaba un callado suspiro. Él miraba y seguía el movimiento de su mano. Luego la miró a los ojos. En su mirada había deseo, pero también una expresión de duda, de súplica, que Vitória no supo interpretar del todo. Entonces la acercó con fuerza a él y empezó a desabrocharle el vestido por la espalda.

Le deslizó el vestido por los hombros. La besó en el cuello, y de nuevo el roce cosquilleante de su barba despertó en Vitória una salvaje excitación. Sintió calor, su respiración se aceleró. León la besó suavemente en el cuello, luego su boca descendió hasta el comienzo de su pecho. Siguió bajándole el vestido y la ayudó a quitarse las mangas. A Vitória no le avergonzaba su desnudez, al contrario, se sentía como si siempre hubiera estado ante León con el pecho descubierto. León tomó aire con fuerza cuando vio sus pechos redondos, firmes. Introdujo sus pezones en su boca, y a Vitória le pareció que sentía por primera vez la viveza de su cuerpo. Él apretó su cuerpo contra el de ella y la empujó suavemente, y ella cedió complaciente hasta que quedó bajo él.

A Vitória le gustó sentir el peso del cuerpo de León sobre ella. Sus manos se deslizaron por su pecho, su cintura, sus caderas. Allí se detuvieron, hasta que Vitória sintió que él la agarraba con fuerza y la apretaba contra él. Sintió su erección, que le produjo temor y curiosidad a la vez. Entonces él le levantó la falda y pasó su mano por la cara interna de sus muslos. Ella contuvo la respiración, pero le dejó hacer. Su cuerpo ardía de deseo.

Él la mordisqueó en la oreja y le susurró calladamente:

—¿Estás segura de que quieres?

Ella no contestó al momento. ¡Claro que quería! Nunca había deseado nada tanto como su amor, allí, en aquel momento, con todas las consecuencias. ¿Acaso no lo notaba él?

—Sí —dijo por fin con voz quebrada.

León la desnudó con manos hábiles, luego se quitó también él la ropa. Vitória le contempló de pies a cabeza. Su mirada se detuvo brevemente en sus caderas. ¿Cómo diablos funcionaría aquello? León, que había seguido su mirada, sonrió.

—No tienes que preocuparte, *sinhazinha*. La naturaleza es sabia.

Vitória sintió el roce de la manta sobre la que estaban echados, y pudo oír el ruido de la tormenta, que sacudía y hacía temblar las tablas de madera de la cabaña. No notó que la lluvia entraba por la puerta en el interior de la cabaña, ni oyó los resoplidos de los caballos, que estaban a tan sólo unos metros de ellos. Todo lo que había a su alrededor se desvaneció mientras León hacía vibrar su cuerpo con sus manos y su lengua. Le besó los pezones, acarició su vientre, jugueteó con su ombligo. Le hizo cosquillas entre los dedos de los pies, continuó sus caricias subiendo por las piernas, hasta que le separó los muslos para descubrir con su lengua sus lugares más secretos y estimular un punto que ella hasta entonces ni siquiera había imaginado que existía. Vitória temblaba de deseo y sintió un agradable ardor en el centro de su cuerpo. Cuando creía que ya iba a explotar, los labios de León siguieron subiendo por su cuerpo. Cuando sus rostros se juntaron, se miraron directamente a los ojos. León se apoyaba sobre una mano, con la otra exploraba lo más íntimo de ella como para abrirse camino. Vitória sentía que se iba a derretir. Entonces él hizo un movimiento de pelvis y la penetró.

En un primer momento le gustó cómo él se deslizaba lentamente en su interior, hasta que de pronto sintió un punzante dolor. Apretó con fuerza los ojos, pero enseguida los volvió a abrir. León no dejaba de mirarla. Sabía que le dolía. Introdujo su pene un poco más, despacio y con cuidado, pero cada vez más a fondo. Luego pareció que quería retirarse, pero cuando ya estaba casi fuera, volvió a embestir, esta vez con más fuerza. Sus movimientos se hicieron cada vez más rápidos, sus jadeos más fuertes, y Vitória sintió por fin algo más que dolor: placer. Placer puramente animal, ardiente. Comenzó a seguir el ritmo de él. León jadeaba, y transmitió su éxtasis a Vitória, que se agarraba con desesperación a su espalda y respiraba cada vez más deprisa.

—Te quiero —susurró él cariñosamente—, no sabes cuánto te quiero.

Pronunció varias veces su nombre con voz ronca. Las piernas de Vitória comenzaron a temblar sin control. Olas de fuego recorrieron su cuerpo, hasta que su excitación alcanzó el punto álgido y sus sentidos llegaron a tal delirio que las lágrimas inundaron sus ojos. Pero entonces León le levantó las piernas, de forma que sus pantorrillas quedaban junto a su espalda, y la penetró con tal fuerza que parecía que iba a romperse. Vitória gritó. En ese mismo instante salió un fuerte jadeo de la garganta de León. Se retiró enseguida y se dejó caer al lado de Vitória en la manta.

Los dos quedaron tumbados bañados en sudor y respirando con dificultad.

—¿Sabes lo que has dicho? —le preguntó Vitória.

—Cada sílaba.

—¿Es cierto? ¿Me quieres realmente?

—Más que a mi vida.

León la besó efusivo, y Vitória supo en ese mismo instante que nada de lo que habían hecho podía ser pecado.

Siguieron tumbados un rato en silencio mirando el techo, del que colgaban algunas hojas de palmera secas y por el que se colaba el agua en algunos puntos. A lo lejos se oían todavía los truenos, y el viento ya no soplaba con tanta fuerza.

—Sabías que me hacías daño.

—¡Shsh! —León la hizo callar con un beso—. Sí. Y lo siento. Ven aquí.

Extendió un brazo para que Vitória se pudiera acurrucar a su lado. Escucharon el sonido de la lluvia, hasta que se quedaron dormidos.

Vitória se despertó por el roce de los dedos de León. Estaba a su lado, detrás, muy pegado a ella. Recorría su silueta con una mano suavemente, con la ligereza de una pluma.

La deslizó por sus muslos, sus caderas, su cintura, hasta el borde de sus pechos. Le retiró el pelo y la besó en el cuello.

—Mi querida *sinhazinha* —le murmuró al oído, y ella le dio a entender que estaba despierta con un simple "hum". No se movió, mantuvo los ojos cerrados y casi estuvo a punto de dormirse de nuevo. Pero León parecía tener otros planes para el resto de la noche.

—Déjame amarte otra vez, Vita —le susurró. Él interpretó su nuevo "hum" como una aprobación. Ella sintió su masculinidad entre sus muslos. ¿No intentaría tomarla por detrás? Vitória se despertó de golpe.

—No, por favor.

Vitória se volvió, para poder mirarle a la cara. Se sentía herida, y aunque no quería descartar ninguna experiencia nueva con León, no podía imaginar entregarse de nuevo a él en ese momento.

Él cogió el colgante que Vitória llevaba todavía al cuello y lo observó pensativo.

—¡Es precioso! —dijo ella.

—Sólo espero no haberte dejado otro regalo.

Vitória no entendía lo que quería decir, pero no preguntó nada. Él parecía de pronto turbado por algo, pero ella no quería que nada le estropeara ese momento de placer.

Ya no podían pensar en dormir más. Empezaba a amanecer y Vitória se puso de pie de un salto. ¡Cielos, tenía que volver a casa antes de que en Boavista se despertaran todos! La repentina vuelta a la realidad le hizo percibir su entorno con todos los sentidos. Olía de un modo extraño en la cabaña. En la pared de enfrente había una escalera de mano, y delante todo tipo de herramientas. La cotidianeidad de estos objetos la hizo echarse a reír. ¿Cómo podía haber sentido tal éxtasis en un lugar como aquél? León le pareció de pronto un extraño para haber tenido con él la más íntima relación que puede haber entre un hombre y una mujer. Él se vistió, y a Vitória le pareció inapropiado mirarle mientras lo hacía. Ella recogió sus cosas del suelo, las sacudió para quitarles el polvo y las pajas, y se vistió. De reojo pudo ver que la manta sobre la que se habían amado tenía una mancha de sangre. Era muy desagradable. Desató su yegua a toda prisa, montó sin la ayuda de León e intentó que no se notara el dolor que sintió al sentarse en la silla.

—Tengo que irme.

—Sí.

¿Sí? ¿No encontraba ninguna otra palabra de afecto o de agradecimiento, no intentaba robarle un último beso, no preguntaba cuándo volverían a verse, no decía una sola sílaba sobre su futuro en común, sólo un simple "sí"? Era horrible.

Vitória se marchó al galope sin volverse a mirar a León.

XI

Por primera vez en su vida Vitória no pudo disfrutar del otoño. Con mayo llegaron por fin de nuevo las temperaturas suaves y el aire seco. Era una época en la que ella normalmente se anticipaba con alegría al invierno sacando sus guantes, chales, medias y sombreros, toda una serie de complementos de moda para los que en otros meses hacía demasiado calor y humedad. Pero esta vez no se alegraba de ello. Vitória estaba embarazada. Otras parejas pasaban años intentando tener hijos, algunas sin éxito, y a ella le tenía que pasar en su primera noche de amor. ¡Qué injusto! Pero lo que más la enfurecía es que desde entonces no había vuelto a saber nada de León, y por tanto éste no iba, ni mucho menos, a pedir su mano. Tres semanas después de su fatal encuentro, cuando vió que le faltaba la regla y se temió lo peor, Vitória se tragó todo su orgullo y le escribió una carta.

Querido León:

Me dejaste realmente un regalo que, si yo fuera tu mujer, me llenaría de satisfacción. ¿No crees que deberías convertirte definitivamente en mi esclavo, hasta que la muerte nos separe?

Espero, tengo miedo, confío. Y sueño a cada momento con tus besos. Con cariño, Vita

Metió la carta en un sobre con las señas de Pedro en Río, junto con la petición de que se la entregara a León lo antes posible. Pero esperó inútilmente durante días, pasó semanas consumiéndose de impaciencia, recogía el correo buscando desesperada una respuesta de León. Nada. Cada jinete o cada carruaje que se veía a lo lejos hacían que se le acelerara el pulso, pues confiaba en que por fin llegara León y la sacara de su miserable situación. A la vista de las circunstancias, sus padres tendrían que dar su consentimiento al matrimonio, y no era infrecuente tener un bebé seismesino. Todavía estaban a tiempo de arreglarlo todo de modo que ni ella ni su familia quedaran salpicadas por la vergüenza.

Comenzó un otoño maravilloso, y con él los vómitos por la mañana, el sueño intranquilo y los remordimientos. Vitória se encontró ante la decisión más difícil de su vida. ¿Debía casarse con cualquier otro o deshacerse de un niño inocente? Las dos cosas eran impensables. Si de pronto aceptaba la proposición de Rogério e insistía en casarse cuanto antes, éste tendría que saber el motivo, y Vitória dudaba que estuviera dispuesto a asumir la paternidad de un bastardo. ¿Y si tomaba por marido a Edmundo? Él aceptaría cualquier cosa, incluso un niño de otro, si a cambio conseguía a Vitória. Pero no, eso no se lo podía hacer a él, y tampoco a sí misma. Preferiría soportar la ignominia de un hijo ilegítimo.

La otra alternativa también era horrorosa. Sabía que los esclavos conocían medios y formas de interrumpir los embarazos no deseados. Pero Vitória sabía también que muchas de esas mujeres morían en el intento, bien porque el veneno utilizado se les suministraba en dosis muy altas y acababa no sólo con el feto, sino también con la madre, bien porque se desangraban. ¡Y qué idea tan horrible matar al fruto de su amor, asesinar a una pequeña criatura indefensa! Eso sí que era pecado. Vitória se imaginó cómo sería el niño.

¿Tendría sus mismos ojos azules y las grandes pestañas de León? ¿Heredaría las largas piernas de su padre y los rizos indomables de su madre? ¿Sería una niña, con el cuerpo de su madre y la piel bronceada de su padre? ¿O un niño con la figura atlética de él y la piel blanca de ella? Una cosa era segura: el niño tendría la inteligencia y el temperamento de ambos, y sería muy guapo.

¡Cielos, debía evitarlo! No podía encariñarse con el niño antes de decidir lo que iba a hacer. La tercera alternativa la excluyó de antemano: podía emprender un viaje muy largo, dar a luz en el anonimato y dejar al niño en adopción. Pero eso significaba también que tenía que contar el secreto a su familia, al menos a *dona* Alma, y aguantar de por vida sus reproches con la cabeza gacha. ¡Su madre la obligaría a vivir en un convento y le recordaría continuamente su pecado! Además, Vitória no volvería a estar tranquila el resto de su vida preguntándose qué habría sido del niño. O quizás se le ocurriera algún día a su hijo indagar sobre su madre biológica. Entonces saldría todo a la luz.

¡No, nada de eso! O aparecía León de una vez —¿quizás se habían cruzado sus cartas y él correría a sus brazos en cuanto la recibiera?— y la sacaba de aquella vergonzosa situación, o tenía que poner fin a la vida del no nacido. Le confiaría su secreto a Luiza, la vieja cocinera sabría aconsejarla.

Dos días más tarde, cuando Vitória ya sólo miraba el correo por costumbre y ya no sentía la excitación de la espera, llegó la tan ansiada carta de León. ¡Por fin! Vitória corrió a su habitación y la abrió.

Mi querida sinhazinha:

Disculpa que te escriba tan tarde. Asuntos políticos urgentes me han tenido en las últimas semanas tan ocupado que no he tenido tiempo ni tranquilidad para cosas más agradables. Mi pensamiento ha estado siempre contigo, cada día, cada hora, cada segundo de mi vida. Y no cambiará nada cuando esté en Europa. Sí, me han ofrecido allí un puesto sumamente ventajoso, en el que se valora tanto mi habilidad diplomática como mi capacidad como escritor, y lo único que turba mi enorme alegría ante este reto es la idea de que voy a estar dieciocho meses sin verte. Pero créeme, mi preciosa Vita, todo mi corazón estará contigo, y cuando vuelva también todo mi cuerpo, al que sólo tú hiciste sentir lo que no había sentido antes. Te quiero como no quiero a nada ni nadie en el mundo. No me olvides nunca. Yo tampoco te olvido. León

Vitória no se lo podía creer. Leyó la carta otra vez, luego fue corriendo a la cocina y la tiró al fuego. Las lágrimas le empaparon la cara, pero no lo notó. ¡Eludía cualquier responsabilidad! ¡Aquel canalla, miserable, egoísta, borracho, indecente e indigno bribón tenía la frescura de sacudirse el polvo y dejarla abandonada en su miseria!

Los esclavos de la cocina empezaron a sentir miedo mientras observaban a la joven *sinhá*. El demonio debía de haberse apoderado de su cuerpo, ¡cómo se agitaba! Luiza los echó a todos de la cocina y cerró la puerta tras ellos. Se acercó a Vitória y la abrazó. Vitória se hundió en el pecho de la negra y sollozó hasta casi quedarse sin aire. Luiza le acariciaba la espalda y le susurraba palabras tranquilizadoras, como haría con un bebé histérico a causa del hipo.

—¡Me ha dejado abandonada! ¡Oh, cielos, Luiza! ¿Qué voy a hacer?

—Primero te sientas aquí, te tomas un chocolate y te tranquilizas. Luego me cuentas lo que te pasa.

Pero hacía tiempo que Luiza conocía el problema que preocupaba a Vitória. El escaso apetito de su *sinhazinha*, así como su cara pálida, le habían hecho intuir la verdad semanas antes.

Mientras Luiza preparaba el chocolate, Vitória se sentó en la mesa, escondió la cara entre sus manos y el llanto la hizo convulsionarse de tal modo que el agua que había en una jarra junto a ella casi se desborda.

—Te traeré un coñac del salón —dijo Luiza dirigiéndose hacia la puerta después de servirle el chocolate.

—¡Ni hablar! Hasta ahora el alcohol sólo me ha traído problemas. No beberé nunca más. ¡No probaré ni una sola gota!

Luiza encogió los hombros. Se sentó en una silla de paja junto a Vitória y esperó a que ésta empezara por sí sola a contarle sus penas.

—Espero un hijo de León —dijo Vitória, y levantó la nariz. En su voz había obstinación, como si fuera Luiza la causa de sus males—. Le he escrito contándoselo, pero en lugar de casarse conmigo, se marcha a un largo viaje a ultramar. Así de sencillo.

Volvió a sollozar con fuerza. Luiza le entregó un gran pañuelo sucio.

—No quiero a ese niño. Me repugna tener un hijo de ese libertino irresponsable. Ayúdame a deshacerme de él.

De pronto Vitória había tomado la decisión a la que había dado vueltas durante tanto tiempo: se sintió aliviada ahora que podía actuar, que tenía una meta. Al mismo tiempo estaba profundamente alterada. ¿Realmente había pedido ayuda para abortar?

—*Sinhazinha*, ¿estás completamente segura de que eso es lo que quieres?

No, no estaba segura. Pero ¿qué otra opción le quedaba?

—Sí —respondió.

—Yo te puedo ayudar. Pero espero que sepas el peligro que corres. Es una operación complicada y puedes morir. Lo que es seguro es que estarás muy enferma, y eso no es fácil de ocultar. Tu familia hará preguntas. *Dona* Alma adivinará lo que has hecho. Y además existe el riesgo de que no puedas tener hijos nunca más. ¿Quieres asumir todos esos riesgos?

—Luiza, todo eso suena horrible. Pero no es ni la mitad de malo que el destino que me espera si tengo el niño.

—¿De cuántos meses estás?

—De tres.

—No se puede esperar más. Cuanto más tardes, más difícil y peligroso será. En cualquier caso, es mejor que duermas toda la noche. Hoy has recibido la carta y estás demasiado alterada para tomar una decisión. Si mañana sigues decidida, te llevaré con Zélia. Ella sabe lo que hay que hacer.

—¿Zélia? ¡Pero esa vieja está loca!

Zélia era una negra delgada, de pelo canoso y contrahecha que, debido a su edad, ya no trabajaba en los campos, sino que limpiaba las *senzalas*. Todos en Boavista la temían, porque con su voz penetrante como un graznido no paraba de soltar obscenidades y avergonzaba a todos con sus agudas e irrepetibles observaciones. Seguro que era capaz de anunciar el estado de Vitória por todo el patio gritando: "Nuestra virtuosa *sinhazinha* es en realidad una perra preñada", o algo peor.

—Zélia no está loca —dijo Luiza—. Es muy lista. Y sabe mucho de plantas y de medicina natural. Todos la temen porque es una *mãe de santos*, no porque se comporte de ese modo. Eso lo hace para estar preparada por si un día la descubren haciendo sus rituales de macumba. Nadie pensaría que está haciendo nada sospechoso, sólo que está loca.

—¿Qué es una *mãe de santos*?

—En macumba es lo mismo que un sacerdote en una misa católica.

—Pero… ¿acaso no son católicos todos los esclavos? Los hemos bautizado a todos y los hemos educado en la fe de Cristo. ¿Cómo podéis mantener todavía cultos africanos?

—No temas, Vita. Todos creemos en el Buen Dios y la Santísima Trinidad. Pero a veces nuestro Padre del cielo no cree en nosotros, y entonces tenemos que pedir ayuda a otros dioses.

—¡Luiza!

—No seas así, *sinhazinha*. Ni tú misma piensas ahora que tu Dios te esté prestando ayuda.

—No. ¡Pero Zélia!

—Confía en mí, niña. Yo nunca permitiría que te ocurriera nada malo.

Vitória se encogió en la tosca silla de paja. Dudaba que Luiza pudiera decidir si le ocurría algo malo o no. Se tomó a sorbos el resto del chocolate ya frío y se sintió muy desgraciada.

Al día siguiente no había cambiado su decisión de poner un final sangriento a todo ese asunto. Si tenía que morirse, pues se moría: cualquier cosa sería mejor que ser enterrada viva para el resto de su vida. Fue a ver a Luiza a la cocina y aprovechó un momento en que nadie las molestaba.

—Dile a Zélia que quiero hablar con ella esta tarde, antes de que regresen los esclavos. A solas. La veré en las *senzalas*, diré que voy a inspeccionarlas.

—Oh, pero…

—¿Qué?

—Normalmente Zélia sólo recibe cuando ella dice.

—Ah, ¿tiene que concederme audiencia? No, esta vez hará lo que yo diga. Al fin y al cabo, me pertenece.

Como si hubiera recibido una orden, Zélia pasó a toda prisa ante la ventana de la cocina sin dejar de murmurar. Vitória la observó. Nunca había pensado que la vieja mereciera un examen más detallado. Sencillamente estaba allí, como un mueble que está siempre en una habitación y cuya singularidad se percibe sólo cuando falta. Zélia era pequeña y nervuda.

Tenía un trasero muy prominente y la cintura muy fina, por lo que su cuerpo no era muy diferente al de una hormiga. Aunque no resultaba muy femenino. Sus musculosas piernas negras podrían haber sido las de un joven adolescente, y sus pies anchos y callosos los de un esclavo del campo. Su cara era aún menos agradable. Tenía los rasgos típicos de los negros de África occidental, con los labios muy gruesos, la nariz corta y ancha y el contorno redondo. En las mejillas tenía unas cicatrices decorativas que Dios sabe quién se las habría hecho, ya que, por lo que Vitória sabía, Zélia había nacido ya en Brasil.

Aunque Zélia no tenía arrugas en la cara, parecía muy vieja. Vieja y sabia. Sí, mirándola mejor Vitória pudo ver en el rostro de la esclava algo que antes no había percibido. Irradiaba una cierta dignidad, además de sabiduría e inteligencia. ¿Cómo podía habérsele pasado por alto todos esos años? Seguro que con esta mujer estaba en buenas manos.

Cuando Vitória estuvo frente a ella, afloraron sus anteriores temores con doble intensidad. La vieja estaba loca, y ella misma estaría más loca aún si confiaba en su arte médico.

—Ah, nuestra *sinhazinha* se ha dejado montar y no ha pensado en las consecuencias. ¿Para qué te han mandado tantos años a la escuela, si no conoces las cosas más elementales de la vida?

—En primer lugar, me tienes que tratar siempre de usted, sea cual sea la situación en que me encuentre. En segundo lugar, no me he dejado montar porque no soy un animal, sino que he amado y he dejado que me amaran. En tercer lugar, en la escuela he aprendido que no hay que adorar a más Dios que al Todopoderoso. Y por eso me da igual tu rango dentro de tu extraña religión. Para mí eres y seguirás siendo la vieja Zélia, y no te voy a respetar ahora más que antes. En cuarto lugar, haz el favor de hablar más bajo, no hace falta que en Boavista se enteren todos del motivo que me trae hasta ti.

—¿Entonces quieres deshacerte del hijo de un loco?

—¿Tengo otra elección? Luiza dice que tú puedes hacerlo.

—¿Eso dice? Ya, bueno, no estoy tan segura. No siempre sale bien. Antes tengo que examinarte. Si los dioses quieren y lo hacemos en una noche de luna llena, podría funcionar.

—¿No ibas a tratarme de usted?

—No, tú querías que lo hiciera. Pero créeme, niña, a mis sesenta y seis años no voy a llamar de usted a ninguna pollita como tú. Bueno, tampoco eres ya una pollita, más bien una gallina ponedora. —Zélia soltó una estruendosa carcajada.

—Y si no me hablas como corresponde entonces te juro que haré contigo picadillo de gallina.

Zélia se apretaba el vientre de risa.

—¡Ah, *sinhazinha*, tienes mucho valor, lo reconozco! Eso te ayudará cuando te saquemos el huevo. —De nuevo se partió de risa a causa del chiste que se le había ocurrido—. ¡El huevo! ¡Ja, ja, ja! Pero no el de Colón. —No podía dejar de reír.

Vitória frunció el ceño. ¿Cómo es que la vieja sabía todo eso?

—A mí no me hace tanta gracia. Dime cuándo y dónde va a tener lugar esa horrible intervención.

—Cuanto antes, mejor. Ven esta tarde a mi cuarto. Después de comer. Pero no comas ni bebas demasiado; si la vejiga y el intestino están llenos no puedo palpar bien.

¡Cielos! La simple idea de que aquella espantosa mujer la iba a tocar hizo temblar a Vitória. Pero, bueno, lo soportaría. Luego se dio cuenta de que no sabía dónde estaba el cuarto de Zélia. ¿Cómo es que no vivía con los demás de su comunidad? ¿Le habrían buscado los demás esclavos un lugar especial porque era una *mãe de santos?* ¿Compartiría la habitación con alguien, como hacían José y Félix?

—¿Y dónde está tu cuarto?

—Vivo donde antes se guardaban las cadenas y los grilletes, al lado del almacén de las herramientas. Allí no va nadie sin que yo me entere. Estarás segura.

El cuarto todavía olía levemente a óxido y aceite, aunque los instrumentos utilizados para castigar a los esclavos se habían destruido años antes por orden de *dona* Alma. Pero aquel olor quedaba disimulado por el de las hierbas, cortezas y raíces que Zélia almacenaba.

—En la Edad Media te habrían quemado por bruja.

—Hoy también lo harían si supieran a qué me dedico. Túmbate ahí, súbete la falda y quítate la ropa interior.

¡Qué situación tan desagradable! Vitória se moría de vergüenza, pero hizo lo que le decían. Cuando se tumbó con las piernas encogidas y desnuda de cintura para abajo, cerró los ojos. Pero aquello no cambió nada de la grotesca situación. Notó que la vieja le oprimía el vientre con una mano, mientras le introducía dos dedos de la otra en el cuerpo. ¡Qué terrible! Vitória abrió los ojos y miró a Zélia. La vieja parecía muy concentrada y resuelta: sabía lo que hacía. Pero entonces Zélia arrugó la frente como si hubiera descubierto algo extraño en el cuerpo de Vitória.

—¿Qué pasa? ¿Algo está mal?

—¡Calla!

Zélia siguió palpándola, hasta que por fin sacó los dedos y se limpió en una palangana con agua.

—¿Qué ocurre?

—Eres un poco estrecha de caderas, por lo demás está todo normal. El embarazo no está muy avanzado, creo que nos podemos arriesgar.

—¿Qué significa eso? Explícame exactamente lo que vas a hacer.

—En la próxima noche de luna llena, dentro de cuatro días, voy a pedir indulgencia a los dioses. Hasta entonces te tomarás tres veces al día una infusión de hierbas que yo mezclaré y le entregaré a Luiza para que te la prepare. Con eso tu cuerpo estará listo para lo que le vendrá luego.

—No te hagas tanto de rogar. ¿Qué vendrá entonces?

—Te daré una bebida que hará que sientas menos dolor y te ayudará en la expulsión. Si tienes suerte, el feto saldrá enseguida. Si no, tendremos que tomar otras medidas.

—¡Cielos, Zélia! ¿Qué medidas?

—Con una herramienta larga y afilada despedazaré el fruto de tu cuerpo hasta que salga.

Vitória miró a la vieja negra con incredulidad.

—¿Quieres hurgar en mi interior con un cuchillo?

—No, yo no quiero, quieres tú.

—¿No hay otro método más suave?

Vitória siempre había pensado que con tomarse ciertos brebajes y pasar un par de días con dolor de tripa estaría todo solucionado. No sabía que podría ser todo tan brutal.

—Hay métodos más suaves. Pero pocas veces consiguen el efecto deseado. Tú decides. Si dices ahora sí a mi método, puedes beberte aquí mismo la primera taza de mi infusión.

—¿Qué clase de infusión es?

—Está compuesta fundamentalmente de perejil.

—¿Perejil? —¡Pues vaya! Le daban una hierba de lo más normal y se confiaba más en su efecto sugestivo que en el propiamente médico—. Yo tomo perejil todos los días, porque Luiza lo pone en todas las comidas. A pesar de todo me he quedado embarazada.

—Sí, en dosis pequeñas es inofensivo. En concentraciones muy altas es abortivo.

—Seguro que lo mismo se puede decir del perifollo, el cilantro y el cebollino.

—No, sólo del perejil.

—Pues por mí, está bien. No puede ser malo beber infusión de perejil durante unos días.

Pero Vitória estaba muy equivocada. La bebida sabía asquerosa y le provocó tales dolores de tripa que los días siguientes estuvo casi todo el tiempo en el retrete creyendo que además del útero iba a perder también todos sus órganos internos. Realmente no perdió nada, excepto algunos kilos de peso y el gusto por el perejil. ¡Jamás podría volver a probar esa hierba!

Por tanto, no le quedaba más remedio que ir en la noche de luna llena al cuarto de Zélia y dejar que siguiera todo el procedimiento. No sería tan malo, al fin y al cabo los esclavos sentían un gusto infantil por la exageración. Vitória sería capaz de hacer frente a sus supersticiosos rituales, y a la intervención también. Era joven, sana y fuerte.

Vitória dudó un instante cuando llegó a la puerta del cuarto de Zélia. Notó un olor dulce, extraño. El espacio estaba iluminado con innumerables velas. Zélia estaba de rodillas, con los ojos cerrados, ante algo que podría ser un altar, movía el cuerpo rítmicamente adelante y atrás y pronunciaba palabras misteriosas en un monótono cántico. Vitória llamó a la puerta, que ya había abierto con anterioridad, para atraer la atención de Zélia. La vieja no reaccionó. Vitória entró, cerró la puerta tras de sí y se sentó en la cama. Zélia terminó por fin con sus oraciones o los conjuros que estaba cantando.

—Toma, bebe esto.

Le dio a Vitória un cuenco de arcilla lleno hasta el borde de un líquido parduzco.

Vitória se contagió de la inquietante atmósfera de la habitación y no se atrevió a preguntar qué había en el cuenco. Se lo bebió de un trago. Algo después empezó a girar todo. Las velas, Zélia, los tablones de madera y las paredes hechas de barro se mezclaron en una única imagen que se movía cada vez más deprisa ante los ojos de Vitória, hasta que, mareada e inmersa como en una niebla impenetrable, se dejó caer sobre la cama. Tumbada le parecía que el carrusel giraba más deprisa todavía, como si fuera a lanzarla lejos, cada vez más lejos.

El estado de Vitória se parecía a un desfallecimiento. Luego no sería capaz de decir con exactitud qué había ocurrido. Desde el fondo de su aturdimiento pudo percibir el dolor, tanto el corporal como el espiritual. Cuando Zélia le extrajo el niño, Vitória hubiera querido gritar con fuerza si estuviera en condiciones de hacerlo. La embriaguez en la que Zelia la había sumergido no le impedía ver con increíble claridad lo mal que estaba todo aquello. ¡Cielos, estaba tan mal! ¿Cómo podía haberlo hecho? ¡Ella quería a León, y él la amaba a ella! ¿Acaso no eran ante Dios hombre y mujer, y no era eso lo único que contaba? Por fin, una profunda inconsciencia acabó con su sufrimiento interior.

Vitória no se dio cuenta de que Luiza se ponía de rodillas a su lado llorando a gritos, reconociendo así su culpa. No fue consciente de que la abnegada Zélia la cuidaba durante toda la noche y la lavaba, y nunca tuvo claro cómo llegó hasta su propia cama. Sólo percibió vagamente que *dona* Alma se sentó a su lado y leía la Biblia con los ojos inyectados en sangre. En estado semiconsciente reconoció una vez a su padre, que le apretaba la mano en silencio, y a Pedro, que, sin afeitar y con el pelo alborotado, la miraba como si fuera un espíritu. Luego oyó a lo lejos la profunda voz de Joana que le decía palabras agradables. En una ocasión creyó ver a Miranda, que le levantaba el camisón y le cambiaba la ropa; en otra, a Luiza, que le hacía tragar pequeños sorbos de vino tinto y la alimentaba con hígado de vaca.

—La fiebre baja. ¡Gracias a Dios! —dijo el *doutor* Vieira.
Dona Alma se santiguó.
—¿Cuántos días llevo aquí? —susurró Vitória.
Dona Alma y el médico se miraron como si les hubiera hablado un muerto.
—¡Vita, cariño, estás despierta!
—Sí, y tengo hambre.
—¡*Doutor*, la niña tiene hambre! ¿No es maravilloso?
Vitória no entendía qué había de maravilloso en ello.
Dona Alma tiró del cable de la campanilla y poco después apareció Miranda por la puerta.
—Trae enseguida algo de comer. Un caldo de gallina, fruta, pan blanco. ¡Vitória tiene hambre!
Dona Alma estaba loca de alegría.
—Nunca había visto una evolución tan mala de la fiebre amarilla —dijo el doctor—, y nunca curada del todo, si me permiten decirlo. En este caso han hecho falta realmente todos mis conocimientos médicos para curar a la joven.
¿Fiebre amarilla? El cerebro de Vitória comenzó a trabajar de nuevo, y sabía que no era la fiebre amarilla lo que la había postrado en la cama, sino otra enfermedad muy distinta

que ella conocía. ¿Cómo podía haber llegado el doctor a aquel diagnóstico?

—¿Cuántos días llevo enferma?

—Tres semanas, mi querido tesoro, tres semanas hemos estado temiendo por tu vida.

Debía de hacer al menos quince años que *dona* Alma no la llamaba "mi querido tesoro". ¡Tres semanas! Vitória se tocó instintivamente la tripa. ¿Había salido todo bien? Si no, seguro que se le notaba ya un ligero abultamiento, ¿o no?

—Sí, no es extraño que tengas hambre, niña —interpretó *dona* Alma el gesto de Vitória de tocarse la tripa—. En todo este tiempo sólo has recibido alimentos líquidos. Y has adelgazado al menos cinco kilos. Ahora tenemos que procurar que te pongas fuerte.

—Sí, propongo que le demos a la señorita Vitória un poco de la bebida que a usted, estimada *dona* Alma, le sienta tan bien. Casualmente tengo una botellita aquí.

El médico abrió la mencionada botella y se la dio a Vitória. Ésta tomó un trago, se estremeció y se la devolvió al *doutor* Vieira. Aquella bebida diabólica tenía al menos 40 grados de alcohol.

—Yo no bebo alcohol.

El médico miró a Vitória consternado y guardó de nuevo la medicina en su cartera.

—Apenas de vuelta entre los vivos ya es otra vez la insolente de siempre —intentó bromear.

—Cierre la boca, *doutor* —dijo *dona* Alma.

Vitória no podía creer que en tres semanas todo hubiera cambiado tanto.

Un par de días después ya se levantó. Inspeccionó Boavista como si nunca hubiera estado allí. Todo le parecía distinto, nuevo, excitante. Aunque no había cambiado nada en la *fazenda*. Todo seguía su curso habitual. Luiza molestaba a los esclavos de la cocina, Miranda trabajaba muy despacio, José sacaba brillo al coche de caballos, aunque éste no lo necesitaba, y Zélia seguía chismorreando por el patio.

Vitória la llevó a un lado.

—¿Cómo lo has hecho? ¿Cómo no ha notado nada el doctor?

—No ha sido difícil. Es un tonto y un charlatán. Te di extracto de caroteno para que se te pusiera la piel amarilla. Eso le ha confundido. De las hemorragias se han ocupado Luiza y Miranda, el doctor ni siquiera imaginó que el origen de tu enfermedad estuviera tan abajo.

—Yo… te estoy muy agradecida. Toma, coge esto, creo que con ello estás bien pagada.

Luego se giró y volvió a casa a toda prisa.

Zélia la miró con gesto de incredulidad. Nunca había tenido en la mano una joya tan hermosa como aquel colgante en forma de rama de café.

LA FRAGANCIA DE LA FLOR
DEL CAFÉ

LIBRO

Dos

1886-1888

XII

Pedro y su mujer paseaban por la arena agarrados de la mano. Iban descalzos y cada uno llevaba sus zapatos en la mano que le quedaba libre. ¡Qué fresco era el aire en Copacabana! ¡Qué gusto daba respirar la fina niebla marina que cubría la costa! El ruido del oleaje era fuerte, y a veces tenían que esquivar alguna ola que avanzaba más que otras por la arena seca. Cada vez que la espuma blanca del agua rozaba sus pies, Joana daba un pequeño grito y se echaba en brazos de Pedro. Él se reía y se sentía a gusto en su papel de protector, aunque sabía que Joana no tenía miedo del agua. Pero aquello formaba parte de su ritual dominical, al igual que la posterior comida en el merendero que un avispado mesonero había abierto en medio de las pobres cabañas de pescadores dispersas por la zona y que los sábados y los domingos siempre estaba lleno. Pedro había oído que algunas familias se estaban construyendo casas en este lugar para pasar el verano, y que si aquello seguía así, Copacabana se convertiría algún día en un auténtico pueblo. ¿Debía comprar allí un terreno? Los precios eran tan bajos que con aquella inversión no arriesgaría mucho.

—Qué pena que hoy no podamos bañarnos. Ya me había acostumbrado a zambullirme una vez a la semana en el agua salada. Me sienta bien.

—Sí —contestó Pedro—, a mí también me sienta bien. Y es agradable, ¿no te parece? Pero, aunque sé nadar, la fuerza de las olas y las corrientes a veces me dan miedo. Un día va a ocurrir una desgracia. La gente es muy confiada, la mayoría no sabe nadar y a pesar de ello se meten mar adentro.

—¡Ay, siempre tienes que verlo todo negro! —dijo ella, al tiempo que le revolvía a Pedro su pelo rizado y le daba un beso en la mejilla—. Si hubiera sabido que eras tan pesimista, no me habría casado contigo.

—Seguro que lo habrías hecho, pues aparte de mí no había nadie que te quisiera.

—¡Por favor! Estás en un grave error. No te he contado nada sobre la legión de admiradores que tenía porque no soporto verte sufrir.

Pedro se detuvo de repente y Joana se acercó a él. Él la tomó en sus brazos, la besó y dio varias vueltas llevándola en volandas mientras ella gritaba feliz. ¡Cómo adoraba a su mujer, tan menuda y elegante, con su suave cuerpo redondo y su cara tan graciosa, con aquella nariz grande que no parecía encajar mucho en su rostro, pero que hacía que él la quisiera aún más! Cuando ella sonreía como ahora y veía su rosada lengua detrás de sus blancos dientes, recorría su cuerpo tal sentimiento de felicidad que creía morir. A veces la miraba y pensaba que tenía una mujercita muy dulce, hasta que ella decía algo sumamente sensato con su profunda voz, y entonces él la idolatraba.

Cuando la dejó en el suelo, se puso seria.

—¿Sabes una cosa? Si tú no me hubieras querido, no me habría ido con ningún otro. Entiendo a Vita, yo haría exactamente lo mismo. O tengo al hombre adecuado o no tengo a ninguno.

Pedro la miró fijamente a sus grandes ojos oscuros.

—No puedes seguir animándola a comportarse como una mula terca. Ella no sabe quién es el hombre perfecto para ella. ¿Acaso León Castro?

—Naturalmente.

—Claro que no. Además, pareces olvidar que ya no está en Brasil.

—¿No eres tú quien me ha contado que pronto regresará? Yo sigo creyendo que es el hombre perfecto para ella. Él la ama, y ella también le quiere a él. Todavía no he visto a dos personas en las que eso sea tan evidente.

—Estás algo confundida. Lo que tú viste, lo que vimos todos, no era otra cosa que deseo físico. Y quizá Vita, en su inexperiencia, lo ha confundido con amor verdadero. Por más que lo intente, no puedo imaginarme que haya algo más entre León y ella. El episodio que más vale no recordar ocurrió hace ya dos años, seguro que ella ya le ha olvidado. Y él a ella. Pero aunque eso no fuera así y tuvieras razón, a la larga no funcionaría bien. Él no puede ofrecerle la vida a la que ella está acostumbrada.

—Quizás no desee ese tipo de vida. A lo mejor sueña con vivir en la ciudad y residir en la Corte al lado de un hombre influyente como León.

—Joana, reconozco que tienes mucha psicología, pero esta vez te equivocas. Yo conozco a Vita de toda la vida y sé que ella es una auténtica *sinhazinha*. Lejos de Boavista se sentiría como un pez fuera del agua. Se hundiría en la miseria.

—Yo no estaría tan segura.

—De todas formas, no merece la pena discutir sobre esto. Conociendo a mi hermana, no dejará que ni tú ni yo influyamos en sus planes. Vamos, tengo hambre.

Tiró de Joana en dirección a la carretera. Tuvieron que correr, porque la arena les quemaba en los pies. Se sentaron en un murete que separaba la playa de la carretera, se sacudieron los pies y se pusieron los zapatos. Agarrados de la mano, pasearon hasta el merendero, donde ocuparon un lugar a la sombra en la terraza.

Pidieron carne de cangrejo, que se servía en los caparazones y gratinada con queso, acompañada de una cerveza Bohémia. Mientras esperaban se dedicaron a observar a la gente que corría por la ardiente arena como si les picaran las tarántulas. En tales circunstancias alguna *senhora* que se recogía la falda enseñaba sus blancas piernas más de lo que podría considerarse decente.

—Imagínate si *dona* Alma hubiera corrido así por la playa.

Pedro se rió.

—Sí, o *dona* Paula. —Los dos se rieron pensando en sus madres enseñando las piernas.

—¿Tú crees que tienen piernas? —preguntó Joana con aire inocente—. Yo creo que de cintura para abajo no tienen mucho más.

—¡Joana!

¡Ay, qué guapo era, incluso cuando hacía que se enfadaba! Pedro podía apretar los labios y mirarla con expresión severa todo el tiempo que quisiera, ella siempre seguiría viendo a un pequeño cachorro. Eso nunca se lo iba a decir, pues él pensaba que su porte y su actitud infundían respeto a otras personas. Pero no era así. Caía bien a todo el mundo por su encanto juvenil, y la gente le respetaba por su inteligencia, su marcado sentido de la justicia y su prudencia, lo que estaba en clara contradicción con su apariencia externa. Aunque ya empezaban a asomar algunas canas en su oscura cabellera y algunas arrugas alrededor de sus ojos.

Joana tomó la mano de Pedro encima de la mesa y la acarició. Entornando los ojos le mandó un beso por el aire.

—Ya no tengo hambre. Vámonos a casa…

Pero en aquel momento apareció el camarero con la comida.

Después de una siesta en la que apenas durmieron, se arreglaron para asistir a la velada en casa de los Moreira. Tenían que salir con tiempo suficiente, pues antes querían pasar a buscar a Aaron. Vivía realquilado en Catete, en casa de una señora mayor. Su habitación era sombría, sofocante y húmeda, y olía a moho. Le habían ofrecido trasladarse con ellos a São Cristóvão, pero Aaron prefería seguir en aquel agujero. Él se sentía como en casa, y para dormir era suficiente.

—Esa vieja es un verdadero asco. No sólo tiene su casa hecha una porquería, sino que además no sabe cuidar tu ropa. Te tienes que trasladar —le decía Joana con frecuencia, pero Aaron seguía con su idea de estar en un alojamiento acorde con sus escasos recursos económicos.

—Tú le pagas para que tenga tu ropa a punto, y mira cómo vas: te faltan botones, los cuellos están grasientos y tienes agujeros mal zurcidos. Si quisieras podrías tener un aspecto distinguido.

—Pero nadie ve lo que llevo debajo de la levita.

—Nosotros lo vemos. Con nosotros no llevas puesta levita.

—Pero vosotros me conocéis. Vosotros me queréis —contestaba sonriendo irónicamente.

Sí, eso era cierto. El mejor amigo de su marido había calado muy hondo en el corazón de Joana porque derrochaba inteligencia e ingenio; porque era torpe en su vida cotidiana, pero muy diestro en la sala de audiencias; porque era tolerante y compasivo cuando se trataba de los intereses de personas inocentes caídas en desgracia, pero duro e intransigente cuando se enfrentaba a la codicia, la corrupción o la estupidez. Lo que no entendía era la cuestión de su indumentaria. Con frecuencia había intentado convencer a Pedro para que ayudara a su amigo a vestir con más elegancia, pero Pedro siempre había rechazado la idea diciendo: "Absurdo".

Desde que la familia de Aaron falleciera el verano anterior víctima de una epidemia de fiebre amarilla que mató a miles de personas en São Paulo, la dejadez de Aaron se había acrecentado. Si hasta entonces su manera de vestir se podía calificar como bohemia, ahora había que hablar sencillamente de dejadez. Joana y Pedro también estaban muy afectados por la muerte de los familiares de Aaron; pero, después de un año, un hombre joven tenía que superar poco a poco la tristeza y volver a vivir.

Joana confiaba en que al menos aquella tarde Aaron se hubiera vestido de manera adecuada, que no les hiciera avergonzarse. Los Moreira eran unos ricos exportadores de café y potenciales clientes de Aaron. Le habían invitado a la recepción porque el abogado de la casa había fallecido recientemente, y Pedro les había hablado muy elogiosamente de la capacidad de *mestre* Nogueira.

Aaron estaba esperando delante de la casa. Había domado su cabello rojo con gomina y, ladeado sobre la cabeza, llevaba un sombrero de copa que se veía que había vivido tiempos mejores. Vestía su mejor traje, aunque eso no significara gran cosa. Eso sí, sus zapatos relucían y en el ojal llevaba una gran flor roja que, como observó Joana, era evidente que procedía del macizo que había delante de la casa.

—*Dona* Pia te echaría de casa con cajas destempladas si supiera lo que le haces a su hibisco.

—Ya lo sabe. Se pasa todo el día y parte de la noche delante de la ventana —¡eh, no mires ahora!— observando todo lo que pasa. Me lo consiente porque sabe que yo trato con gente ilustre.

Cuando el coche de caballos se puso en marcha, Joana miró hacia la ventana y comprobó que era cierto lo que había contado Aaron. La anciana, para estar más cómoda, tenía incluso un cojín colocado entre sus brazos y el marco de la ventana.

—¡Qué vida más triste! —murmuró Joana—. Conformarse con las vivencias de los demás.

—Nadie la obliga a ello —replicó Aaron—. Un vecino mayor, un jubilado del ferrocarril, la corteja, pero ella le rechaza. No lo considera suficiente para ella.

—Así le irá a Vita algún día —dijo Pedro con tono triste.

Aaron y Joana se miraron extrañados.

—¿No pretenderás comparar a tu encantadora hermana con esta bruja verrugosa?

—Quién sabe, quizá la bruja verrugosa fue en otro tiempo una joven bonita que se consideraba demasiado fina para todos sus admiradores. Hoy todavía se cree una irresistible belleza que se puede permitir rechazar a los pretendientes. Aún no ha asumido que se ha vuelto vieja, gorda y desagradable.

—¡Ni en cien años va a tener Vita un aspecto tan repulsivo como *dona* Pia! —protestó Aaron.

—¡Quién sabe!

—Pedro, no seas tan pesimista. Nos desanimas a Aaron y a mí.

—Sí, mejor cuéntame algo sobre los Moreira. Tengo que saber algo sobre ellos si quiero ofrecerme como su futuro abogado.

Pedro le contó brevemente lo que sabía, mientras Aaron miraba por la ventanilla del carruaje.

—¿Qué hay tan interesante ahí fuera? ¿Me estás oyendo?

—Claro que te oigo. Me concentro mejor en lo que me cuentas si no te miro.

—Siempre resultas sorprendente, Aaron. En este aspecto pronto podrás competir con mi hermana.

—Ya me gustaría competir con ella…

Pedro suspiró y prosiguió su resumen de la situación de los Moreira. No había que hacer mucho caso a Aaron en su fascinación por su hermana, pues entonces estarían toda la noche oyendo sus alabanzas a Vita. Desde que Aaron se había quedado solo en el mundo ya no había motivo para regresar a São Paulo y casarse con Ruth. Pero eso no significaba que tuviera que seguir prendado por Vita. Pedro no se lo quería decir claramente a su amigo, pero la verdad era que Vita le rechazaría y que sus padres tampoco le querrían como yerno. Él mismo pensaba que Aaron se merecía una mujer mejor que Vita, una mujer que quizá no fuera tan bonita e inteligente, pero sí menos testaruda y menos desconsiderada.

Pedro le contó a Aaron todo lo que sabía sobre la empresa de Gustavo Moreira. Enumeraba datos y cifras como si hubiera crecido en aquel negocio.

—El hombre es muy trabajador. Y es astuto. La hija mayor se casa dentro de poco con el hijo de un prestigioso tostador de café de Alemania. De esta forma, el *senhor* Gustavo quedará al margen de la enorme presión de la competencia, ya que su mejor cliente será su yerno.

—¿Tiene más hijos? —preguntó Aaron.

—Sí, tres chicos. El mayor debe de tener unos veinte años. Un holgazán que a menudo se mete en problemas, ya que le gusta beber y frecuentar a las prostitutas. El segundo tiene unos diecisiete años. Apenas le conozco, le he visto una o dos veces pero me causó buena impresión. Hasta donde yo sé, está haciendo prácticas en la empresa del padre. El más joven no debe tener más de catorce años, y sobre él no te puedo contar nada. ¿Por qué te interesas por ellos?

—Nunca se sabe. Quizá en algún momento sea oportuno decirle a la madre algo agradable sobre sus hijos. O quizá pueda convencer al padre de mi capacidad cuando, de manera totalmente casual, aluda a mi experiencia defendiendo a jóvenes borrachos. Ya veremos.

—¡Qué calculador eres, Aaron! No conocía esa faceta tuya —dijo Joana desde el oscuro rincón del carruaje desde donde había estado oyendo a los dos hombres durante todo ese tiempo.

—Soy abogado. En esta profesión es imprescindible una cierta dosis de previsión. Más aún cuando el oponente te subestima, lo que me pasa a menudo, ya que la gente se deja engañar por mi apariencia descuidada y piensa que no valgo para nada.

Joana comprendió.

—Es un truco ¿no? Tu vestimenta, tu vivienda… todo ello tiene un fin: convencer a todos de que eres inofensivo.

—No del todo. Realmente no tengo mucho dinero y no me puedo permitir una vivienda mejor. Y no me queda mucho para comprarme ropa elegante. Pero en principio tienes razón.

—¿Pero eso no te perjudica? Quiero decir que con esa actitud tus clientes tampoco confiarán mucho en ti, y tus honorarios serán más reducidos que los de otros abogados.

—Sí, Joana, sí. Pero yo pretendo no perder ni un solo caso. Muy pronto se dirá que Aaron Nogueira es un abogado muy perspicaz, y la gente vendrá a mí y me pagará lo que les pida.

—Bien, y entonces me harás caso y te buscarás una nueva casa. Y tendrás un vestuario adecuado.

—¿Y una mujercita encantadora?

—Exactamente.

Pedro suspiró resignado. Los dos lo habían conseguido: habían vuelto de nuevo al tema de siempre.

Durante la velada, las conversaciones de los hombres se centraron sobre todo en la manera de ganar dinero, y las de las mujeres, en la manera de gastarlo. Joana se iba acostumbrando poco a poco a ello. En el ambiente de hombres de negocios en el que Pedro se movía debido a su trabajo, lo normal era hablar de dinero. A ella le había resultado difícil al principio. En casa de sus padres no se consideraba elegante hablar de ese asunto. Sin embargo, aquí las mujeres decían sin miramientos lo que habían pagado por un sombrero. Presumían de cómo habían conseguido que el comerciante les hiciera una rebaja y de cómo regateaban a la baja cada *vintém* en la compra. Todo esto lo veían más bien como un desafío deportivo, pues a ninguna se le podía acusar de avara o de ahorradora. Sus casas eran sumamente opulentas, y sus vestuarios, exquisitamente refinados. A sus invitados les servían las viandas más caras y viajaban en carruajes principescos. No obstante, según ellas, no malgastaban el dinero, porque, naturalmente, eran más hábiles para los negocios que sus maridos.

Joana no era una mujer que se dejara intimidar o impresionar fácilmente, pero estas conversaciones no la dejaban totalmente indiferente. ¿Acaso derrochaba ella el dinero de su marido porque había pagado por un vestido el doble que *dona* Rosa por el suyo, que era tres veces más complicado? ¿Corría ella el peligro de perder de vista la realidad —y los precios reales—, porque el patrimonio de los da Silva le permitía despreocuparse? Pero no, eso no era así. Durante su última visita a Boavista *dona* Alma se la había llevado aparte y le había dicho que no fuera tan ahorradora, que Pedro tenía derecho a tener una casa elegante y una mujer bonita. ¡Cualquier cosa que hiciera estaba mal!

Se acercó a un grupo de mujeres jóvenes, de las que sólo conocía a una, *dona* Flora, la mujer de un hotelero de origen francés, que rápidamente la tomó bajo su protección.

—Déjenme que les presente. Joana da Silva… Fernanda Campos, Eufrásia de Guimarães, Vania Jobim, Loreta Witherford.

Joana saludó a todas, intentando acordarse de los nombres.

—*Senhora* Loreta, encantada. ¿Puedo preguntarle si es inglesa o americana?

—Mi marido es inglés, y yo seré siempre brasileña. Y dígame, *senhora* Joana, ¿está emparentada con el barón Eduardo da Silva?

—Es mi suegro.

—¡Qué emocionante! —intervino otra señora de cabello castaño cuyo peinado tenía el aspecto de un nido abandonado sobre su pequeña cabeza—. ¿Es cierto lo que se dice sobre la legendaria riqueza de estos cultivadores de café?

—Por favor, Fernanda, qué preguntas más indiscretas haces —dijo Loreta.

Sin embargo, Joana ya tenía preparada la respuesta.

—Sí, todo lo que se dice por Río de Janeiro sobre estos campesinos es verdad. Son ruidosos, no tienen modales refinados, comen en platos de oro y gastan enormes sumas en ropa que no saben llevar con elegancia. Basta con que vean a mi marido —dijo, señalando en dirección a Pedro—, es el mejor ejemplo.

Todas las mujeres miraron a Pedro da Silva, que presentaba un aspecto impecable con su levita hecha a medida.

Dona Loreta se puso colorada, y las otras dos, que hasta entonces no habían dicho nada, miraron al suelo. Sólo Loreta sonrió.

—Y por lo que se ve, esa gente horrible no tiene pelos en la lengua.

—Así es —contestó Joana, riendo también. Encontraba a Loreta Witherford francamente simpática.

—Venga, *senhora* Joana, le voy a presentar a otras personas que estoy segura le interesará conocer.

Cuando se habían alejado del grupo, acercó su cabeza al oído de Joana.

—Me alegro de que me haya dado un pretexto para apartarme de esas tontas.

—Y yo me alegro de que usted me haya liberado de su compañía. ¡Ah, por favor, llámeme Joana!

—De acuerdo, siempre que usted me llame Loreta.

Las dos mujeres tuvieron la sensación de ser dos viejas y buenas amigas de toda la vida. Estuvieron hablando largo y tendido y sin tapujos sobre la profesión de sus maridos, sobre sus propias obligaciones y preocupaciones, sobre sus preferencias para ocupar su tiempo libre, el arte moderno y los crecientes peligros en las calles de la ciudad. Descubrieron tantas afinidades que, cada una por su cuenta, llegó al convencimiento de que aquello podría ser el comienzo de una verdadera amistad, siempre que cuidaran la relación con esmero.

Joana conoció al marido de Loreta, Charles Witherford, al que le gustaba contar anécdotas picantes que casi nadie entendía debido a su fuerte acento. Probablemente se sorprendía ante aquel pueblo sin sentido del humor que no se reía con sus chistes. El tacto suave de sus blancas manos hacía pensar que podía tener la misma edad que Pedro, pero su ralo pelo rubio y su cara siempre colorada le hacían parecer mucho mayor. Era el gerente de la sucursal de la British Meat Company en Río.

—Entonces, por sus negocios, tendrá que ir con frecuencia al sur del país, a la pampa y a las regiones fronterizas —comentó Joana en un fluido inglés—. El paisaje debe de ser maravilloso.

—*Senhora* Joana, ¡qué alegría! ¿Dónde ha aprendido a hablar tan bien el inglés?

—Yo nací en la colonia de Goa, y he viajado mucho por la India. Eso sólo se puede hacer conociendo bien su lengua, y además tenía una niñera de Yorkshire.

—¡Maravilloso! Pero volviendo a su pregunta: sí, el sur de Brasil es muy bonito. Si por mí fuera, nos instalaríamos allí, seguro que a mi mujer y a los dos pequeños ese clima les sentaría mucho mejor que la vida en esta feroz caldera de vapor.

—¡Pero yo amo esta caldera de vapor! Es la capital, y si en Sudamérica pasa algo excitante en algún sitio, es aquí. En el sur nos moriríamos de aburrimiento, y no es precisamente un sitio carente de peligro. A pesar del tratado de paz, las fronteras con Uruguay, Paraguay y Argentina arden de rivalidad y resentimiento, y no tengo ninguna confianza en esos *españoles*. —Loreta hizo un gesto de rabia.

—Ya, pero vosotros los *portugueses* tampoco... —objetó Charles Witherford.

Los tres estuvieron discutiendo animadamente sobre la política exterior de Brasil, con una mezcla de lenguas que nadie entendía salvo ellos. Cuando Charles Witherford, con voz fuerte, expresó —en inglés entremezclado con palabras portuguesas— su entusiasmo por los incentivos económicos que su país de acogida concedía a las empresas comerciales inglesas, llamaron la atención de los invitados que estaban a su alrededor.

Gustavo Moreira, el dueño de la casa, se acercó.

—Veo que tienen una conversación muy animada. No obstante, *senhor* Witherford —dijo, inclinando la cabeza hacia las damas en señal de disculpa—, tengo que secuestrarle un momento.

A Joana y Loreta no les importó.

—Es muy entretenido discutir de vez en cuando de política. Pero los hombres se suelen acalorar enseguida, y entonces las conversaciones degeneran en debates que apenas puedo seguir. ¿Le pasa a usted lo mismo, querida Joana?

—A veces. En general disfruto con estos debates, pero no por sus contenidos, sino porque los hombres se exaltan de una manera encantadora. Me gusta observarles, y aprendo mucho sobre la idiosincrasia masculina.

—Yo creo que se les puede estudiar todo lo que se quiera, pero nunca conseguiremos averiguar qué es lo que piensan. ¿O usted puede decir que conoce perfectamente a su marido?

Joana rió.

—No. Pero si él no fuera capaz de sorprenderme, no le querría tanto.

—Sí, el encanto de los hombres reside precisamente en eso, en que no siempre se entiende lo que pasa por sus cabezas.

Joana no podía creer que estuviera hablando de asuntos tan personales con una mujer a la que había conocido apenas una hora antes. Le gustaba la conversación, pero quería evitar el intercambio de más confidencias privadas. Por ahora. En algún momento llegarían a tener tal confianza que las conversaciones íntimas les parecerían lo más natural, pero ahora era demasiado pronto para ello.

—Creo que ahora le debo presentar yo a mi marido.

Se acercaron al grupo en que se encontraban Pedro y Aaron junto a dos señores mayores que parecían funcionarios del Estado. Una vez realizadas las presentaciones, Loreta y Pedro hablaron de la subida de los precios de los viajes transatlánticos y sus consecuencias sobre las exportaciones de café y carne a Europa. Joana se volvió hacia Aaron. Los dos hombres mayores se habían marchado debido a la compañía femenina y al cariz inevitable que, según su opinión, iba a tomar la conversación.

—Así que, abogado puntero, ¿has conseguido captar nuevos clientes?

—Más bajo, Joana, se te oye en todo el salón. Sí, tengo buenas perspectivas. La demanda de abogados es alta, sólo tengo que convencer a algunas personas de que soy el hombre que necesitan.

Mientras tanto, el pelo de Aaron había ganado la batalla a la gomina y volvía a estar enmarañado. Había perdido un gemelo y se le había desatado un zapato.

—Parece que has estado trabajando duramente. —Joana contrajo con ironía las comisuras de los labios—. Si no te conociera y estimara, pensaría que me encuentro frente a un inepto imbécil.

—¡Pero es que soy un inepto imbécil! Soy un inepto para aparecer tan acicalado como, por ejemplo, ese descerebrado de allí enfrente, el *senhor* Campos, y soy un imbécil porque haces que siempre tenga mala conciencia.

—¡Ay, Aaron, eres incorregible! Ven, te voy a presentar a un hombre que quizá te pueda ser útil. Dirige la BMC en Río y tengo la impresión de que os vais a entender bien. En cualquier caso, tenéis algo en común: los dos lucís una mancha de vino tinto en la camisa.

Aaron Nogueira y Charles Witherford congeniaron inmediatamente, y Joana se retiró discretamente. Su presencia allí estaba de más, pues ambos iban a terminar hablando de relaciones comerciales. Pero se quedó observando a los dos hombres, que se encontraban un poco apartados, mientras que, animados por el alcohol, mantenían una calurosa discusión que a intervalos regulares era interrumpida por las carcajadas del *senhor* Witherford y por el claro cacareo de Aaron.

Joana estaba orgullosa. Nada le gustaba más que ayudar a la gente a entablar relaciones, ya fuera en el aspecto profesional como en asuntos del corazón. Pero sólo consideraba que su misión tenía verdadero éxito cuando los implicados no se habían percatado de su intervención —¡no quería aparecer como una alcahueta!—, sino que estaban convencidos de que les había reunido el azar. Si Aaron y Charles seguían bebiendo tanto, al día siguiente no recordarían que Joana les había presentado intencionadamente.

Mucho más difícil resultaba encontrar una mujer para Aaron. Él ni se había dado cuenta de los distintos intentos de aproximación, que tampoco fueron pocos. Aunque no era un modelo de belleza, su estilo fresco y su cara pícara gustaban a las mujeres. ¿Por qué, entonces, tenía que tener metida en la cabeza a Vita, una de las pocas mujeres que eran absolutamente inalcanzables para él? Nunca la conseguiría, Joana tenía otros planes para su cuñada. El "encuentro casual" en el teatro había sido una jugada maestra. ¡Lo sabía! Oyendo lo que Pedro contaba sobre el castigo que había sufrido su hermana, a la que Joana entonces no conocía todavía, había empezado a sospechar que entre Vita y León comenzaba a fraguarse un tierno idilio, y los acontecimientos posteriores demostraron lo mucho que podía fiarse de su instinto. Lo único malo de todo esto era que no podía compartir sus hábiles maquinaciones con nadie, ni siquiera con Pedro. Esto sólo saldría bien si no lo sabía nadie más que ella. Si intervenían otras personas que no fingieran tan bien como ella, podían echarlo todo a perder con miradas o preguntas indiscretas. ¡Qué mala suerte tener que actuar siempre en segundo plano! Aunque, por otra parte, ¡qué tranquilidad cuando sus planes salían adelante! Joana suspiró.

—Joana, ¿qué le ocurre? ¿Se aburre? —Loreta estaba a su lado sin que ella se hubiera dado cuenta.

Joana se sobresaltó.

—¡Oh, no, no, en absoluto! Estaba pensando en otras cosas, discúlpeme, por favor.

—¿Quiere salir conmigo al balcón? Hace una noche clara y estrellada, y la vista sobre las montañas es preciosa.

Las dos jóvenes atravesaron lentamente el salón, saludando sonrientes y con cortesía a uno y otro lado. Tardaron un cuarto de hora largo en abandonar la sala, llena del humo del tabaco, y llegar hasta el balcón, donde interrumpieron los arrumacos de una joven pareja. Se apoyaron en la balaustrada y contemplaron el espectáculo de las espléndidas cimas.

—¡Qué panorama! —dijo Loreta, maravillada.

—Sí, es espectacular. Por otra parte, tampoco hay que olvidar las vistas al mar. Si esta casa fuera mía, habría puesto otro balcón en la fachada oriental.

—¡Qué idea tan descabellada! ¿Qué se puede ver desde allí? Sólo agua.

—Las olas, que rompen en la playa con el sonido de la eternidad; el reflejo de la luna en la ondulante superficie; un horizonte que parece no tener fin; el sol, que por las mañanas tiñe el cielo de color violeta; los barcos que salen y entran, llevando la pesada carga de la esperanza.

Joana calló. De repente se avergonzó de aquella aparición involuntaria de su vena melancólica.

Loreta no dijo nada, sino que siguió mirando fijamente las escarpadas cimas del oeste, sobre las cuales brillaba clara la luna llena.

—¿Entramos? Tengo sed —dijo Joana, en un intento de desviar la atención de su mundo afectivo. Tomó a su nueva amiga del brazo y entró con ella en el salón.

Aaron, Charles y Pedro estaban juntos; a todos se les había aflojado tanto el nudo de la corbata como la lengua. Estaba claro que los tres habían mirado mucho dentro del vaso.

—… entonces no tiene más remedio que presentármelo —mascullaba Charles.

—Naturalmente, lo haré encantado.

—¿A quién, querido? —intervino Loreta, colocándose junto a su marido.

—Imagínate, el joven *senhor* da Silva es amigo de León Castro. ¡Quién lo habría pensado! Y nosotros, unos ingenuos extranjeros, pensando que los *fazendeiros* se llevan a matar con los abolicionistas.

—En muchos casos es así. Pero la gente civilizada tiene en cuenta otras cualidades, y yo le aseguro que León Castro tiene todo lo que uno puede desear en un buen amigo.

—¡Me sorprende! Yo en su lugar tendría miedo de que clandestinamente ayudara a escapar a los esclavos. —Charles Witherford gruñó de placer, y se ruborizó. El tema de conversación era muy de su agrado. Le gustaban las historias en las que podía demostrar su profundo conocimiento de lo absurdo de la vida diaria brasileña. Aunque él, como todos los ingleses que vivían en Río, se quejara permanentemente de la situación inestable, el espantoso clima y la dejadez de los brasileños, dentro de la firma había una especie de rivalidad por ver quién se adaptaba mejor al país, quién penetraba mejor en la esencia brasileña y quién conseguía el mejor contacto para llegar hasta lo más alto de la sociedad brasileña. Esta historia haría que nadie pudiera superar a Charles Witherford como profundo conocedor de los brasileños: ¡el hijo de un negrero era amigo de un abolicionista! ¡Increíble!

—Creo que tenemos que despedirnos. Estoy tan cansada que apenas me tengo en pie —Loreta acarició a su marido en la mejilla—. Y a ti, querido, creo que te pasa lo mismo.

El grupo se disolvió después de intercambiarse todo tipo de cortesías y promesas de una próxima reunión.

Joana, Pedro y Aaron abandonaron la casa de los Moreira poco después de los Witherford. Mientras esperaban a que llegara su carruaje, Pedro se quitó la corbata y se desabrochó el botón del cuello de la camisa.

—¿Hace realmente tanto calor o me ha contagiado ese Witherford con su cara colorada y sus exasperantes movimientos con el pañuelo quitándose el sudor? En cualquier caso, era muy entretenido, ¿no es cierto?

—Sí, y no tan tonto como quería hacernos creer —opinó Aaron.

—Su mujer también era muy agradable. ¿Cómo es que no hemos coincidido antes con ellos?

Pero antes de que Pedro pudiera responder a Joana, un negro llamó su atención. Pasó más cerca de ellos de lo que era conveniente a aquella hora de la noche. No había nadie más en la calle, por lo que no había el más mínimo motivo para no mantener la distancia que establecían las normas. Pedro sospechó que podría tratarse de un ladrón. Un ladrón estúpido, porque ¿qué podría hacer contra tres personas?

Cuando el negro se encontraba ya muy cerca de ellos, se llenó con furia la boca de saliva y les escupió a los pies.

—¡Eh!, ¿qué te ocurre? —gritó Pedro.

El negro les miró con descaro.

—Yo escupo donde y cuando quiero. Muy pronto voy a ser libre como vosotros. Aquí van a cambiar muchas cosas. León Castro va a volver pronto al país, y os va a enseñar a los señoritos finos lo que es bueno.

XIII

Félix estaba en el muelle e intentaba, dando pequeños saltos, ver a los pasajeros. Acercarse era impensable, y el silbato sólo lo utilizaría en caso de extrema necesidad. Como siempre, Fernanda tenía razón: era una estupidez ir a recoger a León sin saber exactamente cuándo llegaba. León les escribió que quería estar de vuelta en diciembre como muy tarde, y Félix había deducido que sería mejor antes que después. Al viajar solo siempre podía tomar un barco anterior al que correspondía a su pasaje. Siempre había pasajeros que no podían emprender el viaje a causa de una enfermedad o cualquier otro imprevisto.

Y aunque León llegara en aquel barco, no contaba con que fueran a recogerle. Saldría lo antes posible y tomaría uno de los coches de caballos que esperaban al pie de la escalerilla. Y él, Félix, habría ido en vano y se habría arriesgado sin motivo a ser reprendido de nuevo por *seu* Nelson. A pesar de todo, Félix seguía dando saltos para ver más allá de las cabezas del resto de personas que esperaban en el muelle. ¡Allí! ¿No era ése el inconfundible pelo liso de su amo? Félix siguió saltando y recibiendo las imprecaciones de los que le rodeaban. ¡Sí, era él! No había más remedio: Félix tenía que utilizar el silbato.

León estaba en medio de un grupo de pasajeros que se dirigía precipitadamente hacia la salida, cuando oyó el silbato. Se asomó por la borda e instintivamente creyó ver a Félix entre la multitud que esperaba a los recién llegados. Él mismo le había regalado el silbato al muchacho para que pudiera hacerse notar, y probablemente asociaba ya siempre aquel sonido con Félix. Pero no, nadie conocía la fecha exacta de su regreso. ¡Qué tontería por su parte pensar que Félix podría ir a recogerle!

Un negro que llevaba una peluca rubia y se comportaba como un perro rabioso llamó su atención. Hacía señas claramente en su dirección. "Dios mío, en Río la gente está ya tan nerviosa como en París", pensó León. El loco, que entretanto había creado ya un pequeño tumulto a su alrededor, llamó su atención. Y entonces lo reconoció. Le devolvió el saludo y se alegró de tener que tardar todavía un rato en llegar abajo y estar junto a Félix. Así el muchacho no notaría su sorpresa. ¿Pero cómo que el muchacho? En el año y medio que él había estado fuera, Félix se había convertido en un hombre joven. Había crecido y su rostro había perdido la expresión de infantil inocencia que antes le caracterizaba. Si León no le conociera tan bien, se habría asustado. Parecía uno de los muchos matones que hacían la ciudad tan insegura: negros, grandes, fuertes, libres... pero generalmente borrachos y llenos de agresividad. ¡Y esa estúpida peluca! León sabía que se había convertido en una moda entre los negros. Les parecía que el pelo claro y liso era un adorno bonito, y una peluca era un objeto de prestigio. Aunque, en realidad, intentando copiar inútilmente los ideales de belleza blancos, los negros se humillaban aún más. León sintió rechazo y compasión a la vez. Y tuvo remordimientos: había dejado a su gente demasiado tiempo sola.

A Félix se le iluminó la cara cuando estuvo por fin ante León. No podía abrazarle, como tampoco podía decirle lo mucho que se alegraba. Aunque no era necesario. León lo vio en sus ojos.

—¡Qué bien que hayas venido a buscarme! Pero hazme un favor y quítate esa horrible cosa de la cabeza. No te queda ni la mitad de bien que tu pelo natural. Y seguro que con ella te suda tanto la cabeza que te va a afectar al cerebro.

Félix no entendía muy bien qué había de malo en la peluca. Se la había puesto especialmente para la ocasión, y con ello sólo quería demostrar lo que había crecido y el éxito que había alcanzado en ese tiempo. León debía sentirse orgulloso de él en lugar de reprenderle. Pero se la quitó.

—¡Ah, es estupendo poder pisar tierra firme! Y notar de nuevo este brutal calor. Cuando salimos de Southhampton había diecinueve grados bajo cero. ¿Puedes imaginártelo, Félix? Hacía tantísimo frío que había placas de hielo flotando por el puerto. El frío era tan increíble que la saliva se te helaba en la boca si la dejabas un rato abierta.

No, Félix no podía imaginárselo. En el invierno más duro que había vivido las temperaturas apenas rozaron los diez grados… sobre cero, por supuesto. Había pasado mucho frío y había tenido una horrible tos que tardó semanas en curarse. No podía ni quería imaginar un frío mayor, y no entendía por qué los blancos ricos viajaban continuamente a países con un clima tan inhumano. Al parecer, en Inglaterra, Francia, Estados Unidos, incluso en Portugal, cuando llovía en invierno no caían gotas del cielo, sino pequeños trocitos de hielo. Nieve. Había visto la fotografía de un paisaje nevado, pero no le había encontrado ningún encanto. Félix sólo recordaba cómo se le habían quedado los pies cuando pisó un charco y tuvo que estar todo el día con los zapatos mojados sentado en su escritorio, sobre el piso enlosado y frío de la oficina. No, la nieve no le parecía romántica o bella, la encontraba sumamente desagradable. El infierno, con toda probabilidad, no era el fuego abrasador; en el infierno debían de helarse los pecadores.

León sacó un pañuelo del bolsillo del pantalón y se secó las gotas de sudor de la frente. En la segunda mitad de la travesía, cuando pasaron las Islas Canarias y cruzaron el Atlántico, el sol ya calentaba con fuerza, aunque el viento de la marcha impedía que sintieran calor. Allí, en el puerto de Río de Janeiro, no soplaba ni una pequeña brisa. Había al menos treinta y ocho grados, y después de año y medio en Londres y París no estaba acostumbrado a aquellas temperaturas tan sofocantes.

Tampoco estaba preparado para la imagen que ofrecía la ciudad. Al entrar en la bahía de Guanabara la impresionante belleza del escenario natural le había desbordado. Ahora contemplaba asombrado el espectáculo del puerto. ¿Había sido siempre tan salvajemente caótico, una explosión divina e infernal a la vez de colores, ruidos y olores? ¿Había sido siempre el cielo tan profundamente azul, habían tenido las palmeras del paseo tantos cocos antes de su partida, vestía antes la gente con tantos colores que parecían papagayos? ¡Qué maravilloso era todo! ¡Y cuánto lo había echado de menos! En aquel momento León sintió que era enteramente sudamericano, que no estaba hecho para los grises inviernos ingleses, por muy agradables que fueran las veladas con un brandy y una pipa junto a la chimenea. Al lado de esto, todo lo demás no valía nada. ¡Por fin en casa!

Félix y León se abrieron paso entre la multitud, pasaron junto a un puesto en el que se vendían mangos, papayas, piñas y bananas.

—Félix, ¿tienes algo de dinero? Yo no tengo un solo *vintém*, tengo que cambiar.

Félix hurgó en el bolsillo de su pantalón y sacó una moneda de cien *réis* que le dio a León.

León observó la moneda con detenimiento.

—Tendré que acostumbrarme de nuevo a nuestra moneda. Con nuestro precioso idioma me he familiarizado de nuevo en el barco, gracias a Dios.

Le dio la moneda al vendedor de fruta y agarró del cesto un mango, disfrutando mientras comprobaba su grado de madurez.

Cuando se iba a marchar, el frutero le gritó:

—Con lo que me ha pagado puede coger ocho piezas de fruta más.

—¡Está bien! Póngame un par de ellas de cada variedad.

Félix tomó las frutas y las puso sobre una de las maletas de León. Su amo le sorprendía. ¿Se podía olvidar realmente la lengua propia? ¿Se podía olvidar el manejo del dinero de tu país? ¿Y qué le parecía tan fascinante en un mango normal? Esas frutas crecían por todos lados, en algunos sitios eran tan abundantes que nadie las recogía, sino que caían al suelo, donde se pudrían y hacían los caminos muy resbaladizos.

León, por su parte, se sorprendió de lo bajos que eran los precios. Por cinco *vintéms* en Inglaterra habría comprado sólo dos manzanas. Sacó del bolsillo una moneda de seis peniques y se la dio a Félix.

—Toma, para ti. Al cambio vale quinientos *réis*, quizás algún día te sea útil. De lo contrario, te la cambiaré.

Félix sabía que nunca utilizaría aquella moneda, pues lo último que deseaba era hacer un viaje a Inglaterra. No obstante, la conservaría. Una moneda tan exótica se había ganado un sitio en su pequeña caja, que era casi idéntica a la que tenía antes de fugarse. La nueva caja de cigarros también la guardaba como un gran tesoro, y la llenaba con todo tipo de cachivaches que le parecían dignos de ser conservados. Félix sabía que ya era demasiado mayor para esas chiquilladas, pero nadie tenía por qué enterarse.

Con mucha suerte y con la afortunada intervención de Félix, consiguieron un coche de caballos. Cuando abandonaron la zona del puerto en dirección sur, León se alegró de que Félix no pudiera hablar. Disfrutó de la panorámica de la ciudad en silencio. ¡Cuánto había cambiado! En la Rua da Misericórdia habían levantado un gigantesco palacio, la Rua do Ouvidor tenía un pavimento nuevo, en la Praça Tiradentes había abierto sus puertas un nuevo teatro y en el paseo marítimo de Glória habían plantado palmeras nuevas. Si Río seguía creciendo a aquel ritmo, pronto podría hacer la competencia a Londres y París.

El carruaje avanzaba tranquilamente por las calles.

—¡Eh, cochero! ¿Se ha dormido?

El cochero miró a León sin comprender. Iba a la misma velocidad que los demás. Félix también lanzó a León una mirada llena de perplejidad.

León se dio cuenta de que sus prisas estaban fuera de lugar.

—¿Sabes, Félix? En Europa todo sucede más deprisa que aquí. Todos tienen siempre prisa. Tengo que acostumbrarme de nuevo a que en Brasil los relojes van más despacio.

No obstante, León le pidió al cochero que fuera más deprisa. Quería llegar a casa. Tenía la imperiosa necesidad de lavarse, cambiarse de ropa y volver a estar activo. Durante los veintiocho días de travesía había escrito un poco, pero por lo demás se había visto condenado a la inactividad. Y había mucho trabajo por hacer.

Su empeño en abolir la esclavitud había dado sus frutos en Inglaterra. La élite, que se vanagloriaba de su altruismo, le recibió con los brazos abiertos, le escuchó con gran entusiasmo, le apoyó y le dotó de medios económicos para continuar su lucha. Llegó como corresponsal del *Jornal do Commércio*, se marchó como héroe de una causa sagrada. Pero también como un hombre sumamente inseguro. Pues lo que León Castro vio en Inglaterra era peor que las condiciones que se daban en su país: minas en las que se mataban a trabajar niños llenos de piojos y demacrados, cuyos rostros cubiertos por una espesa capa de polvo negro parecían tan viejos como el mundo mismo; fábricas de tejidos en las que familias enteras se dejaban los dedos trabajando, sin ganar lo suficiente para llevar con dignidad un vida modesta; imprentas, fundiciones de acero o aserraderos en los que una gran parte de los obreros trabajaba con la mirada apática y las extremidades agarrotadas en máquinas cuyo funcionamiento ininterrumpido era más importante que el bienestar de los trabajadores; muchachas apenas mayores de doce años y mujeres ajadas que vendían su cuerpo medio desnudas por las calles de Londres, combatiendo el frío y la humedad sólo con la ayuda del aguardiente. Los ingleses presionaban a Brasil para que acabara con la vergonzosa esclavitud… mientras esclavizaban a su propio pueblo. ¡Qué asquerosa hipocresía! A pesar de todo, León hizo frente a sus dudas internas y continuó, si bien a disgusto, convenciendo a ricos y poderosos de que debían intensificar su presión sobre Brasil. Una potencia económica como Inglaterra podía conseguir mediante un par de sanciones más que tres millones de negros a los que se había privado del pensamiento y la voluntad.

En Francia no había mucho interés entre la clase alta por un país en el que todavía existía la esclavitud. Aquí, en la cuna de las modernas ideas occidentales de los derechos humanos y civiles, no se prestaba mucha atención a un país tan lejano como Brasil, y mucho menos a los negros. Aquí existía verdadera pasión por los placeres materiales. Se adoraba a los grandes cocineros como si fueran dioses, sus locales eran visitados con más devoción que una iglesia. León también sucumbió al goce de las exquisiteces que preparaban cocineros como el legendario Escoffier o Philéas Gilbert, tampoco él se podía resistir a un hígado de ganso trufado servido con un excelente Château d'Yquem. Pero nunca olvidó dónde estaban sus prioridades.

A los parisinos sólo los podía vencer con sus propios medios, de eso se dio cuenta enseguida. Así, cuando se reunía con la gente en los cafés o en sus casas, les dibujaba con los colores más vivos las penalidades que debían soportar los recolectores de café o los cortadores de caña de azúcar para que los europeos pudieran disfrutar en sus lujosos salones del incomparable placer de aquellos productos importados. Todo eso no había servido de mucho. En cambio, sus encendidos discursos sí atrajeron la atención de las damas, que habrían incorporado con agrado a su colección de amantes a aquel exótico y atractivo hombre procedente de un país salvaje. Alguna incluso lo consiguió, aunque León perdió enseguida el interés por la dama en cuestión.

Había tenido que esperar a cumplir casi treinta años para experimentar lo que significaba el amor. Estaba enamorado de Vita hasta la médula. Ninguna otra mujer consiguió hechizarle como aquella criatura de su lejano país. Sí, en Europa había grandes bellezas que también tenían el pelo negro y los ojos claros, el cuerpo bien formado y la piel blanca y suave como la seda, los labios jugosos y las mejillas rosadas. ¿Pero de qué servían esas tentaciones si detrás de la bonita fachada no había una chispa de inteligencia, un poco de valor o el más mínimo orgullo? ¿Cómo podía haber pretendido a mujeres que eran menos arrogantes y tenían menos arrojo que Vita?

¡Qué mujer sería aquella joven algún día! Se la imaginaba ante sí cuando la inseguridad juvenil hubiera dado paso a la serenidad de una mujer adulta, cuando la rebeldía infantil fuera sustituida por la fría lógica y el recatado coqueteo por el ardiente deseo. Sólo pensar en su cabello, que formaba un pico en el centro de la frente, y en el pequeño lunar que adornaba su barbilla, llenaba a León de una dolorosa nostalgia. Y el recuerdo de sus dos hoyuelos, de la expresión de asombro y a la vez extasiada de su rostro, y del sonido de su piel sudorosa, caliente, rozando la suya, hacía correr una oleada de placer por todo el cuerpo de León. ¡Cielos, su *sinhazinha* había sido creada para el amor, y él le daría el suyo!

El hecho de que ella no hubiera respondido a ninguna de sus numerosas cartas no hizo disminuir su amor lo más mínimo, y tampoco le intranquilizaba demasiado. Sabía que ella estaba enfadada con él porque había emprendido aquel viaje repentinamente. También sabía que, si se hubiera quedado, ella le habría incorporado antes o después a la serie de admiradores cuyo único fin era cortejarla para luego, una vez satisfecha su vanidad, ser rechazados. Si quería dar consistencia a su relación, si quería asegurar su compañía para siempre, primero tenía que alejarse de ella, paradójicamente.

Había pensado que el tiempo de ausencia les vendría bien a los dos. Ella maduraría, sería más adulta, más inteligente, más sensual. Entretanto él haría lo posible para poder aparecer como su marido a los ojos de la sociedad conservadora. Y lo había conseguido: su nombre se había hecho famoso en Europa, y con ello se había convertido en Brasil en sinónimo de una causa a la que cada vez se apuntaban más conservadores. Se había confirmado de nuevo que nadie es profeta en su tierra hasta que se reconocen sus méritos en el extranjero.

La propia princesa Isabel, la hija del monarca, que se hacía cargo de los asuntos oficiales de su padre cuando éste estaba de viaje, le había rogado a León Castro que regresara.

Si antes había sido un ave del paraíso que adornaba las fiestas, pero al que nunca se confiaría a la propia hija, gracias a esta distinción, unida al cambio del clima espiritual en Brasil, se había convertido en un hombre cuya amistad se valoraba. Desde que algunos *fazendeiros* estaban también a favor de la abolición de la esclavitud, porque se avergonzaban de esta prueba del atraso de Brasil —y porque también se conseguía mano de obra barata procedente de Europa—, se veían en León Castro sólo las cualidades más elevadas que se deseaban para un país moderno: valor, inteligencia, energía, progresismo.

El coche de caballos se detuvo ante la casa de cuatro plantas en Flamengo en la que León ocupaba toda la planta baja. Para sus necesidades le bastaban esas seis habitaciones, y no merecía la pena comprar una casa propia para él y sus dos empleados.

—¡*Senhor* León! ¡Bienvenido a casa!

—¡Bia, Carlos! —León estaba emocionado de la alegría que mostraban sus sirvientes—. ¡Ah, qué bien estar de nuevo aquí!

—¡Así que el chico tenía razón! Félix lleva varios días yendo al muelle porque estaba convencido de que llegaría pronto. ¡Qué suerte que el chico tenga tanto instinto!

—¡Sorprendente! —dijo León, y se admiró de que Félix le conociera tan bien—. Bueno, dejadme entrar para que pueda darme por fin una ducha, llevo siglos soñando con ella.

Tras la casa había un patio y un pequeño jardín que estaban reservados para su uso particular. Allí había una primitiva ducha a la que subía el agua mediante una palanca. Uno de los mayores placeres de León era salir al jardín los días de calor y allí, entre el aroma del jazmín y protegido de las miradas curiosas de los vecinos de las plantas superiores por la espesa capa de hojas de los árboles, dejar correr el agua templada por su piel. León dejó la bata en la repisa de una ventana, y llevando un jabón, se puso bajo la ducha a esperar. Carlos bombeaba el agua. ¡Las primeras gotas, las que el sol había calentado, eran las mejores!

León se tomó su tiempo para su aseo personal, que en el barco infestado de bichos no había sido muy esmerado. Mientras silbaba la marsellesa, se enjabonó de pies a cabeza y se quedó allí de pie y con los ojos cerrados, bajo el chorro de agua. La espuma había desaparecido ya y Carlos se preguntaba qué encontraría su señor en aquella ducha. ¿Quién querría estar más tiempo del necesario bajo el agua? Aparte de que ya le dolía el brazo de tanto bombear.

León podría haber estado horas bajo la ducha. Sólo cuando vio a Carlos con el sudor resbalando por la frente, decidió poner fin a su aseo. Se enrolló una toalla alrededor de la cintura, entró en la casa goteando y su poco decoroso aspecto sorprendió a Bia, que se fue corriendo por el pasillo cuando lo vio. Le había dejado la ropa limpia preparada sobre la cama. León se puso un pantalón, se peinó el pelo mojado hacia atrás y se situó con el torso desnudo ante el espejo. Con una brocha de afeitar se enjabonó la cara y se afeitó a conciencia. Luego se roció agua de colonia por la cara y el cuerpo, se puso una camisa fina y se dirigió, fresco y de buen humor, al comedor. Sabía que, aunque no la hubiera encargado, le servirían allí una comida ligera.

Bastante frugal, por cierto. Había sopa de gallina, pan, queso y un poco de fruta.

—*Senhor* León, no contábamos realmente con que regresara hoy. Por eso sólo tenemos en casa lo más indispensable.

—Déjalo, Bia, es suficiente. Me gusta —León dudó un instante, y luego prosiguió—. Dime, seguro que vosotros tenéis alubias guisadas. Sírveme un plato.

Bia se quedó sin habla. Claro que los negros tenían alubias, Carlos y ella las comían todos los días. Pero que un *senhor* —y para ella León Castro lo era, aunque le pagara un salario y no la tratara como a una esclava— quisiera comer ese modesto plato, no le había ocurrido nunca. Pero si él quería... Se fue a la cocina, pescó en el puchero un par de trozos de carne y tocino, y le llevó el plato. Luego observó desde la puerta cómo su amo devoraba la *feijoada* con sumo gusto.

—En Europa no tienen nada tan delicioso como esto, Bia.

La negra estaba segura de que su señor quería tomarle el pelo, e hizo un gesto que, si bien debía expresar su satisfacción, realmente reflejaba su recelo. León lo interpretó correctamente.

—No te preocupes, Bia, no me he vuelto loco. A lo sumo estoy loco de alegría de estar de nuevo aquí.

Mientras tanto, Félix había regresado a la oficina, que ya empezaba a odiar. Era el único negro que trabajaba allí, y su mudez era un motivo más para convertirlo en objetivo de las maldades de los demás. Pasar todo el día en aquel oscuro despacho, expuesto a lo que se les ocurriera a sus colegas y a sus jefes, no era nada agradable. Además, no podía permitirse cometer ninguna falta ni dar muestras de insubordinación. En las últimas semanas había renunciado a la pausa de mediodía para poder ir por la tarde, cuando llegaban normalmente los barcos procedentes de Europa, al puerto a esperar a León. Hoy, por fin, estaba León a bordo, y la alegría de Félix no tenía límites. Sólo cuando volvió al despacho se acabó su buen ánimo.

—¿Dónde has estado tanto tiempo, holgazán? ¿Crees que puedes tomarte esas libertades porque has llegado aquí gracias a la protección del honorable León Castro? —*Seu* Nelson montó en cólera—. ¿Acaso creías que te íbamos a compadecer por tu defecto? ¿Crees que porque eres diferente te puedes comportar también de un modo diferente? ¿O es que piensas que porque el *patrão* te elogió una vez puedes permitirte ahora cualquier tontería? —La voz de Nelson García era cada vez más fuerte y estridente—. ¿Acaso piensas eso, negro inútil?

Los demás empleados simulaban estar sumamente concentrados en sus papeles, pero se reían para sus adentros. ¡Por fin! Aquel arrogante diablo se lo merecía. Desde que él trabajaba en las oficinas del comerciante de tabaco Bosi, la vida del resto de empleados ya no era la de antes. El muchacho era ambicioso, trabajador y listo. Trabajaba el doble que los demás por un modesto salario, y aunque el contable jefe, *seu* Nelson, ocultaba como podía los méritos del joven ante Jorge Bosi, el *patrão* ya se había fijado en Félix. Desde entonces todos tuvieron que trabajar mucho más, se acabaron las incontables pausas para ir a tomar café a la Confeitaria Francisco y los horarios relajados.

Félix miró al suelo y sacudió la cabeza. ¡Qué preguntas más tontas le hacía *seu* Nelson! ¿Cómo podía pensar alguien que él se creía mejor que los demás cuando todos los días le repetían con insistencia que no valía para nada en absoluto?

—Esta tarde te quedarás más tiempo, ¿entendido?

Félix asintió.

—Vas a fregar la oficina, vaciarás las escupideras y harás por fin los trabajos para los que has nacido.

Félix se permitió levantar la mirada.

—Y si me sigues mirando con ese descaro seguirás haciendo ese trabajo durante los próximos meses.

A Félix le costaba contener las lágrimas de rabia. ¿Por qué no le dejaban en paz? ¿Por qué no podía hacer tranquilamente su trabajo, que ya era un castigo en sí? ¿Por qué parecía que a todos les molestaba que supiera escribir y hacer cuentas? Los blancos no soportaban que un negro demostrara tener cerebro, mientras que los negros le envidiaban por realizar un trabajo que supuestamente era mejor. Sus vecinos de Quintino, un asentamiento de chabolas al noroeste de la ciudad, se metían con él continuamente diciendo que se estaba afeminando, que sus músculos se estaban aflojando, que sus pies ya no servían para ir descalzo, que con los trajes de empleado de oficina parecía un payaso. Nada de eso era cierto, pero le dolía. Si no fuera por Fernanda, que vivía en su mismo *morro*, el barrio pobre en la ladera de la montaña, y que tenía que luchar contra los mismos prejuicios, Félix se habría rendido hacía tiempo para hacer lo que los demás esperaban de él. Habría buscado un trabajo para el que hiciera falta mucha fuerza y poco seso, se habría emborrachado todas las tardes y habría hecho hijos al mayor número de mujeres posible.

Por suerte León estaba de nuevo allí. A Félix le resultaría más fácil aguantar, pues aparte de Fernanda no recibía el apoyo de nadie. Sólo una palabra de reconocimiento o elogio por parte de León compensaría todas las angustias y humillaciones. Y, quién sabe, quizás su ídolo tuviera incluso la posibilidad de buscarle trabajo en otra firma, en algún sitio donde le dejaran en paz, donde quizás no fuera el único negro y donde se le valorara por sus aptitudes. Al fin y al cabo, había otros hombres que debían estar en la misma situación que él: mestizos ilegítimos de piel de color marrón claro que habían sido reconocidos por padres blancos y habían recibido una cierta educación; viejos que habían montado un pequeño negocio tras la entrada en vigor de una polémica ley según la cual había que conceder la libertad a todos los esclavos cuando hubieran cumplido los sesenta años de edad; negros que habían aprendido a leer y escribir en los orfanatos católicos;

o aquellos que, como él mismo, con mucho esfuerzo y un poco de suerte habían conseguido vivir en libertad. ¿Pero dónde estaban? Félix sabía que había poetas, comerciantes, músicos, funcionarios, conductores de tren, empleados de banca y periodistas de origen africano, pero no conocía a ninguno.

Se sentía inmensamente solo en el mundo, más desamparado de lo que se había sentido nunca en Esperança. ¡Jesús! ¿Cómo pudo desear alguna vez querer salir de allí? Sólo ahora veía con claridad que, a pesar de las privaciones y las hostilidades, había pasado una época maravillosa en la *fazenda* de los fugitivos, una época sin las necesidades económicas que aquí en Río mostraban su peor cara, sin tener que luchar cada día para sobrevivir y en la que se había podido sentir como alguien especial.

Esperança, de la que figuraban como propietarios los Azevedo porque León les pagaba por ello, daba unos considerables beneficios. También prosperaba la *fazenda* del sur de Brasil que León había heredado de su padre y cuya dirección había dejado en manos de un administrador. León, con apenas veintinueve años de edad, era rico. Además, durante su estancia en Europa se había hecho tan famoso que por sus artículos de prensa le pagaban el doble que antes, y como protegido de la princesa Isabel no le iban a faltar encargos.

Estaba por fin en condiciones de dejar de depender del *Jornal do Commércio* y escribir para otras publicaciones. El redactor jefe había rechazado siempre enérgicamente las solicitudes de León en este sentido, pero ahora tendría que aceptar si no quería perder por completo al famoso periodista. Ya tenía ofertas de la *Gazeta Mercantil*, del *Jornal do Brasil* y de la *Folha de São Paulo*. Pero no quería tomar una decisión en aquel momento. Lo más importante ahora era plantearse el modo de actuación en otro asunto muy diferente.

En su escritorio reinaba un caos indescriptible después de haber estado horas mirando papeles. Pero no le importaba. Se estiró satisfecho en su silla giratoria y se pasó la mano por el pelo. Sí, no sabía muy bien cómo debía hacerlo, pero estaba claro que iba a hacerlo. Esta vez iba a hacer por fin lo que casi dos años antes su posición le había impedido hacer: iba a pedir la mano de Vitória.

XIV

Eduardo da Silva idolatraba a su hija. No era un hombre que pudiera mostrar sus sentimientos, pero estaba seguro de que Vitória sabía interpretar bien sus pequeñas señales de afecto. El caballo de pura raza que le había regalado por Navidad; la bañera de mármol por la que se había transformado uno de los muchos dormitorios de Boavista en un elegante cuarto de baño para uso exclusivo de Vitória; la valiosa diadema de brillantes que había recibido el año anterior por su cumpleaños... todo indicaba que no podía negarle nada a su hija.

Y ahora esto.

Este deseo no se lo podía conceder. Un pago anticipado de su parte de la herencia. ¿Qué joven normal tenía esas ideas? Y esos rumores de un mediador que, dado que Vitória no tenía capacidad legal para hacer negocios, administraría el dinero... ¿Cómo había llegado su hija a semejante idea? ¿Por qué debía darle dinero para que se lo confiara a un desconocido? Sólo eso ya demostraba claramente que era una idea descabellada.

—¡Vitória, esto es completamente inaceptable! Si Dios quiere, tu padre y yo viviremos aún muchos años más. ¿Acaso pretendes llevarnos a la tumba con tus inadmisibles ideas? —dijo *dona* Alma, y Eduardo tuvo que dar la razón a su esposa. Algún día, cuando Pedro heredara Boavista, su hermana tendría derecho a la mitad del valor de la *fazenda*, y Pedro tendría que pagar a su hermana. Pero mientras él, Eduardo da Silva, fuera el señor de Boavista, mantendría sus tierras, sus esclavos y su ganado y trabajaría para obtener beneficios.

—Entonces hágame un préstamo a cuenta de mi dote —le pidió Vitória.

—Recibirás tu dote cuando te cases. Entonces tendrás un marido que se pueda ocupar de tu dinero —le explicó Eduardo.

—Pero, *pai*, no me voy a casar, se lo he dicho mil veces.

—Aunque lo digas cien mil veces. A tus diecinueve años no estás en condiciones de tomar tal decisión. En cuanto aparezca la persona adecuada pensarás de otro modo. Las muchachas jóvenes son versátiles, y ésa es otra de las razones por las que no te puedo confiar tanto dinero.

—Ése no es el motivo. Usted teme que yo tenga razón. Tiene miedo de ver la realidad. La abolición de la esclavitud no está muy lejos, da igual lo que nosotros pensemos al respecto. Y entonces líbrenos Dios: los esclavos lo dejarán todo, nadie podrá recoger nuestras cosechas, Boavista irá a la ruina. Yo sólo quiero evitar una desgracia, en interés de todos nosotros.

—¡Niña! ¿Cómo puedes hablar así? —le recriminó *dona* Alma—. ¿Crees menos en la opinión de tu padre que en la tuya? ¿Pones tus ideas por encima de las suyas?

—En este asunto, sí. Estoy firmemente convencida de que la abolición es sólo cuestión de meses. Brasil es el último país del mundo donde es legal la esclavitud, y un gobernante como *dom* Pedro, que es partidario del progreso, no puede tolerar esta situación durante más tiempo.

—Por favor, Vita, ahora no te hagas la política. Sabes que Brasil no es comparable a otros países. Como cristiano y soberano moderno, *dom* Pedro podrá rechazar la esclavitud. Pero nuestro país no saldrá adelante sin ella. Apenas tenemos industria, vivimos de la agricultura. ¿Quién va a recolectar el azúcar, el cacao o el café si no lo hacen los negros?

—Pero, *pai*, yo no voy a dejar en libertad a los esclavos. Sólo quiero que estemos preparados para el día en que otro lo haga. Y créame: ese día se acerca más deprisa de lo que nosotros desearíamos.

—Si hubieras aceptado la propuesta de matrimonio de Rogério, ahora serías la señora de Santa Clara y allí podrías hacer y deshacer todo lo que quisieras. Pero mientras vivas bajo nuestro techo, te comportarás como una hija razonable —dijo *dona* Alma muy alterada.

—Si hubiera aceptado la propuesta de Rogério, él se habría apoderado de la dote y la habría despilfarrado al momento. Yo en Santa Clara no habría podido decir lo más mínimo, pues mi marido y mi suegra me habrían condenado a vivir entre los bordados y el confesionario. ¡Por favor, *mãe*, imagine que *dona* Edmunda fuera su suegra! ¡Qué pesadilla!

—Mejor que ser una vieja solterona.

—O que ser una vieja solterona sin dinero… Pero volviendo al tema: usted habría entregado mi dote a Rogério, ese adulador que no distingue un franco de oro de un *vintém*. ¿Y no confía en que yo, su hija, a la que han dado una buena educación y han enseñado a tener valor y pensar por sí misma, pueda administrar el dinero? Lo considero insultante.

Eduardo miró pensativo a su hija. En el fondo tenía razón. Habían dado a Vita la misma formación que a Pedro. Cuando eran niños los dos tenían profesores particulares, estudiaron juntos matemáticas, literatura, francés, portugués y religión. Más tarde mandaron a Vitória a la mejor escuela de niñas en Valença, para que allí perfeccionara las habilidades que se esperaban de una hija de familia bien: tocar el piano, cantar, realizar diversas labores. También se impartían a las alumnas del Colégio Santa Gertrude conocimientos suficientes sobre bellas artes, historia y filosofía, para que luego pudieran participar en todo tipo de conversaciones. Además, en los últimos años su hija había estado a su lado en la dirección de Boavista, y él sabía mejor que nadie que Vitória era inteligente, hábil para los negocios y prudente. Puede que incluso Boavista estuviera mejor en sus manos que en las de su hijo.

Pero Vitória no era un hombre, bien lo sabía Dios. Era la muchacha más bella de la provincia de Río de Janeiro, y algún día sería una preciosa esposa y madre. ¡Ay, cómo deseaba tener nietos! Si accedía ahora a las peticiones de Vitória y le hacía un préstamo, nunca buscaría un marido; los que le habían buscado *dona* Alma y él mismo los había rechazado todos. Y algún día se convertiría en una vieja solterona de la que se reiría y burlaría todo el valle. ¡No, la niña tenía que casarse! Y entonces le vendría muy bien todo lo que había aprendido.

Su mujer parecía haber pensado lo mismo.

—Vitória, tesoro, claro que confiamos en que sabes manejar el dinero. Pero no el dinero de tu padre. De eso se ocupa él. Cuando te cases tendrás más influencia, podrás incrementar tu fortuna y la de tu marido. Te hemos educado para eso, y un hombre inteligente sabrá valorar a una mujer inteligente y escuchar sus consejos. Aunque los hombres valoran más la belleza y la juventud de una mujer. Dentro de tres meses cumplirás veinte años, y si no te casas pronto te convertirás —y nosotros también— en objeto de las burlas de la gente.

—Sería objeto de sus burlas como *dona* Vitória Leite Correia o como *senhora* Viera de Souto. En serio, *mãe*, ¿podría imaginar a Edmundo o a Rogério como marido suyo?

—Yo no necesito imaginar nada, ya tengo a mi marido. Y a Rogério ya lo has rechazado, no pedirá tu mano otra vez. Edmundo es un poco tímido, pero seguro que sería un marido estupendo. Procede de una buena familia, algún día será muy rico, y haría cualquier cosa por ti. Dado que parece algo soñador, si fueras su mujer tendrías oportunidad de demostrar tu talento para los negocios. Sería perfecto para ti.

—Tiene siempre saliva seca en la comisura de los labios.

Eduardo Silva no pudo evitar reír. *Dona* Alma le lanzó un furibunda mirada, pero Vitória se sintió alentada para seguir presentando argumentos en contra de Edmundo.

—Siempre olvida sacudirse la caspa de los hombros —miró a su padre, que intentaba contener a duras penas una carcajada—. Nunca me mira a los ojos cuando me habla. No aprieta la mano cuando te la da. Y baila tan mal que después de cada baile tengo que tirar los zapatos de los pisotones que me ha dado. Es previsible. Antes preferiría a Joaquim Fagundes.

—¡No seas descarada! —*Dona* Alma estaba perdiendo la paciencia.

—Nada más lejos de mi intención, *mãe*. Lo digo completamente en serio. Como hombre, Joaquim es más atractivo que Edmundo, aunque no sirva para mucho.

No era exageración. Joaquim Fagundes era trasnochador, bebedor y jugador. Había tirado por la ventana la herencia de su padre, y no hacía nada para ganar dinero por sí mismo. A cambio tenía muy buen aspecto y era un excelente bailarín. Pero Vitória no tenía muchas ocasiones de dejarse llevar por sus fuertes brazos: apenas nadie invitaba ya a Joaquim. Al menos nadie respetable.

—¿Qué significa "como hombre"? Un hombre no es más hombre por tener buen aspecto y bailar bien. Un hombre de verdad se caracteriza por su fortaleza de carácter y su honradez, y el *senhor* Fagundes carece de ambas cosas.

—Bueno, está bien, tampoco me voy a casar con él. Realmente no me quiero casar con nadie. No sé cómo hemos vuelto a este enojoso tema. Yo sólo quería algo de dinero para hacer una inversión. No quiero los beneficios para mí. Serían para permitirnos llevar también en tiempos peores la vida a la que estamos acostumbrados.

Dona Alma se levantó de la silla suspirando. En los dos últimos años había empeorado visiblemente su estado de salud. El médico visitaba Boavista tres veces por semana para verla y suministrarle la única medicina que le proporcionaba un alivio pasajero. Eduardo da Silva había pensado alguna vez en ponerle una enfermera que cuidara de ella las veinticuatro horas del día, pero *dona* Alma no quería saber nada de eso. "No, Eduardo, no soy una anciana", había dicho enfadada. Físicamente sí parecía una anciana. Tenía el pelo casi completamente blanco, la piel se había vuelto apergaminada y grisácea, y las manos, huesudas y siempre frías, parecían a punto de romperse con un apretón de manos normal.

—Esta conversación me agota. Me parece que me voy a retirar un rato a descansar.

Dona Alma se dirigió lentamente hacia la escalera. Se puso una mano en los riñones como para demostrar que el simple hecho de andar le suponía un gran esfuerzo.

—Miranda, ven y ayuda a *dona* Alma a subir a su habitación —dijo Vitória a la criada.

Miranda se había convertido en la mano derecha de Vitória en el gobierno de la casa. Había necesitado mucho tiempo para aprender ciertas cosas, pero la paciencia de Vitória para enseñar a la esclava acabó dando sus frutos. Miranda tenía un aspecto atractivo, se movía con agilidad y discreción, y realizaba la mayoría de las tareas sin que hubiera que recordárselas varias veces. No es que fuera demasiado trabajadora, y su inteligencia tampoco era nada especial, pero Vitória estaba segura de que Miranda estaba en el mejor camino para convertirse en una persona de confianza y de gran utilidad.

Cuando *dona* Alma hubo abandonado la habitación, Vitória miró a su padre fijamente a los ojos.

—*Pai*, le voy a pedir una última cosa. Pero, por favor, concédamelo. No se trata de un anticipo ni de un préstamo. Quizás pueda proporcionarme algo de "dinero para invertir" con el que pueda llevar a cabo mis planes. Los beneficios serían para usted, por supuesto. Después de repasar los libros de cuentas de este año he visto que tenemos suficiente capital disponible para que me pueda entregar una parte para mis inversiones... pongamos doscientos mil *réis*.

Vitória contuvo la respiración. ¡Si su padre accediera! Con esa suma podría obtener grandes beneficios si invertía en bonos del Estado chileno o en acciones de las empresas cárnicas inglesas. A él no le costaría nada, ni siquiera notaría que aquel capital se había retirado provisionalmente de Boavista. Vitória conocía los negocios de la *fazenda* lo suficiente como para saber que habían tenido un buen año y que no tenían previstas grandes adquisiciones, como la compra de nuevas tierras.

Eduardo da Silva se quedó meditando. Por su postura, con la frente apoyada en una mano y jugueteando con los pelos de la barba con la otra, Vitória supo que estaba pensando seriamente su propuesta. Enseguida se rascaría la oreja.

—Vita, estoy seguro de que tienes buena mano para el dinero. Además, estoy convencido de que no actúas movida por la codicia, sino por motivos honrados. Pero no puedo. No puedo darte dinero, ni prestado, ni regalado, ni para invertir, como tú dices. No es propio de una *sinhazinha* ocuparse del dinero con tanto entusiasmo. Una *senhora* casada sí puede hacerlo, pero una muchacha soltera depende de sus padres. —El *senhor* Eduardo se rascó la oreja y carraspeó—. Entiendo que estés decepcionada. Pero no puedo permitirlo, tu madre no volvería a dirigirme la palabra.

Vitória estaba furiosa.

—¿Es eso? ¿Tiene miedo de la reacción de *mamãe*? Bien, quizás reconozca ahora que en los últimos años he sido yo quien ha desempeñado en esta casa el papel de *senhora*, mientras dona Alma sólo simulaba serlo.

—¡Vita!

—Sí. Y a lo mejor soy yo ahora la que no le dirige la palabra porque al parecer en esta casa no importa lo que yo diga. Sólo soy una estúpida *sinhazinha*, ¿no? Pues, la verdad, *papaizinho*, resulta que hace ya tiempo que sus negocios y el gobierno de la casa me desbordan. Quizás debería tomarme un descanso, de pronto me siento muy cansada.

Vitória se puso de pie y corrió hasta su habitación.

Se tiró sobre su cama y soltó un sollozo. Pero no le salían las lágrimas. Ni siquiera podía llorar como otras jóvenes, agarrada a la almohada, sollozando como si se fuera a ahogar. Vitória golpeó la almohada con el puño cerrado. ¡Ya verían la que se les venía encima! La abolición de la esclavitud, Vitória lo tenía claro, acabaría de golpe con los barones del café. Había devorado todos los periódicos, había hablado con vecinos, comerciantes y artesanos, y siempre había leído entre líneas lo que ahora notaba en la actitud de los negros: los esclavos pronto serían libres. Si tenían que encargar la recolección a trabajadores asalariados no les quedaría a ellos, a la familia da Silva, ningún beneficio. La *fazenda* perdería valor de un día para otro. Tendrían que renunciar a su lujosa forma de vivir y vender todos sus objetos de valor para mantener una mínima calidad de vida. Los grandes maestros, las valiosas porcelanas, las arañas venecianas, las alfombras chinas y persas... Boavista sería como Florença antes de que Eufrásia se casara con Arnaldo. Aunque también a Florença le ocurriría lo mismo, igual que al resto de *fazendas* del valle. A todos les amenazaba el mismo destino.

¿Por qué nadie la creía? ¿Estaban todos ciegos? Ella, Vitória, sólo quería evitar que ocurriera lo peor. Todavía eran ricos, todavía tenían la posibilidad de invertir su dinero de forma que obtuvieran beneficios incluso después de la abolición. ¿Tendría que casarse realmente con Edmundo para salvar a su familia? No, no merecía la pena. Prefería ir el resto de su vida con harapos y vivir en una chabola que casarse con aquel insoportable fracasado. ¡Cielos, sus padres no podían desear tener un yerno como ése! ¡O nietos que heredaran sus rasgos, su debilidad, su estupidez! ¡Jamás!

Entonces vería impasible cómo se arruinaba su padre, cómo arrastraba a su familia a la desgracia, sólo porque tenía miedo a *dona* Alma. ¡Por favor! La que más sufriría sería, al fin y al cabo, la propia *dona* Alma. Vitória se sorprendió imaginando con maldad cómo languidecería su madre sin la ayuda del personal, sin su cara "medicina" o en una modesta casita sin ningún tipo de confort… Se lo tendría merecido.

De pronto Vitória tuvo una idea. Si empeñaba parte de sus joyas obtendría un capital básico con el que poder trabajar. Nadie notaría si seguía teniendo su diadema, su broche de esmeraldas o su collar de perlas: las joyas eran demasiado valiosas y ostentosas para llevarlas en una fiesta normal. Y en los meses siguientes no había prevista ninguna celebración especial. Vitória calculó mentalmente cuánto dinero podría obtener por las joyas. Seguro que varios cientos de miles de *réis*. Si con ellos compraba acciones de la British Meat Company y si éstas subían rápidamente, como ella esperaba, en poco tiempo podría doblar la cantidad. La BMC había establecido en el sur del país, en la Pampa, donde había grandes rebaños de ganado, fábricas que elaboraban conservas cárnicas, y al parecer el apetito de los europeos por la *corned beef* era insaciable. Un negocio con futuro, pensaba Vitória, pues en el Viejo Mundo las industrias modernas ocupaban cada vez más superficie agrícola.

Se puso de pie, se lavó la cara, aunque no había derramado ni una sola lágrima, y se sentó en su escritorio. Tomó una hoja de papel y un lápiz y anotó una cifra. Trescientos mil *réis*. Si en un año las acciones subían un veinte por ciento, habría ganado sesenta mil *réis*. Muy poco para poder recuperar sus joyas, y muy poco para poder trabajar seriamente. Si la subida fuera del cuarenta por ciento, serían ciento veinte mil *réis*. Algo mejor. ¿Pero era realista pensar en un cuarenta por ciento? ¿Y si no desempeñaba las joyas tan pronto? Con ciento veinte mil *réis* podría seguir invirtiendo, incrementar su capital y, si actuaba con inteligencia, y con los intereses y los intereses acumulados, pronto sería muy rica. Vitória pasó al menos una hora en su escritorio, haciendo cálculos con distintas cifras iniciales, aplicando distintos porcentajes, escribiendo columnas y columnas de números, y quedó muy satisfecha con los resultados. ¡Era casi tan bonito como contar dinero!

Pero quedaba otro problema por resolver: ¿cómo podía empeñar las joyas sin que se enteraran sus padres? En Vassouras y Valença era demasiado conocida, y a Río no tenía previsto ir en breve. Podría encargárselo a alguien. ¿A quién? A un negro no le podía encargar una tarea tan delicada, cualquier prestamista pensaría que había robado las joyas. Los jóvenes con los que trataba pensarían que todo aquello era una locura, un delirio de una *sinhazinha* que estaba histérica porque no se había casado. Vitória se imaginaba perfectamente que si le pedía el favor a Edmundo, éste iría directamente a su padre a delatarla. No debía desvelar a Edmundo el verdadero motivo por el que quería conseguir el dinero. ¿Y si le contaba entre lágrimas que estaba en serias dificultades? No, entonces pensaría que estaba embarazada, y todo resultaría más difícil. A Eufrásia tampoco podía pedirle el favor. En los sitios más importantes del valle la conocían y seguro que se pondrían discretamente en contacto con su marido para informarle sobre el inconveniente comportamiento de su joven esposa. Por otro lado, ¿qué importaba? Eufrásia era una mujer casada que sabía manejar a Arnaldo. Ya se le ocurriría una explicación plausible. En cualquier caso, ya tenía experiencia en esos temas, y si no podía entender los motivos para conseguir el dinero, al menos no intentaría disuadir a Vitória. Sí, así lo arreglaría.

—¡A ti te ha poseído el demonio! —gritó Eufrásia—. Hasta ahora tus locas ideas sólo me han traído problemas. Y a ti también. ¿Qué locura es ésta? —Se levantó tan deprisa que la silla se tambaleó.

—¡Calla, Eufrásia, se te oye en toda la casa!

Las dos mujeres estaban en el salón de Boavista. Vitória había cerrado las puertas, con lo que el aire caliente se acumulaba en la habitación amenazando con asfixiarlas. Pero prefería renunciar a que entrara corriente antes que arriesgarse a que las oyera algún esclavo.

—Entiéndelo —continuó en voz baja—, necesito dinero para invertir en acciones. Algún día todos me estaréis agradecidos.

—Por favor, Vita, te sobrevaloras. ¿Has pensado qué pasará si bajan las acciones? Te habrás quedado sin nada. Además, no entiendo por qué no esperas. Si ocurriera lo que tú anuncias, si realmente queda abolida la esclavitud y todos nos arruinamos, lo que dudo seriamente, entonces podrás vender las joyas. ¿Por qué ahora?

—En primer lugar: porque ahora es un buen momento para hacer negocio en la Bolsa. En segundo lugar: si los *fazendeiros* se arruinan de pronto y ponen todos sus bienes de lujo en el mercado, su valor descenderá. Nos darán por nuestras pinturas, nuestras joyas y nuestros muebles sólo una pequeña parte de lo que valen... porque sabrán que necesitamos el dinero. ¿Y quién va a comprar todo eso? ¿Los esclavos liberados, quizás? Hoy, en cambio, puedo conseguir una buena suma por mis joyas.

Eufrásia estaba de pie ante Vitória y jugueteaba nerviosa con el camafeo que llevaba al cuello. Se volvió en silencio y se dirigió lentamente hacia la ventana. Apartó un poco la cortina y miró al patio. José estaba engrasando la capota del coche de caballos verde, al que acababa de sacar brillo. Una docena de esclavas se ponía en camino hacia los campos con las cestas sobre la cabeza. Un joven regaba las macetas que había ante la casa, mientras una muchacha fregaba la escalera. Movía su soberbio trasero más de lo necesario, de forma que su amplia falda bailaba de un lado para otro. Probablemente la muchacha hubiera puesto sus ojos en el joven.

Una *fazenda* cuidada, esclavos bien alimentados y con la ropa limpia, un laborioso ajetreo: ¿no era todo normal? Eufrásia sabía muy bien lo deprisa que podía desaparecer aquella aparente normalidad. La horrible época anterior a su boda, cuando tuvieron que vivir en Florença en la más absoluta miseria, le había enseñado a dar más importancia a las cosas diarias más insignificantes. Peor que la pérdida de sus porcelanas había sido el silencio sepulcral que reinaba en Florença porque ya no había esclavos.

¿Qué pasaría si Vitória acertaba con sus terribles profecías? ¿Vendrían para todos ellos los mismos tiempos que Eufrásia acababa de vivir? ¡Ni hablar!

—Vita, tengo que decirte claramente que tu idea me parece una barbaridad. Pero como soy tu mejor amiga, te voy a hacer este favor. En cualquier caso, creo que me debes compensar por ello, pues yo también asumo un gran riesgo.

—¿Cinco por ciento? —preguntó Vitória en tono incisivo. Había entendido enseguida que Eufrásia no quería otro favor a cambio, sólo dinero.

—Diez.

—Eres una sinvergüenza.

—Ah, ¿y cómo llamas a lo que tú me pides? ¿Acaso no es una desvergüenza? Imagina que al prestamista se le ocurre ir contando a todo el mundo que yo he empeñado mis joyas. ¿Qué pensarían de Arnaldo y de mí?

—Siete por ciento y ni un *vintém* más.

Una vez que las dos amigas llegaron a un acuerdo y que a Vitória se le pasó el enfado por la ambición de Eufrásia, conversaron sobre un tema que era aún menos apropiado para los oídos de *dona* Alma o de los esclavos: las alegrías y obligaciones de la vida conyugal. Eufrásia le contó todas las cosas que para sus madres serían impronunciables, y Vitória fingió desconocimiento. Nunca le había contado a Eufrásia nada de su noche con León, y menos aún de sus consecuencias. Ese secreto sólo lo compartía con Luiza, Zélia y Miranda. Eufrásia creía que Vitória era virgen todavía, y con el propósito de poner a su amiga en apuros, le contó todos los íntimos detalles de sus obligaciones matrimoniales. Vitória fingió sorpresa o espanto, según la reacción que Eufrásia esperara de ella. Intentó sonrojarse en los momentos apropiados y en otros ponerse avergonzada la mano ante la boca y toser ligeramente. Ya habían mantenido conversaciones de este tipo otras veces, pues Eufrásia disfrutaba presentándose en su nuevo estatus de mujer casada ante Vitória.

Esta vez a Vitória le pareció que el entusiasmo inicial de Eufrásia por ese tema había disminuido considerablemente.

—Ni siquiera lleváis dos años casados. ¿Empieza a aburrirte Arnaldo?

—¡Oh, no, de ningún modo! Nuestro matrimonio es sumamente armónico. Es que poco a poco me voy convenciendo de que ese par de minutos de nuestros, ejem, encuentros no son para tanto. No entiendo por qué todos dan tanta importancia al apetito carnal.

—Antes no decías lo mismo.

—Sí, porque lo veía con otros ojos. Todo era nuevo y en cierto modo perverso. Pero ahora ya lo conozco, y es siempre lo mismo. Es casi un acto banal. El hombre se echa sobre ti, jadea y se agita un poco, se vacía en ti y listo. Luego se da la vuelta y empieza a roncar. Para la mujer no es ni muy bueno, ni muy malo. Es monótono.

—¿A lo mejor hacéis algo mal?

—Tonterías. Lo hacemos todo correctamente. En realidad, sólo hay una forma de hacerlo.

Vitória pensó en la única noche de amor de su vida, que aunque hacía tiempo que había tenido lugar, era inolvidable para ella. En una sola noche se había dado cuenta de que había más de una posibilidad de satisfacción física, y que los apasionados besos y caricias de León encerraban la promesa de otras infinitas posibilidades.

—Pero algo debéis de hacer mal, si no haría tiempo que estarías en otras circunstancias…

Eufrásia frunció los labios.

—¡No empieces tú también! *Dona* Iolanda me martiriza casi todos los días con lo mismo. Si no tiene pronto un nieto, dice, me va a mandar a un médico para que vea si puedo tener hijos.

—¿Y qué pasará si comprueba que no puedes tenerlos?

—No lo hará. Estoy completamente sana. Luciana Telles tardó tres años en tener su primer hijo, y luego tuvo otros cinco seguidos.

—¡Cielos, como una coneja!

—¡Vita! —exclamó Eufrásia, pero también se rió.

Dos semanas después Vitória volvió a acordarse de aquella conversación. Un mensajero llamó a la puerta posterior y dejó un paquete para ella. Dentro estaban las joyas junto a una carta de Eufrásia.

Querida Vita:
Nuestra pequeña transacción no se va a poder realizar. He visitado a todos los prestamistas del valle, pero ninguno me quería dar más de cincuenta mil réis por las joyas. ¡Vaya usureros y estafadores! Como me habías encargado que no me desprendiera de las joyas por menos de doscientos mil réis, lamento tener que devolvértelas. Habría ido personalmente, pero otras circunstancias me obligan a quedarme en casa y cuidarme: sí, Vita, por fin ha funcionado. Imagínate, ¡voy a ser madre! Y tú serás la madrina de mi hijo. Ven pronto a verme, para que podamos pensar un nombre apropiado. Hasta entonces, recibe muchos besos. Tu Eufrásia.

Vitória no consiguió alegrarse demasiado por el tan ansiado embarazo de su amiga. Estaba furiosa porque no habían aceptado sus joyas por una suma adecuada y sus planes se habían desbaratado. ¡Adiós Bolsa, adiós acciones! Y adiós futuro. Lo que tenía ante sí le resultó sombrío y angustioso. Serían pobres. Arnaldo y Eufrásia serían pobres. Todos ellos, los barones del café del valle del Paraíba, se encontrarían ante la nada. Eufrásia traería al mundo un niño tras otro y apenas podría alimentarlos a todos. Ella misma se marchitaría, sin marido ni hijos, y cuidaría de la prole de Eufrásia. Vitória lo vio claramente. Con sus últimos vestidos decentes, agujereados por las polillas, cavaría en el huerto con las manos ásperas y las uñas negras para sacar la última patata para los niños hambrientos. Eufrásia, con profundas arrugas y la cintura ancha, tendría un chiquillo colgando de su pecho caído, cuya leche se agotaba poco a poco. *Dona* Alma, más muerta que viva, se lamentaría en el ácido olor de su habitación sin ventilar; y Eduardo, apesadumbrado y amargado, estaría sentado en un polvoriento escritorio viendo en un viejo periódico el curso de las acciones que podrían haber cambiado su destino.

¡Se acabó! Vitória rompió la carta, llevó las joyas a su habitación e intentó olvidar aquellas sombrías visiones. ¡No podían llegar a eso! Tenía que pensar. Seguro que había una solución. Y ella, Vitória da Silva, la iba a encontrar.

XV

El día no prometía nada bueno.

Para empezar, Vitória se había despertado con un horrible dolor de cabeza y al mirar por la ventana vio que tendría que renunciar a su plan de ir a caballo hasta el río. Llovía a mares. Poco después oyó por la ventana los insistentes gritos de Zélia en el patio, y se tapó los oídos. Ya no podía soportar a aquella vieja, ni su presencia ni su horrorosa voz.

Además, el coche de caballos, con el que José debía ir a buscar a la estación a una visita, se había quedado atascado en el barro a un tiro de piedra de Boavista. Un par de esclavos tuvieron que abandonar su trabajo para que el carruaje pudiera continuar su marcha. Llegaría tarde a recoger al invitado, un cliente de su padre. Vitória pensó que había llegado el momento de que el viejo cochero fuera acompañado de un joven al que enseñara el oficio y que le sirviera de ayuda en situaciones como aquélla. Sólo entonces se dio cuenta de lo viejo y débil que estaba ya el fiel esclavo. A lo mejor el joven Rui era un ayudante adecuado. Los demás esclavos le llamaban "Bolo", Bollo, porque tenía algo con la ayudante de la cocina, que siempre le daba cosas ricas. Quizás le habían puesto ese mote también porque era redondo y negro como un bollo de chocolate. Fuera como fuese, era joven, fuerte y estaba siempre alegre, por lo que resultaba ideal para el puesto. Vitória se propuso hablar cuanto antes con José y con Bolo.

Le habría gustado quedarse en la cama con un libro y un plato de galletas. Pero, además del hombre de negocios de Río, venían también los Pereira, que eran nuevos en la zona y estaban visitando a todos los vecinos importantes para darse a conocer. ¿Se quedaría atascado también el coche de los Pereira? Vitória lo deseó con toda el alma. Eufrásia le había contado que eran tremendamente aburridos.

Además iría también el decorador para mostrarles una selección de telas y papeles pintados. Vitória había decidido que la *casa grande* necesitaba urgentemente una cura de rejuvenecimiento. Colores más frescos, dibujos más vivos, alegres macizos de flores, fundas de muebles más claras… Así se podría respirar de nuevo en la casa. Pero, al mirar hacia fuera, no vio tan necesaria la reforma. Las fundas y las cortinas de terciopelo de color burdeos y verde botella pegaban tanto con el tiempo que hacía como con su estado de ánimo. La idea de un sofá con una funda de *chinz* con motivos florales en tonos pastel le dio más dolor de cabeza. Le diría al decorador que se marchara.

Debido a su estado de ánimo, Vitória se había puesto un vestido color antracita con el que parecía un ratón gris. Cumplía los requisitos mínimos del vestuario con el que una *sinhazinha* podía aparecer ante sus invitados. Se había recogido el pelo en una sencilla trenza que en ese momento, dada la alta humedad ambiental, parecía ya un enmarañado ovillo de lana. También los pelillos sueltos de las sienes se habían rizado ya, aunque Vitória se los había sujetado bien con horquillas. No llevaba joyas ni ningún otro complemento. En cambio, se había puesto las gafas. Había descubierto que una de las causas de sus frecuentes dolores de cabeza era su miopía. ¡Ja! Los Pereira y las demás visitas molestas se llevarían una bonita impresión de la famosa Vitória da Silva: la tomarían por una gobernanta solterona. Pero le daba igual. No tenía ganas de arreglarse para estar bonita ante unos desconocidos.

Fuera se oyeron voces alteradas. Cielos, ¿qué pasaba otra vez? Se levantó pesadamente de la silla en la que estaba sentada sin ganas de hacer nada, esperando a que se le pasara el dolor de cabeza. En el patio había dos carruajes en torno a los cuales se habían arremolinado varios esclavos. Uno era el suyo, el otro era desconocido para Vitória. No pudo ver a los pasajeros porque las capotas estaban cerradas y los esclavos que miraban curiosos alrededor de los coches le tapaban la vista. ¡Bueno, Miranda los anunciaría! Vitória se dejó caer de nuevo en la silla y apoyó la cabeza en sus manos. Quería aprovechar los dos minutos de tregua que le quedaban hasta que entraran los invitados.

—*Sinhá* Vitória, han llegado las visitas —Miranda juntó las manos en la espalda y agachó la cabeza.

—¿Quiénes son? ¿No han mencionado sus nombres?

Miranda encogió los hombros y miró al suelo.

¡Qué estúpida! ¿Ahora volvía a comportarse como cuando empezaba a servir? ¡Que habían llegado visitas ya lo había notado ella!

Vitória hizo un esfuerzo y salió al recibidor. Dos hombres la esperaban. Uno de ellos parecía tan ensimismado en la contemplación de un cuadro que no notó su llegada. No se fijó mucho en él, porque el otro caballero se acercó a ella sonriendo y casi le destroza la mano.

—Usted debe ser la *senhorita* Vitória. Es un placer. Soy Getúlio Amado. Su padre me espera.

—Bienvenido, *senhor* Amado. Sí, le esperábamos, aunque no tan pronto, pues nuestro cochero ha tenido un pequeño percance y no ha podido estar a tiempo en la estación.

—No importa. He tenido la suerte de conocer en el tren a un caballero que venía en esta dirección y me ha traído en su coche. A mitad de camino nos hemos encontrado con su carruaje. ¿Puedo presentárselo? —dijo señalando a su acompañante, que en aquel momento se volvió—. *Senhor* León Castro.

Vitória casi se cae del susto. Pero se repuso enseguida.

—León, qué amable por su parte acompañar hasta aquí a nuestro invitado.

—Ha sido un gran placer.

—Sí, me lo puedo imaginar. Usted es conocido por sorpresas de este tipo.

Vitória invitó a los caballeros a pasar al salón y se disculpó para ir a buscar a su padre. En el espejo de la entrada se detuvo, se quitó las gafas y se arregló el pelo con los dedos. ¡Ese monstruo! Si no supiera que José se había atascado realmente en el barro habría pensado que León había montado toda aquella escena sólo para molestarla a ella.

Una vez que hubo avisado a su padre y le acompañó hasta donde le esperaban las visitas, Vitória se retiró a su habitación para ver si podía salvar algo de su horrible vestimenta. No se podía cambiar de vestido, se notaría mucho, pero al menos podía peinarse, ponerse algún adorno y darse un poco de carmín en los labios. Se puso sobre los hombros un ligero echarpe de chiffon azul claro para desviar la atención de su triste vestido gris. Se echó unas gotas de esencia de rosas detrás de las orejas y en el cuello, y volvió abajo sin perder tiempo. Se había olvidado por completo de su dolor de cabeza.

Los tres hombres estaban bebiendo un vino de Oporto y parecían charlar animadamente. El *senhor* Getúlio exponía el increíble cúmulo de casualidades que le habían permitido no sólo conocer al famoso señor Castro, sino también realizar un peligroso viaje por los embarrados caminos del valle.

Nunca antes, eso lo podía jurar ante la tumba de su madre y ante todos los santos, se había metido en tantos charcos ni había pasado por encima de tantas ramas rotas.

Durante la siguiente media hora sólo habló Getúlio Amado. Su verborrea era imparable, y Vitória conoció más detalles de su vida de los que hubiera querido saber. Cuando el reloj marcó las doce, su padre le interrumpió por fin.

—Deberíamos dedicarnos ahora a nuestros negocios. Si nos damos prisa habremos arreglado lo más importante antes de la comida. Con su permiso. —Se puso de pie, y antes de salir miró a León—. ¿Se queda a comer, *senhor* Castro? Vita, te dejo hasta entonces con el señor Castro para que le atiendas.

¿Qué podía hacer? No le quedó más remedio que poner buena cara.

—Sí, *pai*.

La puerta se cerró tras los dos hombres. De pronto la habitación quedó sumida en un pesado silencio. Vitória miró a León, que agitaba su copa y observaba fascinado los movimientos del vino de Oporto. No se atrevió a romper el silencio. Se rascó la oreja y carraspeó.

—¿Estas nerviosa, *sinhazinha?*

—¿Por qué iba a estarlo?

—No sé. Quizás mi presencia te pone nerviosa.

—No digas tonterías.

—¿No te alegras de verme después de todo este tiempo?

—¡Por favor!

—¿O sea, no te alegras? ¡Qué pena, y yo que pensaba que te habías arreglado rápidamente para gustarme!

Vitória se sonrojó. No tenía sentido mentir.

—¿Y te gusto? —Apenas hubo pronunciado la frase, Vitória quiso tragarse la estúpida pregunta que sólo buscaba que él le dijera algún cumplido.

—*Sinhazinha*, ¡qué pregunta más simple!

—¿Por qué has venido?

—Ya lo has oído. He ayudado al pobre *senhor* Amado en una situación de apuro, nada más.

—¡Ah, sí! ¿Y adónde ibas realmente?

—Quería hacer una visita a mi amada.

—¡Oh, pues no te entretendremos! Ya sabes dónde está la puerta. Creo que durante la comida tendremos muchas cosas de que hablar aunque tú no estés.

—Pero entonces no sabrías nunca qué me ha traído hasta aquí. Y te gustaría saberlo, ¿verdad?

¡Naturalmente que le gustaría saberlo! Se moría de curiosidad por saber qué buscaba León allí. Pero había aprendido a dominar su curiosidad. Aparte de la primera, no había leído ninguna de sus cartas, las había tirado todas al fuego, a pesar de que las esperaba con ansiedad y se le rompía el corazón cada vez que veía cómo las llamas devoraban el papel. Alzó las cejas con aire de desprecio y se concentró en la manga de su vestido, de la que sacudió una imaginaria pelusa.

—¿Por qué no me miras?

—Mirarte no me emociona tanto como pareces creer tú.

—Voy a satisfacer tu curiosidad, *sinhazinha* —dijo él—. Y algo más.

—Lo único que tienes que satisfacer es mi deseo de no volver a verte nunca más.

—Ése es el único deseo que no voy a satisfacer. Me voy a casar contigo.

Vitória se quedó sin habla. ¡Era el colmo! Tenía que haber oído mal. Pero no, él la miraba cándidamente y parecía haberlo dicho en serio.

—Has venido de Europa con un sentido del humor muy peculiar. No me hacen ninguna gracia ese tipo de bromas.

Él la miró de arriba abajo con un amago de sonrisa en el rostro. Vitória se sentía fatal. Le habría gustado estar mejor vestida. Se puso de perfil y miró por la ventana. Pasado un minuto, él dejó la copa de oporto sobre la mesa y se levantó rápidamente del sillón. Se acercó a ella, tomó su mano y susurró su nombre. Los nervios de Vitória estaban a punto de estallar, pero hizo un esfuerzo por mostrar indiferencia. No pudo evitar mirarle de reojo. Llevaba el pelo, negro y liso, más corto que antes. Su piel era pálida, pero no parecía enfermo. En realidad tenía un aspecto tan vital y masculino que a Vitória se le puso la carne de gallina. Estaba perfectamente afeitado, olía bien y tenía una espléndida figura con la ropa a la moda, pero discreta.

—Vita, te he echado tanto de menos —le susurró al oído, rozándola con sus labios.

Vitória se volvió bruscamente y le dio una sonora bofetada.

—¡Maldito! ¿Qué te da derecho a molestarme con tales intimidades? No quiero volver a verte nunca más, ¿has entendido?

León la miró impresionado.

—¡Vita, eres encantadora cuando te enfadas!

—¡Cielos, no soy encantadora y tampoco quiero tus desvergonzadas adulaciones!

—¡Oh, no te enfades conmigo! He cometido un error imperdonable. No debería haberte presentado unos hechos consumados, sino que deberías tener la sensación de que has influido en mi decisión, ¿no? Ay, ¿qué digo? Debería haberte hecho una proposición más formal. —Se puso de rodillas ante ella, la miró suplicante y tomó su mano—. Querida Vitória, tras años en los que yo no he podido olvidarte y tú, estoy seguro, me has profesado el mismo profundo sentimiento, ¿querrías ser mi esposa?

En sus ojos había un brillo de ironía.

La situación era demasiado ridícula, y Vitória quería poner fin a aquella farsa cuanto antes.

—No.

León mantuvo la mano de Vitória en la suya. La acercó a sus labios y la besó en la palma. Había tanto cariño en aquel beso, y tanta franqueza, que en la fría mirada de Vitória hubo un rayo de indulgencia.

—No acepto un no por respuesta.

—León, llegas dos años tarde. Entonces quizás habría aceptado —dijo Vitória, sintiéndose contenta de no haberle contado antes sus penas de amor—. Sí, habría aprendido a valorarte y respetarte aunque no fueras —¡qué idea tan absurda!— mi marido. Pero hoy ni me lo imagino. Ahora sé que eres un cobarde y un traidor. Y no digas que tu largo viaje te ha cambiado, pues no me lo creo.

—¿Por qué no has contestado a ninguna de mis cartas?

—¿Como tú contestaste a la mía? —En la voz de Vitória había un mordaz sarcasmo.

—Pero… yo nunca he recibido ninguna carta tuya.

—Claro que no. Tu periódico te mandó al extranjero justo cuando *no* recibiste mi carta.

—Pero te juro que…

—Guarda tus juramentos para otros. A mí ya no me engañas. Y, por favor, levántate. Viéndote ahí de rodillas me da la sensación de que tengo ante mí a un esclavo que espera temeroso su castigo.

—¿Y no le vas a dar su merecido castigo?

—Oh, ya me gustaría azotarte. O algo peor. Tú conoces muy bien los métodos que utilizan los *fazendeiros* para controlar a sus esclavos. Por desgracia, ayer se me rompió el látigo de siete puntas cuando destrozaba la negra piel de un trabajador rebelde.

León se había puesto de pie y no hacía ademán de alejarse de ella. Se colocó de modo que a Vitória le resultaba imposible escapar. Tenía a su espalda la ventana y ante ella a aquel hombre que le llevaba media cabeza de altura y cuya presencia física la irritaba. Vitória tuvo que aceptar que León le resultaba todavía irresistible, al menos físicamente.

—Apártate de mi camino o…

—¿O qué?

—O grito.

—No te atreverías. ¿Acaso no soy un invitado, además del noble salvador de vuestro respetado *senhor* Amado, por lo que merezco un trato adecuado?

—¡Oh! ¿Y no soy yo la *sinhazinha*, la amable dueña de la casa, a la que tendrías que mostrar un cierto respeto?

—Yo te respeto. Aún más: te ofrezco mi amor, mi fidelidad, mi cariño conyugal, mi dinero, mi futuro. Te regalo mi vida.

—Nunca has dominado el delicado arte del regalo, y al parecer los europeos tampoco te lo han enseñado. Tus regalos siempre han sido de algún modo… inconvenientes. ¡Qué arrogante!

La idea de que él ya le había regalado una vez una "vida" la sacudió como un rayo. Sí, él lo sabía, y parecía admitir con toda naturalidad que ella no hubiera aceptado ese regalo.

León guardó silencio. Había contado con que le rechazara, pero no con que Vitória disfrutara tanto hiriéndole. ¿Era antes así? ¿La había idealizado en sus pensamientos? ¿Había crecido su amor en la distancia? No, no era eso. Durante su ausencia había tenido que ocurrir algo que la había endurecido. Nunca se había ofrecido tan incondicionalmente a una mujer, y ella tenía que darse cuenta de que iba en serio. ¿Cómo podía rechazarle de un modo tan brutal?

—¿Qué ha pasado, Vita? Cuéntame qué te ha hecho ser así.

Ella se volvió hacia la ventana y le dio la espalda. Él no se movió, incluso contuvo la respiración. Refrenó su impulso de agarrarla por la cintura y acercarla a su cuerpo, de besarla en los hombros, de acariciar su cuello.

—¿Sabes, León? No puedo soportar tus engañosas preguntas. Creo que lo mejor sería que te marcharas después de la comida y no te dejaras ver nunca más por aquí.

Pero León no cumplió su deseo. Dos días después de su breve encuentro, que había quebrado la tranquilidad de ánimo de Vitória, su padre la llamó a su despacho. Estaba sentado ante su escritorio, tras un montón de papeles y fumando un cigarro, y no levantó la vista hasta que Vitória carraspeó después de esperar un rato sentada. Él se rascó la oreja y le preguntó si quería un brandy.

—Le he dicho mil veces que no bebo. ¿Qué es eso que me tiene que decir y que piensa que aceptaré mejor bajo los efectos del alcohol?

—Vita, dentro de poco vas a cumplir veinte años.

—Es realmente espantoso.

—Y para una mujer de esa edad ya no es lo más deseable seguir viviendo bajo el mismo techo que sus padres.

—¿Acaso no le gusta mi compañía?

—Por supuesto. Bueno, en sentido estricto, no. —El *senhor* Eduardo se tocó la tupida barba gris—. Tu madre y yo te hemos dicho varias veces que queremos verte casada pronto. Tú has rechazado a todos los pretendientes que a nosotros nos parecían bien como yernos, y no querría seguir molestándote con el tema si no hubiera surgido una situación imprevista.

—¿Ah, sí?

—Sí. El *senhor* Castro, al que me encontré ayer en casa de los Campos, me ha solicitado una entrevista. Me reuniré con él esta tarde. Ha mostrado interés por ti.

Vitória no se lo podía creer. ¿Cómo lo había hecho León? ¿Cómo había conseguido que el mayor *fazendeiro* del valle del Paraíba pudiera aceptar que él cortejara a su hija?

—¿Sabe *dona* Alma algo de esa entrevista?

—No. Pero la convenceré de que León Castro ya no es el mismo que hace un par de años. Yo sé que tú… ejem… que ese hombre te gusta. Y después de hablar con él te diré que a mí tampoco me parece tan mal. Es muy educado, culto, tiene buena presencia, y ha hecho una gran carrera. Incluso le valoran mucho en la Corte.

—¡Y es más pobre que una rata!

—En absoluto. Posee dos florecientes *fazendas* y, según se comenta, gana mucho dinero con sus escritos.

Vitória se quedó muy sorprendida. ¿León rico?

—*Pai*, se equivoca. No me gusta ese tal León Castro. Es más: le odio. Además, estoy segura de que no tiene más bienes que Afonso Soares. Probablemente sólo se haya valido de una argucia para intentar hacerse con mi dote.

—Lamento, Vita, que lo veas así. Piénsalo un poco más. Y no le demuestres tu aversión tan claramente. Le he invitado hoy a cenar.

—¡*Pai*! ¿Cómo ha podido? ¡Tendría que haberme consultado antes!

Vitória salió del despacho y cerró la puerta de golpe. ¡Era el colmo! Su propio padre quería hacer negocio a su costa con un miserable como ése, y todo por miedo a que ella no encontrara ningún otro hombre. Y León, aquel libertino insensible que ya en su primer encuentro después de tanto tiempo había intentado engatusarla con halagos que no le importaban nada. Había pagado un precio muy alto por una noche con él, y no tenía intención de volver a cometer un error tan grande. Y además, ¿por qué había decidido él pedir su mano ahora? ¿No se avergonzaba de presentarse ante ella después de todo lo que le había hecho? ¿Cómo podía mirarla a los ojos aquel cobarde embustero? Y qué sangre más fría hacer a sus padres una propuesta tan atrevida; al fin y al cabo la última vez que ellos le vieron fue cuando bailó con ella en la fiesta de disfraces. Debía tener claro que en aquel momento perdió el favor de *dona* Alma, aunque ahora su padre se dejara cegar por su supuesta fortuna.

Una vez en su habitación, Vitória se quitó la ropa, se puso un albornoz y decidió darse un baño. Llamó a Miranda, le encargó que le preparara el agua y, mientras esperaba a que el baño estuviera listo, se sentó su tocador. Se cepilló el pelo, que estaba de nuevo rizado y brillante. Examinó su cutis y su escote por si tenía algún granito, pero su piel era delicada, rosada y limpia como la de un melocotón. Se bajó un poco el albornoz para mover los hombros arriba y abajo y ver si eran demasiado huesudos. No, la carne estaba firme sobre sus clavículas. Dejó caer el albornoz un poco más y observó su cuerpo. Sus pechos eran blancos y redondeados, como debían ser, y ni una sola peca manchaba su piel. Su vientre estaba terso y firme, su cintura era delgada y su ombligo, un pequeño y delicado botón. Como madre de un hijo ilegítimo habría perdido no sólo su buena reputación, sino también su buena apariencia. Poco tiempo antes había podido comprobar las transformaciones que traía consigo la maternidad en una esclava que había enfermado y a la que Vitória cuidó hasta que llegó el médico. En el vientre de la negra, en el que se habían formado unas horribles estrías y que estaba blando y arrugado, el ombligo sobresalía como un grueso nudo. Tenía un aspecto horroroso, sobre todo porque la mujer era joven todavía. Cielos, en el fondo había tenido suerte de que León se hubiera marchado, ya que si no en aquel momento sería su esposa, iría ya por el tercer embarazo y ¡tendría un aspecto tan repugnante como aquella esclava!

Aunque Vitória también había tardado bastante tiempo en recuperar su belleza anterior. Se había sentido tan frustrada, tan infeliz, que había perdido las ganas de vivir. Había adelgazado, su pelo y sus ojos se habían quedado sin brillo. Ni siquiera le quedaron fuerzas para enfadarse. Desilusionada, había hecho lo que se esperaba de ella, cumplía de forma mecánica sus obligaciones, actuaba como aturdida hacia fuera mientras por dentro sentía que iba muriendo poco a poco. Tras la miserable desaparición de León tardó meses en volver a tomar las riendas de su vida, y algo más en volver a valorarla.

Y ahora, cuando ya había recuperado a duras penas el equilibrio interior, aparecía de nuevo León Castro como si no hubiera pasado nada, le comunicaba que se iba a casar con ella y la hacía desmoronarse con una simple sonrisa. ¿Por qué tenía que ser tan descaradamente atractivo? ¿Por qué tenía esa especie de indiferencia con la que parecía mostrar al mundo que hacía lo que quería? ¿Por qué intentaba siempre suavizar su propia perseverancia y firmeza con un guiño que hacía que ella se derritiera? ¿Por qué, por qué, por qué?

Vitória se metió en la bañera. El agua templada y la esencia de rosas la relajaron un poco, le devolvieron algo de serenidad. Cerró los ojos y se abandonó a pensamientos que había evitado desde la partida de León. Estiró los graciosos dedos de sus pies, que sobresalían del agua, y los observó ensimismada. Él había jugueteado con ellos, los había besado y acariciado, sus pantorrillas, sus muslos… y ella se había abandonado con placer a sus caricias. Nunca podría olvidar lo que sus manos habían provocado en ella, y nunca dejaría de anhelarlo.

Vitória se había preguntado a menudo cómo habría sido su vida si en la desafortunada noche de la fiesta no hubiera descargado la tormenta, si no se hubieran visto obligados a buscar refugio en la vieja cabaña. ¿Qué habrían hecho allí fuera, en medio de los campos de café? ¿Intercambiar palabras y besos ardientes? ¿Se habrían quedado en eso? ¿Y habría podido dominarse León si no hubiera bebido? Un hombre como él tenía que saber lo que podía hacer cuando yacía con una mujer; Zélia le había contado que había formas de evitar un embarazo. ¿Cómo podían haberse dejado llevar de ese modo? ¿Y por qué le daban escalofríos cada vez que pensaba en ello?

¡No! Vitória salió de la bañera de un salto, llenando todo el cuarto de baño de agua, y se secó. No podía empezar otra vez desde el principio sólo porque anhelaba un abrazo, un beso. Eso podían dárselo también otros hombres. No le iba a dar a Léon la oportunidad de atormentarla de nuevo sólo porque su carne fuera tan débil. Había sobrevivido año y medio sin sus demostraciones de amor, y podría seguir viviendo sin ellas. Vitória cogió el frasco de los polvos de talco, se roció con ellos de la cabeza a los pies, se puso el albornoz y corrió a su habitación. Eligió el vestido más decoroso que tenía, y se hizo una severa trenza. Sabía lo que tenía que hacer.

Dona Alma estaba sentada en su butaca. A pesar del calor, se había echado una manta por encima.

—*Mãe*, ¿cómo se encuentra? ¿Tiene frío otra vez? —Vitória era de nuevo una hija cariñosa. Acercó una silla—. Déjeme que le dé un masaje en los pies para que le entren en calor.

Vitória agarró un pie de su madre, le quitó la zapatilla, lo puso sobre su regazo y comenzó a masajearlo. Era muy pequeño y estaba muy frío. Lo que no habían conseguido los gemidos y las lamentaciones de *dona* Alma en años lo consiguió su pequeño pie en segundos: Vitória sintió una gran compasión de su madre.

—¡Ah, qué bien sienta! —*Dona* Alma cerró los ojos complacida. Sólo los abrió cuando la intensidad del masaje disminuyó.

—¿Tú no has venido sólo a dar un poco de calor a tu pobre madre anciana?

—No

Las dos guardaron silencio un instante.

—Yo…

—Habla con el alma.

—¿Ha hablado *pai* con usted sobre la visita que espera esta tarde?

—No. ¿Quién viene?

—Ha invitado a León Castro.

—¡No!

—Sí. Pero eso no es lo malo. Ve en él a un potencial candidato a casarse conmigo.

—¡Ay, Vitória, no te puedo creer!

—Pues créame. Seguro que *papai* viene enseguida a explicarle cómo ha llegado a esa absurda idea. Yo querría que usted me ayudara a hacerle ver su… ejem… confusión mental en este asunto.

—No hables así de tu padre. Si no me equivoco, tú eras la que estaba antes loca por ese hombre.

—Por favor, *mãe*, ayúdeme a deshacerme de León Castro.

Dona Alma miró pensativa a su hija. Si aquel hombre le fuera indiferente, no le daría tanta importancia. Lo rechazaría con total frialdad, como había hecho con tantos otros. Para eso no necesitaba la ayuda de su madre, dominaba ese arte como ninguna. Había algo más. Y *dona* Alma quería averiguar de qué se trataba. Sería bastante interesante observar a

León y Vita durante la cena, aunque a ella, a *dona* Alma, le desagradara profundamente compartir la mesa con aquel hombre.

—Está bien. Me temo que la cena ya no la podemos suspender. Pero le vamos a poner en un pequeño aprieto, ¿te parece?

Vitória le dio un par de besos a su madre.

—¡Es usted un tesoro, *mãe!*

Al final todo salió al contrario de como habían planeado. Vitória se había transformado con gran esfuerzo en un ser anodino: pálida, con gafas, sin joyas y con un vestido más que modesto. Ningún hombre en su sano juicio la encontraría atractiva. Pero a León no parecieron impresionarle sus artimañas. Cuando se saludaron en el recibidor bajo la recelosa mirada de *dona* Alma y Eduardo, se comportó como todo un caballero.

—*Senhorita* Vitória, está usted encantadora.

—¡Qué amable es usted! —dijo Vitória con voz meliflua.

León le dio a Vitória un pequeño paquete.

—Espero que mi pequeño regalo le agrade más que mis cumplidos.

—¡Oh, me avergüenza! Permítame abrirlo más tarde.

Dejó el paquete a un lado e hizo a León un gesto de que la siguiera hasta el salón. Se sirvió un aperitivo con galletas saladas. Hablaron sobre temas sin importancia como el estado de los caminos tras las lluvias, la lentitud de la burocracia en el país y el nuevo juguete de un rico excéntrico de la capital, un aparato que se llamaba teléfono.

—¿Ha utilizado alguna vez un aparato de ésos? —preguntó *dona* Alma con verdadero interés.

—Sí, y es sorprendente. Se oye la voz de una persona que está a cientos de metros de distancia como si estuviera justo a tu lado. Creo que ese aparato será algún día indispensable.

Sólo entonces se dignó Vitória a participar en la conversación.

—Puede que tenga razón. Nadie podrá quejarse entonces de la lentitud del correo o de que se pierden las cartas. Todos los asuntos urgentes se podrán hablar por ese aparato.

Miranda entró para comunicarles que la cena estaba lista. Cuando los padres de Vitória salieron hacia el comedor, León le dirigió a Vitória una mirada burlona, le guiñó un ojo y rozó su mano como por descuido. Ella se sobresaltó y se alejó un poco de él. Pero no pudo escapar a sus molestas atenciones. Cuando él le retiró la silla para que se sentara, la acarició casi imperceptiblemente la nuca. Cuando recogió la servilleta que, de eso estaba Vitória completamente segura, había dejado caer intencionadamente, le rozó suavemente el tobillo. Cuando ella le acercó una fuente, él tocó su mano durante más tiempo del necesario, y eso delante de sus padres. ¡Qué descarado!

Él lo consideraba todo como un juego, y Vitória no tenía la más mínima duda de la falsedad de sus supuestos planes de boda. Sólo quería confundirla, humillar a sus padres, divertirse, nada más. Y en la elección de los medios carecía totalmente de escrúpulos. Involucró a *dona* Alma en una conversación sobre la Corte y mencionó hábilmente su supuesta amistad con la princesa Isabel. Supo convencer a Eduardo de su habilidad para los negocios, y disfrutó haciendo ver que era un hombre que en verdad no era.

Sólo perdió la serenidad cuando *dona* Alma le preguntó por sus orígenes.

—Mis padres, José Castro e Lenha y *dona* Doralice tenían una *fazenda* en el sur del país, en un pueblo llamado Chuí, junto a la frontera uruguaya. Hoy soy yo el propietario legítimo de esas tierras, pero las lleva un administrador, dado que yo no puedo ocuparme de ellas debido a mis múltiples compromisos.

—¡Oh! ¿Quiere decir eso que sus padres ya no viven?

—Sí, murieron hace algunos años… de sarampión.

León pidió perdón en silencio a su madre por esa mentira. ¿Pero cómo podía presentarse ante la familia da Silva como posible esposo de su hija cuando no cumplía todos los requisitos? Estaba en la mejor edad para fundar una familia. Era rico. Se había hecho famoso y se había presentado en sociedad hacía tiempo. Tenía buena presencia, estaba sano, era inteligente y el hombre adecuado para Vita. Incluso parecía tener ya a *dona* Alma de su parte. La mujer comía de su mano desde que sus contactos con la familia imperial le habían otorgado una especie de nobleza moral.

Pero por sus venas corría, aunque algo diluida, sangre india. Si Vita o sus padres se enteraban no volverían a recibirle en su casa. Le dolía de todo corazón, pero era inevitable: *dona* Doralice tenía que sufrir esa supuesta penosa muerte para allanarle el camino hacia un futuro con Vita.

XVI

São Luíz, la fazenda de la familia Peixoto, estaba a medio día de viaje en coche de caballos desde Boavista. Para llegar hasta allí había que atravesar intrincados caminos llenos de barro que en algunos tramos eran casi impracticables, pedregosos cauces de ríos y una extensa zona de bosque en el que la naturaleza tardaba menos en cubrir los senderos que los trabajadores en abrirlos. La vegetación amortiguaba el ruido del carruaje de un modo que hizo estremecer a Vitória. ¿O se sentía tan perdida a causa del atardecer, la niebla y el olor a podrido?

—¿Estás completamente seguro de que éste es el camino correcto? —Vitória tenía la impresión de que Bolo estaba más perdido que ella misma.

—Sí, por supuesto —dijo el muchacho en un tono de arrogancia que no coincidía con la expresión de sus ojos.

"Está bien", pensó Vitória. En algún momento tendrían que salir del bosque, y entonces podrían orientarse mejor. Si hubiera sabido lo incómodo que era el viaje hasta la nueva casa de Eufrásia, no lo habría emprendido. Pero ya llevaban tres horas de viaje y tenían que llegar hasta el final.

Justo encima de ellos un pájaro soltó un graznido tan fuerte y estridente que Bolo soltó las riendas y se santiguó.

—¿Quieres que guíe yo el coche para que tú puedas rezar tranquilamente?

Bolo sacudió la cabeza, estiró la espalda y puso en aquella pose todo el orgullo que tenía. Si la situación no fuera tan inquietante Vitória se habría reído de la reacción del muchacho. Pero no le encontraba la gracia a estar en medio del bosque sola con un esclavo adolescente, supersticioso y que, en caso de apuro, sería probablemente un estorbo. Resignada, cerró los ojos. Como allí no podía hacer mucho más que Bolo, sólo le quedaba confiar en que salieran pronto de aquel maldito bosque infestado de mosquitos.

Habían pasado varias semanas desde la última vez que se había reunido con Eufrásia. Desde entonces sólo se habían comunicado por escrito. Pero en esta ocasión tenía que hablar personalmente con ella, y aunque Vitória sabía que su amiga no era muy buena consejera, sentía la urgente necesidad de hablar con ella. ¿Con quién si no? Los padres de Vitória se habían dejado influir tanto por León que era imposible hablar con ellos de un modo objetivo. Pedro era amigo de León, por lo que tampoco era imparcial. Y hacía tiempo que Joana estaba firmemente convencida de que León y Vitória estaban hechos el uno para el otro, por lo que sería inútil hablar con ella de ese tema. De todas las personas que rodeaban a Vitória, Eufrásia era la única que la podría ayudar en su dilema. Por muy torpe y superficial que fuera, Eufrásia tenía una notable perspicacia cuando se trataba de cerrar un negocio ventajoso. Y justo eso sería su boda con León. ¿O no?

A través de los párpados cerrados Vitória notó de pronto que había más claridad. En ese momento Bolo exclamó aliviado:

—¡Lo hemos conseguido!

Realmente no habían llegado todavía, pero al menos no se habían perdido. El tramo que les quedaba era más transitable. Gracias a la descripción que les había enviado Eufrásia podrían orientarse con facilidad. Avanzaron sin problemas por las fincas, arroyos y colinas señalados, y una hora más tarde estaban por fin en São Luíz.

La *fazenda* estaba sobre una bella colina desde la que había una maravillosa vista sobre el paisaje verde y suavemente ondulado. La mansión era más pequeña que la casa grande de Boavista, pero su color rosado y los relieves pintados en blanco le daban un aspecto más elegante. Por lo que Vitória vio a primera vista, todo estaba impecable. El camino de grava estaba limpio de hierbas, las palmeras reales podadas, los macizos de flores muy cuidados. Lo único que parecía descuidado era su propio coche, pensó Vitória cuando se bajó y vio los pegotes de barro en la puerta. Pero allí debían estar acostumbrados, al fin y al cabo todas las visitas llegaban por el mismo camino infernal.

—¡Vita! ¡Qué bien que hayas venido! ¿Ha sido malo el viaje?

—¡Y que lo digas! ¿Por qué no me lo has advertido?

—¿Habrías venido entonces? —Eufrásia soltó una risita con la que quería demostrar su picardía y parecer al mismo tiempo inocente. El resultado no le gustó nada a Vitória. A lo mejor no había sido tan buena idea ir hasta allí.

—¡Ay, Vita, cuánto te he echado de menos! Me tienes que contar todo con detalle. ¿Has oído algo de Florinda? ¿Ha pescado ya a algún hombre? ¿Qué hace tu hermoso Rogério, te ha dejado ya por imposible? ¿Y qué novedades hay de la prolífica Isabel y su infiel Rubem? No te olvides de ningún detalle, quiero saberlo todo, hasta lo más insignificante.

—Eufrásia, ¿no me vas pedir que entre? ¿No me vas a ofrecer algo de beber? ¿No vas a dejar que me cambie de ropa?

—¡Oh, cielos, Vita, disculpa! Pero es que aquí estoy tan apartada del mundo que mi afán por saber todo lo que ocurre ahí fuera me ha hecho olvidar mis buenos modales.

Una vez que Vitória se hubo refrescado, se sintió mejor preparada para someterse al interrogatorio de Eufrásia. Pero no había contado con la presencia de la familia política de su amiga.

—Vitória, qué agradable tenerla con nosotros —dijo *dona* Iolanda. Vitória sólo había visto una vez a la suegra de Eufrásia, en una de las fiestas que los Teixeira organizaban todos los años en mayo. Recordaba a la mujer más alta y más hermosa. Ahora se encontraba ante una *senhora* más bien baja y poco atractiva.

—Sí, yo también me alegro de poder visitarles por fin —Vitória dio un par de besos a *dona* Iolanda—. En Boavista hay tantas cosas que hacer que apenas queda tiempo para salidas tan agradables.

—¿Toma usted café?

—Sí, encantada.

—Zuca, trae dos tazas de café, y para *sinhá* Eufrásia, como siempre, té —ordenó *dona* Iolanda a la negra que estaba en silencio en la puerta del salón.

Eufrásia miró con un gesto de protesta, pero no se atrevió a oponerse a su suegra. Desde que estaba embarazada ya no mandaba sobre su cuerpo. El plan impuesto por el médico con respecto a sus comidas había hecho que Eufrásia perdiera el gusto por ellas. Tenía prohibido tomar demasiado azúcar, lo mismo que carnes rojas, verduras crudas o especias fuertes; el café y el alcohol, ni probarlos. Una vez por semana era sometida a revisión, pero los resultados no se los comunicaban primero a ella, sino a *dona* Iolanda y a Arnaldo.

—Mi hijo y mi marido —dijo *dona* Iolanda dirigiéndose de nuevo a Vitória— llegarán esta noche. Han tenido que hacer un urgente viaje de negocios.

—¡Oh, qué lástima! —Vitória no consiguió conferir a su voz el tono de decepción adecuado.

—Sí. Pero, por otro lado, así tendremos tiempo de hablar a solas —dijo Eufrásia lanzando una pérfida mirada a su suegra.

Pero *dona* Iolanda no tenía intención de dejar solas a las dos amigas. Quizás ella también quisiera conocer todas las novedades, pensó Vitória. Al fin y al cabo, seguro que no llegaban muchos visitantes hasta São Luíz. ¿O sólo quería asegurarse de que no ejercería ninguna influencia negativa sobre la madre de su futuro nieto y sobre la criatura? ¡Cielos, qué castigo! ¡Eufrásia no se merecía que la incapacitaran de aquel modo!

Vitória asumió su papel y contó a las dos mujeres todas las novedades que querían oír. Pero no pudo evitar comenzar por las historias más aburridas y menos importantes. Habló sobre la epidemia que había reducido a la mitad el número de cerdos de los Barbosa, y de la beca que le habían concedido al hermano de Florinda en el Conservatorio. Se extendió describiendo la ampliación del hospital de Vassouras y lo que habían hecho las *senhoras* para recaudar fondos, alegrándose de las caras largas de Eufrásia y *dona* Iolanda.

—No nos tortures más, Vita. Háblanos de Rubem Araújo. El rumor de que es cliente de un burdel de Valença ha llegado hasta aquí.

Dona Iolanda lanzó una mirada de reproche a su nuera, pero no la interrumpió. Probablemente se alegrara de que Eufrásia llevara la conversación hacia temas tan delicados como atractivos y que las damas sólo trataban con reservas en su círculo de amistades.

—¡Oh, no sé nada sobre eso! Pero dado que Rubem es un conquistador incorregible y que Isabel está embarazada de su segundo hijo, se podría deducir…

—¿Isabel está embarazada otra vez?

—Sí, la pobre. A lo mejor incluso manda a su marido a esas casas para que él…

—¡Cielos santo, Vitória, Eufrásia! Esto ha ido demasiado lejos. No vamos a entrar en ese tipo de sucias especulaciones.

Pero ellas sí querían hacerlo, las miradas que intercambiaron las dos amigas eran inequívocas. Eufrásia y Vitória se echaron a reír a la vez.

—Tiene usted toda la razón, *dona* Iolanda —dijo Vitória—. Las necesidades específicas de los hombres no son tema para una conversación entre damas. No es que yo entienda mucho de ello... —Vitória guiñó un ojo a Eufrásia—. Probablemente menos que la pobre Florinda, que, si son ciertos los rumores de la gente, se tendrá que casar en breve.

—¡No! —exclamaron Eufrásia y su suegra al unísono—. ¿Y quién es el afortunado?

—Se llama Miguel Coelho. Es el profesor de piano de Florinda, pobre como una rata y tan feo que Florinda a su lado parece toda una belleza.

—¡Dios mío! —A Eufrásia se le veía claramente en la cara que se alegraba del mal ajeno. No había contado con una novedad tan escandalosa.

—Quizás —añadió *dona* Iolanda después de haber sonsacado a Vitória todo tipo de detalles con sus penetrantes preguntas—, quizás no sea todo tan malo. A pesar de la fortuna de la familia no había ningún admirador a la vista, si no me equivoco. Dentro de diez años, qué digo, dentro de tres años ya se habrá olvidado todo. El profesor de piano aprenderá a comportarse como un *senhor*; tendrán más niños, y Florinda será una madre estupenda. Sí, visto así es incluso lo mejor que le podía pasar a la pobre muchacha. No hay nada más horrible para una mujer que acabar siendo una vieja solterona.

Al pronunciar las últimas palabras *dona* Iolanda miró a Vitória con compasión.

—Sí, un final trágico. Aunque yo personalmente encuentro más horrible para una joven entrar a formar parte de una familia que le roba todos los derechos, privilegios y libertades de una mujer casada. Ya sé —añadió Vitória conciliadora después de ver el gesto de horror de Eufrásia— que ésos son casos aislados.

Dona Iolanda no dejó ver lo indignada que estaba por aquella descarada afrenta, pero poco después se retiró.

—Por desgracia tengo que dedicarme ahora a ocupaciones menos agradables. Pero esta noche tendremos oportunidad de seguir conversando.

Cuando *dona* Iolanda salió del salón, Vitória miró a su amiga sin comprender.

—No digas nada. No va a cambiar nada —Eufrásia tomó un sorbo de té y se volvió hacia la sirvienta—. Zuca, ¿qué haces ahí escuchando? Déjanos solas.

Zuca miró ofendida, hizo una pequeña reverencia y cerró la puerta de golpe tras de sí.

—¡Cielos! ¿Cómo aguantas esto? ¿Cómo dejas que te traten así?

—Todos los negros se han confabulado contra mí. Son vagos y descarados, y me espían continuamente.

—No me refería a la muchacha. Hablo de *dona* Iolanda. ¿Cómo puedes soportar que decida por ti?

—No se puede hacer nada contra esa mujer. Créeme, Vita, he probado a ser insolente, a ser tierna, me he rebelado abiertamente, he tramado pequeñas intrigas. Pero *dona* Iolanda está muy por encima de mí. Conoce todos los medios para humillar a una persona, y yo me siento impotente. Desde que me someto a su voluntad mi vida en São Luíz es mucho más agradable que al principio.

—¿Pero Arnaldo no hace nada al respecto?

—¿Arnaldo? ¡Ja! Piensa que su madre es una santa. Cuando le cuento lo mal que se porta conmigo, sencillamente no me cree. Piensa que soy una mentirosa y que *dona* Iolanda es la víctima de mis maldades. ¿Sabes, Vita? En algún momento me di cuenta de que no me sirve de nada quejarme de esa víbora, al contrario, sólo me perjudica. Desde entonces mantengo la boca cerrada, y eso ha beneficiado a nuestro matrimonio. Arnaldo es como cera en mis manos.

—Arnaldo es cera en las manos de cualquiera.

A Vitória se le escapó la observación antes de que pudiera pensar sobre sus consecuencias. Pero Eufrásia la miró con resignación.

—Puede ser. Sí, tienes razón, no es precisamente un prodigio de fuerza de carácter y voluntad. Pero es rico. Me ofrece todo el confort que en los últimos meses yo echaba tanto de menos en Florença, y te lo digo honradamente, sólo por eso ya me compensa aguantar a *dona* Iolanda. Algún día, un día no muy lejano, pues Otávio Peixoto ya es mayor y tiene el corazón muy débil, Arnaldo será el señor de São Luíz. Y entonces, querida, yo asumiré aquí el mando, puedes creerme.

Vitória la creía. Pudo ver mentalmente cómo Eufrásia se metía en el papel, cómo dirigía a los esclavos, cómo humillaba a *dona* Iolanda y cómo cometía con sus hijos los mismos errores que *dona* Iolanda había cometido con Arnaldo. Vio también a una mujer de edad mediana con la comisura de los labios hacia abajo, con profundas arrugas en la frente y cuyo rostro sólo dejaba ver tristeza y estrechez de miras.

—Por lo demás —continuó Eufrásia—, tengo que estar de acuerdo con *dona* Iolanda al menos en un punto: cualquier cosa es mejor que ser una vieja solterona.

Disfrutó jugando su único triunfo. Quizás no era tan bonita, tan inteligente y tan rica como Vitória. Pero tenía un marido.

—Yo no sé qué os creéis todos. Tengo veinte años y diez admiradores por cada dedo de la mano. No es una mala situación ¿Por qué voy a casarme ahora?

—Para poder hacer lo que quieras.

—¿Cómo tú?

—¡Dios mío, otra vez! Vita, ¿tienes que seguir echando sal en mis heridas? Pero si lo quieres así: sí, como yo. Alguna vez tendré todas las libertades con las que sueño. —Eufrásia se inclinó hacia delante pesadamente, como si tuviera ya la tripa abultada, aunque no se le notaba el embarazo lo más mínimo. Cogió la cafetera, que estaba sobre un calentador en el centro de la mesita auxiliar, y sirvió café en su taza de té vacía. Añadió dos cucharadas de azúcar. Mientras lo removía, prosiguió con la enumeración de las ventajas de su matrimonio—. Además, si te casas conocerás los placeres del amor físico.

—Para eso no se necesita un marido.

—¡Vita! ¿De dónde sacas esas ideas? Claro que se necesita un marido. ¿O es que quieres tener hijos ilegítimos?

—No quiero tener hijos.

—Dime: ¿te encuentras bien? Apenas te reconozco. Antes querías tener un marido y niños como toda mujer normal.

—No te preocupes por mí, Eufrásia. Estoy bien. Sólo juego con la idea de casarme.

—Pero me acabas de decir que tú…

—Falso. Sólo he preguntado que por qué debía casarme. Sólo esperaba que me dieras una respuesta razonable.

—Dime, ¿ha pedido Rogério tu mano?

—No. Pero León Castro sí.

Eufrásia casi se atraganta con el café.

—Como se enteren tus padres…

—Es más. Mis padres están encantados con él.

—Vita, ¿me estás tomando el pelo?

—No. Ya me gustaría que fuera así.

—Pero dona Alma debe odiar a ese hombre. Sus ideas, su actitud, su profesión… todo lo contrario de lo que una dama de la alta sociedad desea para su hija.

Esta vez fue Vitória la que se sirvió un café antes de seguir hablando. Eufrásia había olvidado llenarle su taza.

—Desde que León ha vuelto de Europa han cambiado algunas cosas. Ha alcanzado fama y prestigio, y la princesa Isabel le invita con regularidad. Eso ha impresionado profundamente a mi madre. Además, no parece tan falto de recursos como todos pensábamos. Tiene dos *fazendas*. No —dijo Vitória con énfasis cuando vio la cínica sonrisa de Eufrásia—, no son simples granjas de gallinas. Mi padre ha hecho indagaciones en el catastro de Chuí y en Três Corações y ha comprobado que se trata de fincas importantes y provechosas. Desde entonces piensa que León es el marido adecuado para mí.

—Pero nosotras dos sabemos que tú no das demasiada importancia a esos argumentos y menos aún a los deseos de tus padres. ¿Qué es lo que te lleva a tomar en consideración esa inaudita propuesta?

—¿Quizás la necesidad de amor físico?

—¡Olvídalo! No merece la pena que te entregues a un hombre como León Castro por eso.

Vitória soltó una sonora carcajada. Eufrásia la miró indignada.

—Sí, sí, está bien. Por favor, deja de reírte de mí, y cuéntame cuál es el verdadero motivo.

Vitória tomó a su amiga de la mano y la ayudó a ponerse de pie.

—Vamos a pasear un poco. Hace muy buen día, y yo no conozco São Luíz. Durante el paseo te lo contaré todo.

—No creo que *dona* Iolanda me deje salir. En mi estado cualquier exceso físico supone un peligro.

—¡Pamplinas! El aire libre te sentará bien. Además, no vamos a ir a paso de marcha, sólo vamos a pasear tranquilamente.

Eufrásia no estaba convencida de que un paseo fuera lo más aconsejable. Pero la idea de enseñarle la *fazenda* a Vitória le subió el ánimo. Cuando se encontraron a *dona* Iolanda en el recibidor, Eufrásia no le pidió permiso, simplemente le comunicó que iba a estirar un poco las piernas. Antes de que la suegra pudiera poner cualquier objeción, Vitória empujó levemente a su amiga por la puerta y desde la escalera exterior exclamó:

—¡Yo cuidaré de ella!

Vitória no se percató mucho de la belleza de la *fazenda* y del paisaje donde estaba ubicada. Todo su interés estaba centrado en la conversación que había mantenido con León y que ahora le resumía a Eufrásia. Se habían sentado en la orilla de un lago artificial desde el que apenas se veía la casa. En la hierba había unas piedras colocadas bajo los eucaliptos de modo que uno se pudiera sentar cómodamente a la sombra a contemplar el lago sobre el que había un puente colgante.

La mirada de Vitória se había perdido en un punto indeterminado de la ondulada superficie del agua.

—Tú ya sabes que yo estoy convencida de que este mundo, tal como lo conocemos, tiene los días contados. Cuando la esclavitud quede abolida, nos quedaremos sin nada. Todo esto —y señaló el pintoresco entorno— quedará arruinado, abandonado, asilvestrado, cuando no haya esclavos que lo cuiden.

—Lo sé, lo sé, ya me lo has contado. Y yo sigo pensando que eso es una tontería. ¿Pero qué tiene que ver eso con la proposición de León Castro?

—León me ha asegurado que siendo su mujer no sólo podré disponer libremente de mi dote, sino que además podré administrar también su dinero.

—Bien, ¿y?

—Pero ¿no entiendes, Eufrásia? Ninguno de los hombres que conozco me dejaría tanta libertad en ese aspecto.

—No querrás hacerme creer que si te casas es sólo porque de ese modo puedes salvar tu fortuna. Una medida, por cierto, que sólo tú, con tu inexplicable pesimismo, consideras necesaria.

—Sí, justo eso quería decir.

—Entonces, ¿has aceptado su proposición?

—No.

—Ah, ¿y por qué no? ¿Te queda todavía un poco de sensatez?

—Al contrario. Me queda un poco de sentido del romanticismo. León no me ama, y yo no le amo a él.

—Esto es cada vez más complicado. ¿Por qué se quiere casar contigo?

—Por consideraciones igualmente prácticas. Asegura que a su edad y en su posición no quiere seguir apareciendo en público como soltero. Necesita una mujer a su lado. Una mujer respetable con la que pueda ir a la Corte sin levantar comentarios.

Cuando oyó aquella afirmación de boca de León, Vitória se sintió muy dolida. Le habría gustado escuchar que él la amaba, que la adoraba, que la necesitaba como a ninguna otra mujer. Sólo días más tarde se dio cuenta de que había herido su vanidad. Y si hablaban del matrimonio como si sólo fuera un negocio en el que ambas partes podían beneficiarse, entonces se comportaría como correspondía a una mujer de negocios: serena, objetiva, dejando los orgullos personales a un lado.

—No sé, Vita —dijo Eufrásia devolviéndola a la realidad—. Me temo que él se va a equivocar contigo. Estás completamente loca.

La misma impresión debió tener el resto de la familia Peixoto aquella misma noche. Cuando Vitória se sentó a la mesa estaba como ausente y no dejó de remover la comida. Las preguntas del *senhor* Otávio, relacionadas exclusivamente con la recolección del café, las respondió con monosílabos, las observaciones de *dona* Iolanda sobre el tiempo las comentó sin ganas y le irritaron las afirmaciones de Arnaldo. El marido de Eufrásia carecía de ingenio, de inteligencia y de encanto de forma tan evidente que Vitória no lo podía soportar. ¿Cómo aguantaba Eufrásia? Su amiga podía ser altiva y tener una idea del mundo muy limitada, pero no era tonta.

Una vez servidos el café y el coñac, Eufrásia recibió un vaso de leche caliente. Entonces Vitória se despidió a toda prisa. No pasaría con aquella gente un segundo más de lo que le obligara la cortesía. Se disculpó diciendo que estaba muy cansada a causa del viaje y se retiró a su habitación.

¡Necesitaba aire! Vitória corrió las cortinas y abrió la ventana y las contraventanas. El aire de la noche que entró en la habitación era suave y cálido. Olía a hierba recién cortada, a eucalipto, a tierra mojada y, muy suavemente, a fuego de leña. En el cielo brillaba la luna, una delgada media luna que en el aire brumoso parecía tener un fino velo delante. Las estrellas no se veían debido a la fina bruma, pero Vitória se quedó unos minutos en la ventana mirando al cielo y respirando el aire cargado de olores. ¡Qué insignificantes, qué pequeños eran todos a la vista de las inconmensurables dimensiones del universo! Los problemas de los Peixoto, sus propios problemas… todo le pareció de pronto vano, trivial. La tierra seguiría girando independientemente de que Otávio Peixoto plantara maíz o no, de que *dona* Iolanda fustigara o encerrara a la esclava rebelde, de que Arnaldo comprara o no el caballo de carreras, de que Eufrásia tuviera un niño o una niña, de que ella misma se casara o no con León Castro. Así de sencillo era todo. Y así de tranquilizador.

La despertaron los sonidos que anunciaban el comienzo de un nuevo día. El ruido metálico de las lecheras y del trote de los caballos en el patio, las voces de los esclavos, el crujir de las maderas del pasillo por el que andaba alguien que no quería molestar. Vitória necesitó unos segundos para orientarse y recordar que no estaba en Boavista. Se incorporó y miró por la ventana. El sol no había salido todavía, pero por los colores violáceos del cielo calculó que serían las cinco de la mañana. Le gustaban las primeras horas del día… cuando estaba en casa. ¿Pero qué iba a hacer allí, en São Luíz, antes de que se sirviera el desayuno, cosa que no se haría antes de las siete? No podía ir en bata a la cocina para que la cocinera le preparara un café, ni acomodarse en el cuarto de trabajo a revisar un par de papeles aprovechando el buen estado de ánimo que tenía al levantarse. Por otro lado, ¿qué pasaba si se levantaba, se vestía y bajaba a por un café? Al fin y al cabo, no era una prisionera. Seguro que ya había alguien en la cocina, y si allí funcionaba todo como en Boavista, el fuego habría estado encendido toda la noche. Vitória se arregló a toda prisa y salió de la habitación. Se deslizó en silencio por el pasillo, sintiéndose como una delincuente. Bajó la escalera sin hacer ruido, con cuidado para no tropezar en la oscuridad y despertar a los demás. Pero al parecer sus temores eran infundados. Cuando llegó abajo, vio luz por debajo de la puerta del comedor y oyó un murmullo de voces. Dubitativa, llamó a la puerta.

—¿Sí? —respondió una voz femenina.

—Buenos días —dijo Vitória entrando al comedor, donde dos sirvientas estaban poniendo la mesa.

—¡*Sinhá* Vitória, qué madrugadora!

—Sí, Zuca. No quiero desayunar todavía. Pero sería estupendo que me pudieras traer un café.

—Por supuesto, inmediatamente.

La muchacha salió corriendo de la habitación, probablemente pensando no tanto en cumplir cuanto antes el deseo de Vitória como en avisar al resto de esclavos de la casa del extraño comportamiento de la *senhorita* blanca. Aparte del *senhor* Otávio, ningún miembro de la familia Peixoto se levantaba antes de las nueve.

La otra sirvienta carraspeó.

—¿Desea alguna otra cosa, *sinhá?*

—No, muchas gracias. ¿Cómo te llamas?

—Yo soy Verinha.

—¡Ajá! —Eufrásia le había hablado de Verinha en sus cartas, describiéndola como una esclava insolente, torpe y charlatana que le hacía la vida imposible en São Luíz—. Yo soy Vitória da Silva.

—Lo sé. ¿Es realmente amiga de la *sinhá* Eufrasia? Es usted muy distinta a ella.

—Sí. Dos personas no necesitan parecerse para ser amigas.

Verinha encogió los hombros ante una afirmación tan ingenua.

A Vitória le habría gustado saber a qué diferencias se refería exactamente la muchacha, pero no preguntó. No tenía ganas de iniciar una conversación, y menos aún una conversación con una esclava sobre los defectos de Eufrásia. Pues sobre ella, de eso estaba segura Vitória, quería hablar Verinha.

—Tú haz como si yo no estuviera aquí, ¿vale? No dejes que mi presencia afecte a tu trabajo. Sólo me voy a tomar un café y luego me iré.

—¿Adónde irá tan temprano?

—No creo que te importe. Pero, bueno, daré una vuelta por la casa, veré el huerto de hierbas aromáticas...

—¿Quiere ver los cachorros?

—¿Tenéis cachorros? Eufrásia no me ha dicho nada. Sí, me gustaría verlos.

—Pero no les dirá a *sinhá dona* Iolanda o a *sinhá* Eufrásia que la he llevado, ¿no? Si se enteran se me caerá una buena paliza.

—¿Por qué? ¿Qué hay de malo en que me enseñes los cachorros?

—Nada. Pero no quieren que vaya tanto a las cuadras. Dicen que luego huelo a estiércol de caballo.

—Entonces, si a las dos damas de la casa no les gusta, no debes hacerlo.

Vitória estaba desilusionada. Le gustaban los cachorros. En Boavista hacía años que no tenían. La vieja perra había muerto poco tiempo antes, y ahora sólo tenían un triste mastín que no servía para nada. Habrían buscado nuevos perros si *dona* Alma no creyera que en Boavista, donde no se necesitaban perros guardianes ni perros de caza, se vivía mejor sin ladridos ni pelos de perro por los muebles.

—Por otro lado —prosiguió Vitória, sonriendo pícaramente—, no tiene por qué enterarse nadie.

Una vez que hubo tomado el café, se volvió hacia Zuca:

—Le he pedido a Verinha que me acompañe a las cuadras. Volverá enseguida.

Zuca las miró estupefacta cuando abandonaron el comedor.

En las cuadras les invadió el intenso olor del heno y los caballos. En otras circunstancias Vitória se habría entretenido más tiempo admirando cada caballo. Pero ahora ni siquiera miró a derecha e izquierda, sino que siguió casi sin aliento a la muchacha hasta el final de la cuadra. En el último compartimento había una preciosa perra dálmata amamantando a cinco cachorros. El animal levantó la cabeza en un gesto que podía significar letargo, pero también agotamiento, y movió las orejas. Luego dejó caer la cabeza, mirando aburrida a la pared. Los cachorros parecían dispuestos a devorar a su madre. Eran ya relativamente grandes, demasiado grandes para estar mamando tranquilamente. Se subían unos encima de otros buscando el mejor sitio.

—¡Cielos, son preciosos!

—Sí, es verdad. Pero como son mestizos, los amos no los podrán vender. Probablemente los maten muy pronto.

—¡No! —se le escapó a Vitória.

Nada más verlos se había enamorado de los cachorros, sobre todo del más pequeño. Era completamente blanco, con las patas y una oreja negras. Vitória se arrodilló y cogió a la pequeña criatura en sus manos. Al pequeño cachorro pareció agradarle la atención que se le prestaba. Movió el rabo, se revolvió inquieto y lamió la cara de Vitória. Cuando ésta lo dejó de nuevo en el suelo, soltó un quejido y se quedó delante de Vitória.

—Usted le gusta —dijo Verinha.

—Sí, y él me gusta a mí. Les preguntaré a tus amos si puedo quedarme con él.

—¿Así, sin saber qué tipo de perro será?

—¡Oh, sí! Veo que va a ser grande. Seguro que el padre tiene buen tamaño.

Vitória miró a Verinha, y enseguida se dio cuenta de lo ridícula que había sido su observación. Tragó saliva y centró su atención de nuevo en el cachorro, que se había tumbado de espaldas a sus pies. Vitória le rascó la tripa, que era todavía muy suave y rosada.

—Sí —susurró—, tu padre es muy grande y tu madre muy bonita. ¿Qué puede salir mal?

Puso al cachorro en su regazo y le dejó jugar con sus dedos. Cuando saltó y quiso lamerle la cara, Vitória lo puso en el suelo junto a sus hermanos.

—¿Sabe ya cómo lo llamará?

—Hum, a lo mejor Sábado, porque hoy es sábado. Sí, creo que Sábado es un buen nombre.

—Sábado es el más listo de todos. Yo he venido todos los días a ver a los cachorros y los conozco muy bien. Ha hecho una buena elección.

El pensamiento de Vitória ya estaba en otra parte.

—¿Puedes conseguirme todo lo que necesito para el transporte del perro? Una cesta, una manta, una botella con leche, un par de galletas o algo así. Me iré hoy a mediodía, y el viaje dura un par de horas. No queremos que al pequeño Sábado le falte nada durante el viaje, ¿no?

En la puerta del compartimento se volvió para echar un último vistazo a la perra y sus cachorros. Sábado la había seguido y daba torpes saltos sobre sus pies. A Vitória se le rompió el corazón. Le habría gustado quedarse para jugar con los perritos. Pero luego, en el coche, tendría tiempo suficiente para ocuparse del animal. Ahora tenía que ir a desayunar y olvidarse del destino que les esperaba a los otros cachorros. No tenía ni el derecho ni la posibilidad de hacer nada por las indefensas criaturas. Y no podía llevarse más de un animal.

Vitória desayunó con el *senhor* Otávio. Los demás seguían durmiendo. Le pidió si podía llevarse uno de los cachorros y él levantó los hombros sin comprender.

—Por supuesto, si en Boavista encuentran utilidad para un perro mestizo…

A última hora de la mañana Eufrásia se dignó a honrarla con su presencia. Vitória intentó que no se le notara mucho su disgusto. Si una amiga suya hubiera hecho un viaje tan largo para verla y se quedara tan poco tiempo, le habría dedicado cada segundo. Le contó brevemente que se iba a llevar uno de los cachorros, lo que hizo explotar a Eufrásia.

—¿Te ha llevado Verinha? Esa negra estúpida tiene órdenes estrictas de no acercarse más a los perros. ¡Me va a oír!

Y salió a toda prisa hacia la cocina.

Vitória salió también de la habitación. Eufrásia y ella no tenían ya nada de que hablar, eso estaba claro. En cuanto Bolo hubiera enganchado los caballos y la muchacha le hubiera preparado sus maletas, se marcharía. Aunque tampoco había hecho el viaje en vano. Vitória no sólo se llevaba un dulce cachorro a casa, sino también una decisión que Eufrásia, sin saberlo y sin querer, le había ayudado a tomar. Antes de marchitarse al lado de un hombre como Arnaldo, sin ningún tipo de libertad, placer sensual o estímulo intelectual, prefería quedarse sola el resto de su vida. Pero había una alternativa que, tras la deprimente observación de las condiciones de vida de Eufrásia, le pareció aceptable, e incluso deseable: se casaría con León.

XVII

Pedro miraba por la ventanilla del tren sin percibir el paisaje que pasaba volando ante sus ojos. Todavía no se había repuesto del sobresalto que le había producido la noticia de la boda de Vita y León. ¿Cómo podía no haberse dado cuenta de que aquel romance iba en serio? Él creía que no se trataba más que de un coqueteo. A su hermana siempre le había gustado que le prestaran atención hombres atractivos, y a León estaba claro que le gustaba la provocación. ¡Y ahora esto! Seguro que el muy bribón había dejado a Vita embarazada. ¿Qué otro motivo podía haber para preparar aquella boda con tanta prisa?

—Por favor, Pedro, no hagas tantos gestos. No tienes por qué ver esta boda de un modo tan negativo. —Joana ya había discutido muchas veces con Pedro sobre el tema, pero seguía sin entender que su marido viera con tan malos ojos la boda de Vita y León—. León es el hombre perfecto para tu hermana. Es inteligente, tiene dinero, es atractivo. Y la ama. La idolatra.

—Tiene ideas políticas equivocadas.

—¡Dios mío, Pedro, basta ya de una vez! Si los matrimonios sólo se acordaran por la afinidad de las ideas políticas, la humanidad habría desaparecido hace tiempo. Además, León no es un anarquista o algo similar. Defiende ideas liberales que son bastante razonables y aceptadas por la sociedad. Tú mismo estabas fascinado antes con él. Si no recuerdo mal, fuiste tú el que les presentó.

—Sí, sí. No me lo recuerdes otra vez. Fue uno de los mayores errores que he cometido en los últimos años.

—Intenta, al menos, alegrarte por Vita. Como mujer casada tendrá más derechos que hasta ahora. Se trasladará con León a Río, y nos podremos ver más a menudo. ¡Ay, yo lo encuentro maravilloso! Y tú también, ¿verdad, Aaron?

Aaron sonrió molesto. ¡Cuántas veces había deseado que Vita fuera a Río, donde podría verla cuando quisiera! ¡Pero no como esposa de León Castro! Estaba bien: tenía que aceptar que el hombre no era una mala elección. Gozaba de gran prestigio como político y como periodista, y su carrera prometía seguir en ascenso. Además, la atracción física que existía entre León y Vita casi se podía palpar; cualquiera que hubiera sido testigo de su baile dos años antes había notado aquel magnetismo. Por lo demás, Aaron compartía algunas de las reflexiones de Pedro. ¿Por qué esas prisas? ¿Estaba Vita realmente embarazada de León? Tener que casarse a toda prisa no era un buen punto de partida para un matrimonio feliz. Otro motivo aún peor sería el deseo de provocar. Aaron conocía a León lo suficiente para saber que estaría dispuesto a hacer lo que fuera por dar la nota o conseguir un buen efecto sorpresa. ¿Sería capaz de casarse con una *sinhazinha*, con la hija de un negrero, sólo por llamar la atención, por provocar una polémica, un escándalo? Entre los seguidores de León estaba surgiendo ya un agrio debate sobre si un hombre con las ideas de Castro seguiría siendo aceptable si se unía de aquel modo al "enemigo". ¿Se casaría Vita con un abolicionista sólo por desafiar a sus padres o por un simple afán de aventura? Todo era posible. ¿Pero qué pasaría luego, cuando cesara el deseo sexual, cuando los embarazos hubieran deformado el precioso cuerpo de Vita y León huyera de casa por los gritos de los niños? ¿Cuando la sociedad acabara aceptando aquel matrimonio desigual y desapareciera la atracción de lo prohibido? No, Vita y León no encajaban el uno con el otro. Al menos a largo plazo. Y él, Aaron, esperaría pacientemente a que llegara su momento.

En la estación de Vassouras se encontraron a otros conocidos de Río que habían viajado en el mismo tren y que habían sido invitados a la boda.

—Mira, Pedro —dijo Joana, señalando en dirección hacia un señor mayor—, hasta el viejo Pacheco ha venido.

—Sí —respondió Pedro en tono seco—. Nadie se quiere perder esta boda imposible.

—He oído que va a venir la prensa —dijo Aaron, provocando un enojado gruñido de Pedro.

—Naturalmente, seguro que León ha invitado a algunos colegas… ya que no puede contar con su familia.

Éste era uno de los aspectos que Pedro censuraba a su futuro cuñado. ¿Qué hombre formal no tenía una tía respetable o, al menos, algún primo lejano? Habría que pensar que León tenía unos orígenes sumamente humildes.

—No seas injusto, Pedro. Si Aaron se casara tampoco tendría parientes que fueran a su boda. No todos tienen la misma suerte que tú.

—Eso es otra cosa. Aaron ha perdido a sus padres, y el resto de su familia vive en Europa, sin posibilidad de hacerle una visita. Pero León… es brasileño, al menos la mitad, si hemos de creer sus escasas explicaciones sobre sus antecedentes familiares. ¡Tiene que tener a alguien!

—Naturalmente que lo tiene, él mismo nos lo ha dicho. Pero no tiene buenas relaciones con sus parientes. ¿Qué hay de extraño en ello?

—¡Ay, déjalo! Es sencillamente muy extraño. Mira, ahí está nuestro coche.

Los tres se dirigieron hacia el coche de caballos, en el que había un muchacho al que Pedro no conocía, pero que tampoco le era del todo desconocido. El joven bajó de un salto, se presentó como Bolo, el sucesor de José, y saludó al pequeño grupo.

—¿Qué le ha pasado al viejo José?

—Nada. Está ya viejo y débil, así que sólo hace viajes cortos. Pero mañana vendrá a Vassouras, no quiere perderse la boda de nuestra *sinhazinha* por nada del mundo.

—Ya, ya. Y los demás esclavos, ¿vendrán también?

—Naturalmente, *sinhá* Vitória ha invitado a todos los esclavos. Detrás del hotel montarán una tienda especial para nosotros, en la que habrá *feijoada* y *cachaça* para todos. ¡Ninguna *sinhazinha* del valle es tan buena con su gente!

Pedro no dijo nada. Tenía la sospecha de que la idea provenía más bien de León, que intentaría, de este modo, enmendar su "traición" a los esclavos. Cómo había conseguido el consentimiento de *dona* Alma y Vita a esta inaudita medida era algo que escapaba a la imaginación de Pedro.

Bolo les llevó hasta el Hotel Imperial, que ya estaba adornado para la fiesta del día siguiente. Delante de las ventanas se habían colocado jardineras con orquídeas blancas, y dos muchachas negras colgaban alrededor de las puertas guirnaldas con rosas blancas y rosadas hechas con papel rizado. Un hombrecillo de ademanes afeminados corría de un lado para otro dando instrucciones a voz en grito, lo que no pegaba nada con su aspecto, sobre cómo había que fijar los adornos. Ante la entrada del hotel había una alfombra enrollada que, según pensó Pedro, se desplegaría al día siguiente para que los novios avanzaran por ella. ¡Los novios! ¡Cielos, prefería no pensar en ello! ¿Y por qué demonios no se podían casar en Boavista, como habían deseado siempre *dona* Alma y Vita? ¿Sería otra de las ideas "progresistas" de León?

Joana observó los gestos de su marido. Sólo deseaba que al día siguiente pudiera contenerse. Seguro que nada de aquello era fácil para Vita. Debía haber tenido agrias discusiones con sus padres para convencerles de la boda, y además Vita, como todas las novias, y como ella misma antes del gran día, se sentiría insegura y nerviosa. No le hacía ninguna falta la cara de contrariedad de su hermano.

A Vitória no le preocupaba en aquel momento lo que la gente opinara de su boda. Sabía de antemano que su matrimonio con un abolicionista provocaba rechazo entre los ricos barones del café del valle del Paraíba, y le daba totalmente igual. Tenía la bendición de sus padres, eso le bastaba. Le preocupaba más la cuestión de si el tiempo acompañaría o no. No quería hacer el camino hasta la iglesia bajo un cielo nublado y lluvioso, ni saludar a los invitados a la fiesta bajo un paraguas negro empapado. Si el motivo que la había llevado a casarse con León era tan poco romántico, al menos que la ceremonia y la fiesta fueran perfectas, y para eso era necesario que luciera el sol. Miró escépticamente por la ventana y observó las nubes negras que se acumulaban en el horizonte.

—No se preocupe, *sinhá* Vitória —le dijo Miranda, que había interpretado correctamente la mirada de su ama—. El viento es cada vez más fuerte, se llevará las nubes de lluvia.

—¡Bah! ¿Qué sabrás tú? —gruñó Vitória, y enseguida se avergonzó de su brusca reacción. ¿Qué culpa tenía Miranda de que ella estuviera tan irritada y nerviosa? La muchacha se marchó sin hacer ruido. Vitória vio por el rabillo del ojo cómo cerraba la puerta, y respiró profundamente. "Sólo quedan veinticuatro horas", pensó. Al día siguiente a esas horas sería ya la *senhora* Castro da Silva, y un día después, bien temprano, viajarían León y ella a la capital. ¡Cielos, hasta entonces tendrían que pasar tantas cosas! Vitória dejó de mirar las amenazantes formaciones nubosas y se centró de nuevo en su equipaje. Por primera vez en su vida dejaría la casa de sus padres por un periodo superior a cuatro semanas. Unas vacaciones en Bahía, el veraneo de todos los años en Petrópolis, una visita a unos amigos de sus padres en Porto Alegre, las ocasionales escapadas a Río de Janeiro... Aquéllas fueron realmente las únicas ocasiones en que Vitória había abandonado Boavista. Un largo viaje por Europa como los que hacían algunas de sus amigas para aprender los exquisitos modos de vida del viejo mundo y, de paso, buscar un marido, había sido hasta entonces sólo un sueño para ella.

Pero todo eso iba a cambiar. León había prometido llevarla a París, Londres, Viena y Florencia, que viajaría con él a Estados Unidos, que irían al norte de África y a la India. Le enseñaría paisajes cubiertos de nieve, extensos desiertos y cerezos en flor, se bañarían juntos en el Mediterráneo y patinarían en lagos helados, vagarían por los misteriosos mercados orientales y visitarían los museos más famosos del mundo. Podría ver con sus propios ojos —¡por fin!— todas las maravillas del mundo que sólo conocía por los libros. Podría experimentar cómo saben las fresas, qué tacto tiene la nieve, cómo huelen los bosques de robles. Aquello ya era motivo suficiente para casarse con León. Sí, incluso se alegraba un poco por el día siguiente, que daría un nuevo rumbo a su vida. ¡Ojalá el tiempo acompañara!

El viento sacudía las guirnaldas de flores de papel, amenazaba con arrancar la tienda de sus anclajes, curvaba las palmeras de la plaza de la iglesia. Cuando Vitória bajó del coche de caballos, con la mano apoyada en la de su padre, tuvo dificultades para mantener el velo sujeto a la cabeza. A cambio, el cielo era de un azul intenso, más bonito de lo que se pudiera imaginar. El aire era templado y seco, con lo que Vitória no tenía que preocuparse de que el sudor empapara su costoso vestido de seda. El silbido del viento rompía el singular silencio que había en la plaza: todos los invitados estaban en el interior de la iglesia y esperaban allí a la novia. Vitória miró a su padre, que llevaba el orgullo dibujado en el rostro.

—Bueno, entonces… —dijo, y su voz tembló ligeramente.

Eduardo da Silva inclinó la cabeza animando a su hija y la condujo al interior de la iglesia, donde en ese momento comenzó a sonar el órgano.

Los bancos estaban adornados con guirnaldas de hojas y rosas blancas. Todas las cabezas se giraron hacia Vitória, que entraba del brazo de su padre y era, de eso no tenía duda ninguno de los asistentes, la novia más bonita que se había visto jamás en el valle. A Vitória le resultaba toda la escena tan irreal que estuvo a punto de sufrir un ataque de risa histérica. Los notables de la región con sus mejores galas, las matronas con traje de domingo, las vibraciones de la música de órgano, la sonrisa beatífica del sacerdote, todo le parecía parte de una obra de teatro perfectamente ensayada. Lo más irreal de todo era la imagen de León, que estaba ante el altar con la admiración en los ojos y una sonrisa impaciente en los labios. Parecía tener menos de treinta y un años, a pesar de su vestimenta de fiesta, su actitud estirada y su cabello peinado impecablemente hacia atrás. Parecía un muchacho contento por recibir los regalos de Navidad o un premio. Sí, pensó Vitória, naturalmente. Hoy recibiría León un trofeo por su tenacidad. En el momento en que lo recogiera desaparecería toda la ilusión. ¿Acaso no ocurría eso siempre con los objetos o acontecimientos que se han esperado con impaciencia? En cuanto se había conseguido lo que era deseable, dejaba de serlo.

A pesar de sus pensamientos, que sin duda no eran los más adecuados para el momento, Vitória consiguió saludar a algunos de los presentes con una solemne inclinación de cabeza. A la izquierda, la *senhora* Lima Duarte; a la derecha, el joven Palmeiras; a la izquierda, Joana, que saludaba con la mano; a la derecha, un colega de León cuyo nombre había olvidado. La sonrisa de Vitória estaba como cincelada, inalterable, saludara a quien saludara. Sólo cuando llegaron ante el sacerdote y mostraron ya la espalda a los invitados, su rostro adquirió un gesto de seriedad.

Vitória percibió toda la ceremonia como a través de un velo, y sabía que no se debía al velo de tul que le cubría la cara. Repitió de un modo mecánico las fórmulas que le decía el sacerdote, actuaba sin pensar. Sólo se mostró nerviosa en el momento del intercambio de anillos. Su mano temblaba cuando León le puso la alianza, y cuando ella le iba a poner el anillo a él, casi se le cae al suelo. Sólo la firmeza de la mano de León aferrando la suya consiguió que el ritual se celebrara sin incidentes.

—Puede besar a la novia —dijo por fin el sacerdote en tono solemne.

León alzó el velo de Vitória y la miró fijamente a los ojos. La novia no parecía estar disfrutado del momento, sino que parecía intranquila, casi atemorizada.

—¡Vita! —susurró él cuando acercó su boca a la de ella, le pasó un brazo por la cintura y la atrajo hacia sí.

Vitória se dejó abrazar con pasividad. Sólo encogió los hombros para sentir un poco de fortaleza. Pero los invitados vieron en aquel gesto la apasionada respuesta al beso de León.

Dona Alma se limpió unas lagrimillas de los ojos y olvidó por un momento su propia emoción para avergonzarse de su hija por tan indecente exhibición. Eduardo da Silva recordaba su propia boda, los primeros años de matrimonio, y sintió una cierta envidia de esa pareja para la que comenzaba una bonita época. Pedro se volvió confuso hacia Joana, que por su parte le dirigió una mirada que reflejaba tanto emoción como deseo. João Henrique, que había llegado a Vassouras en el último momento y que a causa del viaje todavía presentaba un aspecto algo desaliñado, lo que no se correspondía en modo alguno con su forma de ser habitual, observaba a la pareja con la curiosidad de un científico que estudia los insectos y ve todas sus teorías rebatidas por la práctica. Jamás habría pensado que la hermana de Pedro podría dar el sí a un hombre como León, un don nadie abolicionista. Aaron, que estaba sentado junto a João Henrique, parecía indiferente. Su gesto no dejaba ver el sufrimiento que le rompía el corazón.

Cerca de la puerta, apoyada en la pared y oculta en la penumbra, estaba la Viuda Negra. También su rostro parecía una máscara inescrutable. ¡Al final lo había conseguido, el muy hipócrita! Cuando se propuso "atrapar a la más codiciada muchacha de la provincia", como él decía, se lo había tomado como una broma, un juego, una aventura. Nada serio, en cualquier caso. Y ahora estaba ante el altar dando a la novia un beso tan largo e intenso que ninguno de los asistentes pudo evitar pensar en lo apasionada que sería la noche de bodas. La Viuda Negra cerró el puño instintivamente y maldijo tanta felicidad.

Vitória y León recibieron en el pórtico de la iglesia las felicitaciones de los invitados. Varios de ellos hicieron comentarios sobre los ojos húmedos de Vitória.

—¡Ay, sí! —suspiró la viuda Fonseca—. ¡Qué boda tan emocionante! ¡Mis mejores deseos, queridos!

—¡Qué bien le sientan las lágrimas de alegría, Vitória! —dijo la mujer del pastelero, *dona* Evelina. Luego se dirigió a León—. Es usted muy afortunado, joven.

Y así durante al menos una hora. A los asistentes a la ceremonia se unieron todos aquellos que no habían entrado en la iglesia, además de los esclavos y numerosos ciudadanos de Vassouras que ni siquiera habían sido invitados. Querían estrechar su mano, darles un beso, hacerles alguna recomendación bienintencionada. Pero, sobre todo, no querían perderse un solo detalle de la boda que más expectación había levantado en los últimos años.

Ni siquiera la propia Vitória conocía muy bien el origen de sus lágrimas, aunque de algo estaba segura: no eran lágrimas de alegría, al menos en el sentido habitual. Sólo se alegraba de que aquella farsa llegaría pronto a su fin. Y estaba contenta de no haberse casado en Boavista.

Había sido idea suya, y León la había aceptado con entusiasmo.

—Tantos invitados no cabrán bien en nuestra capilla. ¿Y dónde vamos a alojar a todos los que vienen de lejos? Será más práctico casarnos en Vassouras, que con su preciosa y enorme iglesia y el parque justo delante, constituye el marco perfecto. Y el Hotel Imperial y otros hoteles de la ciudad tienen habitaciones suficientes para albergar a todos —había alegado. En realidad no quería hacer la celebración en casa de sus padres. Teniendo en cuenta los motivos de su boda, le parecía una especie de profanación de Boavista. Además, así no les casaría el Padre Paulo, al que Vitória aborrecía desde la época en que se vio obligada a confesarle sus pecados y estuvo castigada sin salir de casa.

—Sí, quizás sea mejor así —había respondido León, que no quería que se notara su alivio. Una boda en terreno neutral sería cien veces mejor que en Boavista.

Pero no se podía hablar realmente de terreno neutral. Medio Vassouras tenía relaciones comerciales o de amistad con Eduardo da Silva y su familia, y por tanto no resultaba sorprendente que en aquel soleado sábado de mayo se agolpara la gente en las calles alrededor de la plaza para ver a la pareja que había provocado tal escándalo.

Vitória y León posaron para los fotógrafos ante la fuente que se encontraba delante de la iglesia, tanto solos, como en compañía de sus familiares más cercanos. En segundo plano, enmarcada por los macizos de flores y las palmeras del parque, destacaba la iglesia de Nossa Señora da Conceição. Las fotos habrían sido preciosas si no hubiera sido por el estado de ánimo de Vitória. Su gesto era serio, como si hubiera asistido a un entierro y no a su propia boda.

Únicamente se animó algunas horas más tarde, cuando hubo cortado la tarta, finalizaron el banquete y las agotadoras conversaciones y se inició el baile. Como todos insistían en brindar con ella, pero también para ahuyentar los rumores de un posible embarazo, se tomó una copa de champán. Eso la animó, haciéndole sentir el entusiasmo que debería experimentar sin la ayuda del alcohol. Después de abrir el baile con León, bailó con su padre, con Pedro, con Aaron, con el *senhor* Álvarez, con el *doutor* Nunes, con João Henrique. Hubo un momento en que todo empezó a darle vueltas, y si no hubiera estado allí León para sujetarla, probablemente se habría caído al suelo.

—Ven, corazón mío. Ya es muy tarde.

La tomó en brazos y, entre las risas y exclamaciones de los últimos invitados, la llevó escaleras arriba.

León cerró la puerta tras de sí con el pie. Dejó a Vitória sobre la cama y se sentó junto a ella. Con cariño, le retiró un mechón de pelo de la cara. Luego se inclinó hacia ella para besarla. Vitória apartó la cara. No quería que viera que los ojos se le llenaban de lágrimas. La tensión y el nerviosismo de las últimas semanas la desbordaron. De pronto vio con espantosa claridad que había cometido un gravísimo error.

¿Cómo podía haber llegado a casarse con un hombre al que no amaba? ¿Cómo podía haber permitido que las circunstancias externas pesaran más que su voz interior? La insistencia de León, la aceptación de sus padres y, lo peor de todo, su propia codicia la habían empujado a una boda que no deseaba en realidad. La actividad que se había apoderado de ella durante los preparativos de la boda había nublado su mente totalmente. Había estado tan ocupada con toda la organización que había dejado a un lado lo esencial. Sólo ahora, cuando ya era demasiado tarde, percibía Vitória la dimensión de lo que acababa de hacer. No se trataba de una aventura, de una travesura que se pueda olvidar enseguida, no era un resbalón del que luego se pudiera reír. Estaba casada. Había prometido ante Dios y ante cientos de testigos que honraría y amaría siempre a León, al desconocido que ahora estaba sentado en el borde de la cama, se inclinaba sobre ella y escondía su cabeza entre su pelo.

—León, yo… no me encuentro bien.

—¡Shhh, *sinhazinha!* Lo sé. Date la vuelta para que pueda desabrocharte el vestido.

—¡León, por favor! ¡Eres un animal sin consideración!

León se rió. Giró un poco a Vitória y empezó a desabrocharle el vestido.

—Te encuentras mal porque no has comido nada en todo el día, porque has tomado champán con el estómago vacío, porque hace calor y, sobre todo, porque te has apretado mucho el corsé. ¡Dios mío, habría que prohibir estos artilugios!

Soltó con cierta rudeza las cintas del corsé y lo aflojó hasta que Vitória pudo respirar de nuevo libremente.

—Bien, y ahora pediré algo de comer.

Cuando la puerta se cerró tras León, Vitória oyó algunas risas maliciosas fuera. Probablemente los invitados que no se habían retirado todavía, sobre todo hombres jóvenes, se estuvieran riendo de que León diera a su mujer comida normal en lugar de otro tipo de delicias. Vitória se sintió fatal. No bastaba con que hubiera mentido a todo el mundo y a sí misma con su juramento ante el altar, no, ahora León detentaba todos los derechos como marido. ¡Cielos! ¿Por qué no podía ser feliz en su noche de bodas y entregarse a las caricias de su flamante esposo, como hacían todas las mujeres? ¿Y tenía que sentirse precisamente hoy tan mal, ella, a la que nunca le había faltado ni lo más mínimo?

Vitória se incorporó en la cama. León tenía razón. Desde que se había aflojado el corsé se sentía bastante mejor. Cuando se estaba colocando unas almohadas en la espalda, entró León trayendo una bandeja con gran dificultad.

—... y se quedará sin fuerzas —venía diciendo León por el pasillo, y soltó una obscena risa que provocó una gran algarabía en el exterior de la habitación. Pero en cuanto cerró la puerta, la expresión de su cara cambio. Miró a Vitória con inquietud.

—¡Ah, ya estás mejor! Pues espera a que comas algo. Toma, he conseguido unos bombones, pan y paté, unas patas de pollo, unas rodajas de piña y terrina de trucha.

Extendió sobre la cama una servilleta sobre la que dispuso todo el menú. Vitória tuvo que reírse.

—Creo que si me como todo esto sí que me voy a poner mala.

—¡Oh, pero no se trataba de que te lo comieras tú todo! Yo también tengo hambre, ¿sabes? *Dona* Alma ha querido bailar conmigo tantas veces que me ha dejado exhausto.

Vitória miró la comida sin decidirse. No le apetecía ninguna de aquellas exquisiteces. Al contrario: la idea de tener que comer algo le producía náuseas.

—*Sinhazinha, meu amor*, no te comportes como una niña. Cierra los ojos —dijo León—, y abre la boca.

327

Vitória hizo lo que le decía. Cuando notó en la lengua la cremosa consistencia y el sabor dulce del bombón, sonrió y abrió los ojos. Saboreó el bombón y se maravilló de lo bueno que estaba. ¡Hmm, era exquisito! ¿Cómo podía haber pensado un momento antes que no tenía apetito?

León la miró cautivado. Sí, poco a poco iba habiendo otra vez vida en Vita, su confusa, preciosa, pálida y rebelde esposa. ¡Qué imagen la de Vita allí, reclinada sobre la almohada, con el pelo revuelto, el vestido de novia medio desabrochado, las piernas encogidas, los brillantes ojos azules fijos en la comida y los sensuales labios esbozando una sonrisa!

Vitória alzó la vista y vio que León la miraba fijamente.

—Por favor, León. Ya sé que estoy espantosa. ¿Pero tienes que hacérmelo notar de ese modo con tu crítica mirada? —Tragó saliva—. Lo siento si no soy la novia grandiosa con la que habías soñado.

—¡Pssst! —dijo León, y le puso un dedo sobre los labios—. Eres más grandiosa que todo lo que yo podía esperar. Y ahora cierra de nuevo los ojos y déjame que te mime, *meu amor*.

El corazón de Vitória comenzó a latir con fuerza. ¿No querría…? No, comprobó aliviada cuando sintió el zumo dulce de la piña en sus labios. No, sólo quería seguir dándole de comer. Dejó escurrir el zumo de la piña por su boca y tuvo la sensación de que nunca había probado una fruta tan exquisita. ¿Sería la piña? ¿O sería el hambre, o la concentración de sabor que notaba al comer con los ojos cerrados, o la entrega con que León se ocupaba de ella, lo que hacía que aquel sabor le pareciera tan maravilloso? Impaciente por la siguiente sorpresa, mantuvo los ojos cerrados y abrió ligeramente los labios.

León no pudo resistir aquella imagen, aun cuando se había propuesto firmemente aquella noche no hacer nada que Vitória no quisiera. Sólo cumpliría los deseos que expresaran sus labios, y en ese momento sólo vio un deseo: el de ser besada.

Vitória sintió el aliento de León en sus labios húmedos. No se movió, aunque sabía lo que vendría después. De algún modo lo había previsto, y de algún modo le pareció de pronto algo natural. ¿Quizás había ansiado, al menos un poco, sus besos sin querer reconocerlo? Cuando se juntaron sus bocas, cuando notó el sabor a tabaco y whisky y la lengua de él comenzó a juguetear con la suya, Vitória sintió la necesidad de apartarse. Todo estaba bien así. Con los ojos medio cerrados miró a León, que la observaba y parecía esperar su reacción. Vitória se apartó un momento de él.

—Está… sabe muy bien —murmuró con voz queda.

—No te reprimas. Hay todavía suficiente —contestó León susurrando. Tomó la cara de Vitória entre sus manos y la besó con más fuerza, con más pasión.

Vitória soltó un callado suspiro. Su cuerpo se vio invadido por un agradable calor, a la vez que se le ponía la carne de gallina. León le apartó el pelo para explorar con sus labios su cuello, su clavícula y el comienzo de su pecho. Luego volvió a subir de nuevo por su cuerpo. La besó en la barbilla, hasta llegar a los labios. Con los dedos jugueteaba con el collar de perlas que se había interpuesto en su camino. Sus miradas coincidieron. Sus pupilas estaban dilatadas, y cuando Vitória vio el deseo en la cara de León, sonrió.

León se apartó de ella y se puso de pie de un salto. Puso la bandeja, que todavía estaba sobre la cama, en la cómoda, rodeó la cama hasta llegar al lado de Vitória y le tendió la mano para ayudarla a levantarse.

—¡Ven!

Vitória no tenía ni idea de lo que se proponía, pero dejó que León la levantara. Cuando estuvo de pie ante él, la rodeó con los dos brazos, la apretó con fuerza contra su cuerpo y la besó con tal ímpetu que casi la dejó sin respiración. Dejó resbalar el vestido por los hombros, y éste cayó al suelo crujiendo. Luego abrió el collar que rodeaba su cuello y dejó caer las valiosas perlas sobre la nube de seda blanca que había a sus pies. Respirando pesadamente observó la imagen de Vitória, que estaba en ropa interior y con los zapatos blancos de novia, ante él. Impaciente, se desabrochó el frac y lo tiró al suelo con el resto de la ropa. Se quitó la corbata de lazo y empezó a desabrocharse la camisa, cuando la tibia mano blanca de Vitória se apoyó en la suya.

—Espera.

Le apartó su mano y siguió quitándole la ropa, con una lentitud desesperante pero al mismo tiempo excitante. Cuando le vio con el torso desnudo ante ella, le acarició el pecho y se acercó a él. ¡Qué aspecto más divino! Bajo su pecho firme se marcaban unos músculos abdominales perfectamente definidos, y entre la cintura y las caderas había a cada lado una línea bien perfilada. Vitória siguió esa línea con los dedos, hasta llegar al botón de los pantalones. Notó que él contenía la respiración, y vio claramente que estaba muy excitado. Comenzó a desabrocharle el pantalón, pero lo hacía tan lentamente que León no se pudo contener.

—¡Esto es una tortura, Vita!

En apenas un segundo se arrancó del cuerpo la ropa que le quedaba. Impaciente y con cierta rudeza desvistió a Vitória, la cogió en brazos y la dejó sobre la cama.

Y de pronto estaba por todas partes. Su pierna se metió entre sus muslos, sus manos envolvían sus pechos, sus labios acariciaban su cara. Rodó sobre ella y le besó la nuca, le susurró al oído palabras que ella sólo entendió a medias. Parecía que le había preguntado algo. ¿Qué podía preguntar en ese momento? ¿Acaso no era evidente que ella lo deseaba vivamente? La respiración de Vitória se aceleró, sus párpados temblaban, sus labios se abrían, su piel ardía. Y todo eso no era nada comparado con la sensación de que su cuerpo se abría por la mitad, de que la invadía un ardor que sólo León podía provocar. Exploró la piel de León con la misma curiosidad con que él palpaba la suya, maravillándose de su suavidad y de la vitalidad que le daba a todo su cuerpo. Probó el sabor de su piel, y se sorprendió al descubrir el poder que con sus manos y sus labios tenía sobre León. Y el de él sobre ella. Cada uno de sus besos despertaba en ella el deseo de otro beso más, cada caricia le hacía desear otra más.

León no necesitaba una contestación. Las reacciones de Vitória eran más que claras. Sus manos se introdujeron bajo su cuerpo, agarró con fuerza sus caderas y las empujó hacia arriba. Se introdujo entre sus piernas, que ella separó complaciente. Con suavidad se introdujo en ella, y cuanto más penetraba, más apremiante era el deseo de Vitória. León movía su cuerpo arriba y abajo con movimientos suaves, con mucho cuidado, como si temiera ser rechazado todavía. Pero los jadeos de placer de Vitória le estimularon, y cuando al fin la presión de las manos de ella sobre sus nalgas le dio a entender que quería más, aceleró el ritmo de sus movimientos.

Vitória jadeaba y sudaba bajo el peso de León, que con sus movimientos cada vez más rápidos e impetuosos casi la dejaban sin respiración. Pero de pronto León se detuvo, la abrazó con ambos brazos y rodó hacia un lado, de modo que ya no estaba encima de ella. Sus cuerpos seguían todavía unidos, los dos respiraban todavía pesadamente. No obstante, Vitória tuvo la sensación de haber sido interrumpida en un momento decisivo.

—Siéntate sobre mí —dijo León con una voz que era poco más que un jadeo.

Vitória le miró desconcertada, pero hizo lo que él decía. Él sabría lo que quería. Levantó su cuerpo y abrió las piernas hasta que estuvo sentaba sobre él. ¡Oh, por fin lo entendía! En esa postura él se sentía tan dentro de ella que de su garganta salió sin querer un sonido que era mitad gemido, mitad sollozo. León agarró sus caderas e inició de nuevo el juego amoroso. El ritmo de sus movimientos volvió a acelerarse. Era asombroso, pensó Vitória, aunque apenas podía pensar en algo. No notó que las manos de León habían agarrado con fuerza sus pechos y que ella era la que marcaba el ritmo, que era cada vez más rápido, más salvaje, hasta que ella empujó con sus caderas, echó la cabeza hacia atrás y su frenesí se descargó en un único grito que fue acompañado por el fuerte jadeo de León.

El atrajo a Vitória hacia sí y besó su rostro humedecido por el sudor.

Tras la puerta se oyeron risitas, patadas y aplausos.

—¡Oh, cielos, esos borrachos nos han estado espiando!

—Bueno, ¿y qué? ¿Acaso no somos marido y mujer? No tenemos que avergonzarnos de nada.

—¿No?

—No.

—Pero… ¿estás seguro de que ésta es la forma en que lo hacen marido y mujer? Mis padres nunca han hecho tanto ruido como nosotros.

León se echó a reír.

—Bueno, para ser sincero: creo que no todas las parejas pueden gozar de noches tan apasionadas como las nuestras. Cualquier hombre me envidiaría por tener una mujer como tú.

—¿Una fresca como yo? ¿Una mujer que se deja hacer sin inhibiciones?

—Pero, Vita, ¿de dónde sacas esas ideas? Eres mi mujer, y te quiero tal y como eres. Sin inhibiciones.

—¿Sí?

—Sí.

Vitória apoyó su cabeza sobre el hombro de León y se sintió maravillosamente arropada en sus brazos. Él la besó en la frente, la apretó contra su cuerpo y siguió con su mano derecha el perfil de su cintura.

—¿No crees que hemos cometido un error?

—¿Con nuestro amor?

—No hablo del… acto. Me refiero a nuestra boda.

—Yo también.

Vitória tragó saliva. ¿Qué quería decir? León le planteaba siempre nuevos acertijos. Se apartó un poco de él para mirarle a los ojos.

—¿Eso quiere decir que me amas?

Apenas había formulado la pregunta quiso morderse la lengua. No era digno de ella. Vitória no necesitaba arrancar una declaración de amor con preguntas como ésa.

—Claro que sí. ¿De lo contrario habría prometido en la iglesia quererte siempre?

León le acarició provocadoramente el pecho, como si al haber hecho aquella promesa hubiera tenido en mente cosas de las que el sacerdote no tenía la más mínima idea.

—¿Quién aparte de ti me habría concedido tanta respetabilidad?

Vitória escapó a su abrazo y se alejó de León. ¿Se daba él cuenta de lo mucho que la ofendía? ¿Qué mujer, qué novia quería escuchar que se habían casado con ella por su cuerpo y por su buen nombre? Pensó un momento cómo podía devolverle la ofensa, pero apenas un minuto después se le cerraron los ojos. Vitória se sumió en un profundo sueño, mientras León observaba incrédulo durante horas al maravilloso ser que yacía a su lado y que movía el pecho regularmente por la respiración. Su mujer. Vitória Castro da Silva. Para siempre.

XVIII

El mercado había terminado. Félix cogió un maracuyá podrido que había entre la basura que inundaba la calle y lo lanzó contra una casa. Allí se estrelló, y la visión de la pulpa gelatinosa con las semillas negras escurriendo por la pared pintada de blanco inundó a Félix de una difusa sensación de satisfacción. ¿Qué le ocurría? ¿Qué hacía mal para que todo el mundo se aliara contra él? ¿No bastaba con que en la oficina le pusieran trabas insoportables? ¿Tenían que volverse también sus amigos contra él?

Comprendía que no pudiera asistir a la boda de León, aunque le resultaba muy doloroso. Pero que Fernanda dejara que Zeca la cortejara y que le ignorara a él, a Félix, era demasiado. Desde que habían estado juntos en Esperança, Félix había tenido claro que Fernanda y él estaban hechos el uno para el otro. En sus planes de futuro, Fernanda ocupaba un puesto fijo a su lado. En algún momento había dejado de sentir miedo ante sus enormes pechos para imaginar cómo serían al tacto. Desde entonces pensaba que Fernanda, aunque no lo hubiera hablado con él, le consideraba como su futuro marido. Él estaba esperando a hacerle una proposición cuando fuera lo suficientemente mayor y estuviera en condiciones de alimentar a una familia. ¿Por qué si no vivía en ese horrible barrio, donde siempre había cinco grados más que abajo, junto al mar? ¿Por qué si no guardaba cada uno de los *vintém* que ganaba trabajando duramente? Para poder construir algún día una casa en condiciones, una casa de piedra con un jardín rodeado por una valla. En las miradas de Fernanda, en su forma de comportarse, había leído su aprobación. ¡Vaya un engaño! Ahora ella miraba con buenos ojos a ese tal Zeca, un mulato que gracias a un préstamo que le había hecho su padre blanco había comprado su libertad y se había establecido como zapatero. Y eso no era lo peor: Zeca no sólo tenía mucho éxito —sus zapatos eran baratos y de gran calidad, por lo que tenían gran aceptación entre la gente sencilla del centro de la ciudad—, sino que además tenía muy buena presencia. Sí, su Fernanda tenía buen gusto. ¿Pero no podía buscarse Zeca otra novia? Podía conseguir a cualquiera, todas las muchachas del barrio estaban locas por él.

Félix vagaba con gesto malhumorado por la calle de tierra. Iba dando patadas a todo lo que se ponía en su camino. Un perro saltó ladrando a su alrededor y recibió también un puntapié. Se alejó aullando y con el rabo entre las patas. Un par de niños mugrientos jugaban a las canicas, una de las cuales rodó directamente a sus pies. También salió disparada por el aire, y los insultos de los niños resonaron por todo el barrio. "¡Hijo de puta! ¡Canalla!", oyó que le gritaban. ¿Dónde habían aprendido aquellas palabras? Félix estaba seguro de que cuando él tenía esa edad no conocía esas expresiones tan fuertes. "¡Gentuza piojosa!", pensó, y le irritó no poder gritar y regañar a los niños en el único lenguaje que ellos entendían. Podían estar contentos de que no les quitara las canicas, que, por otro lado, seguro que eran robadas.

Todos en el barrio sabían que los chavales, sobre todo los chicos entre siete y catorce años, su unían en bandas y robaban en el centro de la ciudad todo lo que podían. La policía iba de vez en cuando al barrio, y siempre encontraba algún objeto robado. Pero era difícil encontrar pruebas, pues los chicos solían robar, además de comida, objetos que eran de poco valor para sus propietarios. ¿Cómo se podía probar que habían conseguido de forma ilegal un brillante puchero nuevo, una cuerda especialmente fuerte o una prenda de vestir de cierta calidad? Los muchachos salían casi siempre indemnes de la situación, pero para el resto de la población del mísero barrio la continua presencia de la policía era una carga añadida. Cada poco tiempo se les sometía a interrogatorio, se revolvían sus chabolas, se les trataba como delincuentes. Y para Félix, Fernanda y otros antiguos esclavos que habían conseguido escapar, esas visitas significaban una tortura aún mayor. Aunque la probabilidad de que siguieran buscándolos después de tanto tiempo era escasa, seguían teniendo miedo a que los capturaran. En tales situaciones la única que no se escondía era Fernanda, que con una estatura media y un rostro sin características especiales apenas corría peligro de ser reconocida. Cuando uno de los agentes de la ley la interrogaba, ella se mantenía muy tranquila. "No, teniente, no conozco a nadie que corresponda a esa descripción." O bien: "No, delegado, no creo que aquí vivan esclavos fugitivos. Si me entero de algo se lo comunicaré inmediatamente, por supuesto."

No era la sangre fría lo que le confería esa tranquilidad. Fernanda parecía haberse creído la historia que desde hacía dos años contaba a todo el mundo, incluso a Zeca: era hija de un modesto artesano y de una mujer de piel oscura, y siendo niña había trabado amistad con un joven blanco del vecindario que la había enseñado a leer y escribir. Se había trasladado a Río de Janeiro porque pensaba que allí tendría más oportunidades en su profesión de maestra. Todos parecían creer esa versión, y únicamente Félix conocía la verdad.

Subió la pendiente respirando con dificultad. No le extrañaba que Fernanda prefiriera a Zeca antes que a él. Ya no estaba en forma. El trabajo en la oficina no requería el más mínimo esfuerzo físico. El único ejercicio que hacía era subir hasta su chabola. Las piernas de Félix eran fuertes, pero sus brazos eran casi la mitad de vigorosos que los de Zeca. Y a las mujeres les gustaban los hombres robustos. Quizás debería emplear parte de su tiempo libre en entrenar sus músculos en lugar de leer los libros que León Castro le dejaba. O podía tomar prestado el bote de remos de Olavo más a menudo. O también podía aprender el arte de la *capoeira*.

Había visto alguna vez a Feijão y a un par de negros llegados de Bahía ejercitando esa danza-lucha, y le había impresionado profundamente el control que los hombres tenían de sus cuerpos. Era fascinante ver con qué agilidad realizaban contorsiones acrobáticas, saltos y volteretas, apoyados sobre una mano y abriendo las piernas en el aire. Cuando dos hombres danzaban juntos parecían dos rivales que luchaban entre sí. Daba la sensación de que iban a darse golpes y patadas con brazos y piernas, pero no llegaban a tocarse. Sus extremidades parecían girar, volar, danzar a su alrededor. El ritmo lo imponía el *berimbau*, un instrumento de cuerda que tocaba uno de los *capoeiristas* que rodeaban en semicírculo a los danzantes. Era un espectáculo de una gracia extraordinaria, en el que, cuando los protagonistas dominaban el arte, no se apreciaba la fuerza que se escondía detrás. Se decía que la *capoeira* había surgido en las *senzalas*, en los barracones en que vivían los esclavos en las plantaciones de caña de azúcar y cacao de Bahía. Como a los esclavos les estaba prohibido todo lo que pudiera llevarles a pelearse o defenderse, incluso el perfeccionamiento de su dominio del cuerpo, habían camuflado sus refinadas técnicas de lucha como una danza. En tiempos de libertad no era necesario ya ese camuflaje, pero la *capoeira* había sobrevivido. Y Félix quería aprenderla.

Unas horas más tarde, cuando se le había pasado ya el mal humor, Félix se armó de valor y fue a ver a Feijão.

—¡Precisamente estaba esperando a una media ración como tú! —dijo Feijão.

Era bastante más alto que Félix, a pesar de lo cual a éste le pareció injusto que le llamara "media ración". Félix medía un metro ochenta, y en realidad sólo se le podía considerar poca cosa si se le comparaba con aquel gigante bien entrenado. Félix se encogió de hombros e intentó que no se notara su decepción. Pero cuando se iba a marchar, Feijão le tocó en el hombro.

—Espera. No quería decir eso. Estás en perfectas condiciones. Te enseñaré *capoeira* si tú me haces un favor.

Félix levantó las cejas sorprendido. ¿Qué podía hacer por un hombre que tenía mejor presencia que él y era unos años mayor?

—¿Sí? ¿Me harás un favor? —dijo Feijão, que había notado la perplejidad de Félix.

Félix no esperó a saber qué era lo que quería de él. Hizo un gesto de asentimiento, y le invitó a que le dijera en qué consistía exactamente el favor.

—Todos en el barrio saben que no sólo lees y escribes correctamente, sino que además tienes un buen empleo. La gente se burla de ti, pero en realidad sólo tienen envidia. Se dice que conoces a León Castro. Quizás podrías hablar con él. Puede que necesite a alguien como yo, fuerte y de confianza. ¿Sabes? Hoy en día es difícil encontrar un buen trabajo, un trabajo llevadero y que esté bien pagado. Y, créeme, si sigo picando piedra me voy a volver loco.

Félix asintió. No quería mostrar a Feijão lo halagado que se sentía. Pero tampoco quería que se notara que no le resultaría fácil ayudarle. Veía muy poco a León, y sabía que había colas de gente esperando para pedirle favores. Ni siquiera un hombre con tantas influencias como León Castro podía ocuparse de todos los negros que necesitaban su ayuda. Pero bueno, pensó Félix, lo intentaría.

Le sonrió a Feijão tendiéndole la mano para cerrar el trato.

Una semana más tarde Félix tuvo la ocasión de pedirle a León un trabajo para Feijão.

—¿Es amigo tuyo? —preguntó León.

Félix asintió.

—¿Y es un buen trabajador? ¿Honrado, diligente, responsable?

"Por supuesto", le dio a entender Félix. En realidad no conocía a Feijão lo suficiente como para recomendarlo de ese modo, pero pensaba que podría cumplir los requisitos que exigía León.

—Está bien, le veré. Dile a tu amigo que venga mañana un poco antes de las ocho.

León no sabía dónde podría colocar al hombre. Pero dado que era una recomendación de Félix y que el muchacho no le había pedido favores para otras personas, atendería su solicitud.

Cuando aquella tarde Félix subió la cuesta que llevaba a su chabola, se sentía tan aliviado que la subida no se le hizo tan pesada como otras veces. Había ido dando largas a Feijão, y temía encontrarse con su maestro de *capoeira*. Éste le preguntaba siempre por los resultados de su entrevista con León Castro, y Félix tenía que inventarse nuevas excusas. ¡Pero hoy tenía buenas noticias para Feijão!

Feijão se puso tan contento como un niño pequeño cuando se enteró de que León Castro tenía tiempo para recibirle. Félix intentó refrenar un poco su euforia. Al fin y al cabo, sólo se trataba de una primera entrevista, y eso no significaba que León tuviera un trabajo para Feijão. Pero Feijão no podía dejar de pensar que su miseria se había acabado por fin. ¡Un trabajo sencillo, un buen sueldo y tiempo para disfrutar de la vida! Invitó a todos sus amigos en el bar del fondo de la calle y pidió tres botellas de aguardiente de caña de azúcar, de las que él casi se bebió una entera. Con la alegría de la celebración Félix no se atrevió a explicarle a Feijão que León tampoco podía hacer magia. Si encontraba un empleo para Feijão se trataría también de un trabajo duro y no muy bien pagado.

Al día siguiente Félix no tuvo clase de *capoeira*: Feijão tenía una fuerte resaca. Pero a Félix no le importó demasiado. Después de cada nueva lección le dolían los músculos y además tenía la sensación de que nunca aprendería. Se sentía fracasado. Empezó a odiar la *capoeira*. Pero Feijão afirmaba que eso les ocurría a todos los principiantes. Elogió la flexibilidad de Félix, reconoció que tenía un cierto talento y dijo que un día sería un buen *capoeirista*. Félix no le creía. Seguía yendo a clase única y exclusivamente para que Fernanda no pensara que era un cobarde sin fuerza de voluntad que abandonaba ante la más mínima dificultad.

Fernanda observaba los progresos de Félix desde una cierta distancia. Si él supiera que ella le miraba habría actuado con más torpeza. Pensaba que se estaba volviendo loco. ¿Por qué trababa amistad con aquellos tipos cuando él estaba muy por encima de ellos? Aquel hombre no le convenía. Tenía un cuerpo muy atlético, sí, y en la *capoeira* se movía con una perfecta elegancia. Pero daba demasiada importancia a su buena apariencia. No desaprovechaba ninguna oportunidad de perseguir a las muchachas, y más de una había caído en desgracia por su culpa. Se sabía que Feijão era el padre de tres niños en el barrio, pero ninguna de las madres había visto un *vintém* suyo. Dos de las jóvenes estaban completamente solas en el mundo y no tenían otra elección que dejar a sus bebés al cuidado de una vecina mientras se dejaban las manos trabajando, como lavandera una, como costurera la otra. Además tenían que aguantar que las llamaran guarras, zorras o rameras, mientras que el desvergonzado padre de los niños se libraba de insultos similares. La familia del tercer niño había intentado pedir cuentas a Feijão y obligarle a que se casara con la muchacha. Pero no lo había conseguido. Feijão se rió de ellos y les dijo a la cara que su hija se había acostado con la mitad de los hombres de menos de ochenta años y que cualquiera podía haberla dejado embarazada. Era una burda mentira y todos lo sabían, pero el nombre de la joven quedó manchado para siempre.

Fernanda tenía previsto llevarse a Félix a un lado durante la fiesta de aquella noche para decirle lo que pensaba de su relación con Feijão. En la relajada atmósfera de la fiesta, que se celebraba en honor a São Pedro o a Xangó, una divinidad africana a la que se rendía homenaje el mismo día que al santo cristiano, podría expresar su opinión mejor que si aparecía de pronto en la chabola de Félix y le soltaba un sermón. Conocía a Félix lo suficiente para saber que a las críticas concretas reaccionaba con obstinación y rechazo, pero que si se le hacía una observación sutil meditaba sobre ella. Por otro lado, ¿tenía que importunarle hoy con ese tema? Fernanda llevaba semanas esperando esa fiesta, llevaba días pensando qué se pondría, cómo se peinaría y si debía maquillarse. Unas veces le parecía que el vestido azul le hacía mejor figura, otras veces prefería el amarillo. Primero pensaba arreglarse mucho, luego le parecía mejor tener un aspecto natural. Aquella tarde se había decidido por fin por una falda roja con una blusa blanca; además se pondría una cinta roja en el pelo y un poco del carmín que su vecina Ana había recibido de su ama como regalo.

Pero por la tarde, poco antes de la fiesta, Fernanda ya no estaba tan segura de su elección. ¡Labios rojos, ella! ¡Qué ridícula estaría! Además, era demasiado llamativo, parecería ir gritando: "¡Bésame!". No, iría más decente, el vestido azul sería el adecuado.

Fernanda llegó tarde a la fiesta. A Félix le parecía extraño y estaba preguntándose si realmente ella acudiría. ¡Sólo Dios sabe lo que las mujeres tardan en arreglarse! A Félix le pareció que Fernanda iba como siempre. Una lástima, porque si hubiera habido algo distinto en su atuendo podría haberle dicho un cumplido. Pero así no sabía lo que debía hacer. No podía ir y decirle que le sentaba bien el vestido que llevaba todos los días o el mismo peinado de siempre.

El entorno de la capilla estaba atestado de gente, animado por las numerosas parejas que se movían con desenfreno por la tosca pista de baile y los espectadores que estaban alrededor y marcaban el ritmo con las palmas y con los pies. Fernanda buscó a Félix. Era con diferencia el hombre más atractivo de la fiesta, pensó. Sabía que Félix gustaba a otras mujeres, pero para la mayoría de ellas su mudez era un problema. Sólo había una joven a la que no le importaba su minusvalía, Bel, una negra algo corpulenta, bizca, que en aquel momento se acercaba a Félix.

Félix hizo como si no se diera cuenta y miró a Fernanda. Sus miradas se encontraron. Se sonrieron. Fernanda movió las caderas, como si estuviera deseando bailar. ¡¿Con él?! Félix se dio la vuelta. ¿Quizás sus insinuantes movimientos no estaban dirigidos a él, sino a algún tipo que se encontraba detrás? Pero a sus espaldas sólo estaba Bel, que se abalanzó sobre él.

Fernanda se puso furiosa. ¿Cómo se podía ser tan tonto? ¡Félix no sólo era mudo, sino que además parecía ciego! Apenas podía ser más clara sin correr el peligro de que la llamaran ninfómana. Félix se tenía merecido tener que aguantar ahora el necio parloteo de Bel. ¿Y ella? Bailaría con Zeca en cuanto llegara, lo que ocurriría en cualquier momento. Tenía que cumplir un encargo urgente, después iría a la fiesta. Y mientras tanto ella se tomaría un aguardiente y coquetearía con todo el que se cruzara con ella en el bar. ¿Qué le importaba su reputación?

Cuando Félix se libró por fin de la molesta sombra que le perseguía, ya era demasiado tarde. Vio a Fernanda y a Zeca en la pista de baile, observó cómo la sujetaba él en sus brazos, lo cerca que estaban sus rostros, cómo Fernanda echaba la cabeza hacia atrás y reía. No se le escaparon las miradas enamoradas de Zeca ni el brillo en los ojos de Fernanda. Ella dirigía de vez en cuando miradas furtivas a Félix que empezó a pensar que le estaba provocando.

Félix fue uno de los primeros en abandonar la fiesta. Con las manos en los bolsillos, caminó lentamente por la calle, que estaba como muerta bajo la plateada luz de la luna llena. Los viejos y los niños pequeños dormían hacía tiempo, los demás estaban todos en la fiesta. Se oía a lo lejos la música del acordeón y del violín, y a Félix le invadió una cierta melancolía. No era una sensación desagradable, una mezcla de tristeza y romanticismo. Además estaba disfrutando de la soledad. Era una experiencia totalmente nueva andar por el barrio vacío de gente cuando normalmente allí no disponía de un minuto para él solo. Sus sentidos estaban muy despiertos, y captó ruidos y movimientos que habitualmente no percibía. Un gato corrió ligero por la calle polvorienta. En las higueras había un extraño susurro. De una chabola salía el llanto de un bebé, de otra el olor a alubias quemadas.

Probablemente Tía Nélida se había olvidado de retirar el puchero del fuego antes de marcharse con su marido a la fiesta, donde a pesar de su edad bailarían desenfrenadamente. Félix entró en la chabola sin dudarlo, retiró el puchero del fuego y lo apagó. Por la ventana que daba al patio trasero vio la ropa tendida ondeando al viento, como fantasmas blancos en la noche de luna clara. Le pareció ver la sombra de alguien que desaparecía rápidamente tras la chabola vecina. ¿O habría sido un animal? Pero no había nadie, por mucho que miró por toda la zona. Abandonó la pobre chabola con la angustiosa sensación de que algo extraño ocurría.

Estaba muy despierto y no tenía ganas de irse a dormir. Decidió acercarse al arroyo que corría al pie de la colina. Durante el día allí había siempre mujeres lavando, niños llenando cubos de agua que luego, apoyándolos en la cabeza, subían por las empinadas calles, y hombres pescando. El arroyo era una arteria que daba vida al barrio, y aunque llevaba un agua embarrada y amarillenta que en los días calurosos apestaba, algunas zonas de su orilla parecían estar hechas para sentarse y abandonarse a los pensamientos. Pero justo cuando Félix iba a sentarse en una roca para meter los pies en el agua, se dio cuenta de que no estaba solo. Entre las hierbas había una pareja de amantes cuyos jadeos irritaron a Félix. Se marchó haciendo tan poco ruido como cuando había llegado. El estado de ánimo que le invadía antes había dado paso a una fulminante autocompasión. Ninguna mujer quería besarle *a él*, al menos ninguna que a él le pareciera adecuada. Nadie quería ser amigo suyo, ni sus colegas, para los que era demasiado negro, ni sus vecinos, para los que debido a su trabajo era demasiado blanco. No tenía padres, ni hermanos, ni nada que se pareciera de lejos a un "hogar". Su pasado se había borrado el día en que huyó, y su futuro se abría ante él como

344

un día sin fin en la oficina, sombrío, aburrido, monótono. Félix no se había sentido tan solo en toda su vida.

Se despertó al día siguiente con los gritos de la calle. Saltó rápidamente de su cama, un tosco banco de madera con un colchón de paja, para ver qué ocurría. El sol acababa de salir, y su brillante luz anaranjada confería un engañoso encanto a todo el entorno: a la gastada tela roja que sus vecinos los Pereira usaban como cortina y al camino polvoriento y lleno de basuras que conducía a su chabola. Las nubes parecían bolas de algodón rosado en el cielo. Una muñeca de las que solían tener los hijos de los esclavos, hechas de restos de telas y rellenas de granos de café, arroz o maíz, estaba en un charco que emitía reflejos dorados. Todo esto lo vio Félix mientras se estiraba y bostezaba ante la ventana. Pero no pudo ver de dónde provenían las voces. ¿Qué significaba todo aquello, sobre todo un domingo y después de una fiesta? Aquellos días normalmente no se movía nadie ni nada antes de la hora de ir a la iglesia. Félix se puso sus modestos pantalones de algodón a toda prisa y se los ató mientras salía corriendo al exterior. En la esquina de su chabola, desde la que podía ver toda la calle, se quedó parado. Se restregó los ojos para espantar el sueño y se pasó la mano por su corta cabellera encrespada, en la que había algunas pajas de su agujereado colchón.

—¡Panda de canallas! ¡A la cárcel habría que mandaros, allí es donde deberíais estar!

Tía Nélida agarraba por la oreja a un muchacho que, con la cara desencajada por el dolor, gritaba:

—¡Pero yo no he sido, Tita! ¡Le juro por Dios que soy inocente!

—¡No te atrevas a mencionar el nombre de Dios con tu sucia boca, piojoso engendro del diablo!

345

Otros dos chicos se acercaron sin que Nélida se diera cuenta. Seguro que querían liberar a su compinche de las garras de la vieja. Pero Félix fue más rápido. Corrió hacia ellos, dio un salto y, a diferencia de lo que había aprendido en la *capoeira*, golpeó con fuerza en la tripa al mayor de los dos, mientras que el otro recibía un golpe en la cabeza. Nélida estaba tan sorprendida que se descuidó un segundo, y el pequeño ladrón salió corriendo. Los otros dos le siguieron retorciéndose de dolor. La vieja sacudió la cabeza.

—¡Ya os pillaré! —gritó a los muchachos. Luego se volvió hacia Félix con una amplia sonrisa en su boca desdentada.

—¡Félix, hijo! ¿Desde cuándo sabes hacer esas cosas?

No se la entendía bien, pero aquella no era la causa del gesto de perplejidad de Félix. ¿Estaba soñando? ¿O había ejecutado un golpe maestro que en sus horas con Feijão no había conseguido hacer nunca? ¿Y por qué no había más testigos aparte de esa vieja a la que nadie escuchaba porque no se la entendía? Félix estaba sumamente orgulloso del éxito de su actuación, pero también algo asustado. Para él era nuevo que los movimientos que Feijão le había enseñado a realizar de forma que no dañaran a nadie pudieran tener tal eficacia.

Cuando se le pasó la sorpresa, Félix preguntó a la vieja mujer qué había ocurrido realmente.

—Mientras estábamos todos en el baile, estos pequeños bribones se dedicaron a robar. A nosotros nos quitaron un saco de maíz. Cuando me he dado cuenta esta mañana, he ido inmediatamente al cobertizo donde, como todos sabemos, viven esos muchachos, y les he pillado escondiendo un espejo igual al que he visto recientemente en casa de los Santos. ¿Para qué quieren esos tunantes un espejo? ¡Si ni siquiera tienen que afeitarse! Te diré lo que pienso, Félix: creo que el diablo se ha apoderado de ellos.

Félix escuchó sólo a medias las confusas explicaciones de Nélida sobre cómo podían liberar del demonio a aquellos muchachos. No, le dio a entender a Tía Nélida, sería mejor informar a Sergio y a los demás hombres que formaban el consejo municipal. Se les consultaba tanto en caso de conflicto entre vecinos, como en las acusaciones de fraude contra los comerciantes o en las peleas entre el tabernero y los clientes que se marchaban sin pagar, pues en aquel país ninguno de los habitantes de los barrios pobres podía confiar en la justicia. Se podía consentir que los muchachos cometieran sus fechorías en la ciudad. Pero si robaban a su propia gente, había que hacer algo rápidamente.

Fernanda también había oído el jaleo en la calle. Se había asomado a la ventana y lo había visto todo. Casi aplaudió tras la impresionante exhibición de Félix. ¡Cómo había dejado fuera de juego a los malhechores con un único salto! ¡Su Félix! Antes de que él pudiera verla, cerró las contraventanas. Quería dormir un poco más, la noche anterior había vuelto muy tarde. Pero una de las maderas crujió, y por una pequeña rendija pudo ver cómo Félix miraba hacia donde ella estaba.

Cuando se terminó la misa, el sol estaba ya muy alto. Félix buscó a Fernanda entre la gente que salía de la iglesia y subía lentamente la colina. Había oído sus contraventanas, cuyo crujido era inconfundible para él. ¡Tenía que haberle visto! Durante toda la misa no había pensado en otra cosa, incluso durante el sermón había importunado al Buen Dios con su poco cristiana petición: "¡Por favor, Señor que estás en el Cielo, haz que me haya visto!"

Félix apartó a una niña que planteaba a Fernanda alguna estúpida cuestión sobre el sermón. Flávia, así se llamaba la
pequeña, perseguía siempre a Fernanda, no dejaba de importunarla con sus preguntas y hacía impertinentes observaciones que molestaban a todos menos a Fernanda. Félix no tuvo
el más mínimo reparo en espantar a la niña.

—Ah, hoy estás firmemente decidido a parecer el coco,
¿no? —le dijo Fernanda, mirándole con gesto burlón.

—Eso no está bien, ¿verdad, *professora?* —lloriqueó la
niña, esperando que Fernanda la defendiera.

—No, Flávia, es muy descortés por su parte. Pero tú
tampoco debes escuchar las conversaciones de los adultos,
¿no? —dijo Fernanda con su más estricta voz de profesora.

La niña siguió andando a su lado con la cabeza gacha y
lágrimas en los ojos. Félix movió impacientemente la mano
como si estuviera espantando moscas, hasta que Flávia le entendió, rompió en sollozos y se marchó.

Félix miró a Fernanda. ¡Ella le *había* visto! Aceleró el
paso e hizo a Fernanda una señal para que le siguiera. No
quería repetir su proeza allí, delante de tanta gente, para que
luego se rieran de él. Tenía prisa por llegar a casa para coger
su pizarra. Nunca se la llevaba a la iglesia o cuando iba a hacer recados por el barrio, donde no le servía de nada porque
casi nadie sabía leer y escribir. Pero la pizarra era de un valor
inestimable para comunicarse con Fernanda. Le permitía explicar cosas para las que no había gestos.

—¡Por favor, Félix, tendrías que verte! Pareces un pavo
real —Fernanda frunció los labios en una forzada sonrisa
que, a medida que continuaba hablando, se volvió más amplia y abierta sin que ella lo pretendiese—. Bueno, vale, lo
admito. Tu número de circo no ha estado mal.

¡Qué lástima, pensó, que la noche anterior no hubiera
tenido el mismo valor para sacarla a bailar! A Fernanda no le

cabía en la cabeza que un joven necesitara mucho más coraje y valor para eso que para enfrentarse a dos gamberros.

Llegaron a la chabola de Félix casi sin respiración. Él entró corriendo y cogió la pizarra, además de una caja de nueces de *cajú*, que sabía que a Fernanda le gustaban. Se comieron las nueces mientras se dirigían a casa de Fernanda. Ésta había invertido su sueldo en dotar a su alojamiento de un tejado sólido, contraventanas, una puerta en condiciones, con cerradura, y un pequeño jardín, con lo que ya no podía recibir el nombre de "chabola". Félix se comió casi todas las nueces, pero se propuso llevarle más la próxima vez.

Una vez en su casa, Fernanda preparó el agua para el café. Descolgó una sartén abollada de un clavo en la pared, y la puso sobre el fogón, otra de sus adquisiciones.

—Esta mañana no he comido ni bebido nada. Me tiemblan las rodillas de hambre. ¿Quieres unos huevos revueltos?

Se volvió un instante hacia él, captó su gesto de asentimiento y se dedicó de nuevo a sus tareas sin dejar de hacer fuertes ruidos metálicos.

A Félix le irritaba que Fernanda le diera casi todo el tiempo la espalda y que estuviera tan ocupada. Seguro que lo hacía de forma intencionada, intentando impacientarle un poco antes de que él le detallara su acción.

—Por Dios, Félix, no te muestres tan ofendido. Será mejor que hagas algo provechoso. Abre las ventanas y la puerta, a lo mejor consigues que la corriente se lleve los mosquitos. Luego, durante el desayuno, me podrás contar tu historia con tranquilidad.

Félix corrió hacia la ventana, por el camino aplastó un mosquito contra su brazo, abrió las contraventanas y el fuerte crujido le hizo sobresaltarse. Asomó la cabeza por la ventana, y en aquel momento vio a dos policías en la calle. Los dos sudaban dentro de sus uniformes y tenían la cara colorada. Se dirigían a la casa de Fernanda.

El corazón de Félix comenzó a latir con fuerza. Cruzó la pequeña habitación, tocó a Fernanda en el hombro, la miró con los ojos cargados de pánico e hizo un gesto como de despedida. No tenía tiempo para explicaciones. Antes de que Fernanda pudiera preguntar nada, Félix ya había desaparecido por la estrecha ventana lateral.

—¡Espera! ¿Qué ocurre? —exclamó.

En ese momento llamaron a la puerta. Los hombres no esperaron a que les invitaran a entrar.

—Policía —dijo el más corpulento de los dos—. ¿Está aquí un tal Félix?

Fernanda tuvo que hacer un esfuerzo para dar a su voz un tono neutral.

—No. No conozco a ningún Félix. Pero si quiere puede comprobar que aquí no hay nadie más que yo —hizo una pausa bien calculada, y siguió hablando con un fingido tono de chismorreo—. ¿Qué ha hecho ese tal Félix?

Ninguno de los dos policías contestó. Mientras el más grande se ponía de rodillas para mirar debajo de la cama, el más bajo hurgaba con la porra entre los objetos que Fernanda acumulaba en un rincón de su casa y tras los que podría esconderse una persona. De pronto cayeron todos con gran estrépito al suelo, la escoba y el sacudidor de alfombras, un par de palos de bambú que habían servido de armazón para sujetar las plantas de alubias que crecían a duras penas en su jardín. Sólo la escalera quedó en pie.

Satisfecho con el desorden que había provocado, el hombre más bajo contestó por fin con aire de desprecio:

—Es un esclavo fugitivo, tiene diecisiete años y es mudo. No está en la chabola en la que al parecer se oculta. Nos han informado de que era muy posible que estuviera aquí.

—De verdad, señor oficial, yo soy una chica decente. ¿Acaso tengo aspecto de tratar con negros fugitivos?

—Hemos oído tu voz. ¿Con quién hablabas?

A Fernanda le molestó que el hombre la tuteara, pero hizo un esfuerzo por parecer simple e ignorante.

—Ay, señor oficial, es una tonta costumbre que tengo. Me digo en voz alta las lecciones que tengo que dar al día siguiente. Porque soy profesora. Y sepa que esa forma de preparar las clases es muy eficaz. Incluso me hago a mí misma las preguntas que pueden plantearme los niños y, créame, a veces son tan disparatadas que no tienen respuesta. Hace poco me preguntaba el pequeño Kaique…

Félix no oyó el resto. A pesar del peligro que corría y aunque sabía que Fernanda decía todo eso para ayudarle, se quedó un poco decepcionado al no enterarse de lo que había preguntado el pequeño Kaique. Se sentía como cuando tenía que dejar de leer un libro muy emocionante porque justo en aquel momento llamaba alguien a la puerta. Se había agachado bajo la ventana por la que había escapado. Se había quedado allí para que no le vieran salir corriendo. Estaba en cuclillas, paralizado por el miedo, respirando pesadamente y con las manos húmedas; a diferencia de sus funciones corporales, sobre las que apenas tenía control, su mente estaba despierta y funcionaba a toda velocidad. Mientras seguía lo que ocurría en el interior, no sólo pensaba en las posibilidades de escapar, sino que también se preguntaba para qué querría Fernanda el barril que había junto a la pared de la casa, justo a su lado. Se fijó con extraordinaria precisión en la madera despintada, en las oxidadas anillas de metal, en los escarabajos que se movían bajo el suelo podrido. Al mismo tiempo se rompía la cabeza pensando quién podría haberle delatado. Podía haber sido uno de los chicos a los que esa mañana había ahuyentado con su audaz salto. La venganza podía ser un motivo importante.

¿Pero habrían ido los chicos voluntariamente al puesto de policía? ¿Y si hubiera sido uno de sus colegas? Pero esos no sabían dónde vivía. ¿Cómo podían haberle denunciado?

—...hace poco me preguntaba el pequeño Kaique... —oyó Félix antes del esfuerzo final. Por la calle se acercaba un carro tirado por un burro y cargado hasta arriba de hojas de palmera secas. Si cruzaba la calle deprisa tenía la oportunidad de ponerse a salvo escondido tras el carro.

Félix salió corriendo. Corría para salvar la vida, y siguió corriendo incluso cuando vio que los policías no le perseguían.

XIX

Vitória no tardó mucho en encontrar en Río una casa de la que se enamoró a primera vista. Estaba en una calle relativamente tranquila de Glória, un barrio cuya situación respondía exactamente a las exigencias de Vitória. Quedaba a pocos minutos en coche del centro de la ciudad, con sus elegantes calles de tiendas y sus imponentes edificios públicos, con sus teatros y cafés, sus bancos y sus coloridos mercados; al sur de Glória, igualmente cerca, incluso se podía llegar a pie en caso de necesidad, estaban los elegantes barrios de Catete y Flamengo, en los que cada vez más miembros de la alta sociedad construía suntuosas villas para pasar allí más tiempo.

Vitória descubrió la casa por casualidad, cuando el coche pasó ante ella de camino a casa de León. "Se vende", ponía en un cartel que estaba colgado en la única ventana cuyas podridas contraventanas no estaban cerradas. Vitória mandó parar al cochero. Desde la calle observó ensimismada la casa, y en la expresión de su rostro se reflejó la alegría anticipada por la disposición de las habitaciones que ni siquiera había visto.

En aquel momento León encontró a Vitória irresistible. No estaba acostumbrado a aquella forma de comportarse, tan juvenil, tan romántica. Y tan irracional.

—Vita, esta casa está en un estado ruinoso. Será mejor que sigamos buscando, pronto encontraremos algo adecuado para nosotros.

Pero Vitória estaba harta de vivir en la diminuta casa de León. Seis habitaciones eran simplemente muy pocas. Para mantener en cierto modo su nivel de vida anterior necesitaba una casa en condiciones, con cuatro dormitorios al menos, un amplio salón, un pequeño cuarto de estar, un comedor y dos despachos, aparte de una biblioteca, varios baños y, naturalmente, toda una zona para la cocina, las habitaciones de servicio y los dormitorios de la servidumbre. Quería llevarse por fin su personal de Boavista, aparte de que los siete esclavos que habían recibido como regalo de boda tenían que alojarse en algún sitio.

—¡Esta casa es perfecta! Está en un sitio fantástico y, mira, León, desde esta colina hay una preciosa vista de la playa de Flamengo y el Pan de Azúcar.

—Vita, querida, creo que te has dejado embrujar por el encanto de ese jardín abandonado. Será mejor que veamos la casa por dentro antes de que tomes una decisión.

León tenía razón: la casa estaba en un estado lamentable. A pesar de todo, a Vitória le gustó; cuanto más la miraba, mejor le parecía. No sólo estaba en un buen sitio, sino que además tenía el tamaño adecuado, estaba bien construida, con una vista grandiosa desde las ventanas de la primera planta y... era barata. La propietaria, una señora de cierta edad que a causa de sus problemas de cadera ocupaba sólo dos habitaciones de la planta baja, llevaba demasiado tiempo buscando un comprador.

—Es una buena casa. Los cimientos están perfectamente. Los muros son más gruesos que los de las casas que se construyen ahora, en verano mantienen el fresco del interior y en invierno conservan el calor. El suelo —dijo la mujer golpeándolo suavemente con su muleta—, es de la mejor calidad. Fue instalado personalmente por Auguste Perrotin y durará aún más de cien años. Pero todos los interesados se fijan espantados en cosas sin importancia.

—¿Como la escalera, las puertas y las ventanas podridas? ¿La cocina abandonada? ¿O las anticuadas instalaciones sanitarias? —preguntó León interrumpiendo los elogios que la señora hacía de la casa.

Como si quisiera corroborar las palabras de León, Sábado comenzó a ladrar por una amplia grieta del suelo. Probablemente habría olfateado un ratón. Vitória se puso la mano delante de la cara para ocultar una divertida sonrisa.

—Pero, querido *senhor* Castro —dijo *dona* Almira con una actitud admirable—, eso son pequeñeces, todo eso se puede arreglar con una inversión no demasiado grande.

León no opinaba lo mismo. Pero no fue capaz de poner fin a las poco habituales —y cautivadoras— fantasías de Vitória con sus argumentos lógicos. ¡Cómo brillaban los ojos de Vitória! No había visto una explosión similar de iniciativa, de entusiasmo desde… ¿desde cuándo? Desde la época en que se conocieron, tuvo que reconocer León con espanto. Tras su viaje a Europa, Vitória ya no era la misma, aunque él no quiso reconocer esa transformación. Sólo ahora, cuando parecía aquella muchacha de dieciocho años, notó León lo que había echado de menos aquellos años.

—Me temo que mi marido tiene razón, estimada *dona* Almira. Quizás la casa no sea tan apropiada para nuestros fines como pensé en un principio. Pero nos lo pensaremos, ¿verdad, querido?

Vitória hizo un guiño a León, que reaccionó con un discreto gesto de asentimiento.

—Sí, nos pondremos en contacto con usted a finales de esta semana para comunicarle nuestra decisión.

—… en la que probablemente podría influir de forma positiva una rebaja del precio. —Vitória se agarró del brazo de León y dirigió a la propietaria de la casa una sonrisa que expresaba pesar y decepción.

¡Qué buena actriz era Vitória! León sabía que a ella le gustaba la casa y que le convencería de que la comprara.

Le dieron las gracias a la mujer con exagerada cortesía, se despidieron de ella y siguieron su camino. Justo al volver la esquina Vitória exclamó:

—¡La quiero!

—¿Qué?

—León, esa casa es una joya. ¿Has visto los estucados de los techos y las paredes? ¿Has observado los suelos de mármol que se esconden bajo las raídas alfombras y las gruesas capas de polvo? ¿Has visto los preciosos motivos de las vidrieras?

No, tuvo que admitir León, todos aquellos detalles se le habían escapado. Pero le gustó el entusiasmo con que Vitória trataba de hacer que la casa le gustara. Ella apoyó su mano en su antebrazo, como si el contacto de la piel pudiera dar más fuerza a sus argumentos. ¡Qué maravilla ver su delicada y blanca mano sobre su brazo bronceado! ¡Y qué suave era! Costaba creer que un roce tan ligero pudiera electrizarle de aquel modo.

Como si hubiera leído sus pensamientos, Vitória retiró su mano y se apartó un poco de León.

—Tenía que haber sabido que no tienes olfato para estas cosas.

—Vita, si tú quieres esa casa, la compraremos. Yo viviría contigo en cualquier palacio y también en cualquier chabola de este mundo si tú estuvieras a gusto en ella.

Vitória estaba tan sorprendida por aquella inesperada declaración de amor que abrazó a León y le dio un fuerte beso en la mejilla. Pero cuando ella se iba a retirar, él la agarró por los hombros y la miró fijamente a los ojos. Sus labios se acercaron a los de ella, que esperaron impacientes sus besos.

Vitória no se entendía a sí misma. Después de que León hubiera aplazado su viaje de novios por tercera vez, había decidido mostrarse fría con él. ¡Y ahora le demostraba lo mucho que anhelaba sus besos! Bueno, ¿qué importaba si era incoherente por una vez? Hacía un día soleado, y la perspectiva de poseer pronto una casa propia le hacía sentirse aún mejor. ¿Por qué no iba a dejarse arrastrar por su buen estado de ánimo y dejarse besar por el apuesto hombre que estaba a su lado? Era un miserable, pero también era su marido, y hoy le parecía más deseable que nunca. ¿Había tenido siempre aquel brillo de ámbar en sus ojos marrones que la miraban bajo unas largas pestañas? ¿Había tenido siempre aquel tendón en la curva que unía el cuello con los hombros, que parecía hecha para apoyar en ella la cabeza? ¿Y había tenido siempre aquellos hoyuelos en sus mejillas bien afeitadas?

León notó que Vitória se mostraba rígida entre sus brazos durante unos instantes, pero que enseguida se dejó abrazar. Su boca rozó los labios de ella, que eran suaves y cálidos y respondieron a su beso. Su mano avanzó por su espalda, que se curvaba hacia él a medida que el beso se hacía más tierno y más intenso.

Cuando un bache de la calle sacudió el coche, se separaron. Pero León no estaba dispuesto a que las condiciones en que se encontraba la calle rompieran la magia de aquel momento. Siguió sujetando a Vitória con fuerza entre sus brazos, aunque echó la cabeza hacia atrás para ver mejor su rostro. Lo que vio en él le llenó de tal ternura que casi le resultó doloroso.

—¿En cualquier chabola, eh? —dijo Vitória, retomando el hilo de la conversación. Su voz sonó como el ronroneo de un gato.

—Sí, incluso en esa ruina que acabamos de ver —le susurró él al oído, haciéndola cosquillas con su respiración—. Al menos allí habrá espacio para Sábado. Y tiene suficientes habitaciones para que las podamos llenar de preciosos niños.

—Si tú lo dices.

La magia desapareció, ella ya no ansiaba sus besos. No quería hablar de niños, ni siquiera quería pensar en ellos. No podría tener hijos, se lo había dicho Zélia años antes.

—¿Qué te ocurre?

El repentino cambio de humor irritó a León.

—¡Ah, nada! Estaba pensando en… en las negociaciones con la propietaria de la casa. *Dona* Almira parece un hueso duro de roer. Aunque la hagamos esperar hasta el final de la semana, no creo que baje mucho el precio.

—Admite que te encanta regatear. A lo mejor encuentras por fin en *dona* Almira una socia a tu altura.

León miró a su esposa con cariño. Todo estaba en orden. Si había algo en el mundo que apartara a Vita de sus besos sin que él se enojara o se pusiera celoso, era su sentido para los negocios.

Ahora, tres meses más tarde, la casa estaba lista para ser ocupada. Vitória había supervisado personalmente las obras de remodelación y había acelerado, con ello, el ritmo de trabajo. Siempre iba a la obra acompañada de su perro, que imponía gran respeto a los hombres, aunque no tanto como el que le tenían a ella. Había dado instrucciones a los albañiles, reclutado fontaneros, criticado a los carpinteros, censurado a los pintores, despedido al cristalero, contratado al nuevo cristalero, insultado al estucador y destrozado los nervios al encargado de las baldosas y azulejos. León sospechaba que los trabajadores habían terminado su tarea en un tiempo record para no tener que soportar por más tiempo el perfeccionismo y la insistencia de Vitória. Él mismo pensaba que su mujer habría sido un capataz excelente, pero no se lo dijo. La única vez que había gastado una broma sobre su poco femenino trabajo en la obra casi le agarra por el cuello.

—Pero, León, esos hombres son estúpidos y holgazanes. Alguien tiene que decirles lo que tienen que hacer, porque ellos solos no saben. Son como Sábado: necesitan mano dura. Si no, harían todo mal. ¡Todo! En cuanto dejas de mirarlos un par de horas, hacen una chapuza. Ponen las baldosas torcidas, rompen las preciosas vidrieras, quitan el estuco del techo justo donde está perfecto, manchan de pintura el valioso entarimado y no lo limpian a tiempo. ¡Una panda de vagos, inútiles y borrachos! ¡Sólo saben escribir facturas absurdas, esos estafadores! El que arregló el tejado me quería cobrar trescientas tejas en lugar de las treinta que necesitó…

León sabía que en su casa sólo trabajaban los operarios de más renombre y mejor remunerados, a pesar de lo cual comprendía las quejas de Vitória. A él también le irritaban los trabajadores poco voluntariosos e ineptos, y se había preguntado muchas veces cómo es que alguna vez se pudieron construir los grandiosos puentes, palacios o torres de este mundo si en aquellas obras se había trabajado como en otras que conocía. Probablemente con una supervisión tan estricta e intransigente como la de Vita.

A la hora de decorar la nueva casa Vitória actuó con la misma determinación. Eligió telas y papeles pintados con un afán que rayaba en el fanatismo. Hizo tapizar de nuevo sillas y sofás, renovó mesas y armarios, encargó alfombras con sus propios diseños. Visitó las galerías de arte en busca de los cuadros adecuados, completó la porcelana y la ropa de casa con piezas de colores novedosos y aturdió al personal haciéndoles llevar los muebles y los objetos decorativos de un rincón a otro de la casa para comprobar que el nuevo baúl lacado quedaba mejor en el recibidor que en el comedor. Con todo este ajetreo Vitória mantuvo siempre la cabeza fría, aunque visto desde fuera no pareciera así. Además se ocupó de organizar la fiesta de inauguración de la nueva casa: escribió las invitaciones, eligió el menú, hizo el pedido de los vinos y los pasteles, fijó la distribución de los invitados en la mesa, encargó un sofisticado vestido a la modista más famosa de Río. Mientras que León, Pedro, Joana, todos sus amigos y el personal estaban convencidos de que la casa no estaría terminada para la fiesta, y mucho menos en condiciones de acoger a los invitados, Vitória no perdió en ningún momento la seguridad en sí misma. Tras el pánico que contagiaba tanto a sus empleados como a los operarios se escondía una gran serenidad.

—Es muy sencillo, León. Si hubiéramos fijado el 16 de diciembre como fecha para la fiesta, necesitaríamos hasta el 16 de diciembre para que todo estuviera perfecto. Pero como hemos elegido el 16 de octubre, tendremos todo listo el 16 de octubre. Y créeme: todo estará como siempre hemos soñado. Nuestra casa y nuestra fiesta van a causar furor.

Y así fue. El decorador abandonó la casa la tarde del 15 de octubre de 1887. Aquella misma noche el servicio fue sometido a una dura prueba al tener que limpiar a fondo las habitaciones de los invitados recién terminadas, hacer las camas y preparar las toallas. Al día siguiente no habría tiempo para ello, ya que entonces tendrían que habilitar el salón para la fiesta, mover de nuevo los muebles, preparar las mesas, desempaquetar la plata y el cristal recién traídos y sacarles brillo. El jardinero también tendría que trabajar por la noche para que las hojas de los árboles brillaran de nuevo. Sobre ellas se había depositado una gruesa capa del polvo de las obras, después de ser derribados tantos muros, renovadas tantas ventanas y no hubiera llovido en varias semanas. Además, las plantas nuevas con las que tenía que adornar la entrada a la casa habían llegado el día anterior. Al pobre hombre casi se le saltaron las lágrimas cuando vio todo el trabajo que le quedaba por hacer en tan poco tiempo. Cualquier persona razonable le habría dado tres semanas, pero la *sinhá* Vitória, ¡aquella posesa!, creía que con treinta y seis horas tendría bastante. ¡Aquella mujer era increíble!

Lo mismo pensó León cuando la tarde del 16 de octubre llegó a la nueva casa con sus maletas. Dar una fiesta en casa, incluso invitar a sus huéspedes a dormir allí, cuando ni siquiera ellos se habían mudado, le pareció el colmo de la presunción. No era nada supersticioso, pero en su opinión Vita forzaba un poco el destino. ¿Qué ocurriría si durante el baile se hundía el suelo porque la cola de las zonas nuevas del entarimado no se había secado bien? ¿Y si el papel de las paredes del "gabinete", como llamaba Vita al salón pequeño con cierta pretenciosidad, se ondulaba y se desprendía por la densa humareda de los cigarros? ¿Y si alguien le preguntaba por el lavabo y él no podía contestar porque todavía no conocía su propia casa? Aunque, por otro lado, todo aquello merecía la pena. Lo peor que podía ocurrir es que tuvieran que trasladarse con todos sus invitados al Hotel de France, que disponía de una excelente cocina y numerosas habitaciones en condiciones. ¿Qué otro hombre de Río de Janeiro, incluso de todo Brasil, podía tener a su lado a una mujer tan increíble? Vita, que había disfrutado con el ajetreo de las semanas anteriores, estaba resplandeciente. Sus mejillas estaban rosadas, sus ojos brillaban, y no parecía en modo alguno cansada o debilitada por todo el esfuerzo realizado. Al revés: las fatigas parecían haberle sentado bien. Aunque no llegara a tiempo el impresionante vestido que había encargado para la gran noche, Vita sería la mujer más bella en muchos kilómetros a la redonda.

La propia Vitória estaba sorprendida de la seguridad y tranquilidad con la que aguardaba a que llegara la fiesta. Había merecido la pena cada segundo que había invertido en la casa. Cada vez que llegaba a la obra por la mañana, pensaba en el día en el que todos sus planes, visiones e ideas hubieran tomado forma y ellos pudieran por fin mudarse. Y ese día había llegado. Cuando su coche se detuvo ante la casa, casi se queda sin respiración. ¡Qué aspecto tan maravilloso! La fachada estaba pintada en azul claro; los marcos de las ventanas, las balaustradas y los elementos decorativos, en color crema. El camino de entrada, que antes era de tierra, estaba cubierto de grava blanca, y el jardín, que hacía unas semanas estaba en estado salvaje, era un elegante oasis con tres impresionantes palmeras imperiales y una pequeña fuente que gorgoteaba con alegría. A derecha e izquierda de la escalera de mármol que llevaba a la puerta principal hacían guardia dos soldados árabes de bronce. Eran de tamaño natural y llevaban unas lámparas de gas finamente labradas que, por indicación de Vitória, debían estar encendidas durante toda la noche. Su nuevo hogar era la casa más elegante de Glória, y Vitória era sin duda la señora de la casa más orgullosa que había existido nunca en Río. Era una sensación incomparable entrar en su propia casa, no en la de sus padres, su marido o su hermano. Esta casa era suya, llevaba su firma, estaba bajo su responsabilidad, aun cuando León hubiera asumido la mayor parte del astronómico coste de la reforma.

Los esclavos de Boavista habían llegado el día anterior y se habían instalado en sus habitaciones, que todavía tenían las paredes húmedas. No obstante, se mostraron agradecidos por que les hubieran asignado un alojamiento tan bueno.

—No os alegréis tanto —les había advertido Vitória a los negros, algo afligida por tener que estropearles la alegría—, en los próximos días no tendréis demasiado tiempo para estar en vuestras habitaciones.

Los preparativos de la fiesta, la celebración misma y los posteriores trabajos de limpieza iban a exigir lo máximo de la servidumbre. Lo mismo que de ella misma. Pues de la nueva gente no conocía a ninguno lo suficiente como para confiarle tareas de cierta responsabilidad. Tendría que estar permanentemente detrás de ellos para controlar cada movimiento. Por falta de tiempo le había encargado a Taís, la mejor sirvienta de León, que instruyera a los nuevos esclavos.

En aquel momento, cuando miraba con admiración su propia casa, se preguntaba cuántos de los trabajos que les habían encomendado habrían realizado realmente los negros. No esperaba demasiado. Como si hubiera leído el pensamiento de su señora y quisiera demostrarle que estaba equivocada, Taís abrió en aquel instante la puerta principal y salió a recibir a Vitória. Toda la dignidad que dejaban ver su elegante uniforme y su formal actitud quedó eclipsada por su arrolladora sonrisa. Se le notaba en la cara lo orgullosa que estaba.

—¡*Sinhá* Vitória, bienvenida! Se asombrará de lo que hemos hecho desde ayer... Dedé, Luiz, ¿qué hacéis ahí? Traed las maletas de *dona* Vitória.

Los dos muchachos corrieron hacia el coche de caballos y sacaron el equipaje con tan poca habilidad que Vitória tembló al pensar que aquellos jovenzuelos podrían hacer que sus invitados perdieran el sombrero o la sombrilla. No obstante, aquel torpe dúo tenía un cierto encanto cuando, como Sábado hasta hacía poco, andaba tropezando con sus grandes patas.

Vita subió ceremoniosamente la escalera. Era la primera vez que iba a entrar en su casa sin pisar las esteras que se habían puesto para proteger los suelos. Ya estarían puestas las alfombras que antes estaban enrolladas junto a la pared; los candelabros, los marcos de fotos y los floreros estarían sobre las cómodas y las mesitas; los libros estarían colocados en las estanterías que llegaban hasta el techo. Vitória no se hacía muchas ilusiones: probablemente los libros estarían todos revueltos, ya que ninguno de los negros sabía leer; y seguro que algún inútil había desterrado los valiosos floreros al último rincón de la casa dejando el lugar preferente a una cursi figurita. Pero para eso estaba ella allí. Hasta que llegaran los primeros invitados quedaban aún cuatro horas, una de las cuales la necesitaba ella para arreglarse. Disponía, por tanto, de tres horas para ocuparse de todos aquellos detalles. Era muy poco tiempo, aunque entraba dentro de lo posible.

Pero cuando Vitória entró en el recibidor se le puso la carne de gallina. Todo estaba exactamente como ella había imaginado. El frutero descansaba sobre el aparador con una decorativa mezcla de frutas tropicales que ella no habría podido disponer mejor. El ramo de flores del florero de porcelana china respondía exactamente a su gusto, ni una rama de menos, ni una flor de más. Los marcos con las fotografías de su familia estaban distribuidos como ella lo habría hecho. ¡Cielos, era increíble! Alguien tenía que haberle leído el pensamiento.

—¿Quién ha sido? —preguntó en voz baja.

—Pero *sinhá* Vitória, yo creí…

La voz de Taís temblaba. Había obligado a los nuevos a trabajar hasta la extenuación y ella misma sólo había dormido tres horas para poder sorprender a su señora con una casa perfectamente arreglada. Y ahora esto. Una gruesa lágrima brilló entre sus pestañas antes de empezar a rodar por su mejilla.

Vitória se acercó a Taís, que se echó hacia atrás esperando recibir una bofetada. Vitória ni siquiera notó la extraña reacción de la muchacha. Siguiendo un impulso, la abrazó y le dio un beso en la mejilla.

—¿Le… le gusta? —preguntó Taís tímidamente.

—No, Taís, no sólo me gusta, me parece fascinante. ¿Lo has hecho todo tú sola?

—Claro que no. Están Jorginho, Isaura, Lisa…

—No me refiero a los esclavos —la interrumpió Vitória—. Quiero decir, ¿te ha dado *sinhá* Joana un par de consejos, o ha sido mi marido?

La muchacha sacudió la cabeza sin comprender.

Vitória encontró vergonzoso que una negra, una sirvienta, fuera tan parecida a ella, y no tenía ganas de explicarle por qué estaba tan sorprendida de la perfecta decoración de la casa. En silencio cruzó el vestíbulo hasta el salón grande, donde todo estaba dispuesto como ella misma lo habría hecho. En el aire flotaba un olor a yeso, pintura fresca y azucenas. Faltaban algunos cuadros en la pared, pero por lo demás todo estaba perfecto. Los tres sofás grandes estaban en el centro de la estancia, alrededor de una mesa de madera redonda, sobre la que llamaba la atención un opulento arreglo floral. Bajo una de las ventanas había dos sillones en torno a una mesita auxiliar; bajo la otra ventana, una mesa de ajedrez con dos sillas labradas. El piano nuevo quedaba muy bien en un rincón oscuro del salón, donde había sido colocado en diagonal. En la pared en la que estaba previsto que se colgara el retrato de Vitória y León había un tapiz. El cuadro sería pintado por el afamado Rodolfo Amoedo, que tenía previsto representar como fondo la nueva casa de la pareja. En las próximas semanas deberían posar para él como modelos.

La mirada de Vitória recayó sobre la consola que estaba junto al tapiz. Sobre un tapete de encaje había una serie de adornos agrupados: un cenicero de plata demasiado delicado como para que alguien se atreviera a utilizarlo; un estrecho florero de cristal con una sola rosa blanca; y una diminuta caja de porcelana azul celeste que Vitória identificó como la que León le había regalado el día que le hizo su propuesta de matrimonio. Estaba entonces tan enojada que la había dejado en cualquier sitio y se había olvidado de ella. Probablemente hubiera llegado hasta allí en una de las cajas con cosas de Boavista. Tomó suavemente la delicada caja, con cuidado de que no se cayera la tapa.

—Una caja preciosa —dijo Taís, que había seguido a Vitória.

—Sí.

Vitória observó la caja con detenimiento. En la tapa había un árbol en flor de color rosa, tras el que se elevaba una montaña cubierta de nieve. El motivo era muy bonito, aunque Vitória no sabía qué representaba exactamente. Probablemente fuera el paisaje de uno de los países que León pensaba visitar con ella. Vitória no quiso pensar en todas las promesas con que León la había arrastrado al matrimonio y que no había cumplido. No era el momento adecuado para plantearse aquellas cuestiones.

Dejó la caja de porcelana en su sitio y estiró la espalda. Aún quedaba mucho trabajo por hacer.

La mayoría de los invitados llegaron con insólita puntualidad. Vitória se imaginó que ya no podrían aguantar más la curiosidad. Se figuró que correrían muchos rumores sobre ella, León y la casa, acrecentados por el hecho de que no había dejado que nadie visitara la casa antes de estar terminada.

Todos se quedaron sin habla. El que había esperado encontrar una decoración arrogante y sin gusto, se quedó decepcionado ante el ambiente discreto y refinado. El que había pensado que la fiesta se celebraría en una casa en obras y, por ello, no se había puesto sus mejores zapatos, se avergonzó de su indumentaria. Quien en su fuero interno había deseado saludar a una anfitriona nerviosa y decaída, palideció ante la grandiosa presencia de Vitória. El que había creído las habladurías sobre la fiera salvaje que no se apartaba de Vitória da Silva, reaccionó sorprendido ante el educado y alegre perro que se comía lo que se le echaba con más delicadeza que muchos de los invitados a sus *petit fours*. Quien había criticado a León Castro por su supuesta traición, se enteró esa noche de que todos los negros recibían un salario por su trabajo. Los únicos que no salieron decepcionados fueron los que acudieron única y exclusivamente a divertirse y pasar un buen rato con los anfitriones: en ese sentido, la fiesta de inauguración resultó perfecta.

La mezcla de invitados era arriesgada, pero funcionó bien. Aaron discutía con el redactor jefe de León sobre los efectos de la ola de inmigración en la economía nacional; João Henrique colmaba de elogios a "la divina Márquez" y recibía a cambio alguna que otra sonrisa benévola de la actriz; Joana no se separaba del general Assis y su esposa, que también habían vivido en Goa y estaban contentos de poder compartir con alguien sus recuerdos de una época tan gloriosa. Artistas y banqueros, políticos y matronas, *fazendeiros* y profesores de universidad: Vitória pudo comprobar con agrado que sus invitados se habían mezclado de la forma más variada y parecían conversar animadamente, jóvenes con mayores, republicanos con monárquicos.

Los esclavos, que gracias al sueldo que les pagaba León ya no eran tales oficialmente, aunque se seguían considerando propiedad de Vitória, cumplían su misión sorprendentemente bien. A pesar de que en Boavista ordeñaban las vacas, seleccionaban los granos de café o planchaban la ropa, en la casa y en el trato con los invitados se desenvolvían con gran habilidad. Naturalmente, el esclavo que había trabajado antes en las cuadras no tenía que servir ahora las copas de champán, para eso había camareros profesionales. Taís le había encargado recoger las flores y ponerlas en floreros. La tarea era totalmente nueva para él, pero la realizó a la perfección a pesar de las heridas que los nuevos zapatos le habían hecho en los pies. Taís es realmente una joya, pensó Vitória por enésima vez esa noche. Su conocimiento de las personas y su autoridad natural habían hecho posible que los esclavos se integraran perfectamente. Todo iba como la seda.

A Isaura también le molestaban los zapatos, pero los encontraba tan fascinantes que no le importaba el dolor. Sólo después de varias horas vaciando ceniceros, recogiendo vasos vacíos y limpiando las mesas tuvo serias dificultades para andar. Los dedos le ardían, tenía los talones llenos de heridas y le pesaban las piernas. Apenas podía levantar los pies del suelo, pero por nada del mundo habría descuidado su trabajo, no aquella noche. Con los dientes apretados siguió yendo de acá para allá, llevó las bandejas de plata vacías a la cocina, secó la mancha que un vaso de vino había dejado sobre la alfombra al volcarse, y trajo de la cocina una botella de vinagre para una dama, Dios sabe con qué fin. Sólo perdió la paciencia cuando un hombre de labios finos que antes había llamado su atención por sus exaltadas palabras a favor de la abolición de la esclavitud le gritó que dónde estaba el coñac que le había pedido horas antes. No tenía fuerzas ni para responder por el descuido del camarero, ni para seguir un segundo más en la habitación con aquella gente espantosa. Salió cojeando de allí.

León se la encontró poco después delante de la cocina, hecha un mar de lágrimas, sentada en el suelo con la espalda apoyada en la pared y las piernas encogidas. Echó a otra muchacha que la estaba consolando.

—¡Sh, sh! Ahí fuera te espera mucho trabajo.

Luego pasó la mano suavemente por la cabeza de Isaura.

—Ya le he dado a ese hombre mi opinión. Se ha marchado. Por tanto, puedes seguir trabajando en cuanto te hayas tranquilizado. ¿Cómo te llamas?

—Isaura —dijo Isaura sollozando convulsivamente.

—¿Como en el libro? —León tuvo que sonreír, pero enseguida puso un gesto serio cuando vio la cara de perplejidad de la muchacha—. Ven —dijo dándole la mano para ayudarla a levantarse—, descansa un poco y luego sigues con lo que estabas haciendo. Sin tu ayuda estaríamos perdidos, has hecho un trabajo estupendo esta noche. Y ya queda poco, ya se empiezan a marchar los primeros invitados.

Cuando la muchacha se puso de pie ante él y se estiró el vestido, la mirada de León se quedó fija en un objeto.

—¿Qué es ese colgante que llevas en la cadena?

Isaura estaba irritada. ¿Desde cuándo se interesaban los señores por su aspecto, aparte de que la cofia estuviera bien colocada y el delantal bien blanco?

—Lo he heredado —dijo con una voz cada vez más débil.

—Ya, ya. Pero sé de buena fuente que la propietaria de ese colgante no ha muerto todavía, sino que goza de muy buena salud.

—Pero no, *senhor* León, se equivoca —dijo Isaura levantando la nariz—. Zélia está muerta y bien muerta, y en su tumba. Yo misma eché tierra sobre su féretro hace un año en su entierro.

Entonces se santiguó.

—¿Qué Zélia? ¿De quién hablas?

—El colgante era de Zélia, y ella me lo regaló cuando sentía que se acercaba su muerte. Zélia era esclava en Boavista.

—¡Ah, sí! ¿Y no te has preguntado nunca cómo llegó una pieza así hasta Zélia? A lo mejor se la encontró, ¿no? —La voz de León era cada vez más baja y sarcástica—. ¿Un buen día, en la puerta de la *senzala*, donde alguien la dejó para que Zélia la encontrara? Sí, ¿crees que es eso lo que pasó?

A Isaura empezó a entrarle miedo. Cuando salieron de Boavista, los otros seis esclavos que viajaron con ella a casa de la *sinhá* Vitória no hablaban de otra cosa que de la gran suerte que tenían por poder trabajar para León Castro, que era conocido por ser amigo de los negros. Y hasta unos segundos antes Isaura pensaba lo mismo: su nuevo amo parecía tener realmente buen corazón. Pero ahora no podía evitar la sensación de que quizás se había equivocado. Aquel brusco cambio de actitud no presagiaba nada bueno. Intentó mantener la calma, es lo mejor que se podía hacer ante un enajenado mental. No debía notar que lo tomaba por un loco.

—A Zélia le regalaron el colgante como recompensa por sus fieles servicios —dijo tartamudeando y mirando al suelo.

—¡Ah, un regalo! ¿Y por qué no me puedes mirar a los ojos mientras sueltas esa insolente mentira? Te voy a decir cómo llegó ese colgante a manos de Zélia: lo robó.

—No, le juro por la Virgen María que se lo regalaron. ¡Pregúntele a su mujer!

Isaura se enfadó consigo misma. ¡Tenía que haber pensado antes que el colgante había pertenecido en algún momento a la *sinhá* Vitória!

León la soltó con la misma brusquedad con que la había agarrado. Se dio la vuelta y, aparentemente tranquilo, se dirigió hacia la puerta tras la que se oían las risas de los invitados, la música del piano y el tintineo de las copas.

Encontró a Vitória en el "gabinete", donde conversaba con un grupo de cinco caballeros maravillados por sus aventuras en la Bolsa.

—Señores —dijo León, pidiendo disculpas al público de Vitória—, ¿pueden prescindir de esta encantadora dama por un momento? Tengo que hablar con ella sobre un asunto urgente. —Dijo "dama" con un tono de reproche que sólo Vitória percibió—. Ven querida.

León tomó a Vitória de la mano y abandonó con ella la habitación, seguidos por las miradas de envidia de los caballeros, que lo consideraban un hombre de suerte, pero también un estúpido. ¿Qué caballero dejaba a una mujer tan bella y delicada especular en la Bolsa?

León arrastró a Vitória hasta la habitación que estaba pensada como despacho y en la que no había invitados.

—¿Por qué no llevas puesto el colgante que yo te regalé? Quedaría muy bien con ese vestido.

—¡Cielos, León! ¿No tienes otra cosa en que pensar en este momento?

—No, por suerte no. Dime: ¿dónde está el colgante?

—No es de buena educación preguntar por las cosas que se han regalado.

—No eludas la pregunta.

—Lo he perdido. Bien, ¿estás contento? Entonces me puedo ir.

Vitória dio media vuelta y se dirigió hacia la puerta. Pero no pudo avanzar más. León la agarró del brazo.

—¡Me haces daño!

—¡Oh, mi querida *sinhazinha*, tú a mí también!

—¡Suéltame! Me va a salir un moratón, y todos esos cotillas de la ciudad dirán que eres un canalla que maltrata a su mujer.

—Y eso te importaría mucho, ¿no? No cambies de tema.

—No lo hago.

Vitória había conseguido desconcertar a León. Pero éste continuó:

—Quizás te alegre escuchar que he encontrado el colgante.

—¡Oh, es fantástico! ¿Dónde?

—En el cuello de una de las nuevas doncellas. Entonces, ¿me vas a decir por las buenas cómo ha llegado hasta esa persona?

—No tengo ni la más mínima idea. —Eso al menos era verdad—. ¿Por qué no se lo preguntas a ella?

—Ya lo he hecho, *meu amor*. Dice que ha heredado la joya. De una esclava llamada Zélia. —León miró a Vitória fijamente, pero ésta mantuvo la mirada.

—Bueno… ¿y?

—Cuéntame cómo llegó el colgante a manos de esa tal Zélia.

—Muy sencillo: debió encontrárselo.

Vitória miró fríamente a León. ¿Por qué montaba ese número por un colgante? Si no lo hubiera visto esa noche por casualidad probablemente no se hubiera dado cuenta de que ella no lo tenía.

—León, estamos dando una fiesta en nuestra casa. Somos los anfitriones. Tanto tú como yo. Sé razonable y elige otro día para discutir. Y suéltame el brazo, se me está quedando dormido, me agarras con mucha fuerza.

León dejó caer su mano. Estaba ahí, inmóvil ante Vitória, sin que el más mínimo gesto desvelara la agitación interna que se había apoderado de él.

—No te servirán de nada tus infantiles maniobras de distracción. Ya me enteraré de lo que ha ocurrido con ese colgante, puedes estar segura de ello.

—Por favor, si no tienes otra cosa en que pensar que en una baratija de hojalata que lleva una esclava…

León tuvo que contener con todas sus fuerzas el impulso de dar una bofetada a Vitória. Forzó una sonrisa, hizo una leve reverencia y salió hacia el salón. En la puerta se detuvo y se volvió lentamente.

—Esa baratija te habría quedado muy bien, la hojalata es lo que más le va a tu carácter.

Luego desapareció en el interior de la casa y disfrutó del amargo sabor de la triste victoria que había alcanzado. Había dicho la última palabra.

XX

Aaron Nogueira estaba irreconocible. Ahora iba siempre impecablemente vestido, tanto en las citas con los clientes como en los encuentros privados. Se había comprado una serie de trajes, camisas, zapatos y sombreros nuevos que cuidaba con esmero. Le limpiaban los zapatos al menos una vez al día, generalmente a mediodía, cuando iba a su restaurante favorito. El pequeño limpiabotas, un chico de diez años, consideraba a Aaron uno de sus clientes preferidos, lo que en parte se debía a las generosas propinas que le dejaba. Sus trajes recibían el mismo trato que sus zapatos. Intentaba que no se arrugaran, y con cierta regularidad cepillaba los hombros y las mangas para eliminar posibles pelos, pelusas o polvo. Quien no conociera a Aaron desde hacía tiempo pensaría que se trataba de un hombre muy vanidoso. Sólo su pelo se resistía a todos sus esfuerzos por mantenerlo en orden. Aunque Aaron lo llevaba mucho más corto de lo que estaba de moda, sus rizos rojizos eran difíciles de domar. Siempre había algún mechón que se escapaba de la engominada cabellera, lo que daba una nota juvenil al aspecto respetable de Aaron.

El traslado le había sentado bien. Desde que residía en la antigua vivienda de León, que alquiló por un precio especial, era otra persona. Utilizaba como bufete las tres habitaciones más representativas de la casa: una como oficina, otra como "sala de reuniones", consistiendo las reuniones generalmente en conversaciones con clientes a los que no quería recibir en su despacho, y la tercera como sala de espera y secretaría. Un joven colega muy capacitado al que conocía desde la época de la facultad y que tuvo que abandonar los estudios por problemas económicos iba cuatro días a la semana y se ocupaba de la correspondencia, de las actas, de concertar las citas, de buscar precedentes en la bibliografía especializada y de todo aquello que no era necesario que Aaron hiciera personalmente.

Aaron utilizaba como vivienda las otras tres habitaciones de la casa. En realidad, le parecía casi un derroche. A él le bastaba con un dormitorio. Casi siempre comía fuera, y cuando lo hacía en casa le gustaba comer en la cocina, que era amplia y cómoda y donde Mariazinha le ponía al corriente de los últimos rumores. ¿Para qué quería un comedor para él solo? Tampoco necesitaba un salón privado. Para eso tenía su sala de conferencias, cuyas paredes estaban cubiertas hasta el techo con estanterías llenas de libros y donde tenía confortables sillones. Por las noches, después del trabajo, le gustaba encerrarse allí, poner los pies en alto y leer. Para él la habitación era salón y biblioteca a la vez, además era muy adecuada para recibir también a sus visitas privadas. Era una de las habitaciones más grandes y más bonitas de toda la casa, con delicados estucados en el techo y unas altas ventanas que daban al porche.

Pero Joana, que le había ayudado en la organización de la casa, se había mantenido firme.

—Tienes que separar lo profesional de lo privado, Aaron. Y además tienes que adaptar tu estilo de vida a las nuevas circunstancias. Ya no eres un estudiante pobre, y por tanto no debes comportarte como tal. ¡Comer en la cocina! ¿Qué es eso? Come como una persona civilizada, en una habitación bonita y no mirando los cacharros sucios o el fogón grasiento, lo que le quita el apetito a cualquiera. Además, alguna vez puedes tener invitados. ¿Te gustaría recibir a Vita en la cocina?

Eso fue determinante. Aaron reconoció que debía adquirir muebles para el comedor, en cuya elección también le ayudó Joana. Compró una mesa ovalada de madera de jacaranda para seis personas, unas sillas tapizadas y un aparador a juego, además de un pequeño sofá y dos butacas, de forma que ahora tenía un salón-comedor. Joana le había asegurado que la nueva decoración resultaba muy moderna y elegante. Él no tenía ninguna opinión especial al respecto. Lo principal era que las sillas y las butacas resultaran cómodas, y lo eran. Joana también aconsejó a Aaron en la elección de las cortinas y el papel pintado, lo que él agradeció. Le gustaba todo menos que el color dominante en la habitación fuera el rosa. Pero Joana eligió una combinación de tonos azules que fue del agrado de Aaron. Sólo en una cosa no le pudo ayudar Joana: él tenía que organizar solo los muebles y las cajas con las cosas de sus padres que se había llevado de su modesta vivienda de São Paulo. Estaba todo almacenado en la tercera habitación de la vivienda, la que Joana quería convertir en cuarto de invitados en cuanto él pusiera todo en orden.

Pero nada más abrir la primera caja Aaron tuvo la desagradable sensación de que jamás podría ordenar todo aquello. El candelabro de siete brazos, sí, ése lo podría poner en el salón. El jarrón de porcelana que en otro tiempo fue el orgullo de su madre podría darlo sin grandes remordimientos. ¿Pero qué iba a hacer con la filacteria de su padre? Daba lástima tirarla, pero tampoco quería conservarla. No necesitaba utensilios religiosos de ningún tipo. Aaron había perdido la fe hacía mucho tiempo, e incluso los ritos judíos le eran extraños aquí, en la diáspora, mucho antes de que murieran sus padres. Lamentaba haber decepcionado a sus progenitores en este sentido. Mostraron cierta comprensión cuando se cambió de apellido —Nogueira era la traducción de Nuss-baum—, pero el ateísmo de su hijo fue una inagotable fuente de tristeza para ellos. Hoy quizás les hubiera explicado su postura de forma algo más diplomática, pero cuando tenía diecisiete años les enfrentó con la realidad de un modo brutal y creyó tener derecho a hacerlo.

Siguió rebuscando en la primera caja. ¿Un par de manteles deshilachados? Fuera. La vajilla "buena" de su madre, que realmente no era tan buena y se componía de muy pocas piezas. Hum, quizás. O no, mejor la rompía. Su madre se revolvería en su tumba si se enterara de que en ella se servía comida que no había sido preparada según el rito judío. Aaron comía de todo menos carne de cerdo, lo que la empleada que le había dejado León no acababa de entender del todo. Mariazinha, una negra gruesa que no paraba de hablar, se seguía enfadando con él cuando dejaba sin tocar sus chuletas, sus asados de cerdo o sus bocadillos de jamón.

—No me extraña que esté tan flaco, ¡si no come nunca nada bueno!

Aaron tenía la sospecha de que Mariazinha se hacía la tonta para comerse las exquisiteces que dejaba su patrón, los "restos", o para llevárselos a su casa para sus cinco hijos casi adultos. No le importaba. Le gustaba aquella mujer, que iba todos los días excepto los domingos y se ocupaba de él y de la casa. Era ama de llaves, mujer de la limpieza y cocinera en una sola persona, y además era competente y amable. A diferencia de la mayoría de las sirvientas que, aunque no fueran esclavas, vivían en casa de sus señores, Mariazinha había insistido en regresar todas las noches a su casa. "¡Santo Dios, no puedo compartir casa con un hombre soltero!" Aaron encontró absurdo que alguien pudiera pensar que él tuviera un lío con Mariazinha, pero le pareció bien que no viviera bajo su mismo techo.

Cuando Aaron estaba mirando un pequeño marco sin acabar de decidirse, llamaron a la puerta. ¿Quién sería? ¿Quizás Vita? Tenía la inquietante costumbre de presentarse sin avisar. Dejó el marco en la caja, se pasó la mano por el pelo, se sacudió el polvo de las rodillas de los pantalones y confió en no estar demasiado impresentable.

En la puerta estaban los Witherford y le miraban con gesto de reproche.

—No me diga que va a salir con ese aspecto —dijo Charles Witherford con un gesto entre enojado y divertido.

—Ha olvidado nuestra cita, ¿verdad? —dijo su mujer.

—No, de ningún modo. No he calculado bien el tiempo. Pero entren y tómense algo mientras me arreglo.

Si algo había aprendido Aaron en el ejercicio de su profesión era el arte de que no se le notaran ni la sorpresa ni ninguna otra forma de reacción. Realmente había olvidado que tenía una cita con la pareja, con la que le unía algo más que una mera relación profesional. Aaron pensaba que eran gente muy agradable, y si seguía saliendo tanto con ellos a probar nuevos restaurantes mientras hablaban sobre asuntos jurídicos o conocidos comunes, pronto serían buenos amigos.

Se arregló en un tiempo récord. Cuando entró en la sala de conferencias, Loreta Witherford le miró de los pies a la cabeza y le dijo a su marido:

—Charles, ¿será cierto lo que se dice, será realmente el amor lo que ha convertido a nuestro buen Aaron en un hombre tan apuesto?

A Aaron no le gustaban aquellas bromas, pero mantuvo el tono jocoso.

—Eso significaría que "nuestro buen Charles" no está enamorado, con ese aspecto que tiene, y eso, querida Loreta, no puedo ni imaginármelo. Cualquiera puede ver que su marido la adora.

Loreta y Charles se echaron a reír antes de darse un pequeño beso.

De buen humor se pusieron en camino hacia Chez Louis, un local que había abierto sus puertas recientemente y en el que el famoso cocinero francés ponía en práctica su arte. Pero la mayoría de los clientes no acudía allí por las delicadas exquisiteces que se servían, que casi nadie sabía valorar, sino para dejarse ver y mostrar su supuestamente elevado nivel de vida a todos los que frecuentaban el local.

—Foie gras de canard —leyó Charles en la carta con su fuerte acento inglés—, ¡cielos! Los franceses están realmente locos. Y no sólo para comer. ¿Os he contado que quieren financiar la construcción del canal de Panamá con la emisión de acciones? Han ido demasiado lejos, me apuesto toda mi fortuna.

—Pues no es una mala idea —dijo Aaron—. Un canal que una el Atlántico con el Pacífico supondría grandes ventajas también para Brasil. Nuestros productos, sobre todo el café, llegarían por barco antes y a mejor precio al oeste de Estados Unidos, que es un mercado floreciente.

—Pero la construcción de un canal lleva mucho tiempo y cuesta una fortuna. A los barcos les resultaría muy caro cruzarlo, probablemente habría que pagar una tarifa exorbitante. No, es mejor apostar por la ampliación de la red de ferrocarriles americanos. Si quiere invertir bien su dinero, compre acciones de las grandes compañías del acero y los ferrocarriles.

—¿Qué dinero, Charles? Con mis modestos honorarios…

Charles Witherford se rió tan fuerte que algunos comensales de las mesas más próximas se volvieron a mirarle. Los tres sabían que Aaron ganaba un buen sueldo con los nuevos clientes que había conseguido gracias a los Witherford.

Una vez servidos los aperitivos, decidieron lo que iban a comer y eligieron el vino. Aaron se interesó entonces por los hijos de los Witherford, sobre todo por la pequeña Bárbara.

—Ya está mejor, gracias a Dios. Pero si no supiera que es muy difícil simular que se tiene sarampión, habría jurado que Bárbara sólo quería que nos enfadáramos y que no fuéramos a la gran fiesta. Esa niña es un diablo.

A Charles se le notaba el orgullo en la voz. Estaba completamente loco por su hija pequeña, que, según él, en esencia era igual que él. Era despierta, alegre y resuelta. Afortunadamente había heredado el físico de su madre.

—¡Qué tonterías dices, cariño! ¡Como si una niña de dieciocho años pudiera ser tan malvada!

Aaron pensó que una niña de dieciocho años puede ser muy malvada, y cualquiera que conociera a Bárbara sabía que la muchacha utilizaba todos los trucos posibles para impedir que sus padres salieran.

—Bueno, pero consiguió que no fuéramos a la fiesta de inauguración de la nueva casa de los Castro, y era una de las pocas fiestas a las que me habría gustado asistir. Se dice que estaba allí "todo Río" para ver de cerca a los anfitriones —Charles probó el vino que el camarero le trajo en ese momento, y siguió hablando—. ¿Es cierto que la hermana de Pedro es increíblemente bella y además inteligente?

—Igual que la pequeña Bárbara —respondió Aaron con toda franqueza, sin pretender adular al hombre que tenía enfrente—. Pero ¿no la conocen todavía? Creía que la habrían conocido hace tiempo a través de Pedro y Joana.

—No, siempre se ha interpuesto algo —Loreta bebió un poco de vino—. Dicen que León Castro tampoco tiene mala presencia. Y que desde su boda con la hija de un negrero ha adoptado las maneras de un *senhor*...

—Eso es sólo envidia. León ha tenido clase siempre, aunque la influencia de Vita le ha venido bien. Se comporta y se viste mejor desde que está casado con ella.

—Me parece que lo mismo le ha ocurrido a usted, aunque no esté casado con esa mujer —dejó caer Charles, que ya había vaciado su segundo vaso de vino.

Aaron ignoró la observación, echó un vistazo al local y descubrió, para su alivio, a un par de conocidos.

—¡Oh, ahí están los Figueiredo! Discúlpenme un momento, me gustaría saludarles.

Aaron se puso de pie y se alejó de la mesa.

Charles miró a su mujer pensativo. No estaba tan bebido como para no darse cuenta de que Aaron admiraba a Vita. Aquel hombre estaba enamorado de ella, eso estaba claro. Nada bueno, pensó Charles. La mujer estaba casada, y además con un hombre muy conocido. No podía permitirse ningún paso en falso.

—Vaya… —murmuró—. Aaron pierde el tino en cuanto se habla de esa persona.

—Tú lo notas todo —dijo Loreta—. Lleva varios meses así. Para ser exactos, desde que Vitória Castro da Silva vive en Río. ¿Por qué crees que Aaron cuida ahora tanto su apariencia? ¿Por qué ha arreglado su casa? ¿Y por qué sale tanto?

—¡Dios mío, pobrecillo!

Cuando Aaron volvió a sentarse sirvieron la comida, que no sólo era excelente, sino que además les sirvió de pretexto para cambiar de tema. El resto de la noche estuvo extrañamente callado. Aconsejó con pocas palabras a los Witherford cómo debían actuar contra un descuidado agente de transportes que había dañado seriamente un arpa que habían importado de Inglaterra y escuchó en silencio las detalladas explicaciones de Charles sobre la compra por parte de la BMC de una empresa ganadera que cotizaba en Bolsa.

—¿Perdón? —dijo, sobresaltándose cuando Loreta puso su mano sobre su brazo y le miró con gesto interrogante—. Disculpe, estaba pensando en otra cosa.

—¿Vendrá usted el sábado al mercadillo del hospital? —repitió Loreta.

—No, no creo. —Aaron estaba dispuesto a dar dinero para una buena causa. Pero en este caso el que sacaría beneficios sería João Henrique, y no debía ser así. Cuanto más conocía a aquel hombre, menos le gustaba, por mucha fama que tuviera como médico—. Pero estoy seguro de que sin mí también recaudarán una buena suma… y pasarán una agradable velada.

Charles Witherford se acordó de aquellas palabras unos días después. Pero dudaba de que la velada resultara agradable.

—Loreta, *darling*, ¿tenemos que ir necesariamente a esa fiesta? Hemos salido todas las noches esta semana…

No dijo nada más.

—Sí, sí, sí. A mí también me gustaría quedarme una noche en casa. Pero no puedo eludir mis responsabilidades. Por desgracia, ese mercadillo benéfico fue idea mía, así que nos tenemos que dejar ver por allí. Estaremos poco tiempo, ¿de acuerdo?

Charles asintió. En su vida de negocios conocía toda una serie de sucios trucos para callar la boca a sus adversarios. Pero no podía hacer nada contra su mujer. Tendrían que ir a aquel aburrido mercadillo, y sólo pensar en el ponche dulce y en las viudas mojigatas le hizo estremecerse.

Cuando unas horas más tarde la pareja llegó al hospital, Charles perdió toda esperanza de pasar una tarde agradable. En el patio interior del hospital había una serie de puestos en los que estaban a la venta bizcochos caseros, manteles y bolsas para la ropa sucia cosidos por las propias señoras que los vendían. La decoración del mercadillo superaba todo lo razonable. Guirnaldas de papel que parecían recortadas por niños pequeños se extendían sobre todos los puestos, y éstos estaban adornados con sencillas rosas de papel.

—Loreta, *darling*, si sigues manteniendo que *esto* ha sido idea tuya voy a tener que pedir el divorcio.

Loreta se rió.

—*"Esto"* —dijo imitando su tono despectivo— es precisamente lo que yo había soñado... en mis peores pesadillas. —Encogió los hombros—. Qué le voy a hacer. Dejé la organización en manos de *dona* Carla, que no tiene nada mejor que hacer y ha buscado todo lo necesario. Yo sólo me he ocupado de que venga gente pudiente.

—¿Que invierta su fortuna en tapetes de ganchillo? ¿Y que en el futuro tachará tu nombre de su lista de invitados?

—No, querido, espera un poco. Está previsto realizar una subasta que será muy divertida.

En ese momento se acercó a ellos una dama de cierta edad.

—*Senhora* Loreta, *senhor* Charles, es un placer verles. ¿Qué les parece la decoración? ¿Acaso no la han hecho maravillosamente los niños? Vengan conmigo, seguro que quieren tomar algo.

Dona Carla les guió, sin dejar de hablar alegremente, hasta una caseta en la que se servía el "mundialmente famoso ponche de ron de *dona* Magda". La bebida era aún más dulce de lo que Charles se temía, pero al menos contenía una buena cantidad de ron. Mientras las dos mujeres le contaban a su esposa lo conmovedoramente valientes que eran los niños enfermos y lo bien que habían trabajado, Charles bebía ponche sin inmutarse. Con ello no sólo le demostraba a *dona*

Magda lo "deliciosa" que le parecía su creación, sino que además eludía elegantemente la obligación de participar en la conversación.

Entretanto habían llegado numerosos nuevos visitantes que querían participar, como buenos cristianos que eran, en la construcción de una nueva ala del hospital. Charles pensó que la mayoría de los hombres parecía estar allí tan a disgusto como él. "¿Por qué dejamos que nuestras mujeres nos hagan ir a sitios tan indignos y poco masculinos como éste?"

Pedro pensó lo mismo cuando entró con su mujer en el patio del hospital.

—Joana, es la última vez que voy contigo a una de tus obras de caridad.

—¿Cómo dices? Pareces haber olvidado que esta vez has sido tú el que nos ha liado. Mejor dicho, ha sido tu ambicioso amigo João Henrique. Nosotros no estaríamos aquí si él no fuera a ascender a médico jefe por su colaboración en este mercadillo.

—Ni yo tampoco. Es horrible, ¿verdad? —João Henrique se había acercado sin que Pedro y Joana se dieran cuenta—. No me mires así, Joana. Yo no tengo la culpa de que esas viejas beatas hayan hecho bizcochos y mermeladas. Esperemos que la subasta sea más edificante que el resto. Y que se recaude mucho dinero… Si podemos construir el ala sur me pondrán al cargo de ella.

—Yo no esperaría mucho de esa subasta —dijo Pedro—. Dudo que alguien dé tanto dinero para satisfacer su vanidad.

—¡Oh, te equivocas! —respondió Joana a su marido—. Las personas más avaras pueden ser muy generosas cuando se trata de su propio ego. Apuesto a que lo recaudado dará no sólo para construir la nueva sección, sino además para dotarla de los últimos avances técnicos.

—No puedo imaginármelo. Pero está bien: ¿qué nos apostamos?

Pedro miró a su mujer desafiante.

—¿El que gane decide dónde colgamos el Renoir?

Llevaban semanas discutiendo si el cuadro quedaba mejor en el salón o en el comedor.

—¿Puedo interrumpiros un momento? —dijo João Henrique—. Allí están vuestros nuevos amigos, los Witherford. No parecen muy contentos. ¡Ah, y allí están también los Veloso! ¿Me disculpáis un momento?

El médico se dio media vuelta y se dirigió hacia los que pensaba que serían los más prometedores participantes en la subasta.

Pedro, Joana, Charles y Loreta se saludaron cordialmente, contentos de encontrarse al fin con alguien con quien congeniaban. Después de criticar un poco todo aquel evento, se dirigieron hacia las sillas que estaban alineadas en un rincón del patio. Se sentaron en la última fila, miraron a su alrededor y se sintieron como escolares en una clase que no les gustaba. Pero la lección de ese día iba a ser inesperadamente interesante.

El subastador, nada menos que el eminente profesor Leandro Paiva de Assis, subió a la pequeña tarima de madera, se situó tras la mesa y solicitó la atención del público dando pequeños golpes con su maza. Cuando todos guardaron silencio y le miraron atentamente, carraspeó y comenzó su discurso.

—Damas y caballeros: La medicina moderna no descansa. Casi todos los días se descubren nuevos medicamentos y nuevos tratamientos. La investigación avanza tan deprisa que muchas de las enfermedades ante las que hasta ahora no podíamos hacer nada nos parecerán dentro de poco un inofensivo resfriado. Pero la ciencia no puede sustituir en ningún caso lo que tanto médicos como pacientes necesitan más urgentemente: la confianza en Dios y la ayuda de nuestros semejantes. ¿Sería posible curar una enfermedad sin misericordia, sin el amor cristiano al prójimo?

—Amén —susurró João Henrique a Pedro, que le respondió con un leve gruñido.

El profesor les lanzó una dura mirada antes de continuar con su discurso.

—Si queremos garantizar la perfecta atención de los pacientes en el futuro, tenemos que contar con ustedes, *senhoras* y *senhores*. Sólo sus aportaciones nos permitirán construir las nuevas dependencias, indispensables para poder atender a un creciente número de pacientes. Y como no todos somos tan abnegados como las damas de buen corazón que han organizado este mercadillo —al decir esto miró a las damas y aplaudió invitando al público a que también lo hiciera—, hemos pensado en algo que seguro les anima a dar un buen donativo.

El profesor hizo una pausa bien pensada para aumentar la tensión, pero continuó hablando cuando notó que los espectadores se impacientaban.

—La construcción prevista necesita un nombre. ¡Y puede ser el suyo! Sí, *senhoras* y *senhores*, en esta subasta pueden alcanzar el honor de que su nombre se convierta en el de la más moderna sección de hospital de todo el país.

La gente estalló en aplausos.

—La oferta más baja es de cinco mil *réis*. ¿Quién ofrece cinco mil *réis*?

Un señor calvo de la primera fila levantó la mano.

—¡Ah, *senhor* Luís Aranha, muy loable. ¡Qué nombre más bonito, "sección Luís Aranha"! ¿Quién ofrece más?

Nadie hizo otra oferta.

—¿He olvidado mencionar que también habrá una placa que recordará el nombre del ganador de la subasta? Por favor, señores, no sean tan tímidos. Su generosidad puede decidir sobre la vida y la muerte.

—Diez —gritó un hombre joven.

—Bravo, diez mil *réis* ofrece el joven *senhor* por el privilegio de que su nombre quede inmortalizado. Díganos cómo se llamaría la nueva sección si usted consiguiera la adjudicación.

—Soy Joaquim Leme Viana.

Un murmullo invadió todo el patio. Los Leme Viana eran una de las familias más influyentes de Brasil.

—¡Quince! —se oyó desde una fila de en medio—. Quince mil *réis*, y la construcción se llamará "sección Charles Witherford".

Loreta miró incrédula a su marido. También Pedro, Joana y João Henrique estaban sorprendidos.

—¿Por qué me miran así? Esto es muy divertido, y además por una buena causa. ¿Por qué no puja usted también, Pedro?

Sí, ¿por qué no? A Pedro le resultó muy atractiva la idea de que una parte del hospital se llamara "sección Pedro da Silva" y hubiera una placa conmemorativa con su nombre.

—Está bien —dijo mirando a Charles—. ¡Veinte!

—Veinte mil ofrece el amable *senhor* da Silva. ¿Quién ofrece más?

A Pedro le pareció horrible que su antiguo profesor le llamara "amable *senhor* da Silva". Eso le pasaba por dejarse vencer por la vanidad.

—Ten cuidado, no vayas a perder la subasta —le susurró Joana.

—¡Cincuenta! —gritó el joven Leme Viana.

—¡Sesenta! —dijo un hombre algo mayor que hasta entonces no había dicho nada.

—¡Setenta!

—¡Ochenta!

Al subastador apenas le daba tiempo de decir los nombres de los pujadores. Las ofertas se sucedían unas a otras, ahora que algunos hombres se habían dejado llevar por la fiebre de la subasta y querían deshacerse de sus rivales a cualquier precio.

Cuando las ofertas superaron los cien mil *réis* sólo quedaron dos pujadores en acción. Tanto Pedro como Charles se dejaron convencer por sus esposas de que bastaba con que hubieran demostrado sus buenas intenciones y su compromiso con la construcción del hospital. Pero siguieron el espectáculo con interés, sacudiendo la cabeza al sentir que poco antes ellos se habían dejado arrastrar por el mismo delirio que embargaba a los dos pujadores que seguían haciendo sus ofertas.

—¡Mira, ahí llega Aaron!

Joana saludó con la mano a su amigo, al que no esperaban.

—¡Ah, la encantadora *senhora* Joana da Silva ofrece ciento veinte mil *réis*! —oyó decir al subastador. En el intento de aclarar el malentendido perdió de vista a Aaron.

—De verdad, Joana, ¿no te parece un poco exagerado poner tanto dinero en juego para poder decidir dónde ponemos un cuadro? —dijo Pedro enojado. No recuperó el buen humor hasta que hubo otra oferta superior a la de su mujer y se le pasó el susto.

Los dos hombres que seguían pujando añadían ahora cantidades más reducidas. Tanto el público como el subastador empezaron a cansarse. La gente empezó a hablar y de vez en cuando se oían risas contenidas.

—¡Un *conto!* —gritó de pronto Aaron, que se había sentado delante. Todos enmudecieron. Incluso el profesor olvidó por un instante que se esperaba una reacción por su parte. Luego volvió a asumir su papel.

—Es fantástico, ¿*senhor*…?

—Aaron Nogueira.

—¡Un millón de *réis!* ¿Quién ofrece más? ¿Nadie? ¿Y usted, *senhor* Leme Viana, no continúa? ¿Y usted, *senhor* Ávila? Está bien. Un *conto de réis* a la una, un *conto de réis* a las dos y… —tomó aire, los espectadores hicieron lo mismo— un *conto de réis* a las tres.

Dejó la maza sobre la mesa.

—La nueva sección del hospital llevará el nombre de Aaron Nogueira.

Los aplausos fueron ensordecedores. Cuando se fue haciendo el silencio, Aaron dijo con voz potente y fuerte para que todos lo oyeran:

—La nueva sección llevará el nombre de la pujadora a la que represento, Vitória Castro da Silva.

Pedro y Joana tenían la sorpresa escrita en el rostro mientras João Henrique expresaba lo que ambos pensaban:

—No sabía que tu hermana tuviera una vena caritativa. Sabrá que con esto me hace un gran favor, ¿no? Sinceramente, yo creía que no le caía muy bien.

Loreta Witherford estaba entusiasmada con el fabuloso éxito de la subasta, que había sido idea suya.

—¿Qué cuchichea, querido *doutor* de Barros? ¡Alégrese! Tome una copa de este horrible ponche y vamos a brindar… ¡por Vitória Castro da Silva!

Entretanto Aaron recibía las felicitaciones de los asistentes y tuvo que responder mil veces a las mismas preguntas: "Sí, es cliente mía", "No, hoy no ha podido venir", "Sí, su compromiso social es muy notable".

Cuando consiguió unirse a su grupo de amigos tenía ya gotas de sudor sobre el labio superior.

—¡Aaron, es usted único! —dijo Charles Witherford, golpeándole jovialmente en la espalda—. Con esta aparición ha triunfado definitivamente.

—Sí, realmente —dijo João Henrique secamente—. Debe haberte costado mucho trabajo cumplir un encargo que me beneficia a mí.

—Vita no ha podido quitarse esa estúpida idea de la cabeza por mucho que quisiera. Pero creo que le resultó muy tentador pensar que siendo la gran mecenas podría tomar parte en la construcción del edificio e incluso echar un vistazo a las cuentas.

—¡Sois los dos terribles! A lo mejor Vita ha actuado movida sólo por la caridad. Pero, dime, Aaron, ¿por qué no ha venido? —quiso saber Joana.

—Probablemente se imaginaba que todo esto sería terriblemente aburrido —opinó Charles—. Cuantas más cosas oigo sobre esa dama, más ganas tengo de conocerla. Pedro, ¿por qué no invita alguna vez a su hermana y a su famoso marido a uno de sus almuerzos?

Pedro no contestó inmediatamente. Seguía muy sorprendido. Se acababa de enterar de que su hermana era sumamente rica. Nunca lo había pensado. Incluso creía que se había gastado toda su dote en la nueva casa y estaba al borde de la ruina. ¿O era León el que tenía tanto dinero? No, imposible, se habría enterado antes, cuando eran amigos.

—Sí, llevamos tiempo pensándolo —oyó que les decía Joana a Charles y Loreta—. Pero no es fácil compaginar nuestras citas y obligaciones de modo que encontremos una noche que nos venga bien a todos.

Joana sabía que no era así. Su cuñada era un poco rara. Vita daba mucho que hablar, pero aparecía muy pocas veces en público, fuera cual fuera el objetivo que persiguiera con esa actitud.

—Vitória sólo concede audiencia al bueno de Aaron —dijo João Henrique con tono malicioso—. Probablemente se sienta culpable por haberle roto el corazón.

Dona Magda y *dona* Carla se miraron indignadas. ¿Sería verdad lo que habían oído cuando pasaban por allí? El joven doctor no les caía demasiado bien, pero estaban seguras de que no era un mentiroso.

—¡Dios mío, Magda! ¿Será una… adúltera la mecenas de nuestro nuevo edificio?

Las dos señoras juntaron las cabezas para hablar sobre aquel escandaloso tema. Quizás debieran consultar a *dona* Ana Luiza, que se reunía con la madre de la cuñada de Vitória da Silva en un club de bridge. Probablemente pudiera contarles algo más *dona* Cândida, que era vecina de aquel abogado que, evidentemente, gozaba de más ventajas de lo que parecía a primera vista. Si incluso una persona tan conocida como Vitória se relacionaba con él…

XXI

¡Un año! Aquel día hacía un año que se había casado con León, y para Vitória su marido seguía siendo tan extraño como en su primer encuentro. Ahora conocía detalles de su vida diaria, sabía que le gustaba dormir hasta tarde, que desayunaba poco, que no le gustaban las alcaparras, pero en cambio le encantaban las aceitunas y el chocolate, que se duchaba varias veces al día y se rociaba con la colonia Gentleman's Only que se había traído de Inglaterra. Conocía cada centímetro de su cuerpo, desde el remolino de la cabeza que todas las mañanas aparecía con el pelo de punta, hasta el segundo dedo del pie, que era más largo que el dedo gordo. Sabía dónde tenía cosquillas, qué sabor tenía, qué caricias lo excitaban. Y a pesar de todo muchas veces veía a León como un perfecto desconocido.

Había días en los que resultaba frío, calculador y arrogante, en los que la trataba con cierta superioridad, dándole la sensación de que no era su esposa, sino un subordinado. Otros días, menos frecuentes, se mostraba impaciente, intranquilo e impulsivo, daba portazos, rompía manuscritos o regañaba a los sirvientes casi sin motivo. Cuando ese nerviosismo se apoderaba de él, nadie podía hacer nada, y mucho menos ella. Pero si Vitória le esquivaba, se ponía de peor humor todavía.

—*Sinhazinha*, ¿me evitas, ahora que tienes tu casa y has alcanzado la independencia económica? —le había preguntado hacía poco, con una voz susurrante que sonaba algo amenazadora.

—¡Qué tontería, León! Sólo te evito cuando estás de tan mal humor —le había respondido ella, avergonzándose luego de su falta de sinceridad. En realidad le evitaba de buena gana. En su presencia se sentía como alguien a quien se acusa de un robo y, a pesar de su inocencia, se comporta de un modo sospechoso debido a esa misma acusación.

No pasaba un solo día en que a Vitória no le sorprendiera algo del comportamiento o el aspecto de León. ¿Cómo era posible que un hombre que en sociedad se comportaba con la mayor espontaneidad ante las más importantes personalidades tuviera reparos en hablar libremente cuando los sirvientes estaban cerca? ¿Cómo podía moverse en sus trajes hechos a medida en Londres con la indolente elegancia de un hombre que no tiene más vestimenta, y darle al mismo tiempo a cada uno de sus gestos la irónica expresión de alguien que se ha disfrazado? ¿Cómo podía comer voluntariamente los platos típicos de los esclavos, él, que en Europa había probado los platos más exquisitos? Unos días antes León, compartiendo mesa con sus invitados, había pedido que le sirvieran alubias negras y había ofrecido aquella "exquisitez" a los demás comensales. Vitória estaba muerta de vergüenza, y sólo con ver el rostro de León se dio cuenta de que aquello era precisamente lo que él perseguía.

Desde el lamentable episodio del colgante, León se comportaba con ella con una fría indiferencia. Pero no era como aquella distancia de los primeros meses de su matrimonio, cuando todavía intentaban aprender a conocerse mejor. Sí, él era amable y complaciente, pero siempre había una cierta ironía en el modo en que la miraba y le hablaba. Sus cumplidos eran frases hechas. En su risa no había alegría, sino desilusión. Cuando le pasaba un brazo por el hombro no era por el deseo de abrazarla, sino para mostrar en público que existía una cierta armonía. Aunque eso ocurría en contadas ocasiones. Apenas salían juntos, sólo cuando era inevitable.

No obstante, Vitória llevaba al lado de León una vida agradable. Él mantuvo su promesa y la dejó hacer y deshacer a su antojo. Durante aquel año Vitória había multiplicado su fortuna, y el dinero la ayudó a hacer frente a otras carencias. Su último golpe había sido genial. Compró por un precio irrisorio las acciones de una fábrica de preparados cárnicos en quiebra; un mes más tarde, cuando se supo que la BMC quería adquirir la empresa, vendió las acciones con unos beneficios superiores al trescientos por ciento. Vitória pensaba que no debía involucrar a Aaron —él era un hombre adulto y podría haber invertido su dinero en esas mismas acciones—, pero como le había dado los consejos decisivos, había salido con él. Primero le llevó al teatro, luego cenaron en Louis, y al final tomaron café en el Café das Fores. Desde que Aaron había superado su infantil enamoramiento y no sentía la necesidad de coquetear con ella, su relación era más cordial y abierta, eran más cómplices. Vitória prefería la compañía de Aaron a la de su marido.

Por las noches era todo diferente. Parecía que los cuerpos de León y Vitória tenían una vida propia, independiente de aquello que sucedía en sus cabezas, tanto si habían discutido como si no se habían dirigido la palabra. La incapacidad para acercarse y abrirse el uno al otro, que durante el día cargaba la atmósfera con una tensión insoportable, quedaba olvidada en cuanto se encontraban en su dormitorio. Su deseo era más fuerte que su entendimiento. Su amor corporal compensaba todo lo que fallaba en su matrimonio. Bastaba con que León rozara levemente el brazo de Vitória para que el cuerpo de ésta se estremeciera. Un inocente beso de buenas noches de ella era suficiente para despertar en León el más salvaje deseo. Cuando se desnudaban era como si con la ropa se despojaran también de todos los malentendidos y desengaños que hacían tan difícil su vida en común. En la cama eran todo lo que no podían ser durante el día, le daban al otro todo lo que le negaban de día: cariño, confianza, sinceridad. Y eso sin intercambiar ni una frase completa.

Algunas noches, cuando León estaba fuera y Vitória sospechaba que se encontraba con la Viuda Negra, se iba temprano a la cama y se juraba a sí misma no volver a permitir a León ningún tipo de intimidad. Pero cuando él volvía a casa, cuando le oía desnudarse en silencio, cuando notaba cómo se metía entre las sábanas con cuidado para no despertarla, entonces habría podido gritar de deseo. ¡Un solo beso, un pequeño gesto cariñoso! Haciéndose la dormida, ponía la mano como por casualidad sobre el vientre de León o rozaba suavemente su pierna como si no buscara el contacto de su piel, como si fuera el gesto involuntario de una persona dormida. El efecto era siempre el mismo. León, fingiendo también desidia o cansancio, se acercaba a ella, hacía algunos sonidos guturales de placer, la acariciaba, hasta que ambos se abrazaban apasionadamente y se dejaban llevar sin inhibiciones. ¡Qué farsa más indigna de dos personas adultas, como si necesitaran un pretexto para desearse!

Pero había también situaciones en las que caían uno sobre el otro como dos posesos, sin fingir antes que se trataba de un descuido. Eran como dos adictos que perdían su dignidad y todos sus valores en el momento en el que la satisfacción de su adicción prometía hacerles olvidar por un tiempo las penas de la vida diaria. El día anterior había sido uno de ésos. Mientras esperaban a que les sirvieran la comida Vitória y León se comportaron como dos rivales antes de un duelo. La tensión estaba en el aire, pero ninguno de los dos decía qué era lo que le irritaba. Cuando Taís sirvió la comida, los dos se quedaron solos, el uno frente al otro. Lo único que se oía era el tintineo de los cubiertos sobre los platos, hasta que León los dejó a un lado y dijo:

—Insisto en que vengas conmigo a la recepción. Espero que no me obligues a llevarte allí a la fuerza.

Vitória levantó las cejas con un gesto de desprecio.

—Yo no te obligo a nada, León. Te ruego que seas tan amable de hacer lo mismo conmigo.

Luego dobló la servilleta con exagerado cuidado, se puso de pie y se marchó. Como si quisiera cumplir su amenaza, León subió la escalera tras ella y la siguió hasta el dormitorio. Pero apenas se hubo cerrado la puerta tras ellos, León apretó a Vitória con su cuerpo contra la pared, la besó dejándola casi sin respiración, le subió la falda ardiendo de deseo, le quitó la ropa interior y allí, de pie, la poseyó con fuerza, con algo de deseo animal. ¿Y ella? Había enroscado sus piernas alrededor de sus caderas disfrutando jadeante de lo salvaje del acto.

Luego se sentó en el borde de la cama y observó a León mientras se vestía para salir aquella noche. Se odiaba a sí misma por su debilidad, por dejarse llevar por sus impulsos, y odiaba a León por parecer tan tranquilo e indiferente, mientras ella luchaba por contener las lágrimas.

—¿Qué pasa? ¿No te vas a arreglar? —le preguntó León. Sus miradas se encontraron en el espejo.

Vitória negó con la cabeza.

—Como quieras. Salir de casa sin la esposa tiene también sus ventajas. Que duermas bien, corazón.

León regresó a casa al amanecer, borracho y oliendo a tabaco. Se dejó caer en la cama sin quitarse la ropa y se durmió al momento. Así comenzó el día. Su aniversario de boda. Vitória miró al hombre que roncaba a su lado y perdió toda esperanza de que al menos aquel día se comportaran como un joven matrimonio normal.

Pero, en contra de lo esperado, León se mostró de muy buen humor cuando se reunió con ella para desayunar. Aparentemente no tenía resaca, y la falta de sueño no parecía afectarle lo más mínimo.

—Buenos días, *meu amor*. ¡Qué día más maravilloso! ¿Tienes ganas de hacer una pequeña excursión conmigo?

Su alegría la puso más nerviosa. Sólo faltaba que empezara a silbar una alegre cancioncilla.

—No.

—Venga, corazón, no seas tan cruel.

—¿Hay algún motivo especial para que estés tan contento?

León la miró impaciente.

—No. ¿Necesito algún motivo?

—No sé. Sí, quizás. Esta alegría no es normal en ti.

—Si te quedas más tranquila sabiendo que hay un motivo para mi buen humor, entonces podemos imaginarnos uno. Vamos a pensar que hoy es, por ejemplo, nuestro aniversario de boda.

Vitória tragó saliva. ¡No lo había olvidado! Hizo un esfuerzo por parecer indiferente.

—Sí, pero entonces el día habría empezado de otro modo. Y me habrías hecho un regalo.

—¿Ah? Estaba convencido de que no querías regalos míos.

—¿Ves que poco me conoces... después de un año de matrimonio?

—Vita… —A León le faltaban las palabras. ¿Cómo podía expresar sus sentimientos si Vitória saboteaba todo intento de acercarse a ella amigable o amorosamente?

—¿Sí?

—Pensaba que sería bonito hacer de nuevo algo juntos… simplemente así, sin obligarnos a nada.

¡Cielos, hacía semanas que no le decía una frase tan bonita! Le habría gustado lanzarse a su cuello, pero se contuvo y respondió con tono aburrido:

—Por mí, bien. ¿Qué tipo de excursión tenías pensada?

—Nunca has estado en el Corcovado, ¿no? Entonces podemos subir y dar allí un pequeño empujón a nuestro fracasado matrimonio.

¡Aquel hombre era realmente el colmo! ¿Cómo podía, en un segundo, un intachable caballero transformarse en semejante monstruo? La imposibilidad de calcular sus reacciones podía atemorizar a cualquiera. Pero bueno, era sólo su aniversario de boda, y antes de pasarlo pensando afligida en su "fracasado matrimonio" prefería ir con León a la montaña y que todo pareciera muy feliz.

—Está bien. ¿Y cuándo tienes previsto salir?

—El coche de caballos está esperando —respondió él con una sonrisa triunfal en los labios.

En la cumbre del Corcovado, a 711 metros de altitud, había un pabellón de hierro y cristal. Ya antes de su construcción, incluso antes de la inauguración del tren que llevaba casi hasta la cima de la montaña, era frecuente realizar excursiones hasta allí. La vista sobre la bahía de Guanabara, el Pan de Azúcar, las playas del sur de la ciudad y la laguna a los pies de la montaña era tan extraordinaria que no importaba tener que hacer el agotador camino a pie. Pero desde que el tren subía varias veces al día por la joroba del Corcovado, el "Jorobado", hasta aquel excepcional mirador, el número de visitantes había aumentado considerablemente. Las excursiones eran frecuentes sobre todo los fines de semana, cuando se organizaban meriendas en el pabellón, que en invierno protegía del frío viento que soplaba a esa altura y en verano resguardaba de los implacables rayos del sol.

En el tren que les llevó traqueteando hasta arriba a Vitória le invadió una alegría propia de un día de fiesta que ni siquiera pudieron disipar los escandalosos niños que correteaban por el vagón. El tren serpenteaba por el denso bosque. El graznido y el gorjeo de los pájaros, el aroma de los árboles, los rayos del sol entre las hojas… todo ello la transportó a un mundo totalmente diferente, que no tenía nada en común con la gran ciudad en la que vivían. Viajar por la naturaleza era un placer único, turbado sólo por la excesiva pendiente que el tren parecía que no iba a poder escalar. Vitória temió que en algún momento pudiera rodar hacia atrás. En la última parte del viaje iba tan inclinado que Vitória, sentada frente a León, tuvo que agarrarse con fuerza para no escurrirse del asiento y caer directamente en sus brazos. ¡Y él se reía, el muy canalla! Sabía en qué lado se tenía que sentar para que la fuerza de la gravedad le dejara anclado en el asiento.

—¿Quieres que te cambie el sitio? —le preguntó con hipocresía.

—¿Para que caigas en mis brazos? No, gracias.

Cuando llegaron a su destino tuvieron que andar durante diez minutos para llegar hasta la cima. Era un domingo de mucho calor, y a pesar del aire fresco que corría allí arriba, después del paseo estaban acalorados y casi sin respiración. Pero la vista compensó con creces las fatigas. ¡El panorama era grandioso! Vitória se detuvo en la valla del mirador sur, abrió los brazos y se quedó extasiada. Bajo ella estaban la laguna y el jardín botánico, a la izquierda brillaba el mar, a una cierta distancia se elevaban el Dois Irmaos y el Pedra da Gávea, imponentes formaciones montañosas que la calima impedía ver con claridad.

León estaba cautivado por otra vista. No podía apartar la mirada de Vitória, que estaba allí, junto a la valla, observando sonriente el panorama y sujetando el sombrero que el viento amenazaba con llevarse. Se acercó a ella, pasó los brazos por su cintura, la abrazó e inclinó la cabeza hacia ella.

—¿Sabes que tú eres más impresionante que este paisaje? —le susurró al oído.

Vitória dudó que fuera el ascenso lo que hizo que le temblaran las piernas y empezara a sudar. Sin embargo, intentó liberarse del abrazo de León y apartarse de él.

Pero León la sujetó con más fuerza. La besó en la nuca y sintió cómo se le erizaba el vello de los brazos.

—Si alguien nos ve...

—No nos ve nadie, *meu amor*. Los que no están en el pabellón admiran la vista desde el mirador norte, la ciudad y la bahía. Aquí no vienen muchos. Además, da igual. La gente pensará que somos una pareja de enamorados. Nos envidiarán.

Vitória no dijo nada. Los dos lo sabían. Eran una pareja, pero no de enamorados. A lo sumo de amantes. Y sumamente insegura. ¿No quebrantaban los besos a plena luz del día y en público las reglas del juego que ellos mismos habían establecido? ¿Por qué la acosaba León allí y ahora con sus muestras de cariño? Él sabía cómo reaccionaría ella. ¿No podían pasar por una vez un día agradable, tranquilo?

En un vano intento de dar a la situación una sensación de normalidad Vitória tomó a León de la mano.

—Ven. León, vamos al otro lado. ¿Se verá nuestra casa desde allí?

La tensión que había entre ellos desapareció cuando llegaron al mirador norte. Dos niños vestidos de marineros jugaban al pilla-pilla y una pareja mayor, al parecer sus abuelos, les regañaban de vez en cuando. Un grupo de hombres jóvenes bromeaba a voz en grito. Un fotógrafo montaba cuidadosamente su cámara y, mirando orgulloso a su alrededor, se aseguraba de que todos observaban cómo lo hacía. Vida cotidiana, pensó Vitória, normalidad de un día de domingo. ¡Qué bien le venía ver gente de buen humor y no pensar en su matrimonio en crisis! Vitória se asomó por la barandilla y admiró el grandioso panorama que se extendía ante ellos.

—¡Mira, León, allí está nuestra casa!

—¡Qué pequeña parece desde aquí arriba! ¡Qué pequeño y tranquilo parece Río! ¡Es maravilloso!

—Sí, lo es. —León besó a Vitória en la mejilla y se alejó de ella—. Voy a traer algo de beber para que podamos brindar.

"Por nuestro fracasado matrimonio", añadió Vitória para sus adentros.

—Por este día y las promesas que encierra —dijo León—. Por la perspectiva y las perspectivas…

Sus misteriosos ojos oscuros brillaron bajo las espesas pestañas negras. Vitória vio en su mirada esperanza, pero también una expresión atormentada. ¿Vulnerabilidad? ¿Dolor? Antes de que pudiera descifrar aquella expresión, León dio media vuelta y se dirigió hacia el kiosco del pabellón. Vitória se apoyó de nuevo en la barandilla y meditó, con la mirada perdida en la lejanía, sobre las palabras de León. ¿Había sido su imaginación o le había pedido él que hicieran las paces? ¿Podían volver a tener un trato normal entre ellos? En cualquier caso, merecía la pena intentarlo.

Pero cuando León regresó con las bebidas, una copa de champán para él y un vaso de limonada para ella, no estaba solo. A su lado estaba João Henrique.

—¡Oh, mi protectora! ¡Qué día tan maravilloso, querida Vitória!

¡Estupendo! Entre todas las personas del mundo João Henrique era a la que menos quería ver en ese momento.

—Buenos días, João Henrique. Veo que no le agobia mucho su trabajo en el hospital...

Vitória sabía que aquel irónico reproche estaba completamente fuera de lugar. João Henrique podía caerle mal, podía ser una persona superficial y egoísta, pero como médico era ejemplar. Era tan trabajador y lleno de entusiasmo que era frecuente encontrarle también los domingos y los días de fiesta en el hospital. Bueno, algún motivo tenía que haber para que su hermano fuera amigo de aquel monstruo.

—¡Por favor, por favor! Hoy es el día del Señor, ¿no? Incluso un hombre tan ocupado como yo tiene que disfrutar alguna vez del descanso. ¿Y qué lugar más apropiado para alejarse de las preocupaciones de la vida diaria que la cima de esta montaña?

—Sí, disfruté de este día divino. A partir de mañana estaré de nuevo en el hospital y le haré la vida imposible.

Vitória no pudo evitar hacer aquella pequeña y malvada observación. Como fundadora de la nueva sección el hospital había asumido un derecho de intervención que iba bastante más allá de sus competencias. Pero nadie se atrevía a oponerse a la rica *senhora* Vitória Castro da Silva, que ejercía su poder con sádica satisfacción y aprovechaba cualquier oportunidad para poner límites a João Henrique.

León miró fríamente a su amigo.

—Sí, disfruta del día y déjanos solos. Tenemos algo de que hablar.

—¡Cielo santo, disculpad! ¿Quién iba a pensar que teníais aquí un *tête-à-tête*? Apostaría a que Aaron y la Viuda Negra, perdón, me refiero a *dona* Cordélia, no están muy lejos.

Bueno, entonces os dejo tranquilos. ¡Que tengáis un buen día!

Se marchó pisando sin querer un animal de trapo que había en el suelo. Poco después se oyeron los gritos de un niño, pero João Henrique ya había desaparecido.

León le dio a Vitória su vaso y encogió los hombros con gesto de tristeza.

—Siempre se interpone algo.

—Sí, lamentablemente.

León estudió con atención el rostro de Vitória. ¿Habría aceptado sus románticos planes si João Enrique no hubiera aparecido de pronto?

—Por nosotros —dijo en voz baja, brindando con ella.

—Por nosotros —dijo ella con voz casi imperceptible, y tomó un sorbo. Entonces hizo una mueca—. ¡Cielos, qué limonada tan ácida!

—Dicen que el sabor ácido es muy sensual.

—Bueno, entonces… —Vitória dejó el vaso y se estremeció.

—Venga, vámonos de aquí. Conozco un sitio donde nadie nos molestará.

—Nuestra cama —dijo Vitória con tono despectivo.

León se rió.

—No, no estaba pensando en eso. Pero no es una mala idea…

—Sí lo es. Muy mala.

—No temas, *sinhazinha*. No pienso acabar con la magia de este día.

Demasiado tarde, pensó ella. Ya lo había hecho João Henrique. Pero ella asintió, se agarró al brazo de León y juntos fueron caminando hasta la estación. Se sentaron en silencio en un banco de madera del tren, esperando a que llegaran el resto de viajeros. Un estridente silbido anunció la salida.

En la estación al pie del Corcovado les esperaba su cochero. León le dio instrucciones para que les llevara al bosque de Tijuca, a lo que el hombre respondió frunciendo el ceño. El camino del bosque transcurría por fuertes pendientes y profundas gargantas. A veces estaba intransitable a causa de los árboles caídos o del barro que escurría por las laderas a causa de la lluvia. Pero bueno, lo intentaría. Como hacía varias semanas que no llovía había muchas posibilidades de pasar sin grandes dificultades.

Vitória se ahorró cualquier comentario. No quería dar la impresión de que siempre le estaba llevando la contraria, aunque creyera tener la razón. Pero le costó mucho mantener la boca cerrada. El viaje fue espantoso. El coche daba sacudidas por los profundos surcos que el agua de la lluvia había formado en el camino. De vez en cuando daban un salto en el que Vitória temía haberse partido la columna, por no hablar del eje del carruaje. Pero ambos aguantaron los zarandeos. El camino tenía además muchas curvas, por lo que cada poco tiempo Vitória salía despedida hacia León o era aplastada contra la puerta por él. Todo ello impidió que pudiera admirar el paisaje. Sólo cuando el coche se detuvo y Vitória pudo por fin estirar su magullado cuerpo, se fijó en la extraordinaria belleza del bosque. El olor de la tierra y las hojas, el suave murmullo de los árboles y el canto de los *sabiás* y los *azuloes* la hechizaron. ¡Era un bosque mágico!

Por una senda cubierta de rocas llenas de musgo, pequeños arroyos y nudosas raíces llegaron hasta un claro en el que Vitória se tomó un descanso. Ni sus zapatos ni su vestido largo eran apropiados para una escalada como aquélla, y en más ocasiones de las que ella hubiera deseado había tenido que recogerse la falda con una mano y dar la otra a León para poder seguir avanzando. Sin aliento, se dejó caer sobre un tronco posiblemente caído durante la última tormenta.

—Ya falta poco, Vita. Y cuando lleguemos te verás recompensada por el agitado viaje y la fatigosa caminata, te lo prometo.

Vitória miró a León con escepticismo. Siempre conseguía de algún modo dar un doble sentido a sus palabras, por muy amables o inocentes que éstas fueran.

—Y si no puedes seguir, te llevaré en brazos.

Vitória hizo un esfuerzo para continuar el camino.

Unos minutos más tarde llegaron a un pequeño lago alimentado por una cascada. El agua hacía un ruido ensordecedor al caer y formaba una fina niebla que cubría toda la superficie. ¡Ah, era justo lo que necesitaba en aquel momento! Vitória se quitó los zapatos, observó las ampollas de sus tobillos y se sentó en una piedra a la orilla del lago para refrescar sus maltrechos pies. León se sentó a su lado. Se sacó también los zapatos, se remangó los pantalones y metió las piernas en el agua. Vitória miró cautivada sus pantorrillas, observó los músculos que se marcaban bajo su piel morena y su negro vello rizado. ¡Qué hermosas eran las piernas de León, qué fuertes y masculinas!

León mantuvo sus pies junto a los de Vitória debajo del agua. Al ver los pies grandes y fuertes de él junto a los suyos, pequeños y blancos, Vitória sintió una gran ternura. Se secó la frente con la manga.

—¿Tienes calor, *sinhazinha?* Sé cómo puedes refrescarte.

—Me parece que el que necesita refrescarse eres tú.

—Sí, probablemente. ¿Vienes? —Se puso de pie de un salto, se desnudó por completo y se tiró al agua de cabeza. Vitória estaba tan fascinada por su cuerpo, que se deslizaba elegantemente por el agua, que no pudo moverse del sitio. Asomó tomando aire en el centro del lago—. ¡Ven, mi querida *sinhá*, el agua está fantástica!

Vitória permaneció sentada sin inmutarse. ¿Querida *sinhá?* ¿Era aquélla otra de sus bromas? ¿Le parecía gracioso recordarle precisamente el día de su aniversario de boda que no era precisamente el amor lo que caracterizaba a su matrimonio?

León se sumergió de nuevo y avanzó con fuertes brazadas hacia ella. Le agarró los pies y sacó la cabeza del agua. El pelo le colgaba liso y negro por la espalda, en la cara le brillaban miles de gotitas. Miró a Vitória con una amplia sonrisa, y por primera vez en mucho tiempo su sonrisa no era amarga ni cínica, sino feliz. ¡Y aquellos preciosos dientes tan blancos! ¡Qué lástima que no le sonriera de aquel modo más a menudo!

—¡Vamos, Vita, quítate la ropa! ¿O quieres que te tire al agua con ropa y todo?

Sus manos frescas y húmedas avanzaron por las piernas de Vitória hacia arriba, como si buscaran el punto más adecuado para agarrarla. El tacto era refrescante y sumamente erótico. A Vitória se le puso carne de gallina.

Encogió las piernas, se puso de pie, se dio la vuelta y se alejó un par de pasos. León pensó por un momento que se iba a marchar, que le iba a dejar solo, desnudo y humillado. ¿Acaso no entendía por qué se presentaba ante ella así, tan indefenso?

Pero Vitória no se marchó. Sólo buscaba un lugar de la orilla donde el suelo estuviera seco. Cuando se quitó la parte superior del vestido estaba de espaldas a él. León contuvo la respiración. Ella se desprendió del resto de la ropa con movimientos provocadoramente lentos, siempre de espaldas a él. Sabía que la miraba. Dudó un momento, como si no quisiera volverse desnuda hacia su marido, pero enseguida se giró, se quedó un rato quieta y León pudo observarla de la cabeza a los pies. Naturalmente, no vio nada nuevo. Pero ella no se había desnudado nunca ante él al aire libre, iluminada por los rayos del sol. Para ella fue también una sensación nueva. Y muy agradable. Sus miradas se cruzaron, y entre sus párpados entornados ella creyó ver sólo puro deseo.

Luego salió corriendo y se tiró de cabeza al agua. Emergió a pocos metros de León, tomando aire de golpe.

—¡Qué fría está!

—Sólo al principio. Enseguida te acostumbrarás.

Vitória nadó lo más deprisa que pudo para entrar en calor. Enseguida notó mejor la temperatura del agua y se estiró, inmóvil, flotando en la superficie. Contempló el cielo, vio las copas de los árboles sobre el lago, observó las mariposas y las libélulas que volaban cerca de su rostro. ¡Cómo había echado de menos todo aquello! Era como antes, cuando iba a nadar al Paraíba do Sul. Exactamente igual. Sintió las manos de León en su cintura. Él atrajo el cuerpo de Vitória hacia el suyo y lo sacó del agua de modo que pudo besar primero su cuello, luego sus hombros y sus pechos. Sus besos eran suaves y tiernos, y habría podido continuar así durante horas si ella no hubiera oído una voz.

—¿Has oído eso?

—No. Sólo oigo latir mi corazón roto.

—Escucha, otra vez.

Esta vez también lo oyó León.

—¡*Sinhô* León! ¡*Sinhá* Vitória! —gritaba el cochero. Poco después apareció el hombre junto al lago. Miró a su alrededor, hasta que vio las ropas y finalmente descubrió incrédulo a la pareja, que estaba en el agua, no muy lejos de la orilla, los dos desnudos y fundidos en un fuerte abrazo. Vitória intentó esconderse de las miradas curiosas del negro.

—¡Oh, lo siento! Sólo quería decirles que debemos irnos pronto. El sol se pondrá enseguida.

Luego se dio la vuelta y se marchó.

Vitória y León se miraron y se echaron a reír.

En la orilla se secaron el uno al otro con las enaguas de Vitória.

—Hoy no las necesito —dijo—, y tampoco me voy a poner la ropa interior. ¡Mira, hay miles de hormigas corriendo por ella!

A pesar del estado de ánimo que les invadía consiguieron separarse y vestirse. No querían que se les hiciera de noche en el bosque. Pero cuando Vitória quiso calzarse, soltó un grito de dolor.

—No me puedo poner los zapatos, tengo los pies llenos de ampollas.

—Yo te llevaré. Como siempre te llevaré conmigo, *meu amor*.

Vitória creyó haber oído mal. ¡Qué cosas más curiosas le estaba diciendo todo el rato! Se comportaba como si acabara de enamorarse.

León tomó a Vitória en brazos, como si no llevara más que a un gato mojado, y la llevó así todo el camino. Ella se agarró a su cuello con fuerza y aprovechó la ocasión para estudiar su rostro con detenimiento, sin que él la pudiera observar con igual atención. Tenía que concentrarse en el camino.

Durante el viaje de vuelta León no pensó en otra cosa que en el cuerpo suave y blanco de Vita bajo el vestido. Sólo pensar que no llevaba ropa interior lo excitaba extraordinariamente, y no dejó de acariciar su muslo hasta que el carruaje llegó a una zona habitada.

Vitória se sentía del mismo modo. Le resultaba agradable no llevar nada debajo del vestido, y decidió que en el futuro lo haría más a menudo, no por León, sino por ella misma. Pero aquello era ahora secundario. Era más excitante lo que León le había dicho. ¿Pensaría realmente así? ¿O se habría expresado de aquella forma animado por la situación para luego arrepentirse, como un borracho que dice cosas de las que luego se avergüenza?

Cuando el coche de caballos se detuvo ante su casa, León se bajó primero y cogió en brazos a Vitória, que todavía estaba descalza. Subió la escalera bajo la mirada atónita de sus sirvientes. ¡Desde que trabajaban allí no habían visto nunca al *sinhô* con su mujer en brazos! En el recibidor León le dijo a Taís que cenarían en su habitación, y siguió andando sin detenerse. Subió los escalones de dos en dos para llegar cuanto antes al dormitorio. Vitória encontraba a su marido irresistible cuando actuaba con tal decisión y presteza.

León la dejó lentamente sobre la cama y le retiró de la cara un mechón todavía húmedo. Se inclinó sobre ella, y entonces llamaron a la puerta.

—¡Deja la bandeja fuera! —dijo León enojado.

—Hay alguien que quiere verle —oyó que decía Taís algo apurada—. Dice que es urgente.

—Siempre se interpone algo en nuestro camino, ¿verdad? —dijo León con voz ronca, y miró a Vitória con gesto de lástima. Se puso de pie, se arregló la ropa y salió—. Seré breve.

Vitória le miró sorprendida y decepcionada a la vez. "Es nuestro aniversario de boda", quiso gritarle, pero no lo hizo. Cuando la puerta se cerró tras él, se dejó caer sobre los almohadones y sollozó hasta quedarse dormida.

XXII

Félix no hizo caso de la estricta indicación de León de que no se acercara a su casa. En aquel momento le daba igual lo que el jefe pensara de él, y tampoco le importaba que le viera la *sinhá* Vitória. ¿Acaso no era la esposa de León Castro y, como tal, debía obedecer a su marido? Si León le había regalado la libertad, la *sinhá* no podía volver a quitársela. ¿Y qué podía hacerle? ¿Qué podía ser peor que lo que estaba viviendo en ese momento?

Había tenido que dejar su trabajo en la oficina, lo que en un principio no le pareció demasiado trágico. Pero entonces no sabía lo difícil que resultaba encontrar otro trabajo. Era negro y mudo, lo que para todos equivalía a ser idiota. En Río nadie creía que fuera capaz de leer, escribir y hacer cálculos. Excepto León Castro, naturalmente. Pero si se acercaba a él corría el riesgo de ser capturado; seguro que la persona que lo denunció también había revelado a las autoridades su relación con León. En algún momento su instinto de supervivencia fue más fuerte que su orgullo: Félix aceptó un trabajo tan estúpido como descargador que casi se vuelve loco.

Pero lo peor era pensar en Fernanda y Zeca. Desde hacía un año, cuando tuvo que buscarse un nuevo alojamiento, veía a Fernanda muy poco. Ella sabía dónde vivía, pero debido a los horarios de ambos y a la distancia que había entre sus barrios, generalmente sólo le visitaba una vez al mes. Félix pensaba con amargura que si la situación fuera la contraria, él visitaría a Fernanda con más frecuencia. Probablemente estuviera muy ocupada paseando del brazo de su ridículo admirador para dar envidia a las demás muchachas. Y seguro que Zeca no perdía ninguna oportunidad de cortejar a Fernanda, de adularla, de sacarla a pasear... hasta conquistarla por fin algún día. Si es que eso no había ocurrido ya. Félix estaba loco de celos. ¡Pero si Fernanda podía hacerlo, él también!

Cuanto más se aproximaba a la casa del matrimonio Castro, más nervioso estaba. Se detuvo y se asomó con cuidado por una esquina de la calle. El edificio, cuya fachada azul cielo resplandecía bajo el sol de mediodía, parecía vacío. No se oía ningún ruido, no había ningún jardinero trabajando en el cuidado jardín. El único detalle que revelaba que en la casa debía de haber alguien era una ventana abierta en la planta superior, en la que una cortina blanca se movía con el aire. Félix confiaba en que Adelaide se presentara en la entrada trasera a la hora prevista. Aunque probablemente sólo le cayera como castigo un sermón, prefería que León no le descubriera. Oyó las campanas de Nossa Señora da Glória dando las cuatro. Adelaide aparecería en cualquier momento. Félix se acercó a la valla de madera que separaba el patio posterior de la calle. Se arregló un poco la peluca y la chaqueta, y se limpió los zapatos en el pantalón. Luego se sacudió el polvo. Como un chico enamorado, pensó Félix criticándose a sí mismo. Adelaide, una de las ayudantes de cocina a la que había conocido en sus frecuentes visitas a la anterior casa de León, no era más que una solución de emergencia. Un hombre como él debía tener una compañera, ¿o no? Y si Fernanda lo rechazaba tendría que buscarse otra mujer, una que respondiera a sus intentos de acercamiento, que los sábados fuera con él a bailar a la *gafieira* cerca del acueducto de Lapa y se dejara abrazar y besar, aparte de otras cosas que a él le gustaría hacer. Pero, bueno, las mujeres decentes tenían que poner ciertos reparos, era lo normal.

Adelaide no era la peor elección. Era una chica agradable. Un año más joven que él, del mismo tono de piel marrón claro y de notable estatura, parecía perfecta para Félix, al menos físicamente. También ella había escapado con la ayuda de León de una *fazenda* en la que le esperaba un futuro tan cruel como a Félix. A Adelaide no le gustaba hablar de sus tiempos como esclava, pero León le había contado a Félix ciertas cosas de su historia, para que Félix viera de lo que eran capaces muchos de sus compatriotas. Adelaide había sido seleccionada por su amo para un perverso programa de procreación cuyo objetivo era emparejar a los esclavos más fuertes y sanos para conseguir una nueva generación de negros robustos. Adelaide habría tenido que engendrar niños que le serían retirados justo después de dar a luz, y ella misma, una vez que hubiera producido un número suficiente de descendientes, habría sido rechazada del programa para emplear el resto de su fuerza trabajando en los campos de café. Adelaide, que entonces tenía trece años, había conseguido escapar en el último segundo gracias a la ayuda de León, y ella le estaba tan agradecida que daría la vida por él si fuera necesario.

Liberando a los jóvenes de la esclavitud León no había actuado nunca fuera de la ley. Desde hacía veinte años estaba vigente la "ley del vientre libre", que declaraba que los hijos de los esclavos eran personas libres. Pero su aplicación parecía estar todavía a años luz. ¿Qué hijo iba a exponer a sus padres a las represalias que tomaría su *senhor* si él reclamaba su libertad? ¿Y qué negro podía hacer frente a las astutas maniobras de los *fazendeiros*, que exigían absurdas sumas de dinero? "Claro que eres una persona libre, Luisinho, puedes irte cuando quieras. Pero antes tienes que pagarme lo que yo he invertido en ti: quince años de comida y alojamiento hacen la bonita suma de…" Con argumentos como éstos los *senhores* mantenían a los esclavos "libres" en una situación de dependencia económica que no se diferenciaba mucho de la esclavitud.

—¿Qué sueñas?

Félix se sobresaltó. Estaba tan absorto en sus pensamientos que no había notado la llegada de Adelaide. Sacudió la cabeza, tomó su mano y se inclinó haciendo la parodia de que le besaba la mano.

—¡Oh, qué modales tan exquisitos, quién lo habría pensado! Sí que me he buscado un hombre fino —Adelaide sonrió a Félix provocativamente, dejando a la vista sus dientes blancos, aunque torcidos—. ¿Adónde piensa llevarme el señor? ¿Al Hotel Inglaterra, quizás, o al Café das Flores?

Félix se rió y sacudió de nuevo la cabeza. Jamás desperdiciaría un solo *vintém* en aquellos establecimientos tan caros, aparte de que en ellos no se permitía la entrada a gente como Adelaide y él. Además, para ese día tenía pensado algo muy especial que no podía explicar a Adelaide con gestos. Y como la muchacha no sabía leer, tendría que dejarse sorprender.

Vitória llevaba horas delante del espejo, pero seguía sin estar satisfecha con su aspecto. Su cabello estaba más rebelde que nunca y, a pesar de la ayuda de Eleonor, el peinado no había quedado como ella quería. Además, había adelgazado y el vestido le quedaba ancho en la cintura y parecía mal cortado. ¡Cielos, ahora que quería mostrar su mejor —y más bonita— cara a León! Tras la excursión del domingo anterior Vitória había decidido darse una nueva oportunidad. Por primera vez desde su boda había tenido la sensación de que entre ellos saltaba la chispa que había caracterizado sus primeros encuentros. ¡Cómo anhelaba sus caricias, y cómo deseaba entregarse a él, no sólo con su cuerpo, sino también con su alma! ¿No sería mejor olvidar el pasado, perdonar a León sus errores y empezar de nuevo desde el principio? ¿Qué sentido tenía seguir enojada con su marido hasta el final de sus días? No tenía ganas de seguir así. Además, Vitória se estaba cansando de discutir siempre con él. La última semana, durante la que León había estado fuera de casa, Vitória no había pensado en otra cosa que en sus caricias, en la suave piel de sus robustos muslos, en el olor tan masculino que desprendía.

Cuando León regresó a mediodía de su viaje de negocios su mirada expresaba la pregunta de si podían volver a empezar donde lo habían dejado la semana anterior. Y aunque Vitória estaba segura de que en sus ojos se leía la respuesta con la misma claridad, León sólo le dio un beso en la mejilla y se retiró a su despacho. Pero a partir de hoy Vitória sería una buena esposa… no sólo una mujer deseable que respondiera con pasión a las atenciones de su marido, sino también una mujer que estaría todos los días a su lado.

—Está fascinante, *sinhá* Vitória —dijo la doncella de nuevo. Pero ¿qué sabía Eleonor, una negra que hasta hacía poco no había visto otra cosa que esclavos y un par de campesinas? Vitória se veía fatal. No había remedio. Era claramente uno de esos días en los que fallaban todos los intentos de arreglarse. ¿Servirían de ayuda las joyas? ¡Claro! Bastaba con que le comprara el colgante a Isaura. En cuanto León la viera con él sabría interpretar sus intenciones. Vitória se puso de pie, empujó a la muchacha a un lado y corrió hacia la zona de servicio, donde se encontraban las habitaciones del personal. Subió los escalones de dos en dos. Cuando Vitória llegó por fin al ático, respiraba con dificultad y estaba sudando.

No sabía exactamente cuál era la habitación de Isaura, así que fue abriendo las puertas y mirando en todos los cuartos. Con las prisas olvidó llamar antes, a pesar de que le había prometido a León que trataría a los negros como empleados con derecho a su vida privada. La primera habitación estaba ocupada por hombres, pues vio pantalones y utensilios para el afeitado. ¡Qué oscuro y sofocante era el ambiente! Cerró la puerta a toda prisa y se dirigió a la siguiente habitación.

—¡Oh, eh…! —Vitória se encontró a la cocinera, que se disponía a cambiarse de ropa.

—¡*Sinhá* Vitória! —exclamó la mujer, tapándose el busto con la blusa—. ¿Ocurre algo?

Al parecer, la mujer había interpretado mal la expresión del rostro de Vitória.

—¡Eh, no! Busco a Isaura con urgencia. ¿Dónde puedo encontrarla?

—La segunda puerta a la izquierda. Pero no creo…

La cocinera se quedó callada y encogió los hombros. Vitória había abandonado la habitación tan deprisa como había llegado, y la mujer no estaba segura de si la escena había ocurrido realmente.

Vitória avanzó deprisa y abrió impaciente la puerta de la habitación de Isaura. No había nadie dentro. Sólo había dos camas, a derecha e izquierda de la puerta, las dos muy ordenadas. Delante de la ventana había dos sillas y una vieja mesa de madera. Un vaso de vino roto —que Vitória había desechado hacía poco porque se había golpeado durante el traslado a Río— servía de florero para un par de ramas y unas hierbas. No había vestidos ni ningún otro objeto por el medio; Isaura y su compañera de habitación debían guardar sus pertenencias en el armario que había junto a la puerta. ¿Debía mirar si estaba el colgante allí? No, eso sería ir demasiado lejos.

La sencillez y el orden de la habitación la conmovieron. Vitória se acercó a la ventana, la abrió y miró al patio. Desconocía aquella vista desde su casa. La mayoría de las habitaciones

415

daban a la calle, y su dormitorio se encontraba en el lado izquierdo, mirando hacia el pequeño jardín de los vecinos. En la parte posterior estaban sólo la cocina y otros cuartos de servicio, las habitaciones de la servidumbre y los baños, uno de los cuales conectaba directamente con la habitación de Vitória. Pero como siempre que estaba en el baño cerraba las cortinas, nunca veía el patio posterior. No se perdía nada, según pudo comprobar entonces: el patio quedaba a la sombra, estaba lleno de utensilios y herramientas y, debido a la proximidad de la casa vecina, era estrecho y agobiante. No tenía nada de la sutil elegancia de la casa. No obstante, parecía que los criados lo utilizaban en sus ratos libres. Un banco toscamente tallado y una planta marchita en un viejo tiesto eran la prueba del intento fallido de dar al sitio un ambiente más agradable.

Una muchacha con la blusa recién planchada y una falda larga cruzó corriendo el patio. Aunque Vitória sólo pudo ver su cofia blanca, estaba segura de que no se trataba de Isaura. Estuvo a punto de llamarla y preguntarle por Isaura. Pero entonces vio al joven que la esperaba en la calle, junto a la valla. Hizo una reverencia ante la negra, a la que Vitória identificó entonces como la ayudante de la cocinera. Vitória estaba fascinada por la escena. Las risas de la muchacha llegaron hasta allí arriba y, aunque no podía verle la cara, pudo imaginar perfectamente sus mejillas sonrosadas y sus dientes torcidos. Cuando la muchacha, cuyo nombre Vitória no recordaba, reía o simplemente sonreía irradiaba una alegría que contagiaba a todos. No era de extrañar que el joven también mostrara una amplia sonrisa. A Vitória le resultó familiar, pero no pudo recordar a quién se parecía. Además, sin las gafas no veía con claridad su cara.

¡Qué buena pareja hacían los dos jóvenes negros! Cuando el muchacho pasó su brazo por la cintura de la joven, ésta se lo retiró sin dejar de reír. Luego le dijo algo al oído, tirándole a la vez de la manga con tal cariño que Vitória sintió una punzada de emoción. ¿Conseguiría ella alguna vez tener con León un trato tan lleno de complicidad, intimidad y cariño como aquellos jóvenes?

Los dos negros se marcharon caminando tranquilamente. Vitória vio cómo se alejaban, mirándoles con una mezcla de envidia y afecto. Pero cuando el joven empezó de pronto a gesticular, Vitória se quedó desconcertada. Era… ¡no, no podía ser!

—¿Félix? —gritó desde la ventana.

El joven se detuvo, se dio la vuelta y miró hacia donde ella estaba. Cuando sus miradas se encontraron Vitória supo, a pesar de la distancia, que sus sospechas eran fundadas. Había crecido, y con aquella estúpida peluca no era fácil reconocerlo. Pero su sonrisa y su lenguaje corporal le habían delatado. Se giró rápidamente, tomó a su acompañante de la mano y echaron a correr.

Vitória se dejó caer en la silla con tal pesadez que las flores del improvisado florero se tambalearon. No creía en las casualidades, no era probable que la muchacha hubiera conocido a Félix en el mercado o en una fiesta, eso no era posible en una ciudad tan grande como Río de Janeiro, y menos todavía cuando ambos tenían al menos un conocido común: León. La joven llevaba unos tres años al servicio de León, y Félix conoció a León en Boavista. Así pues, si Félix salía con una empleada de León, eso sólo podía significar que tenía contacto con él. Y eso llevaba a una conclusión clara: León estaba al tanto de la fuga de Félix y había protegido al muchacho. ¡El muy canalla!

Vitória se recogió la falda, salió corriendo de la habitación, decidida a ir a hablar con su marido. Pero poco antes de llegar al despacho se le ocurrió otra idea. ¿Y si León no había sido sólo un encubridor pasivo de la fuga de Félix, sino su organizador? ¿Le había ayudado a huir? ¡Claro! Todas las piezas que antes parecían no encajar formaron de pronto un conjunto lleno de sentido. El hecho de que Félix, a pesar de su juventud y su mudez, no fuera encontrado nunca; los continuos viajes de negocios de León, que le llevaban siempre al campo, donde mantenía supuestos encuentros y reuniones con importantes personalidades; la inexplicable devoción que el personal de la casa sentía por León... todo ello tenía una horrible explicación. ¡León era un libertador de esclavos! Y además a lo grande. Que su esposo defendiera a los esclavos con palabras era una cosa. Pero que llevara sus ideas a la práctica cometiendo acciones criminales era otra muy diferente. Estaba tan impresionada por su descubrimiento que parecía que el corazón se le iba a salir por la boca.

—¡Ladrón! ¡Miserable, mentiroso, canalla!

Vitória soltó toda su rabia mientras abría de golpe la puerta del despacho. Entonces vio que León no estaba solo. Frente a él había una mujer mayor de inconfundibles rasgos indios. León le dio a la mujer un pañuelo con el que ella se secó los ojos enrojecidos.

—Seas quien seas, sean cuales sean tus problemas, buena mujer, déjanos solos un momento. Tengo que hablar con mi marido.

Vitória había tuteado instintivamente a la mujer, como hacía con todas las personas de color. Pero cuando la mujer se puso de pie y se estiró el vestido, Vitória notó que no se trataba de una esclava habitual. Llevaba zapatos, su ropa era de buena calidad, su actitud la de una señora. ¿Sería la antigua amante del *senhor?* A pesar de la edad, la mujer era muy bella.

—Me alegro de que por fin podamos conocernos, mi niña —dijo ofreciendo la mano a Vitória para saludarla.

—Ya he dicho que tengo que hablar con mi marido. Las presentaciones, si es que son imprescindibles —Vitória lanzó una mirada envenenada a León—, tendrán que esperar. Y no te atrevas a llamarme "mi niña" otra vez.

La mujer retiró la mano y se dirigió a León:

—Pensé que elegirías mejor. ¿Nos vas a presentar?

León se puso de pie, rodeó la mesa y se acercó a las dos mujeres.

—*Dona* Doralice, ésta es, como ha podido comprobar, Vitória, mi tierna y cariñosa esposa. Y Vita, ésta es *dona* Doralice —tragó saliva antes de continuar—, mi madre.

¡¿Su madre?! Vitória miró incrédula a la mujer.

—Sí, mi niña, es cierto… aunque mi hijo no me dé precisamente el trato que merezco como madre.

—Bueno, entonces tenemos al menos algo en común. A mí León tampoco me da el trato que merezco como esposa.

León estaba visiblemente molesto. Siempre había temido que algún día saliera todo a la luz. ¿Pero tenía que ser tan pronto? Siempre había estado seguro de que, cuando se ganara el cariño de Vitória, podría conseguir también que ella aceptara sus orígenes. También había pensado que, cuando llegara por fin aquel momento, *dona* Doralice y Vita se entenderían bien, que podrían ser amigas. Pero en aquellas circunstancias se desvanecieron todas sus esperanzas. Le bastó ver los ojos de Vita para apreciar en ellos todo el odio que encerraban. No obstante, a pesar de la impresión, Vita no había perdido su capacidad de reacción. La respuesta que dio a *dona* Doralice le hizo daño, pero también le llenó de orgullo. ¡Aquélla era su Vita, la que él conocía y amaba!

—¡Qué lástima que no pudiera venir a nuestra boda, *dona* Doralice! Mis padres se habrían alegrado mucho de conocerla. Y yo habría estado encantada, naturalmente.

Dona Doralice captó la indirecta, que iba dirigida más a su hijo que a ella misma.

—Sí, mi niña, yo también lo lamento. Mi único hijo se casa y no considera necesario decírselo a su madre.

—Quizás quería ahorrarle el trago de conocer a la horrible familia con la que ha emparentado.

—Sí, no puedo imaginar otro motivo... —*dona* Doralice miró fijamente a Vitória—. Tu familia, querida Vita —ya que soy tu suegra puedo llamarte así, ¿verdad?—, debe de ser horrible si se parece a ti.

Vitória estuvo a punto de dar una bofetada a la mujer. Pero cuando vio lo absurdo de la situación y la picardía de los ojos de *dona* Doralice, se echó a reír. Se rió hasta que se le saltaron las lágrimas.

—Me gusta, *dona* Doralice. Por fin sé de dónde ha sacado su descastado hijo su insolencia y su arrogancia. Y, naturalmente, su belleza. El color de la piel debió heredarlo de su padre, según parece... ¿Sigue vivo? En tal caso, me gustaría conocerlo.

—No, el *senhor* Castro ya ha fallecido. En ese sentido no te llevarás más sorpresas, mi niña.

—¿Ah, sí? ¡Qué lástima! Empezaba a divertirme. Usted es hoy la segunda persona que daba por muerta y que ha aparecido viva y coleando. —Vitória se dirigió a León—. León, querido, ¿te acuerdas del chico mudo que teníamos en Boavista y del que no se volvió a saber nada después de su fuga? Imagínate, le acabo de ver, justo aquí, delante de nuestra casa, con la ayudante de la cocinera. Increíble, ¿verdad?

—A lo mejor le confundes, Vita. Seguro que no es Félix, sino otro negro.

—¡Ah, cómo te acuerdas de su nombre!

Dona Doralice tomó a su hijo del brazo y le miró seriamente.

—Lo mejor será que vayamos al salón, nos tomemos un coñac y le contemos toda la verdad a Vita.

León asintió.

—¡Oh, creo que ya he descubierto bastantes verdades por hoy! No quiero conocer más revelaciones.

—Vita, no hay más revelaciones. Pero danos a León y a mí la oportunidad de explicarte todo. Cuando conozcas toda la verdad sabrás perdonar.

Vitória apretó los labios en un gesto de conformidad aceptada sin ganas. Escucharía la historia de León, pero seguro que no podría creerle y mucho menos perdonarle. ¡Jamás! Acompañaría a *dona* Doralice, que al parecer estaba envuelta en las intrigas de León, pero que no parecía ni la mitad de hipócrita que su hijo y, al fin y al cabo, era también víctima de las mentiras de León. ¿Qué clase de hombre era aquél, que decía que su madre había muerto y la mantenía alejada de su boda? Vitória sintió tal repugnancia que se le puso la carne de gallina. ¡Y pensar que media hora antes quería abrazarle!

Félix y Adelaide apenas podían respirar después de haber corrido como si les persiguiera el diablo. Félix gesticulaba como loco con las manos para explicarle a Adelaide lo que había ocurrido. Ella ya sabía de qué tenía miedo.

—Félix, tranquilízate. La *sinhá* te ha visto, ¿y qué? ¿Qué puede hacerte?

Podía hacer que le fustigaran, podía mandarle a Boavista a cuidar cerdos, podía prohibirle los pequeños placeres que se permitían a los esclavos, o podía encerrarle —solo, hambriento, herido y atemorizado— en el agujero negro que estaba especialmente pensado para castigar los peores comportamientos, aunque él no conocía a nadie que hubiera sido encerrado allí. ¡Podía hacer de su vida un infierno, eso es lo que podía hacerle! Pero Adelaide le trataba como si sólo hubiera visto un fantasma, cuando hasta los niños sabían que no existían los fantasmas. ¡Oh, y si existían los fantasmas…! ¡Vitória da Silva era uno de ellos!

—Félix, no te va a pasar nada. El *senhor* León te ayudará. Le prohibirá a su mujer hacerte nada malo.

En el instante en que Adelaide hubo pronunciado aquellas palabras se dio cuenta de que eran una tontería. A diferencia de Félix, que sólo conocía a la joven Vitória de antes, ella sabía cómo era la Vitória adulta, que no dejaba que nadie le dijera lo que tenía que hacer, y mucho menos su marido.

Félix no hizo caso a Adelaide. ¿Qué sabría ella? No era ella quien sentía amenzada su libertad. Existía naturalmente la remota posibilidad de que la *sinhá* Vitória aceptara los hechos. ¿Pero debía confiar en ello? ¡Le habría gustado ver a Adelaide si hubiera sido ella la que se encontrara a su antiguo amo a plena luz del día! Habría sido todo un espectáculo, gritando como una histérica mientras se la llevaban. A él no le iba a pasar eso. Tenía que abandonarlo todo de nuevo, el nuevo trabajo, la nueva cabaña, los nuevos conocidos, todo. Pues si Vitória interrogaba a Adelaide enseguida conseguiría saber dónde vivía. Y no podía asumir ese riesgo.

Félix dio a entender a Adelaide que no podrían verse en un tiempo.

—¡Pero Félix, exageras demasiado! Espera a ver qué pasa. Y, además, ¿no te ha explicado el *senhor* León que como has nacido después de 1864 eres una persona libre? No puede pasarte nada malo.

¿Ah, no? Había oído suficientes historias de jóvenes negros que habían sido capturados de nuevo como para saber que los *fazendeiros* siempre encontraban algún motivo para sujetar a sus valiosas fieras humanas en sus granjas y sus campos. Lo más habitual y prometedor para los *senhores* era acusar a los esclavos rebeldes de falsos delitos. Al final casi todos preferían la vida en los campos de café a la vida "libre" en la cárcel. En todo Brasil no había un solo policía o juez que diera más credibilidad a las palabras de un negro que a las de un *senhor* blanco.

Félix no dejó que Adelaide influyera en su decisión. Se escondería en un sitio que ni León podría imaginar. Quizás no muy lejos de allí, pero en un mundo muy diferente.

El tic-tac del reloj del salón hacía más evidente el silencio que reinaba en la habitación. Vitória fue la primera que no pudo soportar la espera por más tiempo. Dejó su taza sobre la mesa de cristal y tomó la palabra.

—Bueno, ¿qué pasa? Estoy impaciente. Y, León, propongo que dejes hablar a tu madre. De tu boca no he oído últimamente nada más que mentiras.

León ya lo tenía previsto. Estaba de espaldas a las dos mujeres, tomándose un whisky mientras miraba pensativo por la ventana.

Dona Doralice miró preocupada a su hijo, pero enseguida se volvió hacia Vitória. Se arregló la falda y tomó aire.

—El padre de León era un hombre muy rico. Y muy solitario.

Tomó un trago de coñac, como si necesitara que el alcohol le diera valor para continuar con su relato.

Vitória no sabía por qué *dona* Doralice se remontaba a tiempos tan lejanos, pero no dijo nada. Por fin conocería el pasado de León, por fin obtendría respuestas a las preguntas que él siempre había evitado.

—José Castro e Lenha era un próspero ganadero. Su granja era, y es todavía hoy, la más grande de la región de

Chuí, junto a la frontera de Uruguay. Era uno de los pocos *fazendeiros* que salió indemne de las guerras fronterizas entre Brasil y Uruguay, pues era de procedencia medio española, medio portuguesa, además de gozar de una gran habilidad diplomática. Se casó con una brasileña, pero su matrimonio no fue feliz. Después de que *dona* Juliana diera a su marido tres hijas y hubiera cumplido con ello sus obligaciones matrimoniales, entregó su vida a la iglesia. El *senhor* José buscó consuelo en mí. Yo creo que él no sólo se sentía atraído físicamente por mí, sino que sentía algo más profundo, igual que yo. Pero yo era una esclava, y las circunstancias no nos permitían a ninguno de los dos llevar la vida que hubiéramos deseado. Cuando me quedé embarazada todos sabían en la *fazenda*, incluida *dona* Juliana, quién era el padre. Sufrí horribles humillaciones, y todo fue aún peor cuando traje un hijo al mundo. ¡El único hijo varón de José! León era un niño tan guapo, con la piel tan clara, que José no pudo hacer otra cosa que quererle. Reconoció su paternidad, le dio a León su apellido y lo educó como su heredero. Yo sólo podía ver a mi hijo a escondidas.

Dona Doralice hizo una pequeña pausa en su relato. Vitória estudió atentamente su rostro, pero no vio en él odio o amargura, sólo tristeza. No podía hacer otra cosa que admirar a esa mujer. ¡Qué destino tan increíble se escondía en las palabras que había omitido en su relato! ¡Qué carácter! Por amor a su hijo renunció al amor de José Castro, sufrió las humillaciones de *dona* Juliana y sus hijas, aceptó que le quitaran a su hijo... para que él tuviera un futuro mejor que el suyo.

—Cuando León tenía veinte años, su padre murió y le dejó la *fazenda*. *Dona* Juliana había fallecido unos años antes, y las hermanas de León habían recibido una magnífica dote, se habían casado y se habían marchado. Lo primero que hizo León como nuevo *senhor* de la *fazenda* fue regalarme oficialmente la libertad.

¡Era el tema de aquel artículo del que Pedro y sus amigos se habían reído años antes! Vitória también creyó en su momento que el artículo era producto de una imaginación desbordante, y ahora se avergonzaba de ello.

—Y al resto de los esclavos también. Les ofreció a todos quedarse en la *fazenda* y trabajar por un modesto salario y una pequeña participación en los beneficios. Casi todos se quedaron. Naturalmente, la adaptación no estuvo exenta de problemas, pero en conjunto el proyecto tuvo éxito: la gente estaba más motivada, trabajaba mejor y producían más beneficios que trabajando como esclavos. ¿Sabes, Vita? El dinero es mucho mejor estímulo que el miedo al castigo físico.

Vitória asintió pensativa.

—Puede ser. Y, además, León podía hacer con sus propios esclavos lo que considerara adecuado. Pero eso no le da derecho a disponer de los esclavos de los demás. Ayudó a Félix a huir, ¿verdad, León? —No esperó a obtener una respuesta—. Eso se llama robo. No es más que un vulgar y miserable robo.

León, que había estado todo el tiempo mirando por la ventana, se volvió por fin hacia ellas. Su mirada estaba cargada de furia.

—Vita, no sé exactamente cómo te sentirías si hubieras tenido que ver a *dona* Alma durante veinte años sólo a escondidas; si hubieras conocido la miseria, la desesperación de las *senzalas;* si la mitad de tu familia te hubiera dado a entender continuamente que tu madre biológica vale menos que un perro; o si hubieras heredado a tu propia madre como si fuera una cosa, un objeto que aparece en el inventario de la herencia al final, junto al armario de madera de nogal. No, Vita, no lo sé, pero imagino que eso te habría carcomido igual que a mí. Y supongo también que tú habrías sacado de esa experiencia las mismas consecuencias que yo.

Vitória miró a León inquieta y se abstuvo de hacer cualquier comentario. Naturalmente, lo que León había pasado era espantoso. Pero debía conocerla ya lo suficiente para saber que ella no tenía nada en común con esos tal Castro. Ella trataba bien a los negros, y valoraba a algunos de ellos más que a un armario.

León debió interpretar mal su mirada, pues de pronto explotó.

—¡Deja de compadecerme!

—No te compadezco, León. Sólo me estoy preguntando cómo es posible que alguien con un pasado como el tuyo pueda llegar a tener la descabellada idea de casarse con una *sinhazinha* blanca, con la hija de un negrero, del "enemigo". ¿Es una especie de venganza? ¿Represento yo a los señores que te humillaron y debo pagar por ello?

—¡Pero Vita —dijo *dona* Doralice interviniendo en la discusión—, qué pregunta más tonta! Cuando alguien hace algo tan inexplicable, y tan imperdonable, sólo puede existir un motivo: el amor.

—¡Tonterías! —gritó León, al que Vitória nunca había visto tan alterado—. Vita ha dado en el clavo con su extraordinario y claro entendimiento. ¿Y no crees, mi amor, que mi venganza es muy eficaz? Lástima que hubiera que sacrificar a otras víctimas. —León miró con tristeza a su madre—. Me duele de todo corazón, *mãe*, haberte ocultado mi boda. Quizás te consuele saber que los motivos que me llevaron a este matrimonio no son de índole romántica. Pero ¿crees que Vita me habría tomado por esposo si hubiera conocido mis orígenes?

—¡Claro que lo habría hecho! Mi mayor deseo fue siempre traer al mundo hijos que se parecieran lo más posible a su abuela paterna. Con permiso, *dona* Doralice: mestizos de piel clara. Pero gracias a Dios, no he llegado tan lejos.

León, me temo que ya no vas poder realizar ese pérfido punto de tu venganza.

—¡Eso está por ver!

Dona Doralice escuchaba molesta la horrible discusión entre su hijo y su nuera. ¡Dios santo, como podían hablarse así! ¿No veían lo más evidente?

—Bien, será mejor que me vaya. Vita, quizás podamos reunirnos un día de éstos y conversar las dos a solas. Creo que tenemos muchas cosas de que hablar. Y estoy segura de que todavía tienes muchas preguntas que yo puedo responder.

Tendió la mano a Vitória, que esta vez sí la cogió.

—*Dona* Doralice, ha sido un honor conocerla. Pero creo que será mejor que no volvamos a vernos. No creo que mi matrimonio con León dure mucho tiempo, ya que está basado sólo en mentiras.

Dona Doralice no opinaba lo mismo, pero no dijo nada. En cuanto Vitória hubiera asimilado los nuevos descubrimientos estaría dispuesta a tener con ella la conversación que debían haber mantenido hacía tiempo. *Dona* Doralice se acercó a León, le abrazó, le dio dos besos y salió de la habitación sin decir nada.

Dejó tras de sí un vacío en el que se extinguió la ira de Vitória y León. Sólo quedo tristeza, dolor, resignación.

—Vita…

—Está todo dicho, ¿no?

—No te vayas.

Vitória sacudió imperceptiblemente la cabeza antes de dar media vuelta y salir del salón. No quería que León viera las lágrimas en sus ojos, no iba a permitirle disfrutar de aquel triunfo. Cuando cerró la puerta tras de sí, echó a correr lo más deprisa que pudo hasta su habitación, donde podría dar rienda suelta a sus sentimientos. Pero cuando llegó allí ya no sentía la necesidad de tirarse sobre la cama y llorar sin parar.

Como si la última media hora hubiera consumido todas sus energías, Vitória ya sólo sentía desconsuelo. Le sobrevino un gran cansancio, pero antes de echarse a dormir quería escribir una carta a Pedro y Joana. Sería mejor que su hermano y su cuñada no tuvieran una idea equivocada de los motivos de su repentina marcha.

Al día siguiente regresaría a Boavista. Allí, bajo la protección de su familia, de la naturaleza y de los recuerdos de su infancia feliz, conseguiría olvidar su fracasado matrimonio. Sólo pensar en una taza de cacao en la cocina de Luiza le hizo sentirse mejor. Por las tardes se sentaría en la veranda con su padre, envueltos en el humo de su cigarro, para comentar los acontecimientos del día. Leería a *dona* Alma todo el tiempo que ella quisiera, y quizás encontrara consuelo en algunas partes de la Biblia que antes había leído monótonamente. Supervisaría los trabajos de la recolección y volvería loco a *seu* Fernando con su presencia. Volvería a disfrutar del dulzón olor del café puesto a secar, y dejaría que José y Bolo la llevaran en coche a visitar a vecinos y antiguos amigos para recuperar los contactos perdidos.

Una vez finalizada la carta, Vitória llamó a la doncella y le pidió que le sirviera la cena en la habitación. Con gran apetito —la perspectiva del viaje había tenido un efecto increíblemente revitalizante sobre ella— se comió todo lo que la cocinera le había preparado, una cantidad que normalmente habría servido para dos personas. Luego dejó que Eleonor la ayudara a quitarse el vestido, ignorando expresamente las miradas curiosas de la muchacha. Era evidente que el personal ya estaba al tanto de lo que había ocurrido en el salón, los criados siempre tenían los ojos y los oídos bien abiertos. Vitória se alegró de desprenderse por fin del elegante vestido y, con él, de la vergonzosa sensación de haberse vuelto loca. ¿Cómo podía haber pensado alguna vez que podría impresionar a

León con un poco de dulzura y un buen aspecto? Donde a otras personas les latía el corazón, él tenía un grueso nudo de odio, crueldad y firme decisión de atormentarla.

Cuando Vitória se metió por fin en la cama, no paró de dar vueltas. ¡Menudo día! No podía quitarse los acontecimientos de la cabeza, aquella noche sería imposible dormir. Pero, bueno, enseguida empezaría un nuevo día, y sólo podía ser mejor que el anterior.

XXIII

A diferencia de lo que había pensado Vitória, el día siguiente fue desolador.

Empezó con buenas perspectivas. A Vitória la despertó un rayo de sol que entró por una rendija entre las cortinas y le dio directamente en la cara. Pensó que era un buen presagio. Despierta y con ganas de hacer cosas, procedió como todas las mañanas a asearse y arreglarse antes de bajar a desayunar. León estaba ya sentado a la mesa, pero se puso de pie cuando entró Vitória. Dobló el periódico y la miró con tristeza.

—No quiero estropearte el desayuno con mi presencia.

—¡Oh, no te preocupes! Al fin y al cabo, será nuestro último desayuno juntos. Me marcho hoy al mediodía.

—¡Qué casualidad, yo también tengo previsto marcharme hoy!

—¿Otra de tus rondas de ladrón? Hazme un favor y no te acerques ni a Boavista ni a sus habitantes.

León subió las cejas en un aburrido gesto de desprecio, se puso el periódico bajo del brazo, tomó un último sorbo de café y se marchó. En la puerta se giró y miró a Vitória.

—Buen viaje, cariño.

—Gracias, igualmente.

Vitória regaló a León una fingida sonrisa, pero enseguida retiró la mirada y centró toda su atención en su cruasán. Se sorprendió a sí misma por conseguir mostrarse tan fría. Por dentro estaba temblando.

León tenía previsto ir ese día a Bananal, centro de una amplia zona de cultivo de café, para dar allí una conferencia y atraer a su causa a las personalidades de la ciudad. No era una tarea difícil, pues aparte de los *fazendeiros* apenas había ya brasileños que defendieran la esclavitud. Muchos la apoyaban porque dependían de los *fazendeiros*. Carniceros, defensores de la ley, directores de museos, constructores de violines o jefes de estación... sin los encargos, los sobornos o la protección de los barones del café no les iban bien las cosas. Sólo cuando actuaran todos unidos contra la esclavitud estarían protegidos contra las inevitables venganzas de los señores feudales. Eso era lo que León intentaba explicarles en sus artículos y conferencias. Si el cartero entendía que el tabernero o el notario estaban con él en el mismo barco y se ponía de acuerdo con ellos, entonces no faltaba mucho para que reconociera que era abolicionista. León sabía que en otras ciudades pequeñas sus conferencias habían ayudado a derribar muros, que sus argumentos habían sido para la gente una válvula de escape de su animadversión contra los *fazendeiros*, aunque quizás también de su envidia. Bananal no sería una excepción, y en realidad a León le aburría la idea del viaje.

Acababa de llegar a la estación cuando un correo de la Corte, al que no era difícil reconocer por el uniforme, se acercó a él corriendo.

—¿León Castro? Su alteza imperial la princesa Isabel desea que acuda inmediatamente al palacio imperial.

—¿Sí? ¿Así lo desea?

El correo le miró ofendido. Naturalmente, la princesa, o mejor dicho, su asesor personal, había expresado su deseo de ver a León Castro. No se trataba ni de una detención ni de una citación. No obstante, el correo no conocía a nadie que pusiera en duda los deseos de la princesa.

—Sí, bien, claro… —balbuceó.

En el fondo León se alegró de tener un pretexto para aplazar su viaje a Bananal. Aquel día sus pensamientos estaban en otra parte. Y estaba muy cansado. No había dormido en toda la noche. Las acusaciones y el frío rechazo de Vita le habían afectado profundamente. ¿Qué había hecho mal aparte de liberar a algunas personas que tenían derecho a ser libres? No era un delito, al contrario. Los delincuentes eran los *fazendeiros*, que robaban la libertad a la gente. Y el motivo que aducían era el color oscuro de su piel… ¡Dios mío, qué forma de mentir! Al fin y al cabo, los portugueses no eran otra cosa que mestizos: romanos, galos, árabes y sabe el diablo quién más se habían mezclado durante siglos en Portugal. ¿Qué pasaría si de pronto llegaran los chinos a Europa y empezaran a capturar gente para utilizarlos de braceros en sus campos de arroz? ¿Cómo podía defender la esclavitud una persona inteligente como Vita, y cómo podía asumir ciegamente los prejuicios de sus padres? Tenía que haberse dado cuenta de que entre los negros se dan los mismos rasgos y caracteres que entre los blancos: personas listas y tontas, trabajadoras y holgazanas, guapas y feas, astutas e ingenuas, buenas y malas había en todos los pueblos de la tierra. ¿Cómo podía Vita admirar la variedad de la naturaleza cuando se trataba de plantas o pájaros, pero interpretar esa diversidad entre los hombres del modo que mejor servía a su codicia?

El correo seguía de pie ante él, y carraspeó.

—Sí, su alteza la princesa Isabel…

León sacó al correo del apuro.

—Está bien. Iré con usted.

Sentía curiosidad por saber qué era aquello tan importante por lo cual le habían ido incluso a buscar a la estación.

Tras el desayuno Vitória reclamó a todos sus sirvientes para que la ayudaran a preparar el viaje y el equipaje. Taís tenía el día libre, así que la propia Vitória tuvo que distribuir las tareas. Isaura se ocuparía de limpiar los zapatos y coser algún que otro botón; Eleonor sería responsable de los objetos de tocador, Adelaide ayudaría a la cocinera a preparar una cesta con provisiones de comida; Roberto debía ir a la lavandería a recoger una blusa; y Reynaldo se encargaría de tener el coche listo para el viaje. Vitória quería estar preparada a las cuatro de la tarde, para viajar en el último tren a Vassouras. Pero poco después de las tres se extendió entre los empleados una agitación que amenazaba con frenar su ritmo de trabajo y retrasar la partida de Vitória.

—¡Eh, chico! ¿Qué te ocurre? —le dijo al ayudante del jardinero cuando entró en la casa con los pies llenos de barro, cruzó corriendo el recibidor y casi tira al suelo un jarrón chino antiguo.

—¡Pero *sinhá* Vitória! ¿No lo ha oído? ¡Somos libres! ¡Se acabó la esclavitud!

—Que yo sepa, tú ya eras libre. Te pagamos por tu miserable trabajo, ¿o no? Y ahora sal fuera y gánate el dinero.

Cuando el chico hubo desaparecido Vitória recapacitó sobre sus palabras. Si era cierto lo que decía, y la euforia que reinaba en la casa así lo hacía creer, se avecinaban tiempos catastróficos para ella y su familia.

Vitória se puso un ligero chal sobre los hombros y salió a la calle. A lo mejor los vecinos tenían más información. Pero *dona* Anamaria estaba tan desconcertada como ella. Juntas fueron hasta el Largo da Glória, confiando en que pronto llegaría el chico de los periódicos con una edición especial. Si no, en la Praça Paris, a varios minutos andando, seguro que se enteraban de algo. Cuando iban hacia allí Vitória tuvo claro que debería retrasar su viaje a Boavista. Si en Río los negros mostraban ya tal desenfreno que bailaban por la calle, se abrazaban e incluso mostraban su agresividad reprimida contra los *senhores*, ¿qué ocurriría en el valle del Paraíba?

La noticia llegó a las 15.15 a la oficina de telégrafos de Vassouras. Poco después se había extendido ya por toda la ciudad, y una hora más tarde ya la conocía todo el valle. En los campos de café los negros dejaron de trabajar y se unieron a los que marchaban a la ciudad a probar suerte. La cosecha se pudriría en las plantas. Las obras de la iglesia de São José das Três, cuyas dos torres ya sobresalían por encima de la nave central, quedaron abandonadas. A muchos señores no se les sirvió la comida en las *fazendas*, pues ni en la cocina ni en toda la casa quedaba un solo negro dispuesto a trabajar. Los *senhores* que habían tratado especialmente mal a sus esclavos podían decir que habían tenido suerte porque las hordas tanto tiempo sometidas no habían caído sobre ellos y sus familias para pagarles con la misma moneda por lo que habían sufrido. En las *senzalas* reinaba un gran ajetreo, pues los negros recogían sus escasas pertenencias —ropa, colchones de paja, pucheros abollados, pipas, primitivos instrumentos musicales, algunas flores de seda, botones de plata u otros inútiles regalos que les habían dado sus amos— y se ponían en camino en busca de una vida nueva. Alguno incluso hizo antes una visita a la casa de sus señores para robar todo lo que le parecía que luego podría vender. Los *senhores* intentaron por todos los medios mantener la disciplina, pero a la vista del número de negros les resultó imposible. Ahora, cuando tenían la ley de su parte y eso les llevaba a la desobediencia, los negros se dieron cuenta de lo fácil que habría sido resistirse antes a los *senhores*… si hubieran actuado unidos.

En la mansión de Boavista cundió el pánico. *Dona* Alma atrancó todas las puertas por dentro y luego se encerró en su habitación muerta de miedo. Oyó cómo rompían las ventanas. Un par de jóvenes entraron enfurecidos en el salón, pero fueron ahuyentados por Luiza, que encontró en un puchero de aceite hirviendo un arma eficaz contra los intrusos. Delante de la casa José intentaba apartar con el látigo a dos hombres que pretendían robarle el coche de caballos, pero sus valientes esfuerzos fracasaron. Los hombres abordaron el carruaje con gran griterío, pero unos metros más allá el coche se desmoronó bajo el peso de todos los que habían subido luego a él.

Eduardo da Silva estaba aquella tarde con su administrador en una zona apartada de sus campos valorando los daños que había producido una tormenta. No se enteró de la otra tempestad que a esas horas barría el valle. Sólo cuando poco antes del anochecer emprendieron el camino de regreso y un grupo de negros se acercó a ellos se enteraron de lo que había ocurrido. De pronto descubrió en medio del grupo a Miranda, cuyo limpio vestido destacaba entre los harapos de los demás.

—Sí, *senhor* Eduardo, ahora nos ha llegado el turno a nosotros.

—Pero Miranda, muchacha, ¿a dónde vas a ir? ¿Crees que esta gente —y señaló con evidente desprecio al resto del grupo— puede ofrecerte lo mismo que nosotros?

Un esclavo bastante alto se situó ante Miranda protegiéndola, miró a Eduardo con odio y le escupió en los pies.

—Eso y mucho más, *senhor* —dijo con tanto sarcasmo, que Eduardo sintió miedo. Al hombre se le notaban las ganas de matar en el rostro. Lo mejor sería alejarse de los negros cuanto antes.

—¡Mucha suerte, muchacha! —gritó, y espoleó a su caballo.

Cuando Eduardo y su administrador llegaron a Boavista, sintieron un gran horror. La *fazenda* estaba en silencio, y aunque ya era casi de noche, no se veía ninguna luz en la casa.

—¡Oh, cielos! —exclamó Eduardo.

El administrador también estaba horrorizado.

—*Senhor* Eduardo, si no tiene inconveniente, voy a ver qué pasa en mi casa.

Eduardo despachó a Fernando con un gesto impaciente. Nada le era más indiferente en aquel momento que la casa del administrador y sus habitantes. Eduardo desmontó del caballo, lo ató a uno de los postes de la escalera y subió lentamente los escalones, cansado y como si hubiera envejecido de pronto. Pisó un trozo de cristal que, al crujir, le asustó. No podía abrir la puerta principal.

—¡Alma! —gritó por un agujero que había en la puerta—. ¡Alma! ¡Abre, soy yo!

Tras unos segundos que le parecieron una eternidad oyó pisadas en el recibidor.

—*Sinhô* Eduardo, qué alegría que haya llegado sano y salvo. *Dona* Alma no se encuentra bien. ¡Qué vergüenza, qué vergüenza...!

Luiza abrió la puerta, que estaba atrancada con una cómoda por dentro.

—Buena mujer, corre y trae una lámpara. La oscuridad no facilita las cosas.

Cuando Luiza regresó con una lámpara Eduardo vio que llevaba un revólver en la cintura de la falda. Eduardo no pudo evitar echarse a reír.

—¡Ay, Luiza! ¿Habrías disparado realmente contra tu propia gente?

—¿Mi gente? ¿Sucios negros del campo, desagradecidos gamberros y cerdos depravados? Ésa no es mi gente.

Usted y *dona* Alma y *sinhazinha* Vita y *nhonhô* Pedro, ustedes son mi gente.

José llegó también al recibidor. Se echó a llorar cuando le contó a su amo la pérdida del coche de caballos. También les habían robado los demás caballos, y el holgazán de Bolo, al que había tratado como a un hijo, había sido uno de los cabecillas.

—Ese haragán inútil tiene mi precioso coche sobre su conciencia, aunque sin caballos tampoco nos serviría de mucho.

No pudo evitar unos sollozos dignos de compasión.

Eduardo escuchaba los lamentos del viejo cochero sin demasiado interés.

—¿Dónde está *dona* Alma? —le interrumpió.

—Arriba, en su habitación.

Luiza subió la escalera delante de Eduardo con la lámpara, alumbrándole el camino. Cuando llegaron a la habitación de *dona* Alma, Eduardo le dijo que encendiera todas las lámparas de la casa, que retirara del comedor los cristales rotos y otras huellas del asalto y preparara la cena. Los daños no parecían ser muy grandes.

—No vamos a permitir que los acontecimientos del día nos quiten el apetito, ¿verdad?

Otros *fazendeiros*, en cambio, sí perdieron el apetito. Eufrásia y Arnaldo estaban contentos de haber salido con vida después de que los negros les atacaran. Sólo la pequeña Ifigênia mamaba ansiosa del pecho de su madre, una imagen que *dona* Iolanda, a pesar de las circunstancias extraordinarias, encontró escandalosa. No había motivo para no guardar la compostura sólo porque la nodriza se hubiera marchado o un par de negros hubieran roto la nariz a su hijo, hubieran golpeado en un ojo a su marido, le hubieran roto el vestido a ella y hubieran arañado la cara a Eufrásia.

Rogério y su familia miraban agotados las ruinas de su casa, que había ardido por completo a pesar de las largas horas que habían pasado luchando contra el fuego. Un par de esclavos del campo había entrado en la cocina para abastecerse de víveres y, en un ataque de rabia, habían golpeado con fuerza el fogón, soltándolo de sus anclajes y provocando con ello el incendio.

En casa de los Leite Corrêias el día había ido algo mejor, en parte porque, al igual que los da Silva, habían tratado siempre bien a sus esclavos. No obstante, Edmundo tampoco pensaba en la comida. Sentía una gran pena y no podía comprender que esclavos que él consideraba como miembros de la familia y a los que había tratado como tales se hubieran marchado. Incluso la bella Laila, a la que él había cortejado, había colmado de regalos y había tratado como una princesa, Laila, la primera chica por la que sintió algo después de Vita, incluso ella se había dejado engañar por la equívoca idea de la libertad y se había marchado. ¿Se habría imaginado que ella respondía con deseo a sus tímidos besos y sus cariñosas caricias? ¿Y cómo diablos debía interpretar el sarcasmo de su mirada cuando se despidió?

Dona Doralice sintió una alegría por el final de la esclavitud, aunque sabía que muchos negros se comportarían de forma irresponsable. Algunos robarían, se meterían en líos y matarían. Creerían que ahora eran los amos del país, y en pocos días se darían cuenta de que no era así, con lo que la alegría desbordante daría paso al desaliento, un estado de ánimo que *dona* Doralice sabía por experiencia que era mucho más peligroso que la sensación momentánea de ser invencible.

Pero ¿quién podía reprochárselo? Después de siglos de estar sometidos y humillados, de no poder pensar y actuar por sí mismos, la reacción de los esclavos era natural. No obstante, *dona* Doralice estaba decidida a velar por el interés de los esclavos liberados haciendo que reinara la serenidad. Quizás consiguiera, al menos con unos pocos, frenar el entusiasmo desbordante. Cuando se hubiera impuesto la razón todos tendrían ante sí un futuro prometedor. *Dona* Doralice sonrió, ensimismada en sus pensamientos, y ello hizo que una mujer que no conocía de nada y estaba a su lado la tomara del brazo y se marcara unos pasos de baile con ella.

A menos de cien metros de dona Doralice se encontraba Aaron Nogueira en su veranda. Observaba sorprendido todo el revuelo que se había formado en la calle. Al fin y al cabo, el final de la esclavitud no les había cogido por sorpresa. Se venía anunciando hacía años. Comenzó con la aprobación de leyes que protegían a los negros y se manifestó en la política de inmigración de Brasil, que permitió la entrada de mano de obra europea para que fuera asumiendo poco a poco el trabajo de los esclavos negros. Los abolicionistas celebraron otro éxito en 1871 con la aprobación de la ley del "vientre libre", y cuando en 1885 se dio la libertad por ley a todos los esclavos de más de 65 años de edad, la defensa de la esclavitud ya estaba condenada a desaparecer. A Aaron le sorprendía que hubiera pasado tanto tiempo hasta que la princesa Isabel pronunciara las históricas palabras: "Declaro abolida la esclavitud en Brasil."

Aaron se dio cuenta de que aquel domingo, el 13 de mayo de 1888, pasaría a la historia como una fecha realmente importante, aunque en realidad no era más que la consecuencia lógica, coherente y bastante tardía de lo que se discutía desde hacía más de ochenta años. Y Aaron tampoco veía tanto motivo de celebración. Pensaba que era una pena que Brasil hubiera tardado tanto tiempo en llegar hasta aquella ley y que ocurriera además en un momento en el que la libertad iba a suponer para los negros más inconvenientes que ventajas. Ahora, cuando en el país había mucha mano de obra procedente de Europa, los negros quedarían relegados a los peores trabajos y recibirían por ellos salarios irrisorios. Los esclavos serían libres… libres para vender su alma por un plato de alubias.

Aaron dejó de interesarse por el espectáculo de la calle, entró en su casa y se concentró de nuevo en los documentos en los que tenía que trabajar durante el fin de semana. Y aunque intentaba evitarlo, no podía dejar de pensar en Vita. Tenía razón. Con una hábil visión de futuro había incrementado su fortuna y se había asegurado una existencia al margen de las plantaciones de café y la esclavitud. Pero seguro que hoy tampoco tenía motivos para estar contenta. Aaron cerró los ojos y se permitió por un instante un toque de compasión, algo que normalmente no sentía nunca por sus clientes.

A Félix le seguía doliendo la cabeza. Cuando la noche anterior se había presentado por sorpresa en casa de Lili, sin nada más que lo que llevaba puesto y temblando de miedo, su antigua conocida de los tiempos de Esperança no le reconoció. Pero cuando se quitó la peluca y respondió con gestos a sus ásperas preguntas, ella se acordó.

—¡Félix, el feliz! Me parece que no has tenido mucha suerte, ¿no? Pero eso lo vamos a solucionar. Elige una chica, en recuerdo de los viejos tiempos y como muestra de mi hospitalidad.

Félix estaba desconcertado. Sabía que Lili regentaba un burdel, ¡pero él no había ido allí con la intención de pasar un buen rato! Dio a entender a Lili que no buscaba el tipo de distracción que ofrecía el burdel.

—Sigues tan tímido, ¿eh? ¿O es que has vivido tanto tiempo con personas refinadas que esta casa y la gente que hay en ella no son suficientemente buenas para ti?

A Félix realmente le repugnaban las prostitutas, que eran viejas, gordas y desaliñadas. Le repelía pensar en el diván de flecos del "salón" y, sobre todo, el olor a pecado, vomitona y cerveza. Pero ¿tenía otra elección? Sólo en los bajos fondos de Río podía resultar invisible, sólo allí podría sobrevivir protegido por la oscuridad, el pudor y el especial sentido del honor que derivaba de todo ello. Le explicó por gestos a Lili que estaba enamorado.

Lili soltó una sonora carcajada.

—¡Como si eso hubiera impedido alguna vez a un hombre disfrutar un poco de nuestra compañía! Bien, muchacho, cuando lleves un par de días sin ver a tu amada puedes venir aquí, mi ofrecimiento sigue en pie.

De pronto se quedó muy seria.

—Dime, Félix, tú eres un chico listo, ¿verdad? En Esperança fuiste el primero en aprender a leer y escribir. ¿Te acuerdas de algo? Yo sólo sé contar bastante bien, pero eso ya podía hacerlo antes. Las letras se me dan peor.

Félix asintió y le dio a entender que en el tiempo que había pasado había aprendido todavía más.

—Escucha: si quieres, te daré una habitación y toda la comida y bebida que quieras, además de un pequeño salario. A cambio sólo tendrás que ayudarme un poco con mis papeles. Contestar cartas, escribir invitaciones, y cosas así. ¿Qué te parece?

A Félix le gustó la propuesta. Cuando Lili le dijo la suma que estaba dispuesta a pagarle, le pareció muy generosa. ¡Qué suerte había tenido! Estaba en un sitio seguro y al mismo tiempo había conseguido un trabajo bastante más lucrativo, y seguro que más entretenido, que el de la oficina. Su nueva jefa cogió de una bandeja dos copas que parecía que no habían sido lavadas desde la última vez que fueron utilizadas, las llenó de aguardiente de caña de azúcar y le dio una a Félix para brindar por el trato que habían hecho.

Y ahora, apenas veinticuatro horas más tarde y todavía bajo los efectos del aguardiente, tenía que beber de nuevo. En el burdel de Lili las prostitutas, que se acababan de levantar, brindaban por el final de la esclavitud, y Félix tenía que beber con ellas, quisiera o no, para no quedar mal con las mujeres en su primer día de trabajo. Ahora que era libre y que no temía que le apresaran estaba seguro de que quería conservar el trabajo en el burdel.

El médico jefe *doutor* João Henrique soltó una maldición que pudieron oír todos. Los domingos siempre tenían poco personal, pero hoy, cuando algunas de las enfermeras habían abandonado la clínica y habían salido a la calle para enterarse de todas las novedades, no podían hacer frente a todo el trabajo. Los pocos empleados que quedaba en la clínica apenas le servían de ayuda. Tenía que llamarles continuamente al orden. Sí, la nueva ley y la celebración en las calles eran más emocionantes que el cuidado de los pacientes. ¿Pero eran también más importantes? Había que cambiar los vendajes al *senhor* Ribeiro de Assis con urgencia, había que controlar la fiebre de la pequeña Kátia renovando constantemente los paños fríos que se le ponían en las piernas, y no se podía aplazar otra vez la operación de intestino de la anciana *dona* Ursula. ¿Cómo podía hacer bien su trabajo si ni siquiera su mano derecha, la enfermera jefe Roberta, estaba en su puesto?

—Enfermera, ocúpese de que se cierren todas las ventanas y contraventanas. Después procure que las enfermeras atiendan a los enfermos y no pierdan el tiempo con el indigno espectáculo de ahí fuera. —Luego esbozó una maliciosa sonrisa—. Todos esos que se comportan como locos estarán muy pronto en nuestra clínica.

João Henrique tenía razón. A media tarde empezaron a llegar los primeros heridos a la "sección Vitória Castro da Silva" del hospital, a la que todos llamaban "ala sur". La mayoría de los pacientes estaban casi inconscientes por el consumo excesivo de *cachaça*, por lo que apenas sintieron dolor cuando les cosieron las heridas. Había varias mujeres que se habían desmayado, probablemente de tanto bailar al sol, y al caer se habían hecho heridas o se habían golpeado en la cabeza. Llegaron negros y blancos, viejos y jóvenes, ricos y pobres. Había que tratar los tobillos dislocados, arreglar las narices rotas, limpiar heridas y enderezar espaldas. A todo aquel caos había que añadir, naturalmente, los pacientes normales del hospital. João Henrique trajo niños al mundo, diagnosticó úlceras gástricas y suministró grandes dosis de morfina a los enfermos al borde la muerte. Entablilló piernas, abrió furúnculos, trató hernias inguinales. Todo lo hacía con toda la concentración de que era capaz y sin alterarse. Su enfado inicial fue despareciendo por la tranquilidad que llevaba asociada la rutina. Trabajaba como una máquina, sin permitirse un descanso ni atender a las señales de su propio cuerpo.

Hacia las ocho de la tarde mandó abrir las ventanas de nuevo. El olor era insoportable en las habitaciones. Además, João Henrique estaba convencido de los beneficios del aire libre. Sólo las circunstancias extraordinarias le habían obligado a suprimir provisionalmente la ventilación natural. Poco a poco se fue apoderando de él la agitación que reinaba entre los demás. Justo cuando el joven médico se disponía a sentarse en su escritorio para tomarse la taza de café que la enfermera Ursula le había llevado, apareció un mensajero en su puerta.

—¿Es usted el *doutor* João Henrique de Barros? La *senhora* Joana da Silva le reclama. Es muy urgente.

Pedro había apostado al caballo adecuado y había ganado: cinco veces lo apostado. Se fue a celebrarlo a la ciudad con un amigo al que se había encontrado en el Joquei Clube. Los negros también tenían un motivo de celebración, pensó Pedro, y se alegró con ellos. Pero su estado de ánimo cambió cuando se enteró de lo que se celebraba por las calles. En el corto trayecto del café a su coche se golpeó en la frente con la reja oxidada de una ventana cuando la multitud que llenaba las calles de la ciudad lo arrastró y empujó. Cuando consiguió ponerse a salvo en la entrada de una casa —ya había perdido de vista a su amigo—, se pasó la manga por la frente y notó que estaba sangrando. ¿Por qué había usado aquel día el pañuelo que Joana siempre la ponía en la chaqueta para limpiarse el polvo de los zapatos y se lo había dejado en el coche? No importaba. Había cosas más urgentes en que pensar. ¿Qué pasaría en Boavista? ¿Estaría su padre en condiciones de sacar la *fazenda* adelante sin el trabajo de los esclavos? ¿Sería conveniente ir hasta allí y ofrecerle su ayuda? Quizás juntos pudieran conseguirlo. Pero no, no se podía pensar en viajar al valle del Paraíba en los próximos días. Si los negros estaban así de alborotados en Río, ¡cómo sería la situación en el campo!

Cuando Pedro llegó a su casa subió a lavarse y cambiarse de ropa antes de que su mujer le viera y le diera el beso de saludo habitual. No quería intranquilizar a Joana. Seguro que ya estaba bastante atemorizada.

Pero cuando entró en el comedor le esperaba una resplandeciente Joana con un vestido muy elegante y una cena especial.

—¿Hay algún motivo de celebración?

—¿Es que no lo hay?

—No lo creo. Ya sé que tú siempre has defendido la abolición de la esclavitud y que pagas a los negros.

Joana miró a Pedro sorprendida.

—Bueno, pero nunca he dicho nada porque considero que la casa y el personal son asunto tuyo. Nunca he querido inmiscuirme.

Joana hizo además de responder, pero Pedro la detuvo con un movimiento de la mano.

—No es eso lo que me preocupa. Al contrario: te agradezco tu forma de actuar, pues sólo a ella se debe que los esclavos no hayan salido corriendo, que podamos sentarnos ahora a esta fantástica mesa y nos sirvan esta maravillosa cena. Pero Joana, ¿has pensado qué ocurrirá en Boavista? ¿Y cómo nos afectará antes o después a nosotros? El poder de los barones del café se ha terminado, Joana.

Pero a su mujer eso no parecía afectarle mucho. Le retiró a su marido el pelo de la frente y se asustó al ver la herida.

Pedro le contó brevemente y sin inmutarse cómo se la había hecho.

—Pedro, tú no necesitas ni el dinero ni las influencias de tu padre para ser algo en la vida. Eres listo, trabajador y reúnes todas las condiciones para seguir tu propio camino. Sólo te falta a veces un poco de sentido común. ¡Dios mío, cómo se puede ignorar una herida tan horrible! Tienen que vértela enseguida. Mandaré a buscar a João Henrique, probablemente esté todavía en la clínica y aún no haya acabado su trabajo.

Y antes de que Pedro pudiera decir nada, Joana ya había tocado la campanilla para ordenar a Humberto aquel importante encargo.

La Viuda Negra estaba sentada sola, pensando, en la pequeña habitación cuyo alquiler seguía pagando León. Toda su aura, su aspecto, su extravagancia... todo había llegado a su fin aquel día. Como negra libre ya no sería nada especial, y sin su vestimenta negra —cuyo supuesto motivo, la pena por su pueblo, ya no tenía sentido— ya no llamaría la atención de nadie. Otros negros irían al teatro, a los restaurantes, a las veladas y recepciones. Otras mulatas de buen ver harían girar la cabeza a los hombres. La lucha por la abolición de la esclavitud había llegado a su fin, y con ello desaparecían los pretextos para ver a León. La Viuda Negra maldijo el 13 de mayo de 1888, sí, maldecía el día que había acabado con la imagen de sí misma en la que tanto había trabajado en los últimos años.

Pero no habría llegado tan lejos si se dejara hundir por un pequeño golpe como aquél. Era luchadora por naturaleza, y seguiría luchando. Acabaría con la presumida esposa de León, y convertiría en una victoria los inconvenientes que la liberación de los esclavos suponían para ella. ¿Pero cómo? La Viuda Negra se sirvió otra copa de jerez, se recogió el pelo y se dispuso a diseñar un plan de ataque.

Fernanda estaba rellenando el viejo barril con piedras, arena y tierra para plantar unas flores, cuando llegó Zeca corriendo.

—¿Qué haces aquí sola? ¡Todos están de fiesta, ven!

—¡Por Dios, Zeca! Ya te he dicho que no voy a ir al cumpleaños de Feijão. Quería quedarme tranquila en casa. Hay mil cosas que durante la semana no puedo hacer y a las que prefiero dedicar mi atención antes que a ese presuntuoso al que, la verdad, no soporto. Además, me pregunto de dónde sacará el dinero para invitar a tanta gente; seguro que no lo ha ganado de una forma honrada.

—¡Pero Fernanda! ¿Quién habla del cumpleaños de Feijão? ¡Estamos celebrando el final de la esclavitud!

—¡No!

Pero una mirada al enrojecido y radiante rostro de Zeca le confirmó que era verdad.

—¡Es…, es…, oh, Zeca! —gritó, y se abrazó al cuello de Zeca.

Se fueron agarrados de la mano hasta el bar donde tenía lugar la celebración. En la calle se había reunido ya una multitud. Unos hombres contaban una y otra vez cómo, cuándo y dónde se había producido el histórico momento, y fanfarroneaban como si hubieran estado junto a la princesa y fueran casi responsables del glorioso hecho.

Uno de los charlatanes más escandalosos era Feijão, ebrio de su pasajera fortuna y de la excesiva bebida. Por las planchas de mármol que había robado en una obra le habían dado sólo una parte de lo que valían, pero aun así había sacado una bonita suma.

Fernanda y Zeca se unieron a unos vecinos que estaban lejos de Feijão y hablaron con ellos sobre la magnífica noticia. Zeca apretaba la mano de Fernanda, animado por el buen humor general, pero ella no le respondió con la misma atención.

Fernanda sólo pensaba en que Felix podría salir por fin de su escondrijo. Y que podrían empezar una nueva vida como personas libres.

LA FRAGANCIA DE LA FLOR
DEL CAFÉ

LIBRO

Tres

1889-1991

XXIV

—Vitória, querida, permites demasiadas libertades a los esclavos. Debes ser estricta con ellos, si no harán contigo lo que quieran.

Dona Alma se sentó en la cama y se colocó con desgana unos almohadones en la espalda.

—*Mãe*, la esclavitud desapareció hace un año.

Dona Alma soltó una lacónica risa y sacudió la cabeza con tristeza.

—¿Un año ya? ¡Dios mío…! —Luego, como si se arrepintiera de aquel breve ataque de nostalgia, adoptó un tono más neutral—. A pesar de todo sigues teniendo esclavos, ¿o no? A esa descarada… ¿cuánto le pagas? Apenas lo suficiente para que sobreviva. A cambio trabaja seis días a la semana, catorce horas al día. Si eso no es esclavitud…

—Que no la oiga León.

—No te lo tomes a mal, Vitória, pero tu marido es un soñador. Cree que con un par de leyes se puede convertir a los negros en blancos.

—Usted se equivoca, *mãe*. León tiene una visión muy realista de la situación. Sólo pretende crear una base jurídica para proteger a los negros de los ataques racistas, de la arbitrariedad de la policía y de la explotación económica.

Vitória se sorprendió ante el impulso de defender a su marido ante su madre. Ella misma había criticado a León, le había reprochado su excesivo idealismo y su escaso sentido de la realidad. En su opinión tendrían que pasar al menos cien años para que los blancos y los negros tuvieran los mismos derechos, si es que eso llegaba a ocurrir alguna vez. Pero el hecho de que su madre, que siempre había valorado la hospitalidad de su yerno, se permitiera hablar mal de León, le pareció a Vitória que sólo demostraba ingratitud y mal gusto.

—No se puede obligar a nadie por ley a tratar a los negros como blancos, y basta.

El tono de *dona* Alma no admitía reproche alguno. Vitória hizo un esfuerzo por aparentar tranquilidad. Su madre le crispaba los nervios.

—No, y hoy ya no se puede obligar a los negros a tratar a los blancos como señores. Excepto a los señores para los que trabajan, naturalmente...

—¿Entonces crees que esa descarada se puede permitir ser tan insolente con tu madre, una *senhora* distinguida, sólo porque no es mi esclava?

—*Mãe*, Taís no ha sido descarada, sólo ha seguido las indicaciones del médico. Le ha traído una merienda ligera y su medicina, y se habría retirado con su amabilidad habitual si usted no se hubiera puesto hecha una furia y no hubiera tirado la bandeja al suelo... aunque por otro lado me alegro de que haya recuperado la energía de repente.

—¡Por favor, hija! Se me ha caído la bandeja sin querer, y esa arrogante se ha marchado en lugar de arreglar cuanto antes los desperfectos. Tienes que venderla, quiero decir, despedirla.

Vitória no tenía intención de hacerlo. Taís era la sirvienta más inteligente, trabajadora y amable que tenía. Además, casi nunca perdía los nervios, razón por la cual se ocupaba de atender a *dona* Alma. Los demás empleados sentían miedo de la *senhora* postrada en cama, que desesperaba a todos con su mal humor. Si Taís hubiera sido insolente con *dona* Alma, Vitória habría sido la primera en poner a la joven en la calle. Pero Vitória sabía lo que había ocurrido. Había oído los gritos de su madre y había visto a Taís salir corriendo de su habitación hecha un mar de lágrimas.

—Me temo que si usted sigue aquí más tiempo no voy a tener que despedir a nadie. Los criados salen corriendo por sí mismos.

Dona Alma miró a su hija indignada. Pero ahora que Vitória había empezado a descargar su mal humor era imposible pararla.

—Con permiso, *mamãe*, usted es aquí nuestra huésped, y sería mejor para todos los que vivimos en la casa, yo incluida, que se comportara como corresponde a una *senhora* distinguida.

—¡Vitória! ¡Soy tu madre, no tu huésped! Es tu obligación ayudar a tus padres cuando están en una mala situación.

—En eso sí estamos de acuerdo. Ya le he ofrecido varias veces dinero y personal suficiente para que pueda llevar en Boavista una vida confortable. No entiendo por qué rechaza esta oferta como si fuera una inmoralidad.

—¡Es una inmoralidad! Tú has visto con tus propios ojos lo que ha ocurrido en el valle del Paraíba. ¿Quieres que tu padre cabalgue por los campos y que los arbustos de café abandonados le recuerden su ruina? ¿Quieres que seamos tratados en Valença como agricultores empobrecidos, que se rían de nosotros los negros insolentes que antes nos pertenecían? ¿Cómo puedes ser tan insensible y querer mandarnos allí?

Por desgracia, su madre tenía razón. Cuando Vitória viajó a Boavista poco después de la abolición de la esclavitud esperando olvidar allí su deprimente matrimonio, se quedó profundamente impresionada. En los campos proliferaban

las malas hierbas entre los arbustos; las mansiones antes espectaculares mostraban los primeros signos de decadencia;
las avenidas flanqueadas de palmeras resultaban casi intransi-
tables debido a la gran cantidad de hojas caídas. Y aunque el
paisaje del valle seguía siendo de gran belleza, con sus suaves
colinas, su exuberante vegetación y sus pintorescos ríos y
arroyos, sobre todo ello flotaba un halo de desesperación.

—Los Vieira se han marchado —prosiguió *dona* Alma—,
la *fazenda* de los Leite Corrêia está totalmente en ruinas. Todos nuestros vecinos y amigos han abandonado el valle como
las ratas abandonan el barco que se hunde. ¿Qué diablos hacemos en Boavista, según tú?

—Si no me equivoco, aquí en Río tampoco tienen muchos contactos sociales. En Boavista podría estar en la cama
igual que aquí. ¿Cuál sería la diferencia?

—No sabía que fueras tan mala. ¿O es que te ha vuelto
así tu infeliz matrimonio sin hijos?

Eso, pensó Vitória, era típico de su madre. Siempre que
se quedaba sin argumentos, cambiaba de tema. Desde que sus
padres estaban en Río su madre no había parado de criticarla, sobre todo porque León y ella no tenían hijos. Se lo pasaba por las narices varias veces al día, y siempre le daba a entender a Vitória que era culpa suya, porque no sabía hacer
feliz a su marido.

—Si se refiere al hecho de que León no está mucho
tiempo en casa, debería buscar el motivo en usted misma. Yo,
en su lugar, también daría un rodeo para evitar esta casa. A
mí, como hija suya, no me queda más remedio que atenderla,
de lo contrario me habría ido hace tiempo, de eso puede estar segura. Y ya que tratamos su tema preferido: ¿por qué no
se va con Pedro y Joana, y su prole?

Su hermano y su esposa tampoco tenían hijos. Pero
mientras Vitória tenía que escuchar continuamente el deseo

de sus padres de convertirse en abuelos, a su hermano Pedro lo dejaban en paz. Al parecer, Vitória no sólo tenía la obligación de sustentar a su familia, sino también la de asegurar su continuidad.

—Sabes perfectamente que Pedro no tiene suficiente espacio para nosotros.

—¿Y por qué no se han ido a la preciosa casa de Botafogo que yo les quería alquilar?

—También lo sabes perfectamente. En primer lugar, porque tu padre no quiere que tengas tantos gastos por nuestra culpa. En segundo lugar, porque nuestra familia no saldría muy bien parada. ¿Quieres que la gente piense que no soportas a tus padres?

—Deje que la gente piense lo que quiera.

—A ti te dará igual tu reputación. Después de todo lo que he oído decir a las damas en la iglesia no te queda mucho por salvar. Pero tu padre y yo no queremos que nos miren mal.

—¡Por favor, *mãe!* Nadie la va a mirar mal porque viva en su propia casa. Al contrario, las damas de la iglesia verían muy bien que no compartiera casa con su degenerada hija.

Vitória sabía que las mujeres que su madre había conocido en la iglesia, adonde iba a diario, habían difundido el rumor de que ella, Vitória, tenía un lío con Aaron Nogueira. ¡Qué locura! Aaron era su abogado y su apoderado en todas las transacciones comerciales. Los hombres preferían tratar con un hombre antes que con una mujer, y en vez de enfrentarse a ello, Vitória decidió que sería mejor que Aaron la representara.

—Das la vuelta a mis palabras. ¿Qué clase de hija eres que intentas deshacerte de nosotros por todos los medios?

Vitória se había preguntado eso mismo muy a menudo. ¿Su independencia la había convertido en dura y egoísta?

¿Era injusta con las personas a las que tanto debía y a las que amaba de corazón? ¿Cómo podía mirar a su madre enferma y sentir tanto odio? ¿Cuándo había perdido su sentido de la compasión, la generosidad y la paciencia? Pero por otro lado, ¿no había hecho ella un sacrificio enorme al casarse con León y, de ese modo, salvar una parte de la fortuna familiar? ¿Era su conducta realmente tan miserable como su madre quería hacerle creer? ¿Era tan reprochable proporcionarles a sus padres dinero, personal y cualquier ayuda posible para que llevaran una vida desahogada? ¿No era más reprochable la insistencia de *dona* Alma en permanecer en Río? ¿O las mentiras de Eduardo da Silva? Su padre iba contando que estaban en Río de visita para no tener que reconocer que era la necesidad económica la que les obligaba a hacer esa "visita". Cuantas más veces contaba esa historia, más parecía creérsela él mismo. Siempre decía que en Boavista todo estaba estupendamente y, agradeciendo el interés, añadía que a *dona* Alma y a él les iba muy bien.

Nadie creía a Eduardo da Silva. Incluso su aspecto desmentía todo intento de mantener las apariencias. Su piel estaba pálida, su cabello y su barba se habían vuelto blancos en poco tiempo, tenía bolsas bajo los ojos. Iba tan encogido que parecía medir veinte centímetros menos, y estaba tan delgado que aparentaba diez años más. El que fuera un elegante y respetable *fazendeiro* se había convertido en un hombre viejo, agotado y que movía a compasión. Conservaba su ampulosa forma de hablar, pero sus palabras ya no imponían respeto, sino que provocaban miradas muy elocuentes.

—Somos y seguiremos siendo una monarquía. Ni tú, ni yo, ni nuestros nietos, mi querido joven —así le gustaba dirigirse a Léon—, viviremos en una república brasileña.

León sabía que las cosas eran muy distintas, y Vitória también lo sabía. Con la abolición de la esclavitud la princesa

Isabel había cavado una fosa para la monarquía, pues la esclavitud había sido siempre uno de los motivos principales por los que se guardaba fidelidad al emperador. Y el marido de la sucesora al trono, el impopular Conde d'Eu, había conseguido que hasta los conservadores más convencidos se pasaran al bando republicano. ¿Quién quería ser gobernado por un francés? Era sólo una cuestión de tiempo que Brasil se convirtiera en una república, y Vitória estaba segura de que eso ocurriría pronto.

No obstante, no contradecía a su padre. Al fin y al cabo, él no la escuchaba, y ella no quería disgustarle recordándole que en la cuestión de la abolición ella había tenido razón. Aquél era uno de los temas sobre los que no se hablaba en presencia de Eduardo da Silva. En cierta ocasión en que Pedro y su esposa habían ido a comer con ellos, Joana cometió el error de felicitar a Vitória por su capacidad de previsión.

—Vita, si no hubieras sido más lista que todos nosotros juntos, ahora nos iría mucho peor a todos.

Vitória se alegró de que alguien valorara por fin su habilidad para los negocios, pero le dijo a Joana:

—¡Bah! Cualquiera en mi situación habría hecho lo mismo, y posiblemente habría ganado más dinero.

Probablemente Pedro le había dado a su mujer una patada bajo la mesa para que se estuviera callada, pues no se volvió a hablar del tema nunca más.

Dona Alma se reclinó en sus almohadones respirando con dificultad y cerró los ojos como si no tuviera fuerzas para seguir hablando con su hija. Vitória miró la habitación que apenas dos años antes había decorado con mucha ilusión y que ahora tanto le desagradaba. El papel pintado de rayas rosa y blanco, los cojines de encaje blanco sobre la cama, las cortinas de color rosa, los delicados muebles de rojiza madera de Brasil… todo eso le pareció en su momento delicado y femenino. Pero en el futuro lo asociaría siempre a *dona* Alma y a su mal humor.

Unos arañazos en la puerta sacaron a *dona* Alma de su supuesto estado de total agotamiento.

—¡Ese horrible perro! En esta casa hay sitio para él, pero no para tus padres.

—A Sábado le gustan los negros.

—Sí, hasta dónde hemos llegado, ahora los perros y los negros cuentan más que la propia familia.

—No quiere entender lo que digo, ¿verdad, *mãe?* Busca pelea. Pero puede dirigir sus provocaciones hacia otra parte. Hoy tengo pensado hacer algo mejor que dejar que me insulten. ¡Que tenga un buen día!

Vitória tuvo que hacer un esfuerzo para no dar un portazo cuando abandonó la habitación. Pero en el pasillo Sábado se puso muy contento al verla, lo que le subió el ánimo.

—Sí, ya sé que es la hora de nuestro paseo, pequeño.

El "pequeño" le llegaba a Vita por la cintura. Sábado se había convertido en un animal precioso que, aunque no era de una raza identificable, tenía un aspecto noble. A pesar de su tamaño era esbelto, tenía las patas largas y el tronco delgado. Al tener las patas negras parecía que llevaba zapatos, y la mancha negra de la oreja era como un complemento a juego con el calzado. Vitória suponía que uno de los antepasados paternos de Sábado debió de ser un dogo, aunque su perro no tenía los ojos legañosos y el hocico lleno de babas propio de esa raza, sino una cara típica de perro, con el hocico puntiagudo, la nariz rosada y despiertos ojos marrones que en caso de necesidad podían parecer tristes para ablandar el corazón de quien le mirara.

Vitória siguió a su perro hasta la planta baja de la casa, donde Sábado se detuvo ansioso y sin dejar de mover el rabo junto al perchero donde colgaba su correa.

—¡Isaura! —gritó Vitória a la muchacha, a la que estaba viendo en el comedor a través de la puerta abierta—. Hoy tienes que acompañarme. El polvo de la vitrina puede esperar.

Isaura dejó el plumero con desgana y salió al recibidor. ¡Otra vez le tocaba a ella! ¡Ya había tenido que acompañar a la *sinhazinha* dos días antes!

Los negros, con su marcado sentido del estatus social, estaban muy orgullosos de trabajar en una de las casas más bonitas y para una de las mujeres más ricas de Río, pero se avergonzaban de cualquier minucia que no correspondiera al espíritu de los tiempos. ¿No podía tener la *sinhá* Vitória un pequeño perro de aguas como otras damas de la alta sociedad? ¿Por qué tenía que salir a pasear con aquel monstruo, y encima a unas horas en que la veía todo el mundo? ¿No podía sacar al perro por la mañana temprano o cuando ya hubiera anochecido? Todos, incluso los negros que trabajaban para los Ferreira en la Rua Mata-Cavalos a pesar de que estaban arruinados, se reían ya de ellos, del personal de la *sinhá* Vitória.

Una vez que Isaura dejó su delantal en la zona de servicio, tomó la sombrilla de su *senhora* y la siguió hasta la calle. Hacía un día precioso, propio de julio, con el cielo azul brillante y la temperatura en torno a veinticinco grados. Isaura pensó en los inviernos en el valle del Paraíba, que, aunque sólo estaba a medio día de viaje de Río, era mucho más fresco.

Vitória se dirigió hacia la Rua do Catete, y para sus adentros se compadeció de Isaura por su mala suerte. ¿Tenían que ir por las calles más concurridas, donde la gente las miraría con extrañeza?

—Vamos a ver qué pasa en la residencia del barón de Nova Friburgo —dijo Vitória—. Dicen que la casa y todo el mobiliario pertenecen ahora al banco. Pero estoy segura de que la familia se llevará las cosas de más valor cuando se marche.

La casa del barón, un palacio de estilo neoclásico de dimensiones gigantescas, era la residencia privada más grande y exclusiva de Río, y eso que era una especie de residencia de verano donde la familia sólo pasaba un par de semanas al año para escapar de la monotonía de la vida en el campo. Pero al barón de Nova Friburgo le ocurrió lo mismo que a casi todos los barones del café: sin sus dos mil esclavos no era nadie. Vitória pensó si debería hablar con Inácio Duarte Viana, que era el experto en hipotecas de su banco y seguro que conocía más detalles del endeudamiento del barón. A lo mejor podía conseguir el palacio a buen precio. Se trataba no sólo de un magnífico edificio, sino también de un terreno fantástico que daba por un lado a la elegante Rua do Catete y por el otro a la playa de Flamengo. Detrás del palacio había un jardín gigantesco que permitía a los inquilinos de la casa disfrutar de la tranquilidad de un parque inglés en medio del barullo de Río. Pero no, pensó Vitória, con el coste que le había supuesto adquirir Boavista la compra de aquel inmueble sería una locura. ¿Y para qué querían los techos de estuco dorado, un salón árabe y otras extravagancias? A diferencia de aquel ostentoso palacio, su casa disponía de agua corriente, retretes y baños.

Una conocida que estaba también ante el palacio viendo lo que ocurría sacó a Vitória de su ensimismamiento.

—*Senhora* Castro, ¿no es una vergüenza? —dijo la mujer a voz en grito—. ¡El pobre barón!

Menuda bruja, pensó Vitória. Al morir, el marido de *dona* Rita sólo le había dejado deudas, a pesar de lo cual la viuda seguía viviendo en una casa muy grande que languidecía lentamente debido a la falta de personal y dinero para su mantenimiento. No obstante, la *senhora*, que iba siempre con vestidos viejos, se incluía a sí misma entre lo mejor de la sociedad de Río y se permitía juzgar a otros.

—Ay, querida *dona* Rita —respondió Vitória—, yo no compadezco mucho a este hombre. El que cae en bancarrota teniendo esa inmensa fortuna es el único responsable de su propia ruina.

—Sí, es cierto, aquí se puede ver hasta dónde puede llevar el despilfarro. Eso me recuerda que he visto antes a su encantador padre, en el Largo do Machado, jugando al tres en raya con otros caballeros.

—Sí, disfruta mucho de su estancia en Río.

A Vitória le costó mucho mantenerse serena. ¿Su padre jugaba al tres en raya en un sitio público como si fuera un comerciante cualquiera o un funcionario jubilado? Por suerte, Sábado distrajo su atención con un tímido ladrido.

—Ah, tenemos que seguir. Adiós, *dona* Rita.

—Adiós. Y salude de mi parte a su señora madre.

Al marcharse, Vitória sintió la mirada de *dona* Rita clavada en la espalda. ¿A quién más le habría contado aquella vieja cotilla cómo pasaba el tiempo su padre? Bueno, al fin y al cabo casi nadie escuchaba ya a *dona* Rita.

Vitória e Isaura regresaron a casa después de haber estado más de una hora andando, cuando el perro ya daba muestras de cansancio al no tirar tanto de la correa. Eran poco antes de las cinco, lo que en esa época del año significaba que pronto anochecería. León le había contado a Vitória que en el norte de Europa en invierno apenas había luz durante el día, mientras que en verano lucía el sol en plena noche. ¡Cómo le habría gustado ver ese maravilloso capricho de la naturaleza con sus propios ojos! Pero el viaje a Europa era una de las promesas con las que León la había engatusado, pero luego no había cumplido. Vitória había renunciado ya a recordárselo, del mismo modo que había renunciado a intercambiar con él más palabras de las estrictamente necesarias.

Su matrimonio no había ido demasiado bien, pero desde que tres meses antes se trasladaran los padres de Vitória a vivir con ellos, se había convertido en un infierno. Todos los días León salía de casa nada más levantarse y no regresaba hasta la hora de cenar, para luego volver a salir. Reuniones políticas, actos de caridad, encuentros en el club con importantes personalidades, invitaciones a la Corte o estrenos teatrales... León siempre encontraba motivos para estar alejado de su casa. Generalmente llegaba tan tarde por la noche que Vitória ni se enteraba, pues llevaba ya mucho tiempo durmiendo. Los días en que esperaba intranquila a León eran, desde que dormían en habitaciones separadas, cosa del pasado.

Jamás olvidaría el desgraciado día en que conoció a la madre de León. Vitória se quedó tan desconcertada al saber de su existencia que castigó a León del único modo que sabía que le afectaría realmente: se negó a estar con él por la noche. A Vitória le costó al principio casi tanto como a León, pero enseguida dejó de necesitar ardientemente sus caricias. Fue como liberarse de una adicción: los primeros días fueron insoportables, las semanas siguientes resultaron difíciles, hasta que por fin el deseo fue cediendo y el adicto —sin la alegría de vivir que creía encontrar en la droga— fue encontrando una cierta paz interior resignándose a llevar una vida triste.

Todo esto podría haber sido más fácil para ella si no tuviera que afrontar continuamente la inquietante presencia de León. A veces le descubría mirándola por el rabillo del ojo, y creía ver en sus miradas algo más que la aburrida atención con la que la miraba normalmente. Unas veces lo interpretaba como odio, otras como deseo, y ambas cosas le resultaban horribles a Vitória. Si no tuviera que ver a León regularmente podría llevar una vida normal, sin esa inquietud irracional que sentía en su presencia. Vitória había considerado más de una vez la idea de separarse de León. Pero las separaciones estaban tan mal vistas que enseguida rechazó esa posibilidad. A su padre, que ya tenía suficientes problemas, le habría partido el corazón. Y en el fondo no importaba tanto si estaba casada con León o no: cada uno vivía su propia vida, cuidaba de sus propios intereses, convivían como extraños. Sólo compartían la casa, pero por suerte era tan grande que podían esquivarse fácilmente.

Dona Doralice iba de vez en cuando a visitar a su hijo, y ni *dona* Alma ni Eduardo se sorprendían ya de que León recibiera con besos y abrazos a una mestiza. En aquella casa entraba gente de lo más variopinto, extranjeros, hombres de color, chusma. Su excéntrico yerno no tenía el tipo de relaciones que correspondían a su posición social, aunque ellos le disculpaban por su esnobismo, que sin duda se había traído de su estancia en Inglaterra.

¡Cielos, si sus padres supieran que *dona* Doralice, una ex-esclava, era la madre de León! Vitória no sabía muy bien por qué les ocultaba aquella información. Parecía ser ella la pecadora que tenía que confesar una horrible mentira y aplazaba esa confesión, cuando en realidad era León el único responsable de todo. Pero como un escolar que está tiranizado por otros alumnos mayores y se avergüenza de su propia debilidad, Vitória no conseguía dar una explicación a sus padres. El resultado fue que ante ellos León gozó de más respeto que ella misma, pero ante Vitória perdió por su cobardía el poco respeto que ella le tenía.

A la hora de la cena León apareció vestido de fiesta. Llevaba su mejor traje, iba recién afeitado y perfumado, y se mostraba muy contento por la reunión a la que iba a acudir después de cenar. Fuera cual fuese la ocasión, pensó Vitória, seguro que habría mujeres, y seguro también que intentarían coquetear con él, pues esa noche estaba sencillamente arrebatador.

—¡Qué amable de tu parte arreglarte tanto por nosotros! Si hubiera sabido que tenías algo que celebrar me habría encargado de que nuestra modesta cena estuviera al mismo nivel que tu vestuario.

—Realmente —objetó *dona* Alma antes de que León pudiera responder—, nuestra comida debería tener siempre un cierto nivel.

—Tiene usted razón, *dona* Alma —dijo León—, en una casa como ésta lo adecuado es servir siempre las mejores viandas.

Dona Alma asintió en señal de conformidad, y luego miró a su hija con desaprobación.

Vitória habría gritado de rabia. ¿No percibía su madre la ironía en las palabras de León? ¿No se había dado cuenta todavía de que su marido se burlaba de ellas? No, al parecer no. *Dona* Alma miraba fascinada a su apuesto yerno, y León le hizo un guiño de complicidad a su suegra.

A Vitória le costó mucho no perder el control.

—No todos tienen un paladar tan exquisito como el tuyo, León. Y a algunas personas no les sientan bien tus platos favoritos.

Y no sólo ésos, le habría gustado añadir. Más insoportable era el modo engañoso en que León engatusaba a sus padres sólo por el placer de irritarla a ella.

En aquel momento sonó el teléfono, y Eduardo da Silva, que había estado todo el tiempo como abstraído, siguiendo la disputa con gesto inexpresivo, dio un salto y se dirigió con juvenil energía hacia el aparato, que estaba colgado en la pared del salón. Hablar por teléfono era, junto con escribir cartas a los periódicos, una de las actividades preferidas de Eduardo. En Río había todavía muy pocas casas que dispusieran de ese famoso aparato, pero las redacciones de los periódicos, a las que Eduardo bombardeaba con numerosas cartas de protesta y comentarios superfluos sobre la actualidad, contaban ya todas con esa maravilla de la técnica, de modo que Eduardo da Silva podía expresar ahora su opinión también a través de ese medio. Era sumamente improbable que los redactores le llamaran a él a casa, y menos a esas horas. A lo mejor era Pedro, en cuya casa Vitória había mandado instalar un aparato para que su padre tuviera otra persona con quien hablar.

Oyeron que se reía y siguieron cenando en silencio. Vitória estaba contenta de que todavía hubiera algo en el mundo que sacara a su padre de su apatía, aunque sólo fuera su afición por la técnica. Quizás debía regalarle por su cumpleaños algún otro juguete técnico, se inventaban aparatos nuevos a cada momento. Había leído en el periódico que en Alemania se había construido un coche que andaba solo, como un carruaje sin caballos. Eso sería perfecto para su padre. Podría viajar todo el día por la ciudad, asustando a los peatones con su "automóvil patentado". Además podría entretenerse con el motor del coche, desmontarlo y volverlo a montar para ver cómo funcionaba, como hizo con el teléfono. Al día siguiente se enteraría si se podía comprar ya un vehículo de ese tipo, lo que costaba y si se lo podrían enviar a Brasil. Aaron, que tenía parientes por todo el mundo, seguro que conocía en Alemania a alguien a quien encargárselo.

—Era Pedro —dijo Eduardo cuando volvió a sentarse a la mesa—. Quiere que vayamos a su casa después de cenar. Tiene visita. ¿Adivináis quién es?

—Cualquier parásito —se le escapó a Vitória. Su hermano era muy generoso, y muchos "viejos amigos" iban a verle porque su preciosa casa les hacía pensar que tenía dinero, lo cual era un error. La casa y el elevado nivel de vida de Pedro y Joana eran financiados por Vitória.

León soltó una leve risa.

—No puedes ni imaginar que haya gente que quiera a Pedro por él mismo.

Vitória ignoró aquella malvada observación levantando una ceja, para luego dirigirse a su padre.

—Diga, *papai*, ¿quién es?

—¡Rogério Vieira de Souto!

—Lo veis: un parásito, justo lo que yo decía.

—Pero Vitória, ¿cómo puedes hablar así de un hombre que casi fue tu prometido? —dijo *dona* Alma indignada—. Rogério es un viejo amigo de la escuela de tu hermano y antiguo vecino nuestro. Como tal tiene derecho a que se le reciba amablemente a pesar de que su familia se haya arruinado.

—Pueden ir tranquilamente a casa de Pedro a charlar con Rogério sobre los viejos tiempos. Yo prefiero quedarme aquí, irme pronto a la cama y mañana empezar a trabajar bien descansada. Alguien tiene que ganar el dinero que Pedro presta a sus amigos. Por otra parte, me pregunto cómo es que Rogério no viene directamente aquí. ¿Habrá perdido el valor además de su fortuna?

—A lo mejor —dijo León— sabe en qué te has convertido.

¿Qué significaba aquello otra vez? Se había convertido en la esposa de un político de renombre, una próspera mujer de negocios y una elegante dama de ciudad. No, la chica del campo a la que Rogério cortejara un día no existía ya, ni tampoco la joven de ojos azules con la que tanto le gustaba bailar.

Con el paso del tiempo, los niños se habían convertido en adultos, la despreocupación había dado paso a la responsabilidad y la inconsciencia al conocimiento de la realidad. Además, ese proceso se había visto acelerado por la abolición de la esclavitud y la dramática transformación de sus condiciones de vida. A veces Vitória se sentía como una mujer de mediana edad, aunque sólo tenía veintidós años. Cielos, ¿cómo podía haberse hecho adulta tan deprisa?

Pero ella, a pesar de todas las dificultades, había tenido mucha suerte. A Rogério no le había ido tan bien. Vitória podía imaginar perfectamente cómo se reflejaría eso en su aspecto.

—A lo mejor él no quiere que yo vea en lo que se ha convertido.

—Bueno, a mí me gustaría ver a Rogério —dijo *dona* Alma—. Siempre fue un chico muy agradable, apuesto, elegante y divertido. No puedo imaginar otra compañía mejor para esta velada. Además, seguro que podrá contarnos novedades del valle.

¡El valle! Vitória estaba ya harta de hablar del valle del Paraíba, que sus padres recordaban cada vez más como un jardín del Edén. ¿Cuándo despertarían? El valle que ellos conocían ya no existía, y no tenía sentido cultivar una nostalgia para la que no había curación. Sólo aceptando las nuevas circunstancias se podría hacer algo para salvarlo. Pero sus padres preferían quedarse en Río en lugar de ocuparse de Boavista.

—¡Ay, *papai!*, ahora me acuerdo de qué he hablado hoy con un conocido, un armador de Santos, que estaría interesado en comprar Boavista. ¿Sigue sin querer venderla, o puedo dar alguna esperanza a ese hombre?

—Si ese armador me ofrece lo mismo que antes el ganadero, el banquero o el ingeniero, le puedes decir que Boavista no está en venta. Quiero como mínimo siete *contos de réis* por la casa y las tierras.

—Pero *pai*, ¡ese precio es una barbaridad! En Río no se pagan más de cinco millones de *réis* por una casa bonita en un terreno grande.

—Querida Vita, parece como si estuvieras empeñada en sacar algún beneficio de la casa en donde naciste. Me ofendes.

Vitória miró a León en busca de ayuda. Él también debería estar interesado en que sus padres se marcharan, y eso sólo lo harían cuando tuvieran dinero, que a su vez sólo lo conseguirían si vendían Boavista. Pero León le devolvió una irónica sonrisa.

—Sí, querida Vita, ¿cómo es que tienes tanto interés en vender Boavista?

—¡Porque la amo, por eso! Vosotros preferís abandonarla a las termitas, la carcoma y el moho antes que vendérsela a alguien que la cuide y la mantenga en buen estado.

—Pero Vitória, ¡qué tonterías dices! —dijo *dona* Alma—. Nosotros la mantenemos en buen estado, en todo su esplendor.

—Con mi dinero. ¿Tiene usted idea del dineral que cuesta? ¿Y para qué? ¡Para nada! ¡Para mantener la casa deshabitada y unos campos sin uso. Estoy pagando a cinco antiguos esclavos para que limpien los muebles, aireen las habitaciones y cuiden las flores del jardín. Y apostaría lo que fuera a que por la noche esos cinco esclavos se sientan en nuestro salón y juegan a que son señores. Puede que incluso duerman en nuestras camas.

—¡No se atreverán! —*Dona* Alma no podía imaginar que un negro tuviera la osadía de profanar su cama—. Además, uno de los cinco es Luiz, y él se ocupará de que no pase nada raro.

—Si usted cree... —Vitória miró cansada a León, que seguía la conversación con una sonrisa de satisfacción—. ¿Lo encuentras divertido?

—Sí, por supuesto. ¿No te parece bien que los pobres negros se sienten en vuestro salón y se diviertan un poco? No tienen muchos motivos de alegría en una casa tan solitaria como Boavista.

—No. No me parece bien. Incluso me resulta repugnante que un esclavo se siente en el sofá de terciopelo verde, beba de nuestras copas de cristal y apeste el aire con su pipa. Tan repugnante como tu sonrisa.

—Eso último, al menos, te lo puedo ahorrar. Pensaba marcharme enseguida. —León dejó los cubiertos en su plato medio lleno, dio un último sorbo de vino y se puso de pie. Se despidió de sus suegros con una leve reverencia—. Les deseo una velada agradable. Y, por favor, saluden cordialmente a Pedro y Joana de mi parte. —Luego se inclinó para dar un beso aparentemente rutinario a Vitória—. Deberías acompañar a tus padres —le susurró—. Quizás pueda el apuesto Rogério... ejem, relajarte un poco con sus habilidades.

Una vez que León se hubo marchado y mientras sus padres discutían amablemente sobre cuál de los tres coches debían utilizar para ir a casa de Pedro, Vitória meditó dolida sobre las infames palabras de León. Si le aconsejaba buscar consuelo en otros hombres, eso era fácil de conseguir.

—Creo que iré con ustedes —dijo Vitória de repente a sus padres, que la miraron sorprendidos.

XXV

Lili no podía creer que hubiera tenido tanta suerte. Félix era un verdadero tesoro. El joven no sólo puso en orden todos sus papeles, sino que además la convenció de la necesidad de hacer ciertas inversiones que habían contribuido de un modo decisivo a los excelentes resultados del año anterior. La adquisición de muebles nuevos y una grandiosa lámpara de cristal, los elegantes vestidos de las chicas, la calidad de las bebidas que se ofrecían en La Mariposa de Oro, así como el agradable acompañamiento musical a cargo de su propio pianista, habían elevado notablemente el nivel de la clientela… y del precio. Incluso el nombre del burdel había sido idea de Félix. "Ningún blanco con un mínimo de gusto y respeto a sí mismo va a un burdel que se llama 'El agujero de Lili'. Tienes que dar a tu negocio un nombre adecuado, un nombre que puedas poner en un cartel bonito y que suene distinguido, elegante y caro. De lo contrario sólo tendrás entre tus clientes a pobres diablos", había escrito Félix en su pizarra, utilizando más palabras de lo habitual.

—Sí, ¿pero quién va a saber entonces que se trata de una casa de putas?

—¿Qué te parece "Miel dorada"?

—¡Qué estupidez! Las amas de casa vendrán creyendo que vendemos dulces. Sería mejor "La yegua de oro".

—Demasiado ordinario. ¿Qué tal "La Mariposa de Oro"?

El nombre se le ocurrió a Félix de forma espontánea, pero cuanto más pensaba en él y más observaba los gestos de Lili, mejor le parecía. Sonaba tierno, delicado y exótico, pero al mismo tiempo era inconfundible: en lenguaje coloquial "mariposa" hacía referencia al sexo femenino.

—¡Es genial! —exclamó Lili—. ¡Brindemos por ello!

Así, un recargado cartel en forma de mariposa adornaba la entrada del establecimiento de Lili desde hacía un año. En el interior se repetía el mismo motivo: en las horquillas del pelo de las chicas, en las puertas de las habitaciones, en los almohadones de seda bordados. Félix recibió por tan brillante idea una recompensa que, en comparación con los beneficios que le había proporcionado a Lili, no era demasiado alta.

Pero el joven se conformaba. Desde que Lili había sustituido a las viejas prostitutas por chicas jóvenes y guapas, Félix disfrutaba siendo el único hombre que acompañaba a las mujeres durante el día. Cuando estaban sin maquillar, vestidas con trajes sencillos y contando chistes inocentes apenas se diferenciaban de las jóvenes decentes. Además, se podía echar un rato a media mañana si estaba cansado o podía tomarse una copa de aguardiente si lo necesitaba. Estas libertades serían impensables en otros trabajos, y mucho menos en la oficina. Pero lo mejor de su nuevo empleo era que allí nadie se burlaba de él por el color de su piel o por su mudez. Todos le respetaban y valoraban sus capacidades. Las chicas sentían simpatía hacia él, y no era infrecuente que jugaran con él a las cartas incluso durante su horario de trabajo. Félix tenía un pequeño despacho, pero desde que Lili notó que su presencia tenía un efecto "tranquilizador" sobre los clientes, intentaba que estuviera en el salón el mayor tiempo posible. Desde entonces habían disminuido tanto el número de hombres que tenían problemas a la hora de pagar o que perdían los modales por efecto del alcohol, como los costes de limpieza de alfombras y reparación de muebles.

A Lili le benefició la abolición de la esclavitud más que al resto de los negros. Todos los días llegaban a su casa nuevas mujeres, desesperadas y demacradas, en busca de una ocupación que les permitiera sobrevivir a ellas y a sus hijos. Pero Lili era muy estricta en la selección de sus empleadas. Sólo trabajaban con ella las más bellas, jóvenes y sanas, y realmente no escaseaban. Lili prefería a las negras que habían sido esclavas en las casas. Eran educadas y tenían buen gusto, sabían vestirse bien y mantener una conversación con los clientes. Algunas de ellas llevaban orgullosas en sus *balangandas* un gran número de amuletos de plata que reflejaban el afecto que les tenían sus antiguos *senhores*. Aunque chicas como Laila, que tenía una gracia especial y un don natural para todas las variedades del amor corporal, no eran frecuentes, las demás aprendían enseguida lo que Lili les enseñaba. Algunas chicas se mostraban remilgadas y obstinadas al principio, lo que Lili no podía entender. Estaban allí voluntariamente, y además llevaban una buena vida en La Mariposa de Oro, ¿o no? ¿Qué otro burdel ofrecía a sus chicas tanto confort, comida tan buena, vestidos tan bonitos o clientes tan selectos? ¿En qué otro empleo iban a ganar tanto dinero? Incluso después de descontar el cincuenta por ciento que las chicas debían entregar a Lili les quedaba dinero suficiente para asegurarse un futuro. Además, por cada chica que no estaba a gusto en el trabajo había esperando otras diez que estaban dispuestas a todo. Por eso, Lili despedía enseguida a las que estaban a disgusto, a no ser que tuvieran algo especial que exigiera un poco más de paciencia en el adiestramiento.

Ése parecía ser el caso de la muchacha que estaba ante Lili en aquel momento. Se trataba de una negra bellísima con el cuerpo de una diosa africana: piernas interminables, un trasero redondo perfecto y una piel inmaculada que parecía madera de palisandro pulida. Lili examinó con los ojos entornados a aquella criatura divina que estaba ante ella. Le pidió a la chica que se girara para poder observarla desde todos los ángulos, y como si se tratara de una fruta que se prueba en el mercado, palpó su trasero y su pecho. La chica retrocedió un paso.

—¿Qué te ocurre? Si eres demasiado delicada para trabajar aquí, ahí tienes la puerta.

Para Lili era normal examinar bien a las aspirantes al empleo, ya que no quería chicas con estrías, cicatrices, varices u otras imperfecciones que pudieran esconderse bajo los vestidos. Y si a las chicas les daba vergüenza desnudarse delante de ella, ¿cómo iban a hacer su trabajo?

La diosa africana levantó la barbilla, apretó los labios y dejó que Lili la examinara.

—No está mal, no está mal —murmuró Lili—. ¿Sabes hacer algo especial por lo que deba darte el trabajo?

—He sido esclava en casa de unos *senhores* muy ricos. Sé hablar como la gente educada, moverme, peinarme y vestirme como ellos, sé lo que les gusta comer y beber y qué música escuchan.

—¡Ajá! Entonces sabrás lo que les gusta hacer a los *senhores* ricos cuando sus esposas no les ven.

La muchacha asintió.

—En cualquier caso, aquí tendrás que hacer algo más que estarte quieta y callar, ¿está claro, no?

La muchacha asintió de nuevo.

—Los caballeros vienen aquí a divertirse. Debes conseguir que sientan que son apuestos, inteligentes e irresistibles, aunque se trate de idiotas enanos y desdentados. Deben sentir que hacen hervir tu sangre, aun cuando sus atributos corporales sean irrisorios. Y sobre todo tienes que borrar ese gesto de tu cara o sólo conseguirás que salgan corriendo.

—¿Cuánto ganaré?

—¡Bien! —gritó Lili—. ¡Muy bien! Piensa sólo en tu sueldo, así llegarás lejos. Cuanto más amable seas con los hombres, más ganarás.

—¿Cuánto? ¿Quiero decir, serán quinientos o cinco mil *reis* la hora? ¿O no se cobran mis servicios por horas?

Lili le explicó a la muchacha con detalle cuánto podía cobrar por cada tipo de servicio, cuánto debía descontar y qué gastos adicionales tendría, por ejemplo, en cosméticos. La chica asintió, al parecer estaba de acuerdo con las condiciones.

—Bueno, ¿me va a admitir o no? Empiezo a tener frío.

Lili no estaba precisamente entusiasmada con los modales de la muchacha. Pero, por otro lado, era toda una belleza.

—Está bien, lo intentaremos. ¿Cómo te llamas?

—Miranda.

Maravilloso, pensó Lili. No había un nombre mejor para una puta. Al menos en la elección de su nombre artístico había demostrado la chica un buen instinto para los negocios. A lo mejor llegaba a ser algo, esta Miranda.

La Rua da Alfandega, una de las principales calles comerciales donde se podía comprar artículos para el hogar a buen precio, estaba a sólo dos manzanas de La Mariposa de Oro. Félix iba allí siempre que se necesitaban grandes cantidades de copas, sábanas o utensilios de limpieza. Los comerciantes ya conocían al joven mudo, y ninguno cometía el error de infravalorarle. Félix hacía los cálculos tan deprisa y negociaba tan astutamente que incluso los libaneses y los judíos que estaban establecidos allí se quedaban sorprendidos. Y como La Mariposa de Oro era un cliente importante, a

Félix se le recibía en todas las tiendas como al mismísimo emperador.

Aquel día Félix estaba en la Rua da Alfandega para comprar guirnaldas, serpentinas y confeti para una fiesta que se celebraría con motivo del tercer aniversario del burdel de Lili. Había intentado inútilmente disuadir a Lili de que hiciera aquellos festejos carnavalescos, quería convencerla de que celebrara una fiesta más elegante. Pero ella, que había sido esclava de un criador de cerdos pobre, creía que los colorines eran la clave de una buena fiesta, y nadie podía convencerla de lo contrario. Y dado que Lili era la jefa y él su apoderado —así le llamaba pomposamente—, se haría lo que ella quería.

Félix se dirigió a la papelería de *seu* Gustavo. En ese momento, cuando ya habían pasado la nochevieja y el carnaval, no había mucha demanda de artículos de ese tipo, pero el viejo Gustavo tenía de todo en su almacén. Después de regatear, Félix consiguió una rebaja del treinta por ciento y la oferta de trabajar en el negocio de *seu* Gustavo.

—Me gustas, joven. Un chico listo como tú me vendría bien aquí. Si eres tan bueno como pienso incluso podrías llegar a ser mi sucesor, suponiendo que puedas aportar el capital necesario, naturalmente. Pero seguro que en La Mariposa de Oro te pagan bien y tienes algunos ahorros. Sabes, Félix, mis hijas y sus maridos no quieren saber nada del negocio, y yo cumpliré sesenta años el año que viene. Ven cuando haya cerrado la tienda, hablaremos tranquilamente mientras tomamos algo.

Félix se sintió muy halagado y le prometió al viejo que iría a verle a lo largo de la semana. En el camino de vuelta a La Mariposa de Oro no pensó en otra cosa que en sus perspectivas de futuro. ¡Una tienda propia, una empresa seria y no un establecimiento de medio pelo! Fernanda dejaría por fin de llamarle chulo, y a lo mejor incluso quería ser su mujer.

¡Con una papelería estaría en una posición cien veces mejor que la de Zeca con su zapatería!

Un fuerte grito devolvió a Félix a la realidad. En su euforia no se había fijado en los demás peatones que iban por la estrecha acera, y un hombre que tuvo que esquivarle había tropezado y se había caído en un charco. Félix ayudó al hombre a incorporarse. Enseguida lo reconoció, a pesar de que hacía muchos años que no se veían: João Henrique de Barros, uno de los amigos que Pedro da Silva invitó a Boavista. João Henrique no pareció reconocer a Félix. Siguió soltando maldiciones, y le gritó:

—¿Qué pasa? ¿Eres mudo? ¡Al menos podías disculparte, estúpido!

Félix gesticulaba como un loco precisamente para disculparse. Lamentaba profundamente que el hombre hubiera tropezado con tan mala suerte, pero a la vez tenía que hacer un esfuerzo para no echarse a reír en un momento que irritaba tanto a la gente: João Henrique había caído en el único charco grande que había en muchos metros a la redonda.

—Yo te conozco de algo —dijo João Henrique, mirando a Félix con curiosidad—. Eres realmente mudo, ¿verdad?

Félix asintió. Sacó su pizarra y escribió: "Félix. Antiguo esclavo de Boavista." Lo único bueno de la gente de la categoría del *senhor* de Barros era que se podía entender con ellos por escrito.

—¡Oh, la chusma libre sabrá escribir, pero no tiene modales! Bueno, en el futuro ten más cuidado. Basta con que seas mudo, mejor que no piensen que además eres ciego.

Félix hizo una profunda reverencia antes de salir corriendo. Los encuentros con personas que le conocían de antes provocaban en él un horrible sentimiento de culpabilidad. Cuando las veía seguía sintiéndose como un esclavo, aunque hacía años que vivía en libertad. El miedo a ser descubierto que le había acompañado durante tres años estaba demasiado arraigado en él como para poder sentirse realmente libre. Pero eso cambiaría muy pronto, cuando tuviera su propio negocio. Animado por esta idea, se puso en camino sin pensar ni por un segundo qué haría João Henrique en una calle en la que no se solían ver *senhores*.

Entró en La Mariposa de Oro por la puerta de atrás, silbando una canción popular.

—¿Estás enamorado o qué? —Lili, que bajaba en ese momento por la escalera, se sorprendió de la cara de felicidad de Félix. Normalmente iba muy serio para que, a pesar de su juventud, lo considerara un buen apoderado. Félix sacudió la cabeza, medio asintiendo, medio negando, lo que Lili interpretó como "más o menos".

—Espera a ver a la nueva. He contratado hoy a una chica que deja sin respiración. Vete al salón a verla, se está cambiando y en un par de minutos estará abajo.

Félix estaba convencido de que la nueva no le quitaría la respiración. Después de un año en La Mariposa de Oro era inmune a los encantos corporales de las chicas. Había visto a tantas mujeres ligeras de ropa que le dejaba frío ver unos pechos bonitos o una ropa interior provocativa. La única mujer a la que deseaba era a Fernanda, cuyo cuerpo, siendo objetivos, no podía competir con los de las chicas de La Mariposa de Oro. Sus grandes pechos, su nariz ancha y sus orejas ligeramente gachas le resultaban tan dulces que no se fijaba en las bellezas que veía todos los días.

Félix tomó un vaso de agua y se acomodó en el sofá junto a Lili. Le escribió en la pizarra lo que le había ahorrado ese día, pero Lili estaba pensando en otra cosa. Cada dos segundos miraba hacia la escalera para ver cómo estaría la nueva chica con la ropa que ella le había dado. Además, le había encargado a Laila que la ayudara a peinarse y maquillarse, y Lili esperaba impaciente los resultados.

Félix dejó su pizarra a un lado. Era inútil. Lili no mostraba el más mínimo interés por sus explicaciones, así que no podía ni mucho menos esperar un halago suyo. Se reclinó hacia atrás, tomó un sorbo de agua e hizo lo mismo que hacía Lili: miró hacia la escalera.

Poco después apareció Laila precediendo a la nueva y tapándola para que no la vieran. Laila sonrió, abrió los brazos e hizo una reverencia como si fuera a presentar a la reina de Saba.

—Y ahora, atención: ¡la nueva!

Y se apartó a un lado.

Félix casi se muere del susto. En momentos como ése era una gran ventaja ser mudo para no llamar la atención con sus gritos de sorpresa. ¡Cielos, si era Miranda! ¡Y vaya transformación más asombrosa había sufrido! Nada recordaba ya a la muchacha de aspecto estúpido que siempre tenía la boca abierta. Esta mujer parecía… ¡la reina de Saba! Muy alta y delgada, con las extremidades largas y musculosas acentuadas más que cubiertas por un vestido ligeramente transparente, el cuerpo de Miranda era una verdadera obra de arte. Llevaba la cabeza alta, sus labios mostraban una arrogante sonrisa. Aquella expresión de su rostro contribuía a su aspecto mayestático tanto como la gran cantidad de adornos que Laila había puesto a su colega y con los que podía hacer la competencia a la mismísima vizcondesa de Río Seco, de la que se decía que sus joyas pesaban tanto que la tenían que llevar en vilo porque apenas podía andar. Félix se preguntó si eran sólo los adornos los que hacían que Miranda fuera totalmente distinta a como él la recordaba. La edad no podía ser: en cinco años no se puede cambiar tanto. ¿O es que antes no se había fijado en el cuerpo perfecto de Miranda por los modestos vestidos que llevaba en Boavista?

—¿No es una preciosidad, nuestra Miranda? —preguntó Lili a los presentes, para luego dirigirse a la joven—. Gírate para que podamos verte por todos lados. ¡Mirad qué culo más maravilloso!

En otras circunstancias Félix quizás le habría reprochado a Lili su ordinario vocabulario. Podía llevar los vestidos más caros y perfumarse con Eau de Giverny, pero su forma de hablar la haría parecer siempre una madame de burdel, y eso era precisamente lo que ella no quería. Pero en aquel momento Félix no pensaba en otra cosa que en Miranda y su triste destino. Nunca simpatizó con ella, pero le dolía que hubiera caído tan bajo como para prestar sus servicios en un burdel y tener que enseñar su "maravilloso culo". Una cosa era ver ejercer esa profesión a muchachas sobre cuyo pasado no sabía nada, y otra muy diferente encontrarse allí a una conocida. Miranda, que siempre se había burlado de la beatería de *dona* Alma; Miranda, que escupía en el puchero de sopa cuando estaba sola en la cocina; Miranda, en cuya cabeza Luiza siempre estaba buscando piojos… ¿Esa Miranda iba a convertirse en prostituta? ¡Qué idea tan horrible! También le pareció horrible la idea de que a su vez Miranda no lo tomaría en serio como apoderado y mano derecha de la jefa, pues sabía cosas de su juventud que le harían perder autoridad. ¿Quién valoraría a un hombre que antes había tenido que frotar la espalda a su señor y cortarle los pelos de las orejas?

Pero Miranda pareció no darse cuenta de que él estaba allí. Dejó que Lili y las chicas la admiraran y disfrutó con la expectación que su aparición había despertado. Lo mejor sería desaparecer, pensó Félix. Pero en ese momento ella le miró.

Miranda se quedó helada. Félix vio en sus ojos primero incredulidad, luego vacilación, al final rabia. Ella se volvió hacia Lili, que estaba a su espalda arreglándole encantada el peinado.

—Si hubiera sabido que ese monstruo estaba aquí no habría venido nunca.

—¿Qué monstruo?

—Ése de ahí —dijo Miranda, señalando al sofá. Pero el sitio que antes ocupaba Félix estaba vacío.

Cuando Félix regresó esa noche a casa vio luz en la cabaña de Fernanda. Después de la abolición había regresado a su viejo barrio, a su vieja chabola, cuya principal ventaja era que estaba cerca de Fernanda. Aunque ella no correspondiera a su amor, seguía siendo su mejor amiga y la persona en quien más confiaba. Y después de un día tan lleno de acontecimientos era bueno poder compartir un rato con alguien que supiera leer y además fuera inteligente, razonable y comprensivo.

—¿Te has encontrado a dos personas que conocías de antes? ¡Qué casualidad! Pero si eso te ha hecho sentirte tan mal, deberías pensar un poco sobre ello.

Fernanda cortó el hilo con los dientes, dejó a un lado la blusa a la que acababa de coserle un botón y dirigió a Félix una penetrante mirada.

—Si no te gusta que esa prostituta te vea en La Mariposa de Oro, quizás sea el momento adecuado para dejar de trabajar allí.

Félix intentó explicar a Fernanda su complicado estado de ánimo, intentó hacerla ver que no era vergüenza lo que sentía, sino esa incómoda sensación que invade a una persona cuando desempeña un papel distinto al que los demás conocen. Igual que le habría horrorizado frotar la espalda a alguien delante de Lili, también le parecía mal aparecer ante Miranda como empleado de un burdel. Pero Fernanda hacía oídos sordos. Siempre que acababan hablando del lugar de trabajo de Félix se mantenía firme en su idea de que él era demasiado bueno para Lili y su establecimiento.

—Lili es y seguirá siendo una guarra. En Esperança pude conocerla lo suficiente para saber que es corrupta, avara y mentirosa. Y aunque a ti te pagara el doble, se aprovecha de la desesperada situación de las muchachas en su propio beneficio, y yo no quiero que tú saques provecho de la miseria en ese sucio negocio.

¿Es que no lo entendía? Félix sólo quería ganar un buen sueldo por ella. Y que él trabajara o no en La Mariposa de Oro no iba a cambiar nada, absolutamente nada, en la prostitución en Río de Janeiro, que cada vez estaba más extendida. Probablemente incluso había ayudado a muchas chicas. Gracias a su intervención, La Mariposa de Oro se había convertido en un establecimiento en el que se podía aguantar bien, en el que no había peleas, las camas no estaban infestadas de chinches y no se engañaba a las chicas.

—Bien, y ahora explícame mejor lo de *seu* Gustavo —dijo Fernanda cambiando bruscamente de tema cuando vio el gesto de Félix y temió que la conversación acabara en una riña, como pasaba siempre que hablaban de su vergonzoso trabajo.

En el breve resumen de aquel día cargado de acontecimientos, Félix sólo había mencionado de pasada que el viejo comerciante le había propuesto un negocio. Tras el encuentro con Miranda, Félix estaba tan alterado que el asunto se le había olvidado y había desaparecido la euforia que todavía le llenaba a mediodía. Probablemente con su promesa de traspasarle el negocio, Gustavo sólo quisiera engatusarle para conseguir un dependiente servicial y barato. Seguro que el viejo avaro le haría matarse a trabajar y le encargaría las tareas más indignas. Ya le oía decir: "Los años de aprendizaje no son años de señorito." Y posiblemente le pediría un precio absurdamente elevado por su tienda cuando se jubilara, lo que podía tardar años en hacer. ¿Cinco años, diez? Demasiado tiempo, para entonces Félix ya sería viejo.

—¿Por qué pones esa cara? ¡Parece muy prometedor! —opinó Fernanda después de que Félix le contara con detalle lo que le había dicho el viejo—. Será mejor que te reúnas mañana con Gustavo y veas lo que te ofrece. A lo mejor te paga lo suficiente para que puedas dejar por fin el trabajo de Lili.

Félix se encogió de hombros resignado. ¿Qué otra opción le quedaba? Al fin y al cabo, la aparición de Miranda había estropeado su trabajo en La Mariposa de Oro.

—Pero antes —añadió Fernanda— tienes que hablar con esa tal Miranda. A lo mejor podemos ayudarla. Quizás pueda conseguirle un trabajo en la escuela. El portero se ha quejado hace poco de que no puede hacer todo el trabajo él solo. Como la mayoría de la gente no sabe, por ejemplo, encerar un suelo, podríamos contratar a una mujer que supiera hacer ese tipo de tareas.

Félix se sintió de pronto avergonzado. Era un irresponsable. Fernanda le había hecho ver cómo debía haberse comportado con Miranda. ¿Por qué se le ocurría a Fernanda ayudar a Miranda y él no había pensado en ello? ¿Por qué había salido corriendo como un ladrón en lugar de hablar con ella? Él sabía mejor que nadie que a veces es imposible salir adelante sin la ayuda de los demás. ¿Dónde estaría él ahora si León no le hubiera facilitado la huida y *dona* Doralice no le hubiera dado clase? Probablemente estaría en la cárcel, como Feijão, o picando piedra, como Carlinho, o de estibador en el puerto, como Sal, con un sueldo que no alcanzaba ni para lo más imprescindible.

Fernanda notó que tenía remordimientos.

—Ni siquiera pensaste en ayudarla, ¿verdad? Los hombres sois todos iguales, sólo pensáis en vosotros mismos.

Eso no era cierto. Félix pensaba también en Fernanda, en su futuro en común, en la casa que construiría con el dinero ahorrado, en los niños que educarían juntos y a los que algún día les iría mejor que a él. Y para conseguir todo eso era indispensable una cierta dosis de egoísmo.

Miró con tristeza a través de sus luminosos ojos, se pasó la mano por el pelo casi rapado y escribió: "También pienso en mis amigos."

—Sí, sí. Pero a José sólo lo recogiste porque te resulta útil. Si el no te hiciera la compra o te limpiara la casa, hace tiempo que te habrías muerto de hambre o te habrías ahogado en tu propia basura.

Félix no había pensado en José al hacer su observación. El viejo era para él más un padre que un amigo. Le pareció lo más natural del mundo acoger al viejo cochero cuando perdió su hogar. Ahora consideraba muy injusto que Fernanda le reprochara que le dejaba vivir en su casa por conveniencia. Sí, José iba a la compra y barría el suelo. Pero generalmente a Félix le suponía más trabajo del que le ahorraba. Él no sólo ganaba el dinero, sino que además se ocupaba de José. Le llevaba al médico, le traía dulces de la ciudad de vez en cuando, le había comprado un buen colchón para paliar sus dolores de espalda. ¡Y cuántas veces había salido a medianoche a buscar al viejo! José, que estaba cada vez peor, olvidaba a veces las cosas más cotidianas, incluso dónde vivía. Cuando no podía dormir salía de casa, deambulaba por las calles, a menudo sin vestir del todo, y al llegar a la primera esquina ya no sabía ni cómo había llegado hasta allí ni cómo debía encontrar el camino de vuelta. Al día siguiente José estaba perfectamente, jugaba con Félix al dominó, hacía con esmero las compras y otras tareas de la casa y contaba anécdotas de su juventud en Bahía, donde transportaba caña de azúcar en un carro de bueyes.

—El hombre se va consumiendo lentamente por la esclerosis —era el diagnóstico de una vecina que había vivido lo mismo con su madre—. Dentro de poco ni siquiera te reconocerá.

Así pues, ¿Fernanda pensaba que Félix explotaba a aquel viejo al que quería y por el que tanto se preocupaba? ¿Cómo podía pensar tan mal de él, cuando sabía perfectamente cómo le cuidaba y todo el trabajo que el viejo hombre le suponía? Ella misma había podido comprobar unos días antes, cuando Félix practicaba en el patio trasero unas difíciles figuras de *capoeira*, hasta dónde había avanzado la esclerosis de José.

—¡Marta! —gritó José muy contento al ver entrar a Fernanda—. Marta, tesoro, ¿dónde te has metido todo este tiempo?

Fernanda se volvió para ver si había alguna otra mujer a su espalda. Pero no, José se refería a ella. Pensaba que ella era la tal Marta, quien quiera que fuese.

Félix estaba boca abajo, apoyado en las manos y con las piernas abiertas en el aire, observando la escena, que ya de por sí era bastante grotesca. José, que salió corriendo hacia Fernanda y la abrazó efusivamente; Fernanda, que aseguraba que ella no era Marta; José, que sacaba un vaso de agua y una silla para su inesperada visita; Fernanda, que por fin desistió y dejó que José le acariciara la mano. Félix interrumpió su ejercicio acrobático y se unió a José y "Marta". Por las preguntas que les hacía José dedujo que Marta tenía que haber sido su esposa. ¿Cómo es que José no les había hablado nunca de ella? En Boavista Félix había compartido habitación con el viejo cochero durante años y había escuchado interminables historias de gente desconocida, pero José no había dicho nunca nada, ni una sola palabra, de una tal Marta.

"¿Por qué estás hoy tan antipática, Marta?", escribió Félix en su pizarra. Fernanda le miró enojada, pero no respondió. En silencio se puso de pie, colgó en una percha la blusa que acababa de coser y desapareció en su habitación. Félix cruzó las manos por detrás de la cabeza, se estiró y bostezó. Estaba cansado, y probablemente Fernanda también. No había sido buena idea presentarse allí tan tarde y molestar a Fernanda con cosas que ella no podía entender. O no quería entender.

Félix arrastró la silla con gran estruendo para que se oyera que se marchaba.

—Vete ya, tengo que buscar algunas cosas —gritó Fernanda desde la habitación de al lado. Su voz sonaba diferente a otras veces.

Félix no quería irse sin despedirse, sobre todo después de que su visita hubiera sido tan poco satisfactoria y tan tensa. Cruzó la habitación, observó su reflejo en los pucheros de cobre relucientes que había en el fogón y se repasó los dientes para asegurarse de que no tenía restos de comida que afearan su perfecta dentadura. Comprobó que todo estaba en orden. Se giró, se apoyó en el borde de la mesa, cruzó los brazos y admiró la acogedora casa de Fernanda. ¿Por qué al lado de esta casa la suya parecía tan pobre, cuando tenía que ser la más bonita de las dos? Su casa era más grande, más nueva y mejor, pero la de Fernanda resultaba mucho más confortable. Las paredes de madera estaban pintadas de colores luminosos, en las sillas había cojines bordados por ella misma y siempre tenía flores o ramas frescas en la vieja lechera que usaba como florero. Sin duda, las mujeres tenían mejor mano para la casa. ¡Ay, si al menos estuviera ya casado con Fernanda!

Por desgracia, tuvo que admitir Félix, todavía estaba lejos de conseguirlo. Ni siquiera la había besado. En su deseo de presentarse ante ella como el candidato perfecto estaba esperando a tener una edad adecuada; había aceptado un trabajo bien pagado, pero de mala reputación; había fortalecido su cuerpo con la *capoeira*, y ahora se podía comparar ya con Zeca. Pero también había aplazado lo más importante: nunca se había declarado a Fernanda. Pero, Dios mío, ¿por qué? Ella sabía que él la amaba, que hacía años que la consideraba su novia, ¿o no? La idea de que quizás debía haber sido más claro, de que debía haberse acercado a Fernanda con un par de gestos románticos, rondaba su cabeza molesta e incómoda como una pequeña china en el zapato que no resulta fácil de localizar. ¡Ay, las mujeres y sus sensiblerías!

Félix agarró un tenedor y se limpió las uñas impaciente. ¿Cielos, cuánto iba a tardar Fernanda en buscar esas cosas?

En su habitación, Fernanda estaba sentada en el borde de la cama e intentaba contener los sollozos. Le habría gustado desahogarse llorando. Si Félix pensaba que había tenido un día emocionante, el suyo podía considerarse como una verdadera locura. En la escuela se había declarado un incendio después de que dos niños se escondieran en un trastero para fumar y tiraran el cigarro a un rincón cuando se acercó un profesor. El fuego pudo ser controlado enseguida y no hubo grandes daños, pero ella tenía todavía el susto en el cuerpo. Fernanda había castigado a los dos desafortunados incendiarios, Pedrinho y Elena, a escribir una redacción sobre los bomberos, lo que ahora lamentaba. Sabía que cuando los dos hablaran con sus padres recibirían una paliza y no podrían escribir una sola frase correcta. ¡Y al día siguiente ella tendría que leer sus garabatos!

Luego, cuando de vuelta a casa paró en el mercadillo a comprar unas batatas, comprobó que le había desaparecido el monedero. Siempre lo llevaba en un bolsillo de la falda y era muy improbable que se le hubiera caído. Uno de los chicos de la banda de Tomas se lo debía de haber robado. La banda pasó corriendo por el mercado, provocando un pequeño tumulto con sus empujones. Fernanda, que al ser la maestra tenía una cierta autoridad, se acercó para llamar al orden a los chicos. Tres escaparon, pero dos, los más pequeños, recibieron un rapapolvo y un par de bofetadas. El hecho de que en tales circunstancias hubieran tenido la sangre fría de robarle le afectó a Fernanda más que la pérdida del monedero, en el que por otro lado sólo llevaba un poco de dinero y su carné de la biblioteca.

Para colmo, llevaba todo el día doliéndole la muela del juicio, que desde hacía días se abría paso en su encía provocándole fuertes dolores. Y cuando hacia la noche se iba a sentar a terminar unas labores que tenía pendientes desde hacía tiempo, pasó Zeca por su casa.

—Fernanda, hace una noche muy bonita. Ven, siéntate conmigo aquí fuera. He traído una botella de vino.

¿Vino? ¿Desde cuándo bebía Zeca algo que no fuera cerveza o *cachaça*? Pero Fernanda se alegró tanto de tener un pretexto para dejar la costura para otro momento y de que el vino aliviara su dolor de muelas que sólo se dio cuenta de lo evidente cuando Zeca tomó su mano y le entregó una pequeña caja.

—Somos amigos desde hace dos años. Lo hemos pasado muy bien juntos, nos hemos reído y hemos bailado mucho juntos. Y estoy seguro de que como marido y mujer descubriremos muchas otras cosas. Fernanda, ¿quieres casarte conmigo?

Fernanda no podía pensar en otra cosa que en el tiempo que habría estado ensayando su proposición ante el espejo. Y aunque se imaginaba que antes o después Zeca pediría su mano, en aquel momento no se le ocurrió nada que decir. Miró seriamente a Zeca, bebió un trago de vino, miró el cielo claro, en el que brillaba una luna casi llena, y su silencio hizo pensar a Zeca que estaba reflexionando sobre su proposición, lo que no se correspondía en modo alguno con el vacío total que había en su cabeza.

—Puede que te pille un poco por sorpresa... —dijo Zeca, al que, como a mucha otra gente, no le gustaba el silencio.

—Hum, bueno. Sabes que me gustas, Zeca. Pero tu proposición llega un poco de repente. Dame tiempo, ¿vale? Me gustaría pensarlo tranquilamente. Una decisión así hay que meditarla bien, no se puede tomar bajo los efectos del alcohol, aunque me siento muy halagada.

El olor de las plantas y la tierra que a Fernanda tanto le gustaba le resultó de pronto tan intenso en aquel bochornoso ambiente tropical que sintió una desagradable sensación en el estómago. La luna, grande y blanca, parecía reírse de ella; los crujidos y susurros de los árboles, que normalmente la tranquilizaban, le resultaron de pronto inquietantes. Fernanda no se encontraba bien, y le seguía doliendo la muela.

Haciendo uso de las pocas fuerzas que le quedaban había conseguido deshacerse de Zeca sin herirle demasiado en su amor propio. Él se había llevado la cajita de regalo, así como su promesa de tomar una decisión antes del fin de semana. Cuando Zeca se hubo marchado, Fernanda vomitó. Y entonces, apenas dos horas más tarde, apareció Félix y ni siquiera se percató de sus ojeras, de su silencio y de su gesto de tristeza, sólo quería contarle sus tontos problemillas. Y todavía no había cosido la puntilla que se había soltado de su falda favorita.

Cuando Félix retiró la cortina que separaba el cuarto de estar de la habitación de Fernanda, se asustó. Fernanda estaba sentada en el borde de la cama, llorando, junto a un desordenado montón de ropa. Cuando notó que había entrado Félix, se tapó la cara con las manos y rompió en sollozos. Félix se sintió totalmente impotente ante aquella pobre muchacha que se limpiaba la nariz con el dorso de la mano y le miraba con los ojos hinchados y enrojecidos. Se sentó junto a Fernanda y la abrazó. Pero al parecer fue una reacción equivocada, pues ella se echó de nuevo a llorar con más fuerza.

—¿Sabes, Félix? No sólo tú has tenido un día excitante —dijo por fin—. El mío también lo ha sido.

Él la miró con indecisión.

—No hace falta que hagas como que te interesa. Puedes irte y ver si José está en la cama y no dando vueltas por el barrio con su uniforme de cochero. O sin él.

Pero Félix estaba tan afectado por la situación de Fernanda que no quería irse sin una explicación. La miró con cariño, le limpió una lágrima de la mejilla y esperó. Al cabo de un rato se atrevió a abrazarla de nuevo. Y cuando un poco después tomó su rostro con ambas manos para intentar besarla, ella se apartó y se puso de pie.

—No te irás sin que te cuente lo que me ha pasado hoy. Bien, esto es lo más importante: me voy a casar.

Esta vez fue Félix el que tuvo que luchar contra las lágrimas. ¡Aquello, pensó, era demasiado para un solo día!

XXVI

João Henrique de Barros eligió esta vez un camino diferente para llegar al Campo de Santana. La Rua de Alfandega
estaba demasiado concurrida. No quería que le viera nadie en
aquella zona, ni siquiera los antiguos esclavos de sus amigos.
Durante el día el Campo de Santana era un pequeño parque
muy agradable en el que los políticos del cercano edificio del
Senado estiraban las piernas a mediodía, las madres jóvenes
alimentaban a los patos del estanque junto a sus hijos y sus
amas, las matronas se sentaban a la sombra de los árboles con
su ropa demasiado abrigada y admiraban la gruta artificial.
Pero el público cambiaba al atardecer. La gente decente no
ponía entonces un pie en el parque, a no ser que fueran en
busca de una aventura prohibida: el cuartel general estaba
justo enfrente del Campo de Santana, y tanto hombres como
mujeres, blancos como negros, satisfacían todas las necesidades imaginables de los soldados en el parque.

Cuando João Henrique llegó con una hora de retraso a
su cita en el Café Francisco, se sentía de buen humor. Su aspecto era impecable, como siempre. Ni una sola arruga en la
ropa, ni un pelo descolocado en su cabellera perfectamente
peinada desvelaban que acababa de ceder a su debilidad. Si
sus amigos se enteraran, le excluirían al momento de su círculo de amistades.

—Vaya, João Henrique, ¿qué es eso tan agradable que
te ha ocurrido para que lleves esa cara de felicidad?

Pedro se había acercado a la mesa en la que su amigo estaba sentado con una copa de jerez. Dejó la cartera en la mesa de mármol, se desabrochó la chaqueta y se dejó caer en una silla resoplando.

—¡Dios mío, hace demasiado calor para esta época del año! —continuó, sin esperar una respuesta—. ¡Camarero, un vaso grande de limonada, por favor!

Pedro sacó un pañuelo y se limpió el sudor de la frente.

—No hace tanto calor. Tienes esa sensación porque trabajas en ese horrible sitio en el que no se abren las ventanas y todos estáis a punto de morir asfixiados.

—Te equivocas, João Henrique. Nos asfixiaríamos si abriéramos las ventanas. No te puedes imaginar el olor que entra de fuera. Ese mercado de pescado es tan apestoso que creo que no volveré a comer pescado nunca más. Me horroriza la idea de que pueda provenir de allí, lo que es bastante probable. Incluso me cuesta comerme el bacalao desalado en Cuaresma, y si lo hago es por no ofender a *dona* Alma y a Luiza, que están muy orgullosas de su receta.

—No te entiendo. ¿Tu hermana es inmensamente rica, y tú trabajas como un esclavo? Yo mismo me beneficio de la generosidad de Vitória, incluso ese Rogério no tiene mucho reparo en aceptar el dinero de tu hermana. Sólo tú, su propio hermano, trabajas en ese inmundo cuchitril y dejas que te exploten a cambio de un sueldo miserable.

—Déjalo ya, por favor. Te he explicado muchas veces por qué no quiero el dinero de Vita. Ella mantiene Boavista por mí, que lo heredaré algún día. Ha acogido a nuestros padres, un sacrificio que yo no habría hecho. Paga a mi personal para que Joana y yo podamos seguir viviendo como antes. Le estoy muy agradecido por todo ello. Pero todavía tengo un poco de orgullo, y mientras tenga dos manos para trabajar y una cabeza para pensar no me voy a quedar con los brazos cruzados y dejar que me mantengan. Estoy contento de haber encontrado este trabajo después de que Ferreira quebrara. La única alternativa sería ir a Santos, donde se embarca el café de la provincia de São Paulo. Pero, sinceramente, prefiero quedarme en Río, donde viven todos mis amigos y mi familia.

—No comprendo de dónde saca una moral del trabajo tan anglosajona un hombre como tú, de clara ascendencia portuguesa. No está bien hacer determinados trabajos. Estoy seguro de que tu hermana vería mejor que te dedicaras a tareas más adecuadas a tu categoría.

—¿Te refieres a administrar mis bienes, sobornar a políticos o ser propietario de una cuadra de caballos de carreras? ¡Ay, mi querido amigo, esos tiempos ya están lejos!

—¿Qué tiempos? —preguntó Aaron, que llegó en aquel momento con la chaqueta llena de manchas y el pelo revuelto.

—Los viejos tiempos, ¿cuáles si no? —respondió João Henrique—. Tú eres el único que no ha cambiado —miró a Aaron despectivamente de la cabeza a los pies—. Sigues siendo el chico andrajoso del gueto ruso.

—Y tú sigues siendo el mismo estafador de antes. ¿Cómo le va a tu íntima amiga, la princesa Isabel?

Pedro puso los ojos en blanco. No, aquellos dos no habían cambiado. Había sido una tontería por su parte volver a quedar con ellos después de tanto tiempo. Pensó que serían más maduros, adultos y razonables, que sus dos mejores amigos a lo mejor habían reconocido por fin los méritos del otro. ¡Qué idea tan absurda, los dos serían siempre como el perro y el gato!

Le sorprendió el aspecto de Aaron. En los dos últimos años su amigo había ido siempre perfectamente vestido y peinado. Hoy, en cambio, parecía que le había pasado un tren por encima.

Aaron interpretó correctamente las miradas de Pedro.

—¡Es ese perro, Sábado! ¡Me vuelve loco! No para de saltar encima de mí para lamerme la cara.

—Eso es por tu cara de perro —soltó João Henrique—. Se cree que eres uno de los suyos.

Aaron no le respondió, sino que siguió hablando con Pedro, que no pudo evitar un guiño divertido.

—Lo he atado ahí fuera, pero no estoy seguro de que la correa aguante a esa fiera.

—¿Te confía ahora Vita a Sábado además de sus negocios? Puedes estar satisfecho, Aaron. El animal lo es todo para ella.

—Vita tenía hoy una cita importante en el banco, y no podía llevar al perro. Y como quería ir directamente desde mi despacho, sin perder tiempo llevando al perro a casa, me lo ha dejado a mí.

Era una verdad a medias. Aaron había insistido en que Vita le dejara al perro, pues necesitaba un pretexto para verla aquel mismo día por la tarde. Cuando trataban de negocios durante el horario de trabajo Vita siempre hablaba poco, normalmente tenía prisa, y les observaban demasiados ojos. Por la tarde, en cambio, cuando su ayudante y los criados se habían ido y Vita y él disponían de más tiempo, Aaron aprovechaba para sentarse con ella y comentar con detalle las transacciones comerciales, calcular los beneficios, tomar una taza de café e incluso jugar una partida de ajedrez. Aaron había conseguido que Vita recordara sus conocimientos olvidados del juego en su propio interés, pues no encontraba un contrincante que estuviera a su altura. Tal como suponía, fue una alumna tan aventajada y tenía una capacidad tan extraordinaria para el juego que a veces incluso le ganaba. Y Aaron, que normalmente era un mal perdedor —él sólo jugaba para ganar—, se ponía muy contento cuando Vita ganaba. Se mostraba muy orgulloso, y sus brillantes e inteligentes ojos azules le llenaban de amor. Sí, sólo por ver la decidida y fría expresión de su rostro antes de darle el golpe mortal a su rey merecía dejarse hacer jaque mate.

—Ya sólo falta nuestro noble libertador de negros, así estaría el viejo grupo completo —dijo João Henrique, y espantó una mosca con su cuidada mano.

—No hables de él en ese tono —le reprendió Pedro—. León es mi cuñado.

—Oh, lo había olvidado. Estaba casi convencido de que el marido de tu hermana estaba aquí con nosotros. —Miró a Aaron con desprecio—. Aunque siempre he creído que la querida Vitória tenía mejor gusto.

—Se dice que eres un buen médico, pero lo dudo seriamente. Si no sabes distinguir entre un estúpido rumor que los envidiosos han puesto en circulación y la realidad, entonces es probable que no estés en condiciones de diferenciar a una *senhora* que finge de un enfermo real.

Aaron se había propuesto firmemente no dejarse provocar por João Henrique. Pero su maldad era cada vez mayor, y la paciencia de Aaron cada vez más escasa. Su tiempo era demasiado valioso como para malgastarlo con estúpidos charlatanes.

—Reconozco a la gente falsa al momento. Pero a veces la escucho, lo mismo que hago con los rumores. Suelen ser muy interesantes y divertidos.

—Si no tienes otra cosa con que entretenerte…

—¡Ya basta! —Pedro dio un golpe con la mano sobre la mesa, que se tambaleó. —¡Dos hombres letrados, y os comportáis como dos gallos de pelea que se enzarzan delante de la cabaña de los esclavos!

Aaron y João Henrique se miraron sin saber qué decir, desconcertados por la reacción de su amigo. Los dos sabían

494

que Pedro era una persona equilibrada y amable, un hombre que siempre hablaba en un tono moderado. Nunca le habían visto expresando su malestar a voz en grito, y menos en un lugar público, donde podía oírle algún conocido. Cuando Pedro se enfadaba hablaba en un tono categórico, pero sin gritar. Cuando estaba dolido o triste se lo guardaba para sí mismo, sin intrigar o enfurecerse con el causante de su malestar. Y cuando otras personas discutían en su presencia, normalmente Pedro intentaba mediar para que ambas partes razonaran. Aaron y João Henrique a veces encontraban su necesidad de armonía algo exagerada, y los dos pensaban que sus ideas morales estaban un tanto anticuadas, aunque eso le daba a Pedro un encanto especial. Era muy honrado, absolutamente decente, firme de carácter, conservador no por convicción política, sino porque era su forma de ser. Que Pedro se exaltara tanto por una pequeña disputa entre sus amigos, cuya desavenencia él conocía desde hacía tiempo, les sorprendió a los dos.

João Henrique fue el primero en hablar.

—Quizás deberías pensar en cambiar de lugar de trabajo. El clima de allí parece haberte afectado. Aparte de eso voy a darte un consejo médico: tómate un whisky después de la limonada.

—Es la primera frase razonable que le oigo hoy a este medicastro —dijo Aaron—. Yo también tomaré una copa. ¿Te unes a nosotros, João Henrique?

La siguiente hora la pasaron charlando sobre cosas sin importancia y bromeando, obligados por el estado de ánimo de su amigo a mantener una paz aparente. Cuando iban por el cuarto whisky y los tres empezaban ya a contarse chistes verdes, les llamó la atención un pequeño revuelo en la entrada del local. Entonces oyeron unos furiosos ladridos y vieron cómo un camarero retrocedía asustado y estaba a punto de caer. Sonaron unos vasos, una mujer gritó, una silla se volcó. Sábado llegó hasta ellos en un par de saltos, arrastrando la correa con una argolla oxidada al final. El perro estaba entusiasmado por haber encontrado a Aaron. Saltó sobre él, puso sus patas delanteras sobre sus rodillas y le lamió la cara.

—¡Oh, no! —Aaron retiró la cara. Ya era bastante horrible que aquella criatura le persiguiera, pero que le pusiera el hocico en la cara de una forma tan bestial era demasiado—. ¡Siéntate!

El perro no le hizo caso. João Henrique contemplaba la escena sonriendo, mientras Pedro agarraba la correa e intentaba que el perro dejara en paz a Aaron. El camarero se acercó a su mesa y, con la poca dignidad que le quedaba tras el ataque de ese monstruo, les explicó que no se admitían perros en el local.

—No es un perro —dijo João Henrique, tartamudeando levemente—. Es un toro.

—¡Por favor, *senhor!* Tampoco se admite la entrada de toros.

—Excepto en la carta —soltó Aaron, disimulando una risa.

Pedro, Aaron y João Henrique se miraron y se echaron a reír. El camarero hizo un esfuerzo por controlarse. No podía echar a los tres jóvenes, dos de los cuales eran clientes fijos y además pertenecían a la alta sociedad de Río, como si fueran unos alborotadores cualquiera.

Entretanto Sábado había abandonado a Aaron porque había descubierto algo más interesante: estaba sobre la mesa lamiendo unas gotas de limonada que se habían vertido de un vaso.

—Este toro es nuestro invitado. Y, como usted ve, tiene sed. Tráigale un vaso de whisky, ¿de acuerdo?

Pedro observó la cara de consternación del camarero y se echó a reír de nuevo. Sus amigos hicieron lo mismo. Sábado siguió limpiando la mesa, moviendo el rabo sin parar y olvidando su buena educación.

Nadie se dio cuenta de que Rogério acababa de entrar en el café. Como siempre, estaba buscando gente importante, con la que le gustaba lucirse para subrayar así su posición. ¡Qué suerte!, había pensado al ver a Pedro y sus amigos en un rincón. Un médico conocido, un abogado rico, un hombre de negocios noble… no era como la compañía de eminentes millonarios o actores famosos, pero era perfecta para poner de manifiesto su patriotismo. Animado, se dirigió hacia el grupo, cuando un perro al que identificó como Sábado, el perro de Vitória, pasó a su lado como una exhalación. De su correa colgaba un objeto metálico que hacía mucho ruido al chocar con los azulejos artísticamente decorados. Rogério se quedó parado en mitad del local observando el penoso espectáculo que ofrecían el perro y los tres hombres. Se dio media vuelta antes de que le vieran. Sería mejor que no le relacionaran nunca con semejantes elementos.

—¡Rogério! —oyó gritar a Pedro, pero no hizo caso.

Pedro, Aaron y João Henrique vieron cómo se alejaba del café a toda prisa.

—¿Era él o es que veo fantasmas? —preguntó Pedro a sus amigos.

—Claro que era él. Esa horrible chaqueta que él cree moderna es inconfundible —dijo João Henrique alzando su vaso—. ¡Por el afortunado incidente que nos ha salvado de ese tipo!

Pedro brindó con él.

—A lo mejor no quiere que le vean con unos borrachos como nosotros.

—Peor para él —opinó João Henrique—. Con este tumulto le habría visto todo Río en nuestra compañía y pensarían que es nuestro amigo. Es lo mejor que le podría pasar.

También Aaron alzó su vaso y brindó con João Henrique y Pedro.

—¡A la salud del toro! ¡Por Sábado!

El perro dio un salto al oír su nombre, se volvió a subir encima de Aaron y no hubo quien le impidiera demostrarle su cariño. Sólo cuando los tres amigos se marcharon, seguidos por la mirada de alivio del camarero y del resto de clientes, volvió a comportarse como un perro educado y salió sujeto por la correa. Aaron podría haber jurado que en la alegre cara del perro podía verse una malvada sonrisa.

Pedro llevó a sus amigos en su coche de caballos a pesar de sus protestas y de que con ello debía dar un gran rodeo. No le movía el altruismo, sino el más puro egoísmo: Pedro disfrutó del pequeño lujo de viajar solo desde el sur de la ciudad hasta São Cristóvão. Después de dejar a Aaron y Sábado en Flamengo y a João Henrique en Catete, se asomó por la ventanilla y aspiró el aire fresco de la tarde. Había empezado a lloviznar. El olor de los adoquines mojados se mezcló con el de los árboles y la brisa del mar. Pedro cerró los ojos. ¡Qué agradable el aire en la cara! ¡Y qué bien tener un par de minutos para él solo! Pero esa deliciosa sensación no duró mucho. La conciencia del deber se impuso de nuevo por encima de todo. Joana se preocuparía si llegaba a casa oliendo a alcohol y con el pelo mojado. Metió la cabeza, se secó la cara con un pañuelo y buscó en su cartera las pastillas a las que recurría siempre en ocasiones como aquélla.

Joana no se dejó engañar, pero se ahorró cualquier comentario. Desde hacía meses venía observando en Pedro una transformación que no le gustaba en absoluto. Cada vez estaba más irritable y en alguna ocasión incluso se enfurecía con los criados. Se enfadaba por cualquier pequeñez que antes ni siquiera habría notado, como que el asado estaba ligeramente quemado o que Maria do Céu no llevaba el delantal bien almidonado. Entonces no era injusto ni ofensivo, y en comparación con otros hombres Pedro seguía siendo un ejemplo de serenidad. Pero a Joana no se le escapaban las pequeñas señales del cambio. Pensó, al igual que João Henrique, que la causa era el trabajo de Pedro, ya que sabía que él lo odiaba.

—Hoy tengo ganas de comer algo contundente —le dijo a Joana cuando Maria do Céu sirvió el almuerzo, que consistía en un consomé y verdura—. Ya no puedo ver esta "comida ligera de verano", como tú la llamas. Me apetecen más unas salchichas con patatas fritas, puré de mandioca, jamón asado. Al fin y al cabo no estamos en verano.

—Por supuesto, como el señor diga.

Joana miró a Pedro con cierto desprecio. Había empezado a salirle una pequeña barriga, y si seguía comiendo y bebiendo tanto —era evidente que cada vez tomaba más alcohol—, pronto tendría el mismo aspecto que el *senhor* Alves.

—¡Ay, Joana, no me mires así! Ese trabajo me está matando, mis nervios necesitan un poco de grasa. Cuando hayamos superado esta fase volveré a valorar tu "comida ligera de verano".

Pero en su fuero interno Pedro sabía que no se trataba de una fase difícil que pronto estaría superada. Cuando tenía la idea de que en el futuro sería un acaudalado barón del café, no le importó trabajar duramente con el *comissionista* Ferreira. Había sido una excéntrica distracción, un *spleen*, como lo llamaba Charles Witherford. Era fácil aguantar en oficinas asfixiantes si se sabía que era un trabajo provisional, que en el futuro estaría en amplios salones bien ventilados y a lomos de un pura sangre. Había sido una experiencia muy aleccionadora trabar amistad con colegas que tenían menos formación y dinero que él, pero resultaba desalentador pensar en pasar el resto de su vida diez horas diarias con hombres que no veían la diferencia entre un Sauternes y un Sancerre. Le había resultado divertido demostrar su talento para los negocios, pero no era un trabajo que quisiera seguir desarrollando durante los treinta años siguientes, sobre todo cuando los beneficios acababan en el bolsillo de su patrón.

—Ven —dijo, tomando a Joana de la mano—, vamos a buscar algo apetitoso en la cocina. Luiza se alegrará de tener un motivo para regañarnos. Y también se alegrará de que alguien disfrute con sus grasientas albóndigas de *aipim*.

Luiza, la vieja cocinera de Boavista, se sorprendió al ver a sus señores entrar en la cocina cuando ella iba a prepararse ya la pipa que siempre se fumaba en el patio al terminar de trabajar.

—*Sinhô* Pedro, *sinhá* Joana, ¿por qué me dais estos sustos, niños?

Los "niños" se miraron y se rieron como si hubieran hecho una travesura. ¡La conocían tan bien! Como Pedro había adelantado, se mostró encantada de poder preparar sus *bolinhos de aipim*, rellenos con una sabrosa pasta de carne. Pedro y Joana la observaron mientras cocinaba, y Joana apretaba la mano de Pedro como queriendo decirle que todo saldría bien.

Se comieron las pequeñas y aceitosas albóndigas de pie en la cocina; luego se chuparon los dedos y tuvieron que escuchar el sermón de Luiza sobre la pérdida de las buenas costumbres en general y la falta de respeto de los jóvenes en particular. Sabían que Luiza estaba encantada de tenerles en la cocina, y también sabían que después de comer les prepararía una taza de cremoso chocolate. El chocolate caliente era el remedio milagroso de Luiza para todo tipo de males, tanto corporales como espirituales, y de hecho la bebida caliente actuó como un bálsamo en el ánimo decaído de Pedro.

Cuando Pedro terminó de rebañar con una cuchara el chocolate dulce y espeso del fondo de la taza, abrazó a Luiza y le dio un beso en su acartonada mejilla.

—¡Si no fuera por ti…!

—¡Ay, Pedro, no digas tonterías! Sólo me habéis recogido por compasión. Y me hacéis trabajar, a mí, una vieja inútil, más duro que si estuviera en el campo.

Luiza solía ser muy brusca cuando se emocionaba. El buen Dios la había tratado mejor de lo que se merecía.

Cuando Eduardo y Alma da Silva se trasladaron a Río para vivir con la *sinhazinha*, Luiza y José les acompañaron. En esa época algunas personas se deshicieron de sus viejos esclavos, aliviados porque la nueva organización de la sociedad les liberara de la responsabilidad de ocuparse de los negros viejos, débiles y enfermos. Pero Luiza sabía que sus amos se habían portado realmente bien con ellos. A José, para el que por mucho que quisieran no había sitio en casa de Vitória, le pagaron una generosa renta vitalicia que le permitía llevar una vida sin preocupaciones. Vivía con Félix, al que habían encontrado con la ayuda de León, pero de vez en cuando iba a ver a Luiza y la cortejaba, el viejo conquistador. A ésta, que a pesar de la edad seguía siendo una persona robusta y activa, le encontraron ocupación en casa de Pedro. Luiza consideró que era una gran suerte, pues ninguna renta del mundo podía darle más satisfacción que la cara de su querido Pedro cuando probaba sus exquisiteces.

—Esta mujer es realmente una bendición —dijo Joana mientras tomaban un licor en el sofá del salón—. Aunque su chocolate me resulta demasiado dulce.

—¿Qué dices? Puedes estar contenta de que no le ponga pimienta. Antes lo hacía, cuando yo era pequeño, pues consideraba que la pimienta era una especia muy sana y exquisita. Lo mismo decía del clavo, la canela, el cilantro, la vainilla y el laurel. Todos los platos que servía, incluso los postres, tenían el mismo sabor.

Joana sonrió a Pedro con cariño. ¡Por eso le gustaban a él tanto las mezclas fuertes de especias!

—Hasta que *dona* Alma contrató un día a un cocinero francés y degradó a Luiza de nuevo a la categoría de ayudante. Fue demasiado para ella. Observó al hombre sin perder detalle, consiguió incomodarle con sus pequeñas ordinarieces e imitó su arte tan bien que pudo trabajar otra vez como cocinera. Pero yo creo que ella considera todavía hoy que eran mejores sus creaciones de entonces. Sé que se pone pimienta en su taza de chocolate.

Joana se rió y le habló de las comidas infernales que les preparaba su cocinero indio en Goa. Entonces Pedro le contó la anécdota de su visita a un asentamiento indio, donde tuvo que comer con los dedos una pasta indescriptible que se servía en hojas de banano. Pasaron así al menos una hora. Intercambiaron recuerdos de la infancia en un ambiente relajado, recuerdos de una época en la que eran amigos de niños negros o mestizos, cuyas cabañas eran más interesantes que sus bonitas casas; unos años en los que estudiaban las cucarachas gigantes o los peces muertos en la orilla de un lago y volvían de sus excursiones con pájaros heridos; un tiempo que Joana relacionaría ya siempre con el olor a podrido de las redes de pesca y Pedro con el olor dulzón de los frutos del café puestos a secar.

—Aquellas hileras perfectas que se disponían en el patio siempre nos incitaban a Vita y a mí a correr entre ellas para romper su simetría. ¡No te puedes imaginar cuántos millones de moscas espantábamos así! Y cómo nos perseguía el esclavo que se encargaba de todo, Carlos, cuando nos pillaba. —Pedro miró a Joana con tristeza—. Pero todo eso se ha acabado. Para siempre. Si algún día tenemos descendencia, nuestros hijos no sabrán nunca lo que es jugar al escondite en un cafetal.

—¿Es eso lo que te preocupa tanto últimamente? ¿Qué no tengamos hijos?

Joana vio enseguida que era el momento oportuno para hablar con su marido sobre sus preocupaciones. Le había preguntado varias veces qué le atormentaba, pero él siempre había respondido con evasivas. Ahora que la melancolía se había adueñado de él, el alcohol le había soltado la lengua y su ánimo estaba algo más tranquilo gracias al chocolate, hablaría.

—Claro que me gustaría tener niños, quizás incluso más que a ti. Pero eso puede esperar. Será mejor que no los tengamos todavía. Bastantes preocupaciones tenemos ya.

—¿Ah, sí?

—Ese horrible trabajo. Mi ridículo sueldo. Nuestra dependencia de Vita. Mis padres deprimidos. Esta casa con sus muebles, que me producen pesadillas y no podemos venderlos porque no nos pertenecen. Frustraciones como las que hemos visto en el caso de Rogério. La creciente violencia en las calles de Río, donde ya no se está seguro por los esclavos liberados. Y, para colmo, las indecentes actividades de Vita, que hacen que nos miren mal. ¡Es demasiado!

—Estás cansado de tanto trabajar. Cuando te asciendan y ganes más dinero trabajando menos, volverás a ver las cosas mejor.

—No, no lo creo.

—¿A qué viene ese pesimismo? Estamos sanos, tenemos un techo sobre nuestras cabezas y suficiente comida. Más que suficiente… —Joana le dio unos golpecitos a Pedro en la barriga—. Y nos tenemos el uno al otro. Todo lo demás no cuenta.

Pedro sacudió la cabeza. Ella no le entendería nunca. A veces tenía la sospecha de que Joana incluso se alegraba de llevar ahora una vida más modesta que antes. Nunca había estado familiarizada con el sutil lenguaje secreto de la alta sociedad, con sus intrigas y refinamientos, y así no tenía necesidad de aprenderlos. Joana, con aquel espíritu libre que al principio de su matrimonio tanto admiraba, era incapaz de ponerse en la situación de otros, y por eso no podría valorar nunca los daños que causaban los rumores malintencionados.

—¡Claro que lo demás cuenta! Yo al menos no quiero perder mi buen nombre además de mi herencia. Los rumores sobre Vita nos afectan. Y no creo que su fortuna le dé derecho a influir de ese modo en la vida de los demás. ¿Tenemos que aguantar todo esto sólo porque somos pobres? Sabes, Joana, todo esto apesta.

—Todos parecéis olvidar lo joven que es Vita todavía. Y creo que ella lo olvida también. Debería salir más a bailar, a divertirse, a coquetear. En lugar de eso carga con la responsabilidad de toda la familia, aguanta estoicamente el mal humor de *dona* Alma y el senil afán de juego de vuestro padre. Tiene que soportar las maldades de León y, además, los reproches de su propia familia. Me parece admirable que no haya hecho ya las maletas y haya emprendido un viaje por Europa… sola, naturalmente. Se merece que todos le concedamos unas vacaciones.

—Con eso quedaría totalmente arruinada su reputación. Todos pensarían que estaría divirtiéndose con un conde polaco en la Riviera, gastándose alegremente su dinero en el casino.

—¿Y qué? Su marido se divierte en pleno Río de Janeiro con modistas francesas, si es cierto lo que Loreta me cuenta. Y puede hacer lo que quiera con su fortuna. Además, con la mano que tiene para el dinero seguro que gana en la ruleta.

Pedro no entendía a su mujer. ¿Qué había sido de la pequeña Joana que le admiraba, le apoyaba y le daba ánimo? ¿De dónde habían salido de pronto aquellas ideas libertinas tan opuestas a su forma de pensar? Éste era otro de los problemas que tenía que añadir a su lista de preocupaciones, pensó Pedro. ¿Cómo podía explicarle que todo ese discurso de la igualdad de derechos de la mujer, por muy razonable que fuera en algunos aspectos, le crispaba los nervios? Había cosas más urgentes que el derecho de las mujeres al voto, que Joana pensaba que se conseguiría con la proclamación de la república, y eso sería pronto. ¿Y para qué?, se preguntaba Pedro. La única meta de las mujeres modernas parecía ser una vida sin corsé, y no había ningún político que defendiera eso, aunque luego en privado le gustaran las mujeres liberadas. Pedro pensó entonces en lo que acababa de oír acerca de León. ¡Demonios! Que León tuviera algún que otro lío no le importaba a nadie mientras las mujeres estuvieran casadas y sus amoríos se mantuvieran en secreto. Una amante incluso daba buen tono a un caballero de la alta sociedad. Pero si aparecía en público con otras mujeres, y además solteras, había ido demasiado lejos. Un caballero no sometía a su esposa a semejante humillación… ni se exponía al peligro de tener hijos ilegítimos.

—¿Qué te ha contado Loreta exactamente? —le preguntó a Joana con semblante malhumorado.

—Bah, probablemente sean tonterías, la realidad deformada y falseada.

—Ahora no disimules. Habla.

—Loreta sólo me dijo lo que Charles oyó decir en el club a un amigo que, aunque no conoce personalmente a León, le vio en el teatro en compañía de una bella francesa.

—¿Y esa mujer se hace llamar "modista"…?

—Así es. Pero los dos conocemos a León. Sabemos que le gusta relacionarse con la gente más loca y que se divierte provocando a los demás. Sólo juega con nuestros prejuicios, Pedro.

—Y tú encima le defiendes. Tú, que acabas de contarme que es infiel a Vita y que eso le da carta blanca a ella para comportarse del mismo modo.

—¡Pero ella no lo hace! El afán de chismorreo de la gente la ha convertido en una malvada que no es. ¿Crees realmente que tiene algo con Aaron? ¿O con ese fracasado, Rogério? No. Y seguro que le haría bien que la besaran otra vez.

Pedro miró a su mujer estupefacto. Esta vez iba demasiado lejos en la defensa de los errores de otras personas. Podía entender que Joana tomara partido por gente de la que se reía cualquier persona normal: su hermano con sus ridículos intentos de volar; su viejo amigo Alvaro, que era fotógrafo y trabajaba en las "imágenes en movimiento"; o aquella tal Chiquinha Gonzaga, una mujer que había abandonado a su marido para dedicarse a su carrera musical. También se mostraba comprensivo con sus actos de caridad, como su trabajo por mejorar las condiciones de vida de los locos en la institución de las afueras de la ciudad o las clases de violín que daba gratis en una escuela para niños necesitados. Había aceptado su inexplicable fascinación por el folclore indio y tenía que soportar a diario la visión de una horrible estatua de Ganesha en el alfeizar de la ventana. Pero la excentricidad de Joana estaba adquiriendo dimensiones que no podía permitir durante más tiempo.

¿Adónde iba a llevar todo esto? Aparte de todos sus problemas, ¿tenía que preocuparse también por el estado mental de su mujer?

Joana pensaba en ese momento algo muy similar. ¿Debía preocuparse por la salud mental de Pedro? ¿Podían ser sus miedos y sus penas un síntoma de un mal incurable?

Miró el reloj. Las once ya. Era hora de irse a la cama… y hacer que Pedro pensara en otras cosas.

XXVII

Su encuentro con Rogério había durado media hora, pero todavía hoy, tres meses más tarde, seguía dando que hablar en los cotilleos de la ciudad, que se cebaron en el apuesto Rogério y su trágica aura. Algunos hablaban de un romance frustrado, otros decían haber oído hablar de un amor prohibido, fuentes bien informadas sabían de padres enemistados y un escandaloso secuestro de la novia en el altar, desde donde habría ido directamente a la cama del tristemente célebre abolicionista León Castro. Era el argumento de las novelas baratas que las viejas leían a escondidas, guardando los finos cuadernillos en sus gordos libros de oraciones. Ni Rogério, que aparecía en las fantásticas especulaciones, ni Vitória, que no se molestaba en comentar esos rumores, hicieron nada al respecto. La verdad era demasiado vulgar y bastante vergonzosa para ambos como para sacarla a la luz en cualquier conversación normal.

Cuando fue con sus padres a casa de Pedro, Rogério le dedicó exactamente treinta minutos antes de pedirle un préstamo sin interés de quinientos mil *réis*. Treinta minutos en los que le lanzó miradas ardientes, le dijo cumplidos, la embaucó siguiendo todas las reglas del arte de la seducción. ¡Y ella había caído en sus redes! Se volvió a sentir deseada, despreocupada y bonita, y se dejó llevar por el encanto de Rogério y su "trágica aura". ¡Cielos, ella sabía mejor que nadie que bastaba con adular la vanidad de una persona para conseguir cualquier cosa de ella! Vitória lo había hecho con banqueros, burócratas e inversores en bolsa, dominaba el arte como nadie, y a pesar de todo se dejó enredar por los trucos de Rogério, que en comparación con los suyos eran bastante simples.

Le prestó el dinero frustrada por el hecho de que al parecer no atraía ya a los hombres por sus encantos, sino sólo por su abultada cuenta bancaria. Sabía que no volvería a ver ese dinero, pero no pensaba que tardaría tan poco en enterarse todo el mundo. Rogério se hizo trajes nuevos, adquirió un elegante coche de caballos, se mudó a una casa grande en la mejor zona de Botafogo. El resto lo invirtió de forma imprudente en valores de riesgo y sociedades ferroviarias inexistentes... y lo perdió. Pero no pareció importarle. Siguió viviendo a lo grande, y siempre encontraba gente que le prestara dinero o se lo confiara para que, como "experto en Bolsa", le consiguiera grandes beneficios.

El hombre conseguía dinero en todas las casas respetables de Río diciendo que era "buen amigo" de Vitória, haciendo creer a la gente que era su amante. Se le veía en todas las recepciones, en todas las veladas, en todos los bailes, y jamás pagaba una comida. Era increíble cómo la gente creía todo. Una buena apariencia —un domicilio adecuado y un aspecto cuidado— fue motivo suficiente para considerar a Rogério como un joven discreto que había sido desposeído de su *fazenda* y se había abierto paso de forma admirable en la capital. El hecho de que Rogério fuera atractivo y bailara extraordinariamente bien le facilitó las cosas. Rompió el corazón de muchas inocentes *senhoritas*, y el de sus madres también.

Pero la codicia de la gente, su afán de conseguir beneficios rápidos con poca inversión, era más fuerte que la razón. Muchos dijeron que Vitória había sido herida en su orgullo, que sentía celos o tenía el corazón roto, y no la escucharon.

Rogério reforzó esas suposiciones y apeló a la solidaridad masculina. "Pero por favor, *senhor* Ribeiro, los dos sabemos qué medios puede llegar a utilizar una mujer desgraciada..." Bueno, pensó Vitória, que le confiaran todos su dinero a aquel farsante, que ya tendrían su merecido.

—Ese hombre es un estafador. Tienes que detenerle —le había dicho León unos días antes, después de que un conocido hubiera perdido una suma considerable por culpa de Rogério.

—Creo que ésa habría sido tarea tuya. Te da igual la honra de tu esposa, que Rogério ensucia con sus injuriosas insinuaciones, pero te hace pasar a la acción el hecho de que un amigo ingenuo pierda dinero.

—Nunca lucho por una causa que ya está perdida.

Mientras que el matrimonio de Vitória sólo había sido dañado levemente, sin que fuera culpa suya, la monarquía estaba irremediablemente perdida. A excepción de Eduardo y Alma da Silva, ya nadie creía en la continuidad de la dinastía imperial en Brasil, lo que no impedía que se hiciera todo lo posible por ser invitado al gran baile que se celebraría en Ilha Fiscal.

En la pequeña isla, que estaba en la bahía de Guanabara justo delante del muelle Pharoux, había un pequeño palacete de estilo neogótico que, con sus torrecillas, pináculos y ventanas ojivales, tenía todo lo que un brasileño imaginaba en un castillo de cuento europeo. Ese *castelo* de color verde claro era para muchos la máxima expresión de la elegancia y la prueba de que arquitectónicamente Río podía competir con París, aunque para otros era un engendro del mal gusto.

Entre estos últimos se contaban Vitória y León. Habían seguido los trabajos de construcción desde lejos y consideraban que la infantil creación que iba surgiendo poco a poco en la isla suponía un inmenso despilfarro del dinero que pagaban en forma de impuestos. Pero en aquel momento, la tarde del 9 de noviembre de 1889, tenían que admitir, a pesar de sus críticas, que era un marco grandioso para un baile. El palacete resplandecía a la luz de sesenta mil velas y diez mil lámparas venecianas, y el que no se dejaba impresionar por los salones decorados de fiesta quedaba hechizado por la vista sobre el Pan de Azúcar, la iglesia de la Candelária y la vecina ciudad de Niterói, al otro lado de la bahía. Noventa cocineros y ciento cincuenta camareros se ocupaban de atender a los más de dos mil invitados, que apenas cabían en la isla. En el interior del palacete había más aglomeración de gente que los viernes en la Rua do Ouvidor, de forma que una gran parte de los invitados se quedó fuera, bajo los arcos de la entrada, en el patio, en el embarcadero. Los militares veteranos de la guerra de Paraguay vestían sus uniformes de gala, los civiles iban con frac, chaleco, sombrero de copa y corbata de lazo blanca. Las mujeres tenían ventaja sobre los hombres en lo que al vestuario se refería: los vestidos de baile, escotados y sin mangas, eran más apropiados para las temperaturas de verano que los cerrados trajes masculinos. Alguna *senhora* incluso había renunciado a ponerse los guantes largos, aunque todas llevaban en la mano un abanico, siendo esto también una ventaja frente a los hombres, que también necesitaban aire pero no podían permitirse un accesorio tan femenino.

Dado que oficialmente el baile se celebraba en honor de los oficiales del barco chileno "Almirante Cochrane", que había atracado en el puerto de Río dos semanas antes —el motivo extraoficial eran las bodas de plata de la princesa Isabel y el conde d'Eu—, Vitória Castro da Silva era uno de los pocos invitados que tenían acceso a los salones de la primera planta: tenía tantos bonos del Estado chileno que si los vendiera sumiría al país en una profunda crisis. Pero como esposa de León Castro también habría podido acceder a las zonas reservadas a la familia imperial.

Vitória subió con dificultad la estrecha escalera de caracol que parecía llevar a lo alto de una torre más que a un suntuoso salón. Una pequeña broma del arquitecto, pensó. Era tan estrecha que con un vestido más voluminoso no habría podido subir por ella. Gracias a Dios, la moda buscaba en aquel momento figuras delgadas, y el ajustado vestido de seda azul claro de Vitória era compatible con aquella escalera. Era tan atrevido que habría resultado indecoroso si el tejido y el color no fueran de una exquisita inocencia. La parte superior dejaba los hombros prácticamente al aire, y una banda de seda de color crema formaba sobre el pecho y la espalda dos medias lunas que hacían su cintura aún más estrecha. La falda estaba recogida a un lado y dejaba ver otra capa de seda color crema. Los zapatos de satén azul claro, los guantes también azul claro que le llegaban hasta la mitad del brazo, una cinta de crepé del mismo color artísticamente colocada en el peinado, un collar de aguamarina y un abanico de filigrana de marfil completaban el vestuario, que le sentaba muy bien a Vitória. Los tonos pastel del maquillaje daban transparencia a su cutis proporcionándole un aspecto muy femenino. Además el azul resaltaba sus ojos.

León, que subía tras ella por la escalera, estaba sorprendido del aspecto de su esposa. ¡Hacía mucho tiempo que no veía a Vitória tan guapa! Salía muy poco por las noches, y durante el día solía llevar casi siempre faldas de tonos oscuros y blusas blancas cerradas hasta arriba, como si tuviera que demostrar a todos que renunciaba a toda frivolidad y que se había ganado un puesto en el mundo de las finanzas. A él personalmente aquello le resultaba estúpido, y además le molestaba, pues no quería aparecer como el marido de una urraca. Pero bueno, todos sabían en la ciudad que lo suyo apenas era ya un matrimonio.

Por un instante estuvo tentado de abrazar a Vita y meter la mano bajo su falda. Su vestido crujía tentador, y en cada escalón que ella subía podía ver sus delicados pies y sus tobillos. Pero sería mejor que lo dejara estar. Podría tirarla por las escaleras abajo, y eso le perjudicaría tanto a él como a todos los que subían detrás de ellos.

Vitória consideró la situación inadmisible. ¡*Dom* Pedro II daba un baile en un sitio donde no se podía ir del brazo de la pareja, sino que había que ir uno detrás del otro como si se tratara de la escalera trasera de un antro de mala muerte! Vitória sabía que la cabeza de León quedaba a la altura de su cintura, y también sabía exactamente lo que pasaba en ese momento por aquella cabeza. En un impulso de mera coquetería que ella misma no pudo explicarse muy bien, se recogió la falda un poco más de lo necesario y dio un movimiento más sensual a sus caderas.

Una vez arriba, se unió enseguida a un oficial chileno, mientras la mujer de un ministro se abalanzaba sobre León. Vitória y el elegante oficial charlaron en un lenguaje infantil poco adecuado a su tema de conversación —los derechos de importación de los productos chilenos—, ya que él no hablaba portugués y ella apenas conocía el español. Aunque ambas lenguas eran parecidas, hacía falta mucha fantasía y gesticular mucho para hacerse entender. Cuando poco después León se unió a ellos y saludó al oficial en un fluido español, Vitória se mostró francamente sorprendida. Sabía que León procedía de una región fronteriza con Uruguay, pero oírle hablar así era otra cosa. El español era más duro que el portugués, tenía otra cadencia, no tenía sonidos nasales, se hablaba más deprisa y como a saltos. Los gestos y la voz de León cambiaron perceptiblemente. Sus labios se afinaron, su barbilla parecía más angulosa, en sus oscuros ojos había una inquietante determinación. León parecía más serio, más despiadado, más cruel. Con su brillante pelo negro que, desafiando a cualquier moda, llevaba largo y recogido en una coleta de la que se desprendían algunos mechones que le caían por la cara, León parecía un conquistador español. Sí, un idioma distinto convertía a León en un hombre diferente.

Interesante. ¿Cómo sería cuando hablaba francés? ¿O inglés? ¿Se transformaba entonces en un estirado *gentleman?* Antes de que Vitória pudiera buscar una respuesta a estas preguntas se vieron arrastrados por la multitud hasta el emperador. *Dom* Pedro II, que había gobernado Brasil durante casi medio siglo, un hombre de ingenio y de ciencia, le recordó a Vitória a su padre. El emperador era viejo, parecía débil, y tras su espesa barba creyó adivinar una profunda amargura por la ingratitud de su pueblo, que no quería un monarca débil. Vitória apenas intercambió tres palabras con el emperador antes de ser arrastrada de nuevo por la masa de gente.

—Se muere —dijo León—, y todos esperan impacientes. A su muerte será inevitable la república… se podrá instaurar sin problemas.

—¡Qué mezquindad! Si yo fuera un republicano convencido lucharía por alcanzar mi objetivo y no estaría cruzada de brazos esperando la muerte de un viejo debilitado.

—Sí, tú. Pero la mayoría de las personas no tiene tu… espíritu de lucha. —Esas palabras sonaron en su boca como una ofensa—. Pero lo peor —continuó— es que los militares no esperan con ansia la república porque crean en las ideas republicanas, sino porque con ella aspiran a conseguir un aumento de sueldo.

—Lo que a ti te lleva, naturalmente, a olvidar tus ideas filantrópicas y simpatizar con ellos.

—Son útiles.

¡Cielos! ¿Cómo podía haber olvidado lo oportunista, interesado y egoísta que era León? Una persona que se había casado tras haber hecho un frío cálculo, no haría cosas muy diferentes por su carrera.

—Mira, Ahí viene el *senhor* de Mattos. Seguro que él también te resulta útil.

Vitória dio media vuelta y dejó a León con el odioso hombre que, como presidente del consejo de administración de una empresa de seguros, era muy influyente y su amistad podía resultar muy ventajosa. A Vitória le daba igual lo que el *senhor* de Mattos opinara de que ella se marchara de un modo tan descortés. Unos meses antes él había insistido en que fuera su marido el que firmara un documento porque ella, al ser una "mujercita", no podría entenderlo bien. Vitória decidió entonces no volver a trabajar nunca con el *senhor* de Mattos.

Dio algunas vueltas por el patio saludando a algunos conocidos, tomando algunos sorbos de ponche sin alcohol y buscando a alguna persona con quien mereciera la pena charlar. Por fin encontró a alguien que respondía a sus expectativas y que, al igual que ella, parecía algo solo.

—*Senhor* Rebouças, ¡qué agradable sorpresa encontrarle! ¿Está solo?

—No, he venido con una amiga. Pero ella disfruta con todo este barullo y se ha mezclado con la gente.

—¿Mientras usted se mantiene al margen y admira la bahía? ¡Qué pérdida para la fiesta!

El hombre la sonrió amablemente antes de volver a mirar a lo lejos.

—Imagínese que un día un puente uniera los dos lados de la bahía. Que no se tardara medio día en ir de Río a Niterói bordeando esta gigantesca bahía. La distancia entre los dos puntos más próximos no es tan grande…

—No, pero a pesar de todo, ¿no le parece un poco exagerada la idea de construir un puente de ese tamaño?

—Según el nuevo sistema métrico la distancia debe ser de unos cuatro mil metros. Algún día, querida *senhora* Castro, habrá un puente así, apostaría lo que fuera. Hoy ya se construyen puentes colgantes de casi cuatrocientos metros, piense usted en el puente de Brooklyn, en Nueva York. A la vista de lo rápido que avanza la técnica no es una fantasía pensar en un puente Río-Niterói.

Vitória seguía pensando que el ingeniero estaba loco. Aunque también sabía que la gente poco fantasiosa siempre consideraba las ideas novedosas como una locura. Precisamente ella debía prestar atención a las visiones de Rebouças, pues sabía lo que era no ser tomado en serio. Y eso que en su caso no hizo falta mucha visión de futuro para prever la ruina de los barones del café. Pensó en la arrogancia de sus amigos y su familia, y se preguntó qué otros obstáculos habría tenido que vencer António Rebouças, hermano del conocido abolicionista André Rebouças. El hombre no sólo era muy inteligente, sino que además era mulato. El hecho de que a pesar de estas circunstancias agravantes y de los enormes prejuicios que existían contra los hombres de color se hubiera convertido en uno de los ingenieros más prestigiosos de su tiempo, ganándose con ello el respeto de la princesa Isabel, decía mucho a su favor. Seguro que había tenido que trabajar tres veces más y tenía diez veces más cerebro que sus colegas blancos. A Vitória le gustaban los hombres de ese tipo, fuese cual fuese el color de su piel.

En aquel momento llegó la amiga del ingeniero, y a Vitória casi se le desencaja la cara. ¡La Viuda Negra! Aquella espantosa mujer había conseguido una invitación para el baile, mientras que los padres de Vitória se habían tenido que quedar en casa.

—¡Oh, la famosa *sinhá* Vita! —interrumpió la Viuda Negra a su amigo, que quería presentar a las dos mujeres.

—*Senhora* Vitória Castro da Silva, por favor. Sólo mis amigos me llaman Vita.

La Viuda Negra echó la cabeza hacia atrás y se rió. Era una mujer realmente bella, eso Vita tenía que admitirlo. Su pelo había sido cuidadosamente alisado y llevaba un postizo, de forma que apenas se notaba su origen africano. Podría haber sido una belleza de los mares del sur o una mujer oriental. Vitória se preguntó cuál sería su nombre verdadero. Siempre se hablaba de la Viuda Negra, y habían pasado años desde su primer y único encuentro. El mejor modo de no meter la pata sería guardar silencio.

La solución no tardó en llegar.

—¡Claro! La querida Cordélia es una vieja amiga de su marido.

Vitória no sabía muy bien a qué se refería, pero cuando oyó el nombre de Cordélia no se pudo aguantar.

—Sí, es verdad, la querida Cordélia. Una vieja amiga. Ahora las prefiere más jóvenes.

António Rebouças le había dado pie para aquella inaudita insolencia contra la Viuda Negra. Pero sólo un segundo más tarde lamentó que la ocasión le hubiera llevado a manchar también el nombre de León. Aunque su matrimonio fuera catastrófico y ella despreciara a León, algunos problemas se resolvían en privado. En público acababan transformándose en basura.

A la Viuda Negra se le reflejaba en la cara el triunfo que acaba de obtener con la respuesta de Vitória, cuando se acercó una pareja conocida y reclamó toda su atención.

Vitória se retiró discretamente.

León estaba sorprendido de la actitud de Vitória. Se había acercado a él cuando se encontraba con un grupo de dignatarios y sus esposas y, por deseo de éstos, les contaba una anécdota de sus años de libertador de esclavos en la que reflejaba con cierta exageración detalles desagradables y aspectos moralmente edificantes. Normalmente Vita se habría puesto colorada de rabia, como le ocurría siempre que oía hablar de sus "heroicidades". Pero aquella tarde se acercó a él como un gatito. Le tomó del brazo, le quitó con cariño una pelusa de la manga, le escuchó como si nunca hubiera oído nada tan interesante y le sonreía sin asomo de ironía. ¿Habría comido algo que la había aplacado?

—Debe estar muy orgullosa de su marido —dijo una corpulenta *senhora* de cara amable y mofletuda.

—¡Oh, sí, mucho!

"Sobre todo por haberme robado a Félix, cuya desaparición me produjo horribles pesadillas", añadió Vitória para sus adentros. Pero sus pensamientos no se reflejaron en la expresión de su rostro.

—Esas pobres criaturas… quién sabe cuánto habrían tenido que sufrir en las *senzalas* sin el valor y la decisión de su marido.

Ya fuese por el brillo en la mirada de Vitória o porque la *senhora* recordó de pronto el origen de Vita, el caso es que la mujer se llevó la mano a la boca, se ruborizó y tragó saliva.

—¡Oh, yo…, eh…, oh cielos, discúlpeme!

Vitória mantuvo la compostura. No estaba enfadada con la mujer. La gente como ella no sabía toda la verdad si sólo escuchaba las historias de terror que les contaban León y sus maridos.

—¡Ah, no importa! —dijo Vitória amablemente, como si le hablara a un niño—. A mí tampoco me gusta la imagen de los esclavos medio muertos de hambre y encadenados unos a otros. Pero sepa que esos salvajes sólo entendían al látigo.

Vitória sintió cómo se estremecía León. ¡Cielos! ¿Qué le ocurría ahora? Siempre que intentaba ser amable con León, su lengua viperina y su impetuosidad frustraban el intento. Si allí, ante la *crème de la crème* de Río, daba una imagen de sí misma que confirmaba las peores ideas sobre los propietarios de esclavos, no favorecía ni a León ni a su propia familia.

—Pero entonces —añadió Vitória— llegó este héroe y nos liberó a todos, a amos y esclavos, de esa vergonzosa situación. Ay, cariño, ¿dónde estaríamos hoy sin ti?

Dio un inocente beso a León en la mejilla y le pestañeó como si fueran una pareja de enamorados. León, en cambio, la fulminó con la mirada.

Vitória se propuso no decir una sola sílaba más. Cuanto más hablaba, peor lo hacía. Lo mejor sería alejarse de León lo más posible y pasar la velada en compañía de conocidos con los que pudiera charlar tranquilamente.

León no volvió a dirigirle la palabra hasta las cuatro de la madrugada, cuando regresaban a tierra firme en un bote.

—Te he visto con Rebouças y Cordélia. ¿Desde cuándo hablas con mestizos?

Parecía hablar movido por la curiosidad y no por el deseo de hacerle daño. No obstante, Vitória encontró su pregunta estúpida e impertinente.

—Desde que estoy casada con uno, naturalmente.

Vitória no entendió por qué León la miró como un puma sorprendido. ¿Estaba orgulloso de ser indio en una cuarta parte o no?

Una semana después del baile en la isla, la monarquía llegó a su fin en Brasil. Deodoro da Fonseca y Benjamín Constant, dos militares de alto rango desilusionados por la política del primer ministro, destituyeron al vizconde de Ouro

Preto de su cargo en la mañana del 15 de noviembre de 1889. Su golpe de Estado iba dirigido contra Ouro Preto y no contra *dom* Pedro II. Pero los acontecimientos se precipitaron a lo largo del día, hasta que por la tarde se hablaba ya de una "república provisional" que necesitaba todavía la aprobación por parte del pueblo. Pero la población, en su mayoría ignorante e indiferente, contemplaba los sucesos sin inmutarse. Deodoro da Fonseca, un amigo del emperador, se convirtió en el primer presidente de la joven república sin haber tenido intención de acabar con la monarquía. Benjamín Constant fue su ministro de la guerra y de educación.

Dos días más tarde, el 17 de noviembre de 1889, la familia imperial abandonaba Brasil. A bordo del barco que les llevaría al exilio portugués iba un André Rebouças profundamente impresionado. Él, un abolicionista comprometido y buen amigo de la princesa Isabel, se sentía responsable de haber contribuido a la caída de la monarquía y huía de una república que jamás había deseado.

El nuevo gobierno fue formado por algunos de los mejores cerebros de la época. Entre ellos había algunos civiles, como León Castro, quien, como mano derecha del ministro de asuntos exteriores, se encargó de la política de inmigración de los "Estados Unidos de Brasil". Se aprobaron tantas leyes nuevas que Aaron Nogueira y otros juristas del país tuvieron que hacer un gran esfuerzo para ponerse al día. Rui Barbosa, el nuevo ministro de finanzas, dictó un decreto que permitía la impresión de billetes de banco que no estaban respaldados por reservas de oro. Se imprimió más del doble del dinero que había hasta entonces en circulación.

Vitória Castro da Silva sacó provecho de esta situación, al menos desde el punto de vista financiero. Había previsto un beneficio a corto plazo en la Bolsa y una inflación devastadora. Después de obtener jugosos beneficios mediante la especulación colocó su dinero a buen recaudo en los Estados Unidos de América, una nación cuyo ascenso hasta convertirse en una potencia mundial era, en su opinión, imparable.

Dona Alma recriminaba a su hija que obtuviera beneficios especulando con la guerra, aunque el golpe de Estado no tenía mucho que ver con una guerra, ya que el cambio de régimen se realizó de un modo pacífico y sin que la mayoría de la gente notara nada. Pero, paradójicamente, ella también obtuvo beneficios del nuevo régimen. Junto con otras *senhoras* que también lamentaban el final de la monarquía fundó una asociación en la que se debatían cuestiones nobiliarias en todos sus detalles. Esta sociedad hizo revivir a *dona* Alma de un modo que no habían conseguido antes ni el reposo ni ningún tónico. Se analizó el árbol genealógico de los Bragança, se planearon bodas entre miembros de otras casas reales, se censuraron casamientos desiguales y se lamentaron fallecimientos. Interpretaron como un buen presagio el nacimiento de Manuel II, tercer hijo del rey portugués Carlos I, el 15 de noviembre de 1889, el mismo día de la proclamación de la república en Brasil. Dieron mayor importancia a la visita del kaiser alemán Guillermo II a su abuela, la reina Victoria, en Londres que a las tendencias socialistas que se extendían por Europa. Y el suicidio del príncipe heredero Rodolfo, único hijo de la emperatriz Elisabeth —Sissi—, las sumió en una profunda depresión.

Eduardo dedicó toda su atención a la técnica, la ingeniería y la física. Mantuvo una intensa correspondencia con Gustave Eiffel, cuya polémica torre sería la atracción principal de la Exposición Universal que se celebraría aquel año en París. Dejó que el hermano de Joana le iniciara en los secretos de la aerodinámica, y su entusiasmo por la aviación fue tan lejos que se hizo importar por un precio absurdamente alto el libro *El vuelo del pájaro como base de la aviación* de Otto Lilienthal, que ni siquiera podía leer al desconocer el idioma en que estaba escrito. Se puso en contacto con Thomas Alva Edison, desmontó todos los aparatos posibles, entre ellos un gramófono nuevo que Vitória le había regalado por su cumpleaños, y seguía con entusiasmo todos los avances que se producían en los ámbitos de la fotografía, la medicina, la química. Su ídolo era el físico Heinrich Hertz, que produjo ondas electromagnéticas de forma experimental y con ello no sólo demostró la teoría de Maxwell, sino que además sentó las bases para la telegrafía sin hilos. Mostró su entusiasmo por las ruedas llenas de aire que un inglés llamado Dunlop había puesto en el mercado, y soñaba con tener una máquina sumadora como la que había inventado Burroughs.

Vitória se preguntaba para qué servía en realidad una máquina calculadora sino para que los idiotas tuvieran que esforzarse menos al hacer cálculos mentales, pero estaba contenta de que sus padres hubieran encontrado algo que los mantuviera ocupados. Hacía tiempo que ya no consideraba que sus padres estaban de visita en su casa de Río: la casa de Glória era el hogar de *dona* Alma y Eduardo. En la habitación que antes era el almacén donde se guardaban los tiestos, las regaderas y otros utensilios de jardín, Eduardo montó una especie de taller en el que desmontaba aparatos, realizaba dibujos técnicos o hacía experimentos sonoros con micrófonos. Esto último provocaba siempre el enojo de León, cuyo despacho se encontraba justamente encima del taller. Cuando consiguió que su suegro realizara sus experimentos más ruidosos cuando él no estaba en casa, se mostró contento con la transformación que había sufrido Eduardo. *Dona* Alma había convertido una de las habitaciones infantiles sin utilizar en un templo de adoración de la nobleza en el que las paredes estaban cubiertas de árboles genealógicos que sólo ella miraba y las estanterías rebosaban de bibliografía sobre el tema. Vitória estaba contenta: los dos habían revivido, tenían sus propios intereses y sus amigos y la dejaban tranquila. En su casa volvía a reinar la paz.

En los primeros días de enero de 1890 la ciudad sufrió una horrible ola de calor. Temperaturas de más de cuarenta grados que nadie conocía en los últimos años paralizaron a los habitantes, les dejaron sin energía en el cuerpo, les obligaron a quedarse en casa sentados en penumbra. Ni siquiera ventilando lo más posible, intentando que hubiera corriente ni en la veranda a la sombra, ni en el coche de caballos, se conseguía que el aire tuviera un efecto refrescante, sino que envolvía a las personas como una cálida manta de lana que picaba a causa del sudor. Las tormentas de verano que descargaban cada tarde sobre Río eran tan fuertes que atemorizaban y asustaban a la población. Las grandes masas de agua se evaporaban sobre la tierra recalentada tan deprisa como habían caído, y el vapor cubrió todo con una capa húmeda y pegajosa. Los espejos, las ventanas y los jarrones de cristal parecían sin limpiar. A pesar de la elevada temperatura, la ropa tardaba el doble de tiempo en secarse que en invierno, y aun así seguía teniendo un tacto húmedo. Los peinados de moda se convertían en pocos segundos en informes cabelleras rizadas. En las sombrereras, los armarios de ropa, los baúles y otros sitios que no se aireaban regularmente creció moho. Sólo la naturaleza se benefició de esa combinación de calor y humedad tan insoportable para el hombre civilizado: en los parques y jardines crecían las plantas de forma espectacular.

Quien se lo podía permitir escapaba en esa estación a zonas de montaña. El lugar de vacaciones preferido seguía siendo Petrópolis, sede de la antigua residencia de verano del emperador. También Itaipava, Teresópolis y otros lugares en torno a las caprichosas montañas de la Serra dos Órgaos despertaban el interés de un número creciente de visitantes. Pero Vitória se quedó en Río, contenta de no tener que oír hablar más de ondas de radio o bodas nobiliarias. Sus padres estarían todo enero en las montañas, y León había viajado al sur del país para echar un vistazo a su *fazenda*. Fue hasta las playas más alejadas, a Copacabana o incluso a zonas intactas situadas más al sur, donde sabía que estaba sola y se atrevía a dar paseos por la arena, descalza y con la falda remangada hasta la rodilla, tirando palos a Sábado para que los recogiera. Subió a la cumbre del Corcovado y sintió en la cara el aire algo más fresco, aunque todavía muy caliente. Y los días en que a causa del insoportable calor no tenía ganas de hacer nada, se acercaba dando un breve paseo hasta la iglesia de Nossa Senhora da Glória, cuyos gruesos muros de piedra conservaban el interior a la misma temperatura durante todo el año.

Eso es lo que hizo el 20 de enero, el día del patrón de Río de Janeiro, São Sebastião. Vitória se acercó con Isaura y Sábado a la iglesia cuando la misa había terminado y sólo quedaban algunos fieles sentados en los bancos. La criada se quedó fuera y se puso a la sombra bajo el tejadillo de la entrada, lamentándose de que precisamente ese día, el día de Oxóssi, tuviera que cargar con aquel perro que en ese momento perseguía furioso un insecto por la plaza. Mientras tanto Vitória, sentada en un banco y, con una expresión en su rostro que los demás fieles interpretaron como devoción, se puso a leer atentamente la carta que había recibido aquella mañana.

São Luíz, 5 de enero de 1890
Querida Vita:
Espero que hayas pasado unas bonitas fiestas de Navidad y Año Nuevo en compañía de tus seres queridos. Por desgracia, no

*puedo decir lo mismo de mí. Los días de fiesta no fueron ni bonitos
ni felices, y "mis seres queridos" no fueron muy buenos conmigo.
Dona Iolanda, la vieja bruja, me obliga a recoger mangos, mara-
cuyás y guayabas para luego secarlos o cocerlos. Además tengo que
lavar la ropa y hacer las camas. ¿Puedes imaginártelo, Vita? ¿Yo,
Eufrásia Soares Peixoto, con un tosco delantal trajinando en la cocina o destrozándome las manos con el jabón y la lejía? A la vieja no
le importa que yo tenga que ocuparme de mi hija y no pueda realizar esas tareas propias de los negros. No tiene perdón. Desde que se
marcharon los esclavos tenemos que salir a flote nosotros solos, y todos colaboramos. ¡Es horrible, Vita! Arnaldo labra la tierra como
un esclavo para que dispongamos de maíz, mandioca, patatas y
alubias. Dona Iolanda da de comer a las gallinas, se ocupa de las
colmenas y limpia el polvo en la casa, y mi suegro, Otávio, ordeña
las vacas y mata los cerdos. Mi hija pequeña tampoco me facilita
mucho las cosas. Es igual que Arnaldo y ya se comporta de un modo
tan tiránico como dona Iolanda, una combinación fatal.*

*Vita, mi más querida amiga, perdona que te escriba esta car-
ta tan llena de lamentaciones. Estoy entre montañas de ropa, gritos
de niños, pucheros hirviendo, botas llenas de barro seco que tengo
que limpiar (¡eso ya lo veremos!), por lo que no se me ocurren muchas palabras bonitas. En breve te contaré todo personalmente. Tengo que salir de aquí, de lo contrario me moriré. Y hace mucho tiempo que te debo una visita. Llegaré el 22 de enero y estoy muy
contenta de poder volver a verte.*

Recibe un abrazo y mil besos,
Tu Eufrásia

Pasado mañana, pensó Vitória horrorizada. ¡Pasado mañana estaría Eufrásia allí!

XXVIII

Eufrásia sólo había cambiado exteriormente. Su forma de ser continuaba siendo la misma. Vitória pensó que el aspecto de su amiga se correspondía ahora más con su carácter que antes. Aquella cara dulce enmarcada por un pelo rubio oscuro no encajaba bien con la falta de sentimientos de Eufrásia. Sus ojos color ámbar habían transmitido siempre una impresión de desamparo, su pequeña boquita de piñón le daba un aspecto infantil. Pero ahora su semblante desvelaba todos los defectos de su carácter, tanto su estrechez de miras como su egoísmo. La maternidad, la pobreza y la amargura la habían hecho envejecer prematuramente. Su piel estaba bronceada, lo que destacaba las feas arrugas que se habían formado en torno a sus ojos y su boca. El trabajo al aire libre había convertido su pelo antes suave y brillante en paja, con algunos mechones más claros y estropeados, y sus dientes habían sufrido con el embarazo tanto como su figura. Vitória estaba impresionada.

Aunque estaba decidida a reducir la duración de la visita al mínimo, el aspecto de Eufrásia le hizo sentir compasión.

—Vamos a arreglarlo —le dijo—. Taís hace una mezcla de yema de huevo, cerveza, zumo de limón y miel que, dejándola actuar quince minutos, deja el pelo suave y sedoso otra vez. Los baños en leche mejorarán tu piel, y en tus uñas quebradizas aplicaremos todos los días aceite de oliva.

—Vita, no soy un pastel de carne que haya que condimentar. ¡Cerveza en el pelo, santo cielo!

—Espera un poco. Pronto estarás de nuevo para comerte.

Eufrásia se mostró conforme, aunque hubiera preferido bañarse en agua de rosas y aplicar una crema de camomila en sus uñas. Pero los poco ortodoxos tratamientos cosméticos hicieron un gran efecto, lo mismo que las horas de lectura a la sombra, la estimulante compañía de Vitória y los elegantes vestidos que ella le prestó. También el hecho de que los criados se ocuparan de su hija pequeña y ésta no estuviera dando vueltas alrededor de su madre todo el rato contribuyó a la mejoría de Eufrásia. Dos semanas más tarde se sentía de nuevo persona, y todas las privaciones y los maltratos que al parecer había sufrido en São Luíz habrían sido olvidados si Vitória no se los recordara continuamente.

—Eufrásia, no puedes eludir tus responsabilidades eternamente. Te necesitan allí.

—¿Para qué me necesitan? ¡Para tener a quien molestar!

Después de todo lo que le había contado Eufrásia, Vitória había llegado a otra conclusión diferente. La familia Peixoto luchaba por todos los medios por la conservación de su *fazenda*, y *dona* Iolanda, la suegra de Eufrásia, era la artífice principal de que la familia se mantuviera a flote. Aquella vieja cabra, ¡quién lo habría pensado! Con mano de hierro obligaba a su inútil familia a trabajar, con el resultado de que la *fazenda* los alimentaba a todos. Tenían fruta, verdura, cereales y legumbres, habían plantado caña de azúcar y café, les sobraban la carne, el pescado, la leche, los huevos y la miel. Destilaban sus propios licores, preparaban jabones, lana, queso y mantequilla. Realmente había cosas peores que autoabastecerse en un enorme territorio tan mimado por el clima que en él todo crecía y nadie pasaba frío.

—Pero producimos muy poco y apenas vendemos nada. Casi no tenemos dinero, y cada vez que hay que comprar papel o unos zapatos se discute durante horas. Naturalmente, siempre se imponen las rústicas ideas de *dona* Iolanda. Piensa que adquirir semillas es más urgente que comprar un bonito traje de bautizo para Ifigénia, lo que nunca podré perdonarle. Tuvimos que bautizar a la pequeña con un traje que yo le hice, y encima con un párroco casi analfabeto que viene cada dos semanas a vernos.

—No creo que Ifigénia notara la diferencia.

—No, pero si seguimos así no va a ver nunca la diferencia. Para ella será normal que las mujeres tengan los brazos robustos de ordeñar a las vacas, que la piel se le queme y le salgan manchas, que su pelo pierda color, que haya que levantarse al amanecer y acostarse antes de las nueve, lo que gracias al agotamiento físico no resulta tan duro. Tendrá que vestirse y peinarse ella sola. Nunca podrá jugar con una muñeca con una bonita cara de porcelana, sino que lo hará con burdos juguetes tallados o cosidos en casa.

—Tú tampoco jugaste con tu muñeca de porcelana… después de que le cortaras el pelo al tercer día.

Eufrásia se rió al recordar a su muñeca mutilada.

—No quiero esa vida ni para Ifigénia ni para mí. No la aguanto más. ¡No volveré nunca allí!

—¡Ah! ¿Y dónde piensa quedarse madame? ¿Con su propia familia, que como todo el mundo sabe, lleva una vida disipada?

Vitória sabía por Rogério que el padre de Eufrásia se había marchado con una antigua esclava y que, según se creía, había hecho fortuna con el caucho en la región del Amazonas, mientras que a su madre la había acogido una prima lejana en Belo Horizonte.

Eufrásia miró a Vitória consternada.

—Me quedaré en Río, por supuesto.

—¿Y dónde?

—Contigo. De momento, naturalmente. En esta casa hay sitio más que suficiente. Y también tienes muchos sirvientes, de modo que Ifigénia tampoco será una molestia.

—Bien, querida amiga, me temo que tengo que ponerte los pies en el suelo. En primer lugar, ¿no se te ha pasado por la cabeza preguntarme qué me parece? Mal, si quieres saberlo. Pienso que tu sitio está en São Luíz. En segundo lugar, te parecerá que la casa está vacía, pero en cuanto vuelvan mis padres y León regrese de su viaje esto será como un gallinero. En tercer lugar, creo que León os echará a ti y a Ifigénia a los pocos días. Odia a los niños.

Pero Vitória se equivocaba en eso. Cuando León regresó de Chuí, tostado por el sol, sin afeitar y con un aspecto algo salvaje, se enamoró de la pequeña hija de Eufrásia al momento. La consolaba cuando se despertaba a media noche y vagaba por la casa llorando. Le daba de comer cuando Eufrásia y el servicio habían perdido la paciencia y no querían que les siguiera escupiendo papilla. Le traía de la ciudad juguetes, bonitos vestidos y caramelos.

Vitória observaba los gestos paternales de León con un doble sentimiento. Se enternecía cuando León sentaba a Ifigénia en sus rodillas y, con una voz suave y gran ternura en los ojos, le contaba cuentos que él mismo inventaba y que casi siempre trataban de indios, selvas y animales salvajes. Pero al mismo tiempo le irritaba la infinita paciencia que tenía con una criatura tan insoportable, que no era ni muy despierta ni muy bonita. Era cierto que en presencia de León Ifigénia se transformaba en un ser angelical. Pero eso indignaba a Vitória. Era tan falsa como su madre. ¡Si León supiera cómo se comportaba cuando él no estaba! Otros días le daba mucha pena y envidia ver cómo León se ocupaba de la niña. Él no

podría tener nunca hijos propios a los que dar tanto amor...
al menos, no con ella.

Vitória consiguió seguir los acontecimientos durante una
semana sin decir nada. Pero su rabia crecía día a día, y si no
quería estrangular a Eufrásia y a su hija, tenía que hacer algo.

—León, la niña ya casi tiene dos años. Hace tiempo que
debería dormir toda la noche de un tirón en lugar de molestarnos con sus paseos nocturnos.

—La pequeña no tiene la culpa de que su madre sea incapaz de educarla. No quiero que ningún niño tenga miedo y
llore bajo mi techo.

—Y no quiero que se malcríe a ningún niño bajo el mío.
Si sigues mimando así a la niña sembrará el terror cuando llegue a São Luíz.

Pero León recibió ayuda de donde menos lo esperaba.
Cuando los padres de Vitória regresaron de sus vacaciones,
León encontró en *dona* Alma una aliada. Estaba encantada
con la niña, a la que dedicaba toda la atención que no podía
prestar a sus propios nietos, y estaba feliz por el interés que
Eufrásia mostraba por las casas reales europeas. Insistió en
que sus huéspedes se quedaran más tiempo. León seguía
siendo el favorito de Ifigénia, aunque desde el regreso de *dona* Alma dedicaba cada vez menos tiempo a la niña y más al
trabajo. Él apenas estaba en casa, y Eduardo vivía en su mundo de inventos modernos que generalmente no servían para
nada. Ni siquiera Sábado se mantuvo fiel a Vitória. Dejó que
lo usaran como cabalgadura para Ifigénia y perseguía a la pequeña como si fuera un cachorro al que debía proteger. Vitória empezó a sentirse una extraña en su propia casa.

Pasaba cada vez más tiempo con Aaron. Él era la única
persona en el mundo que la entendía, que escuchaba sus penas sin criticarla. En su salón-comedor azul se sentía más a
gusto que en su propio salón, aunque éste fuera más elegante.

En casa de Aaron no se encontraba en cada rincón con huellas de sus hostiles ocupantes, no tropezaba con las muñecas de Ifigénia, no se sentía molesta por los muchos tapetes de ganchillo que Eufrásia hacía durante sus largas conversaciones con *dona* Alma y luego repartía por toda la casa. A Aaron podía contarle sus penas sin morderse la lengua. Ella, que alimentaba a toda la familia y a la mitad de sus amistades, no recibía nada más que ingratitud y hostilidad. Todos la criticaban, le reprochaban su arrogancia y su escasa capacidad de sacrificio. Y cuanto menos la entendían los demás, menos necesitaban su compañía y menos conocían los motivos de sus arrebatos de furia, más se confiaba Vitória a Aaron. Su intimidad creció tanto en aquellas semanas que incluso le desveló secretos de su matrimonio, le contó las ofensas intencionadas de León, le habló de sus noches en soledad, de sus carencias afectivas. Y Aaron la escuchaba. Sabía que el martirio de Vita sólo debía despertar en él compasión, aunque siempre albergaba la esperanza de que su relación fuera más allá de una simple amistad. Si seguían portándose tan mal con Vita, ella buscaría consuelo en él... y él le daría todo lo que en su casa le negaban.

—Creo que es muy desconsiderado por parte de Vitória que ya no venga ni siquiera a cenar. ¿Qué van a pensar de nosotros si nuestra hija pasa más tiempo con ese abogado pelirrojo que con su familia?

Dona Alma miró con gesto engreído a su alrededor.

—Pero, querida Alma, ¿qué estás pensando? A lo mejor ha tenido un accidente y por eso no ha podido llegar a tiempo. Quizás está tendida sin sentido en la acera —últimamente está muy pálida y tiene un aspecto enfermizo— y nadie sabe quién es. Yo estoy preocupado por ella.

Eduardo se tocó la barba y miró indeciso la comida que estaba sobre la mesa. Había perdido el apetito.

—Pues claro, todos estamos preocupados —dijo Eufrásia—. Sobre todo por su salud moral. Pasa demasiado tiempo con ese Aaron Nogueira como para...

—¡Silencio! —la interrumpió León—. No tolero que se hable mal de Vitória en su ausencia. Si quieren criticarla, háganlo cuando ella esté aquí y pueda defenderse.

—Pero todos sabemos que su comportamiento...

—¡Una palabra más y puede empezar a hacer el equipaje!

Eufrásia se sintió tan ofendida como *dona* Alma. Todos, incluido León, estaban informados de las numerosas visitas que Vita hacía a Aaron, de los paseos que daban juntos, en los que juntaban sus cabezas con demasiada confianza, de sus encuentros en el café, durante los cuales Aaron cogía de la mano a Vita. No disimulaban su especial amistad, y León lo sabía mejor que nadie.

Pero Eufrásia comprendió que sería mejor no seguir insistiendo.

—En cualquier caso, es una lástima que Vitória no venga hoy a cenar.

—Sí, lo es. Precisamente hoy queríamos pedirle que se mostrara un poco más generosa con nuestra iglesia. La hermandad de Nossa Senhora da Glória necesita urgentemente medios para reparar el tejado —*Dona* Alma lanzó a León una elocuente mirada antes de continuar—. Pero Vitória sólo da dinero cuando con ello inmortaliza su nombre o cuando se trata de proyectos espectaculares de los que se habla en los periódicos. La vanidad no es un buen atributo.

Eufrásia se disponía a continuar. Había otras cosas en Vitória que no eran buenos atributos: su sencillo peinado, su delgadez, su triste vestuario, su testarudez, sus gafas, que ahora llevaba siempre puestas. Pero la pequeña Ifigénia impidió que Eufrásia hiciera una observación que seguro habría indignado a León.

La pequeña entró corriendo en el comedor, se lanzó al cuello de León y gimoteó unas frases ininteligibles que sólo él pudo interpretar en parte.

—Está bien, tesoro. Iremos juntos a tu habitación a ver dónde se ha escondido ese fantasma. Cuando lo encontremos se las tendrá que ver conmigo.

Cogió a la niña en brazos y abandonó la habitación hablándole en voz baja.

—¿Qué le pasa esta tarde? —preguntó Eufrásia.

Dona Alma también estaba desconcertada.

—Yo tampoco lo sé. Con Vitória siempre se muestra cortés e indiferente. Jamás habría pensado que defendiera tan vehementemente su matrimonio, del que, aquí entre nosotras, no queda ya mucho.

—Yo tampoco. Nunca le he considerado como un hombre que diera mucha importancia al matrimonio o a la buena reputación. Él mismo…

—Sí, querida, no hace falta que lo menciones. Estoy perfectamente informada de los pasos en falso de mi yerno.

Eufrásia y *dona* Alma se miraron, encontrando cada una en la otra indignación… y una secreta fascinación por la perversa vida de León, de la que ninguna de las dos sabía lo más mínimo.

—Sería mejor que mantuvierais la boca cerrada. Cualquiera que os oyera no pensaría que Vita es hija tuya, Alma, y tu mejor y más vieja amiga, Eufrásia. ¡Debería daros vergüenza!

Pero ninguna de las dos se avergonzaba. Habían mantenido aquella misma conversación con tantas variantes siempre nuevas y en tantas ocasiones, incluso en presencia de Eduardo, que su reprimenda les sonaba como un mero eco de las palabras de León. Sencillamente ignoraron al anciano. Mientras León no estuviera en la habitación seguirían profundizando en el tema, sobre todo hoy, cuando Vitória no había ido a cenar y, por primera vez, no había dado ninguna excusa.

—Ya me sorprendía a mí que hoy se hubiera puesto un vestido tan bonito —dijo *dona* Alma en un tono que indicaba a la vez tristeza y afán de chismorreo.

—¿Bonito? —exclamó Eufrásia—. ¡Ese vestido es de la temporada pasada! Pero lo principal es que la ropa interior es nueva…

Ninguna de las dos se había dado cuenta de que León estaba en la puerta. Con las últimas palabras de Eufrásia se dirigió hacia ésta sin decir nada, como un animal de presa que se acerca sigilosamente a su víctima, diciendo con voz callada, pero contundente:

—Madame, abandonará esta casa de inmediato.

Eufrásia miró a Eduardo y *dona* Alma en busca de ayuda, pero los dos estaban más sorprendidos que ella y observaban la escena boquiabiertos.

—¡Pero, León, ni siquiera he terminado de cenar!

—En São Luíz podrá comer todo lo que le plazca. En mi mesa ya no es bienvenida.

Diciendo esto le retiró la silla hacia atrás, le quitó la servilleta y la ayudó a ponerse de pie.

—No necesito que me ayuden —dijo Eufrásia muy alterada.

—A lo mejor sí. Y también unos azotes. Pero no tema, perdonaré a su gordo trasero si se prepara para hacer las maletas inmediatamente.

—Pero a esta hora ya no sale ningún tren —se lamentó Eufrásia, percatándose de pronto de la seriedad de la situación.

—Puede ir a un hotel.

—Has ido demasiado lejos, León —intentó intervenir *dona* Alma—. Te estás saltando todas las normas de la hospitalidad.

—Y allí le hará compañía *dona* Alma el resto de la velada —dijo León, sin inmutarse, dirigiéndose a Eufrásia—. Seguro que todavía tienen mucho de qué hablar. Y además pueden reflexionar tranquilamente sobre las normas de la hospitalidad.

Arrastró a Eufrásia consigo fuera de la habitación y cerró la puerta a sus espaldas.

En el recibidor sacó una cartera del bolsillo de la chaqueta, quitó diez francos de oro y se los dio a Eufrásia.

—Esto bastará para pagar una noche de hotel, el viaje en tren y una hoja de papel y un sello para que pueda dar las gracias a Vita por su ayuda, su generosidad y la paciencia que ha tenido con usted.

Eufrásia tomó el dinero, que daría para bastantes cosas más, y subió la escalera a toda prisa.

León volvió al comedor como si no hubiera pasado nada. Pero por la forma en que atacó el asado, que ya se había enfriado en su plato, sus suegros notaron que estaba muy alterado. Eduardo, familiarizado con la agresividad masculina, sabía por experiencia con otros jóvenes que León se tranquilizaría enseguida. Pero *dona* Alma, que hacía mucho tiempo que no presenciaba arrebatos de ese tipo, se hizo por primera vez una idea de la pasión y la violencia que podía desarrollar León, y sintió miedo.

Vitória no entendió muy bien a qué afortunada circunstancia debía la repentina partida de su amiga, y nadie le dijo nada. Tampoco entendió por qué Eufrásia había desaparecido sin decir nada, ni una palabra de agradecimiento, ni una despedida entre lágrimas, pero con un cepillo de plata, un broche de amatista y varios vestidos de Vitória en la maleta.

Isaura, que había hecho las maletas a Eufrásia, le informó a Vitória de aquel robo, que Eufrásia no consideraba como tal.

—¡Desvergonzada! —le había dicho Eufrásia—. Claro que me pertenecen estas cosas. Me las ha dado *sinhá* Vitória.

Sí, pensó Vitória, se las había dejado, pero sin pensar que su amiga lo considerara como un regalo. Pero daba igual. Le habría dado a Eufrásia diez cepillos de plata con tal de no volver a verla.

Los días posteriores a la marcha de Eufrásia el ambiente era tan tenso en su casa que Vitória apenas pudo disfrutar de tranquilidad. *Dona* Alma se pasaba todo el día en su habitación, que no abandonaba ni para comer. Taís y los demás criados se vieron enfrentados a las mismas tareas que cuando los padres de Vitória se acaban de mudar. Y León no solía ir a cenar, de modo que normalmente Vitória y su padre se sentaban solos en la mesa demasiado grande del comedor y —por consideración al otro— comían en silencio. Ella no quería hablarle de sus lucrativos negocios para no herir su orgullo, y él no quería contarle a su hija los nuevos logros de la técnica para que no tuviera que sumar a sus numerosas preocupaciones el problema añadido de tener un padre viejo y loco. Pero aunque a ninguno de los dos les incomodaba el silencio que guardaban en la mesa, empleaban muy poco tiempo en comer. Ya no era un acto social en el que se bebía una copa de vino charlando sobre los acontecimientos del día, sino simplemente una ingesta de alimentos. Vitória hubiera preferido pasar las veladas con Aaron, pero la triste idea de que si ella no estaba su padre se sentaría solo a la mesa la hacía quedarse en casa.

Durante el día, en cambio, Vitória estaba más activa que nunca. Se ocupaba de sus inversiones en el extranjero y de los derechos de prospección en Brasil, se reunía con hombres de negocios y empleados de Hacienda, acudía a la administración de aduanas y a la prefectura, analizaba los estudios de mercado y las estadísticas. Su afán por ganar dinero no tenía límites. Cada cambio en los escaparates de las tiendas, cada producto novedoso y cada tendencia de moda despertaba en ella la idea de emprender nuevos negocios. Si Joana le contaba su sueño de tener algún día un piano Herz, Vitória iba un paso más allá: ¿sería lucrativo importar pianos de esa marca? Si el matrimonio Witherford hablaba en su presencia de sus apuestas, Vitória calculaba al momento cuánto podría apostar ella a los caballos. Si León llegaba a casa con una extravagante corbata, Vitória sabía que aquellas corbatas estarían de moda un año más tarde e invertía su capital en función de ello. El dinero se convirtió en su elixir de la vida. A diferencia de otras personas muy ricas, a ella no le hacía feliz la mera posesión de una inmensa fortuna, sino sólo el valor simbólico del dinero: era una muestra de su éxito y una prueba de su capacidad.

Gastar el dinero no le gustaba tanto como ganarlo, al menos en sus necesidades personales. Invertía sumas enormes con fines benéficos. Al contrario de lo que pensaba su madre, la mayor parte del dinero iba destinado a proyectos que interesaban poco a la opinión pública. La techumbre de Nossa Senhora da Glória se pudo restaurar gracias a un donante anónimo, numerosas bibliotecas y salas de lectura de barrios modestos obtuvieron fondos para comprar libros nuevos, al este de la ciudad se construyó con dinero de Vita una residencia de ancianos para antiguos esclavos. Subvencionó a los bomberos, a la academia de arte, a la escuela de música, a varios hospitales. Se mostró especialmente generosa con una pequeña escuela primaria en la que se alfabetizaba a los negros y al frente de la cual se encontraba *dona* Doralice. Vitória se había reunido varias veces con su suegra —sin hacer nunca referencia a su parentesco y tratándola como a una conocida— y sentía gran respeto por el trabajo incansable de *dona* Doralice educando a los menos favorecidos.

Como sus negocios no le dejaban mucho tiempo libre para buscar a los receptores de sus donativos, Vitória solía dejarse aconsejar por Joana. Su cuñada era, junto a Aaron, la única persona que conocía el alcance de sus donaciones. Y Vitória le agradecía que no le contara a Pedro algo que le habría enfurecido: Vitória era la accionista mayoritaria de la empresa en la que él trabajaba y se había ocupado de que se mejoraran considerablemente las condiciones laborales de su hermano. Pero eso no debía saberlo nunca.

A finales de febrero de 1890, poco antes del carnaval, pocas personas pensaban en el trabajo. La mayoría preparaba la desenfrenada fiesta con tanto entusiasmo que unos días antes ya no podía pensar claramente. Vitória, cuyo veintitrés cumpleaños caía en lunes de carnaval, pensaba en cosas muy diferentes a los bailes de máscaras o los disfraces. Había invertido mucho dinero en acciones de diversas empresas mineras que explotaban diamantes en el Estado federal de Mato Grosso. Con el desarrollo de un nuevo explosivo, del que ya le había hablado a Vitória su padre, se podría aumentar la productividad… y el valor de las acciones subiría de golpe. En aquellos días se realizaban los primeros ensayos con el nuevo material, cuyo resultado tendría una influencia decisiva en la fortuna de Vitória. Estaba tan inquieta que ella, de la que siempre se habían reído por su sueño tan profundo, se despertaba a media noche y no podía volver a dormir pensando en su arriesgada inversión.

El 25 de febrero Aaron, que se mantenía en contacto telegráfico con el director de las minas, llegó por fin con la buena noticia: las pruebas habían sido satisfactorias, los resultados habían sido incluso mejores de lo esperado.

—Aaron, ¿no es fantástico?

Vitória se puso de pie tan bruscamente que tiró la silla, y le dio un efusivo abrazo. Casi se caen los dos al suelo.

—¡Sí, Vita, lo es!

La alegría por el desenlace de la arriesgada operación que habían realizado juntos le desbordó de tal forma que agarró a Vitória con los dos brazos, la apretó contra su cuerpo y la hizo girar a su alrededor hasta que su falda revoloteó por los aires. Sábado, que estaba muy tranquilo sobre su vieja alfombra raída, se contagió del entusiasmo y saltó ladrando alrededor de la pareja.

Aquel día León estaba excepcionalmente en casa. Cuando oyó que desde el despacho de Vitória, que estaba justo al lado del suyo, llegaba un gran estruendo y luego los ladridos del perro, pensó que había ocurrido un accidente y se dirigió allí a toda prisa. Pero lo que vio le horrorizó más que cualquier accidente. ¡Vitória y Aaron abrazados! Vita le daba la espalda, pero una mirada al rostro de Aaron, que estaba de cara a la puerta y en ese momento le miraba incrédulo, le dijo a León todo. Había en él tanto cariño que sintió una punzada de dolor. ¡Y él, León Castro, el mayor cínico del hemisferio sur, no había querido dar credibilidad a los rumores! ¿Cómo podía haber estado tan ciego?

Aaron dejó caer los brazos.

—León, no es lo que…

—Me da igual lo que sea mientras no me molestéis con el ruido.

538

Vitória, que se había vuelto hacia la puerta y vio el odio en los ojos de León, guardó silencio. Si León pensaba que aquel abrazo era algo más que una mera expresión de alegría y amistad, entonces era su oportunidad. No iba a disculparse por eso.

El cumpleaños de Vitória fue el más aburrido que recordaba. Los aguaceros se sucedían uno tras otro, y cuando no llovía a cántaros, los rayos de sol que se abrían paso entre las amenazadoras nubes hacían que la temperatura subiera hasta los treinta y cinco grados en la ciudad. Todo estaba empañado, sudoroso, húmedo. Vitória había conseguido entradas para el gran baile del Hotel de France para toda la familia, pero a la vista del tiempo que hacía y de su estado de ánimo decidió quedarse en casa.

Su padre intentó convencerla para que les acompañara.

—Pero niña, tienes que salir. Es tu cumpleaños, y un baile tan espectacular es precisamente lo que necesitas. Además: ¿va a quedarse tu magnífico disfraz en el armario?

—Sí, ¿por qué no? Me valdrá el año que viene.

Pero no sería así. Desoyendo las protestas de *dona* Alma, Vitória había querido ir de "república", con un traje de seda azul, amarillo y verde, los colores de la nueva bandera brasileña. Al año siguiente la república ya no estaría tan de actualidad.

A mediodía le entregaron todos sus regalos. Recibió una toquilla tejida por su madre, un libro de fotografías de monumentos de Europa de su padre y un sencillo perfumador de cristal de parte del servicio, que habían comprado entre todos y le emocionó más de lo que lo hubiera hecho la más valiosa joya. León, que cuatro días después del "incidente" volvía a ser el de antes, le regaló un frívolo sombrerito rosa chillón.

—¡Oh, qué bonito! —exclamó *dona* Alma—. Seguro que te sienta muy bien. Póntelo.

Pero Vitória había entendido el mensaje: aquel tipo de sombreros sólo lo llevaban las "mujerzuelas".

—León, muchas gracias, es realmente encantador. El trato con las más famosas personalidades de la ciudad ha tenido una influencia increíblemente… liberadora sobre tu gusto —dejó el sombrero de nuevo en la caja y se la dio a Taís—. Toma, llévalo al desván, con los demás disfraces.

Dona Alma y Eduardo se habían quedado sin habla y no entendían cómo León sonreía irónicamente después del imperdonable comportamiento de su hija. Muy sorprendidos, se retiraron a echarse la siesta para estar frescos en la fiesta de esa noche.

—Querida *sinhazinha*, tú también deberías echarte un poco y descansar antes del baile.

—No voy a ir. ¿Había olvidado decírtelo?

—¡Oh, no me hagas eso! Me gustaba tanto la idea de ir a tu lado como "la monarquía", con un traje de entierro y una barba postiza de *dom* Pedro.

—Pues quítate la barba y puedes ir de marido triste y cornudo. A lo mejor incluso encontramos unos cuernos para ti en el desván. Creo recordar que Pedro se disfrazó de toro hace dos años.

León soltó una carcajada.

—Tu maldad, *sinhazinha*, es lo más admirable de ti.

—En cambio tú no tienes nada admirable.

—A diferencia de Aaron.

—Justo —Vitória alzó la barbilla y dirigió a León una penetrante mirada—. Creo que me voy a echar un rato. Cuando todos estéis en el baile podré entregarme sin reparos a mis perversos placeres.

—Por favor, *sinhá*, no te reprimas. Es tu cumpleaños.

Vitória pasó corriendo ante León, subió la escalera a toda prisa y ya en su habitación se tiró sobre la cama sollozando. La tensión acumulada en las últimas semanas, con unos sentimientos tan contradictorios, se liberó y lloró como no lo había hecho desde que era niña. La rabia contenida durante la visita de Eufrásia y la posterior vuelta de *dona* Alma a su enfermedad imaginaria, la alegría sin celebrar por su gran éxito económico, la vergüenza por un adulterio que no había cometido... todo eso lo podía soportar. Pero la crueldad de León, que delante de sus padres y además el día de su cumpleaños la trataba como a una mujerzuela, era demasiado. Cuando se le agotaron las lágrimas, Vitória se durmió.

A media tarde la despertó Taís.

—*Sinhô* Eduardo dice que la despierte y le ayude a ponerse el disfraz.

—No, Taís, no me voy a disfrazar. No voy a ir al baile.

La criada se marchó para informar a los padres de Vitória. En el salón se discutía si debían ir a la fiesta sin Vitória o no. *Dona* Alma estaba firmemente decidida a no perderse el baile por nada del mundo, ni siquiera por las "penas femeninas" de su hija. Eduardo, en cambio, opinaba que no podían dejar a su hija sola en casa el día de su cumpleaños. Al final fue León el que templó los ánimos y convenció a sus suegros para que llegaran a un cierto compromiso. Ellos se irían tranquilamente y él, el causante de todo, hablaría con Vita, se disculparía y luego iría al baile.

Dos horas más tarde salieron hacia el baile Eduardo y Alma da Silva, disfrazados de Lobo Feroz y Caperucita Roja respectivamente. Apenas oyó que el coche de caballos se alejaba, León dio la noche libre a todos sus empleados. También ellos estaban deseando ir a sus fiestas, participar en los desfiles que la gente sin recursos organizaba en las calles. Cuando en la casa reinó un silencio sepulcral, se tomó un whisky, el tercero del día. Pero el alcohol no hizo su efecto. No le puso alegre, sino que aumentó su mal humor. Si Vita hubiera sido un hombre se habría pegado con él para liberar así toda su furia. Pero no le quedaba otro remedio que tragarse su frustración, su indignación, su odio, y ahogar sus penas en whisky. Se sirvió otro vaso.

Entonces oyó los pasos inquietos de Vitória en el piso de arriba. Corría por su habitación como un animal enjaulado que busca un sitio por donde escapar. Allá ella, pensó, Vita se había encerrado voluntariamente en su habitación. Poco después oyó que tocaba la campanilla para que acudiera su criada. Luego, impaciente, otra llamada. León sonrió para sus adentros. "No, *sinhazinha*, esta vez tendrás que arreglártelas sola."

Vitória llamó a Taís desde la escalera. Nadie contestó. La casa estaba sumida en el silencio. Miró en el salón, en el comedor, en el taller de su padre y en la cocina, pero al parecer no había nadie aparte de ella. Mejor, así nadie la vería con aquel aspecto: un rápido vistazo en el espejo de marco dorado del recibidor la había hecho asustarse de sí misma. El pelo se había soltado de la trenza y los rizos rebeldes le caían por la cara; el vestido, con el que se había quedado dormida sobre la cama, estaba muy arrugado; tenía los ojos hinchados, y en sus mejillas se habían marcado las arrugas de la almohada. Entró en el despacho, abrió la ventana y miró con tristeza las luces de la ciudad, en la que aquella noche todos estaban de fiesta... menos ella.

—Bonito disfraz de carnaval ése que llevas.

Vitória se sobresaltó al oír de pronto la voz de León.

—¿Qué se supone que es? ¿"*Sinhazinha* compungida"?

—No, se llama "mujer incomprendida tras ser moralmente maltratada por un sádico de color".

—Tienes razón, Vita. Déjame que repare mis errores y te anime un poco, hoy es tu cumpleaños. Toma, bebe un trago.

Vitória tomó el vaso y lo vació de un solo trago. ¿Por qué no buscar alivio en el alcohol? No tenía otro consuelo. Aaron se había marchado repentinamente y estaría fuera los días de carnaval, lo que ella consideró una cobardía y se tomó a mal.

—Ven, vamos a hacer una excursión.

—¿Así, con esta pinta? ¿León, debo preocuparme por tu sentido estético cada vez más debilitado?

—No nos encontraremos a ningún conocido.

Vitória, que ya estaba un poco achispada por el whisky, al que no estaba acostumbrada, se dejó arrastrar por León calle abajo, hasta el primer cruce. Allí llamó a un carruaje.

El aire, cálido y pegajoso, olía a mar. Vitória cerró los ojos y disfrutó del viaje, pensando que irían al paseo marítimo. Sí, oír y ver las olas siempre tenía un efecto reconfortante. Al menos en ese punto estaba de acuerdo con León. Quizás no fuera tan malvado.

Pero los ruidos que oyó a su alrededor le hicieron abrir los ojos. El lejano atronar de los tambores, los cascos de los caballos en el adoquinado, las risas aisladas... eso no sonaba como un paseo marítimo solitario por la noche.

—¿Adónde vamos?

—A Lapa, a los desfiles de los negros.

—Que tú te sientas a gusto con ellos, lo entiendo. Pero ¿qué hago yo allí?

—Simplemente mirar. A lo mejor te ayuda a pensar en otras cosas.

—Por mí, bueno —dijo Vitória, cansada de discutir y relajada por el alcohol—. Pero ni siquiera voy disfrazada.

—Eso lo arreglamos enseguida.

León le quitó las horquillas del pelo. Sus grandes rizos negros se soltaron y cayeron, llegando casi hasta la cintura. Le desabrochó la parte superior del vestido hasta que resultaba casi indecente, y luego se inclinó y le rasgó la falda por algunas partes. Todo esto lo hizo sin inmutarse, con una fría mirada y gestos decididos. Vitória estaba paralizada del susto.

—Bien, ahora compórtate como haces siempre, así nadie sabrá que no vas disfrazada.

La bofetada que Vitória le dio fue tan fuerte que dejó una marca roja en la mejilla de León. En los pocos segundos que él necesitó para reaccionar, Vitória tomó las riendas y detuvo el coche. Se bajó de un salto y salió corriendo.

Sin rumbo fijo y con lágrimas en los ojos, corrió hasta quedar sin aliento. Le dolía el tobillo, debía haberse hecho daño al saltar del coche. Se detuvo y miró a su alrededor. No tenía ni idea de dónde estaba, pero en algún sitio podría tomar un carruaje. Siguió corriendo algo más despacio, intentando ignorar los pinchazos del costado y el dolor del tobillo, pero las calles eran cada vez más estrechas, cada vez había más gente, el olor de las tabernas baratas era cada vez más apestoso. Una negra exageradamente maquillada y con el vestido andrajoso le gritó encolerizada:

—¡Aquí no, zorra blanca! ¡Esta zona es mía!

Un mulato borracho se abalanzó sobre ella y le tocó los pechos. Con un golpe bien dirigido entre las piernas, Vitória consiguió ponerse a salvo de él. Un *limão de cheiro*, una bola de cera llena de agua perfumada, que en carnaval era tradición lanzar entre la gente, pasó rozando su cabeza. Vitória soltó una maldición.

En las calles adyacentes la situación no era mejor. Las casas parecían no tener tan mal aspecto, pero las masas de gente que se habían reunido allí para celebrar el carnaval le resultaron igual de amenazantes. La multitud se movía al ritmo de una atronadora *bateria*, un grupo de hombres tocando el tambor. La mayoría se había quitado la camisa, y sus torsos sudorosos brillaban a la luz de las antorchas, los músculos se marcaban bajo su piel negra. Algunas mujeres también mostraban sus pechos desnudos, y bailaban con los ojos cerrados y el rostro desencajado, como si estuvieran en éxtasis. El espectáculo era de un erotismo tan evidente que Vitória se detuvo fascinada. En aquel momento un mulato la agarró riendo por la cintura, la sujetó con fuerza contra su cuerpo y movió las caderas con fuerza al ritmo del tambor. Dando un grito, Vitória se liberó del hombre, que la miró sin comprender: sólo quería bailar *lundú* con ella.

León encontró a Vitória en la entrada oscura de una casa, donde estaba sentada en cuclillas como un niño pidiendo limosna y lloraba como un bebé. Se acercó con cuidado, pero cuando ella sintió que alguien se acercaba, empezó a mover los brazos y a sacudir la cabeza como si estuviera en medio de un enjambre de abejas.

—¡Sht, *sinhazinha!* Todo va bien. Volvamos juntos a casa.

A causa del profundo sentimiento de culpabilidad que le embargaba, León se sentía igual de mal que Vitória, pero no lo dejaba traslucir. Siguió hablándole con suavidad, como hacía con la hijita de Eufrásia, en voz baja, dulce, reconfortante. Cuando Vitória parecía haber superado el pánico, la tomó en brazos. Ella se abrazó a su cuello, escondió la cabeza en su pecho y siguió llorando. No podía parar. Su cabeza estaba otra vez en condiciones de pensar claramente, pero las lágrimas seguían brotando de sus ojos. Y cuanto más cariñosamente le hablaba León, más delicadamente besaba su pelo y sus húmedas mejillas, más desesperadamente lloraba ella.

—¡Vita —susurró él—, Vita, lo siento tanto! ¡Oh, *meu amor*, mi tesoro, perdóname!

El llanto de Vitória no cesó hasta que no dejaron atrás las hordas enloquecidas, los bailes obscenos y el retumbar de los tambores. Se encontraban en las proximidades del Largo de São Francisco, en el que a cualquier hora del día o de la noche había numerosos coches de caballos esperando a posibles clientes.

—No hace falta que me sigas llevando en brazos —dijo Vitória—. Puedo parar un coche que me lleve de vuelta a la civilización.

León la dejó en el suelo, pero cuando ella se puso de pie, hizo un gesto de dolor. ¡Maldito tobillo, seguro que se lo había roto! León no dijo nada. Volvió a tomarla en brazos y la llevó hasta la plaza.

Un negro desaliñado les indicó el primer coche de la fila, pero León, al ver el carruaje, decidió no subirse. El negro y el cochero le gritaron insultándole, pero León dejó a Vitória en un coche que le pareció más digno de confianza.

—Gracias por este inolvidable cumpleaños —dijo Vitória—. No te preocupes por mí. Vuelve al desfile de carnaval y diviértete con los tuyos.

—¿Te llevará el cochero a casa? ¿Tienes dinero para pagarle?

Vitória se dio por vencida. Con un tobillo dolorido y sin un *vintém* en el bolsillo no tenía más remedio que seguir aguantando a León. Éste le dio instrucciones al cochero por la ventanilla y le pasó un billete a escondidas. El coche se puso en movimiento.

León se sentó enfrente de Vitória, le quitó el botín de charol y la media y puso su maltrecho pie sobre sus rodillas para examinarlo.

—No está tan mal. ¿Cómo das esos saltos con zapatos de tacón, *sinhá?*

Esperó sin éxito una respuesta ofensiva. Emocionada por la imagen de su fuerte mano oscura sobre su pie hinchado, por los delicados círculos que sus dedos trazaban y por su suave voz, Vitória se había echado de nuevo a llorar.

XXIX

Fernanda cumplió su objetivo: se casó. La boda fue una de las fiestas más bonitas que se habían celebrado en Quintino. El novio con su traje nuevo y la novia con un sencillo vestido blanco y unas flores de jazmín en el pelo formaban una pareja preciosa. Un joven del barrio que estaba aprendiendo el oficio con un fotógrafo, le pidió los aparatos a su jefe e inmortalizó a la radiante pareja bajo el viejo mango. Luego se demostraría que la fotografía era tan buena que el jefe del chico la publicó como propia y ganó con ella el primer premio de un concurso. En el jardín trasero de la casa de Fernanda se colocó una larga mesa en la que se dispusieron todas las viandas frías y calientes que habían llevado vecinos y amigos. En una rudimentaria parrilla el encargado de la taberna, que aquel día permaneció cerrada, asó salchichas, costillas de cerdo y gambas gigantes que un amigo que trabajaba en el puerto le había conseguido sacar a un pescador. Una improvisada orquesta de acordeón, tambor y guitarra invitaba al baile, los jóvenes expertos en *capoeira* dieron muestras de su habilidad acrobática, las muchachas del coro cantaron un par de canciones atrevidas que no habían aprendido en la iglesia. José, con su gastado uniforme de cochero, pero bien cepillado, estaba sentado en un rincón del jardín coqueteando descaradamente con Luiza, que se había tomado por su cuenta el día libre para asistir a la fiesta. No todos los días se casaba un antiguo esclavo de Boavista.

Félix era el hombre más feliz de la tierra. No perdió de vista ni un segundo a la novia, que iba emocionada de un invitado a otro, reía alegre con ellos, se dejaba besar por los hombres y admirar por las mujeres, sin dejar de lanzar a Félix insinuantes miradas de complicidad. Tenía tantas ganas como él de que llegara la noche de bodas.

Por la tarde, cuando ya empezaba a anochecer, en los platos sólo había mosquitos muertos y muchos de los invitados estaban sentados en los bancos de madera que Fernanda había dispuesto alrededor del jardín, llegaron dos invitados cuya aparición dio mucha alegría a Félix y Fernanda. León y *dona* Doralice abrazaron con cariño a la pareja y les transmitieron sus mejores deseos y algunos consejos picantes. Pero Félix y Fernanda habían oído ya tantos, que ni siquiera miraron avergonzados al suelo. León y *dona* Doralice les entregaron un regalo delicadamente envuelto, y Félix dejó a Fernanda el privilegio de abrirlo.

Fernanda deshizo con cuidado el lazo de terciopelo, retiró la cinta de la caja y levantó la tapa. Félix, de puntillas, miraba nervioso.

—¡Oh! ¡Es… es… oh, muchas gracias!

Fernanda abrazó primero a *dona* Doralice, luego le dio un par de besos a León.

Félix tuvo que apartar a su novia con el codo para poder ver lo que había en la caja. No entendía qué había de especial en unos cubiertos, pero notó que la alegría de Fernanda era sincera, y se alegró con ella. Estiró los labios en una amplia sonrisa que dejó al descubierto su lengua de color negro violáceo: había comido demasiados *jamelões* del árbol del jardín. Le dio la mano a *dona* Doralice y unos golpecitos en la espalda a León.

—¡Dios mío, estos cubiertos de plata deben de valer una fortuna! No vamos a poder dormir por miedo a que los ladrones entren en nuestra cabaña.

—Pero Félix ha... —empezó a decir León, pero una mirada de Félix le hizo detenerse. Al parecer Fernanda no sabía nada de la casa que Félix había comprado en Novo Engenho, un barrio modesto para la clase media baja, y que al lado de la choza de madera de Félix era como un palacio.

—Seguro que pronto viviréis en un barrio mejor —dijo *dona* Doralice—, dicen que el negocio da buenos beneficios.

—¡Ay, tardará aún un tiempo! Tenemos que pagar la tienda antes de pensar en un traslado. Y saldar las deudas con nuestros amigos. Pero hoy no vamos a hablar de eso. Vamos, todavía queda un poco de tarta, y también tenemos ponche.

La cubertería de plata aceleró los acontecimientos. Félix, que había ahorrado mucho más dinero de lo que hizo creer a Fernanda, realmente había comprado la casa como regalo de boda para ella, pero no había terminado los trabajos de reforma a tiempo. Había oído hablar tanto de Novo Engenho, donde vivía un conocido suyo, que había ido hasta allí buscando un alojamiento apropiado para ellos. La casa por la que al final se decidió era sólida, pero no se encontraba en buen estado, y Félix quería arreglarla antes de que la viera su esposa. Pero la cubertería de plata incrementó las ganas de Fernanda de tener un hogar y arreglar la casa que tenían, así que Félix se vio obligado a desvelarle el secreto antes de lo previsto. ¿Para qué iba a gastar tiempo y dinero en mejorar su casita si muy pronto iban a vivir en otro sitio? Tres semanas después de la boda fue con ella a Novo Engenho, abrió la puerta de la casa de una planta y escribió en su pizarra: "¡Bienvenida al hogar!".

—¿Qué significa esto? —preguntó Fernanda en la puerta, por la que no se atrevía a pasar.

"Es tuya. Nuestra."

Entonces Félix tomó a Fernanda en brazos, cruzó el umbral, la dejó en la más bonita de las tres habitaciones, sonrió orgulloso y la besó.

—Pero... ¿cómo has podido...? —exclamó Fernanda cuando por fin comprendió. Luego se lanzó a los brazos de Félix y le acarició el cuello, el pecho, la espalda, y él reaccionó justo como ella había pensado. ¡Cielos, si su deseo seguía creciendo de aquel modo pronto no harían otra cosa, sí, incluso tendrían que dar rienda suelta a sus impulsos en la tienda, detrás del mostrador!

—¡Qué forma más bonita de estrenar la casa! —susurró Fernanda, jadeando y sudando todavía—. ¡Ay, Félix, es maravillosa! Tiene incluso un tejado con tejas, el suelo con baldosas y unas bonitas rejas en las ventanas, como la gente elegante. Y cuando hayamos pintado las paredes de azul claro y las puertas de blanco...

Félix se alegró de haber enseñado a Fernanda la casa antes de terminar los trabajos de reforma, pues él habría pintado las paredes de blanco y las puertas de verde oscuro.

Se mudaron una semana más tarde. Fernanda se entregó con gran afán a los trabajos de mejora de la casa. Mientras él trabajaba en la tienda todos los días de ocho a ocho, Fernanda pintó las paredes, arregló sus modestos muebles, cavó el pequeño jardín, tejió unas fundas para los cojines, sacó brillo al suelo, limpió las ventanas, rascó el óxido y la suciedad requemada del fogón hasta que pareció nuevo, y además le preparaba a Félix sus platos favoritos.

Félix la echaba de menos en la tienda, pues tenía una forma de tratar con los clientes que no se aprendía fácilmente. Por otro lado, le producía un indescriptible placer llegar por las tardes a su pequeña y limpia casa y disfrutar de una buena comida y del seductor cuerpo de su mujer. Félix estaba en el paraíso. Y Fernanda también.

La felicidad parecía completa cuando Fernanda, dos meses después de la boda, le dijo con lágrimas de felicidad que esperaba un bebé. Pero el embarazo no le sentó nada bien. Tenía náuseas y fuertes cambios de estado de ánimo. A veces se echaba a llorar desconsoladamente sólo porque Félix se había atrevido a decirle que se le había caído un botón de la camisa. A veces le regañaba porque hacía mucho ruido al sorber la sopa. Y casi todos los días le recriminaba su supuesta traición. Cada vez estaba más convencida de que Félix debía haber consultado la compra de la casa con ella. Le reprochó haber actuado a sus espaldas, haber hecho mal uso del dinero que habían ganado entre los dos.

"Pero era una sorpresa", escribió él.

—¡Sorpresa! A lo mejor me habría gustado vivir en otro sitio. Yo también tenía algo que decir, ¿o no?

Félix no sabía qué hacer. Daba igual que fuera amable con ella o que le llevara cosas bonitas de la ciudad: ella siempre encontraba un motivo para regañarle. Unas veces era el precio de un costurero —"por ese dinero podíamos haber comprado una vajilla nueva"—, otras veces era el color de un pañuelo lo que no le gustaba. ¡Si al menos le hubiera satisfecho físicamente! Pero ella se negaba continuamente, aludiendo al bienestar del niño aún no nacido.

Félix le contó sus penas a José. El viejo cochero, que ahora vivía solo en la vieja cabaña de Félix, donde una vecina le echaba un vistazo de vez en cuando, entendía mejor que nadie la mímica y los gestos de Félix. Y sus problemas también.

—¡Mujeres! Cuando se quedan embarazadas son insoportables. Pero eso se pasa enseguida. Sigue siendo amable con ella y no se lo tengas en cuenta. Ella no puede hacer nada al respecto, es su naturaleza.

Félix arrugó la boca descontento. Un bonito consejo… ¿hacer como que no había pasado nada? Eso no iba con él. Tenía que encontrar otra solución.

—Puedes hablar con Luiza. Ella conoce métodos y recursos para aplacar a los dioses, y a tu Fernanda también.

¡Los dioses, qué ocurrencia! Bueno, quizás mereciera la pena intentarlo. Los consejos de José siempre habían funcionado bien, y al fin y al cabo en sus momentos de lucidez José mostraba más entendimiento, sabiduría y experiencia que muchos de los hombres letrados que compraban en su tienda.

Había sido José el que persuadió a Félix de su idea fija de abandonar Río dejándole el campo libre a Zeca.

—¡Tienes que luchar, muchacho! Todavía no se ha casado con ese zapatero, y no creo que lo haga. Sólo quiere provocarte, despertar tu orgullo, obligarte a actuar. Si ahora abandonas perderás toda la consideración que ella te tiene, y la mía también. La chica te quiere, eso es evidente.

Aunque Félix no creía que el viejo pudiera entender tan bien lo que ocurría en la confusa cabeza de una mujer joven, siguió su consejo. No tenía nada que perder. O bien tenía éxito, en cuyo caso habría merecido la pena cualquier humillación, cualquier deshonra. O bien no lo tenía, y entonces siempre podría desaparecer y no volver a ver nunca más a los testigos de su fracaso.

Tuvo suerte. Tras la proposición que Félix le hizo por escrito, Fernanda le miró con picardía y dijo:

—¿Acaso no te dije que me iba a casar? ¡Pues mira!

Luego se lanzó al cuello de Félix, lo que él, con el estómago todavía encogido por los nervios, interpretó como un "sí". ¡Qué lista era su pequeña Fernanda! Le había tendido una trampa, le había atrapado en ella. ¡Y él le tenía que estar agradecido por ello! Le entregó a Fernanda un sencillo anillo de plata, la besó y la miró con una mezcla de desconfianza y anhelo. ¿Qué otros trucos le tenía preparados?

Poco después Fernanda le convenció de que dejara su trabajo con Lili.

—Nos casaremos cuando tengas un trabajo respetable.

Para conseguir su objetivo privó a Félix de todas las libertades a las que ya le había acostumbrado. ¡Nada de besos, ni delicadas caricias, ni estrechos abrazos! A pesar de que la tortura también le afectaba a ella, Fernanda se mantuvo firme… hasta que poco antes del carnaval él se despidió del trabajo en casa de Lili.

—Félix —le gritó ésta—, no me puedes hacer esto. Espera al menos hasta el miércoles de ceniza, a partir de entonces tendremos menos trabajo.

Pero su decisión era firme, reforzada por el préstamo que León le hizo y que le facilitó el acceso a la papelería de Gustavo.

Después del carnaval Félix empezó a llevar las cuentas de la tienda. Un mudo difícilmente podía dedicarse a vender. Se pasaba doce horas al día sentado en un despacho pequeño y poco aireado, y le habría gustado mandarlo todo a paseo. Pero el viejo Gustavo estaba tan entusiasmado con sus conocimientos no siempre legales de cómo evadir impuestos, que le fue dando cada vez mayor responsabilidad y empezó a pagarle más. ¡Qué suerte haber encontrado a aquel chico! Félix, que no perdía de vista la posibilidad de ser el propietario de la tienda en el futuro, aceptó ayudarle en ella unas horas al día, al principio en el nivel más bajo, como chico para todo. Subía por las empinadas escaleras para recoger pesados paquetes de papel a casi cinco metros de altura; iba al almacén a por las tintas y pinturas que pedían los clientes y que a veces se habían secado a causa del calor y las malas condiciones de almacenamiento; desempolvó cientos de archivadores que llevaban una eternidad esperando a un comprador; tuvo que aguantar a los idiotas que se pasaban el día hurgándose en la nariz, pero se daban la vuelta en cuanto había un cliente a la vista. Y observaba. Félix vio enseguida en qué se podía mejorar, dónde se podía ahorrar y cómo se podía atraer a más clientes.

A pesar de todo, todavía no sabía mucho cuando un bonito día de abril Gustavo sufrió un ataque de apoplejía, muriendo poco después. La familia de Gustavo, que no quería tener nada que ver con la tienda, se mostró encantada de que Félix se ofreciera para comprársela. Félix adquirió el ruinoso negocio por un precio adecuado, y estaba seguro que con algunas innovaciones y mucho trabajo recuperaría enseguida lo invertido. Fernanda le apoyó, y como pronto sería su mujer, de nombre pusieron a la tienda las primeras letras de sus nombres: "Fé", como señal de la confianza que tenían en el futuro.

¿No habría desafiado demasiado al destino? De su firme creencia en su suerte quedaba ya casi no quedaba nada después de que Fernanda le tratara tan mal en las últimas semanas. En muy poco tiempo había sacado adelante la tienda, había comprado una casa, se había casado y había engendrado un hijo, y a pesar de todo no se sentía ni la mitad de feliz de lo que debía sentirse. ¡Aplacar a los dioses! Primero tenía que aplacarse a sí mismo, porque si no la presión a que le sometían el trabajo, las deudas, la responsabilidad y su quejumbrosa esposa le harían perder el control y —¡Dios no lo quisiera!— levantar su mano contra Fernanda. Félix miró a José con desconsuelo, y en la ausente mirada del viejo pudo ver que se había evadido de nuevo de la realidad. ¿En qué estado mental se encontraba cuando dijo lo de los dioses? Bueno, pensó Félix, daba igual, no podía perder nada por ir a ver a Luiza.

Luiza se rió con fuerza en su cara.

—En eso no puede ayudarte ninguna *mãe de santos*. No practican su magia con embarazadas.

Le dio a Félix un tazón de chocolate, luego retiró del fuego un puchero del que salía un sabroso olor a cebollas, ajo y carne y se volvió hacia Félix. Para conversar con el chico no bastaban los oídos, hacían falta los dos ojos y mucha concentración.

—Cuando una muchacha se marcha con otro, sí, ahí sí se puede hacer algo. Si mira a otros hombres, si es vanidosa, si se muestra indiferente contigo… para todo eso sí hay remedios. Pero a una embarazada hay que aceptarla así. Enseguida se pasa.

Miró a Félix con compasión, le llenó el tazón con leche caliente y se sentó a su lado.

—¿Y cómo le va a José, ese viejo conquistador?

Félix le explicó por gestos que el viejo no estaba bien, que cada vez estaba más ido, que cada vez hablaba más de una tal Marta. Félix escribió en su pizarra: "¿Marta?". Pero Luisa, que no conocía más letra que la L, no entendió nada.

—Espera un momento, enseguida lo solucionaremos. *Sinhô* Pedro está en casa, él podrá traducirme tus garabatos.

Cuando un poco después regresó a la cocina, su rostro tenía una expresión grave.

—¿Te ha hablado de Marta? Eso no significa nada bueno. Yo creía que había borrado ese capítulo de su memoria.

Félix le indicó, golpeando nervioso con los dedos en la mesa, que quería saber quién era esa tal Marta.

—Marta era la mujer de José. Su antiguo *senhor* la vendió a un barón de caucho de Manaos, y vendió a José al *senhor* Eduardo. A su *senhor* no le importó que ella estuviera embarazada. ¡Ay, Félix, se sintió tan desgraciado! Por aquel entonces José no reía nunca, tampoco lloraba, estaba siempre serio. Pero las cosas son así, y el tiempo cura todas las heridas. Y nos iba muy bien en Boavista.

Félix miró con tristeza los pequeños y despiertos ojillos de Luiza. ¿Qué habría pasado con Marta, en la salvaje selva del Amazonas, donde ningún esclavo duraba más de dos años recogiendo caucho porque acababan con él la malaria o la fiebre amarilla? Incluso cuando Félix estaba en Boavista los esclavos tenían pánico a que los vendieran y los llevaran a ese infierno verde. Era el mayor castigo posible, aunque nunca se impuso en Boavista, donde se castigaba con benevolencia a los esclavos vagos, rebeldes o desleales. ¿Y el niño? ¿Lo habría tenido Marta? ¿Habría sobrevivido? ¿Estaría ahora por allí cerca? ¡Qué martirio para el viejo José imaginarse qué habría pasado con el fruto de su amor por Marta!

Impresionado, Félix regresó a su casa. La visita a José y a Luiza había tenido al menos algo positivo: la historia del viejo le hizo ver lo bien que le iba a él. Era libre, joven y estaba sano. Y si Fernanda volviera a ser como antes, sería inmensamente feliz.

Las náuseas y el mal humor de Fernanda desaparecieron enseguida. Y cuanto más engordaba, más la quería Félix. Cuando notó las primeras patadas en la tripa, ella le tomó la mano, se la puso en su abultado cuerpo y dijo:

—Toca. Ya hace *capoeira*.

Félix querría haber gritado de felicidad. Pasaba cada segundo de su tiempo libre con Fernanda, hacía los trabajos de la casa por ella, traía comida para que ella no tuviera que estar mucho tiempo junto al fuego, y hasta pagó a una mujer para que lavara la ropa, aunque Fernanda le regañó por un gasto tan superfluo. Le daba masajes en los pies hinchados y le conseguía rodajas de limón para ponérselas en las sienes cuando le dolía la cabeza.

La tienda y Fernanda no le dejaban a Félix tiempo suficiente para ocuparse de José como habría sido necesario. Félix iba a lo sumo una vez a la semana a su antiguo barrio, a veces incluso pasaban catorce días antes de que, con mala conciencia, se dejara ver por allí para comprobar que el viejo estaba bien. En noviembre el sofocante calor y diversos problemas surgidos en la tienda hicieron a Félix aplazar la visita, a la que ya consideraba como una obligación molesta, hasta que el día que fue hasta allí se encontró la casa vacía. Félix se acercó a la casa de al lado a buscar a José. Pero la vecina se tapó la cara con las manos y dijo sollozando:

—¡Jesús María! ¿Acaso no lo sabes? José murió anteayer.

Félix quiso saber por qué nadie le había avisado.

—Zé dijo que iría a tu tienda.

Pero Zé afirmaba que había mandado al Zambo, que a su vez decía que le había dado la triste noticia a un calvo con delantal verde. Por la descripción Félix supo enseguida que se trataba de un dependiente, Sebastião, al que despediría de inmediato.

Sus antiguos vecinos le contaron diversas versiones de cómo había muerto José. El Zambo decía que había visto cómo José se tumbaba en medio de la calle, mientras *dona* Juliana sabía "con absoluta seguridad" que José estaba en perfectas condiciones y que todo podía considerarse como un trágico accidente. Feijão creía haber notado que José había cepillado muy bien su uniforme, como si fuera a ir a su propio entierro, mientras que la pequeña Joana decía haber oído esa noche a José cantando una alegre canción. Félix sacó sus propias conclusiones de todas estas observaciones: José se había levantado por la noche, se había perdido y al final había llegado a la calle principal, donde un carruaje lo había atropellado. ¡Vaya muerte para el viejo cochero!

El entierro de José fue sencillo, pero lleno de dignidad. Acudieron casi todos los vecinos de Quintino, así como la familia da Silva y todos sus criados que conocían a José de los tiempos de Boavista. Luiza estaba junto a la tumba tan destrozada por el dolor como si fuera la propia viuda. Eduardo, al que José había acompañado en todas las penas y alegrías de su vida adulta, lloraba sin lágrimas, sólo le delataban los convulsivos movimientos de su cuerpo dentro del traje negro. Félix y Fernanda se mantuvieron agarrados de la mano, igual que Pedro y Joana. Sólo Vitória y León estaban medio metro separados el uno del otro, mirando con tristeza la tumba abierta. Félix, que allí veía a muchos de sus conocidos de Boavista por primera vez después de su huida, no pensó ni por un momento en el aspecto, la actitud y la presencia de nadie: el dolor le impedía ver lo que ocurría a su alrededor.

Cuando se terminó el entierro, Jorge se acercó a Félix.

—Me dijo que esperara a que estuviera bajo tierra.

Diciendo esto sacó del bolsillo interior de su chaqueta un papel con manchas de grasa, lo desdobló y se lo dio a Félix para que lo leyera. Era el testamento que José le había dictado a su amigo Jorge, que era miembro del "consejo del barrio", como se llamaba ahora el antiguo consejo de ancianos.

Querido Félix:

Cuando leas esto, estaré muerto. Pero no estés triste, pues ahora estoy en el cielo, con mi Marta. Como no sé dónde vive mi propio hijo, si realmente vive, y como tú siempre fuiste para mí como un hijo querido, quiero que heredes todo lo que tengo, excepto el violín, que es para Luiza. Y el arca con las guarniciones de plata también.

Yo fui toda mi vida esclavo, trabajé cincuenta años como co-
chero. Los señores siempre me daban una moneda, los invitados
también, o los artesanos, los comerciantes y los doctores cuando lle-
vaba o recogía algo, y cuando se ahorra se reúne una buena canti-
dad. Hace años que podría haber comprado mi propia libertad, pe-
ro ¿para qué? En Boavista me iba bien, y ¿por qué iba a pagar
dinero por la comida o la ropa o una habitación cuando lo tenía to-
do gratis? Así, no he gastado un solo vintém, *y ahora tú heredas*
una pequeña fortuna. Además te lo mereces, porque siempre has si-
do un buen chico y te has preocupado por mí sin pedir nada a cam-
bio. El dinero está en el Banco do Brasil, sí, ¿te sorprendes? ¡El vie-
jo José tiene una cuenta bancaria propia! Sólo tienes que ir allí a
buscarlo, pero te recomiendo que lo dejes allí, pues se multiplica ca-
da vez más.

Bueno, muchacho, sé bueno con tu Fernanda, ocúpate de Lui-
za si enferma, y lleva una vida que agrade a Dios. Adeus.

Firmado: José da Silva – XXX

Las tres cruces que representaban la firma de José emo-
cionaron a Félix. ¡El viejo no sabía leer ni escribir, pero qué
nobleza de corazón tenía! Félix guardó el testamento con las
manos temblorosas. Pasó el brazo por los hombros de Fernanda, que acababa de acercarse a él, y abandonó el cementerio de São João Batista con la cabeza gacha. Al final del día,
cuando Fernanda ya había leído el testamento, Félix le dijo
que tenían que buscar a los descendientes de José. Pero Fernanda le hizo recapacitar.

—No sabemos nada. Ni dónde acabó Marta, ni cómo
llamó a su hijo. Ni siquiera sabemos si es hombre o mujer.
Todo pasó hace casi cincuenta años, creo que nos podemos
ahorrar el esfuerzo. —Como siguió viendo un halo de esperanza en la mirada de Félix, añadió—: Y ya no se pueden mirar las actas. ¿No lo has oído? Ese ministro, ese Rui Barbosa,
quiere destruir todos los papeles de los archivos que recogen

la compra, venta, nacimiento y muerte de los esclavos. Y se supone que es para nuestro bien: así los *senhores* no podrán pedir indemnizaciones por daños y perjuicios al gobierno.

No fue sencillo convencer al banco de que él era el heredero legítimo de José. Reclamaron tantos certificados, documentos y testimonios que a Félix acabó doliéndole la cabeza. Después de ir de un lado para otro sin parar, consiguió todos los escritos necesarios, desarrolló una incurable antipatía hacia los burócratas y pudo, por fin, echar un vistazo a las cuentas. La suma que José había conseguido reunir después de toda una vida subsistiendo de la caridad hizo estremecer a Félix. ¡Ciento ochenta mil *réis!* Era suficiente para saldar todas las deudas, comprar estanterías nuevas para la tienda y una cama grande de matrimonio para la casa, una cuna y un sofá! ¡Demonios! ¿Por qué había ocultado José su fortuna? ¡Con ese dinero el viejo podría haber vivido cómodamente, haberse comprado ropa nueva y hasta un caballo! Y Félix podría haber pagado un ataúd mejor y una lápida de mármol. Sí, eso sería lo primero que haría: sustituiría la modesta cruz de madera por una elegante lápida en la que hubiera un medallón con la imagen de José y algunas palabras bonitas, algo distinguido como: "Aquí yace José da Silva, fiel esclavo de sus señores, humilde servidor de su creador". Pero Fernanda le convenció de que sería más apropiada otra leyenda. Y cuando Félix vio por fin las palabras "Que tenga suerte en su viaje en carruaje hasta el cielo" grabadas en la lápida, tuvo que limpiarse furtivamente unas lagrimillas de los ojos.

Su pena por la muerte de José fue sustituida por la inmensa alegría del nacimiento de su primogénito. La mañana del 1 de enero de 1891 Fernanda, en un parto breve, sin complicaciones, pero muy doloroso, y con la única ayuda de una comadrona que todavía no se había recuperado de la nochevieja, dio a luz un niño. Era una criatura fuerte con una vigorosa y potente voz, lo que alegró especialmente a Félix: durante los nueve meses del embarazo había temido que la mudez se pudiera heredar. Sobre el nombre ya se habían puesto de acuerdo Fernanda y él hacía tiempo: si era niña se llamaría Felicidade, a un niño lo bautizarían como Felipe. Al fin y al cabo, "Fé", que ya era un negocio floreciente, pasaría algún día a manos de su hijo.

XXX

—El brillo de los colores es fascinante.

—Un poco fuerte, demasiados colores, igual que la naturaleza de esta tierra, ¿verdad?

—El cielo es de un azul casi divino, la vegetación de un verde que sólo se encuentra en los trópicos.

—Tal como es.

—Y en el brillante color rosado de los vestidos el artista ha recogido el calor de los habitantes de esta magnífica tierra y de su aire.

—Debería haber utilizado mejor un tono naranja oscuro para reflejar el ardiente calor.

Mario Gianecchini miró a León parpadeando.

—Me parece que no se toma muy en serio mis elogios.

—Para mí está claro que sólo ha querido ser cortés. Este cuadro es horroroso, y los dos lo sabemos.

—Pues no, me gusta. Sólo la perspectiva parece algo deformada.

Eso era bastante benevolente. La casa, ante la que estaban Vitória y León Castro, estaba flanqueada en el cuadro por el Pan de Azúcar, a la derecha, y la iglesia de Glória, a la izquierda, y tras ella se veían, ligeramente difuminados, una playa y la cumbre del Corcovado. En su intento de captar el carácter especial del lugar, el artista había falseado la geografía de Río. Y eso no era todo lo que había modificado. Vitória, con un traje de noche rosa con demasiados volantes, miraba sonriendo dulcemente al observador y tenía un sorprendente parecido con la Virgen María que solía aparecer en las estampas. León, en el cuadro una cabeza más alto que ella cuando en realidad sólo le sacaba media cabeza, tenía un tono de piel más claro, el pelo castaño y un fantasioso uniforme de gala, y parecía un bondadoso patriarca.

Hacía mucho tiempo que Vitória no miraba con detenimiento el cuadro, que con su formato de dos metros de ancho y tres de alto dominaba todo el comedor. Era como una alfombra valiosa, un mueble heredado o una elegante taza de porcelana, que al principio parece maravilloso y se utiliza con gran precaución, hasta que al final la costumbre hace que ya no se le dé ningún valor. A Vitória la pintura no le resultaba más interesante que el papel pintado con motivos florales… hasta que su invitado se fijó en él. Le resultaba excesivamente pretencioso. ¿Cómo podía haberle parecido bonita alguna vez aquella representación tan enaltecedora de León y ella? ¿Y cómo es que seguía allí colgada esa monstruosidad que ridiculizaba su matrimonio roto?

—Querido *senhor* Gianellini —dijo, intentando desviar la atención del horrible cuadro—, cuéntenos…

—Gianecchini.

—¡Oh, sí, es imperdonable por mi parte! Bien *senhor* Gianecchini, cuéntenos mejor sus impresiones sobre Brasil. Es la primera vez que viene a este país, ¿no es cierto? ¿Le gusta Río de Janeiro?

—¡Ah, *cara signora* Castro! Apenas puedo expresar mi admiración con palabras. ¡Qué ciudad! ¡Qué gente! Todo tan colorista, tan ruidoso, tan caótico… tan vital. Hoy me ha llevado su muy estimado esposo a un mercadillo, y allí he encontrado cientos de motivos para mis cuadros: los puestos de cocos y mandiocas; los montones bien colocados de frutas que en Europa cuestan una fortuna: mangos, piñas, frutas de la pasión y muchas otras que no conocía y cuyos nombres he tenido que apuntarme; las vendedoras negras con sus turbantes blancos; los criados de la gente rica que van a comprar y llevan la arrogancia escrita en la cara; el organillero desdentado con un pequeño mono sentado en el hombro; las jaulas de pájaros de las casas del entorno, en las que exóticas aves se limpiaban las plumas; y..., ay, tantos detalles pintorescos, además de sonidos y olores desconocidos, y el calor... ¡una fiesta para los sentidos!

—León —intervino *dona* Alma—, ¿por qué no le enseñas a tu amigo las partes bonitas de la ciudad, el palacio imperial o las preciosas iglesias barrocas? Debe de pensar que vivimos lejos de cualquier cultura y civilización.

—Muy estimada *signora dona* Alma —respondió Gianecchini en lugar de León—, su yerno ha sido muy amable al cumplir mis deseos. Yo quería ver los mercados, los barrios pobres, los muelles del puerto, pero también los parques y el *giardino* Botanico. En Italia tenemos iglesias más que suficientes, además de palacios, monumentos y museos. Pero no tenemos ni negros ni aborígenes indios, no conocemos esta variedad de plantas y animales, aunque Italia es el país más alegre y productivo de Europa, como seguro que le habrá contado su yerno.

Sí, lo había hecho, pensó Vitória. Hacía mucho, mucho tiempo, cuando él era todavía un osado emprendedor y ella una ingenua *sinhazinha*; y cuando se dejó impresionar tanto por las costumbres mundanas de León que incluso se casó con él. Nunca hablaba de la gente que había conocido por todo el mundo, de los amigos que había hecho, ni de las personas famosas con las que se había encontrado. Por eso se quedaron muy sorprendidos cuando unas semanas antes les comunicó la visita de un viejo amigo, un pintor de Milán.

No era frecuente que León invitara a alguien a su casa, quizás porque él mismo ya no se sentía a gusto en su hogar. En los últimos meses había pasado más noches en el hotel Bristol que en su propio dormitorio. Vitória supuso que quería que su amigo de otros tiempos viera cómo vivían los brasileños ricos. La forma en que el italiano los miraba a ella, a sus padres, a los criados, a la casa y la comida, confirmó esta suposición. Para el artista todos ellos no eran más que objetos de estudio, material para sus lienzos. Cien años más tarde cualquier visitante de cualquier museo de tercera categoría de Italia miraría divertido un cuadro en el que estarían ellos representados cenando: una dama joven y elegante a la que la criada negra mira con gesto de reproche; una arrogante *senhora* vestida de negro; un señor mayor como ausente que contempla la "exótica" comida de su plato; el señor de la casa con las piernas indolentemente estiradas y unas zapatillas bordadas en los pies; bajo la mesa un gigantesco perro mordisqueando un hueso. Sí, Vitória veía claramente la obra de arte ya terminada, y confiaba en que el artista, en su entusiasmo, no pintara el cuadro con demasiado realismo. Las primeras canas de León y sus granitos rojos en la barbilla no eran un adorno bonito. Sería mejor que la posteridad la viera como en el horrible cuadro del comedor.

—¿Y qué opina usted de los brasileños? ¿No le parecen una raza muy especial? —preguntó *dona* Alma como si ella misma no fuera brasileña y con la clara intención de que su invitado criticara a sus compatriotas. Pero él no le hizo ese favor.

—Sí, es cierto, una raza muy especial. Hasta ahora me parecen muy cordiales y sumamente amables. Aquí, con ustedes, que hablan todos un perfecto francés, me resulta más fácil entenderme con mis escasos conocimientos de este bello idioma. Pero ahí fuera, entre la gente sencilla, dependo de la ayuda y la buena voluntad de las personas. Y créame, mi muy estimada *signora dona* Alma, en ninguna otra parte del mundo funciona la comunicación tan bien como aquí. Es sorprendente todo lo que puede entender la gente cuando quiere entenderse.

Dona Alma no estaba muy satisfecha con la respuesta de Gianecchini, pero encontró muy amable el elogio de su francés, que había sufrido mucho desde sus tiempos de la escuela.

—¡Y esa mezcla de razas! —prosiguió él—. ¡Es única en el mundo! En los Estados Unidos de América, donde la población se compone de blancos y negros en una proporción similar a la de Brasil, se ven muy pocos mulatos. Aquí, en cambio...

—Sí, es una vergüenza.

Dona Alma sacudió la cabeza con tristeza. Vitória vio que León se estaba divirtiendo, como si se alegrara de antemano de la tempestad que aquel malentendido iba a provocar.

—¿Una vergüenza? No, todo lo contrario. ¡Es una bendición! En ningún otro sitio he visto tantos tonos de piel como aquí, tantos colores de ojos, tantas estaturas, tantos tipos de pelo. ¡Es un milagro de la naturaleza! En una papelería en la que he entrado a comprar material de pintura he visto hoy a un mulato que tenía los ojos casi del mismo color que su estimado esposo. Sí, ¿no es increíble? Un hombre de piel oscura con los rasgos de un blanco y los ojos claros, de color marrón grisáceo con pintas verdes, lo que para un artista constituye un desafío único.

—En otros tiempos esa criatura habría bajado la vista en su presencia. No podría haber estudiado sus ojos con tanto detalle.

El entusiasmo hacía que el hombre fuera totalmente insensible a las mordaces observaciones de *dona* Alma. Vitória suspiró para sus adentros cuando él prosiguió sus explicaciones sin inmutarse.

—Mejor que hoy sea todo distinto. Sí, y luego he visto una muchacha de piel muy oscura, casi negra, con el pelo de india largo, liso, muy negro, recogido en dos trenzas. Y un…

—Déjelo, Mario —interrumpió León a su amigo—. Mis suegros y mi mujer no valoran mucho la mezcla de razas, por muy maravilloso que sea el resultado.

Vitória se revolvió en su silla antes de notar que León la miraba fijamente. ¿Qué quería? ¿Tenía que hablar del "maravilloso resultado de la mezcla de razas", de la que él se consideraba, sin duda, la máxima culminación?

—Excepto en el caso de mi perro, por supuesto —dijo ella, dando golpecitos en la tripa de Sábado, que estaba debajo de la mesa—. Pero dígame, *senhor* Giannini…

—Gianecchini.

—Disculpe, *senhor* Gianecchini. ¿Qué otras cosas ha observado en las que nos diferenciemos de los europeos?

—Muchas, demasiadas. No quiero aburrirles, pues seguro que ustedes también las han observado.

—No, cuente, cuente. Yo nunca he estado en Europa —dijo Vitória mirando a León con toda intención—. Y me gustaría saber qué aspecto tiene un europeo.

No dijo que conocía a numerosos franceses, ingleses, italianos, holandeses y alemanes en Río, y la opinión que éstos tenían sobre los brasileños.

—Bueno, una de ellas es el diferente ritmo de vida de este pueblo, que sin duda se debe a la temperatura. La gente se mueve más despacio, casi arrastrándose. El que anda deprisa o corre, casi resulta sospechoso.

—Claro —intervino *dona* Alma—, sólo corren los ladrones y los judíos.

Mario Gianecchini carraspeó incómodo.

—También me parece que el brasileño blanco acomodado de origen portugués dispone de más tiempo libre que los adinerados burgueses de Europa. No se le ve trabajar.

—Qué amable por su parte expresarse en términos tan rebuscados, *senhor* Giovannini. Pero…

—Gianecchini.

—¡Cielos! Discúlpeme, por favor, pero ¿por qué tiene usted un apellido tan difícil de pronunciar? ¿Me permite llamarle Mario? No querría volver a ofenderle confundiéndome con su apellido. Llámeme Vita, por favor.

—Encantado, *signora* Vita.

—Lo que quería decir es que no tenga miedo de decirlo, Mario. Mis compatriotas son vagos.

—¡Vitória! —exclamó su padre, tomando la palabra por primera vez.

Vitória no le hizo caso. La aversión al trabajo de Eufrásia, Rogério y tantos otros viejos y nuevos conocidos que consideraban su color de piel como una licencia para vivir sin trabajar había sido siempre para ella un motivo de enojo… y uno de sus temas de conversación favoritos. Se alegró de que el amigo de León detectara tan pronto uno de los puntos débiles de la república. La gente con formación seguía explotando a los negros analfabetos, que, al igual que en los tiempos de la esclavitud, seguían desempeñando los peores trabajos. Los mulatos con una rudimentaria formación escolar o los blancos de las clases modestas dominaban la artesanía y el pequeño comercio. Los *"senhores"*, en cambio, sólo se esforzaban un poco para poder vivir trabajando lo menos posible: el proteccionismo y la corrupción daban frutos fantásticos.

Sí, la clase alta "portuguesa" era holgazana, y Vitória era una de las que más lamentaba esa desafortunada actitud. Apenas había ya funcionarios que hicieran algo sin la correspondiente comisión, ya no quedaban policías honrados ni inspectores de hacienda decentes. En las facultades se pagaba a los profesores para que dieran el grado de licenciado o incluso de doctor a los estúpidos hijos de familias con un apellido todavía muy influyente. En las obras públicas no se valoraba ya el sentido o la necesidad de cada proyecto, sino que se aprobaba cualquier plan absurdo si a cambio se desembolsaba una buena suma. Los encargos de fuentes o estatuas para las plazas públicas no recaían ya en los artistas más capacitados, sino en quien podía demostrar ser primo de un amigo del hijo del funcionario correspondiente.

Vitória no entendía cómo podían conformarse los demás. ¿Era ella la única que lamentaba estas circunstancias? ¿Es que en este país nadie tenía conciencia? ¿Qué sentía el funcionario cuando pasaba ante una fuente de pesadilla que él mismo había adjudicado a un artista sin talento? ¿Le gustaba a la gente ir a un médico y tener la angustiosa y a menudo justificada sospecha de que el "doctor" era un farsante inútil? ¿O vivir en una calle que de pronto cambiaba de nombre, tomando generalmente el de un político que había destacado por su gran incompetencia y su codicia aún mayor, lo que le había proporcionado fama y distinción? Había tantos de éstos que en Río era fácil perderse con tantos nombres de calles nuevos.

—¿No es así, *signora* Vita?

Vitória salió de su ensimismamiento.

—La gran religiosidad, pero también la beatería, me recuerdan a mi país. Aunque aquí es más visible. Con tan pocos matrimonios mixtos y tantos mulatos me da la sensación de que la mayoría de la gente no toma muy en serio las enseñanzas de la Iglesia católica.

León se echó a reír.

—Más concretamente los hombres, Mario, los hombres. Pero aparte de eso, tiene usted razón. Es exactamente así.

Vitória se alegró sobre aquella crítica a la santurronería, que estaba por todas partes y a ella le ponía muy nerviosa.

—Creo que es una bajeza ensuciar de ese modo nuestras creencias.

Dona Alma ya estaba harta de aquella conversación. Acababan de retirar los platos del postre, y la cortesía no la obligaba a esperar al café. Holgazanería, promiscuidad… ¿qué más defectos les iban a atribuir esos jóvenes a los portugueses?

—Me voy a retirar. Ha sido un placer conocerle, *senhor* Gianelloni.

Todos en la habitación notaron que había cambiado a propósito el apellido del italiano, incluso el artista mismo, que esta vez se ahorró la corrección. Hizo una profunda reverencia ante *dona* Alma, le deseó buenas noches y, cuando abandonó la habitación, se mostró tan aliviado como el resto de los comensales.

Isaura ayudó a *dona* Alma a desvestirse, le cepilló su larga cabellera gris y le recogió el pelo en una trenza para la noche. Desde que la antigua esclava había demostrado compasión por la familia imperial expulsada del país —admiraba a la princesa Isabel por considerarla como la persona que liberó a los negros del yugo de la esclavitud—, *dona* Alma se mostraba muy amable con ella y la había convertido en su doncella personal. Isaura abrió la cama, hizo una leve reverencia y dejó a su *senhora* sola. *Dona* Alma se puso un chal por los hombros, acercó una silla a la ventana, tomó un trago de su nuevo tónico curativo y miró el cielo. ¡Todo estaba alterado en este país, todo! Ni siquiera la luna creciente estaba ya en el firmamento como debía, sino que estaba torcida y parecía un cuenco vacío.

En pocas semanas, en mayo de 1891, haría treinta años que había llegado a Brasil, pero *dona* Alma todavía se sentía más unida a su país natal, Portugal, que a aquel infierno tropical. Los campos de color pardo del Alentejo, quemados por el árido calor del verano, le parecían la Arcadia más pura, mientras que el exuberante verdor de Brasil le resultaba francamente obsceno. El olor de los ladrillos secos y polvorientos que se quemaban bajo el sol se convirtió en su recuerdo en un aroma embriagador, mientras las intensas fragancias de las plantas tropicales le resultaban ordinarias y el olor del café puesto a secar, repugnante. Las melodías del fado despertaban en ella más *saudades*, nostalgias, que el triste *chorinho* que escuchaban últimamente los brasileños. Las suaves colinas de Lisboa le gustaban mil veces más que la melodramática silueta de Río. El gutural dialecto de su pueblo le parecía incomparablemente más bello que el suave y cantarín acento de los brasileños. ¿Qué había hecho mal para que el Señor la castigara de ese modo?

En toda su vida sólo había cometido un pecado. Había sido a los diecisiete años y fue producto del desconocimiento y el amor. ¿Cómo podía hacer el Todopoderoso que tuviera que seguir pagando por aquello? Ella, hija de una buena familia, se enamoró del apuesto Júlio, accedió a sus deseos, y aquello no quedó sin consecuencias. ¡El Buen Dios no podía ponerla una penitencia de por vida por un episodio que no duró más de dos meses! El apuesto Júlio eludió toda responsabilidad cuando le contó que estaba embarazada. Desapareció para siempre del pueblo, ante el temor de que le obligaran a casarse. Eduardo da Silva, un hombre que, a pesar de ser agricultor, era inteligente, generoso y correcto, aunque algo más aburrido que Júlio, se hizo cargo de ella. Se casó a pesar de que sabía que esperaba un hijo de otro. Jamás olvidaría el viaje en barco hasta Brasil, que en aquel entonces duraba casi dos meses, ni el día en que su hijo vino al mundo y a las pocas horas murió. ¡Allí estaba ella, con un hombre al que no amaba y en un país que odiaba! Pero superó la nostalgia, la soledad y la pena por el pequeño Carlos, trabajó como una mula para hacer de Boavista un hogar agradable, aprendió a querer y respetar a su marido y llevó una vida del agrado de Dios.

Pero no fue suficiente para el vengativo Todopoderoso. Otros dos hijos, Joana y Manoel, murieron en su primer año de vida. Su dulce y pequeña Isabel, una delicada criatura de pelo claro y rostro angelical, sólo llegó a cumplir once años; el impertinente Guillermo, que con su piel aceitunada y sus rasgos aristocráticos era el que más se parecía a ella, no pasó de los ocho. Siete hijos había parido, cinco había perdido. ¿Qué mayor castigo se puede infligir a una madre?

Dona Alma buscó consuelo y apoyo en la oración, y parecieron desaparecer todas sus penas. Siguió una época de crecimiento, paz y tranquilidad. Pedro y Vitória crecían, Eduardo y ella estaban libres de preocupaciones, Boavista prosperaba. *Dona* Alma estaba convencida de que el Creador había escuchado sus oraciones. Pero era sólo una pausa en su desmedido afán de venganza.

El reuma y la artritis los podía aceptar con resignación. Pero la abolición de la esclavitud y la consiguiente pérdida de prestigio, fortuna y amigos, era simplemente demasiado. Todo por lo que Eduardo y ella habían trabajado durante treinta años se desvanecía ante sus ojos. Sencillamente, no era justo. Nunca había amado Boavista tanto como su propia tierra, pero al fin y al cabo era su hogar, el lugar donde habían nacido sus hijos, el gran amor de Eduardo. Era horrible tener que ver cómo su marido, que siempre había sido un hombre fuerte, optimista y que miraba hacia adelante, estaba ahora abatido y desmoralizado. Pero aún era peor la transformación que había sufrido Vitória.

¿Qué había sido de la pequeña que seguía los pasos de su padre, que le imitaba con gesto serio y estridente voz de niña? ¿Que se sentaba en las rodillas de su madre y confesa arrepentida sus pecados: cómo había pintado los libros de la escuela de Pedro, escondido la pipa de Luiza, o escupido por la ventana a José? Hoy Vitória trataba a sus padres como extraños, como parientes lejanos a los que hay que acoger por obligación y se les hace sentir que no son bienvenidos. Sí, ya de niña era bastante altiva, con diez años dominaba a su hermano de dieciséis y le chantajeaba bajo la amenaza de enseñar a sus padres sus poemas de amor. Una muchacha brillante que cada año era más bonita. ¿Qué había sido de la joven por la que suspiraban todos los jóvenes apuestos del valle y que hacía que las demás *sinhazinhas* parecieran flores marchitas al lado de una rosa floreciente? Sí, era una rosa que hoy estaba llena de espinas. Seguía siendo muy bella, pero costaba mucho descubrir sus encantos. ¿Por qué se afeaba de aquel modo, con las gafas, sus vestidos aburridos y sus peinados sin fantasía? ¿Negaba a sus padres el placer de sentirse orgullosos de su hija y a su marido el de mirar a una esposa bonita? Y eso no era todo lo que le negaba a él.

Dona Alma sentía lástima de León. Ciertamente su pasado no era glorioso, su origen seguía ensombrecido por vagas sospechas y sus relaciones eran escandalosas. Pero tenía buenas maneras, siempre trataba a sus suegros con el mayor de los respetos, y era muy apuesto y elegante. A veces, cuando León se reía, le recordaba a Júlio. Tenía su misma masculinidad, los mismos ojos oscuros cuya expresión oscilaba entre la pena y el deseo. Pero además tenía otras cualidades de las que carecía su amor de juventud: responsabilidad, honradez, valor. Y amaba a su hija profunda y ardientemente. ¿Por qué tenía que torturar Vitória de aquel modo a todos los que podían hacerla feliz? ¡Una separación! ¡Aquello era el colmo!

Unos días antes *dona* Alma había sido testigo involuntario de una fuerte discusión entre Vitória y León que llevó a su hija a gritarle a su marido a la cara que quería separarse. ¡La culpa era de los malditos republicanos! No respetaban a los señores, recortaban los derechos de la Iglesia al máximo y corrompían a los ciudadanos con sus ideas "progresistas". Se decía que en el futuro los casamientos sólo serían válidos si se celebraban en el registro civil. ¡Bodas en una oficina! ¿Podía haber algo más bajo?

Quizás, pensó *dona* Alma, debería emprender un largo viaje por Europa con Eduardo. Le rompería el corazón que su hija se separase, pero si al menos lo hacía en su ausencia, el dolor sería más llevadero. Además, allí ni eran bienvenidos ni servían para nada. ¿Para qué esperar a ver de nuevo el querido Portugal o presentar sus respetos al viejo emperador enfermo en París? Ellos disponían de tiempo, Vitória de dinero. Y ella les daría suficiente si de ese modo podía perder de vista a sus viejos e inútiles padres. Seguro que para Vitória era una "inversión razonable". ¡Ay, su hija y el dinero! ¿Cómo era posible que Vitória adorara de aquel modo al dios Dinero, que le diera mayor importancia a él que a las personas que la querían de corazón? ¿Cuándo se había vuelto tan calculadora, inhumana y fría? *Dona* Alma se tapó con el chal que llevaba sobre los hombros. Estaba tiritando.

En el recibidor Taís le tendió al visitante su sombrero, su abrigo y su bastón.

—No entiendo por qué aquí la gente viste como en Londres o París sólo porque es "otoño". ¡Llevar abrigo con veinticinco grados por la noche! León, ¿trasgrediría sus normas de educación si no me lo pusiera?

—Mi marido no tiene normas de educación. No se sienta obligado a nada —respondió Vitória en lugar de León, dirigiendo al invitado una encantadora sonrisa con la que apoyó sus palabras—. Aunque hace bastante fresco. Será mejor que se lleve el abrigo.

—Sí, no vendrá mal. ¡Oh, querida Vita, ha sido una velada maravillosa! —Mario Gianecchini tomó la mano de Vitória—. Muchas gracias por la estupenda cena y su encantadora compañía. ¿Está segura de que no desea acompañarnos?

—¡Oh, claro! Por nada del mundo querría estropearles su plan, lo que sería inevitable con una acompañante femenina, ¿verdad? ¡Tendrían que comportarse como caballeros, vaya castigo!

Vitória se rió, y el italiano se echó a reír también.

—El buen León tiene mucha suerte. No se merece una mujer tan bella e inteligente como usted.

Vitória evitó responder. ¿Por qué debía explicar al amable Mario cosas que probablemente no comprendería? El hombre era inteligente, ameno y simpático, y esperaba que pasara una agradable noche entre hombres después de haber soportado la deprimente compañía de *dona* Alma, Eduardo y ella misma. En las tabernas y los casinos encontraría, sin duda, nuevos motivos de inspiración para sus cuadros. Y a Pedro, que tenía gran interés por el arte, le vendría bien conversar con Mario y salir un poco de noche. Últimamente su hermano estaba tan encerrado en sí mismo, tan bajo de ánimo, que una alegre noche con otros hombres le sentaría bien.

—¡Adiós, cariño! Estoy impaciente por contarte luego nuestras aventuras. —León tomó la mano de Vitória, la besó levemente, la dejó caer de nuevo y se inclinó sobre ella para darle un beso en los labios. Mario Gianecchini se sintió molesto por la evidente sensualidad de ese gesto, y se dio la vuelta para no ser testigo de tales intimidades matrimoniales. No pudo ver que a Vitória poco le faltó para darle una bofetada a su todavía esposo.

Dos horas más tarde Pedro y León conversaban animadamente con Mario, ayudados por el consumo de alcohol, la espontánea afinidad que creyeron encontrar entre ellos, el fácil discurso de León y el relajado estado de ánimo. En un galimatías de portugués, italiano y francés, acompañados de un poco del latín que todos conocían de la iglesia, se contaron sus hazañas y sus pecados de juventud.

Cuando Mario y Pedro preguntaron a León por sus años como libertador de esclavos, éste les habló de las personas que había conocido, de los negros que al ser libres pudieron descubrir y desarrollar sus capacidades. Puso el ejemplo del joven Ronaldo, que en la actualidad ganaba mucho dinero como capitán de buques mercantes, y de Lili.

—Cuidaba los cerdos, era fea, pero tenía un gran talento para los negocios. Hoy regenta uno de los burdeles más famosos de Río. Dice que allí también cuida cerdos.

León, Pedro y Mario se rieron.

—Hagamos una visita a Lili —propuso Mario—. Seguro que constituye un buen objeto de investigación.

Pero Pedro, que todavía no había ahogado toda su moral en el aguardiente, se opuso.

—Yo nunca voy a ese tipo de establecimientos. No lo necesito, tengo en casa a la mejor de las esposas.

—¡Dios mío, Pedro! ¿Por qué eres siempre tan anticuado? —protestó León—. Sólo vamos a saludar a Lili, echar un vistazo, tomarnos un brandy. Nada más. A la media hora como mucho cambiaremos de local.

—¿Prometido?

—Palabra de honor.

—¿Y ni una palabra a Joana o a Vita?

—Ni una sílaba.

—Está bien.

En La Mariposa de Oro recibieron a León como a un cliente habitual, lo que horrorizó a Pedro. Éste se vio obligado a dar la mano a aquella tal Lili, una persona sin escrúpulos de un aspecto tan normal que se quedó sin habla. En Boavista no habrían encargado el cuidado de los cerdos a alguien así. Se sentó en un sillón en el rincón más escondido y metió la nariz en la copa de brandy para no ver a aquellas mujerzuelas tan indecentemente vestidas. Pero Mario, que había acercado un sillón para sentarse a su lado, parecía no inmutarse porque una muchacha se hubiera sentado cómodamente en su regazo y le acariciara. Hablaba en el mismo tono que utilizaría en un café acompañado de distinguidas matronas.

—Ha sido un día muy emocionante, he conocido muchas cosas nuevas. Si León sigue llevándome de un lado para otro en un par de días estaré muerto. No sé de dónde saca esa energía.

—Sería mejor que empleara una parte de ella en casa.

—Sí, antes tuve la impresión de que… —Mario se calló a tiempo. A los hermanos de las mujeres guapas no les gusta oír ciertas cosas. Seguro que en Brasil ocurría lo mismo que en Italia.

Pedro miró a Mario con escepticismo. Como artista debía tener más espíritu de observación.

Pasados unos segundos Mario rompió el incómodo silencio.

—Sabes, Pedro, es mejor que hayamos salido hoy. Mañana va a llover.

—¿Cómo lo sabes?

—Por la cicatriz del pecho. Me molesta siempre que va a cambiar el tiempo.

—No creo que tu cicatriz funcione bien en Brasil. Las condiciones térmicas y meteorológicas son aquí muy diferentes a las de Europa.

—¡No, no! En Sudáfrica siempre acertaba con mis predicciones del tiempo.

—Curioso. Mi cicatriz del brazo no resulta tan útil. Sólo me molesta cuando realizo algún esfuerzo físico.

La muchacha que estaba sentada en las rodillas de Mario parecía aburrida con la conversación. Se puso de pie, pero con tan poca habilidad que volcó una copa. Un chorro de líquido marrón cayó sobre la camisa de Pedro.

—¡Ten cuidado, patosa! —gritó mientras sacaba un pañuelo del bolsillo del pantalón. La muchacha agarró el pañuelo para limpiarle la camisa.

—¡Quítame tus sucias manos de encima! —gritó empujando a la mujer.

Mario miró a su nuevo amigo como si estuviera poseído por el demonio.

—Ha sido sólo un pequeño accidente. No hay motivo para alterarse tanto.

—Ya estoy harto de esto. ¡Vámonos!

En el pasillo pasaron ante una habitación cuya puerta estaba entreabierta y en la que había varios hombres y mujeres tumbados sobre esteras como si esperaran a la muerte. El olor que salía de la habitación era desconocido para Pedro, pero supuso que se trataba de opio. ¡Dios mío, lo mejor sería irse cuanto antes! Cuando salieron al exterior les dio el aire frío y húmedo en la cara. Estaba lloviendo.

XXXI

Félix casi habría preferido tener un hijo mudo. El bebé no paraba de llorar y gritar. Lloraba cuando tenía hambre, y lloraba cuando estaba saciado. Lloraba durante todo el día y la mitad de la noche. Félix no sabía qué hacía mal Fernanda, y tampoco sabía por qué ella le hablaba con aspereza cuando se lo preguntaba. Sólo sabía una cosa con certeza: no podían seguir así. Iban a perder los nervios, iban a convertirse en dos fieras, como el niño. Tenían que hacer algo. ¿No podían contratar a una niñera, por ejemplo? Fernanda tendría más tiempo para otras cosas, podría ir a la tienda, donde siempre se necesitaba ayuda, podría volver a pensar con claridad. Sí, una niñera sería la solución.

Félix garabateó su idea en el cuaderno de notas que, desde que trabajaba en la papelería, había sustituido a la voluminosa pizarra.

—Estás completamente loco —dijo Fernanda—. ¿Acaso crees que eres un *senhor* blanco?

No, pero sí un hombre que estaba dispuesto a hacer un gasto adicional si de ese modo su mujer estaba más contenta.

—¡Por favor, igual que los vecinos! Ahora dime que no valgo como madre.

No era una mala madre, sólo una madre sobrecargada, contestó Félix, aunque no era del todo sincero. Fernanda era muy inteligente, pero como madre era un desastre.

—No nos lo podemos permitir, Félix. En este barrio nadie se haría cargo de él. Todos saben que Felipe es un llorón. Y si buscáramos en otro sitio nos costaría más tiempo y dinero.

¿Bueno, y qué? Félix pensaba que merecía la pena.

Fernanda se limpió una lágrima furtiva. ¡Cuántas veces había soñado con poder dejar a Felipe en manos de alguien y tener un par de horas de tranquilidad, poder dormir y volver a pensar con claridad! Jamás se habría atrevido a decírselo a Félix. Una familia como la que formaban ahora debía tener una madre sacrificada. Sólo los blancos muy ricos dejaban que otros cuidaran de sus hijos… o las personas muy pobres o las madres solteras, que tenían que volver a trabajar a los pocos días del parto para no perder su puesto de trabajo. Pero una mujer sana como ella, que tenía suficiente leche, un marido que cuidara de ella y una casa propia no podía dejar a su hijo en manos de otros por puro egoísmo.

Félix besó a Fernanda suavemente en los labios. Además, le explicó, él la necesitaba en la tienda. Los dependientes no servían para nada, eran desagradables, poco honrados, o ambas cosas a la vez. Ella debía vigilar a aquella pandilla, pues él sólo no podía con todo.

Fernanda sonrió.

—¿Quieres decir que debo hacerme cargo de esa pandilla en lugar de cuidar de mi propio hijo? Tienes una lógica muy extraña. ¿Pero sabes qué? En este momento me parece más fácil dominar a ese grupo de salvajes que a Felipe. ¿Crees que lo conseguiré?

Fernanda había pasado mucho tiempo con una criatura que demandaba toda su atención, pero a cambio sólo recibía ingratitud. Se sentía inútil, tonta e incapaz de realizar cualquier trabajo que no fuera el de la casa. Había perdido la confianza en sus propias capacidades. Los tiempos en los que había trabajado como maestra, valorada tanto por alumnos como por colegas, pertenecían a otra época diferente. Parecía que hacía una eternidad desde que trabajara en la tienda, donde demostró gran interés y habilidad. Aquélla era otra Fernanda distinta, una mujer joven, fuerte, decidida, y no el manojo de nervios en que se había convertido.

Félix escribió en su cuaderno: "Si tú no lo consigues, no lo conseguirá nadie."

Fernanda no le creyó, pero se mostró agradecida por su intento de animarla.

Félix se tocó la oreja nervioso. Había llegado el momento de contarle las graves dificultades que tenía en la tienda. No todo iba tan bien como le había hecho creer. Y los dependientes poco dispuestos no eran el problema. Lo más difícil era hacer frente a la competencia. Dos manzanas más allá había abierto sus puertas una nueva papelería.

—¿Cómo se puede ser tan tonto? —gritó Fernanda—. Esa gente tampoco se hace un favor a sí misma.

Creían, escribió Félix, que podrían sobrevivir con los clientes que sobraban en Fé. Quizás no debía haber hecho tanta ostentación de su éxito, con el nuevo cartel de chapa, la elegante puerta nueva y las grandes inscripciones de los escaparates.

Fernanda esbozó una malvada sonrisa.

—Podemos poner a Felipe en su carrito delante de la otra tienda. Eso ahuyentará a los clientes.

Félix se unió a la liberadora risa de Fernanda. Cuando reía tan abiertamente era otra vez la Fernanda de antes, la Fernanda con la que él se había casado. Le invadió una ola de ternura, y lo mismo le ocurrió a ella, pues respondió a su beso con una pasión poco habitual. Sólo el llanto que llegó desde la otra habitación les devolvió de nuevo a la amarga realidad.

Una semana más tarde ya habían encontrado una mujer que se quisiera ocupar de Felipe por las mañanas. Juliana, una ya no tan joven madre de ocho niños, que unos meses antes había tenido el último bebé, les pareció una mujer razonable. Era limpia y aseada, sabía manejar a los niños y, con su cuerpo redondeado, daba la sensación de ser alguien a quien no se saca fácilmente de sus casillas. Su casa era modesta, pero limpia, un lugar donde se podía dejar al pequeño sin tener mala conciencia.

El primer día de trabajo de Fernanda llevaron a Felipe a las ocho de la mañana a casa de Juliana, para ir desde allí hasta el centro de la ciudad en el tranvía tirado por caballos. Fernanda no había estado tan nerviosa desde el día de su fuga. Por primera vez desde el bautizo de Felipe llevaba un vestido delicado y no una basta bata de casa, botines con cordones en lugar de gruesas sandalias. Se mordisqueó el labio inferior hasta que descubrió una pielecita, e intentó quitársela con los dientes. Al hacerlo hizo un gesto muy extraño. Félix miraba por la ventanilla y no notó el nerviosismo de su mujer. Tampoco lo habría comprendido del todo. Al fin y al cabo, Fernanda ya había trabajado en la tienda antes de casarse, sabía lo que había que hacer y era hábil. Vería algunas caras nuevas. Félix había sustituido a casi todo el antiguo personal por gente supuestamente más competente. Pero ¿qué motivo iba a tener ella, la mujer del patrón, para temerles? Félix no tenía ni idea de lo que había disminuido la autoestima de Fernanda.

En la Praça Tiradentes se apearon del tranvía e hicieron el último tramo a pie. Fernanda se agarró del brazo de Félix. Los pies le dolían porque no estaba acostumbrada a llevar zapatos. Iba con los sentidos bien despiertos, lo que le permitió percibir cualquier cambio, por mínimo que fuera, que se hubiera producido en los últimos meses. En la Rua da Constitução habían plantado unos árboles que llegaban casi hasta los balcones de la primera planta. En la Rua Luíz da Camões había un palacete nuevo donde en primavera había una obra. Y la acera de la Rua da Alfândega estaba totalmente cubierta por los vistosos toldos de las tiendas, de forma que se podía ir a ver escaparates aunque lloviera.

También sobre los escaparates de su tienda había un toldo de rayas verdes y blancas a juego con el color verde oscuro de la puerta, que en ese momento todavía tenía echado el cierre metálico. Félix se enfadó porque Bernardo, que debía haber sido el último en marcharse la tarde anterior, no había recogido el toldo. Abrió el cierre metálico, lo subió con gran estrépito y lo encajó bien. Luego abrió las tres cerraduras de la puerta, dejó pasar a Fernanda y se inclinó ante ella como si él fuera un lacayo y ella una elegante *senhora* que entraba a la tienda a comprar.

La tienda estaba todavía en penumbra. El aire olía levemente a papel, pegamento y pintura. Fernanda aspiró con fuerza. ¡Qué agradable le resultó, qué recuerdos le trajo! Como si el olor conocido le hubiera despertado de pronto los conocimientos que ella creía olvidados, Fernanda encendió con entusiasmo las lámparas de gas, mientras Félix abría los otros cierres de los escaparates. Así lo hacía antes del nacimiento de Felipe. A Fernanda le pareció que había retrocedido en el tiempo. En el pequeño cuarto trasero que Félix utilizaba como oficina y en el que había un pequeño fogón, preparó café mientras Félix contaba el cambio de la caja. Puso tarjetas de bienvenida y flores de papel recortadas para los álbumes de poesía en las mesas que había en el centro de la tienda, mientras Félix colocaba el cartel plegable en la acera. Funcionaban como un dúo perfectamente sincronizado.

Fernanda se preguntaba cómo podía haber temido alguna vez que no podría realizar aquel trabajo.

Poco después de las nueve llegaron los empleados. El primero que apareció, tres minutos tarde, fue un hombre de mediana edad, un mulato de piel clara con un imponente bigote que se presentó como Alberto. Saludó a la mujer del jefe con una despectiva inclinación de cabeza y pasó tras los mostradores, donde se agachó y empezó a abrir todos los cajones con gran estruendo, como si estuviera buscando algo importante. A Fernanda le pareció que no quería que le vieran. Luego, con siete minutos de retraso, apareció un joven de piel muy oscura y aspecto estúpido llamado Paulinho, que era el encargado de los repartos y los paquetes del almacén. Tras él entró corriendo en la tienda una mujer que mantuvo la cabeza agachada y no miró a Fernanda a los ojos cuando fueron presentadas. "Sí, *senhora*", masculló la mujer, una blanca de aspecto apesadumbrado, con los ojos verdes. Era Leopoldina y le pedía humildemente disculpas por el retraso. Su marido estaba enfermo. Fernanda tuvo la impresión de que la que estaba enferma era ella tras recibir una paliza de muerte de su marido, probablemente borracho. Por último, con más de media hora de retraso, llegó el cajero, Bernardo, al que Fernanda ya conocía de antes. Entre sus obligaciones se encontraba la de colocar el cartel de "Abierto" en la puerta a las nueve y media.

Fernanda pidió la atención a todo el personal. También Félix la miraba con curiosidad.

—No llevo ni una hora aquí, y en este breve espacio de tiempo he observado tales actitudes que me parece indicado aclarar algunas cosas antes de que lleguen los clientes. En primer lugar, su horario de trabajo es de nueve a siete, no de nueve y diez o nueve y media a antes de las siete. Todos ustedes recuperarán esta tarde el tiempo no trabajado. El *senhor*

Alberto no abandonará la tienda antes de las siete y tres minutos, Paulinho y *dona* Leopoldina no antes de las siete y siete, y el estimado *senhor* Bernardo a las siete y media. ¿Me he expresado con claridad?

Paulinho, Leopoldina y Bernardo asintieron, pero Alberto dijo enojado:

—Entonces perderé el tren a Tijuca.

—¿Sí, en serio? ¿Por salir tres minutos más tarde de la tienda? ¿Me equivoco si creo que su tren sale a las siete menos cuarto? ¿O antes? Bueno, entonces tendrá que ver qué horario de trenes hay un poco más tarde.

Alberto la miró con rebeldía.

—Además, insisto en que debe sonreír incluso cuando algo no le siente bien. Esto vale también para todos los demás.

Los tres empleados que se habían alegrado de la bronca que le había caído al odioso vendedor, se quedaron perplejos.

—Si no están en condiciones de saludar amablemente a la mujer del jefe, ¿cómo van a tratar a los clientes? Si veo algún comportamiento poco respetuoso, si veo a alguien que trata a un cliente, por insignificantes que sean sus compras, de un modo arrogante, desvergonzado o humillante, puede buscarse trabajo en otro sitio. Y ahora, Bernardo, puede darle la vuelta al cartel, por favor.

Félix estaba embelesado. Como no podía ser de otra manera, a la vista del nuevo reto Fernanda se había convertido de nuevo en una fiera cuyo tono de maestra de escuela no admitía réplica alguna. Él no tenía la misma autoridad que Fernanda, que además se había visto reforzada por su experiencia como maestra. Él evitaba hablar con tanta claridad, y el hecho de que tuviera que escribir sus amables críticas en lugar de expresarlas de viva voz le quitaba aún más fuerza a sus palabras. Félix sabía que la gente le tomaba el pelo, del mismo modo que sabía que aquellos tres empleados eran bastante mejores que los que tenía antes. Ojalá Fernanda no fuera demasiado estricta con ellos, pues no era fácil encontrar a gente adecuada.

Hacia las once, después de que Fernanda hubiera vigilado con ojos de lince que los empleados atendieran amablemente a todos los clientes, salió de la tienda.

—Félix, ¿puedes prescindir de mí durante una hora? Voy a echar un vistazo por el vecindario… y a la competencia. A mí no me conocen. Todavía no.

Curioso, pensó Félix. Durante meses había llevado la tienda él solo, pero en las pocas horas que llevaba Fernanda allí ya se había hecho imprescindible. Tenía todas las cualidades de las que él carecía. Si él era mejor negociando con los mayoristas los precios más bajos o previendo los productos a vender en función de la demanda, ella le superaba, tenía que admitirlo sin envidia, en el trato con la gente. Incluso los empleados ya no estaban tan molestos con ella como por la mañana. Le había puesto un vendaje a la pobre Leopoldina en el ojo, había admirado los músculos de Paulinho como si fueran los del mismo Hércules, había elogiado las cuentas de Bernardo y la elegante vestimenta de Alberto. Había descubierto a primera vista cuáles eran los puntos débiles y fuertes de cada persona, lo que le molestaba a cada uno, cómo podía alentarlos, cómo podía hacer que trabajaran mejor.

Al abandonar la tienda, Fernanda notó que le dolían los pies. Seguro que le habían salido ampollas, debería comprar algún remedio en la farmacia más próxima. Pero antes quería saludar a los viejos conocidos de las tiendas de alrededor. ¿Seguiría trabajando Norma en la lavandería? ¿Y Cristina en la tienda de artículos para el hogar? Estaría bien poder charlar con ellas un poco al mediodía, antes de ir a recoger a Felipe.

Sus conocidos se mostraron muy contentos de ver a Fernanda, y entre besos y abrazos se propusieron no volver a perder el contacto en el futuro. Acuciada por la falta de tiempo y el dolor de pies, Fernanda no estuvo mucho con ellos. Cuando entró en la "Papelaria da Alfândega" estaba sudando y llevaba un gesto de dolor en el rostro. Una joven vendedora se acercó de inmediato a ella y le preguntó:

—¿Se encuentra bien, señora? ¿Quiere sentarse un rato?

Fernanda se agarró al brazo que le ofrecía la amable joven, se dejó guiar por ella hasta un banco muy decorativo que había en un hueco entre las estanterías y aceptó agradecida el vaso de agua que la joven le ofreció. En su tienda también entraban a veces transeúntes casi desfallecidos a causa del sol y el calor y que tenían que sentarse un rato. Pero dudaba que ninguno de sus empleados fuera tan amable con la pobre gente, sobre todo si se trataba de negros. Los consideraban más como una molestia que como potenciales clientes. "¡Qué error!", pensó Fernanda ahora que la tomaban por una mujer débil. Mientras se estaba sentado en el banco se tenía tiempo suficiente para observar los productos, y aunque no se necesitara nada de la tienda, seguro que se compraba alguna pequeñez en señal de agradecimiento. Y más tarde, cuando se necesitara un cuaderno o una pluma, uno se acordaría de la tienda.

Fernanda permaneció diez minutos sentada, observando a la vendedora y su trato con los clientes. El surtido de la tienda no era tan amplio ni tan bueno como el de la suya y la disposición de los productos no era tan bonita ni las vitrinas tan luminosas. Pero los empleados eran muy cuidadosos con las cosas y muy amables con los clientes tratándolos con todo respeto. Como la joven dependienta que en un momento libre se acercó a Fernanda para preguntarle si durante aquella pequeña pausa no le gustaría ver un par de modernos portaplumas. Acababan de recibir unos nuevos modelos maravillosos.

—Sí, será un placer, *senhorita*...

—Rosa.

—Dígame, *senhorita* Rosa, ¿le gustaría ganar más?

Rosa empezó a trabajar en "Fé" el miércoles siguiente. Resultó ser un buen fichaje. Enseguida congenió con los nuevos colegas y parecía satisfecha con su cambio de empleo, a pesar de que Alberto, en su nuevo cargo de "vendedor jefe", la pinchaba más de lo necesario. Pero no le importaba. En la Papelaria de Alfândega también tenían un jefe molesto. El patrón y su mujer eran siempre amables con ella, eso era lo que contaba.

Fernanda prosiguió sus investigaciones por el vecindario. Las vitrinas artísticamente decoradas de la tienda de tabacos le inspiraron las nuevas decoraciones de los escaparates; los delantales de los vendedores con el nombre de la tienda bordado que vio en la bodega la llevaron a introducir un uniforme parecido en "Fé"; y las macetas con flores delante de la mercería la animaron a poner ella la misma extravagancia. Siempre se paraba a hablar un rato con Norma y Cristina cuando a la una se dirigía a casa de Juliana a recoger a Felipe.

Cada vez que lo veía se sentía aliviada por encontrarlo todavía con vida. No era que Juliana cuidara mal de él. Ni que al niño le faltara algo. Al contrario. Era la fantasía de Fernanda la que le jugaba malas pasadas. Se imaginaba que mientras le cambiaban los pañales Felipe se caía de la mesa y se partía el cráneo. Veía cómo uno de los revoltosos hijos de Juliana empujaba un caldero de agua hirviendo que caía directamente sobre la delicada tripita de su tesoro. Se imaginaba todo tipo de horribles escenarios, y su miedo podía crecer tanto que incluso se le saltaban las lágrimas. Mientras estaba distraída trabajando dominaba la situación; pero en cuanto se sentaba en el tranvía y tenía un cuarto de hora para pensar, la asaltaban esas horribles visiones, seguidas siempre de una espantosa idea: ¡era una mala madre! ¿Debería trabajar en la tienda sólo tres días a la semana? Sería suficiente para seguir manteniendo al personal bajo control, y tendría más tiempo para dedicárselo a Felipe. Pero luego pensaba en los interminables días oyendo sólo los gritos de Felipe y las quejas de los vecinos, y rechazaba la idea de nuevo. Bastaba con escuchar sus lloros por la tarde. Se sintió fatal con aquellos pensamientos tan poco maternales.

En sus paseos por el centro de la ciudad, que se habían convertido en una agradable costumbre, Fernanda descubrió un rostro conocido en la "Guitarra de Prata", una tienda de instrumentos musicales. Pero cuando iba a acercarse a la mujer para saludarla se dio cuenta de una cosa. No recordaba su nombre y además sólo la había visto una vez en su vida, en el entierro de José. Se encontraba conversando con un hombre pelirrojo al que no conocía. Fernanda ya se iba a marchar, cuando oyó el nombre de Vita. Se quedó junto al mostrador a una distancia discreta, estudiando con detalle una flauta… y escuchando.

—En lugar de preocuparte por las formalidades de esa desafortunada separación, que Vita en realidad no desea, deberías dedicar más atención a Pedro. Es tu más viejo amigo, Aaron. Tu mejor amigo. Y no está bien. Yo ya no sé qué decirle. Tiene muy mal aspecto, bebe cada vez más y está muy hinchado. Pierde enseguida la paciencia, o se encierra en sí mismo y se pasa horas enteras mirando la pared en silencio. Ya no es el mismo. Por favor, Aaron, a lo mejor a ti te cuenta sus penas. A mí parece no tenerme ya en cuenta.

Joana se agarró suplicante al brazo de Aaron. Éste pasó su otro brazo por encima de los hombros de ella, la apretó contra su pecho y la acarició para animarla.

Fernanda se sentía fatal. No estaba bien escuchar la conversación y observar por el rabillo del ojo los gestos de aquellas personas. ¿Sería aquel hombre tan correctamente vestido, de cara juvenil y pecosa, un pariente próximo, su hermano quizás? No, pensó Fernanda, ni siquiera en Brasil podía haber tal diferencia fisonómica entre dos hermanos.

—¡Sht, Joana! Se le pasará. Quizás le sentara bien un cambio de aires. Vita podría darle trabajo en la mina o en…

—Vita es parte de su problema, ¿es que no lo entiendes, Aaron? Le hiere en su amor propio tener que depender tanto de su hermana. Y él ni siquiera sabe lo mucho que depende de ella.

—¿Y? Yo mismo gano un buen sueldo trabajando para ella.

—No, tú habrías alcanzado un buen nivel de vida aunque no te hubieras ocupado de los asuntos de Vita. No la necesitas, al menos como clienta.

—¿Qué quieres decir? ¿Acaso crees tú también esos malvados rumores?

—No, yo sólo creo lo que veo. Y en tu rostro veo claramente tu admiración sin límites por Vita. ¿Vas a pedir su mano cuando se separe?

Fernanda no esperó a la respuesta del hombre, sino que hizo un esfuerzo por marcharse. El corazón le latía con fuerza. Sólo conocía a aquella tal Vita de vista, pero a través de Félix sabía muchas cosas de ella. Era la *sinhazinha* de Boavista, hasta que se casó con León Castro. Qué curioso, pensó Fernanda, que *dona* Doralice o León, a los que veía de vez en cuando, no dijeran una sola palabra de esa mujer. ¿Qué matrimonio tan especial era aquél, en el que ni el marido ni la suegra iban nunca acompañados de Vita, ni hablaban nunca de ella? Fernanda habría deseado una esposa mejor para León, al que ella misma adoraba a los diecisiete años, en Esperança. Pero bueno, al parecer iba a ser libre muy pronto.

Fernanda ardía en deseos de contarle a Félix las novedades. Cuando por la noche llegó a casa, se sentó a la mesa y esperó a que ella trajera el puchero de la sopa, Fernanda le dijo como de pasada mientras removía la comida:

—¡Imagínate, León Castro se va a separar!

Retiró el puchero del fogón, lo puso sobre la mesa y se dio cuenta de que Félix ni siquiera la había oído.

Estaba ocupado con el bebé. Le había sonreído por primera vez. Su Felipe. Su hijo. Todo su orgullo.

XXXII

Pedro estaba solo en casa el sábado por la mañana. ¡Cuánto había deseado que llegara aquel momento! Pero ahora que no se oían ruidos en la cocina, ni pisadas en el piso superior, ni puertas, ni voces, el silencio le resultaba inquietante. Joana había quedado con Loreta para comer, Luiza tenía el día libre, que seguramente pasaría de nuevo con la familia de Félix, y Maria do Céu había ido con su madre a comprar.

¿Qué debía hacer ahora con aquel inesperado regalo? ¿Leer? En la mesita auxiliar del salón tenía al menos diez libros que había hojeado o leído un poco por encima y luego había apartado con desgana. Pero no, hoy no tenía ganas de leer. ¿Quizás podía retomar la correspondencia interrumpida con el galerista de Niza? Siempre le había hecho ilusión recibir cartas de Francia, en las que el galerista le informaba de las nuevas tendencias del arte, le daba consejos para realizar alguna compra, o le enviaba ilustraciones de algún cuadro que podría gustarle de Pedro. No, mejor no. ¿Para qué se le iba a hacer la boca agua si luego no podía adquirir ninguna obra de arte? Su sueldo daba para hacer frente a los gastos de la casa, la ropa e incluso para alguna noche fuera de casa, pero la compra de cuadros impresionistas, cuyos precios habían subido mucho en los últimos años, quedaba fuera de sus posibilidades.

La campanilla de la puerta liberó a Pedro de su indeterminación. No le gustó que alguien le molestara justo en aquel momento, pero al mismo tiempo se alegró de poder olvidar sus tristes pensamientos. A lo mejor era Aaron, o João Henrique. Podrían ir al circo que se había instalado allí cerca y ver su atracción principal, la supuesta "mujer más gorda del mundo". A Joana no quería proponérselo.

Pero en la puerta había una joven negra.

—¿Sí?

—Me gustaría hablar con usted.

—¿Quién es usted? ¿De qué se trata?

Pedro pensó en las tiendas en las que no había pagado sus compras, sino que se las habían cargado en la cuenta. Pero le pareció bastante improbable que mandaran a una mujer a cobrar las deudas.

—¿*Sinhô* Pedro? ¿No me reconoce? Soy Miranda. De Boavista.

Pedro recordaba vagamente a una muchacha que se llamaba así. Ella llegó a Boavista cuando él ya se había marchado y vivía en Río. Sólo había visto a la tal Miranda en sus escasas visitas al valle y tampoco se había fijado en ella. Seguro que no quería verle a él, sino a Vita.

—Mi hermana no vive aquí. Podrá encontrarla en…

—No, no quiero hablar con ella. Es un asunto de negocios.

Pedro frunció el ceño, pero dejó pasar a la mujer. Se sentaron en el salón. Pedro no le ofreció ninguna bebida. Un mal presentimiento se había apoderado de él.

Miranda entró directamente en materia. Sacó un pañuelo con las iniciales de Pedro y lo puso encima de la mesa que había delante del sofá.

—Ha perdido esto. En La Mariposa de Oro.

Pedro guardó silencio. Pensó febrilmente cómo podía haber llegado el pañuelo hasta aquella persona, hasta que de pronto lo vio todo con claridad. ¡Miranda era la chica que se había sentado en las rodillas de Mario! Debía de haberle tirado la bebida encima intencionadamente.

—Siento, muchacha, que hayas caído tan bajo y quieras hacer un…, ejem, negocio tan sucio. ¿Si puedo ayudarte de algún modo?

—Me gusta mi trabajo. Pero sí, claro que puede ayudarme: con cien mil *réis*… a cambio de mi silencio. Seguro que a *sinhá* Joana no le gustaría oír adónde va su marido por las noches.

—Podría haber perdido el pañuelo en la calle, donde cualquiera podría haberlo recogido. No demuestra nada.

—Una curiosa casualidad que sea precisamente una antigua esclava de Boavista la que encuentre el pañuelo, ¿no es cierto?

—Sí, la vida es así. A veces se dan las más increíbles casualidades. Además, el tiempo pasado en Boavista podría explicar cómo llegó el pañuelo a tus manos: pudiste robarlo entonces.

—Está casi nuevo. Y las iniciales parecen bordadas por una amante esposa.

Y así era. A Joana le gustaban las labores, tejía calcetines y otras cosas para los hijos de otras personas, hacía puntillas para los estantes de la cocina o bordaba motivos florales en sus blusas. Las últimas Navidades le había regalado media docena de pañuelos bordados por ella.

—¿No puedes buscarte otra víctima para tus chantajes?

—¿Quién ha dicho que sea usted el único?

—Pero seguro que soy el más pobre. No puedes sacarme mucho. A lo mejor no te has dado cuenta, pero desde que se abolió la esclavitud y los negros abandonasteis a toda prisa las *fazendas* del valle, se acabó la riqueza de los barones del café.

—La *sinhazinha* es rica.

—Vete a verla a ella directamente. Seguro que a mi hermana no le importa darte un repaso con la fusta —Pedro se puso de pie, se dirigió hacia la puerta y la abrió antes de continuar—. Olvídalo, muchacha. Abandona ahora mismo esta casa, antes de que llame a la policía.

Miranda se quedó sentada.

—A lo mejor le interesa a *sinhá* Joana su cicatriz del brazo, que le molesta cuando se abandona al placer entre mis muslos.

¿La cicatriz...? ¡Diablos!, esa chica había escuchado la conversación entre Mario y él. Pedro se abalanzó sobre Miranda, la agarró con fuerza y la golpeó con rabia en la cara.

Miranda no se inmutó.

—Con esto el precio sube a ciento cincuenta mil *réis*.

La semana siguiente Pedro se mostró desconcentrado, inquieto y de mal humor. En el trabajo cometió algunos pequeños errores que no le pasaron desapercibidos a su jefe. Si seguía así perdería no sólo a su mujer, sino también su trabajo. En casa no hablaba más de lo estrictamente necesario. Evitaba las miradas de Joana y los encuentros con los amigos. No pensaba en otra cosa que en el modo de reunir el dinero para pagar a su chantajista y deshacerse de ella para siempre. La solución se le ocurrió el domingo durante la misa. ¡Iría a ver a León! En caso de que fuera necesario —¡Dios no lo quisiera!—, León podría atestiguar que en La Mariposa de Oro él, Pedro, sólo había estado sentado en un rincón tomándose algo. Pero, sobre todo, León podría hablar con la propietaria del burdel, que era la que podía despedir a Miranda. Seguro que no le gustaba que una de sus chicas chantajeara a los clientes. ¿Cómo no se le había ocurrido antes? ¿Era realmente demasiado bueno para este mundo, como afirmaba Joana a veces? ¿Acaso sus buenos sentimientos, su moderación y su respeto por Joana le habían vuelto ciego?

¿Qué clase de imbécil era para haber necesitado ocho días para encontrar la solución más sencilla?

Pedro no se enteró de nada del sermón, pero cuando en la iglesia todos se pusieron de pie y dijeron "Amén", se unió al coro con alegría.

Algo más tarde sorprendió a Joana tanto por su buen humor como por su propuesta de ir a visitar a Vita y a León.

—Pero Pedro, ¡me hacía tanta ilusión ir al circo contigo! La semana que viene ya no estará aquí, y no podremos ver a la mujer más gorda del mundo.

—Pues veremos a la mujer más rica de Río. Hace mucho que no vamos a Glória.

En casa de su hermana había un gran ajetreo. *Dona* Alma recibía la visita de varias damas que, al igual que ella, llevaban luto por la muerte de la ex-emperatriz Teresa Cristina, aunque parecían muy alegres. Eduardo también tenía un invitado, con el que se había retirado al gabinete. Presentó al hombre como el *professor* Pacheco y dejó claro que no querían ser molestados.

—¡Qué alegría les hemos dado a mis padres con nuestra visita!

Pedro le guiñó un ojo a Joana, y no era la primera vez que ella se asombraba ese día. Pedro parecía otra vez el de antes.

Pedro y Joana se unieron a Vitória, que estaba en su despacho leyendo el periódico del día anterior. Al abrirse la puerta justo después de llamar, retiró los pies de la mesa a toda prisa.

—Delante de nosotros no tienes que disimular como si fueras una dama.

Pedro abrazó a su hermana como hacía meses que no la abrazaba. Sábado, que estaba tumbado sobre la alfombra, se incorporó de golpe y saltó a su alrededor moviendo el rabo.

—¿Por qué no habéis llamado por teléfono para anunciar vuestra visita? Habría mandado a alguien a comprar unos pasteles. —Vitória miró a su hermano con detenimiento—. Parece que tienes algo importante que comunicarnos que no podías decir por teléfono.

Pensó que sería que Joana estaba embarazada. ¿Qué otro motivo podrían tener para presentarse sin avisar y mostrar unos rostros tan alegres?

—No, no hay nada especial. Tan sólo pensamos que os vemos muy poco. ¿Dónde está León?

Vitória miró el reloj de la pared.

—Dentro de dos horas, como mucho, debería estar aquí. Dijo que vendría a cenar. ¿Tenéis tanto tiempo? ¿Queréis jugar una partida de rommé?

—¡Oh, sí, y si además consigues unos pasteles...!

Jugando a las cartas se les pasó el tiempo volando. Vitória ganaba una partida tras otra. Pedro se comió tres pasteles mientras con la boca llena gastaba bromas sobre su glotonería, y Joana no dejaba de pensar en la causa del repentino buen humor de su marido.

—¡Podías haber dejado algún pastel!

Nadie había notado que León estaba en la puerta. Le dio a la criada el abrigo y el sombrero antes de que las mujeres le saludaran con un beso y Pedro con un apretón de manos. Luego se sentó con ellos.

—¡Se los ha debido comer el perro! —Pedro soltó una sonora carcajada, aunque sólo él encontró la observación divertida. Luego se contuvo y se dirigió a León—: León, ¿podría hablar a solas contigo?

León se sorprendió tanto como Vitória y Joana, que se lanzaron una mirada de indecisión. Pero su gesto no se alteró. Condujo a su cuñado hasta su despacho, le ofreció allí algo de beber, y luego miró fijamente a Pedro.

—Bueno, puedes empezar.

Pedro dio rienda suelta a su lengua. Le habló de la exasperante monotonía de su trabajo, de la vergüenza que sentía por los rumores que corrían acerca de Vitória, de sus sentimientos hacia Joana, de sus estados de ánimo y, por fin, de la visita de Miranda.

—Esa horrible mujer no quería marcharse. Tuve que pegarla, yo, que en mi vida le he tocado un pelo a nadie. Para deshacerme de ella le entregué el franco de oro que sabía que Joana guardaba en su costurero.

—¡Dios mío, Pedro! ¿Te paga Vita tan poco en la empresa que tienes que robar los ahorros que tu mujer guarda en un calcetín?

León se arrepintió al instante de su observación. Pedro no había ido a verle para que le juzgaran, sino en busca de consejo y ayuda.

—¿Qué significa eso? ¿Qué tiene que ver Vita con la empresa?

—Es propiedad suya. Es la principal accionista de Embrabarc, de la que tu empresa es una filial. ¿Acaso no lo sabías?

Pedro sacudió la cabeza. Había perdido el color del rostro. Dio la conversación por finalizada y fue tambaleándose hasta el comedor.

—Vamos, Joana, nos marchamos.

Eduardo se alegró al oír el timbre del teléfono. Llevaba días esperando la llamada de un ingeniero sueco que estaba en ese momento en Río, y a esas horas sólo podía ser él quien llamaba. Pero cuando Eduardo volvió al salón, donde *dona* Alma, Vitória y él estaban reunidos en inusual armonía escuchando la música llena de sonidos metálicos del gramófono, era la viva imagen de la aflicción.

—Pedro… ha tenido un grave accidente.

Su padre no pudo decirles nada más. Sólo cuando estuvieron en el carruaje, de camino a São Cristovão, les contó lo que Luiza le había dicho por teléfono: habían encontrado a Pedro más muerto que vivo en la playa del Diablo, le habían llevado al hospital, donde João Henrique se había pasado la noche haciendo todo lo humanamente posible y de donde Joana se lo había llevado dos horas antes.

—Para que pueda morir en casa.

Vitória y *dona* Alma se había agarrado fuertemente de la mano, unidas por su gran dolor por Pedro.

La casa estaba tan tranquila como siempre. Nada en ella desvelaba la tragedia que se desarrollaba en el interior. En el jardín había flores de color lila, amarillo y blanco, las cortinas se movían con el viento en las ventanas abiertas de la planta baja, la fachada de color rosado, iluminada por el sol, tenía un aspecto alegre y acogedor.

Les abrió la puerta Maria do Céu. La muchacha tenía los ojos enrojecidos. No dijo nada, sino que les condujo directamente a la "enfermería", el dormitorio de Joana y Pedro. Llamó suavemente a la puerta, pero desde dentro se oyó la brusca contestación de Joana:

—No se os ha perdido nada aquí dentro. Bajad y ocupaos de vuestro trabajo.

—No nos deja entrar a ver al pobre *sinhô* Pedro —dijo Maria do Céu sollozando—. ¡Es como si hubiera perdido la razón!

Vitória y sus padres abrieron la puerta con cuidado. Cuando Joana los vio, corrió hacia ellos y los abrazó. Primero a Vitória, luego a sus suegros.

—¡Por fin!

Joana no tenía aspecto de haber perdido la razón. Si no hubiera estado tan pálida, nada revelaría la desesperación que debía invadirla por dentro. Tenía el aspecto de una persona que ha asumido el mando en una situación difícil. Probablemente no quisiera lloriqueos a su alrededor. Muy razonable.

Se acercaron a la cama. Al ver a Pedro se asustaron. Estaba horriblemente deformado por las contusiones, las heridas y los grandes moratones azul verdoso. Tenía la cabeza vendada. Apenas se le reconocía la cara, con un ojo hinchado, una ceja cosida y unas manchas violáceas en la mejilla izquierda. Pero respiraba, y movía los párpados como si quisiera abrir los ojos. Nadie dijo nada. *Dona* Alma se sentó en el borde de la cama y tomó la mano de su hijo, igualmente llena de arañazos y pequeñas heridas. Eduardo y Vitória, asustados, se quedaron de pie a su espalda.

En un rincón se oyó un breve ronquido. Vitória se giró y vio a João Henrique en un sillón, con las piernas estiradas, la cabeza ladeada y la boca medio abierta.

—¡Pst! —dijo Joana a Vitória en voz baja—. Déjale dormir. Le ha operado, le ha dado los medicamentos y le ha curado, vamos a darle un pequeño descanso.

João Henrique volvió a roncar. Vitória pensó que aquel insoportable hombre, con su repulsiva frente de mono, no pintaba nada en el dormitorio de su hermano si no se dedicaba a sus tareas médicas. Podía dormir en cualquier otra parte. Pero no dijo nada. Era el dormitorio de Joana, era ella quien debía echar amablemente a aquel tipo. Pero Joana limpiaba la frente de Pedro con paños húmedos y era la eficiencia en persona. No se dejaba distraer por nada.

Cuando sonó un nuevo ronquido en el rincón, Eduardo se acercó por fin al médico y le dio unos golpecitos en el hombro. João Henrique abrió los ojos y se puso de pie de un salto.

—Díganos si es muy grave.

Eduardo no parecía un padre preocupado, sino un científico que le pide a un colega que le haga un breve resumen del caso.

João Henrique accedió a su solicitud, contento de no tener que tranquilizar a unos familiares bañados en lágrimas. No lo había hecho nunca en sus años de dedicación a la medicina.

—Fractura de la base del cráneo. Distintas fracturas óseas: algunas costillas, el fémur, la tibia. Pérdida de sangre. Hipotermia. Lo he intentado todo. Me temo que sólo nos queda rezar.

—Le gustaba tanto sentarse en el Arpoador… —dijo Joana con voz apagada.

—Sí.

Vitória entendía muy bien el atractivo que tenían para su hermano las rocas del extremo sur de la playa de Copacabana. Ella también había trepado a esas rocas, conocía el efecto hipnótico de las olas al romper. ¿Habría ocurrido así? ¿Había sido una imprudencia de Pedro, fascinado por el mortífero oleaje? ¿Se había acercado demasiado al agua? ¿Había sido alcanzado por una ola demasiado alta, se había escurrido y se había hundido en la espuma? ¿Cómo se habría sentido al caer en la furia del mar, intentando tomar aire, intentando orientarse? ¿Habría visto el agua azulada que se cerraba sobre él y la arena a su alrededor antes de golpearse la cabeza contra las rocas? Vitória y Joana se miraron. Cada una vio en la cara de la otra que estaban pensando lo mismo. Sollozando, se fundieron en un abrazo.

Vitória abandonó la habitación cuando oyó que llamaban a la puerta. Bajó con Maria do Céu, recibió a León y encargó a la criada subir unos panecillos y una jarra de café al piso de arriba. Como Joana estaba ocupada con su marido, sería ella, Vitória, la que tendría que decir al servicio lo que debía hacer. Estaba agradecida de poder hacer algo útil, de poder ocuparse de cuestiones prácticas que la evadieran de la lucha contra la muerte que libraba su hermano. Al menos por unos minutos.

Vitória acompañó a León hasta arriba. El pequeño dormitorio estaba abarrotado de gente, el aire estaba viciado. Vitória se acercó a la ventana y la abrió.

—Debemos mantener el calor aquí dentro, por su hipotermia —dijo *dona* Alma llorosa.

—*Mãe*, fuera hay treinta grados. Además, no sé si será mejor que Pedro muera de hipotermia que de falta de oxígeno —dijo Vitória insolente, y enseguida notó que se ruborizaba. ¡Cielos, algo así se decía de broma, pero no delante de un ser amado que realmente se está muriendo! Se acercó a León, que tomó su mano, y en la forma en que la agarraba, Vitória notó que a él también le costaba controlar sus sentimientos. León se llevó a Vitória afuera y llamó a João Henrique para que saliera también al pasillo.

—¿Cuánto le queda? —le preguntó al médico.

—De esta noche no pasa.

Luiza y otros criados que estaban ante la puerta empezaron a llorar.

—Entonces propongo que nos despidamos de él uno tras otro y luego llamemos a un sacerdote.

Joana estuvo de acuerdo con la idea, y todos esperaron ante la puerta a que les llegara su turno. Luiza entró con los demás negros en la habitación, de la que salieron a los cinco minutos anegados en llanto. Luego pudo entrar Aaron, que había llegado entretanto, después lo hizo João Henrique, y a continuación Vitória y León.

Vitória tomó la mano de su hermano, que notó fría y débil, entre las suyas. Los párpados de Pedro temblaron, y Vitória habría jurado que con eso él quería decirle algo. Tuvo que reunir todas sus fuerzas para no echarse a llorar a gritos como los negros que estaban ante la puerta.

—Te voy a echar de menos, Pedro da Silva —susurró León. Acarició la mano de Pedro con cariño antes de dejarla de nuevo sobre la colcha. Luego se incorporó para dejar solos a Joana y a los padres en los últimos minutos que podían estar todavía con Pedro. Sin decir nada, sólo con la mirada, indicó a Vitória que le acompañara. Ella depositó un beso en la mejilla intacta de Pedro, y salió de la habitación a toda prisa para desahogarse llorando fuera.

Dona Alma, Eduardo y Joana entraron en la habitación asustados, pues la inusual explosión de sentimientos de Vitória les hizo pensar que Pedro había dado el último suspiro. Pero cuando Joana se sentó a su lado seguía respirando.

—Cada minuto de mi vida pensaré en ti. Te seguiré amando como siempre te he amado. Ve con Dios, mi querido Pedro. Nos encontraremos en el más allá.

Como si las palabras de su esposa fueran una autorización a rendirse en la desesperada lucha por la supervivencia, de la garganta de Pedro salió un callado gemido. Sus ojos se cerraron, su respiración cesó.

—¡Oh, Pedro!

Joana dejó correr por fin las lágrimas tanto tiempo retenidas. Se dejó caer sobre el cuerpo sin vida de Pedro, acarició sus brazos y su cara, como si con ello pudiera darle de nuevo la vida.

León y Vitória siguieron la conmovedora escena por una rendija de la puerta. El rostro de León estaba ya humedecido por las lágrimas cuando tomó la mano de Vitória.

—Ven, dejemos a Joana un rato a solas con Pedro.

Se fueron al salón, y allí Vitória se echó en los brazos de León, le golpeó el pecho con los puños y gritó:

—¿Por qué? ¿Por qué?

Se tranquilizó cuando llamaron a la puerta y apareció el sacerdote.

Las horas siguientes las pasaron los seis adultos sentados en silencio, inmovilizados por el horror, mudos por el dolor. João Henrique se marchó, no por la cercanía de la muerte, a la que estaba acostumbrado, sino por la agobiante atmósfera. *Dona* Alma y Eduardo estaban sentados juntos en un sofá, mirando al mismo punto de la pared. Aaron estaba junto a Joana en un sillón y le acariciaba la mano. Vitória y León ocupaban otro sofá. Cuando el reloj dio las nueve, León se puso de pie.

—Sería mejor que nos marcháramos.

—¡No! —Joana parecía muy asustada—. ¡Por favor, por favor! Maria do Céu preparará la habitación de invitados. No puedo soportar la idea de quedarme sola con…

Joana empezó a sollozar de un modo conmovedor.

Quedarse sola con un cadáver bajo el mismo techo, eso es lo que quería decir, ¿no? Vitória miró a Joana con odio. Seguía siendo Pedro, su queridísimo hermano, el marido de Joana, el amigo de León. ¿Cómo podía reducir a Pedro a la categoría de un cadáver?

—Claro, Joana, nos quedaremos si eso es lo que quieres.

León miró a Joana como si fuera una niña pequeña a la que hay que consolar, para luego dirigir a Vitória una mirada de reprobación como si quisiera pedirle que se contuviera. Ella, que conocía a Pedro de toda la vida, que le había exigido tanto y le había ayudado, que había pasado con él momentos buenos y momentos malos, ¿no tenía más derecho que nadie a no contenerse? ¿Por qué esperaba León de ella que hiciera ese gran esfuerzo?

Entonces se dio cuenta de que a la mañana siguiente tendrían que estar allí muy temprano para velar el cadáver y rezar a su lado. Bien, entonces podrían quedarse.

No quería dormir con León en una misma habitación, pero como la casa estaba llena —por deseo de Joana, *dona* Alma y Eduardo pasarían también la noche allí, lo mismo que Aaron—, no tenía otra elección. León dormiría en el sofá que había frente a la cama. Vitória se sentó agotada en el borde de la cama, se tapó la cara con las manos y se echó a llorar. ¡Por fin! Allí podía ser débil, no tenía que infundir valor a toda la familia con su fortaleza. La espalda encorvada de Vitória temblaba descontrolada, apenas le entraba aire por la nariz taponada.

—¡¿Por qué?! —sollozaba Vitória, cuando León pasó el brazo por encima de sus hombros y la abrazó. Había un dolor tan inmenso en su voz que en aquel momento León habría hecho cualquier cosa por atenuar su sufrimiento.

—Duerme un poco, *sinhazinha*. Estás agotada.

—Sí —dijo ella, cansada—. ¿Me traes un vaso de agua, por favor?

Sólo quería que se marchara para no tener que prepararse para la noche delante de él. Ya no estaba acostumbrada a desnudarse delante de él.

Cuando León regresó, Vitória ya estaba en la cama. Dejó el vaso de agua en la mesilla, le dio a Vitória un inocente beso de buenas noches en la frente, se fue hacia el sofá, se quitó la camisa y los zapatos y, con los pantalones puestos, se tumbó en el que sería su lecho esa noche.

—Por mí puedes apagar ya la luz.

—Sí. Duerme bien.

Vitória apagó la lámpara de gas y cerró los ojos.

—Tú también, corazón mío.

Pero Vitória no durmió bien. Se movió intranquila en la cama de un lado para otro, se quitó la colcha, luego se la volvió a poner, aplastó la almohada en distintas posiciones, pero nada le servía de ayuda. Por fin se dio por vencida y se tumbó boca arriba. Sus ojos estaban ya tan acostumbrados a la oscuridad que entre los párpados medio abiertos vio la silueta de León, que era demasiado grande para el sofá.

—Ven a la cama, León.

Estaba medio dormido, y se asustó. ¿Estaba soñando?

—Ven. Por favor.

Quitó sus largas piernas del brazo del sofá y se quedó un rato sentado.

—Estoy bien, Vita. He dormido en muebles más incómodos.

—Por favor —susurró ella.

León se acercó a la cama, se inclinó sobre Vitória y le dio un beso en la mejilla.

—Duérmete, *meu amor*. Me iré al cuarto de estar, allí hay un sofá más grande.

—¡No! —exclamó ella—. Quédate. Abrázame. Yo... te necesito.

León levantó una ceja asombrado, pero Vitória no vio la expresión de su rostro, que reflejaba duda, diversión, preocupación y sorpresa a partes iguales. Ella miraba fijamente su torso desnudo, que se movía al ritmo de sus latidos, de forma rápida e irregular. Sus pezones estaban duros, tenía carne de gallina.

Estaba indeciso junto a la cama, dudando entre su deseo de abrazar a Vitória y una voz interior que le decía que lo mejor para los dos sería que él se marchara. Dudó un segundo de más.

Vitória había estirado el brazo y le acariciaba suavemente la pierna. León se estremeció.

—¡Oh, Vitória! ¿Por qué me haces esto? —susurró, dejándose caer sobre el borde de la cama. Se inclinó sobre ella, la agarró de los brazos con fuerza y la sacudió como si de ese modo pudiera hacerla desprenderse de su falta de juicio.

—¡Por favor!

Vitória consiguió que dejara de agarrarla, cruzó los brazos por detrás del cuello de él y le cubrió las sienes, los labios, la barbilla, el cuello, de hambrientos besos que le dejaron sin respiración. León se rindió. Se dejó caer, apretó su torso contra el de ella y respondió a sus besos. Dejó vagar los labios por su pelo, sus mejillas, sus orejas, y sus manos exploraron sus costillas, su cintura, sus caderas.

—Vita —dijo con voz ronca—, no sabes lo que quieres.

—Claro que lo sé —le susurró ella al oído—, y lo quiero cuanto antes.

Cuando sus bocas se encontraron y sus lenguas se unieron en el jugueteo húmedo y cálido que precede al deseo jadeante del acto amoroso, él se apretó posesivo contra ella y dejó que ella notara su potente erección. Vitória se abrazó a León, clavó sus dedos en su piel y mordisqueó su cuello con la misma desesperada excitación con que él tocaba sus pechos, lamía sus orejas y separaba sus piernas. Llevados por la idea furiosa de producirse dolor y placer a la vez, tenían tanta prisa que León, en una serie de rápidos movimientos, levantó el camisón de Vita y se abrió los pantalones. De un solo impulso, la penetró.

Vitória soltó un profundo jadeo. Se había mostrado más que dispuesta. Todo su cuerpo ansiaba el de él, caliente, húmedo, estremecido. León subió las piernas de Vitória para poder penetrarla con movimientos cada vez más rápidos y fuertes, como si de este modo pudiera obligarla a que ella le abriera su corazón. Le hizo daño, y ella disfrutó. Vitória pasó los dedos de los pies por el cabecero metálico de la cama y levantó las caderas para abrirse totalmente a él. Su fusión era cada vez más intensa, y a Vitória el dolor le pareció una dulce revelación. Jadeó, susurró el nombre de León, oyó su propio nombre entrecortado, hasta que por fin él soltó un fuerte quejido con la voz ronca que a ella la excitaba tanto.

Vitória estaba tumbada boca arriba. Tenía el pulso acelerado, el pelo pegado a la frente y miles de gotitas de sudor entre los pechos. León estaba sentado a su lado, con la espalda y la cabeza apoyadas en el cabecero de la cama. Cuando se normalizó su respiración, miró a Vitória y sonrió.

—Todavía llevas puesto el camisón.

Vitória tocó con una mano la delicada tela enrollada en su cuello. Se quitó el camisón, lo tiró al suelo y sonrió con malicia a León.

—Y tú los pantalones.

Él se los quitó y los empujó con el pie fuera del colchón.

—¿Ves qué resultados tan poco eróticos tienen las prisas?

La miró con ironía.

—¿Poco eróticos?

Vitória dejó vagar su mano por el cuerpo húmedo de León, pasó el dedo índice por la pequeña arruga de su vientre en la que se había acumulado el sudor. Besó el lado de su muslo donde acababa la suave piel del torso y empezaba el vello de la pierna. León no se movió. Permanecía sentado, con el corazón latiendo con fuerza y los ojos cerrados, disfrutando de las caricias de Vitória. Ella pasó sus dedos por la parte posterior de sus rodillas, por la cara interior de sus muslos, le besó el ombligo, rozó sus caderas. León sintió que se excitaba mucho antes de que ella alcanzara el centro de su atención. Cuando ella le acarició por fin su parte más sensible, el delicado tacto le electrizó de tal modo que tomó aire profundamente. Vitória aumentó la presión de sus manos, movió la sedosa piel adelante y atrás, notó bajo sus dedos una dureza cada vez mayor. Luego rodeó el vigoroso miembro con sus labios. León respiró con fuerza. La lengua de Vitória palpaba cada poro, cada vena, cada resalte. Su delicada exploración se hizo cada vez más enérgica, estimulada por las manos de León, que se enredaban en su pelo, y por su jadeo, hasta que Vitória se lo introdujo en la boca al compás del amor, lo lamió, lo chupó. Cuando León apenas podía dominarse más, ella retiró sus labios.

Vitória se incorporó un poco, se sentó con cuidado sobre él, hasta que se sintió llena de él. Subía y bajaba su cuerpo a un ritmo excitantemente lento. Se miraron a los ojos llenos de deseo. León entendió perfectamente la señal que ella le enviaba. Y cumplió su súplica expresada sin palabras. Agarró sus nalgas con sus grandes manos y movió a Vitória con fuerza hacia adelante y hacia atrás, hasta alcanzar un ritmo vertiginoso. León la agarró del pelo, le echó la cabeza hacia atrás y la besó en el cuello. Un temblor incontrolable se apoderó de sus cuerpos, seguido de un sofocante calor. A ella le rodaron lágrimas de placer por las mejillas. Sollozando, se dejó caer sobre el pecho de León.

Vitória se quedó unos minutos tendida sobre León. Cuando por fin se separaron sus sudorosos cuerpos, lo hicieron con el sonido suave de un beso. León secó la espalda de Vitória con el extremo de la sábana. Le acarició el pelo, se lo peinó con los dedos y se lo recogió en la nuca para proporcionarle un poco de frescor. En aquel gesto había mil veces más ternura que en la unión a la que se acababan de abandonar sus cuerpos temblorosos. Vitória se tumbó agotada boca abajo y disfrutó de los pequeños besos que León le daba en la nuca. Su respiración le hacía cosquillas, la barba le rascaba: ambas unidas constituían una mezcla muy sensual. Vitória sintió una profunda tranquilidad.

—León…

—No digas nada, *sinhazinha*.

Siguió con sus labios la curvatura de su cuello.

—¡Hum! —ronroneó ella antes de apoyar la cabeza sobre los brazos y adormecerse.

León la despertó con la suave presión de sus manos entre sus muslos. Extendió las viscosas huellas de sus fluidos sobre su piel, movió suavemente sus dedos en círculos y la estimuló en los delicados pliegues de su feminidad. Frotó suavemente su parte más secreta, y Vitória, que antes creía estar satisfecha para toda la eternidad, sintió de nuevo una oleada de placer en su interior. Se quedó tendida boca abajo, esperando, pasiva, y se abandonó al disfrute del masaje íntimo.

—Eres un animal —susurró con la boca casi oculta entre los brazos.

—¿Y tú no?

—Pues claro.

Sí, eso es lo que era, un animal… y eso es lo que quería ser. Quería pertenecerle con cada fibra de su cuerpo, encontrar el olvido total en el acto animal y la paz en la desinhibición. Quería sentirse poseída y entregarse a León. Quería ser débil y que él fuera fuerte, quería sentir el poder de su cuerpo sobre el suyo, quería seguir sus impulsos hasta el desmayo, durante horas, toda la noche, siempre.

Con lascivia, abrió las piernas un poco. León la besó en la espalda, mordisqueó el lóbulo de la oreja, pasó sus manos por toda su silueta, por su cintura y el borde de sus pechos, hasta que ella sintió el peso de su cuerpo sobre ella y la excitación de él entre sus muslos. Alzó levemente las caderas y se ofreció a él, que la tomó lentamente desde atrás.

Vitória tenía la impresión de que en esa posición él no podría tomarla nunca. Pero bajo su prudente presión ella se abrió, hasta que él penetró lentamente en su cuerpo y aumentó el ritmo de sus movimientos. Dentro de ella él se sentía ardiente, grande, a gusto. Vitória sintió pequeños escalofríos por la espalda. Tenía la sensación de que se iba a derretir. Escondió la cara en la almohada y le incitó con la parte posterior de su cuerpo. León cumplió con ansia su inequívoca solicitud.

La levantó por la cintura, hasta que ella se quedó a gatas delante de él. La acercó al borde de la cama, se puso de pie y la apretó con fuerza contra sus caderas. Luego se retiró para enseguida volver a penetrar en ella cada vez más deprisa, una y otra vez. Vitória estiraba la espalda y jadeaba. Nunca la había tomado con tanta fuerza, y ella no se había sentido nunca tan desprotegida. A través de los zumbidos de sus oídos oyó el sonido de la piel de León sobre la suya, oyó sus jadeos como en la lejanía. Él la tomaba tan despiadadamente, se sentía tan fuerte, que por un momento ella pensó que se iba a desgarrar. Y a pesar de todo no quería que terminara. Su éxtasis cegador la hacía sentir cada vez más deseo.

Cuando por fin su insaciable placer alcanzó su punto álgido, Vitória se dejó caer casi desmayada. León se tiró a su lado en la cama, agotado, sin fuerzas, totalmente exhausto. Allí estaban los dos, tendidos como dos cansados guerreros que han librado con éxito su más dura batalla, como dos gatos callejeros que descansan después de la cacería nocturna. Felices y rendidos. Vitória tenía la cara vuelta hacia él. Observó su elegante perfil, su angulosa barbilla bajo el brillo azulado de su piel sin afeitar. ¡Qué guapo era! León tragó saliva, y Vitória encontró el movimiento de su nuez irresistible. Como si él hubiera notado con los ojos cerrados que ella le observaba, se incorporó un poco, apoyó la cabeza en la mano y la miró.

—¿Era eso lo que querías?

—Sí —Vitória rodó hacia un lado y apoyó la cabeza sobre el brazo—. Me muero de sed. ¿Subes algo para beber? Yo no me puedo mover.

Cuando Vitória se despertó a la mañana siguiente, al principio no sabía dónde estaba. Las cortinas amarillas, los adornos del techo de madera y el papel pintado de flores verdes y amarillas le resultaron totalmente desconocidos. Luego vio el cabecero metálico de la cama y con un agradable estremecimiento recordó los orgasmos que León había conseguido que alcanzara la noche anterior. De pronto se asustó. ¿Qué le había pasado? ¿Cómo podían haber hecho algo así? Durante horas se habían amado con salvaje pasión, si es que se podía hablar realmente de "amar", se habían dejado dominar por sus más bajos instintos, se habían entregado con ardor, habían conocido el rabioso desenfreno, se habían estremecido, habían gritado, habían olvidado todo lo que ocurría a su alrededor. Todo. Pero con la luz del día recobró la memoria.

Dos habitaciones más allá estaba su hermano muerto.

XXXIII

La lluvia, el monótono sonido de las gotas en el paraguas, la larga comitiva de gente vestida de negro, el féretro
llevado por seis hombres y sobre el que reposaba una corona
de flores... pudo aguantar todo aquello. Pero los tristes can-
tos que entonó el coro de negros fueron demasiado. Vitória
no pudo contener las lágrimas.

El sacerdote apenas conocía a Pedro. Aunque su hermano acudía todos los domingos a la iglesia, no solía hablar ni
confesarse con el cura. A pesar de todo, éste habló de él como
si fuera un viejo y buen amigo. Dio tantos detalles de la vida
ejemplar de Pedro que Vitória supuso que debía de haber in-
terrogado a Joana y a *dona* Alma durante horas, si no durante
días. Habló de la honradez de Pedro, de su dedicación al trabajo, su integridad, su fidelidad, su entrega a su mujer y su familia, y cada una de estas virtudes la documentaba con un
ejemplo. En el caso de la loable disposición de Pedro a ayudar a los más débiles contó la vieja historia de cómo, poniendo en riesgo su vida, salvó a su hermana pequeña de un toro
muy agresivo. En realidad el episodio no transcurrió como
contó el sacerdote. Estaban poniendo a prueba su valor, y Vitória fue la primera en atreverse a entrar en el prado. Cuando
Pedro entró, les llamó el viejo Babá, y él dijo que había ido a
salvar a Vita. Y ella nunca contó nada, dejó que disfrutara de
las alabanzas de sus padres. Ya entonces era ella más fuerte.
Con siete años ya dominaba a Pedro, que tenía trece. Había

conseguido que dejara de chivarse y de llorar sin motivo, le había demostrado lo que era el orgullo. También le había enseñado que uno no debía presentarse como el vencedor cuando en realidad era el perdedor, sobre todo cuando no se llamaba Vitória, "Victoria".

Si se hubiera ocupado de Pedro en estos últimos años la mitad de lo que lo hizo en aquellos tiempos, si le hubiera observado con más detenimiento y le hubiera sonsacado sus secretos, si le hubiera ayudado con su fortaleza y no sólo con su dinero, ¿seguiría vivo? ¿Por qué no le había hecho sentir que le amaba y le admiraba? ¿Cuándo fue la última vez que le dijo algo agradable, un cumplido, un elogio? Debía de hacer una eternidad. "Ten cuidado no sea que con las prisas vayas a vomitar los pasteles." Si no se equivocaba, ésa era la última frase que le había dicho a Pedro. Ya no tenía la posibilidad de que él se llevara a la tumba otra cosa que aquella horrible frase. Pero a lo mejor, se consoló Vitória, en el lecho de muerte percibió algo de lo que ocurría a su alrededor. Quizás en ese cuerpo herido de muerte había todavía una mente clara —¿o un alma inmortal?— que le había permitido escuchar las bonitas palabras de despedida. Un fuerte grito la sacó de sus pensamientos. ¡Cielos, aquel niño era insoportable! ¿De dónde había sacado esa potente voz? De su padre seguro que no. En la mirada que dirigió a Félix y al niño que llevaba en sus brazos había una cansada irritación.

Félix no notó nada. No se dio cuenta de nada de lo que ocurría en ese entierro. Felipe reclamaba toda su atención. El pequeño berreaba como un demonio desde que el agua del paraguas había caído directamente en su cara. Félix no conseguía tranquilizarle por mucho que le acunaba, le besaba, le sonreía o le hacía cosquillas con la nariz, un método que siempre había sido infalible. Si aquel aburrido sacerdote no dejaba pronto de hablar tendrían que marcharse antes de que finalizara la ceremonia. No es que a él le importara. Pero sería una descortesía hacia la familia del muerto.

Félix todavía era un niño cuando Pedro se marchó de casa de sus padres, y su muerte no le afectaba demasiado. Félix estaba allí porque la familia da Silva había ido al entierro de José y porque Fernanda opinaba que debían acompañar a Luiza. Y allí estaban, junto a la tumba de un hombre más o menos desconocido, con los pies mojados y exponiendo a su hijo al riesgo de coger una pulmonía. Fernanda pensaba lo mismo que él, a pesar de que aguantaba junto a Luiza, que con la cabeza gacha y los ojos llorosos se agarraba a su brazo. Pero Félix sabía que Fernanda se mordía el labio inferior cuando estaba nerviosa o impaciente, y ahora parecía una vaca rumiando. Si el sacerdote seguía contando anécdotas de la vida de Pedro da Silva, Fernanda pronto tendría los labios en carne viva.

Dona Alma pensaba en los nietos que ya no tendría. Pedro y Joana no habían tenido descendencia, Vitória no quería tener niños. Su familia se extinguiría. Su apellido caería en el olvido. Nadie lloraría por ellos ante sus tumbas. Desaparecerían de la faz de la tierra como si nunca hubieran existido. La idea hizo que le temblaran las rodillas. Era peor que las imágenes que la perseguían noche tras noche, imágenes de un cuerpo sin vida que flotaba entre las olas como un trozo de madera arrastrado por la corriente contra las rocas, visiones del cuerpo pálido, inocente, de su hijo al que acechaban los tentáculos de la muerte para arrastrarlo a las oscuras profundidades del mar. *Dona* Alma siempre había odiado el agua. Y en aquel momento, cuando la lluvia amenazaba con ablandar las paredes de la tumba abierta en el suelo, la odiaba mucho más.

León miró su reloj de bolsillo, dando a entender al sacerdote que debía poner fin a sus interminables palabras. Las flores del ataúd se habían estropeado, la cinta estaba tan empapada que apenas se leían ya las palabras escritas en ella. La tierra amontonada junto a la tumba se estaba convirtiendo en barro, y la gente empezaba a perder los nervios. ¡Qué indigno espectáculo! ¿Cómo podía atreverse aquel cura a asumir el protagonismo del maestro de ceremonias en esa escenificación del fin del mundo? Parecía disfrutar hablando con voz profunda y tenebrosa entre la lluvia y los berridos del niño.

¡Y qué tonterías estaba diciendo! Había muerto un hombre, no un santo. Un hombre débil al que León antes admiraba por su franqueza, su alegría de vivir y su integridad, pero que en los últimos años había dejado ver cada vez más sus defectos y debilidades. Pedro se había vuelto inflexible, intolerante y malhumorado. Su viejo amigo se había convertido en un hombre que huía de la realidad en lugar de mirarla de frente, que se refugiaba en antiguas tradiciones e ideas caducas. ¿O con ello Pedro sólo buscaba una coraza para proteger su espíritu sumamente sensible? ¿Había sido siempre tan vulnerable y él, León, no se había dado cuenta? ¿Le había robado el poco orgullo que le quedaba al reírse abiertamente de su temor infantil ante una chantajista que no tenía nada que hacer?

Joana estaba contenta de que lloviera. Iba bien para la ocasión, y además borraba las lágrimas de los rostros. Ella misma ya no tenía ninguna. Llevaba todo el día llorando, había derramado auténticos ríos de lágrimas sobre su almohada y sobre el hombro de Aaron, de modo que sus ojos ahora estaban tan secos como su corazón destrozado. ¡Ella era la única culpable de la muerte de Pedro! Nunca debía haber permitido que Vita protegiera a su hermano de un modo tan asfixiante, no debía haberse convertido en cómplice de una traición que sabía que Pedro no podría soportar. ¿Por qué no se habían ido de Río? ¿Por qué no habían buscado suerte en otro lugar, donde Pedro no se sintiera como el hijo de un barón del café arruinado, donde pudiera construir su propia identidad, donde no estuviera expuesto a la destructiva influencia de su familia, donde pudiera reír de nuevo? Ahora era demasiado tarde. Ahora Pedro pertenecía a los gusanos, mientras que ella misma era devorada por los remordimientos, lo que no era mejor. El mundo había perdido su encanto, la vida su esplendor. Sin Pedro todo estaba muerto, vacío.

Joana podría haber estado horas bajo la lluvia escuchando el absurdo sermón del cura, que estaba entusiasmado con su propio discurso. Su sonora voz le resultaba agradable a Joana, la hacía entrar en una especie de trance. Pero de pronto Aaron, que la estaba sujetando, se estremeció y la hizo salir de su ensimismamiento. Levantó la vista. Vitória se había acercado al borde de la tumba. Y aunque Joana había perdido todo interés por lo que ocurría a su alrededor, notó que los demás contenían la respiración asustados. El sacerdote también.

Vitória se quedó un momento junto a la tumba, luego vaciló y se volvió hacia Joana. Tomó a su cuñada del brazo, la acercó a la tumba, dejó que lanzara una rosa sobre el ataúd, y luego ella tiró otra. Después se giró y dijo en un tono que sólo podían oír el sacerdote y los que estaban más próximos:

—No hace falta que nos mande a todos a la tumba con sus palabras. La función ha terminado.

El hombre se santiguó, lo mismo que *dona* Alma. León estaba orgulloso de Vitória porque se había atrevido a hacer lo que todos los presentes estaban pensando hacía tiempo.

Dona Alma y Eduardo se acercaron entonces a la tumba de su hijo. *Dona* Alma dejó caer un ramo de nomeolvides sobre el ataúd, Eduardo su sable preferido, el objeto más valioso que le quedaba y que ya no podría heredar ningún hijo. El sable hizo un fuerte ruido metálico al caer sobre los herrajes de la tapa del ataúd.

En ese momento el bebé dejó de llorar. El repentino silencio resultó tan inquietante que todos los presentes lo consideraron como una señal divina de que había llegado el momento de despedirse.

Una vez que los familiares y amigos habían dado el último adiós al fallecido, se acercó el resto de la gente a la tumba. Félix no había pensado echar tierra sobre el ataúd. Pero un destello del sable que había visto casi de reojo le había llamado la atención. Se acercó a la tumba con su bebé en brazos, dejó caer un poco de tierra mojada sobre el ataúd, donde hizo un horrible sonido fangoso. Se inclinó un poco hacia delante para poder ver mejor el sable. Se quedó sin respiración.

João Henrique no podía creer que aquel esclavo mudo aprovechara el entierro para entretener a su niño maleducado. ¿Tenía que enseñarle a ese gritón qué era lo que había sonado tanto? ¡No estaban en una feria! Aunque las palabras de Vitória Castro unos minutos antes podían haber tenido un cierto tono divertido. A él no le caía bien la hermana de Pedro, pero aquella actuación había sido absolutamente genial. La mujer tenía valor, había que reconocerlo. Por un momento había conseguido distraerle de las dudas que le atormentaban desde la muerte de Pedro. Una bendición, pues no quería convertirse en un loco como Aaron Nogueira.

Aaron no paraba de sollozar. Se había alejado de Pedro porque no podía soportar sus reproches expresados sin palabras. Aaron sabía que Pedro había sufrido mucho por los rumores que corrían en torno a Vita y él, pero no había hecho nada al respecto, al revés, se había sentido halagado de que se le atribuyera un lío con aquella magnífica mujer. Su enamoramiento le había cegado tanto que había abandonado a su mejor amigo. Ahora Pedro estaba muerto, y Vita se había alejado de él. Tras la muerte de Pedro pasó la noche en casa de éste porque Joana se lo pidió. No pudo pegar ojo en toda la noche, pues la habitación que ocupó estaba junto a la de León y Vita. Todavía hoy oía los sonidos que le demostraron claramente lo que él no había querido aceptar: Vita y León se amaban todavía. No tenía ninguna posibilidad. ¡Y había abandonado a su mejor amigo por un amor sin ninguna probabilidad de éxito!

Félix había estudiado tantas veces los retratos del medallón donde aparecían sus padres que tenía cada detalle grabado en su memoria. La cara del hombre de la fotografía no era reconocible, pero sí el puño de pedrería finamente decorado: ese sable que ahora estaba sobre las flores y bajo pegotes de tierra era el mismo de la fotografía. Y eso significaba... ¡Oh, Díos mío, no podía ser!

¿Por qué no había visto antes el sable? Conocía cada rincón de la mansión de Boavista, había tenido acceso a todas las habitaciones. ¿Dónde había escondido *sinhô* Eduardo el sable? ¡Si lo hubiera descubierto antes! ¡Qué distinta habría sido su vida si hubiera tenido un padre!

No, pensó Félix de pronto, había tenido un padre, lo tenía todavía. Y él no le había reconocido. José había sido un padre mucho mejor para él. Sí, su vida habría transcurrido de un modo muy diferente si hubiera sabido que el acaudalado *senhor* Eduardo da Silva era su padre. Se habría sentido más humillado por su rechazo que por los horribles trabajos que le habían encargado. Habría pretendido que le prestara atención, se habría hecho ilusiones en torno a la herencia, habría mirado con envidia a Pedro y Vitória, sus hermanastros. ¡Jesús, su hermanastro estaba en la tumba!

Félix se santiguó. ¡Su vida habría sido peor, sí, lo habría sido! A lo mejor estaba ya muerto, destrozado por falsas esperanzas e ilusiones imposibles. Su vida sin padre le había ido bien, y cada día sería mejor. Tenía un hijo precioso, una mujer fantástica, un próspero negocio, una casa propia. Era más de lo que tenía Pedro. ¿Por qué iba a desear ser el hijo de un viejo arruinado? Un hombre que había hecho de él, de su propio hijo, un esclavo. Félix sintió de pronto una rabia incontenible. ¿Cómo se puede hacer algo así a un hijo? Él era padre, y no podía ni imaginar que algún día podría tratar a su Felipe con tal crueldad.

Félix volvió a mezclarse entre la gente y se acercó a Eduardo. Le miró a los ojos —¿cómo no se había dado cuenta antes de que tenían los ojos del mismo color?— y le puso a Felipe delante. Cuando Eduardo extendió su mano hacia el niño, Félix dio media vuelta y se marchó.

Eduardo da Silva tuvo que abandonar el cementerio apoyado en dos jóvenes robustos. ¿Ahora tenía que cargar con su culpa? ¿Iba a recibir el castigo merecido? Había perdido el amor de su mujer cuando aquella esclava, ¿cómo se llamaba?, se quedó embarazada, lo que no habría ocurrido si tras el nacimiento de Vitória, Alma no se hubiera instalado en un dormitorio aparte. Había enterrado a seis hijos: cinco se habían muerto, y él había contribuido a la muerte del sexto. Pedro podría llevar ahora la vida despreocupada de un *fazendeiro* bien situado si él, Eduardo, no hubiera sido tan inútil o hubiera escuchado a Vita. ¿Pero qué hombre toma en serio a su pequeño ángel cuando se trata de negocios? Y había negado su propia carne y su propia sangre porque el niño era negro y mudo. Félix era su último hijo vivo, y lo había perdido igual que había perdido a su único nieto.

Una semana más tarde Eduardo da Silva estaba otra vez en pie. Superó la crisis, que sorprendió a familiares y amigos, gracias a los cuidados de João Henrique. En la *missa do sétimo dia*, la misa que se dijo por Pedro en la iglesia de Glória, se sentó entre *dona* Alma y Vitória con aspecto algo desconcentrado, pero por lo demás estaba como siempre. Pero la impresión era engañosa. Eduardo hacía verdaderos esfuerzos por controlarse. El día del entierro, cuando Félix le miró a los ojos con desprecio y le puso a su hijo delante, en su interior se quebró algo que no volverá a curarse nunca. Quizás un viaje por Europa le aliviara las penas, como decía Alma desde hacía tiempo. Tendría que aceptar el dinero de Vita aunque le doliera de todo corazón.

Vitória estaba en un extremo del banco de madera, justo delante de la imagen de São Goçalo. Miraba ensimismada los dibujos azules y blancos de los azulejos que cubrían las paredes de la iglesia desde hacía casi doscientos años, cuando fueron fabricados en Portugal y llevados a la colonia en barco de vela. Vitória consideró que el lujo con que la iglesia católica decoraba sus templos era fascinante y repugnante al mismo tiempo. Buscó en sus incompletos conocimientos bíblicos algún pasaje en el que aparecieran mujeres tocando el arpa y angelotes desnudos como los que veía a su alrededor. ¿Sería el paraíso? No resultaba muy atractivo.

Cuando terminó el funeral, Joana y Vitória esperaron en la puerta a Eduardo y *dona* Alma, que estaban hablando con el sacerdote. Probablemente le estuvieran dando dinero, demasiado dinero, pensó Vitória.

—A este cura tan hablador no hay quien lo aguante —dijo Joana.

Vitória asintió.

—A Pedro no le habría gustado todo esto, que viniéramos tanto a la iglesia por su culpa.

Vitória sintió curiosidad. ¿Quería decirle Joana algo? ¿Iba a romper por fin su silencio? Desde la muerte de Pedro, Joana sólo hablaba lo imprescindible, eludiendo cualquier conversación.

—No, no creo que le hubiera gustado. No era lo suficientemente malvado como para desear nada malo a nadie.

—Al contrario —dijo Joana—, parecía pensar que con su muerte nos hacía un favor.

—¿Qué quieres decir? —Vitória tenía un horrible presentimiento.

—Anteayer vino un hombre del seguro a casa. ¡Me quedé de piedra, Vita! Lo creas o no, Pedro había contratado un buen seguro de vida y ahora yo soy la beneficiaria.

—¿Crees que se suicidó?

—Sí —susurró Joana.

—¿Y crees que no dejó una carta de despedida para que pareciera un accidente?

—Sí.

¿Tenía que hablar siempre Vita tan claro? ¿No era ya bastante malo pensarlo?

—Sí —dijo Joana—, creo que su orgullo le costó la vida.

—¿Qué significa eso?

—Desde que se enteró por León de que tú estabas detrás de su empresa estaba irreconocible. Tú misma lo viste cuando os visitamos en vuestra casa. ¡La semana anterior a su muerte estuvo tan raro —dijo entre sollozos— y yo interpreté mal sus señales! Pensé que se tranquilizaría, que sólo necesitaba un cambio, que el trabajo en esa empresa le destrozaba los nervios. ¡Y sólo estaba pensando cómo podía hacerlo mejor!

Joana rompió a llorar.

¡Eso había sido! El motivo de su brusco cambio de estado de ánimo no había sido el chantaje del que León le había hablado y que a ella le resultó tan incomprensible como a él. Había sido el descubrimiento del pequeño complot de Joana y ella misma. No, no su descubrimiento… ¡la traición de León al desvelar el secreto!

—Tranquilízate, Joana. Creo que estás equivocada. El suicidio es un pecado muy grave. Pedro nunca habría hecho algo tan poco cristiano.

Tras acompañar a Joana en coche hasta São Cristóvão, Vitória llegó a casa cansada y bañada en sudor. Sus padres se habían retirado a dormir su siesta habitual, y al parecer León no había perdido ni un segundo para abandonar la casa. Vitória se dio un baño rápido, se puso ropa ligera y se dirigió hacia el comedor para tomarse una taza de café mientras reflexionaba sobre todo lo que había ocurrido aquel día. Pero apenas se había sentado cuando entró León con un periódico bajo el brazo que al parecer acababa de comprar.

—¡Apártate de mi vista, asesino!

Dejó el periódico sobre la mesa y se acercó a Vitória con gesto amenazante.

—¡¿Te has vuelto loca?! ¿Qué significa esto?

—¡Como si no lo supieras!

León la agarró del brazo con fuerza.

—No, dímelo tú.

—Haz el favor de soltarme.

—Cuando me digas cuál es, en tu opinión, el crimen que he cometido.

—Tienes a Pedro sobre tu conciencia. Si no le hubieras contado que yo le protegía en secreto, estaría todavía con vida.

—Creí que había tenido un accidente.

—Sí, un accidente que tú provocaste y que le ha permitido a Joana recibir una bonita suma del seguro.

—¿Crees que se suicidó?

—León, ¿por qué no me escuchas con atención? No, no creo que se haya suicidado. Creo que tú le has matado.

—¿Por desvelarle sin querer un "secreto" que no era tal y que yo suponía que él conocía? Por favor, Vita. No puedes hablar en serio.

—Pues hablo en serio.

—¿Entonces crees que tu apoyo secreto es lo que le ha matado, no? Pues si es así, eres más bien tú la culpable de su muerte.

Vitória se soltó de golpe de sus garras.

—Si ahora me culpas de la muerte de mi hermano, no entiendo por qué tardas tanto en firmar los papeles de la separación. Llevan semanas en tu escritorio.

León cogió el periódico.

—Porque no tenía motivo suficiente.

Luego salió de la habitación.

Vitória estaba furiosa. ¡No tenía motivo suficiente! ¡Menudo mentiroso, vaya cobarde! ¡Aquello era el colmo!

Esa pequeña observación le había dolido mucho más de lo que había podido pensar. A Vitória se le quitaron las ganas de tomar café. ¡No aguantaba ni un segundo más en aquella casa! ¡Se iría a un hotel, o mejor a casa de Aaron! Seguro que eso tampoco sería motivo suficiente para León. ¿Era ella suficientemente importante para alguien?

Entonces vio el cuadro, y se echó a reír como una histérica. ¡Ja, sólo ella se había sentido importante! ¡Con qué vanidad había posado para el pintor apenas cuatro años antes, y qué orgullosa se había sentido de aquel retrato! Cielos, ¿cómo pudo encontrar alguna vez esos horribles pintarrajos suficientemente bonitos para colgarlos en el comedor, donde quitaban el apetito a cualquiera?

Fuera de sí, Vitória acercó una silla al aparador que había debajo del horrible cuadro. Sacó unas tijeras del cajón de los cubiertos, se subió encima del aparador y las clavó en el lienzo. Con movimientos febriles cortó los volantes de un vestido que nunca había tenido, las bandas y condecoraciones del fantasioso uniforme de León, su cara de Virgen y la cara de héroe de León. Sólo llegaba hasta la nariz de León, pero se puso de puntillas para poder cortarle los ojos. El lienzo quedó hecho trizas, y sobre su vestido y su pelo cayeron algunos trocitos de pintura. Un grito la hizo detenerse.

Taís, que acababa de entrar con una bandeja en las manos, miraba a la *sinhá* con cara de incredulidad. Unos segundos después entró León pensando que había tenido un accidente. Sábado se había escondido en un rincón de la habitación con el rabo entre las patas y aullando. Vitória seguía encima del aparador. Su furia desapareció igual que había llegado. Con gesto divertido miró los rostros asombrados de León y Taís.

—No me he vuelto loca. Deja el café en la mesa, Taís, y enséñale a ese hombre —señaló a León— dónde está la puerta, por favor. Me parece que hoy está un poco confundido. —Se bajó del mueble, fue hacia Sábado y lo acarició—. ¡Pobrecito! ¿Te has asustado? No lo haré nunca más, te lo prometo. Dentro de unos días nos iremos a Boavista.

León observaba la escena con una arrogante sonrisa. Se acercó a Vitória, le tocó el pelo y le quitó un trocito de pintura.

—No me extraña que el perro se haya asustado. El rosa nunca ha sido tu color, cariño.

León se marchó el miércoles. A sus suegros les explicó con gran amabilidad que le habían ofrecido de nuevo el cargo de cónsul en Inglaterra y que esta vez iba a aceptar. Lamentaba profundamente no poder disfrutar durante un tiempo de su muy agradable compañía, pero estaba seguro de que pronto volverían a verse.

—A lo mejor pueden ir a visitarme. Si van próximamente al continente, la isla no les quedará muy lejos. Para mí sería una gran alegría poder explicarles las peculiares costumbres de los ingleses, con un té con leche, se entiende.

—Es un clima tan frío y húmedo, no creo que mi salud lo aguantara —protestó *dona* Alma, pero Eduardo añadió:

—¡Oh, sí, joven, veremos cómo lo podemos organizar.

Vitória estaba como aturdida. Seguía la conversación sin enterarse de nada. Sólo pensaba en el acuerdo de separación que León le había dejado media hora antes en su escritorio… firmado. Habían llegado muy lejos. León había dado plenos poderes a un abogado para que pudiera tramitar la separación en su ausencia. Se mostró de acuerdo con los arreglos financieros que Vitória y Aaron habían propuesto. El documento tenía cinco páginas, cuatro y media de las cuales detallaban la repartición de los bienes materiales. Vitória siempre pensó que tendría una sensación de triunfo, pero al tener el fracaso de su matrimonio ante sus ojos, negro sobre blanco, con la enérgica firma de León, le invadió una extraña tristeza. ¿Eso era todo, un sencillo trámite burocrático y su matrimonio llegaba a su fin?

Vitória no acompañó a León al barco que le llevaría a Inglaterra. ¿Por qué iban a guardar las apariencias? Dentro de poco todo Río sabría que se habían separado. No hacía falta que se despidieran delante de todos como correspondería a un cónsul y su esposa. Además, Vitória tenía cosas mejores que hacer que perder el tiempo con aquella farsa. Quería ir con Joana a Boavista y tenía que hacer el equipaje y resolver y organizar algunos asuntos. Pero durante todo el día no pudo quitarse de la cabeza la imagen de León cuando le vio por última vez, por la mañana, en la escalera del jardín.

—Ya se va tu último esclavo, *sinhazinha* —le había dicho con una sonrisa irónica, para luego añadir en voz baja—: Que te vaya bien, *meu amor*.

Ella había reaccionado con un áspero "Adiós, León", y se había metido corriendo en casa.

Y ahora estaba allí, delante de sus maletas, pensando qué pasaría en el muelle. Sus padres, Joana y todos los amigos de León querían despedirse de él en el puerto. En el caso de sus padres estaba convencida de que no era la marcha de León, sino el emocionante ambiente del puerto lo que les había llevado hasta allí, más cuando su yerno se iba en el vapor más grande y lujoso del mundo. Vitória se imaginó a todos bebiendo champán, abrazando a León, diciéndole adiós con sus pañuelos blancos, y él saludándoles sonriente. Imaginó al barco partiendo bajo el vibrante sonido de las sirenas, a León saludando alegre con su sombrero y luego, cuando las personas del muelle fueran ya demasiado pequeñas para reconocerlas, contemplando el panorama de Río. Si alguien le hubiera contado que León evitó intencionadamente mirar por última vez el magnífico escenario de Río, Vitória lo habría tomado por loco.

Cuando el barco abandonó la bahía, dejando el Pan de Azúcar a la derecha y la punta de Niterói a la izquierda, León ya estaba en el bar dispuesto a emborracharse.

XXXIV

No hablaron una sola palabra durante todo el viaje. Las dos mujeres miraban por la ventanilla del tren, cada una inmersa en sus propios pensamientos, observando con indiferencia la devastación que el "progreso" había traído consigo. La única diferencia era que Vitória veía el paisaje avanzar hacia ella a toda prisa, mientras que Joana, que iba sentada de espaldas al sentido de la marcha, tenía la sensación de que huía de ese mismo paisaje. No tenía importancia. Los extensos barrios pobres de los negros, los bosques talados, las canteras, la nueva central eléctrica, la fábrica de conservas y el aserradero, el vertedero de basuras y el depósito de chatarra, todo tenía un aspecto horrible fuese cual fuese la perspectiva desde la que se observaba. Las cosas no mejoraron cuando se alejaron de Río. Las mansiones con los tejados derrumbados, los campos baldíos, las vacas flacas y los pueblos tristes pasaban ante sus ojos lo suficientemente deprisa como para no apreciar detalles más desoladores. Vitória no sintió alegría al volver a ver su querida tierra, donde había nacido. El barro rojizo le recordaba la sangre seca, el agua marrón de los ríos a la tierra del cementerio, el verde de los árboles al veneno de las serpientes… el rastro infinito de la decadencia las perseguía, y en él resonaba un eco de ironía.

¡No! Vitória quería recuperar la razón. ¿Iba a ver a partir de ahora sólo el lado malo de las cosas? ¿No bastaba con un suicida en la familia? Quizás había sido un error buscar consuelo en el valle del Paraíba. Pero eso no era motivo suficiente para perder el ánimo. En el peor de los casos regresarían a Río. Vitória buscó en su bolso las manzanas chilenas que en un arrebato había comprado para el viaje a un precio exagerado. Por fin encontró una manzana, la frotó en su vestido y mordió la crujiente piel roja. Joana no se enteraba de nada. Estaba como petrificada en el asiento de terciopelo raído, miraba por la ventanilla, y su imagen vestida de luto era digna de compasión.

Joana llevaba un vestido de algodón negro, cerrado hasta arriba, y un pequeño sombrero con un velo negro que le tapaba casi toda la cara. Vitória sólo llevaba un pequeño velo sujeto en el moño; el mundo ya era bastante triste como para verlo además a través de un tul negro. Ella también llevaba un vestido negro, pero se había puesto un chal azul por los hombros. Cada vez que el tren atravesaba una zona de bosque oscura Vitória se miraba furtivamente en el cristal de la ventanilla, y le pareció que esa combinación de negro y azul no le sentaba mal. La hacía aparentar más años de los veinticuatro que tenía, parecía más seria, más madura, más formal. Cuando el tren entró de pronto en un túnel, Vitória retiró enseguida la mirada de su imagen reflejada en el cristal. ¡Cielos! ¿No tenía otras preocupaciones? Su hermano había muerto hacía poco, su marido la había abandonado, sus padres huían… ¡y ella se recreaba mirándose en el cristal! ¿Para quién quería estar bonita? ¿Para Joana? ¡Ja! Al lado de su cuñada, que era la viva imagen de la desolación, ella parecía una diosa. Joana había perdido tanto peso en poco tiempo que sus manos, que ahora tenía apoyadas en el regazo, eran huesudas y apergaminadas y su busto se había quedado plano. ¿Por qué se negaba a ponerse un corsé para levantar un poco el pecho? Afortunadamente el velo impedía que Vitória examinara con detalle el rostro de Joana. Sus grandes ojos hundidos en las órbitas oscuras eran para ella como una acusación.

Como nadie las esperaba en la estación y después del largo viaje en tren Vitória no tenía ganas de meterse en un coche para seguir viajando, propuso que dieran un pequeño paseo por Vassouras. Joana estuvo de acuerdo. Vitória encargó al criado que había viajado con ellas en el tren, aunque en tercera clase, que cuidara de sus maletas, cestas y cajas y que no se moviera de allí hasta que ellas volvieran.

Vitória y Joana deambularon lentamente por las calles que tan bien conocían. Vassouras seguía tan llena de color y ruido como siempre. Sólo cuando se echaba un segundo vistazo se apreciaban también en ella las consecuencias de la decadencia de los barones del café. Ya no existía la tienda de productos selectos, el local estaba ocupado ahora por un sastre. La sombrerera, que tenía su taller en la primera planta de un edificio de la Rua da Rosas, se había marchado, lo mismo que el joyero. El hotel presentaba un aspecto descuidado, las ventanas estaban sucias y los toldos descoloridos. A pesar de todo Vitória propuso que entraran a tomar un café. Parecía seguir siendo el mejor hotel de la ciudad.

Ellas eran las únicas clientes. Un camarero con el pelo grasiento las atendió de mala gana.

—¿Te acuerdas…? —empezó a decir Joana, pero Vitória la interrumpió.

—Por favor. Haznos un favor a las dos y no hables sobre ello.

¡Claro que se acordaba! Aunque la mayoría de los recuerdos de su boda se habían difuminado, Vitória se acordaba perfectamente de lo mal que se encontraba, de lo mal que se había sentido cuando León la sacó de aquella misma habitación para llevarla a la suite nupcial.

—Vamos a tomarnos el café y buscaremos un coche de caballos que nos lleve hasta Boavista. Esta ciudad no levanta mucho el ánimo.

Pero el viaje por los campos de cultivo abandonados, los caminos llenos de baches y los puentes de madera podridos tampoco la animó mucho. La roca en la que Rogério y ella se besaron por primera vez cuando tenían trece años, un episodio inocente pero a la vez el más excitante de sus jóvenes vidas, esa roca... ¿había sido siempre tan pequeña? La recordaba mucho más impresionante. El recodo del Paraíba do Sul donde tanto le gustaba bañarse y nadar, ¿tenía entonces también el agua tan sucia, flotaban tantas hojas podridas en su superficie? La loma por la que Eufrásia y ella se dejaban caer rodando cuando eran niñas, ¿no era más alta, más empinada, más peligrosa? Y el árbol en el que León y ella se citaron en aquella funesta noche de tormenta... ¿cómo se puede elegir un árbol medio muerto y deforme como punto de encuentro para una cita romántica? No era de extrañar que su relación hubiera terminado tan mal.

Era sorprendente cómo cambiaba la percepción de las cosas al hacerse uno adulto. Qué lástima que el paisaje perdiera grandiosidad, y los olores o las sensaciones intensidad. Qué pena no poder enamorarse con la misma facilidad, no esperar cada cumpleaños con el mismo entusiasmo, no poder desear la muerte inmediata de la mejor amiga. En comparación con aquellos años ahora las sensaciones eran menos nítidas, los sentimientos menos profundos, las vivencias menos intensas.

El coche se acercó a una colina desde donde se podía ver Boavista. "Gana el que antes la vea", solía jugar con Pedro, y siempre ganaba ella, porque antes de que llegaran a lo más alto empezaba a gritar: "¡Ahí está, ahí está!"

—Ahí está —dijo Joana sin fuerzas.

Vitória se habría echado a llorar.

Se colocó bien las gafas, entornó los ojos y… ¡sí, allí estaba! Lo primero que se veía siempre era el tejado, esas tejas rojas a las que los esclavos habían dado su forma curva apoyándolas en sus muslos. Luego la mansión, las *senzalas*, la fuente de la entrada. ¡Oh, era maravilloso! Desde aquella distancia Boavista tenía el mismo aspecto de siempre, y aunque Vitória se imaginaba lo que la esperaba, por un momento se hizo la ilusión de que todo seguía como antes.

Todo estaba peor de lo que se temía. La fachada blanca antes impecable mostraba unas manchas de color grisáceo producidas por el agua de lluvia. La pintura de puertas y ventanas estaba levantada. La fuente no tenía agua, a cambio estaba cubierta de musgo y una capa de hojas podridas tapaba el fondo de mosaico. Los adornos de cerámica de la escalera estaban rotos.

Cinco personas no tenían otra cosa que hacer en todo el día que mantener todo aquello en buen estado. ¿Qué hacían para ganarse el dinero? Y sobre todo: ¿qué hacían con el dinero que Vitória les enviaba para la conservación de Boavista? No podía ser tan difícil conseguir un par de cubos de pintura para arreglar la fachada o agarrar una escoba y barrer la entrada.

La puerta principal crujió cuando Vitória la empujó. Estupendo, pensó Vitória, nadie la había cerrado, ni había nadie por allí cerca al parecer para ver quién entraba en la casa. El aire olía a cerrado y a polvo. Echó un vistazo al recibidor, en el que, como ella esperaba, faltaban los mejores muebles y adornos: sus padres tuvieron que vender en su momento todo lo que tenía un cierto valor material. El efecto era desolador.

—¿Hola? ¿Hay alguien? —gritó como si la fuerza de su voz le infundiera más ánimo. Su voz resonó como en el castillo fantasma de una novela de terror inglesa.

—¡Ya voy! —oyeron una vocecilla que llegaba desde la zona de servicio. Poco después apareció una negra bajita más o menos de su misma edad—. ¿Sí, qué desean? —preguntó limpiándose en un sucio delantal.

—Desearía darme un baño, una cama limpia e información sobre lo que está pasando aquí. ¿Cómo te llamas? ¿Dónde están los demás?

—Yo soy Elena. ¿Y cómo...?

Pero no pudo terminar, ya que Joana sospechó que iba a hacer una pregunta poco diplomática.

—Buenos días, Elena. Creo que no nos conocemos. Soy *sinhá* Joana, la cuñada de *sinhá* Vitória. Estamos agotadas del largo viaje hasta aquí. ¿Nos traes algo de beber, por favor? Y avisa a algún hombre para que ayude al mozo con el equipaje.

—¿Por qué eres tan amable con esa inútil? —preguntó Vitória cuando Elena hubo salido—. Ahora se creerá que es una dama y querrá sentarse con nosotras a tomar café.

Joana se encogió de hombros.

—Me ha parecido correcto. No es una jovencita ni una vieja amiga.

No. Era una antigua esclava, y al parecer ni ella ni los otros cuatro que Vitória había encargado del cuidado de Boavista eran capaces de hacer bien su trabajo. ¿Era demasiado pedir que la casa estuviera en condiciones por dentro y por fuera? ¿Al menos superficialmente? No había que fregar, encerar y pulir cada centímetro cuadrado, pero al menos podían haber ventilado las habitaciones y fregado los suelos regularmente. Vitória se enfadó consigo misma. Tenía que haberlo sabido. La mayoría de las personas, negras o blancas, necesitaban que alguien les dijera lo que tenían que hacer.

Había sido un error fiarse del viejo Luíz, que aunque era de confianza y como antiguo capataz tenía cierta autoridad, se manejaba mejor entre los arbustos de café que con el mantenimiento de una casa. Pero no había tenido otra elección: aparte de Luiza y José, que se marcharon con sus padres a Río, todos los esclavos que trabajaban en la casa habían salido corriendo. ¿Iba a dejar Boavista en manos de un extraño?

Vitória empujó la puerta que daba al salón. Los pocos muebles que quedaban estaban tapados con sábanas que ya tenían un color amarillento. Corrió las cortinas, de las que salió una nube de polvo. Abrió las ventanas, deformadas después de tantos años sin usarse. A la despiadada luz del día el salón tenía un aspecto más triste que antes. Se veían arañazos en la madera del suelo, una mancha amarilla de humedad en la pared y telarañas que colgaban del techo o iban de un rincón a otro. ¡Cielos, no podía ser tan difícil atar el plumero a un palo largo y limpiar de vez en cuando los techos y las paredes!

Flap, flap, flap… las sandalias de Elena anunciaron su llegada a lo lejos. Antes no se habría oído nada, pues los pequeños ruidos cotidianos quedaban apagados por las gruesas alfombras y los pesados muebles tapizados.

—¿No puedes levantar los pies al andar? —le dijo Vitória a la joven, que, asustada, se quedó quieta con la bandeja en las manos—. No, claro —contestó Vitória a su propia pregunta—. Si no sabes hacer las tareas de la casa, tus propios pies deben ser una pesada carga para ti.

—Muchas gracias, Elena.

Joana tomó un vaso de la bandeja, se lo dio a Vitória, y luego tomó el suyo. Vitória se bebió el vaso de un trago y lo dejó con un golpe en la bandeja.

—¿Dónde está Luíz? Mándamelo aquí enseguida, tengo que ajustar cuentas con él.

—Luíz está muy enfermo, *sinhá*. Está arriba, en la cama. Tiene mucha fiebre.

Vitória puso los ojos en blanco. ¡Ya lo había dicho ella! ¡Los negros dormían en sus camas! El paseo por el jardín tendría que esperar, primero quería echar un vistazo a las habitaciones de arriba. ¡Confiaba en que nadie se hubiera atrevido a profanar su antigua habitación con su sucia presencia! Pero su temor era infundado. Tanto su propia habitación como la de sus padres presentaban el mismo aspecto desolado que las habitaciones de abajo, pero no parecía que nadie las ocupara. De pronto oyó un horrible "¡Oh!". Joana, que había ido a la habitación de invitados en que había dormido en su única visita a Boavista, cerró la puerta de golpe y miró a Vitória con resignación.

—Tenías razón.

Comprobaron que dos mujeres ocupaban esa habitación, mientras que dos hombres jóvenes compartían otra de las habitaciones de invitados y Luíz gozaba del privilegio de una habitación para él solo. Furiosa, Vitória abrió la ventana del "cuarto del enfermo" para que desapareciera el horrible olor a alcohol.

—¡Viejo cerdo! ¡Gravemente enfermo, no me hagas reír! Te ordeno que en media hora estés bueno para que puedas contarme con todo detalle qué has hecho aquí en los dos últimos años!

Por la tarde Vitória vagó sin rumbo por lo que quedaba de la *fazenda*. Los daños no eran menos graves que los de la casa, pero allí al menos podía respirar. Pasó con cuidado por las rotas espirales de la valla de alambre oxidada para ir la dehesa donde antes estaban los caballos. Disfrutó cuando sus pies se hundieron en la tierra, sin preocuparse por sus zapatos. Pasó la mano por las hierbas, que le llegaban casi hasta la cadera, pero no lo hizo con la serenidad que cualquier observador habría apreciado en ese gesto. Estaba impresionada. Estaba furiosa. Y, sobre todo, estaba muy enfadada por el comportamiento de Joana. ¿Cómo podía ser tan amable con esa gentuza? ¿Y cómo podía sentarse tan tranquila en el carcomido escritorio de la habitación de Pedro y revisar el contenido de la caja que se había traído de Río? Cartas, notas, recuerdos como entradas o el menú de algún banquete... se había llevado a Boavista todos los papeles sueltos que encontraron en el despacho de Pedro.

—A lo mejor encuentro algún indicio de la verdadera causa de su muerte —dijo Joana justificando su excesivo equipaje. Pero Vitória sabía que sólo quería hurgar en sus recuerdos.

Vitória se detuvo en el pequeño panteón familiar. Se sentó en el murete que lo rodeaba. Antes aquel monumento de piedra le producía rechazo y no le gustaba. Pero ahora se alegraba de que al menos allí no se notara la dejadez de la gente. Leyó los nombres de sus hermanos muertos. Pedro debería estar allí, no en Río. ¿Y ella? ¿Dónde la enterrarían si se moría antes de tiempo? ¿Debía escribir en su testamento manifestando el deseo de que la enterraran allí? Vitória sintió un escalofrío en la espalda, y con un estremecimiento alejó los pensamientos sobre su propia muerte. ¡Quería vivir muchos años todavía!

El ejercicio al aire libre le sentó bien. Cuando Vitória volvió a la casa estaba más tranquila. El ambiente no le resultó tan agobiante, tan deprimente.

—¿Vita? —Joana la llamó desde el comedor.

Vitória se quitó los zapatos llenos de barro y fue descalza hasta ella.

—He encontrado algo que te puede interesar —dijo Joana sonriendo— Al parecer Pedro olvidó mandarla.

Le dio a su cuñada el sobre con las señas de León que Vitória habría reconocido a simple vista entre millones de cartas. Estaba sin abrir.

La sonrisa de Joana se transformó en un gesto de preocupación cuando vio la cara pálida de Vitória.

—¿Te encuentras mal? Siéntate, pon los pies en alto. Te traeré un coñac, bueno, creo que encontraré antes el aguardiente. ¡Cielos, si llego a saber que una vieja carta de amor te iba a afectar tanto...!

Se puso de pie, pero Vitória la agarró. Por su mejilla rodó una lágrima que ella limpió enérgicamente con la manga del vestido. Poco a poco recuperó el color.

—No es una carta de amor normal. Ábrela. Puedes leerla.

Joana no quería leer la carta, pero como Vitória insistió, rompió el lacre y sacó del sobre una pequeña hoja de papel azul claro.

Querido León:

Me dejaste realmente un regalo que, si yo fuera tu mujer, me llenaría de satisfacción. ¿No crees que deberías convertirte definitivamente en mi esclavo, hasta que la muerte nos separe?

Espero, tengo miedo, confío. Y sueño a cada momento con tus besos. Con cariño, Vita

Mientras Joana leía la carta, Vitória observaba el sobre que estaba encima de la mesa. Se rió de la afectada escritura que en aquel entonces a ella le parecía propia de una dama, las letras redondeadas y con grandes adornos. Su escritura era ahora muy distinta, con las letras fuertemente inclinadas hacia la derecha y los renglones en línea ascendente. Era más angulosa, más dura, casi como la letra de un hombre.

Impresionada, Joana dejó caer la carta en su regazo.

—¿Eso significa que tú...?

—Exactamente. Aborté.

Vitória no supo muy bien por qué le dijo a su cuñada la verdad de un modo tan brutal. Joana tampoco lo entendió.

—Estuve semanas, meses, esperando a que apareciera, se casara conmigo y se alegrara conmigo por nuestro hijo. No sabes lo desesperada que estaba al no saber nada de León. ¡Cómo lo odié porque me había abandonado, embarazada, con sólo dieciocho años, teniendo que elegir entre abortar, casarme con Edmundo o dar al niño en adopción y marcharme a un convento! ¿Tú qué habrías hecho, Joana?

Joana lloraba en silencio y sacudía la cabeza. No lo sabía. Probablemente hubiera tenido el niño, pero no se lo iba a decir a Vitória.

—Casi me muero tras el aborto.

—¿Se lo contaste a León?

—Claro que no. Hasta hace cinco minutos yo pensaba que él conocía mi decisión de entonces. Siempre hemos evitado hablar del tema.

—¿Y ahora?

—Ahora... nada. ¿Acaso crees que una vieja carta puede arreglar algo? Antes de venir he firmado los papeles de la separación y se los he dado a Aaron. Ahora todo seguirá su curso. Y créeme: es mejor así. Al lado de León no puedo encontrar la paz. Nos haríamos cada vez más daño, hasta que un día acabaríamos con nuestras vidas.

Vitória apartó la vista de Joana y miró por la ventana. ¿Se creía realmente lo que acababa de decir con tanto convencimiento? Si León no recibió su carta, entonces...

—Él te quiere.

—No digas tonterías, Joana. ¿Cómo me va a querer si me llama puta y asesina? Me odia. Y yo a él.

—Pues la noche en que murió Pedro no sonaba como si fuera así —dejó caer Joana con un cierto tono de acusación.

Vitória lanzó un callado suspiro. ¡Cielos! ¿Habían hecho tanto ruido que todos los de la casa habían sido testigos de su espectáculo? Sintió que se acaloraba al recordar aquella noche, el éxtasis que se apoderó de ellos, la desatada pasión de sus cuerpos; cómo la unión de sus cuerpos les había hecho dejar de pensar, les había ayudado a olvidar. A Joana le dio la misma explicación con la que ella tranquilizó su conciencia a la mañana siguiente:

—No tuvo nada que ver con el amor. Fue una reacción corporal a la tristeza. Igual que a otros les da por comer cuando alguien se muere...

Joana se miraba confusa los pies. En un intento de que su cuñada la comprendiera, la perdonara, Vitória prosiguió:

—Es la alegría de seguir vivo. Entonces se desatan nuestros instintos animales, comer y copular. Es como si con ello quisiéramos alejar nuestra propia muerte inevitable, reírnos de la fragilidad de la vida —hizo una pausa—. ¡Ay, qué discurso tan patético! Lo siento, Joana. Aquella noche no éramos nosotros mismos.

Joana seguía mirándose los pies.

—Pero os burlasteis realmente de la muerte. Estás embarazada, ¿verdad?

Vitória agarró la jarra de limonada y llenó los vasos para disimular su turbación. ¿Cómo lo sabía Joana? Ella se había enterado un par de días antes. Joana no podía haber notado nada, pues ella se encontraba muy bien y no tenía náuseas ni vómitos.

—Sí, Joana. ¿Acaso no es una amarga ironía del destino? ¡Cómo se repite todo... aunque bajo otro signo! León está de camino a Europa; yo aquí, embarazada, en Boavista... sea cual sea el camino que tome nos lleva siempre a la desgracia.

—¿Pero por qué? —Joana miró a Vitória con incredulidad—. ¡Tú lo tienes tan fácil! ¡Tu marido al menos está vivo! —sollozó, se limpió enseguida las lágrimas de la cara, e intentó hablar en un tono objetivo. Tomó la carta—. Aquí tienes la causa de vuestro fracaso. Todo se basa en un trágico malentendido. Sólo esto ya sería un motivo para perdonar a León. Y encima esperas un hijo suyo, estáis en las mejores condiciones para volver a empezar de nuevo. ¡Tienes que escribirle hoy mismo!

—No quiero volver a pasar por lo mismo otra vez. Estoy harta de que me insulte. ¿Sabes lo que hará cuando se entere de mi embarazo? No, no tienes ni idea de lo que es capaz de hacer, ¿verdad? Te lo diré: o bien creerá que el niño es de Aaron, o bien, en caso de que piense que el hijo es suyo, hará todo lo posible por conseguir él solo su custodia tras la separación . ¡Al diablo, Joana! ¡Jamás sabrá nada del niño!

—¿No querrás…?

—No, lo voy a tener. Estoy muy contenta. Durante años pensé que el aborto me había dejado estéril, y eso me agobiaba más de lo que yo creía. Traeré al mundo un auténtico brasileño que no tenga que avergonzarse ni de su sangre india, por muy diluida que esté, ni de su madre.

Joana miró a Vitória con el ceño fruncido.

—¿Qué…?

—¡Ah! ¿Acaso León no te ha contado la verdad? Siempre pensé que no teníais secretos entre vosotros. La madre de León está viva, es medio india y es una ex-esclava.

Joana se tapó la boca con las manos. A través de los dedos susurró:

—¡Pobre, pobre hombre!

—Sí, el pobre hombre nos ha tomado el pelo a todos. ¡Joana, entérate de una vez! ¡León es un mentiroso y un cobarde! Me pregunto cómo he aguantado tanto tiempo con él.

—No, Vita, entérate tú. Sólo lo hizo por amor a ti. ¿Te habrías casado con él, orgullosa *sinhazinha*, si hubieras conocido su origen?

—A lo mejor. No, creo que no. Pero eso no le daba derecho a hacerme tomar una decisión a su favor basada en una horrible mentira.

—¿Y es tan horrible su origen indio?

—Claro que no. Sinceramente, me gustaría que el niño se pareciera más a *dona* Doralice que a *dona* Alma. Es muy guapa, además de inteligente y amable.

—¿Y quieres privar a una mujer tan maravillosa de su nieto? ¿A tu marido de su hijo? ¿A tu hijo de su padre? ¿Qué le contarás a tu hijo cuando un día te pregunte por su padre?

—No lo sé. Ya se me ocurrirá algo.

—¿Y a tus padres? Algún día volverán de su viaje. ¿Qué les dirás entonces?

—Convenceré a *dona* Alma de mi concepción inmaculada y ella me convertirá en santa, algo que, dicho sea de paso, debía haber hecho hace tiempo.

Las dos soltaron una sonora carcajada que poco después se convirtió en un histérico llanto, para luego, cuando se miraron a los ojos enrojecidos, transformarse de nuevo en risa.

—León volverá a ti. No lo puedes evitar. Estáis hechos el uno para el otro, os atraéis de un modo casi mágico. Es como… como una ley de la naturaleza.

—¡Pamplinas! La única ley de la naturaleza que me interesa en este momento es la que me dicta mi estómago. Tengo que comer algo urgentemente. Y tú también. —Después de una pequeña pausa continuó—: Míranos. Dos urracas lamentándose por los viejos tiempos. Vamos a pensar en mañana. Cenaremos algo, nos iremos pronto a la cama y por la mañana temprano inspeccionaremos la *fazenda*.

Se puso de pie, le dio a Joana un pañuelo y le pasó el brazo por los hombros.

En el comedor ya estaba puesta la mesa... con un mantel deshilachado, la vajilla desportillada, los cubiertos mal colocados y las copas de coñac. A Joana y Vitória les entró de nuevo la risa nerviosa. Pero antes de que les diera por llorar, Vitória estiró la espalda y llamó a la criada.

—No es culpa tuya, Elena, pero esta mesa es una catástrofe. A partir de mañana *sinhá* Joana te enseñará el arte de poner la mesa. Te explicará qué cubiertos son los adecuados para cada plato, qué copas se utilizan para cada bebida, cómo se ponen el mantel y las servilletas. A las ocho en punto recibirás la primera lección. Bien, ahora trae la cena, por favor. Y dos servilletas.

Vitória y Joana se comieron en silencio la *rabada*, un guiso de rabo de buey con verduras y patatas. Estaba sorprendentemente bueno, y los criados, que observaban a sus *senhoras* desde detrás de la puerta, se sintieron aliviados. Habían tardado mucho en decidir qué debían servir a sus amas llegadas tan de improviso, hasta que a Inés se le ocurrió la excelente idea de la *rabada*. "Yo sé cocinarla. Y es un plato exquisito." Para los esclavos era un plato de fiesta, aunque para los *senhores* el rabo de buey era comida para perros. Pero eso no lo sabía ninguno de los cinco, igual que no sabían que si las dos damas se lo comieron tan ávidamente fue porque estaban muertas de hambre.

—Mañana mandaré un telegrama a Río. Quiero que venga Mariana. Ya que no tenemos muchas alegrías, al menos comeremos bien.

Joana asintió.

—Sería estupendo. Pero... quedan tus padres en Río. No les parecerá una buena idea quedarse sin cocinera.

—¡Cielos, Joana, siempre piensas sólo en los demás! Mis padres se tienen a sí mismos y a sus nuevos amigos, mientras que nosotras somos dos pobres viudas solas y desamparadas. En Río pueden cenar cada noche en los más refinados restaurantes, mientras que nosotras dependemos de los conocimientos culinarios de nuestros sirvientes. Además, creo que Mariana preferirá estar aquí que con mis padres.

—¿Por qué te consideras una viuda?

—¿Y por qué no? No hablemos de ello otra vez, por favor. Vamos a planificar los próximos días y semanas. Tenemos tiempo, tenemos dinero, podemos hacer lo que queramos. Tenemos varias posibilidades. Tú, por ejemplo, te puedes ocupar de la educación de Elena, además de arreglar este comedor tan poco acogedor y...

—¡Para!

Vitória miró a Joana sorprendida.

—No quiero que nadie me anime. Tampoco quiero estar distraída trabajando sin parar. Sólo quiero llorar tranquila mi pena. Y Boavista me parece el lugar perfecto para ello, a pesar de su comedor poco acogedor.

Vitória no podía entender a Joana. Cambiar de ambiente, estar ocupada en pequeños problemas cotidianos fáciles de resolver... eso era lo que las había llevado hasta allí. ¿Cómo podía querer quedarse sentada, con las manos en el regazo, llorando su pena entre ventanas sin limpiar y paredes sin cuadros? Ella también lamentaba muchísimo la pérdida de su hermano. Pero ¿qué tenían que ver con ello la plata sin brillo, los suelos sin limpiar y los manteles deshilachados? Eso tampoco les iba a devolver a Pedro. Sólo las perjudicaría, y Vitória estaba decidida a no dejarse llevar por la autocompasión. En un ambiente cuidado podrían enfrentarse de nuevo a la vida mejor que en la casa abandonada.

Vitória pensó que había llegado el momento de dejar de compadecer a Joana por más tiempo, de decirle sólo bonitas palabras de ánimo. Quizás sería mejor atacarla y despertar su viejo espíritu de contradicción.

—Tú no has vivido nunca en Boavista. Para ti no significa nada que todo esté destrozado y refleje tu propio estado de ánimo. ¿Pero has pensado cómo me siento yo aquí? Nací en esta casa y he pasado veinte años de mi vida en ella. Cada marca oscura en el papel pintado me recuerda el cuadro que antes estaba colgado allí. Esa cortina apolillada que hay a tu espalda evoca los días soleados. Antes tenía que cerrar esa pesada, tiesa y grandiosa cortina para que el calor no entrara en la casa. Y al ver esa mesa tan deteriorada pienso en los apestosos pulimentos con que la cuidábamos antes y en el grueso fieltro que poníamos bajo el mantel para que no se rayara. Para ti todo esto no es más que un escenario en el que has hecho tu entrada como viuda desconsolada. Para mí es el único hogar que he tenido. Pero —concluyó Vitória, que por fin se había desahogado— la mesa no es tuya, ¿por qué ibas a preocuparte por su estado de conservación?

Joana se puso de pie y abandonó la habitación sin decir nada. Estaba temblando, y Vitória se arrepintió enseguida de la dureza de sus palabras. ¡Bueno, mañana Joana estaría bien! Y cuando la casa estuviera de nuevo en un estado más o menos aceptable, se lo agradecería.

Llamó a Elena y le pidió que llamara a los demás criados.

—Para todos los que quizás no hayan oído la conversación entre *sinhá* Joana y yo: Boavista recuperará su anterior esplendor. Eso significa que se acabó vuestra holgazanería. La estufa permanecerá toda la noche encendida para que *sinhá* Joana y yo podamos darnos un baño caliente por la mañana. De ello se ocupará Luíz. A las seis estaréis todos en vuestros puestos. Si yo no me he levantado todavía seguiréis las órdenes de Elena. A las siete se servirá el desayuno. En la mesa habrá papaya y mango, huevos y tocino, bollos y mermelada, pan, mantequilla y queso. Necesitamos tomar fuerzas para todo el trabajo que tenemos por delante —Vitória examinó los rostros atónitos de los cinco empleados, a los que era evidente que no les caía bien la *sinhá*—. Mañana os explicaré a cada uno vuestras tareas en función de vuestras capacidades o habilidades. ¿Alguna pregunta?

Vitória no había contado con que uno de los atemorizados negros tuviera una pregunta. Iba a seguir hablando cuando Inés dijo con los ojos muy abiertos:

—¿Dónde vamos a conseguir tan rápido papayas y mangos?

—De los árboles, donde cuelgan a cientos, ¿de dónde si no? El joven Sebastião parece muy fuerte, al salir el sol irá con una escalera a buscar la fruta.

Animado por el valor de Inés, Joaquim se atrevió también a hacerle una pregunta a la *sinhá*.

—¿Y dónde vamos a dormir? Las *senzalas* están totalmente derruidas.

A Vitória le horrorizó la idea de que en las siguientes semanas debería enseñar modales a aquellos inútiles embrutecidos y conseguir que tuvieran un poco de iniciativa.

—En las habitaciones de invitados desde luego no. ¿Qué sé yo? Construid un alojamiento provisional en la despensa, o en el granero. Mañana lo veremos. Bien, ahora podéis marcharos y comeros el resto de *rabada*. Buenas noches.

Ya estaba en la puerta cuando oyó que el joven Sebastião les preguntaba en voz baja a los demás:

—¿Qué significa "provisional"?

En su habitación Vitóra comprobó que alguno de los negros había tenido la suficiente iniciativa para subir su equipaje y prepararle la cama. La primera alegría del día. Un comienzo. Las sábanas no estaban planchadas, pero parecían limpias. Vitória se quitó la ropa, la dejó sobre la silla y, en ropa interior, se dispuso a buscar un camisón en su maleta. Unos segundos después dejó de buscar. ¿Para qué necesitaba un camisón? Nadie tomaría la iniciativa de actuar como su doncella y entrar en su habitación. Vitória se desnudó, se arrebujó entre las sábanas y enseguida cayó en un sueño profundo y sereno.

Todavía estaba oscuro cuando se despertó, pero Vitória supo instintivamente que era por la mañana temprano y que pronto amanecería. Buscó las cerillas en la mesilla para encender la lámpara. Luego salió de la cama con energía, alcanzó su vestido que reposaba en la silla y buscó en el bolsillo el reloj que siempre llevaba encima. Las cinco menos diez. Había dormido ocho horas. Se encontraba fresca y llena de la cosquilleante alegría que sentían los niños el día de Navidad o las jovencitas antes de su baile de debutantes. ¿Había soñado algo bonito? No lo recordaba. Pero durante la noche había desaparecido su excitación, su malestar se había transformado en una energía positiva que la embriagaba. Le parecía que en el aire vibraba la promesa de un futuro glorioso. Vitória puso la maleta sobre la cama y empezó a deshacerla. Dejó sus cosas de aseo en el tocador y vio que sólo con eso ya resultaba más acogedora la habitación. Colgó los vestidos en perchas y guardó la ropa interior y las medias en el armario, que olía a moho. ¡Cielos, qué horror! Roció el interior del armario con el perfumador que le habían regalado los criados en Río, y luego se puso el vestido menos arrugado que tenía, que resultó ser también el más claro. ¿Qué le importaba la norma que la obligaba a vestir de luto? Se miró en el espejo y se preguntó por qué hacía tanto tiempo que no se ponía aquel vestido, incluso antes de la muerte de Pedro. Era de color verde claro, de lana muy fina, y no sólo le sentaba estupendamente, sino que además iba muy bien con el estado de ánimo alegre, esperanzado, que la invadía.

Las seis menos cuarto. Enseguida saldría el sol. Vitória corrió las cortinas y se asomó por la ventana, mirando hacia el este, para no perderse ni un segundo del espectáculo. Quería ver cómo el negro del cielo pasaba lentamente a ser azul oscuro, cómo los primeros rayos del sol teñían las nubes de color naranja, cómo aparecían el turquesa y el violeta en el horizonte antes de que asomara la esfera del sol y la tierra despertara a la vida. El silencio fue roto por unos pasos que resonaron en el patio. José bostezaba y se abrochaba la camisa mientras se dirigía hacia la cocina. Tras él iba Inés, que se frotaba los ojos muerta de sueño. Bien, pensó Vitória sonriendo satisfecha, sus palabras no habían caído en saco roto. Cuando el patio volvió a quedar en silencio, Vitória tuvo de pronto la impresión de que no sólo ella había cambiado durante la noche. Tomó aire con fuerza. Sí, ahora que se disipaba el perfume con el que había rociado el armario podía olerlo. ¡El delicado, fascinante, grandioso aroma de las flores del café! ¡El aroma que anunciaba una abundante cosecha, una promesa de felicidad! Vitória cerró los ojos y aspiró con fuerza el aire que olía a todo lo que amaba y era sagrado para ella, que era tan delicioso que casi le producía dolor.

Debió estar al menos diez minutos con los ojos cerrados, totalmente inmersa en los recuerdos que el dulce aroma despertó en ella. Cuando abrió de nuevo los ojos, vio los primeros rayos del sol que acariciaban la tierra y la bañaban en una luz dorada. Ante ella se extendía un mágico paisaje de cuento lleno de motas blancas. ¡Qué maravilla! En los últimos años no había visto nada que se pudiera comparar con aquel milagro.

¿Pero por qué admiraba tanto las flores del café? A pesar de que los campos estaban abandonados, a pesar de que los arbustos habían alcanzado tal altura que no se podían recolectar, las plantas estaban allí. Crecían, florecían, daban fruto... sin la intervención de los hombres. En su ciclo eterno la naturaleza se renovaba a sí misma, de la muerte surgía una nueva vida. Del mismo modo que el aire necesitaba de vez en cuando una tormenta para estar limpio y claro, la tierra también necesitaba muerte y destrucción para ser fértil. Vitória puso la mano sobre su vientre y sintió una profunda satisfacción al saber que ni siquiera ella podía detener ese ciclo. No podía hacer nada contra las leyes de la naturaleza.

XXXV

León dejó caer la carta en su regazo y miró el fuego que ardía en la chimenea.

—¿Desea algo más, *sir?* —dijo el mayordomo sacándole de sus pensamientos.

—No gracias, Ralph. Hoy ya no le necesito. Que duerma bien.

—Gracias, *sir*. Que descanse. —La pesada puerta de madera de roble se cerró tras el mayordomo.

León dudaba que pudiera pegar ojo esa noche. No después de leer aquella carta. Se puso de pie, agarró el atizador y colocó la leña de la chimenea de forma que el fuego se avivara de nuevo. Luego se sentó pesadamente en el sillón de piel y tomó un sorbo de brandy con la mirada fija en las llamas.

Vita estaba tan desesperada que no le quedó otra elección, había escrito Joana con su letra delicada y femenina. No, pensó León, probablemente no le quedara realmente a Vita otra elección en aquel momento. ¡Cómo debió odiarle, a él, que había engañado a la inocente joven y luego, sin asumir las consecuencias, se había marchado para iniciar una larga estancia al otro lado del océano! ¡Dios, si hubiera tenido conocimiento de su embarazo habría regresado de inmediato y habría corrido a su lado! Se habrían casado y habrían disfrutado juntos del niño. El niño… ¿qué aspecto habría tenido? ¿Se habría parecido a Vita, con sus rizos y sus indescriptibles ojos azules? Ahora tendría cinco años. ¡Ay, qué bonita podría haber sido la vida en su casa de Glória si hubiera estado llena de risas infantiles, si hubiera podido mimar a su hijita como a una princesa o sujetar a su hijo mientras montaba encima de Sábado! ¡Alto! No podía hacer eso. No tenía sentido imaginarse a un niño que no había tenido la oportunidad de vivir... ¡un niño al que él le había negado esa oportunidad! ¡Él, León Castro, era responsable de esa tragedia, sólo él! ¡Pero qué extraña sucesión de desafortunadas circunstancias! ¿Por qué se tuvo que quedar Vita embarazada la primera vez? ¿Por qué tuvo que emprender él su viaje por Europa en aquel preciso momento? ¿Por qué nunca recibió aquella carta tan decisiva? ¡¿Por qué?!

León tomó otro sorbo de brandy, dejó la copa en la mesa y leyó de nuevo la carta perdida de Vita que Joana había metido también en el sobre. *Querido León: Me dejaste realmente un regalo que, si yo fuera tu mujer, me llenaría de satisfacción.* Sí, Vita le había amado, con toda la pasión que sólo se tiene a los dieciocho años. Habría sido muy feliz casándose con él, le habría perdonado su error y la "mancha" de su origen. Habrían podido ser un matrimonio feliz. ¿Cómo había sido posible que en los últimos años no se hubieran entendido? ¿Por qué Vita no le había contado sus penas, por qué no le había enfrentado con la verdad? El fracaso de su matrimonio se debía a un único malentendido que, si no se hubieran encerrado los dos en aquella falta de comunicación, se habría solucionado enseguida. De ese modo cada uno había ido desarrollando sentimientos equivocados: Vita su amargura por la supuesta cobardía de León, él su decepción por la dureza de corazón de ella.

¿Y ahora? ¿Tenían realmente *el más bello motivo para volver a empezar*, como escribía Joana? Según ésta, Vita ni siquiera quería comunicarle que iba a ser padre, aunque sabía que su responsabilidad era menor que antes. Después de todo el daño que se habían hecho, ella había dejado de amarle. Aunque Joana, que creía ciegamente en el amor eterno, afirmaba lo contrario. *Vita está muy feliz con la idea de tener el niño y eso, querido León, demuestra que todavía siente algo por ti.* "No es así", pensó León. En tal caso le habría escrito ella misma. A lo mejor quería al niño, pero a él seguro que no.

Pero tendría que quererle. Si se presentaba en Boavista, lleno de arrepentimiento, de sinceridad y de amor, no podría rechazarle, a él, el padre de su hijo. No tendría derecho a hacerlo. Y cuando estuviera con ella un rato, conseguiría seducirla de nuevo. ¿Había algún otro camino? ¡Iba a ser padre! Y nada en el mundo le iba a hacer perderse esa experiencia única, no quería enterarse desde la lejanía, a través de las cartas de Joana. Quería vivirlo personalmente, ver cómo el cuerpo de Vita se iba redondeando, acariciar su vientre, darle todo tipo de comodidades, estar a su lado antes y después del parto, quería tomar al recién nacido en sus brazos y adorar a la joven madre.

Sí, al día siguiente se informaría de cuándo salía el primer barco para Sudamérica. Si era necesario viajaría incluso en la bodega con tal de estar lo antes posible en Río. Hoy era 14 de noviembre, así que no podía contar con estar en Brasil antes de mediados de diciembre. Vita estaría ya en el sexto mes de embarazo —no había ninguna duda sobre el momento de la concepción. ¡Qué guapa estaría, su *sinhazinha!*—. ¡Oh, estaba impaciente por poder abrazarla de nuevo!

¿Qué hacía allí, en su aburrido trabajo de diplomático en Inglaterra? Él, León, pertenecía a Brasil, ahora más que nunca. Su sitio estaba al lado de su hijo y de su mujer. Pero ¿seguía siendo Vita su esposa? ¿Cuánto tardaba en tramitarse una separación? ¡Qué más daba! Se casarían por segunda vez. Le pediría perdón de rodillas, le declararía su amor, que en los últimos años no había perdido nada de su intensidad inicial. Lo arreglaría todo, todo.

León se incorporó tambaleándose un poco. Apartó a un lado las ascuas de la chimenea, apagó la luz y subió a su dormitorio. Sin quitarse el batín se dejó caer en la cama y al momento quedó sumido en un ligero sueño lleno de arbustos de café, brujos de macumba y cabañas de esclavos.

—¡El calor me va a matar! —Vitória se secó el sudor de la frente y luego volvió a concentrase en su labor.

—Sí, hace un calor poco habitual. ¿Le digo a Inés que te prepare un baño de eucalipto?

—¡Cielos, Joana! Si quisiera tomar un baño llamaría yo misma a Inés. ¿Por qué me tratas como a una enferma? Estoy perfectamente.

—Disculpa —Joana se concentró con gesto ofendido en su cesta de la labor, sacó un gorrito a medio hacer y empezó a tejer un reborde de color rosa.

—Si es niño no podremos ponerle ese gorro.

—¡Vita, por favor! No me importa hacer toda la ropa de bebé en dos colores. Lo que no nos sirva lo regalaremos. Al fin y al cabo, no tenemos muchas cosas que hacer aquí toda la tarde…

—Cierto. Sinceramente, las labores ya me salen por las orejas.

—Entonces léeme algo. O toca algo agradable al piano.

—También estoy harta de eso. ¡Ay, Joana! ¿Por qué no vamos a Vassouras, hacemos algunas compras inútiles, vamos al teatro, comemos en un restaurante y pasamos la noche en el Hotel Imperial? No aguanto aquí por más tiempo.

—Ni hablar. En tu estado, imposible. En primer lugar, no está bien que te dejes ver así en público. En segundo lugar, no te sentaría bien el traqueteo del coche hasta Vassouras.

—Creo que te equivocas. Cuanto más me muevo, más tranquilo está el bebé. Me parece que le gusta que le agiten y le muevan —Vitória dejó su labor a un lado, se puso de pie y empezó a girar en círculos—. ¡Y cómo me gustaría bailar! Estoy impaciente por volver a Río. La vida en el valle es realmente monótona.

—Bueno, tendrás que aguantar unos meses más. Y piénsalo, Vita: en verano hace un calor tan insoportable en Río que allí tampoco estarías a gusto. Además, muchos de nuestros conocidos no están en la ciudad, sino en las montañas. Aquí estamos muy bien. Puedes bañarte en el río como a ti te gusta, sin que te vea nadie. Puedes estar al aire libre todo lo que quieras. La casa está ahora muy acogedora, y desde que ha llegado Luiza no te puedes quejar de la comida. Pero te comportas como una niña mimada.

—Tienes razón. Estaré tranquila, seré agradecida y humilde y disfrutaré animosa de las alegrías de ser madre.

Joana se rió.

—Después de lo que le dijiste ayer al pobre Luíz nadie te verá como una santa a la que hay que tocar con guantes de terciopelo.

—Mejor. Aunque se había ganado el rapapolvo, el viejo borracho. Yo sólo emplee algunas palabras fáciles de entender.

Vitória sonrió satisfecha al recordar las duras reprimendas que le echaba al viejo. Pero no se podía tratar de otro modo a los negros. Si Joana y ella eran demasiado amables, si se comportaban como unas auténticas damas, ellos pensarían que podían hacer lo que quisieran. Faltaba un hombre en la casa. A diferencia de ellas, un hombre podía gritarles y ser brusco sin perder por ello su distinción. ¡Bah! ¿Qué importaba que los negros la tomaran por una *senhora* poco delicada? Lo importante era que hicieran su trabajo.

Y en Boavista había trabajo de sobra. Siempre que después de un gran esfuerzo creían poder disfrutar de un merecido descanso, había algún nuevo asunto que resolver. Apenas habían terminado de arreglar el tejado de las *senzalas*, aparecía una gotera en el tejado de la casa grande; cuando ya habían arado amplias zonas de los campos de café abandonados, había que empezar con la cosecha del maíz; justo al finalizar la renovación del interior de la casa, las cuadras amenazaban con derrumbarse después de una fuerte tormenta. Vitória había contratado a más empleados, recolectores y jardineros, así como a una lavandera y un cochero, pero la organización ya era un trabajo que le suponía un gran esfuerzo. También había que planificar el futuro. No podían seguir actuando sin cabeza, recolectando aquí y sembrando allí, haciendo una reparación superficial aquí y un arreglo provisional allá. A la larga no podían invertir sólo en soluciones de urgencia, sino que tenían que perseguir un objetivo concreto. Pues Vitória tenía la intención de convertir a Boavista en una *fazenda* a pleno rendimiento y productiva. El cultivo del café era una utopía sin los esclavos y sin suficientes inmigrantes europeos. Sí, pensó Vitória, los paulistas han sido más listos que nosotros: atrajeron a los primeros inmigrantes, y los europeos que seguían llegando al país querían instalarse ahora en la provincia de São Paulo, donde podían hablar en su idioma y mantener sus costumbres. "Quizás podríamos plantar naranjos", se planteó Vitória. No requería tantos trabajos como el cultivo del café, y las condiciones climáticas del valle eran muy apropiadas. ¿O debían centrarse en la ganadería? La gran extensión de sus campos permitía criar grandes rebaños. Pero antes de tomar una decisión debía encontrar un administrador que fuera trabajador y de confianza, pues su estancia en Boavista iba a ser limitada. También debería buscar un ama de llaves que supiera hacerse cargo de una casa como aquélla. Ahora que estaba otra vez en condiciones y que seguro pasarían en ella un par de meses todos los años, la mansión debía reflejar el nivel de sus inquilinos.

Vitória echó un vistazo al salón. Sí, con el sofá recién tapizado, las mullidas alfombras sobre el suelo bien encerado y los nuevos cuadros y fotografías en las paredes, la habitación tenía un aspecto muy acogedor. En las paredes habían puesto un papel pintado amarillo claro con hojas verdes que daba un ambiente muy alegre, los pesados muebles de madera oscura de sus padres habían sido sustituidos por elegantes muebles de madera de cerezo. Los sirvientes se adaptaron sorprendentemente bien a los cambios. Con sus atildados uniformes —una de las primeras innovaciones que introdujo Vitória— contribuían a dar un toque de distinción a la casa. Pero debían pulir todavía sus modales, aunque en los dos meses y medio que Joana y ella llevaban allí habían mejorado sustancialmente. ¿O los buenos modales se debían a la influencia de Luiza?

Como Luiza ya no era necesaria en la casa de Pedro y Joana en São Cristóvão, al final le pidieron a ella, y no a Mariana, que fuera con ellas a Boavista. Y Luiza había acudido enseguida a su lado, dejando claro que no podía estar más de tres meses sin ver a su "nieto" Felipe. Pero ahora Luiza no podía pensar en marcharse. Las Navidades estaban a la vuelta de la esquina, y tenía la obligación de preparar una buena cena a sus amas. Y después tampoco se podría ir: ¡no podía dejar sola a la *sinhazinha* cuando naciera su hijo!

Como si adivinara sus pensamientos, la vieja cocinera llamó en aquel momento a la puerta.

—Entra, Luiza. ¡Ah, veo que nos has preparado un chocolate!

—Sí, *sinhazinha*, y te lo vas a beber aunque me salgas otra vez con lo del calor. Nunca hace demasiado calor para tomar un chocolate. Y si sigues comiendo tan poco al menos tienes que beber algo bien nutritivo.

—Luiza, no como poco. Tomo raciones con las que antes podría haberme alimentado durante tres días. Si sigo así, después del parto voy a parecerme al *senhor* Alves.

—¡Bebe!

Vitória tomó la taza y la olió.

—¿Le has vuelto a poner pimienta?

—Claro. Y una pizca de nuez moscada y un pellizco de clavo en polvo. Un poquito de canela.

Vitória puso los ojos en blanco, mientras Joana sonreía a la cocinera.

—Me encanta tu chocolate con muchas especias. Levanta el ánimo.

Incluso Vitória tuvo que admitirlo. Aunque la bebida tenía un extraño sabor, resultaba muy reconfortante. Le recordaba a la niñez, a una época sin problemas ni preocupaciones, a la agradable sensación de ser cuidado con cariño y sentirse querido.

—Gracias, Luiza. Puedes irte y fumarte tu pipa bien merecida. Joana cuidará de que me beba todo este asqueroso brebaje.

Vitória le guiñó un ojo a Luiza, y ésta fingió que lo interpretaba como un menosprecio de su dignidad como cocinera.

—¡Pst, esto me pasa por ser buena! Aquí sólo recibo impertinencias —dijo saliendo de la habitación con un gesto de orgullo.

Tres días después de recibir la carta de Joana y, con ella, la vieja misiva de Vita, León estaba en la cubierta de un moderno barco correo y aspiraba con fuerza el aire salado del mar. Estaba tan frío que le dolían los pulmones y le llenaba los ojos de lágrimas. Sólo dos semanas, pensó León, y alcanzarían el Ecuador, y allí habría ya temperaturas más dignas del ser humano. Y entonces faltarían sólo otras dos semanas para llegar a Río. ¡Cuánto tiempo! Decían que aquel barco había hecho el viaje en el tiempo récord de veinticuatro días. ¡Veinticuatro días también era demasiado tiempo!

Aunque el pasaje le había costado una fortuna y por ello le habían dado una amplia cabina, el viaje se le hizo mucho más aburrido que el de ida. Estaba tan impaciente que no se enteraba de lo que ocurría a su alrededor. La comida sorprendentemente buena de a bordo, el ameno capitán, el buen tiempo... todo esto apenas lo percibió. En lugar de alegrarse de que aquel año las tormentas de otoño no fueran tan fuertes y de que no hubiera oleaje, lo que permitía mantener una buena velocidad, León estaba furioso por los días perdidos en aquel maldito barco. Como no había más pasajeros con los que pudiera beber algo o jugar a las cartas, no le quedaba más remedio que estar la mayor parte del tiempo mirando la oscura superficie del agua, haciéndose reproches a sí mismo. ¿Por qué no se había dado cuenta de que Vitória estaba embarazada? ¿Por qué había firmado los papeles de aquella maldita separación? ¿Por qué los celos le habían llevado a cometer con Vita todas aquellas acciones imperdonables por las que ella *tenía que* odiarle?

Pocos días antes de llegar a Río cambió el estado de ánimo de León. Se apoderó de él una euforia que no había sentido desde hacía muchos años. Se asomaba por la borda con la camisa hinchada por el viento, disfrutando de la cálida brisa, saludaba a los marineros con golpecitos en la espalda, se mostraba amable y de buen humor. La tripulación observó la transformación que se había producido en su singular pasajero con el mismo escepticismo que el capitán, pero aceptó de buen grado las generosas propinas de *mister* Castro. Con todo, se alegraron de no tener que escuchar continuamente sus permanentes ruegos de que fueran más deprisa y de verle bajar por la escalerilla.

León no apreció la salvaje belleza de Río ni el alegre ajetreo del puerto. Ni siquiera perdió tiempo buscando un mozo que le llevara las maletas, sino que bajó a toda prisa del barco con su escaso equipaje, tomó el primer coche que vio y le prometió al cochero que le pagaría el doble si le llevaba a toda prisa primero a Flamengo y luego a la estación. El cochero hizo lo que pudo, hasta el punto de que en una curva el carruaje se inclinó tanto que casi volcó.

—Espéreme aquí. No se atreva a moverse del sitio. Enseguida vuelvo, y seguiremos rápidamente hacia la estación.

León subió de un salto los tres escalones que daban acceso a la casa de Aaron, llamó con fuerza a la campanilla de la puerta y entró precipitadamente cuando un negro le abrió con mucha educación. Entró sin llamar en el despacho donde Aaron se encontraba con un cliente y no se entretuvo con disculpas.

—Aaron, ¿está tramitada la separación?

—¿Qué...?

—Di, rápido.

—No, no. Ha habido un par de retras...

—¡Gracias a Dios! Retiro todos mis poderes. No quiero la separación. No tengo tiempo de hacer papeles. Pero este respetable *senhor* —y señaló al asombrado cliente— es mi testigo. *Adeus!*

León salió tan deprisa como había entrado.

Llegó a la estación a tiempo de tomar el tren a Vassouras, seguido por los insultos del cochero, que había recibido una libra esterlina por sus servicios y no sabía qué hacer con ella. León no hizo caso de los gritos. Corrió por la estación y

659

no se detuvo hasta llegar al tablón de los horarios. ¡Menos mal que los cambios que había sufrido el país en los últimos años no habían afectado a los horarios de los trenes! Ahí estaba, 11.30, justo lo que él recordaba. Andén 2, tampoco eso había cambiado. El reloj de la estación marcaba las 11.27.

Ya en el tren León, obligado por la necesidad, se dio una pausa para tomar aliento. En el vagón-restaurante le sirvieron un pequeño refrigerio que apenas tocó. De vuelta en su departamento, sacó su neceser: si no podía darse una ducha, de momento tendría que conformarse con la colonia y el peine. Su nerviosismo aumentaba con cada kilómetro que se acercaban a Vassouras. ¿Y si no había sido tan acertada su repentina decisión de regresar a Brasil? ¿Debería haber escrito antes una carta para anunciar su viaje, explicarlo todo, disculparse y darle a Vita la oportunidad de hacerse a la idea de su llegada? ¿Y si ella se daba tal susto al verle aparecer de pronto que el niño sufría algún tipo de daño? ¡Bah, tonterías! Vita no había sido nunca tan impresionable, y tampoco lo sería ahora aunque estuviera embarazada. Era más probable que le diera con la puerta en las narices como en su primer encuentro. Una ligera sonrisa cubrió sus labios, y disfrutó recordando su primera estancia en Boavista, hasta que el tren se detuvo chirriando y le sacó de sus pensamientos. León fue el primer pasajero que bajó del tren y se dirigió hacia los coches que esperaban en la puerta de la estación.

Pero su precipitación no tuvo éxito.

—¿Es que en este pueblucho dejado de la mano de Dios no hay un coche que me lleve a Boavista?

—Sí, *senhor*, pero no a esta hora. Pronto será de noche, y nadie quiere hacer el largo camino de vuelta de noche. Tenemos un hotel muy confortable donde le podrán…

León se dio la vuelta y se alejó del locuaz cochero sin darle siquiera las gracias. Pero a los pocos metros se volvió.

—¿Cuánto decía que cuesta su caballo?

El cochero miró a León boquiabierto.

—¿Considera setenta mil *réis* un precio adecuado? —León buscó en su cartera unos billetes y se los puso al hombre en la mano—. Es dinero inglés. Aproximadamente el doble de lo que vale su caballo. Y si luego tiene alguna duda, ya sabe dónde encontrarme. En casa de mi mujer, Vitória Castro da Silva, en Boavista.

El cochero estaba estupefacto. No pudo articular palabra hasta la noche, durante la cena con su familia, y todavía semanas más tarde contaba a sus amigos y conocidos su curioso encuentro con el gran León Castro.

Vitória se sentía horrorosa. Por muchos cumplidos que le dijeran Joana, Luiza y los demás acerca de su espléndido aspecto, ella sentía que su cuerpo estaba deformado, sus mejillas parecían las de un hamster y sus extremidades se habían hinchado. Hasta los dedos los tenía más gordos, no le entraba ningún anillo. ¡Y aquella horrible ropa! Si antes llevaba siempre vestidos ajustados, ahora sólo podía ponerse vestidos muy amplios. Parecía una matrona regordeta a pesar de las finas telas y los elegantes modelos.

—Estás loca —le dijo Joana hacía poco, después de escuchar sus quejas—. Tienes un aspecto fabuloso, mejor que nunca. Tienes el cutis rosado, la piel lisa, y los kilos de más te sientan muy bien. Sabes, Vita, nadie ha querido decírtelo tan directamente, pero en Río al final estaban todos asustados, estabas tan delgada y demacrada... Y ahora mírate: un auténtico deleite para la vista.

Naturalmente, Vitória no daba mucho crédito a las palabras de Joana, y menos a las de los negros. Probablemente sólo querían mimarla. La única que decía la verdad era

Florinda. "Has engordado mucho, Vita", le había dicho en su última visita sin querer dar la sensación de que era un cumplido.

—Florinda sólo tiene envidia —opinó Joana—. Como ella está tan gorda registra cada gramo que ganan otras mujeres con la precisión de una balanza de pesar papel, y disfruta con ello. No hagas caso de sus observaciones. Esa estúpida gansa. Me gustaría que ella y su aburrido profesor de piano no vinieran más de visita.

En el fondo Vitória compartía la valoración que Joana hacía de la pareja. Eran provincianos, aburridos y estrechos de miras. Pero las visitas de Florinda y su marido eran una de las pocas cosas que alteraban la rutina diaria, y no iba a renunciar a ellas voluntariamente. Su vida en Boavista era tan solitaria y monótona que cualquier distracción era bienvenida. Vitória casi lamentaba haber perdido el contacto con Eufrásia. Seguro que su vieja amiga habría dado un poco de alegría a la casa o al menos se habría ocupado de que siempre tuvieran un tema de conversación interesante. Joana y ella se pasaban las noches criticando a Edmundo, que las había visitado en un par de ocasiones y que con los años no había perdido nada de su timidez juvenil, por no hablar de sus poco agraciados atributos.

—Tiene saliva seca en la comisura de los labios —observó Joana con asco después de una de sus visitas, a lo que Vitória añadió riéndose:

—¡Sí, y mis padres querían casarme con ese… paleto!

Joana la miró atónita.

—¿Y eso por qué?

—Sencillamente porque tenía dinero. ¡Sí, y ahora no tiene nada!

Aunque en ese sentido Vitória tenía que reconocer que Edmundo había salvado la situación bastante mejor que otros.

No se quejaba continuamente, como Eufrásia, ni recurría a soluciones interesadas, como Rogério. Había salvado la *fazenda* de sus padres dedicándose a la producción de leche, un negocio que si bien no estaba muy bien visto, al menos daba algún beneficio.

Joana y Vitória conocieron a algunos de sus nuevos vecinos, y sus visitas esporádicas les producían tanta alegría como las breves visitas del joven Padre y la llegada de sus pedidos de Vassouras o del coche-correo, que aparecía por allí a lo sumo una vez a la semana. A Vitória apenas le quedaba nadie con quien le mereciera la pena comunicarse. Había mandado a su marido al exilio, su hermano había muerto, sus padres se habían ido lo más lejos posible. Apenas tenía amigos. A veces le escribía Aaron, pero sus cartas no sonaban como las de un buen amigo, sino como informes comerciales.

Joana, en cambio, recibía correo con más regularidad. Gracias a las cartas de sus padres, de sus amigos y de su hermano se mantenían informadas de todo lo que ocurría en Río. Loreta Witherford mantenía a su amiga al corriente de la vida social de la capital; su hermano le escribía largos relatos sobre sus atrevidos ensayos de vuelo; y Aaron entretenía a Joana contándole en tono distendido las pequeñas aventuras que él y sus amigos comunes tenían a diario en la gran ciudad.

La última carta que Aaron escribió a Vitória llegó a la vez que la de Joana, y ya a simple vista a Vitória le llamó la atención que su ejemplar era más impersonal que el de su amiga. A Joana le contaba una divertida anécdota sobre su casera, a la que había visto cogiendo hormigas *bitú* en el patio para luego asarlas; a Vitória, en cambio, le informaba en tono frío sobre algunas posibles inversiones interesantes. ¡Ella, Vitória, había sido la mejor amiga de Aaron, no Joana! ¡A sus negocios había dedicado él su tiempo libre, a ella la había mirado con cariño, con ella había jugado al ajedrez por las tardes! Pero bueno, pensó Vitória intentando superar aquel pequeño ataque de celos, Joana era una pobre viuda y necesitaba que la animaran. Y seguro que Aaron pensaría que se leían las cartas una a la otra, no tenía por qué escribir las cosas dos veces. ¿O se comportaba así porque entre Joana y Aaron iba surgiendo un inocente romance? ¿Era posible? ¿Tan pronto tras la muerte de Pedro? Pero quién sabía, en algún momento, cuando la pena de Joana fuera menor, cuando los sentimientos de Aaron hacia ella, hacia Vitória, se apagaran... harían una pareja perfecta.

Vitória intentó apartar la idea de una posible relación entre Aaron y Joana. No quería que la felicidad futura de otros, aunque estuviera basada en meras suposiciones, le recordara continuamente su propia soledad. ¿Podría ella enamorarse otra vez? ¿Habría en el mundo algún hombre que estuviera a la altura de León? ¿Cómo podía haber permitido que se alejaran tanto, por qué no había luchado por él? ¿Cómo podía haber llegado a decir que no amaba a León? ¡Cielos, era el hombre más inteligente, atractivo y elegante que había conocido! ¡Y le echaba de menos más de lo que se puede echar de menos a nadie!

Cuanto más tiempo estaba sin verle, más palidecían los recuerdos de los peores episodios de su vida en común, y más importancia adquirían los buenos momentos. Algunas noches Vitória se quedaba despierta durante horas en la cama, escuchando el silencio en que quedaba sumida Boavista, e imaginaba los escenarios llenos de color, alegría y erotismo, que en su mente tenían una fascinante sensualidad que probablemente no tenían en la realidad. Su primer viaje en coche, a escondidas, en Río, su cita en el viejo árbol, su romántica excursión al bosque de Tijuca... ¡ah, qué momentos tan maravillosos habían vivido!

¿Y tenía que renunciar a todo eso el resto de su vida porque ponía su tranquilidad por encima de su amor? ¡No! Prefería que León la sacara de quicio cien veces al día, que la irritara, la besara, la insultara y la amara, antes que soportar aquella monótona vida de viuda de pega. ¿Tenía que ver pasar su vida como un tranquilo arroyo cuando había conocido el bramido de las mareas? Al cabo de unas semanas ya había tomado una decisión: escribiría a León, le enviaría la vieja carta que lo explicaba todo. Le pediría perdón, por sus acusaciones, por la falta de confianza en su sinceridad y su honestidad. Le pediría que volviera. Si no lo hacía por ella, al menos que lo hiciera por el hijo que ella esperaba. Le diría que le necesitaba. Y a lo mejor incluso que le quería.

—Joana, ¿dónde está la funesta carta que encontraste entre los papeles de Pedro? Ya sabes, la "prueba".

Joana puso un gesto de arrepentimiento. Se encogió de hombros y miró a Vitória con seriedad.

—Ya no la tengo.

—¿Qué quiere decir que no la tienes? ¡No puedes tirar mis cartas así como así, no iba dirigida a ti!

—No la he tirado —Joana tragó saliva—. Pero no te enfades conmigo, Vita. No fue fácil tomar esa decisión, puedes creerme. Pero después de mucho pensar llegué a la conclusión de que esa carta debía llegar a su destino original.

Vitória miró a su cuñada con incredulidad.

—Sí, Vita. Se la he mandado a León.

—¿Sin decírmelo, sin mi consentimiento? Oh, Joana, ¿cómo has podido?

—Tú no me habrías dejado mandarla. Eres tan testaruda que la habrías roto y, con ello, habrías destruido la prueba de tu inocencia, y la de León. ¿Pero cómo te has acordado de ella? ¿Para qué quieres ahora esa carta?

—¡Cielos, Joana! La quería para tapar las grietas de las *senzalas*, ¿para qué si no?

—Lo ves.

Vitória puso los ojos en blanco. Joana tenía a veces menos fantasía y sentido del humor que una silla de ordeñar.

Pocos días después de esta conversación ya había desaparecido el sentimiento de culpa de Joana por haber actuado por su cuenta y el malestar de Vitória por la intromisión de su amiga en sus asuntos. Las dos mujeres estaban de nuevo sentadas en el salón, una montando los puntos para tejer un traje de bautizo, la otra concentrada en un bordado de flores. Habían tenido un satisfactorio día lleno de acontecimientos: inspeccionaron las vallas que habían mandado arreglar, trabajaron en el huerto de hierbas aromáticas y recibieron un pedido de libros procedente de Río. Los Abrantes pasaron a verlas para presentarles la candidatura de Dionisio Abrantes a la alcaldía, y el novio de Inés, al que le gustaría vivir en Boavista, se ofreció para trabajar como herrero y mozo de cuadras. Por la mañana Joana y Vitória se bañaron y luego, con el pelo mojado, dejaron que Elena les cortara las puntas. A Vitória le parecía como si Joana fuera su hermana, como si hubieran estado juntas desde el jardín de infancia y hubieran vivido muchos momentos como ése. Se rieron como dos niñas, y por un momento olvidaron la viudez y la separación, la responsabilidad y las preocupaciones de la vida diaria. El bebé empezaba a dar fuertes patadas en el vientre de Vitória, y ésta permitió por primera vez a su cuñada poner su mano sobre su cuerpo para notar las primeras señales de vida del nuevo ser. ¡Qué bonito habría sido que fuera León el que hiciera ese gesto! Realmente tenía que ser él quien se alegrara con ella de la maravilla que habían creado juntos, quien le tocara suavemente el vientre, quien la sonriera extasiado. "¡Ay, no vuelvas a pensar en ello!", se dijo Vitória. Y enseguida volvió a recobrar la serenidad, duramente conseguida.

—Estas flores son muy complicadas para mí. Creo que será mejor que borde algo más sencillo a punto de cruz en esta camisita.

—¿Por qué? Está muy bien —dijo Joana después de echar un rápido vistazo a la labor de Vitória.

—Pero a este ritmo terminaré la camisita cuando el niño tenga diez años.

Un vacilante toque en la puerta eximió a Joana de dar una respuesta. Las dos mujeres levantaron la vista.

—Sí, Inés, ¿qué ocurre? —dijo Vitória, asombrada de su aparición a una hora tan tardía.

—Tiene visita, *sinhá* Vitória.

—¡Vaya! No he oído que llamaran.

—Ha llamado a la puerta trasera.

—Bien. ¿Y quién es?

—No conozco a ese, ejem, *senhor*. Tampoco parece un *senhor*. Pero dice que es su esposo.

Vitória se quedó sin respiración. ¿Era posible? No, León estaba en Inglaterra, y no podía haber regresado en tan poco tiempo. ¿Un farsante, un ladrón? ¿Pero quién iba a intentar entrar allí con una mentira tan atrevida y fácil de descubrir? Tenía que tratarse de alguien muy tonto... o de una broma pesada. Vitória se levantó de golpe y salió empujando a la muchacha.

—¡Bah, espera, vas a ver cómo usa las piernas para salir corriendo! —murmuró mientras cruzaba el recibidor a toda prisa.

—No hace falta, *sinhazinha*. Ya las he usado para entrar. Vuestra criada no ha tenido la amabilidad de hacerme pasar.

—¡León!

A Vitória le costó mucho reprimir el impulso de correr hacia él y abrazarle. Pocas veces se había alegrado tanto de verle, aunque tenía un aspecto realmente lamentable. Iba sin afeitar, mechones de pelo le colgaban por la cara, estaba sudando y llevaba la ropa sucia. ¿No sería un *déjà-vu?* Estaba igual que la primera vez que lo vio. ¡Cielos, era inquietante! Con la boca abierta Vitória miraba fijamente a aquella figura que era como una aparición procedente de otro mundo, de otros tiempos.

—¡Vita, querida esposa! Tus arrebatos de alegría son muy halagadores.

León hizo desaparecer su irónica sonrisa y la miró fijamente. ¡Qué guapa estaba! La sorpresa había hecho que abriera mucho los ojos —¡ah, aquellos divinos y brillantes ojos azules!— mientras que el rubor cubría sus mejillas. La mirada de León descendió por su cuerpo, se detuvo un instante en su vientre abultado y luego volvió a cruzarse con la de ella. Su corazón latía muy deprisa. Estaba tan desbordado por la alegría, el amor, el orgullo, que no se le ocurrían palabras apropiadas. Durante unos segundos los dos se quedaron uno frente al otro, sobrecogidos, paralizados por aquella brusca explosión de sentimientos, hasta que por fin Vitória rompió el silencio.

—Ya no soy tu esposa. ¿Lo has olvidado?

¡¿Demonios, no se le podía haber ocurrido algo menos arisco?!

—Por una vez en mi vida estoy agradecido de que la burocracia sea tan lenta en Brasil. Nuestra separación no estaba tramitada, y después de haber anulado los poderes, ya no se tramitará.

Vitória tragó saliva. Nerviosa, se pasó la mano por el pelo, sus rizos sedosos colgaban por su espalda.

—¿No me vas pedir que pase al salón para ofrecerme algo de beber? He hecho un viaje infernal.

—Sí, sí, entra —tartamudeó Vitória.

Joana, que había reconocido la voz de León al momento, se puso de pie y corrió hacia su amigo con los brazos abiertos.

—¡León! ¡Qué bien que hayas venido! ¡Y tan pronto!

—El soborno que le he pagado al capitán del barco ha sido exorbitante.

Joana salvó la situación antes de que resultara embarazosa. Asumió el papel de anfitriona con toda naturalidad, habló animadamente con León, contándole todo lo que había pasado en los meses que llevaban en Boavista. Y gracias a que ella tomó la iniciativa, Vitória tuvo tiempo para recobrar el ánimo. Estaba muy agradecida a Joana, que después de una media hora, se puso de pie y se despidió.

—No paro de decir tonterías, y seguro que vosotros tenéis cosas más importantes que contaros.

Vitória esbozó una sonrisa.

—Sí, que duermas bien.

Pero apenas hubo cerrado Joana la puerta, volvieron a llamar y Elena asomó la cabeza.

—¿Desea algo más, *sinhá?*

—No, gracias, puedes retirarte.

El embarazoso silencio entre Vitória y León fue interrumpido unos minutos más tarde por otra nueva aparición. Esta vez era Inés la que preguntaba si sus señores querían algo.

Vitória se puso de pie de un salto.

—¡Ya está bien, cotillas! ¡Ya tendréis mañana ocasión de observar al *senhor* León! ¡Fuera, todos, rápido!

Desde la puerta hizo un movimiento nervioso con la mano como si quisiera espantar a las moscas y vio cómo Inés salía corriendo.

Cuando se dio la vuelta para volver a su sitio, León estaba justo delante de ella.

Oyó su respiración. Notó los latidos de su corazón. Y luego sintió sus dedos bajo su barbilla, que él levantó suavemente.

—Mírame, *sinhazinha*.

Sus pupilas eran muy grandes, su mirada enigmática.

—¡Oh, Vita! No puedes imaginar cuánto he ansiado que llegara este momento.

—Sí, claro que puedo.

Se alejó un poco para poder interpretar bien la expresión del rostro de Vitória.

—¿Sí? ¿Y por qué no me has escrito tú, sino Joana?

—Se adelantó. En realidad, me alegro. Yo no habría encontrado las palabras adecuadas. Igual que ahora.

—No tienes que decir nada. Te entiendo.

—¿Tú crees?

León asintió. Atrajo suavemente a Vitória hacia su cuerpo, la abrazó e inclinó su rostro sobre ella. Cuando sus labios se rozaron, Vitória sintió tal arrebatadora felicidad que casi pierde el sentido. ¡Oh, cómo lo había echado de menos, qué agradable sensación! Su beso se hizo más intenso, adquirió tal fuerza que el mundo podría haberse hundido bajo sus pies sin que ella se hubiera dado cuenta. Un único pensamiento giraba en su cabeza. Y cuanto más duraba el beso, aquel pensamiento se iba haciendo cada vez más claro: ¡Nunca, nunca dejaría que León se volviera a marchar!